Ovidiu Dragoș Argeșanu
Devenirea

Ovidiu Dragoș Argeșanu

DEVENIREA
Între Iad și Rai

Ediția a III-a

PRO DAO

Descrierea CIP a Bibliotecii Naționale a României

Argeșanu, Ovidiu-Dragoș
Devenirea / Ovidiu-Dragoș Argeșanu – Ed. a 3-a
– București: PRO DAO, 2013
ISBN 978-606-93413-1-5

821.135.1-31

Editura PRO DAO
www.edituraprodao.com
www.ovidiudragosargesanu.com

Ovidiu-Dragoș Argeșanu
Devenirea

ISBN 978-606-93413-1-5

1.

REVOLUȚIA

Venise la Timișoara cu lotul de canoe ca să se antreneze pe Bega. Vâslind tot timpul într-un loc cunoscut, te plictisești de imaginile din jur și asta se resimte chiar și în timpii scoși la antrenament. În cantonament, fiecare barcă își îmbunătățise simțitor rezultatele și toată lumea era mulțumită. În primele zile se răsturnase cu barca în apa râului. Noroc că nu dăduse înghețul și, vâslind până la club, nu răciseră, însă le rămăsese un gust destul de amar în gură din cauza frigului îndurat. Se acomodase bine, orașul era interesant, femeile frumoase și locul unde erau cazați, printr-o pilă, la hotelul partidului, era mai mult decât mulțumitor. Dacă se gândea bine, mâncând la cantina partidului, întâlnise doar copii de actuali, câțiva foști așa-ziși „ilegaliști" și, nu în ultimul rând, pe cei care veneau în „vizite de lucru". Mâncând retras la o masă cu colegii lui nu putuse să nu analizeze fețele celorlalți, care reprezentau burghezia proletară, cea de care Marx spunea: „Să ne ferească Dumnezeu!"

Oricum, față de lipsurile celorlalți și de rafturile goale de prin alimentare, unde totul se vindea pe cartele, partidul le oferea o adevărată oază a bunăstării. Nu s-ar fi gândit la asta dacă n-ar fi trebuit să se întoarcă acasă la frigul, întunericul și foametea de acolo.

Li se cerea să facă performanță mâncând cartofi prăjiți cu șnițele făcute din salam de soia, iar dacă aveau la masă un ou era de-a dreptul sărbătoare! Nu înțelegea cum de reușise Patzaichin să facă ceea ce făcuse mâncând atât de prost! Sau poate că, fiind din Deltă, avea ascunși, el sau ai lui, prin stuf, mai mulți godaci pe care îi mierlea fără știrea autorităților sau cu concursul tacit al șefului de post, care primea și el în schimb o pulpă ca să închidă ochii?!

Aici, de bine de rău, după mult timp, reușea să se scoale de la masă sătul și asta îi crease o stare de confort psihic. Nu spusese amicul Marx că bunăstarea materială determină conștiința spirituală? Cum de nu înțeleseseră mai-marii zilei asta? Și, dacă știau, cum de se îngăduia nenorocirea poporului ăstuia?

Aveau un program lejer: micul dejun, antrenament, prânzul, somn, antrenament, cina și liber până pe la unsprezece seara. Ținând cont că li se dădea deșteptarea la ora șapte, era bine, aveau timp să se și odihnească înainte să facă zeci de kilometri pe apă.

Oamenii, cu accentul și lentoarea lor în exprimare și, de ce nu, în gândire, erau mai civilizați decât răgățenii, iar în aspectul curat al orașului și chiar în arhitectură se vedea impactul puternic pe care îl avusese Imperiul Austro-Ungar. Nu atât ungurii, care veniseră în Europa călare, cât austriecii, care reușiseră să civilizeze mai mult de jumătate din Europa, spre norocul nostru.

Influența „benefică" ulterioară pe care au avut-o rușii asupra noastră se vedea în celelalte două țări românești și în ce se construise după '45 în Timișoara. Blocurile tip cutii de chibrituri care se construiau încă și care, în SUA de exemplu, fuseseră abandonate de prin anii '60. Mai auzea câte un moș țipând câte a construit generația lor. Mult! Dar prost... Cartiere întregi semănau cu ghetourile americane, cu Harlem-ul, iar moșii erau mulțumiți de realizările lor. Era o evoluție de la bordeiul de chirpici la bloc, dar în alte țări, distruse de război, se ridicaseră case adevărate pentru oameni.

Nu era prima dată când ajungea în orașul de pe Bega. Mai fusese de două ori, pe când era militar. Făcuse armata la Sibiu la trupele de securitate care aparțineau de batalionul de aici și participase la niște concursuri pe unitate despre istoria Partidului Comunist Român. De ce participase? Miza era mare: cinci zile de permisie! Pentru a scăpa din lagăr te-ar fi făcut și să te chinui să cânți Internaționala cu glas de soprană!

Tocise tâmpeniile alea, iar datele care nu îi intraseră în cap și le scrisese în palmă și, împreună cu echipa unității lui, câștigase. Când i-a spus șefului că avusese datele în palmă, acesta se uitase admirativ: „Băiat deștept!" La primul concurs ieșiră pe primul loc, la următorul pe al doilea, pentru că fuseseră alții mai tari în șpagă. Ce să faci, mai și pierzi!

Ce amintiri mai avea din armată? Culmea, îi plăcuse. Încărcătura de testosteron din atmosferă, programul fix pe care el însuși nu ar fi fost în stare să și-l impună sau plăcerea de a ocoli toate regulamentele, nu știa exact și nici nu ar fi putut spune. Simțise totul ca pe o constrângere până în momentul în care descoperise că, doar cu puțină inteligență și multă șiretenie, poți face tot ce vrei, indiferent de voința celorlalți. Doar să știi care sunt limitele între care poți să te miști și să acționezi în consecință. Dacă stătea bine să se gândească, în armată se îngrășase cel mai mult. Alții strângeau cureaua cu câte o gaură în fiecare săptămână, el îi dădea drumul! Și cum să nu te îngrași când, datorită faptului că erau singurii studenți din unitate, deveniseră un fel de pluton de muncă.

Să fi simțit combinația de mirosuri ce ieșea la sfârșitul zilei! Un dormitor mare în care încăpeau treizeci și doi de oameni care, împărțiți pe grupe, se întorceau de la muncă: unii de la ferma unității, alții de la Avicola, alții de la fabrica de nutrețuri combinate și alții de la ferma de cercetări pentru ovine! Și nu aveau decât un schimb de haine care mirosea a porc, a găină, a capră sau a făină de pește! Iar putoarea avea și un avantaj! Care ofițer întreg la minte ar fi intrat să inspecteze dormitorul fără masca de gaze?

La un moment dat se ofereau voluntari. Peste tot aveai posibilitatea să te lipești de ceva. Oriunde ajungeau, se făceau echipe operative care erau trimise să facă rost de mâncare, de băutură. Cu femeile era mai prost. Sibiul gemea de fete, dar cine se uita „la o lighioană verde, rasă în cap și care mirosea urât?" Și totuși începuseră să facă și lipituri scurte.

Acolo, departe de familie, ți se schimba întreaga scară de valori. Realizai că, până la urmă, competiția nu-i selectează pe cei mai buni, ci pe cei mai adaptabili și asta nu ținea nici de performanțele intelectuale și nici de forța brută, ci de puterea interioară a fiecăruia, care determină reacția în fața unui pericol sau într-o situație limită. El se descurcase bine. Fusese primul care băgase băutură în unitate, chiar dacă el nu bea, ba ajunsese la un moment dat ca, împreună cu un alt coleg, să aducă câte patru-cinci jumătăți de coniac „Calipso" odată și să-l vândă cu suprapreț ca să-și facă rost de bani de prăjituri.

Din punctul ăsta de vedere ajunsese la performanța să îngurgiteze opt amandine o dată! Ce să facă, dacă altă plăcere nu avea! Conform principiului că pentru sănătatea unui individ este necesar să existe un minimum de plăcere, el mânca. Era sportiv, deci nu fuma precum colegii lui care se băteau pe chiștocurile aruncate deasupra ușilor tocmai pentru a fi luate mai târziu, nici să facă precum alt coleg care îi mărturisise la sfârșitul stagiului că „o făcuse și la postul unu, și la doi, și la drapel", lăsându-și sămânța precum câinii urina. Nu îl condamna, îi părea însă un efort prea mare în comparație cu satisfacția obținută.

Trecuse prin întreaga gamă de sentimente și senzații care pot căli sau distruge psihicul uman: simțise frustrarea sexuală, privarea de libertate, privarea de somn, extenuarea prin marșuri nesfârșite care le transformaseră picioarele în carne vie. Nu îi învățase nimeni să nu pună bocancii noi pe șosete de lână la fel de noi. Când li s-au spart bășicile și s-au infectat, au umplut infirmeria.

La venirea iernii, frigul și lipsa apei calde îi băgaseră pe unii în izolator, cu păduchi, iar pe ceilalți îi transformase în perne de ace

pentru penicilină! Trecuse ceva timp până să învețe să aibă grijă
de ei înșiși. Să aibă tot timpul ascunsă o pereche de ciorapi uscați,
un maiou și, la o adică, medicamente. Infirmierul fusese asistent
la o herghelie și îi trata mai rău decât pe niște animale.

Cu timpul, aproape reușiseră să pună mâna pe unitate. Care
mai de care se băgaseră pe sub pielea ofițerilor și, după aptitudinile
fiecăruia, se lipiseră fie de unitatea de reparat aparatură electronică
(singura care avea legătură telefonică cu exteriorul, în afara tele-
foanelor de la comandament), fie de intendență sau de curieri. Era
și unul care se pricepea să facă cel mai bine ciorba de burtă.

Se făceau schimburi între cei care aduceau mere, cei care furau
bitter, cei care făceau rost de brânză topită pentru export și cei de
la Avicola care aduceau ouă pe care le depozitau în cele mai ciudate
locuri înainte de a le mânca sub formă de omletă, cu slăninuța
afumată și cu ceapa aduse de colegii ardeleni.

Când intraseră de serviciu la bucătărie și învățaseră mersul lu-
crurilor, totul devenise mai simplu. Oricum, ca să cureți în șase
inși 250 de kile de cartofi era exagerat. Ajunseseră să curețe un
cartof din șase mișcări, nu avea importanță cât se pierdea din el.

Poate cel mai greu fusese să se obișnuiască cu stilul de a face
curățenie. Mâncarea, și așa puțină, era pusă în blide din inox fo-
losite de multe generații, care nu fuseseră spălate niciodată ca
lumea. E adevărat că nu exista apă caldă și asta făcea imposibilă
îndepărtarea seului, dar soldatul, inventiv cum era, găsise soluția:
erau lustruite cu fața de masă ce ajungea să poarte pe ea întreaga
listă de bucate. Nu era prea lungă! Curios, nimeni nu făcuse he-
patită, nici măcar la stomac nu se deranjase, deși mâncaseră toate
nenorocirile.

Privațiunile făcuseră să se atingă niște limite și în cele din
urmă spiritele se încinseseră. Se bătuse de trei ori în armată.
Prima oară totul pornise din joacă. Impropriu spus bătaie, câțiva
pumni schimbați pe înfundate, care îi turtiseră nasul de tot. Toți

trecuseră prin acel moment în care ar fi luat gâtul celui de lângă el pentru o bucată de pâine!

Ofițerii lor? Unitatea era un fel de cimitir al elefanților. O unitate disciplinară pentru cadrele MI. Foști spioni care clacaseră psihic luând-o pe calea băuturii, procurori militari prinși cu mâța în sac și degradați pentru că avuseseră și ei o amantă!

Inițial fuseseră jandarmi, apoi trecuseră sub MI pentru a justifica bugetul și salariile mai umflate. De aici și râca dintre MApN și MI. Banii și nu în ultimul rând pregătirea militară. Menită să îndeplinească mai multe misiuni, atât pe timp de pace cât și de război – paza obiectivelor strategice, păstrarea ordinii publice, lupta în spatele unui eventual front – o unitate de securitate era departe de ceea ce ar fi trebuit să fie. Superioară uneia a armatei numai prin numărul de trageri în poligon. În rest, foamea și echipamentele vechi le făceau la fel de ineficiente. La transmisiuni, locul unde ascundeau sticlele de băutură în stațiile rusești, pe lămpi, ale căror module se deschideau precum sertarele unui dulap, funcționa aparatură din cel de-al Doilea Război Mondial. Întrecea în fiabilitate și putere tot ce ieșise nou, dar avea peste patruzeci de ani! Deasupra lor își uscau bocancii și șosetele, atâta căldură degajau!

Relația cu gradații fusese bună. E adevărat că le cumpărase bunăvoința cu țigări și băutură, dar cel puțin nu pescuise în chiuvetă, nu frecase latrinele cu periuța și nu făcuse ore de conducere cu valiza pe sub pat. Nu scăpase de rolul de satelit artificial al plutonului pe care, cu larghețe, i-l oferise comandantul de pluton, un locotenent, un hibrid între urangutan și oligofren, deși spunând asta îi nedreptățea pe amândoi! Nu îi purtase pică individului nici când îl păcălise cu o chestie. Îl luase deoparte și îi spusese că e în interesul lui să învețe bine pentru examenele de grad care se dădeau la sfârșit de stagiu ca să ajungă gradat. Așa avea să scape de serviciul de la cantină. Învățase, trăsese foarte bine și, când se împărțiseră gradele, constatase că era printre ultimii, iar alții, cu rezultate mai slabe decât el, primiseră onorurile. Aflase atunci că, pe lângă cinste și cuvânt, mai există și jigodii. Nu uitase și că, la sfârșitul următorului stagiu, când fusese de față și comandantul cel mare, trăsese din trei gloanțe unul în zece și celelalte aiurea! Ieșise un adevărat circ! Enervat, lentul începuse să îl alerge prin poligon cu un băț, țipând: „Fruntaș, stai! Drepți!" Numai că el fugea scăpărând din călcâie spre amuzamentul colegilor. Sfidarea fusese evidentă, însă lentul nu-i băgase la arest atunci, așteptase să fie ofițer de serviciu pe unitate și, sub pretextul că nu își curățaseră ca lumea armele, băgase jumătate de pluton la arest.

Locul unde se ispășeau pedepsele era o cameră mizeră aflată sub sala de mese, cu geamul spart și în care o țeavă crăpată formase o mică piscină. Cum nu era decât un țambal pe care să poți sta, zevzecul dăduse ordin să fie aduse mese și se culcaseră pe ele.

Primele ore trecuseră bine. Cântaseră toate cântecele pe care individul îi pusese să le învețe, de la „Treceți batalioane române Carpații", interzis ca să nu deranjeze amorul propriu al naționalităților conlocuitoare, erau totuși în Ardeal!, și până la arii din Aida de Verdi. După câteva ore de stat în frig, odată cu lăsarea nopții, entuziasmul le trecuse și în camera de arest se așternuse liniștea. Înghesuiți unii în alții adormiseră pentru a se trezi doar în momentul în care un bucătar, un ungur care probabil că știa prin ce trec, venise cu o oală de ceai fierbinte. Supliciul li se terminase puțin înainte de deșteptare când, pentru a nu fi găsiți de primele cadre care veneau în unitate, lentul îi trimisese la dormitor. Nimeni nu mai râdea. Niciunul nu își mai simțea spatele. Amorțiseră de frig.

Curios a fost cum ei, un pluton format din oameni care veneau din orașe diferite, de naționalități diferite, au acționat unitar. Fiind unitate de intervenție, aveau un regim special și, printre restricțiile la care erau supuși, era și aceea că nu aveau voie să posede radiouri, pentru a nu putea afla vești de la posturi străine, adică „Europa liberă" și „Vocea Americii". Dar vechiturile acelea rusești de la transmisiuni puteau comunica cu cealaltă emisferă a globului, astfel că recepționarea celor două posturi era o bagatelă.

Așa aflaseră de revolta muncitorilor de la Tractorul din Brașov. Întâmplarea făcea ca printre ei să fie și studenți la Politehnica din acel oraș, ai căror frați sau părinți lucrau în uzină și acum poate că erau pe stradă. Izul de senzațional dat de crainicii posturilor din străinătate îi puseseră pe jar. Apogeul fusese atins în momentul în care le fusese ordonată echiparea și se culcaseră efectiv cu armele în pat, în timp ce, pe platou, mașinile de intervenție erau pornite din când în când pentru a se păstra motoarele calde.

Vechile Bucegi pe care le aveau în dotare trebuiau încălzite cu câteva ore înainte de aplicație ca să pornească în cinci minute, cum era prevăzut pentru plutoanele de intervenție. Pe toți îi măcinase întrebarea: „Ce ne facem dacă se dă comanda să se tragă?" O rumegaseră în tăcere până ce unul dintre ei avusese curajul să o pună tuturor. „Nu tragem!", venise răspunsul din partea fiecăruia.

Ei știau ce se întâmplase de fapt la Brașov. Noroc, ghinion, răzmerița fusese stinsă fără ajutorul lor. Oare i-ar mai fi trimis cineva știind că, dintre ei, aproape jumătate erau brașoveni?

Nu fusese singura criză prin care trecuse. Mai greu fusese momentul în care primise scrisoarea de adio din partea unei prietene. Nu o iubise, dar senzația pierderii ei fusese atât de greu de suportat încât fusese la un pas de dezertare! Exista un concurs neoficial al scrisorilor, în care el și cu un brașovean erau în competiție. Dacă respectivul primea scrisori de la o singură femeie, el avea mai multe surse de unde îi soseau vești, iar ale celei care tocmai îl părăsise erau considerate cele mai frumoase și mai originale. Plicurile erau făcute din hârtii de diferite culori, parfumate și împodobite în funcție de mesajul care îl transmitea, de starea fetei.

El fusese principalul vinovat. Ajuns în permisie acasă, nici măcar nu dăduse pe la ea să o vadă. Nici nu o sunase ca să îi spună, iar fata aflase. Oricum relația lor fusese de la început mai permisivă, ea știind că el are o altă iubită, așa că totul avusese o nuanță de le-gătură extraconjugală. Când citise rândurile prin care îl anunța că a găsit pe cineva care are într-adevăr nevoie de ea și o iubește, iar ea, deși încă ține la el, va rămâne cu respectivul, simțise că i se rupe ceva în piept, că rămâne fără aer și că îi fuge pământul de sub pi-cioare. Simțise sângele scurgându-i-se în picioare și rămăsese palid privind zidurile unității. Ar fi plecat atunci acasă ca să o vadă. Cu greu rezistase ispitei de a dezerta. Plânsese ascuns în WC. Lacrimile făcuseră să i se descarce sufletul, să treacă peste durere și, atunci, mirat de propria reacție se gândise îndelung la ea.

Un lucru poți face în armată: să gândești. Ai atâta timp liber încât poți analiza fiece clipă din viața ta pentru ca, în cele din urmă, să îți dai singur verdictul. Faptul că era în serviciul de gardă făcea ca timpul să treacă greu, așa că rememorase fiecare moment din anii care trecuseră. Patru ore gardă, patru veghe, patru somn. Alternanța asta te face la un moment dat să nu mai știi sigur în ce zi ești și dacă, atunci când te scoli, este zi sau noapte. Cine scornise modul ăsta de a păzi o unitate nu se gândise la paza unității, cât la o tortură psihică. Și totuși avusese posibilitatea să treacă de o ba-rieră a minții și să dea în final un verdict.

Fata avea dreptate. Oricât îi fusese rănit orgoliul de mascul, își merita soarta și ea libertatea. Nu o mai văzuse niciodată, nici nu îi mai scrisese. Ajunsese să-l înțeleagă pe un bucureștean care își îndeplinise stagiul militar mai mult pe la arest și care, înainte de a veni în armată, se despărțise de prietena lui. Nu a vrut să aibă surpriza să o găsească măritată la întoarcere. Vorba aia: „Cine face armata e un bărbat, cine nu, face cât doi!"

Până la urmă, tot ce aveau de făcut era să treacă timpul, vorba lui taică-su: „În armată, orice timp pierdut e un timp câștigat!" Cu cât trecea mai repede o zi, cu atât se scurta AMR-ul!

După câtva timp băiatul celălalt, cu care era în competiție ca număr de scrisori, primise și el o scrisoare asemănătoare. Căderea lui fusese și mai mare. Noroc că ieșiseră din serviciul de gardă și nu mai aveau acces la gloanțe, altfel nu se știa dacă nu ar fi ajuns să își tragă un glonț în cap. Curios că nimeni nu își dăduse seama. De unde fusese un tip îngrijit începuse să se lipsească și de puținele dușuri care se făceau la una-două săptămâni, nu mai vorbea cu nimeni și, în timpul unei partide de șah, sărise cu un briceag la colegii care îndrăzniseră să îl ridiculizeze în legătură cu prietena lui. Incidentul trezise în el dorința de a lupta și, de ce nu, acea doză de agresivitate necesară supraviețuirii. Arăta chiar fioros cu părul slinos, lipit de cap, și acea furie din ochii lui îl făcuse pe respectivul să părăsească scena.

Unul dintre gradați, un oltean, fusese poate cel mai aproape de adevăr în ceea ce privește părerea lor despre ei ca studenți. Îl ținea minte cocoțat pe o țeavă de apă caldă care trecea pe lângă fabrica de nutrețuri combinate, având în mână un pahar de băutură, spunându-le: „Decât student, mai bine sergent al armatei române. Uite, eu stau aici la căldurică în timp ce voi dați cu lopata la căcat!" Și ăsta era adevărul. Erau puși să curețe un canal de scurgere blocat de furaje fermentate, care duhneau a excremente. Ba un tablagiu se gândise să îi bage desculți în apă. Noroc cu un civil, administratorul fabricii, care le dăduse cizme de cauciuc, luându-le apărarea. Ar fi fost groaznic să intre desculți în mocirla aceea rece, în care colcăiau viermi albi, lungi de jumătate de metru.

Așa ajunsese la concluzia că militarilor, pe măsură ce li se dădeau grade, li se lua din creier. Cei care rămăseseră oameni se puteau număra pe degetele unei singure mâini! Statutul lor de TR-iști le fusese precizat clar de un ofițer cu pretenții de intelectual care tocmai terminase Academia Militară:

– Inginerii p...lii, asta sunteți! După care le dăduse câteva sfaturi de conduită: Știți de ce nu aveți voie să beți? Pentru că, dacă vă îmbătați, vi se scoală și atunci vi se ridică pătura de pe picioare, rămâneți descoperiți și răciți.

O logică după mintea lui!

„Dacă nu o băga tac-tu în mă-ta, poate că nu ieșea un avorton ca tine și mai mult ca sigur era beat de-ai ieșit atât de prost!", șoptise un coleg spre amuzamentul celorlalți.

Nu putea spune că nu fuseseră și momente frumoase. Lentul dăduse la un moment dat în hepatită și rămăseseră singuri. Plictisiți de atâta armată, trecuseră de alt ciclu pe care își vărsaseră furia, gradații îi scoteau în poligon și îi duceau în pădure. Se juca fotbal, cărți, se prăjea slănină și se bea, bineînțeles. Ce să faci pe frig?

Curios că, în cele din urmă, ajungeai să asimilezi unitatea cu termenul de casă! Alarmele, completările, schimburile de bocanci care se făceau odată ce veneau alți pifani ajungeau să fie normalul vieții tale, demonstrând obișnuirea omului cu răul, în ciuda faptului că, undeva, gândul rămânea îndreptat tot către casă și familie.

Terminase antrenamentul și o luase prin Parcul Rozelor, spre centru. Nu ajunsese la Continental când se întâlni cu o coloană de soldați ce avea drapelul în frunte. Ciudat, cu atât mai mult cu cât știa că este scos doar pe vreme de război. Ce se întâmpla? Îi auzise pe băieții din Timișoara că se produseseră încăierări între susținătorii unui pastor reformat și poliție, care le-ar fi dat câteva bastoane pe spinare. Cică ar fi trebuit să îl aresteze Securitatea și s-ar fi opus enoriașii. Cum naiba, că dacă era să te ia băieții nici nu știai nici când, nici de unde te ridicau?!

Fețele soldaților erau vesele, păreau să fi ieșit la plimbare prin centrul orașului. Curios totuși, mai ales că duminica aveau liber, fiind ziua când veneau rude sau prieteni în vizită. În fața hotelului Continental, oamenii stăteau adunați în grupuri mici, de câte trei-patru, comentând evenimentele.

De obicei pustie duminica, zona era animată și, în parcare, se puteau zări câteva mașini cu numere rusești. Se îndreptă către ele. Inițial crezuse că sunt sârbești. Putea să cumpere de la ei Vegeta, spray-uri, creme. Când le făcu semn să îi arate ce au, cei patru indivizi dintr-o mașină dădură din umeri: nu aveau nimic de vânzare. „Atunci, ce faceți aici?" se întrebă fără să vrea. Dezamăgit, se amestecă printre oameni. Recunoscu și câțiva dintre bișnițarii care vindeau sau cumpărau valută lângă magazinul Bega. Și ei păreau să aștepte. „Ce naiba stau toți așa?" Comentau evenimentul petrecut cu câteva zile în urmă. Tot auzea numele lui Tökes Laszlo. La urma urmei, trebuia să vadă și el despre ce era vorba. Nu era departe, așa că se duse către Piața Maria. Se numea așa pentru că, exact în intersecție, se găsea o statuie a Fecioarei unde tot timpul erau aprinse candele. Avu ocazia să se convingă că într-adevăr ieșise scandal: existau încă geamurile sparte de țiganii care profitaseră de situație ca să jefuiască un magazin de blănuri și unul de electronice. Și aici erau strânși oameni cu intenția de a-l apăra pe pastorul lor. Nu erau numai unguri printre ei, ci erau și studenți români. Ba auzise că fuseseră deja arestați câțiva pentru scandalul de acolo. Timpul trecea și piața începea să se umple de curioși, care mai de care să afle ce s-a întâmplat. Părea o scenă desprinsă din Păsările lui Hitchcock și grupuri, grupuri de oameni începeau să apară și să se unească pentru ca, în timp, să dea naștere altora mai mari.

Plictisit de atâtea vorbe, se îndreptă spre centru. Aici se schimbaseră datele problemei, oamenii erau și mai mulți și apăruseră deja grupuri compacte care aproape că ocupaseră linia de tramvai. Se scurgeau imperceptibil spre Comitetul Județean de Partid.

Nu știu când și mai ales cum explodă bomba. Un cap se înălță și privi pe geamul de la Comitetul Județean de Partid, apoi țipă: „Uitați, bă, ăstia au portocale și noi murim de foame!" Avea grijă partidul de fiii lui cei mai buni în cinstea sărbătorilor de iarnă și a lui Moș Gerilă!

Nu văzuse scena. Era încă departe de locul în care se aflau primele rânduri de manifestanți. Veștile ajungeau la el prin telefonul fără fir. Doar sunetul surd din depărtare era de neconfundat:

veneau TAB-urile, cu toată viteza. Mulțimea de-abia apucă să se dea în lături. Care mai de care fugeau pe străzile lăturalnice, încercând să se ascundă. Se auziră primele focuri de armă și gloanțele șuierând. Unul îi trecu pe la ureche și se opri undeva, în perete. Fu curios să îl vadă. Era subțire și lung, cu vârful din vidia. Nu mai văzuse așa ceva. Cine avea în dotare așa ceva? Trupele de securitate, despre care se spunea că aveau cel mai modern armament din dotare! Îi păru ciudat că nu se simțea implicat în ceea ce se întâmpla, parcă ar fi fost un simplu observator pe care evenimentul nu-l afecta. Prin fața lui trecu o femeie ce-și trăgea de mână copilul. Nu avea mai mult de patru ani. Fusese lovit, mama însă nu realizase că era mort și îl trăgea după ea, având pe față zugrăvită uimirea. „Haide, mamă, odată! Haide odată!", îi spunea copilului, un băiat din gura căruia curgea un firicel de sânge.

Confuzia puse stăpânire și pe Mihai. Nu îi venea să creadă că se întâmpla așa ceva. Cum se putea? Era imposibil! Crescuse în spiritul partidului, cu respect pentru el și pentru conducători, și fusese convins că neajunsurile cu care se confruntau acum erau rodul imperialiștilor, al mașinațiunilor lor în încercarea de a arăta că societatea socialistă este proastă, dar că în timp ele vor fi depășite și că le vor arăta ei! Nemulțumirea era normală, dar se ajunsese prea departe. Poate că s-ar fi rezolvat problemele mult mai ușor dacă s-ar fi discutat și în timp s-ar fi aranjat toate.

Fugi. Trecu pe lângă oameni care se împiedicaseră, dar nu se opri, instinctul de conservare era mai puternic. Trecu pe lângă o baricadă dintr-un tomberon de gunoi făcută în fugă de oameni ce încercaseră să oprească tăvălugul TAB-urilor, dar văzu peste umăr cum este spulberată ca o cutie de carton.

Un puști, copil al străzii, improvizase un cocktail Molotov și sărise pe blindat. Îl aruncase arzând pe chepengul deschis, după care fugise. Ușile laterale se deschiseră și din amfibie debarcară câțiva soldați și puseră stăpânire pe Comandamentul Militar. În curând, piața fu ocupată, dar soldații nu merseră mai departe. Nu trecu nici o jumătate de oră până ce toate punctele strategice fură ocupate. Oamenii se regrupară spre Piața Șapte Sute. Comentau isterici întâmplările și nimănui nu-i venea să creadă că apăruseră primii morți. Chiar dacă nu se mai vedeau pentru că rămăseseră pe undeva în urmă! La un moment dat, liniștea, și așa precară, fu întreruptă de un singur foc de armă venit dinspre Spitalul Militar. Un tânăr se prelinse din picioare și căzu cu capul pe refugiul tramvaiului. Glonțul îi perforase țeasta și acum zăcea cu capul pe beton, în timp ce balta de sânge de sub cap se lățea. Cel cu care stătea de vorbă, speriat, rămăsese un moment țintuit locului, apoi luându-și bicicleta de coarne o luase la fugă, lanțul îi căzuse și disperat trăgea de ea cât mai departe de ochiul lunetistului. Inițial, oamenii îngroziți se răspândiseră ca potârnichile. Fusese însă prea mult. Trupul neînsuflețit al tânărului îi mustra pentru lașitatea lor.

„Huo! Huo!", strigau deja. „Jos comuniștii! Jos Ceaușescu!"

Pe unii numai ideea asta îi făcea să se cutremure și totuși toți deveniră unul! Ocolind cordonul de militari plecară spre centru. Rând pe rând, magazinele fură sparte. Se deschideau șampanii și se sărbătorea bând din borcane de iaurt. Librăria Eminescu era golită și pe geam erau aruncate afară Operele complete ale tovarășului. Se făcu un morman și i se dădu foc. Un bătrân băgă mâna în foc și scoase un volum de Creangă.

– Măi copii, el nu are nicio vină!

– N-am vrut, tataie! îi răspunse un tânăr. Noi cu odiosul avem treabă.

Încă nevenindu-i să creadă, Mihai urma grupul de tineri care scoteau tot din magazine și dădeau foc. O farmacie fu aprinsă și începu să ardă scoțând un fum gros și înecăcios cu iz de liliac. Locatarii de prin blocuri priveau spectacolul de la ferestre. Cei de deasupra parfumeriei dădură drumul la apă ca să le inunde casele. Aveau parchet și se încinsese în așa hal încât începuse să fumege.

În spatele grupului de tineri, o maşină de pompieri îşi făcea tacit datoria, stingând ce aprindeau alţii. Ajunşi lângă catedrală văzură că drumul către Comitetul Municipal de Partid era închis de trei rânduri de soldaţi comasaţi unii în alţii. Stăteau de vorbă cu oamenii. Râdeau! Nici ei nu ştiau prea bine ce se întâmpla, dar aveau ordin să nu lase pe nimeni să treacă. Oamenii se strânseseră între catedrală şi cinematograf şi schimbau impresii cu soldaţii.

– I-au închis pe studenţi în cămine! se auzi o voce din mulţime.

– Să mergem să îi luăm! se auzi o alta.

Masa de oameni se deplasă încet către pod. De nicăieri apăru un steag căruia îi lipsea stema, în mijloc avea o gaură. Urmărind drapelul, oamenii se îndreptară către sechestraţi.

– Uite, aişea iaste căminele studenţilor! se auzi o voce ce semăna a fi o moldovenească rusificată.

Cum de nu ştiau unde sunt căminele, punctul cel mai cunoscut din Timişoara? Locul unde poţi găsi orice, la orice oră! Chiar şi femei, dacă doreai, puteai găsi. Aici erau şi studenţii străini, şi chefurile, totul se învârtea în jurul căminelor studenţeşti din Timişoara. Grecii, sârbii, arabii, toţi locuiau aici. Curvele, peştii, jucătorii de cărţi, de barbut, hoţii, şmenarii, valutiştii se ascundeau în zona asta care se comporta ca un stat în stat, ceva de genul zonelor libere de orice, chiar şi de lege.

Deşi scurt, drumul până la cămine nu trecu fără incidente. Primii ajunşi, ameţiţi de alcool, se apucară să spargă, cu un drug de fier găsit pe drum, un amărât de Oltcit ce aparţinea unui negru. Într-adevăr, uşile metalice, cu grilaje de fier, ale căminelor erau încuiate. Nu rezistară însă mult sub loviturile manifestanţilor. Rând pe rând, studenţii fură scoşi din cămine, deşi fuseseră consemnaţi să stea înăuntru sub ameninţarea că vor fi daţi pe mâna miliţiei. Rândurile manifestanţilor se îngroşau din ce în ce mai mult. Întunericul făcea ca totul să pară mai uşor. Estompa frica de a fi văzut făcând ceva până mai ieri de neconceput. Mihai strigase și el, chiar dacă mai gâtuit la început: „Libertate!", „Caligula imperator și-a făcut calul senator, Ceaușescu, mai galant, și-a făcut iapa savant!" Nemulțumit de ceea ce văzuse în cămine, Mihai s-a hotărât să se întoarcă la catedrală. Simțea că acolo avea să fie centrul revoltei.

Culmea este că știuse că se va întâmpla. Aflase întâmplător de la un vecin care lucra în Ministerul de Externe. Întors din misiune și cherchelit, răsuflase ușurat spunând: „Am scăpat și de data asta neprins!" Mai în glumă, mai în serios le povestise că la Malta zarurile fuseseră aruncate. Bush și Gorbaciov hotărâseră viitorul omenirii. Existase pe ordinea de zi problema României. Ceaușescu fusese condamnat și, odată cu el, regimul comunist de la București, ba chiar și poporul, care rămânea în zona de influență rusească.

Între timp, de dincolo de cordonul de soldați se trase. Grupul de oameni se împrăștie căutând scăparea în interiorul catedralei, dar porțile fuseseră însă închise de preoți. Se încerca evacuarea răniților. Unul cu piciorul sfârtecat de un glonț fu urcat într-o mașină oprită cu forța. Un individ se pusese în fața ei în genunchi ca să o facă să oprească. Voia să își salveze prietenul împușcat. Nu se vedea nimic, nici de unde se trage, nici în cine. Se auzeau numai gloanțele șuierând și făcând scântei când loveau asfaltul. Printre ele, perechi care ieșiseră la plimbarea de seară își purtau copiii fără să vrea prin moarte. Nu realizau că se trage. Și că se moare.

Fugi. Încerca să se întoarcă către cămine, dar în intersecție fusese debarcat un pluton de soldați care se camuflaseră în tufișurile de lângă blocuri. Trăgeau în studenții care aruncau în ei cu borcane. Unde să se ducă? Calea către hotel era tăiată, în cămine nu mai putea ajunge, ce naiba să facă singur noaptea? Și deodată împușcăturile încetară. Se lăsă liniștea, cel puțin în centrul orașului. Era tulburată doar de sirenele ambulanțelor ce cărau răniții la spitalul județean. Se îndreptă către catedrală. Nu mai era țipenie de om, doar în depărtare se vedeau soldații care se retrăseseră către Comitetul Municipal de Partid. Pompierii stinseseră ultimele focuri și plecaseră către unitatea lor.

Nu știa unde-s ai lui și asta era mai frustrant decât orice. Trecu prin fața catedralei gândindu-se că poate ocoli barajul pentru a ajunge dincolo de locul de cazare. Se uită în treacăt și i se păru că vede o umbră pe unul dintre stâlpii de la intrarea în biserică. Urcă scările curios să vadă ce e. Pipăi umbra și duse degetele la nas. Era sânge. Se cutremură. Al cui o fi fost? Era mort? Îi trecură rapid câteva gânduri prin minte. Dădu să se îndepărteze de locul acela, dar coborând în fugă i se păru că se împiedică. Căzu gândind: „Futu-i!" Nici măcar nu realiza că murise.

În pata de sânge de pe stâlp începu să lumineze, inițial palid, apoi din ce mai puternic chipul Mântuitorului.

2.

ALEGEREA

Era a doua zi de când rătăcea pe pământ. Îl uimea cât de bine își amintea totul. Cele mai ascunse dorințe, care cândva îl chinuiseră, acum defilau pur și simplu, într-o ordine perfectă, prin fața minții lui. Secundă cu secundă, minut cu minut, curseseră lin ca o apă pe măsură ce i se arăta totul. Lucruri demult uitate, altele pe care voise să le uite, ieșeau la suprafață și le putea privi în altă lumină: aceea a unui observator.

Retrăise propria viață în cronologie inversă, cu singura deosebire că sentimentele și senzațiile acelor momente îi erau întrucâtva străine. Durerea propriei nașteri, chinul mamei, fericirea de pe chipul ei stors de vlagă când îl văzuse prima oară, primii pași, bucuria de a se putea mișca singur, nesiguranța pe care o simțea când era lăsat de mână, groaza de a nu fi părăsit de aceea care-i dăduse viață, gustul amar al fricii când alunecase în bazinul plin cu apă și apa îi invadase plămânii; școala în care învățase, prietenii de acolo, orele de studiu, cearta pe care o încasase când încercase să scrie cu stânga, fata pe care o sărutase prima oară și căldura sânului ei când i-l atinsese; liceul, facultatea, căsătoria, sentimentul confuz din acea clipă, nașterea primului copil, al celui de-al doilea, accidentul soției, certurile cu părinții, cu frații, banii, discuțiile filozofice, crezurile religioase, chefurile, meciurile de fotbal, geloziile nevestei, disprețul ei, pacienții pierduți, fețele lor care-i tulburau somnul noaptea, disecțiile, mulțumirile, blestemele, înmormântările, filmele, nunțile, romanele... E ciudat câte nimicuri ne umplu sau ne-au umplut cândva viața. Și toate astea culminau cu acel accident.

Accident? Cum i se putuse întâmpla? Încă nu-i venea să creadă cât de stupid murise. Nimic eroic, nimic senzațional, pur și simplu stupid. Revăzuse scena de sute de ori și, cu exactitatea unui chirurg, realizase că probabilitatea de a se petrece aceeași prostie a doua oară era de una la un milion! Ce se ascundea în spatele acestei scăpări care-l costase viața? Pe el, unul dintre cei mai renumiți chirurgi. Nu era iubit, nu era urât, doar recunoscut ca fiind un medic de excepție, care făcea din chirurgie o artă. Cel puțin asta știa.

Vârfurile nu au prieteni, sunt legate de ceilalți prin fire nevăzute, determinate de interese, dar sunt singure. Așa era și el, deși nu se simțise niciodată un solitar. Munca îi umplea într-atât timpul încât uita de tot și de toate. Avea chiar un exercițiu personal pe care îl folosea ca și cadru didactic în a-i învăța pe ceilalți. Când se plictisea, lua o carte de chirurgie și o deschidea la întâmplare. Își închipuia un pacient ce avea boala respectivă, îi atribuia o personalitate, o vârstă, niște boli asociate, după care instituia tratamentul optim pentru acel caz. Îl opera mental luând în considerare toate lucrurile neprevăzute ce-ar fi putut interveni. Își înnebunise rezidenții cu întrebarea: „Ce s-ar întâmpla dacă?...“ De cele mai multe ori, tot el răspundea. Acum îl lovise tocmai pe el neprevăzutul pe care îl stăpânise atâția ani de zile! Cum? Nu știa.

Făcea o incizie unui pacient care avea un abces. De ce se băgase el? Era destul de bătrân ca să nu i se poată reproșa că-i lasă pe puștii ăia infatuați să tragă la jug. Le-ar mai fi tăiat din nas! Rămăsese pentru bani? Avea nevoie de ei pentru copii, meditații, mâncare, îmbrăcăminte...

Oamenii erau prea săraci ca să se îmbogățească. Și nu ceruse niciodată ceva. Dacă i se oferea, bine, dacă nu, la fel. Îi repugnau cei care condiționau actul medical și, pe măsură ce-i descoperea, le făcea vânt, elegant, fără ceartă. Îi făcea să plece singuri. Nu-i suporta, nici nu se sfia să le-o arate, drept pentru care nu era prea iubit de clica lor. Reprezentau o pată pe casta medicilor pe care el o considera sacră, drept pentru care se înconjurase de medici tineri, avizi de cunoaștere, nu de bani, care erau încă nepătați. Nu-i putea condamna că acceptau cadouri, bani. Puțini știu că un chirurg care se rănește la mână, chiar și o tăietură la deget, nu are voie să intre în sala de operații. Darămite să meargă pe scara autobuzelor sau să care saci de cartofi sau murături cu cârca de la piață!

Pacienții îl iubeau și asta era de-a dreptul o sfidare la adresa celorlalți.

Medicina actuală tinde să fie tehnicistă, impersonală, degenerează legătura dintre medic și pacient, tradițional afectivă. Astfel că pacienții își pierd identitatea ajungându-se să fie identificați cu boala pe care o au. Asta se întâmpla dintr-un soi de autoprotecție a medicilor care, pentru a nu suferi în urma unui eșec care vine în practica fiecăruia, preferă să rămână distanți. Relația cu pacientul se limitează la momentul operator, la schimbarea pansamentelor și, eventual, la primirea plicului!

Bolnavul de acum era o cunoștință mai veche, îl mai tratase mai demult de o hernie, parcă. Nu-și mai amintea exact. La câți pacienți îi trecuseră prin mâini, ar fi fost și culmea. Fără să vrea să rănească amorul propriu al cuiva spunea studenților că omul, ca animal rațional, în fața bolii uită de rațiune, pentru a se comporta ca un animal. Crezuse sincer că individul evoluat se manifestă în momentele cruciale cu aceeași noblețe ca în cel mai banal moment. Pentru om, boala, durerea, reprezintă un moment deosebit și de aceea, după modul cum își acceptă condiția, îți dai seama de cine anume este mai apropiat, de om sau de animal. Asta nu ține seama de educație sau de pregătirea intelectuală. Nu toate marile personalități ale lumii se purtaseră cu demnitate în fața bolii sau a morții. Oare nu este boala primul pas către moarte, nu

atunci apar întrebările existențiale, când se întrevede iminența
întâlnirii cu Marea Doamnă? Și atunci un individ care se vindecă
va reacționa asemenea unei rude îndepărtate din regn, neuitându-și
salvatorul și întorcându-se la cel care l-a salvat, deși poate că ani-
malele au mai multă recunoștință. Așa se întâmplase și acum, de
se întorsese la el pacientul pe care-l tratase și de la care plecase
totul.

Tăiase abcesul care făcea mâna pacientului să arate ca un măr
copt și, cu mâna dreaptă, începuse să stoarcă puroiul galben când
se auzi strigat de asistentă. Pentru prima dată în viața lui tresări în
timpul unui act chirurgical și se întorsese în direcția ei. Nimic
important, fusese chemat la o ședință administrativă. Când își
întoarse privirea la munca lui văzuse mănușa tăiată. Nu cursese
sânge, nu observase nimic alarmant, așa că se spălase în grabă, își
schimbase mănușile și continuase debridarea infecției.

O zi normală, așa ar fi putut-o numi în alte condiții, după cum
se desfășurase în continuare, fără evenimente, fără ceva care să-i fi
rămas în memorie. A doua zi se trezise cu mâna dreaptă umflată
până la cot. Arăta ca un mic butoiaș, degetele nu le mai putea
mișca și avea senzația că, dacă înțeapă pielea, mâna i se va desum-
fla ca un balon. Își amintea că se gândise că n-o să mai poată opera
cu mâna aceea. Noroc că era ambidextru. Îi priise bătaia pe care
i-o dăduse taică-su în copilărie, când îl văzuse mâncând cu cealaltă
mână. Fusese o problemă de timp ca să învețe să le folosească pe
ambele la fel de bine. Ciudat cum experiențele trecutului se înlăn-
țuie cu viitorul!

Ca de obicei îi veniră în minte complicațiile care puteau apărea
în urma a ceea ce i se întâmplase. Știa cât de repede se poate
schimba totul, așa că se prezentase ca un pacient la spitalul pe care
îl conducea de ani de zile. Se amuzase de fețele subalternilor lui
medici, marea majoritate studenți și foști rezidenți de-ai lui, în
momentul în care-l văzuseră. Faptul că venise mai devreme decât

de obicei îi pusese pe toți pe jar. Crezuseră că este un control inopinat. Nu erau obișnuiți cu așa ceva. Nu controla niciodată pe nimeni, pentru că era de părere că orice este impus face ca omul respectiv să-l perceapă ca pe un lucru străin, iar ce nu vine din interior nu rezistă în timp. Ca și dragostea, munca de calitate cu de-a sila nu se poate. Se mulțumise să conducă din umbră. Știut fiind că bârfa este în cea mai mare parte adevărată și că este de ajuns să asculți și să privești, acționa conform principiului „omul potrivit la locul potrivit". Un spital este un angrenaj în care fiecare piesă trebuie pusă la locul ei, astfel încât mașinăria să meargă. Orice nou-venit trebuie să se integreze mediului în care pătrunde.

De multe ori pierduse oameni capabili pentru că nu s-au putut integra în grup, chiar dacă regretase deciziile de a-i îndepărta sub un pretext sau altul. Aici nu avea nevoie de un medic bun, ci de o echipă, or, o echipă se bazează pe calitățile celor care o compun, poate chiar și pe defectele lor. Cu un medic prea plin de compasiune pentru pacienți nu prea ai ce să faci în urgență, în schimb este util în secțiile de terapie intensivă.

Sensibilitatea sau o doză de sadism pot fi în același timp calități ori defecte în medicină. Aici intervenea rolul lui de lider. Era bun și știa asta. Spre deosebire de alte spitale, la aceleași fonduri mizere, pacienții erau mai bine tratați, iar medicii mai bine plătiți și la timp. Rar se întâmpla să întârzie plata salariilor sau să nu se poată face la dată fixă și asta în niciun caz din cauza administrației, ci a sistemului bugetar sau de asigurări care funcționa greoi.

Pe medicii care îl consultaseră îi cunoștea ca pe propriile buzunare. Știa care dintre ei îl plăceau și care nu, părerile pe care le aveau unii despre ceilalți și care cu cine era încurcat. Admitea și relațiile extraprofesionale în spital. De fapt, se făcea că nu le vede. Bine, rău? Știa doar că pentru liniștea unui individ era ceva necesar și cum prea mulți dintre ei nu aveau o viață normală de familie din cauza profesiunii lor, mult prea exclusi-vistă, era îngăduitor.

Își amintea cuvintele unei doctorițe care-i spusese că tratamen-tul cel mai bun pentru combaterea stresului este sexul. De asta lăsase dreptul medicilor de a avea locuințe de serviciu, cu dușuri și baie. Dacă tot o făceau, măcar să o facă civilizat.

Cât despre el, mai degrabă era socotit de personalul feminin un bătrân impotent, pentru că nu avusese nicio relație cu vreo femeie din spital, doctoriță sau asistentă, ori asta îl făcea să iasă din tipare.

În marea familie medicală, în care toți știu totul despre ceilalți, bârfa este a doua natură, familia este departe de a fi celula de bază a societății, a nu te comporta la fel cu ceilalți face din tine un intrus și, dacă nici nu iei șpagă nici nu ieși la bere cu ceilalți medici, este de-a dreptul strigător la cer. De asta nu era iubit. Admirat de unii, da! Invidiat, de asemenea. Urât, poate, iubit în niciun caz. Oame-nii nu suportă să nu știe nimic rău despre tine și cu atât mai puțin să-ți fie bine!

Fusese internat de urgență. I se dăduse cea mai drăguță rezervă, cea folosită de obicei pentru persoane speciale. Avea televizor co-lor, un radio micuț și chiar frigider. „Mai îmi trebuia o femeie și serviciile erau ca la marile hoteluri!" Totul i se părea exagerat și inutil. El nu putea fi bolnav! Obișnuit să îi ajute pe ceilalți, i se părea de-a dreptul hilar să fie înconjurat de atâta atenție. Nu-și putea accepta boala și de asta nici nu-i era frică, chiar dacă știa exact cum poate evolua infecția lui netratată cum trebuia: spre exitus!

Obișnuit de atâta vreme cu ea, moartea nu mai reprezintă cine știe ce pentru un medic. Devine ceva abstract, care nu-i poate atinge decât pe alții. Singurele momente în care redevin umani, niște biete entități supuse legilor imuabile ale vieții, sunt cele în care cei dragi le devin pacienți. Atunci, siguranța și credința în atotputernicia științei li se năruie și coboară de pe piedestalul pe care se urcaseră amintindu-și de Dumnezeu.

Doctorul își urmărise critic evoluția de parcă era vorba de alt-
cineva și doar în momentul în care, cu tot tratamentul în care
fuseseră folosite medicamente de ultimă oră, recunoscuse primele
semne de șoc septic, începuse să se gândească la un sfârșit.
Rațiunea îi spunea că nu mai are mult de trăit și totuși, undeva
în el, persista speranța, ultima rămasă în Cutia Pandorei, o bine-
cuvântare pentru cei cărora le este răsplătită, un blestem pentru
ceilalți. Pentru el, însă... Tratamentul fusese făcut ca la carte. Me-
dicii și asistentele roiau în jurul lui și făcuseră ca rezerva să devină
neîncăpătoare și totuși, cu toate strădaniile lor, sfârșitul venise.
    „Atât i-a fost dat!", a zis cineva ca pe-o scuză. „Dumnezeu să-l
odihnească!", adăugase altcineva. Erau obișnuiți cu moartea, dar
nu suna totuși bine să scrie prin ziare că nu fuseseră în stare să-și
salveze propriul director.
    Moartea! Ce se poate spune despre ea? Doi pacienți într-un
salon dintre care unul abia își duce zilele fiind cu un picior în
groapă, iar celălalt este gata să plece vesel acasă și totuși, peste
câteva zile, descoperi că viața a ales altfel. Medicii știu asta, nu se
mai miră dacă un pacient moare după ce a coborât scările spitalu-
lui, își știu limitele chiar dacă nu recunosc. Numai oamenii văd în
ei niște mici dumnezei de la care așteaptă minuni, iar atunci când
speranțele le sunt înșelate vina morții celor dragi cade asupra lor.
    De ce trăiește un copil prematur care la naștere a avut puțin
peste 900 de grame și care, legal, este recunoscut ca avort, iar altul,
născut normal, face pneumonie și moare, sunt întrebări la care
medicina n-a reușit să răspundă și la care încetase să se mai gân-
dească. Acceptase totul ca pe ceva inevitabil. Nu era corect, dar
putea supraviețui eșecurilor. Nu ale lui, ci ale medicinei în general.
    Inițial își privise scena propriei morți foarte liniștit, de undeva
din afară. Îl deranja numai țiuitul acela prelung al electrocardio-
grafului, așa cum îl iritase întotdeauna și-l cunoștea de prea mult
timp ca să nu-l recunoască: așa sună în medicină moartea. Este

primul lucru de care te lovești ca student când înveți anatomia și încerci să te obișnuiești pentru ca mai târziu să înveți să lupți împotriva ei, să pierzi și să câștigi bătălii, pentru ca în cele din urmă să fii tu însuți învins de ea.

Cum să nu devii cinic, cine ar putea duce atâta suferință? Cum ai putea să te ridici să lupți iar și iar, dacă ai muri în tine cu fiecare pacient care se duce? Un lucru ce-i devenise familiar căpăta o altă valență. Văzuse de-a lungul timpului oameni resemnându-se în fața morții părinților, părinți supraviețuind copiilor și frați îngropându-și frații. Prin unele dintre acestea trecuse și el, dar niciodată nu crezuse, nici măcar nu gândise, că va asista la propria-i moarte.

Îl văzuse pe medicul de salon că se apropie de el, îi ridică pleoapele rând pe rând și-i luminează ochii cu o lanternă. „Caută reflexul pupilar!", gândise. Pupilele îi rămăseseră însă nemișcate, mari ca două găuri negre într-un trup ce fusese al lui. Și totuși: „Cogito ergo sum!", își spusese. I se părea că este victima unei halucinații din care trebuia să se trezească din moment în moment.

„Liniștește-te!", își poruncise sieși, apoi își propusese să studieze totul așa cum fusese învățat: rațional, științific. Se lăsă un moment cuprins de beatitudinea de a pluti liber, imponderabil, apoi se hotărî să se convingă dacă este absolut real ceea ce se întâmplase. Cum să o facă? Avea nevoie de dovezi, dar ce dovezi? Nu părăsise lumea asta, deci nu se afla în altă dimensiune cum tot văzuse în filmele SF. Ce avea deosebit viața, ce legi o guvernau și de sub incidența cărora scăpase? Se uită de jur împrejurul camerei și privirea îi fu atrasă de ceasul de la mână. Atunci avu revelația: timpul! Trebuia să curgă independent de el. Prin moarte trecuse poarta spre altă lume și totuși exista. Rămânea să vadă dacă ceilalți, așa cum îi știa, își continuau viața în acel spațiu continuu pe care tocmai îl părăsise. Și ce ieșire de pe scena vieții! Se gândi la Coșbuc și la versurile: „De rupi din codru'o rămurea/Ce-i pasă codrului de ea,/Ce-i pasă lumii'ntregi de moartea mea!" sau, mă rog, ceva de genul ăsta.

Începuse să calculeze timpul scurs de când se internase: ajunsese în spital pe la nouă dimineața și își dăduse obștescul sfârșit după șase seara. Privindu-și ceasul observase însă că a stat, secundarul se oprise. Uitase să-l tragă. „La naiba!, gândise, unde mai găsesc un ceas?" Își aminti de cel din hol. Un ceas electronic care mergea un pic înainte, dar mergea. Se gândi că trebuie să ajungă acolo. Cu stupoare se trezise trecând ca un fulger prin pereți și se oprise exact în fața lui. Nici măcar nu avusese timp să se teamă de impactul cu materia solidă. Privea doar ceasul care arăta ora șase și un sfert. „Doar atât să fi trecut de la moartea mea?", spuse decepționat crezând că s-a înșelat. Atunci văzu secundarul ceasului de pe hol mișcându-se mai leneș, dar mișcându-se! „Hei, lumea merge și fără mine!", apoi liniștindu-se își aminti expresia care o reținuse din copilărie și pe care încerca mereu să și-o închipuie. „Ca vântul sau ca gândul?", îl întreba calul pe Făt-Frumos referindu-se la viteza cu care să-l ducă unde-și dorea. Se gândea admirativ la bătrânii povestitori care ascunseseră adevăruri fundamentale în poveștile copiilor și care pe undeva erau mai aproape de realitate decât Einstein. Citise ceva despre basmele inițiatice în cărțile lui Lovinescu, dar le luase ca pe niște simple curiozități.

În sala de așteptare, stând cu capul plecat și frământând o batistă, o văzu pe soția lui. Fusese o femeie frumoasă și mai păstra ceva din frumusețea trecută chiar dacă timpul și grijile își puseseră amprenta pe chipul ei. Îi simțea durerea. Poate că nu-i fusese indiferent cu totul. Relația lor se răcise, iar el își făcuse din medicină soție și familie din spital. Rămăseseră împreună doar pentru a-și crește copiii, cărora le era puțin mai mult decât un sponsor.

Pe coridor apăru medicul care îl tratase, se apropie de ea și îi spuse că, deși făcuse tot ce fusese omenește posibil, domnul director decedase. O mai anunțase că urmare a faptului că moartea survenise la mai puțin de 24 de ore de la internare erau nevoiți să-i facă autopsia, deoarece era caz medico-legal. Și nu era numai asta.

Deși acum totul era cât se poate de clar, era un mod de supraviețuire în a ști unde au greșit, dacă au greșit și unde natura le-a fost împotrivă; dacă actul medical fusese bun, rămânea disperarea și sentimentul de culpă ce-ți apasă cugetul la moartea unui pacient. „Pacientul era de vină!" Dacă nu, trebuia să înveți să trăiești cu greșeala care costase viața unui om. Te trezeai și te culcai cu gândul că, poate, dacă ai fi făcut altfel, el ar fi supraviețuit. Unii, din acest punct de vedere, aveau niște conștiințe ale naibii de încăpătoare.

Din păcate, poate din considerentul că și lor li se poate întâmpla asta, grija pentru pacient era mai mică decât sentimentul de clică dominant în lumea medicală. Altfel mulți ar fi rămas fără dreptul de liberă practică. Medicul era dintre cei mai buni. Pe undeva îl compătimea că avusese neșansa să-i fie caz. Își mai ceruse o dată scuze față de soția directorului și plecase. Nu era Dumnezeu, ci un simplu medic! Plecase grăbit, lăsând-o pe femeie singură. „Ar fi trebuit să-i spun!, auzi ca prin vis gândul ei. Acum este prea târziu", continuase cu părere de rău. „Să-mi spună ce?", îi sunase în minte întrebarea, dar nu căutase răspunsul atunci.

Noutatea explorării spațiului în care plutea îi capta toată atenția. Îl uimea modul cum vedea: de jur împrejur! O vedere de 360 de grade, dar nu numai atât, ci de-a dreptul sferică, putându-se totuși concentra pe un singur detaliu până la un punct! O lăsă pe soția lui pe hol. Nu avea cum să o consoleze și simțea durerea ei cu o intensitate care aproape că-i făcea rău și lui. Se îndreptă către camera din spital unde locuise atât de puțin timp. Își găsi patul gol de parcă nici nu trecuse pe acolo. Se deplasa încet prin spital, ca și cum ar fi mers normal și, sesizând cum percepea informațiile, gândea: „Văd ca o muscă!" Și diagnostica bonavii fără să vrea. Unii îi fuseseră pacienți și le aprecia mașinal prognosticul. Bolile lor arătau altfel de aici. Aveau complicații pe care nu le bănuise și își dădea seama acum că tratamentele erau incomplete. Nu aveau să supraviețuiască. „O să-i întâlnesc în curând", își spuse ca o constatare. Renunță să se mai gândească la ei, oricum nu-i putea ajuta.

Observă un bolnav care trăgea să moară. Pe chipul lui, moartea începuse să-și pună amprenta. Își amintise de o asistentă bătrână care îi spusese de semnul muștei. Într-un salon muștele sunt atrase de cel care își dă în curând obștescul sfârșit. Deși încă viu, acesta era sâcâit în permanență de câteva insecte, alungate din când în când de un însoțitor, o femeie ce părea să-i fie fiică.

Ce se întâmplase însă cu trupul lui? Își aminti procedura standard, probabil că fusese trimis la morgă, la subsol. Nu că l-ar fi interesat în mod deosebit. Cu noile informații care făceau să-l vadă ca pe o haină murdară pe care o aruncase îl lăsa chiar rece! Și așa în ultima vreme începuseră să-i scârțâie toate încheieturile. Se îngrășase și aproape că ajunsese ca mâncarea să-i fie un viciu, singurul pe care și-l permitea. Nici la pantofi nu se mai putea încheia. Scăparea din închisoarea aceea era o binecuvântare.

Cândva, în tinerețe, citise cărți despre viața de dincolo de moarte, cu timpul însă incertitudinea îl făcuse să abandoneze subiectul. Nu știa încă dacă să-i pară bine sau rău. Medicina pe care o practicase era departe de a se preocupa de om ca de un tot format din trup și suflet. Rămânea aceeași enigmă ca și acum două mii de ani, la fel de atrăgătoare și de misterioasă ca o femeie frumoasă.

Nu realizase asta cât trăise și poate că, dacă ar fi știut adevărul, n-ar fi putut pune atâta suflet în a o practica. Acum, în lumina acestei experiențe, medicina i se părea prea tehnicistă, iar organismul uman o simplă mașinărie dotată cu pârghii și mecanisme cu un motor biochimic alimentat cu aer, apă și hrană, a cărei scânteie o dădea viața, viul, sufletul din el. Atâta timp cât organismul era în bună stare și sufletul putea sta în el. Reciproca era și ea valabilă. Cât timp sufletul stătea într-un trup, organismul supraviețuia așteptând ca sufletul să-și împlinească destinul și să plece, pentru ca trupul, lăsat de izbeliște, să se întoarcă la elementele chimice de bază.

Atunci intervenea implacabila lege a entropiei. Culmea este că intuitiv știm adevărul, doar rațiunea cere dovezi și acolo unde nu este nevoie. Probabil că există un punct, o frontieră, unde cunoașterea rațională se unește cu cea spirituală, unde cele două se identifică, țel spre care tinde omenirea. Oricum, adevărul era atât de simplu că-l înțelegeau copiii și-l bănuiau geniile. Avea în liceu un profesor care le spusese de nenumărate ori că adevărul este simplu, numai proștii complică lucrurile. Spre el tind vârfurile și-l îngroapă ignoranții. Doctorul știa că nu fusese un geniu, dar încercase măcar să nu fie un prost!

Prima lui experiență în ceea ce privește morga fusese dură la acel moment, chiar dacă acum îl făcea să zâmbească. Era student în anul I și se dusese de curiozitate pe secția de chirurgie să facă practică. Construcția spitalului făcea ca liftul care duce la farmacie să dea direct în morgă și apăsase din greșeală la subsol. Fără să se uite pe unde merge, intrase în camera mare în care, pe lespezile de piatră, văzuse trupurile goale. Rămăsese țintuit locului câteva secunde bune și apoi, cu disperare și părându-i-se că îl urmăresc, se aruncase efectiv în lift pentru a scăpa de acolo. Parcă se vedea pe sine însuși cu ochii îngroziți de spaimă privind trupurile acelea de oameni parcă adormiți. Se obișnuise până la urmă și cu asta.

Intrase de data asta în morga spitalului al cărui director fusese. Era formată din mai multe camere, iar în prima ajungeai coborând câteva scări flancate de o rampă pentru tărgi. Geamurile murdare făceau ca aici să ardă tot timpul lumina care părea totuși neîndestulătoare. Un ventilator stătea pe post de ornament în colțul unui geam. La intrarea în încăpere își aminti vestita inscripție: „Aici moartea este în slujba vieții!" Părea o lozincă și totuși nu era. Recunoștea meritele acestor medici a căror activitate era minimalizată de alți confrați. El colabora cu ei.

Pe mesele de beton care se aflau în mijlocul camerei, care semănau cu niște albii aplecate într-o parte și având o gaură de scurgere

în partea mai joasă, se aflau patru cadavre. Doi bărbați și două fe-
mei. Pe jos se scurgea apa dintr-un furtun și umezeala făcea camera
să semene cu o peșteră. Își descoperi trupul lângă ușă. Era singurul
a cărui disecție nu fusese făcută. Celălalt bărbat stătea liniștit pe
lespedea lui, cu două tampoane de vată înfundate în nas. Un biet
cerșetor. Viața pe care o dusese lăsase urme pe chipul lui. Un nas
mare roșu, pungile de sub ochi, fața cu vinișoare vineții de pe po-
meți arătau că-i cam plăcuse băutura. Lângă masa de disecție, într-o
găleată, erau organele lui. Se vedea ficatul în secțiune. „Nu-i de
mirare că a avut ciroză!", își spuse. Următoarea era o bătrână. „Di-
abetica!", își reaminti de ea.

Privirea îi fu atrasă de următoarea, o fată de care își aduse
aminte cu părere de rău. Fusese adusă cu o hemoragie masivă. Era
în luna a doua de sarcină și încercase să-și provoace un avort cu o
andrea. Își perforase uterul. Hemoragia fusese atât de puternică
încât priviseră la ea cum se stinge ca o lumânare! Privea cu ultimele
scântei de conștiență la cei din jur căutând ajutor, dar perfuziile
nu putuseră acoperi pierderile. Murise pe drum spre sala de ope-
rații. Cea care cândva fusese plină de viață stătea goală, inertă, pe
lespedea de piatră. Doctorului îi trecu un fior prin suflet de parcă
ar fi fost cuprins de frig. Fata fusese spălată, pieptănată și aranjată
așteptând pe cineva să vină să o ridice. Nu reușiseră să mascheze
și cearcănele din jurul ochilor, care îi dădeau o stranie frumusețe.

Într-un colț, pe o tăblie, zări trupul chircit al unui făt care nu
arăta mai mare de opt luni. Dacă ar fi fost în altă parte ar fi spus că
doarme. Arăta atât de liniștit! Doar pumnișorii strânși mai amin-
teau de lupta lui pentru viața pe care o pierduse. „Cel puțin a scăpat
de chinul de a trăi!", își spuse. Mai bine acum decât mai târziu.

Un lucru nu-i era clar și anume lupta aceasta, chiar și a copiilor
în mamele lor, pentru supraviețuire. În studenție, când singurul
lucru pe care-l înveți este numai să cauți și să-ți faci cât de cât o
părere despre ceea ce este sau ar trebui să fie medicina, treci prin

toate secțiile. Avusese cândva dorința de a face obstetrică-gineco-
logie. Petrecuse mai mult timp prin secțiile respective până când
asistase la un avort făcut cu mijloace tehnice de ultimă oră.
I se oferea astfel posibilitatea să urmărească operația pe un monitor
color. Fusese chiar impresionat de o imagine a copilului care sugea
degetul inocent. Arăta ca un copil normal, doar dimensiunile erau
un pic mai mici. Văzuse când aspiratorul spărsese placenta și, pe
măsură ce se apropia de copil, acesta, ca trezit din somn, încercase
cu disperare să fugă. Dădea din mâini și din picioare, parcă înotând
prin lichidul amniotic în speranța de a scăpa de agresor.

Pe fața aceea mică se vedea frica, poate unul dintre cele mai
umane sentimente. Și nu frica, ci groaza de moarte. În momentul
în care aspiratorul îi prinsese un picior, gura i se deschise ca pentru
un strigăt mut, care pe doctor îl cutremurase în interior. Fugise
din sală pe coridor pentru a se liniști. Se întorsese însă pentru a
urmări totul până la sfârșit. Privea hipnotizat scena de pe ecran
de parcă nu ar fi fost transpunerea în imagine a ceea ce se întâmpla
în interiorul abdomenului femeii.

Mâna pruncului fusese ruptă și, printr-un soi de furtun, fusese
scuipată într-un borcan plin pe jumătate cu lichid amniotic și sânge.
Mai mișca puțin, plutind în lichidul alb-roz din vasul de sticlă. Pe
ecran se vedea capul care se retrăsese cât mai departe de aspirator,
în cealaltă parte a uterului, agitându-și cele trei membre care-i mai
rămăseseră. Pierduse pe rând picioarele și cealaltă mână și totuși
refuza să moară. Viața mai palpita în trupul zguduit de spasmele
durerii când aspiratorul îi prinse capul. Aparatul se înfundă. Era
prea mare în diametru pentru a putea trece prin tuburi. Măcelarii,
că nu le putea spune altfel, scoaseră aspiratorul și introduseră în
uterul femeii un clește cu vârfurile plate cu care prinseseră capul
copilului care între timp încetase să mai miște și-l zdrobiră. Nu le
mai rămăsese decât să curețe ultimele resturi care aminteau despre
existența unui făt.

Totul plutea sfârtecat în borcan. Fusese de altfel prima şi ultima întâlnire a lui cu aşa ceva. Fusese episodul care îl determinase să păzească întotdeauna femeile cu care făcea dragoste şi atunci când nevasta lui rămase însărcinată păstraseră copiii, chiar dacă multă lume spunea că nu este momentul să-i facă. Experienţa aceea îl marcase chiar dacă nu recunoştea. Probabil fiecare om are ascuns în el ceva care doare, iar momentele în care acel ceva apare din adâncurile sufletului său sunt rare, neaşteptate, determină acţiuni şi decizii care par de neexplicat multora şi chiar şi nouă înşine!

Deodată se auziră paşi coborând treptele. Doi studenţi, un el şi o ea, îmbrăcaţi în halate albe, intrară în încăpere. Primul care intrase era băiatul şi avusese o tresărire la vederea sinistrei imagini. Îşi făcuse curaj şi-i spuse fetei care rămase puţin în urmă:

– Hai, nu-ţi fie frică! Nu muşcă, sunt doar nişte haine pe care le arunci când pleci din lumea asta împuţită! îi mai spuse el.

Doctorul rămase ca trăsnit! Nu se aştepta ca puştiul acela imberb să aibă o asemenea părere despre viaţă. Bobocul acela ştia ceea ce el tocmai încerca să afle. Sunt lucruri care, independent de evoluţia tehnicii, rămăseseră aceleaşi şi totuşi erau ascunse marii majorităţi a oamenilor.

– Daniel, eşti sigur că n-o să se întâmple nimic? îl întrebă fata.

– Da. Nu mai pot face rău nimănui!

– Unde crezi că le sunt sufletele?

– Citisem că după ce mor se duc să-şi revadă locurile pe unde au trăit, să-şi viziteze prietenii. Cred că acum, aici, suntem numai noi şi carcasele astea goale.

– Taci, nu vorbi aşa despre ei. Dacă ne aud?

– Şi ce dacă? Oricum nu mai au nimic de făcut aici şi trebuie să-şi continue drumul, altfel rămân legaţi de pământ...

Nu reuşi să-şi ducă gândul la bun sfârşit că o uşă care lega sala de disecţie de o alta se deschise şi intră un bărbat la vreo 45-50 de ani. Îi privi puţin, după care se duse şi-şi luă şorţul folosit la disecții. Îl frapa însă privirea lui, aceea a unui animal satisfăcut. O zărise și în propriii lui ochi după clipe de amor când se privise în oglindă și în ochii femeilor cu care trăise. I se întâmplase și lui, ca fiecăruia, să lase rațiunea la o parte din dorința de a uita (fiecare are ceva de uitat) și dăduse drumul fiarei din el.

„La naiba!, își spusese. N-o fi necrofil!" Chiar la așa ceva nu se așteptase. În acel moment însă, din aceeași încăpere, ieși femeia de serviciu. Se vedea că halatul fusese închis în grabă și nasturii nu se potriveau cu găurile corespunzătoare. Luase două găleți pline de organe și ieșise probabil spre crematoriu.

„Ce ți-e și cu oamenii ăștia!", gândise doctorul. Auzise despre cele mai ciudate locuri în care se făcea dragoste, de la de acum banala banchetă a mașinii și până la turla bisericii. Unde avea să ajungă limita umană de căutare a extazului și de ce era necesară împingerea ei tot mai departe nu înțelegea. Poate pentru că ineditul este totul sau pentru că aveau posibilitatea să încerce orice și atunci ceea ce-i mai excita era numai noul. Nu totul era pe gustul lui. „Cred că sunt demodat!", gândi. Nu-i plăceau artificiile, rămăsese la ideea că sexul este o împlinire a iubirii între un bărbat și o femeie, o floare a dragostei unui cuplu al cărui rod este copilul. Nu putea să-i înțeleagă pe cei doi, dar învățase să accepte fără să judece.

Se auzise gălăgie afară. Un grup mai mare de studenți se alătură celor doi care erau deja în încăpere. Încet, exuberanța lor scăzu pentru a sfârși într-o tăcere mormântală. Toți își fereau privirile de la cadavrele întinse pe mese. Chiar și cei mai curajoși le priveau în fugă, cu coada ochiului. Păreau atât de fragili și de impresionabili încât îi treziră nostalgia primilor ani de facultate, când ai senzația că nimic nu te poate opri. Zâmbi în gând privindu-i. Dintre ei urmau să se selecteze cei care aveau să ducă mai departe lupta cu moartea și totul depindea de tactul celor care îi învățau acum. Puteau să treacă sau nu acest examen, poate cel mai greu la începutul carierei de medic, întâlnirea cu moartea. La urma urmei, degeaba cunoaște un medic teoria dacă îi tremură mâna pe bisturiu când vede sânge. În veci nu va putea fi chirurg!

Știa, pe propria-i piele, că facultatea este făcută să afli ceea ce poți practica și ce nu dintre specialitățile care există. În viața fiecărui medic există acel moment care-i determină cariera viitoare. Al lui fusese în primul an de școală atunci când era la urgență. La recomandarea unei cunoștințe ajunsese sub aripa unui chirurg foarte bun. Își amintea cu plăcere că i se adresau cu „Doctorașule!", chiar dacă era boboc. Poate pentru că nu-i reținuse numele, poate din comoditate, cert este că avusese un mare impact asupra psihicului său, dându-i încredere în el însuși și dorința de a cunoaște cât mai mult și de a se autodepăși.

Chirurgul respectiv avea și darul de a-ți insufla dragostea pentru meseria aceasta și, nu în ultimul rând, harul de a explica. Într-o seară, când stăteau la o cola, a sosit o ambulanță cu un pacient care fusese înjunghiat cu o șurubelniță în coapsă. Era în bustul gol pentru că-și folosise tricoul pe post de pansament. Se vedea că se scursese o mare cantitate de sânge pentru că era îmbibat de sânge, dar nimeni nu se așteptase ca, odată dus în camera de gardă și așezat pe pat, să se întâmple ceea ce avea să se întâmple.

Fusese dezlegat de pansamentul acela improvizat, iar sângele țâșnise din rană împroșcând faianța de lângă pat. Student fiind, la primul contact cu așa ceva rămăsese perplex, privind sângele roșu țâșnind ritmic din rană. „Hemostază!", țipase mentorul său care se apropiase în fugă de pacient. Strigătul îl trezise la realitate și prinsese coapsa pacientului cu ambele mâini și presase artera cu degetele. Nu fusese cel mai bun act al lui, dar cu siguranță fusese cel mai rapid, și nici el, nici pacientul nu pățiseră nimic. Seara aceea îl legase pentru totdeauna de chirurgie pentru că nimic nu-l făcuse să se simtă mai bine decât sentimentul de a fi cu adevărat util.

Tăcerea fu întreruptă de legist care îi întreba pe studenți dacă știu să facă un nod la cravată. Tinerii se uitaseră unii la alții și în

cele din urmă din grup se desprinse un băiat. Era înalt și slab, iar
pe buze de-abia îi mijise puful. Cât să fi avut: optsprezece ani? Se
apropiase de cadavru și cu mâinile tremurând legase nodul de cra-
vată după care spusese: „Așa parcă arată mai bine!"

„Ce ți-este și cu copiii ăștia. Noi parcă eram mai timizi, mai
sensibili. Parcă se nasc direct maturi. Copii ai televiziunii!" Pe ușă
intrară rudele bețivului. Speriați de ceea ce vedeau, cei doi bărbați
îl luară și-l puseră într-un sicriu ce mirosea încă a brad proaspăt
tăiat. Capul mortului bubui în momentul în care atinse marginea
sicriului. Îl luară repede și, în încercarea de a ieși cât mai repede
pe ușă, cel din față se împiedică și căzu în fund. Nu scăpaseră însă
coșciugul. Câțiva studenți se repeziră și îi ajutaseră până la mașina
care-i aștepta afară.

În sală reveni profesorul. Asistentul care se ocupase de bețiv se
apropiase de trupul doctorului. Deși nevăzut, se simțise oarecum
jenat de propria-i goliciune. Mușchii lăsați și abdomenul umflat nu
erau tocmai ale unui atlet. „Monument închinat ostașului căzut la
datorie!", își aminti cum se râdea prin spitale de medicii cu burtă.
Profesorul începuse disecția și, în timp ce dădea la o parte straturile
peretelui extern al trupului, îi reamintea activitatea. Era un adevă-
rat elogiu pe care îl asculta relativ la el însuși. Nu se așteptase la așa
ceva. Îl stimase la rândul lui și, chiar dacă legătura fusese una strict
profesională, remarcă, fără să vrea, o urmă de regret în vocea pa-
tologului. Ceea ce caracterizează un bun profesionist este faptul
că-și cunoaște limitele și încearcă să le depășească. Își cunoștea va-
loarea profesională și de multe ori se consultaseră în diverse cazuri.
Acum îi reamintea studiile, publicațiile, și pe cele din țară și pe cele
din străinătate, lucru care îl uimi pe chirurg. Nu crezuse prea mult
în interesul pe care îl puteau stârni lucrările lui.

Pe măsură ce vorbea, vocea medicului legist scădea în intensi-
tate și pe frunte îi apărură broboane de sudoare. Își scoase mănu-
șile pline de sânge cu care disecase și își ceruse scuze de la studenți

și ieși afară în curte. Curios, doctorul îl urmă ca o umbră până lângă o țâșnitoare. Îl văzu scotocindu-se prin buzunare și scoțând o cutie din care luă o tabletă mică. O puse pe limbă și o înghiți cu o gură de apă. Așteptă un pic până ce în ochi îi apăru acel luciu ciudat al celor care se droghează. Îl văzu efectiv renăscând sub ochii sufletului său. „Dumnezeule, își zise, amfetamine sau ce naiba?" Parcă nimic nu-și făcea efectul atât de repede decât injectat direct în venă. Probabil că era și efect placebo pe acolo. Cu o vioiciune artificială, profesorul reveni la disecție. Privindu-l, doctorul își reproșa că nu-și dăduse seama de asta înainte. Și dacă ar fi descoperit, ce ar fi putut face? Se știa că cei care lucrau în morgă le cam au pe astea cu alcoolul, dar la droguri nu se gândise. Mediul nu l-ar fi putut schimba, or, ceea ce îi făcea pe medicii legiști să recurgă la substanțe pentru a supraviețui erau tocmai locul de muncă și obiectul muncii lor. Oricine ar fi putut păți la fel.

Revenind printre studenți, lângă cadavru, profesorul uită să-și pună mănușile și continuă cu mâinile goale spre disperarea studenților care schimbau priviri întrebătoare între ei. Rând pe rând organele doctorului fură scoase și tăiate în felii în fața lor. Tainele corpului uman se dezvăluiau. Furat de propria pasiune, gesticulând excesiv, profesorului îi scăpă proteza din gură. Din fericire nimerise lângă cadavru, pe niște cârpe curate. O ridicase, o privise critic și și-o pusese la loc în gură. Una din fetele din față, mai micuță de statură, se îngălbenise, dar reușise să se stăpânească. Fuseseră scoși și plămânii. Pe suprafața lor, de un roz șters, se vedeau mici puncte negre. Profesorul îi luase și vârându-i în ochii studenților strigase: „Priviți ce face fumatul! Cât rău vă faceți singuri!" Era adevărat că doctorul fuma, un viciu cât se poate de obișnuit în acest moment, una din micile plăceri ale vieții pe care le avusese și la care nu renunțase. Fusese prea mult pentru fata care rezistase eroic până atunci. Se scursese efectiv din picioare. Noroc că unul dintre băieți observase și apucase să o prindă la timp.

Parcă supărat că fusese întrerupt din pledoaria lui împotriva fumatului, profesorul le ceru să o ducă afară la aer. Își văzuse toate măruntaiele și nu remarcase nimic deosebit. Știa ce urma: îmbălsămarea. Mai exact: erau umpluți cu câlți îmbibați în formol, spălați și îmbrăcați cu hainele aduse de rude. Se hotărî să plece. Îi lăsă pe studenți palizi, ascultând ca hipnotizați explicațiile în camera aceea fără aerisire, unde persista mirosul dulceag de sânge. Pe măsură ce se îndepărta, se stingea și vocea pițigăiată a profesorului care îi îndemna în continuare: „Priviți aici! Vedeți inima în secțiune. Zona asta mai albicioasă, mai cenușie, este de necroză. După cum vedeți se poate supravețui unui infarct care nici măcar nu a fost diagnosticat și care este descoperit la autopsie".

Îi era milă de acești copii care-și aleseseră o meserie grea. E adevărat că era frumoasă, dar sacrificiile pe care le cerea depășeau satisfacțiile. În cariera lui observase că cei mai buni dintre medici aveau o viață de familie de tot rahatul. Marea majoritate erau cuplați prin spitale, iar căsniciile care mai rezistau erau unele de conveniență. Ca a lui. De un lucru era sigur și anume că drumul lui în ceea ce privește medicina se terminase. Așa credea.

„Aș vrea să-mi văd soția!", gândi. Ca purtat de vânt se trezi străbătând distanța ce-l despărțea de cea cu care trăise atâția ani. Se trezi într-o încăpere necunoscută. Lumina era slabă, dar în semiobscuritate o zări pe soția lui în brațele unui bărbat care o mângâia pe păr și îi spunea: „Poate că-i mai bine așa. Ne ascundem de prea mult timp. E de necrezut cum de nu a aflat de noi până acum!"

Doctorul simți efectiv un cuțit trecându-i prin inimă. Senzația fusese atât de puternică încât ar fi zis că într-adevăr are un infarct, însă nu se mai putea. Sufletul lui amorțit parcă de vreme se trezise. Aflase ce făcuse ca relația dintre el și soția lui să se răcească. Fusese primul ei bărbat și casa era casă, așa că pusese totul pe seama plictisului și obișnuinței ce intervine în orice cuplu. În cazul lui se aplica cu succes principiul conform căruia „mutu' face pământul!".

Bărbatul îi șoptea încet la ureche, sărutând-o tandru pe păr, pe gât. Femeia se relaxă și în cele din urmă se lăsă moale în brațele lui. Așa făcea de obicei și cu el și deodată, ca trezită la viață, ea luă inițiativa. Parcă se trezise în ea o alta, adormită. Își privea nevasta unduindu-se în timpul actului sexual și nu-i venea să creadă dacă este ea. Niciodată nu făcuse dragoste așa cu el. „Curvo!", îi veni să strige din toți rărunchii. I se făcu silă de tot. Ultimul lucru pe care îl dorea acum era să-și privească nevasta făcând dragoste cu un altul și, nu numai atât, dar simțindu-se și bine!

Doar fetița lui îl mai lega de pământ. Se liniști gândindu-se la ea. Și-o reaminti mică, venind să i se așeze în brațe și luându-i fața în mâinile ei mici pentru a-i cerceta serioasă fața. Chicotitul ei îi însenina cea mai neagră zi. O avea înregistrată undeva pe o casetă și întrecea în frumusețe toate melodiile pe care le ascultase. Acum îi răsuna în minte și în suflet cu aceeași acuratețe.

Imaginea acestor clipe fu umbrită de chipul fiului său care trecu fugar prin fața minții. Îl uitase, deși murise doar cu câțiva ani în urmă, probabil dintr-o autoprotecție pur profesională. Putuse să își continue meseria. Nu se știa ce se întâmplase. Intrase într-un cerc de tineri care îi văzuse și pe la el pe acasă și nu-i prea plăcuseră. După câtva timp ajunsese la urgență dus de câțiva dintre ei. Infarct. La nouăsprezece ani? Nu se știa ce se întâmplase. El și cu încă un băiat fuseseră găsiți de prietenii lor inconștienți. Celălalt era și acum internat la psihiatrie și ținut pe medicație. Se pare că avea creierul făcut praștie și-l țineau ca pe o legumă. Se făcuseră tot soiul de supoziții, dar rămăseseră la stadiul ăsta de atunci. La autopsie găsiseră că inima lui aproape explodase.

Cea mică, cum îi zicea el, era frumoasă și deșteaptă, plină de un soi de ghidușie care o ajuta în a obține tot ce-și dorea. Numai gândul la ea îi încălzea inima. Datorită ei familia rezistase în timp. Nu se mai întreba dacă meritase, oricum nu avusese o altă opțiune. Preferase însă singurătatea în doi. Gândul la cea mică îi atenuase durerea. Trebuia să-și înăbușe sentimentul acesta. Știa instinctiv că altfel nu putea merge mai departe. „Unde era cea mică la ora asta?" Pentru el tot mică era deși împlinise 18 ani și termina liceul. Se concentră pe chipul ei și dori din tot sufletul să o găsească. Spațiul se curbă efectiv în fața sa datorită vitezei cu care se deplasa. Recunoscu în treacăt liceul la care învăța și trecu prin pereți pentru a ajunge în cele din urmă undeva în mansarda clădirii. O cameră mică în care încăpeau vreo cinci bănci și o catedră. Un profesor și cinci elevi, printre care și fiica lui, citeau pe rând în engleză. Martor nevăzut, doctorul asista la oră și chiar îi plăcea. Plus că era mândru de fată care de departe era cea mai bună de acolo și asta nu pentru că era a lui.

Curând lecția se termină și, rând pe rând, elevii părăsiră clasa. Sub pretextul că mai are ceva de întrebat, fata lui mai zăbovi în cameră. Când ultimul dintre cei patru elevi ieși, iar ușa se închise în urma lui, fata se apropie de profesorul care stătea încă pe scaun și-i luă unul dintre genunchi între coapse, așezându-se pe piciorul lui. Își ridică brațele și, dându-și capul pe spate, își aranjă părul frumos ondulat ce-i cădea în valuri pe spate. Se arcuise și sânii străpunseseră cu sfârcurile materialul bluzei. Excitat, profesorul o mușcă de sân și-i cuprinse fesele în palme. Doctorul ar fi vrut să plece. Simțea durerea crescând în el, dar chiar și așa nu putu. Trebuia să știe. Adevărul, crudul adevăr, mai presus de orice durere. De ce? Nu putea spune. Poate pentru că atât îi mai lăsase viața sau poate că atât conta în lumea asta sau în cea în care ajunsese el.

Parcă trezindu-se, profesorul o întreabă:

– Ai încuiat ușa?

– Nu, răspunse fata râzând. Ți-e frică?

– Ești nebună? Nu numai că mă dau afară dacă se află, dar n-am să mai fiu profesor în veci.

Atunci fata sări de pe el și deschise ușa. Aruncă o privire pe hol și o închise la loc. O încuie fără zgomot și reveni lângă profesorul care o privea ca hipnotizat.

– Nu avem timp! Toți știu că am meditații cu voi aici.

– Nu-i nimic, o facem pentru tine, spuse fata și un zâmbet pervers îi apăru pe față.

Încet, pentru a mări tensiunea, se lăsă în genunchi frecându-și sânii de șlițul lui. Mâinile îi desfăcură fermoarul și se strecurară în pantaloni. Scoase organul alb al profesorului care tremura tot de dorință și se lăsase pe spate abandonându-se fetei. Mâinile acelea cu care îl mângâiase și pe el, cu mângâierea pură a unui copil, excitau acum pe cel care ar fi trebuit să o învețe altceva. Inițial inert, penisul căpătă viață sub atingerea expertă a fiicei lui. Simțea crescând patima în încăpere, iar bărbatul începuse să geamă de plăcere. Atinse apogeul când buzele acelui chip de fecioară îl atinseră.

Totul mai dură câteva secunde și profesorul se eliberă. Terminase. Fata îl mângâie până ce ultima picătură de lichid se scurse. Ridicându-se din genunchi îi aranjă hainele bărbatului care rămăsese trăsnit pe scaun de forța orgasmului pe care tocmai îl avusese. Fata privi la el cum stătea, se ridică în picioare și își luă geanta din care scoase o lamă de gumă de mestecat mentolată și începu să o mestece. După ce profesorul își reveni se apropie de el și-l sărută lung vârându-și limba în gura lui. Totul se sfârșise pentru ei.

– Îmi ești dator o dată! îi mai spuse fata. O să am grijă să muncești data viitoare.

Doctorului nu-i venea să creadă ce văzuse. Toată dragostea pe care o simțise vreodată pentru ea și suferința ultimelor clipe se transformară în ură. Pentru prima dată de când se știa simțea cu adevărat ce înseamnă acest sentiment și cât de puternic este. Chiar mai puternic decât dragostea. I-ar fi zdrobit chipul angelic al fetei cu un ciocan numai dacă ar fi putut. Înțelegea inconștient cum

fuseseră posibile atâtea orori. Chiar și dorința de a suge sângele
din gâtul celui care-l rănise își găsise motivație în sufletul lui. Nu
putea face nimic de aici de unde era și totuși trebuia să facă ceva,
iar soluția cea mai bună părea răzbunarea. Pe tot ce există și pare
frumos, pe viață. Simțea că nimic nu-l poate opri și că, pentru el,
zarurile au fost aruncate. Atunci blestemă lumea, prietenii, tot ce
iubise sau plăcuse în viață, viața însăși și pe Dumnezeu!

„Da. Mă voi răzbuna!", își spuse cu o furie rece mocnind în el.
Se simțea puternic, eliberat de pământ, de iubirea care îl ținuse
legat de oameni. Era mai puternic, nu știa însă că-și alesese un nou
drum: devenise demon!

3.

MÂNĂSTIREA

Autobuzul opri în stație. O rablă care mergea prin cine știe ce minune, ce stârnea mirarea celor care o vedeau pentru prima dată. Murdar, plin de rugină și înclinat într-o parte de parcă suferea de ceva, opri în scrâșnet de frâne în fața intrării. Își deschise cu greu ușile născând o gloată pestriță de oameni, care soseau din toată țara, în fața unui portal ce despărțea cele două lumi și care avea zugrăvit pe el icoanele Maicii Domnului, ale Apostolilor Petru și Pavel și ale Arhanghelilor Mihail și Gavriil.

Oamenii începură să se închine înainte de a intra în mânăstire. Ultimii care coborâră din autobuz au fost trei băieți: unul ce părea beat și care era susținut din părți de alți doi. Brusc cel din mijloc se smuci din brațele care îl țineau și, încercând să fugă, țipă:

– Nu vreau aici! Nu vreau! Ăștia îmi fac rău! Ce vrei, mă? se stropși el la unul dintre oamenii care, coborând printre ultimii, îl auzise și-l privea uimit.

– Ptiu, belitule, îi spuse după ce îl scuipă.

Omul îl privi o secundă, se închină și plecă mai departe clătinând din cap. Ceilalți vizitatori se împrăștiară care încotro, încercând să scape de furia tânărului. Încercarea de a-l face să intre pe sub portal în mânăstire nu făcu însă decât să-l agite și mai tare. În ajutorul tinerilor veni însă un bărbat:

– Îl duceți la părintele? îi întrebă el.

– Da, acolo am vrea să-l ducem.

– Haideți că vă ajut și eu, că tot la dumnealui merg! spuse el și îl prinse pe bolnav într-un fel de dublu Nelson. Văzând că posibilitățile de scăpare sunt minime, tânărul, cu o privire fioroasă, porni efectiv cu ei în spate spre cetate zicând:

– Ce credeți, mă, că mi-este frică de ăștia? Vrei să ți-i înjur să vezi că nu-mi fac nimic?

Îl purtară pe alee spre chilia părintelui după care, ca și cum ar fi fost scos din priză, leșină. În fața chiliei aștepta pe scară un grup mare de oameni. Văzându-i venind, mulțimea le făcu loc să intre. Se știa că bolnavii au întâietate. Urcând scările, tânărul își reveni o clipă la normal, după care aura aceea de furie i se așternu din nou pe chip și începu să înjure tot ce era sfânt, biserica, crucea și pe Dumnezeu! La intrarea în cameră își încleștă mâinile pe tocul ușii și nu mai vru să intre. Apucându-l mai mulți de câte o mână îl făcură în cele din urmă să pătrundă în cameră. Chipul i se schimonosi într-o expresie de groază când în spatele ușii dădu cu ochii de o icoană a Maicii Domnului, luminată de câteva candele improvizate, care părea să mustre tacit lumea și păcatele ei. Începu să-și rotească ochii ieșiți din orbite, holbându-se la pereții plini de icoane. Așezate una lângă alta, nu mai lăsau loc pentru nimic altceva și întruchipau întru câtva istoria spirituală a ortodoxiei. Una singură ieșea din tiparele iconografiei românești și anume cea care-l reprezenta pe Iisus Hristos pe cruce. Era un desen făcut în creion pe o planșă A1 și avea un singur defect, dacă se putea spune așa: ideea fusese preluată din dogma catolică și Mântuitorul era reprezentat crucificat cu ajutorul a trei cuie și nu cu patru, ca în cea ortodoxă. Istoria icoanei era simplă.

„Iaca, am găsit-o aruncată la gunoi demult de tot și-am luat-o. Trei cuie, patru, tot Hristos!", subliniase părintele. Schisma datorată câtorva diferende, care nu erau câtuși de puțin de substanță, îl necăjise întotdeauna. Bătrânul îl privi o secundă și spuse:

– Aduceți-l în față!

I se făcu loc și fu dus până lângă preot, atât cât să-i pună patrafirul pe cap. Chipul lui senin de obicei se înnorase puțin. Fără să vrea, suferința oamenilor îi atingea sufletul și, deși încercase să-i ajute fără să se implice, nu reușise. Ofta gândindu-se ce preț au toate acestea. Deși plătit în sânge de Fiul lui Dumnezeu, știa că nu va fi ușor să-l scape, dar dacă Cel de Sus hotărâse să vină aici, cine era el să pună la îndoială voința divină? Datoria lui era să ajute, să se roage pentru oameni și să-i îndrume spre bine. Știa însă că de rău scapi greu și că, orice ar fi, tot se răzbună într-un fel.

Bătrânul își sprijini cotul pe masă, apucă cu mâna dreaptă crucea de plastic pe care o ținea într-o carte preoțească și spuse:

– Haideți să facem rugăciune!

Oamenii din cameră, care mai de care înghesuindu-se să stea mai aproape de el, încercau să se așeze în genunchi. Ușile deschise permiteau și credincioșilor de afară să audă. Reușiră să se așeze, iar bătrânul preot începu să murmure aproape neînțeles rugăciunea:

„Binecuvânt este Dumnezeul nostru, totdeauna, acum și pururea și în vecii vecilor. Amin.

Sfinte Dumnezeule, sfinte tare, sfinte fără de moarte miluiește-ne pe noi."

Undeva, ascuns în subconștientul băiatului, doctorul auzea cuvintele bătrânului. Nu mai întâlnise ceva de genul ăsta. Simțea un pericol, ca și când ceea ce făcea îl viza direct, dar nu înțelegea cum anume. Vedea numai un spațiu în întunericul în care se afla, care începea să se lumineze.

„Preasfântă Treime, miluiește-ne pe noi. Doamne, curățește păcatele noastre! Sfinte, cercetează și vindecă neputințele noastre pentru numele Tău.

Doamne miluiește, Doamne miluiește, Doamne miluiește.

Tatăl nostru care ești în ceruri, sfințească-Se Numele Tău, vie împărăția Ta, Facă-se voia Ta, precum în cer așa și pe pământ.

Pâinea noastră cea spre ființă dă-ne-o nouă astăzi și ne iartă nouă greșelile noastre precum și noi iertăm greșiților noștri. Și nu ne duce pe noi în ispită, ci ne izbăvește de cel rău. Că a Ta este împărăția și puterea și slava, în vecii vecilor. Amin."

De „Tatăl nostru" își aducea aminte, cândva bunica îl punea să-l spună în genunchi la marginea patului înainte să se culce.

„Miluiește-ne pe noi Doamne, miluiește-ne pe noi, că neprice-pându-ne de niciun răspuns această prea nevrednică rugăciune Ți-aducem Ție ca unui stăpân, noi păcătoșii robii Tăi, miluieș-te-ne pre noi!"

„Ce să vă tot miluiască? se întreba doctorul. De parcă te aude cineva în pustiul ăsta!"

„Slavă Tatălui și Fiului și Sfântului Duh,

Doamne, miluiește-ne pre noi că întru Tine am nădăjduit foarte, nu te mânia pre noi, nici pomeni fărădelegile noastre, ci caută și acum ca un milostiv și ne izbăvește pe noi de vrăjmașii noștri, că Tu ești Dumnezeul nostru și noi suntem poporul Tău, toți lucrul mâinilor Tale și numele Tău chemăm. Și acum și pururea și în vecii vecilor. Amin."

„Ușa milostivirii deschide-ne-o nouă, binecuvântată Născătoare de Dumnezeu, Fecioară, ca să nu pierim noi cei ce nădăjduim întru Tine, ci să ne izbăvim prin Tine de nevoi, că Tu ești mântu-irea neamului creștinesc."

În momentul acesta în întuneric apăru ceva ca o fantă care începu să se mărească din ce în ce mai mult, lăsând să pătrundă prin ea o rază de lumină care îl împiedica să vadă ceva. Intensitatea luminii crescu până ce întreaga cameră fu cuprinsă în ea. Inițial începu să-i fie cald, dar pe măsură ce lumina îl învăluia senzația se schimbă până ce deveni dureroasă. Fiecare fibră a sufletului său urla de durere.

Dinspre lumină văzu venind o siluetă pe care o urmări siderat apropiindu-se de el. O recunoscu ca fiind cea a părintelui care se ruga în chilie. Era îmbrăcat ca în lumină, iar hainele îi străluceau la fel de tare ca și barba și părul alb. Îl simți rău, iar apropierea lui nu părea de bun augur, așa că instinctiv încercă să se apere. Vru să-l lovească cu pumnii, dar nu se putu apropia de el, ceva puternic, mult mai puternic decât el, îl apăra. Se depărtă de el atât cât îi permitea camera în care fusese închis. Îl ura fără să știe de ce, în fond nu-i făcuse nimic. L-ar fi tras de barbă și i-ar fi smuls fiecare fir de păr de pe chip cu penseta și, dacă ar fi putut, l-ar fi mușcat de gât și i-ar fi supt sângele, picătură cu picătură.

Se concentră și își imagină o suliță, iar când imaginea luă contur o aruncă efectiv spre preot. Acesta nu se feri, așteptă liniștit apropierea acesteia și, spre surprinderea doctorului, sulița se opri la câțiva centimetri, după care se dezintegră. „Stai pe loc", zise părintele la acest nivel.

În lumea cealaltă, a oamenilor, bătrânul părea că adormise. Capul îi căzuse în piept. Câteva glasuri comentau acest fapt:

– Uite, săracul părinte, a adormit. Săracul, ce obosit poate să fie! Dacă toată ziua e cineva care are nevoie de el...

Cine să le explice ce se întâmpla în cealaltă lume, necunoscută nouă de propria nimicnicie?

Părintele reveni la viață și continuă:

„Domnului să ne rugăm!"

„Doamne miluiește", răspundeau în cor enoriașii.

„Popa prinde pește", îi țipa în gând demonul.

Părintele se încruntă. Nu-i plăcea hula, dar se făcu că nu înțelege dorința vrăjmașului de a-l enerva. Era prea bătrân ca să nu știe că greșești când te enervezi, indiferent dacă ai sau nu dreptate.

„Dumnezeul Dumnezeilor și Domnul Domnilor, făcătorul cetelor celor de foc și lucrătorul puterilor celor fără de trup, meșterul celor cerești și al celor pământești, pe care nimeni dintre oameni nu L-a văzut, nici nu poate să-L vadă, de care se teme și se cutremură toată făptura. Cel care a aruncat din cer pe căpetenia îngerilor, care din trufie şi-a încordat grumazul oarecând şi s-a lepădat de slujba sa prin neascultare şi pe îngerii cei dimpreună cu dânşii potrivnici, care s-au făcut diavoli, i-a aruncat în întunericul cel adânc al iadului, fă ca blestemul acesta ce se face în numele Tău cel înfricoşător să fie spre îngrozirea acestui povăţuitor al vicleniei şi al tuturor taberilor lui, care au căzut împreună cu el din lumina cea de sus şi pune-l pe fugă şi-i porunceşte lui şi diavolilor lui să se depărteze cu totul ca să nu facă nici o vătămare acestui suflet pecetluit."

– Spuneţi-vă numele, le spuse părintele enoriaşilor, după care adăugă în gând: Constantin!

„Ci aceşti pecetluiţi, şi făcu o cruce în direcţia oamenilor şi o alta pe capul băiatului, să ia tăria puterii, să calce peste şerpi şi peste scorpii şi peste toată puterea vrăjmaşului. Că se laudă şi se cinsteşte şi de toată suflarea cu frică se slăveşte Preasfânt Numele Tău, al Tatălui şi al Fiului şi al Sfântului Duh, acum şi pururea şi în vecii vecilor. Amin."

Pe măsură ce rostise rugăciunea lumina aceea trecu prin toate nuanţele curcubeului, pentru ca în final să devină de un alb strălucitor. Culorile se petreceau unele în altele, în sensul unei spirale ce descria ceva aidoma unui tunel, ce se oprea într-un triunghi alb ce încadra o persoană din care părea că iese lumina.

Privind-o, demonul înţepeni. Nu ştia cine este, dar dintr-odată începu să tremure din străfundurile spiritului. Conştientizase vina de a fi greşit şi toate principiile după care se ghidase i se arătară în toată falsitatea lor. Uimit, îngrozit, nu putea face altceva decât să admire Fiinţa Supremă, chipul tânăr prin absenţa ridurilor şi totuşi bătrân datorită părului alb şi bărbii care se împleteau pentru a ajunge până la picioare. Ochii de un negru adânc îl impresionară cel mai mult. Păreau a fi dreptatea însăşi şi-l priveau neîndurători. Simţi scoţându-i la iveală toată urâţenia sufletului său şi pentru prima dată începu să se simtă şi pe el însuşi, dar nu conştientiza

încă. Momentan privea hipnotizat, sesizând noi detalii: faptul că
şedea astfel încât triunghiul triplu părea chiar jilţul lui, deasupra
capului avea o lumină din care perechi de aripi mişcau necontenit.
Căldura pe care o simţea şi care se transformă în curând în
arsură deveni de nesuportat, aşa că încercă să se lupte, să se
îndepărteze de sursa răului său. Paradoxal, răul percepe binele
ca rău. Dar nu avea timp de filozofie, îl cuprinse disperarea în
momentul în care realiză că nu poate face nimic. Mai fusese
legat spiritual, dezlegat apoi la loc şi tot aşa, dar parcă niciodată
nu simţise puterea care îl ţinea priponit ca acum! Avu totuşi o
zvârcolire de orgoliu, care în lumea cealaltă se concretiza într-o
tresărire a trupului băiatului ce fu repede imobilizat de oamenii
din jur.
     – Domnului să ne rugăm! spuse bătrânul din nou.
     – Doamne miluieşte! răspunse iar corul credincioşilor.
     Doctorul nu mai avu putere nici măcar să mai gândească. Aş-
tepta cu un soi de resemnare ceea ce avea să i se întâmple, ţintuit
la un nivel al cunoştinţei accesibil doar bătrânului călugăr. Şi totuşi,
cu un ultim efort al răului din el, izbuti să ţipe prin gura băiatului:
     – Mă voi răzbuna! După toţi am să vin! Mai ales tu! spuse,
arătând spre unul dintre bărbaţi. Pe tine te voi vâna primul, că
m-ai lovit!
     Parcă fără a-l auzi, preotul continuă:
     „Te blestem pe tine, începătorul răutăţilor şi al hulei, căpetenia
împotrivirii şi urzitorul vicleniei.“
     „Pe mine? se întreba doctorul. Ce am eu de-a face cu asta?“
     „Te blestem pe tine, cel aruncat din lumina cea de sus şi surpat
pentru mândrie în întunericul adâncului.“
     „Eu mândru? Ce lumină?“
     „Te blestem pe tine şi pe toată puterea cea căzută ce a urmat
voinţa ta. Te blestem pe tine, duh necurat, cu Dumnezeu Savaot

și cu toată oastea îngerilor lui Dumnezeu, Adonai, Eloi, Dumnezeu cel atotputernic: ieși și te depărtează de la robul lui Dumnezeu."

„Vă spuneți numele", zise părintele. „Constantin", adăugă apoi în gând.

„N-am să plec că vrei tu! Nu eu am vrut să stau în el, aia m-a legat, ce-s eu de vină?"

„Te blestem pe tine cu Dumnezeu, care prin cuvânt toate le-a zidit și cu Domnul nostru Iisus Hristos, Fiul Lui, cel Unul-Născut, care mai înainte de veci în chip de negrăit și fără patimă s-a născut dintr-Însul; cu cel ce a făcut făptura văzută și nevăzută și a zidit pe om după chipul Său și, mai înainte, prin legea firii l-a învățat acestea și priveghere îngerească l-a păzit; cu Cel ce a înecat păcatul cu apa de sus și a desfăcut adâncurile de sub cer și a pierdut pe uriașii cei necucernici și turnul fărădelegilor l-a sfărâmat și pământul Sodomei și al Gomorei în foc și cu pucioasă l-a ars și spre mărturie fumega fum nestins..."

Doctorul simțea cum fiecare cuvânt îl lovește în cap ca un ciocan. Imagini de demult defilau prin fața ochilor minții lui, fără a le putea înțelege. Pe măsură ce rugăciunea părintelui curgea lin ca o apă, vedea fără să înțeleagă istoria lumii de la începuturi până la venirea, moartea și învierea Mântuitorului.

Urmară rând pe rând dezlegările de magie și de farmece și invocările pentru spiritele superioare, menite să protejeze oamenii. Dinspre lumină își făcură apariția Îngerii Luminii. Deși nu erau cei de pe treptele cele mai de sus, venirea lor nu rămase fără ecou în inimile oamenilor, care, deși orbi, o receptară ca pe o stare de bine în sufletele lor. Deși cu trupuri asemănătoare celor umane aveau capetele luminoase, înconjurate de un nimb asemănător aurului în lumina soarelui și țineau în una din mâini câte o sabie de foc.

La vederea lor, demonul se înfioră. În lumea astrală fusese lovit de prea multe ori, pentru a face dorințele altora, cu tot soiul de obiecte pe care conștiința le poate imagina, dar deși nu simțise până acum puterea lor, numai prezenţa arhanghelilor îl făcură să-i privească cu respect. Erau îngerii războinici ai lui Dumnezeu! Arhanghelii, trei la număr, priveau spre demon. Capetele le străluceau de parcă ar fi fost făcute din lumină.

„Nu avem destulă putere să îl luăm. Mai ne trebuie, părinte!" Se întoarseră spre lumina dinspre care veniseră şi dispărură odată cu ea, lăsând în urmă întunericul astral. Rămăseseră doar ei doi, părintele şi răul personificat care parcă prinse curaj şi încercă să se apropie de bătrân, ceva însă nu îl lăsa, era legat de rugăciunea părintelui, transformată într-o parâmă subţire şi rezistentă.

„M-ai legat, blestematule", ţipa în gând, observând că laturile îl ţineau priponit de calorifer sau, mă rog, de imaginea acestuia în astral.

„Mi-ai luat din putere, continuă, crezi că este bine pentru tine? Nu ţi-este frică? Gândeşte-te că mi-a mai rămas inteligenţa tuturor celor care au trecut de partea mea. Şi sunt destui!"

„Nu îmi este", spuse simplu bătrânul.

Făcu o pauză, după care îl întrebă: „Cine eşti?"

„Adică?"

„Ce ai fost în viaţa de zi cu zi? Înainte de a intra în lumea umbrelor?"

„Ce te interesează?", simţi răspunsul răstit al demonului.

„Pur şi simplu, de curiozitate."

„Am fost medic chirurg", spuse cu o oarecare nostalgie.

Mirat, bătrânul privi mai atent cu ochii minţii la cel pe care îl legase şi dincolo de culorile murdare ale răului zări o urmă de albastru, specifică vindecătorilor. Devenea chiar interesant cum de trecuse de partea cealaltă unul din îngerii Domnului.

„Ce putere ai?", îl mai întrebă.

„Puterea mea? Nu pot să-ţi spun!"

„Vrei să-i chem înapoi pe arhangheli?", îl întrebă bătrânul.

„Nu! Nu! Îţi spun!", clănţăni din dinţi numai gândindu-se la
ei. Nu prea ştiau de glumă îngerii ăştia, mai întâi loveau şi după
aia spuneau ce vor.

„Zece mii de suflete câştigate cinstit conform legilor divine.
Sunt comandantul lor, îmi slujesc mie şi pot să-i pedepsesc sau să-i
răsplătesc, în funcţie de modul cum îmi îndeplinesc ordinele."

„Cum îi răsplăteşti?"

„Păi, dacă e unul căruia i-a plăcut să fumeze, îl trimit lângă un
om căruia îi place să fumeze ţigări bune, va trăi unde îi place. Dacă
nu, îl trimit lângă un călugăr bun. Acolo va simţi ce-i postul şi
rugăciunea. N-o să-i placă prea mult. Ei, locurile se schimbă în
timp. Fiecarea are viciul lui, atâta timp cât l-am câştigat de partea
mea e obligat să mă asculte. Bine, unii sunt mai deştepţi, alţii mai
proşti, ca şi în viaţă. În fond există două moduri de a face pe cineva
să te asculte: fie prin frică, fie prin răsplată, important este să ştii
când să le foloseşti pe fiecare."

„Dar iubirea?"

„Rahat! Iubirea nu există! O vorbă mare în numele căreia oa-
menii pot face cele mai mari orori. Motivaţia crimei şi perversi-
unii, a dorinţei de bani şi de putere, o himeră spre care tindeţi cu
toţii. Voi faceţi rău din iubire, pentru iubire şi în numele ei. Eu
măcar o fac din ură şi ura la mine este un sentiment mai nobil
decât iubirea voastră, a oamenilor. Măcar sunt cinstit în răutatea
mea faţă de mine şi de Dumnezeu, nu-mi găsesc scuză în iubire,
o fac pentru că vreau şi pentru că sunt aşa! Sunt rău, mea culpa,
dar măcar sunt aşa până în măduva sufletului meu. Îi prefer pe
tâlharii ăia care omorau prunci ca să se pedepsească pentru mo-
mentele de slăbiciune, celor care au şi ceva bun în ei şi încurcă
lumea. Nu-s nici laie, nici bălaie! Încurcă-lume! Şi câţi dintre ei
nu vin aici la tine, la slujbă! Stau aici în genunchi de parcă-s Hris-
tos în Grădina Ghetsimani şi când ies parcă mi-s fraţi! Nu cred
în iubire, nu cred în milă. Nimeni nu mi-a oferit nici una, nici

alta vreodată. Iubirea voastră? Nimic mai nobil decât împereche-
rea câinilor!"

„Dar iubirea de părinte?"

Un urlet țâșni din gâtul băiatului care părea adormit în lumea
terestră, speriindu-i puțin pe oamenii din încăpere. Bătrânul apă-
sase fără să vrea pe o clapă ascunsă ce merita investigată.

„Iubirea de părinte? De ce întrebi? Care-i deosebirea dintre
oameni și animalele care uită de treaba asta și se împerechează până
la urmă?"

„La animale e o lege care să facă să nu dispară specia dacă rămân
numai exemplare înrudite!"

„Da, să zicem, dar la oameni? Sentimentul ăsta pur și frumos
care te face să înduri orice, chiar să ajungi un preș de șters picioa-
rele. Frumos, nu?"

Simțind cum crește în el furia, bătrânul avu o ezitare. Ener-
varea i-ar fi crescut puterea și n-ar fi fost bine pentru băiatul în
care intrase demonul. În lumea oamenilor trecuseră câteva se-
cunde în care bătrânul părea că adormise. Deschise ochii și în-
cheie rugăciunea, după care se ridică anevoie de pe scaun și
înmuie un buchet de busuioc în apa sfințită. Începu să-i stro-
pească pe credincioși făcând semnul crucii în aer și binecuvân-
tându-i. Pe undeva îl mâhnea ignoranța asta a lor, faptul că nu
înțelegeau nimic din ce se întâmpla acolo, dar înțelegea că fie-
care era la nivelul lui și nu putea să urce decât încet pentru ca
odată să înțeleagă adevărul în esență.

Când primele picături îl atinseră pe băiat, acesta începu să se
zvârcolească. Oamenii se îndepărtară de el lăsând un mic loc. Pri-
vind țintă la cei care îl țineau, spuse zâmbind:

– Nu vă fie frică! Nu se ia! Preotul doar citește rugăciunea,
arhanghelii se ocupă de vindecare. Odată mi s-au arătat în vis și
mi-au spus că tare se mai ostenesc din cauza mea, că nu le dă Dum-
nezeu destulă putere împotriva răului. Câteodată mai trebuie să

și mănânci, nu poți posti tot timpul, iar eu acum sunt prea bătrân să o mai fac ca în tinerețe. Poate că ar fi bine să postiți câțiva pentru el. Trei ar fi de-ajuns, adăugă, după care îl stropi de trei ori. Trupul chircit se destinse și pentru prima dată se văzu adevăratul chip al băiatului. Se lumină parcă la față și deschise ochii. De parcă ar fi venit de pe o altă lume, se ridică privind speriat împrejur. Îl văzu pe părinte și îmbărbătat de chipul lui blând, se apropie de el și sărută crucea și apoi mâna bătrânului.

Trecuse și el prin asta și încă de prea multe ori. Oamenii fuseseră cuprinși de o bună dispoziție generală. Se șoptea deja: „Minune! Minune!" Bătrânul oftă. Renunțase de mult să încerce să deschidă ochii orbilor. Îi prefera misticilor pe cei care încercau să găsească o explicație științifică în orice. Chiar gândindu-se la Iisus îl încerca un sentiment de regret. Jertfa lui își găsea justificarea de prea puține ori. Unii dintre preoți, deținători ai cheilor Adevărului Suprem, a celor care deschideau cele șapte peceți ale Bibliei, își foloseau cunoștințele pentru a-și satisface propriile dorințe. Era alegerea lor, nu putea decât să regrete că erau atâția oameni care aveau nevoie de ajutor și de călăuzire. Niște bieți orbi ce trebuiau duși de mână prin întuneric înspre lumină.

Câțiva nou-veniți priveau întru câtva uimiți noua lume pe care tocmai o descopereau. Ancorați în cotidianul vieții lor, lupta cu demonul, cu propriile instincte ale călugărilor, li se părea desprinsă de undeva din cărți. Bătrânul îi privea și, fără să vrea, citea adânc în sufletele lor ignoranța, uimirea, teama și, de ce nu, atracția către lumea în care el trăia vrând-nevrând. Singurul calm și stăpân pe sine rămăsese părintele și, poate, demonul ascuns acum în celălalt capăt al conștiinței băiatului adus la exorcizare. Pe măsură ce îi binecuvânta pe cei aflați în încăpere și le dădea crucea să o sărute, bătrânul se îndrepta spre ieșirea din chilie. După ce ultimul credincios aflat de față fu binecuvântat, se așeză pe băncuța aflată pe veranda din fața casei. Era cald și afară, dar căldura din chilie parcă era mai mare. Pe frunte şi pe chelie îi apăruseră mici broboane de sudoare pe care şi le şterse cu o batistă mare, albă, pe care o ţinea într-una din mânecile anteriului.

Luminat de soare, părea că în jurul capului are un nimb ce-i conferea o strălucire aparte. Privea Maica Natură de parcă s-ar fi încărcat din ea cu energie. Se simţea mai epuizat ca niciodată. Bătrâneţea, posturile, anii de prigoană când stătuse ascuns în podul casei ani de zile ca să nu fie arestat, singura lui vină fiind aceea că ridicase în sat o biserică în vremurile în care alţii le dărâmau. Se adunaseră prea multe pe umerii lui. Şi acum demonul ăsta! Nu mai întâlnise aşa ceva. Până nu simţi puterea lui, n-ai cum să înţelegi.

De ce îi trimisese însă Dumnezeu pe băiatul ăsta? Nu se simţea pregătit să-l înfrunte. Dar, în fond, cine era el ca să decidă asta? Atâta timp cât venise, era obligat să facă tot ce putea ca să-l scape de scorpia aceea. Aşa era numit în limbajul arhaic al ortodoxiei. Doar sfinţii aveau putere de la Dumnezeu să le învingă. Se simţea prea bătrân pentru o confruntare directă, aşa că se gândi să o spargă în mai multe bucăţi, mai multe rugăciuni la el şi la alţi preoţi, astfel încât puterea răului să se împartă la mai mulţi. Era corect însă? Dumnezeu îi dăduse cunoaşterea necesară să lupte, nu i-ar fi înşelat aşteptările. „Facă-se voia Ta, Doamne!", îşi spuse, hotărând să aştepte ca timpul să decidă pentru el. Niciodată nu ştii cum este mai bine. Se poate să ţi se socotească mândrie chiar dorinţa de a face bine, dacă la baza ei stă şi o fărâmă din dorinţa de a ieşi în evidenţă. E greu când trebuie să iei hotărâri, mai ales dacă se pune problema vieţii altuia şi, de ce nu, a ta. În confruntarea cu răul nu poţi greşi. Se mai întâmplase în tinereţea lui să o încurce şi cel pe care încercase să-l vindece plecase sănătos, însă îi lăsase lui tot răul care exista în el. Asta însemnase că trebuise să lupte cu răul în el şi fusese groaznic. Aflase cu ocazia asta ce simţeau toţi cei bolnavi, aşa-zişii nebuni, şi nu putea decât să îi compătimească.

Ajunsese odată chiar la spital la Bălăceanca. Niciodată nu fusese mai mâhnit în viața lui ca atunci. Oameni condamnați să fie niște legume până la sfârșitul vieții alături de medici care nu știau nimic despre om, despre suflet, despre îngeri și demoni, despre păcat și blestem. Se simțise atât de mic și de inutil, încât plânsese singur în chilia lui, nevăzut de oameni.

În seara aceea i se arătase Maica Domnului și-l întrebase: „De ce plângi?" „Parcă nu știi de ce?!", îi spusese. „Fă ceva pentru ei!" „Ce să fac?" „Învață-i!" îi mai spusese și-l lăsase iar singur. Așa că se gândise să formeze mai întâi câțiva medici. Avea câțiva pe care îi învăța, câteva asistente și doi studenți la medicină. Îi privea și fără să vrea îi invidia puțin pentru inocența lor. Aveau toată viața înainte și multe de trecut, dar până acum se comportaseră bine.

Nimic nu-i mai rău decât frica care intră în sufletul omului. Chiar și mânia o poți stăpâni, dar dacă le-ar fi fost frică de demoni, n-ar mai fi putut să facă nimic cu ei. Nu le fusese însă. Deloc. Era însă doar un pas în școala grea a călugăriei, a înțelepciunii vieții.

Privea oamenii care la rândul lor îl priveau cu un soi de admirație mistică, iar el se simțea atât de neputincios și de om! Nu înțelegeau că doar El putea face minunile în care credeau ei, că el doar devenise un instrument al Lui? Câte rămâneau ascunse pentru ei, poate doar pentru a-i feri de neînțelegeri. Văzuse prea multe în cei optzeci și ceva de ani ca să nu știe că mai avea multe de învățat până să dea de sfârșitul cunoașterii.

Recunoscut ca un bun duhovnic, primea oameni veniți din toate colțurile țării. I se cereau sfaturi de către cei care voiau să îmbrace cămașa călugăriei. Binecuvântarea lui era ca o garanție a mântuirii respectivului. Putea să se transpună dincolo de axa timpului și să vadă ce putea să se întâmple în cazul fiecărei alegeri. Acordul lui în ceea ce privește călugăria era ca un permis de intrare în oastea îngerilor lui Dumnezeu cea nevăzută, nu tentativa aceea amărâtă de schismă ce se întrupa acum!

Venise odată un tânăr la el şi se recomandase ca făcând parte din „Oastea Domnului". Inițial nu înțelesese despre ce era vorba. Ceruse explicații şi i se spusese că mai mulți creştini ortodocşi se întâlneau, schimbau impresii, citeau cărți ale ortodoxiei, frecventau slujbele de la biserica nu ştiu care şi că, în cele din urmă, se autointitulaseră aşa: „Oastea Domnului". Îi spusese la rândul lui că şi el este în Oastea lui Dumnezeu, că cel puțin aşa credea. Şi că nu înțelege cum de are Dumnezeu două oşti! Tânărul plecase nedumerit. Cum să-i explice că ceea ce făcuseră era primul pas către scindarea Bisericii Ortodoxe, care nu mai pățise asta de la marea schismă din 1054? Cu atât mai mult cu cât toată treaba asta căpătase acordul fețelor mari bisericeşti!

– Mai plimbați-l! le spuse celor doi băieți care aveau grijă de bolnav. Facem rugăciuni mai târziu. Trebuia să facă trei până seara. Mai exact până la ora douăsprezece noaptea. Atunci începea puterea răului, a întunericului, cu apogeul la trei noaptea. De asta ei, călugării, nu dormeau între miezul nopții şi primul cântat al cocoşilor, rugându-se neîncetat şi făcându-şi de lucru prin chilii. Şi demonul ăsta pe care îl întâlnea acum se întărea pe măsură ce trecea timpul şi trebuia să-şi facă rugăciunile ca să dea putere arhanghelilor care îl ajutau. Ca un echilibru al lumii, cu cât creştea puterea întunericului, cu atât şi cea a călugărilor de a face bine! Ciudată lume a mânăstirii!

Chemă mental arhanghelii care apărură ca prin farmec în lumina astrală. Se gândea la o soluție, astfel că pe lângă vindecarea băiatului să învețe şi băieții ăia ceva.

„Cum să facem să-l oprim aici în noaptea asta?" „Nu mai avem cum!", spuseră spiritele, privindu-şi săbiile care îşi pierdeau treptat din culoare. Începeau să pălească. „Nu avem destulă putere ca să îl trecem noaptea. Ori îl luăm acum, ori îl laşi în băiat cum era înainte." Ce să facă? Răzbunarea unui demon este cruntă şi ar fi căzut asupra întregii comunități. Plus oamenii care fuseseră de față și cei doi studenți. Nu mai avea încotro, îl lăsă liber ca înainte.

În lumea noastră, băiatul avu o tresărire și după perioada aceea de luciditate pe care o avusese se schimbă rapid. Până și culoarea ochilor i se transformă. Privind spre părinte părea să strige după ajutor. Simțea ce se petrece cu el și nu se putea împotrivi. Fizionomia i se schimbă devenind urât, cu niște ochi injectați ce păreau să arunce fulgere spre bătrân, un biet Moș Crăciun întârziat în vară. Fu luat pe sus de câțiva creștini și scos din chilie pe aleea din fața casei. În fața lor o femeie se uita mirată la ceea ce făceau.

– Unde îl duceți? îi întrebă.

– În biserică, la închinat! îi răspunse unul dintre ei.

– Ar trebui internat! își dădu cu părerea cucoana.

– Și să nu mai aibă nici o șansă să se vindece?

Femeia tăcu.

Plecară spre biserică. La intrare, băiatul începu să se agite din nou.

– Nu! Nu vreau aici! spuse luptându-se să scape. Băgat cu forța în biserică privea cu ură picturile de pe pereți care reprezentau scene din viața Mântuitorului și Sfinții. Curând ajunse lângă locul unde erau ținute moaștele Sfântului Ierarh Calinic. Racla era închisă. Scăpat din mâinile celor doi, care deveniseră pentru moment gardienii lui, se apropie de ea și, ridicând amenințător pumnul încercă să lovească geamul aflat pe capac, țipând cât îl ținea gura:

– Ce, mă? M-ați adus la ăsta? Vreți să vi-l înjur?

Neputincioși, oamenii aflați la rugăciune priveau înmărmuriți scena. Pumnul cădea amenințător, cu o putere și cu o forță care ar fi spulberat în țăndări geamul și totuși, la un moment dat, o barieră nevăzută se ridică între el și agresor.

– Nu pot! Nu pot! Blestematul! țipa bolnavul cu pumnul încordat, aflat la câțiva centimetri de geam. Văzând că nu reușește se ridică deodată și se năpusti cu capul într-una din coloanele de marmură care susțineau cupola bisericii. Se auzi ca un bubuit contactul dintre țeasta băiatului și piatră. Năucit de lovitură, băiatul căzu pe podea. Parcă treziți la viață de acest zgomot, câțiva oameni îl prinseră de mâini, încercând să vadă dacă pățise ceva. Spre surprinderea tuturor, băiatul își reveni repede și de data asta era chiar el.

– Ajutați-mă să scap! îi implora el pe cei care erau aproape.

– Haide să facem câteva mătănii împreună! îi propuse cineva. Aici, lângă Sfântul!

Se strânseseră câțiva credincioși și începură să le facă în grup. O cruce, o îngenunchere cu fruntea lipită de pământ, o ridicare, iar o cruce. Și tot așa, de câteva ori. Băiatul însă nu rezistă. La un moment dat, se înmuie și nu se mai ridică de la pământ. Când în cele urmă se trezi nu mai era el. Își făcuse apariția fiara:

– Credeți că o să mă învingeți voi? Câțiva curvari și o babă? spuse sfidător.

Fu luat însă pe sus și dus să se închine la toate icoanele. Momentele de luciditate începeau să alterneze cu cele de furie.

„Tu-ți bis...“, răsună în sala mare din care fugise ultimul călugăr. Nu de frică. Aveau ochii sufletului deschiși și priveliștea care le-o oferea demonul nu era dintre cele mai plăcute. Parcă strângându-și ultimele resurse, băiatul îi luă aproape pe sus pe cei câțiva oameni care îl țineau și ieși afară din biserică. Se îndreptă țintă spre lac și întinzând brațele înspre larg spuse:

– Tati! Tati! Dă-mi putere!

Studenții priviră uimiți cum se dă stuful la o parte, lăsând să treacă ceva și simțiră cum în trupul acela care părea epuizat la un moment dat crește vigoarea. Îi târa după el în apă privind deja îngrijorați spre o țintă doar de bolnav văzută, dar reușiră să-l oprească într-un târziu. Când apa le trecuse deja peste genunchi, în ajutor le-a mai venit o fată:

– Cum îl cheamă? îi întrebă.

– Costi! răspunseră aproape într-un glas băieții.

– Haide, Costi! spuse ea. Ajută-ne și tu puțin! Luptă! Nu poate trece peste voia ta dacă nu te lași!

Privirea acestuia, îndreptată de parcă ar fi fost hipnotizat spre ceva numai de el văzut, se tulbură și trupul i se înmuie cât de cât.

Începuse deja să se însereze, așa că se îndreptară către dormitorul comun folosit la cazarea oamenilor sosiți de prin colțurile țării să caute alinarea durerilor sufletești. Curățenia precară arăta că nu erau prea gospodari cei care se ocupau de treaba asta. Intrați în sala de mese dădură nas în nas cu cel care se ocupa de cazare.

– Ce caută ăsta aici? Ar trebui dus la ospiciu! îi luă la rost.

– Și acolo ce să facă?

– Cum ce să facă? Să ia medicamente, spuse el neluând în seamă ironia unuia dintre studenți. Strică liniștea mânăstirii! bombăni în continuare bătrânul călugăr. Buletin are?

Uitându-se mirați, cei doi mediciniști dădură din umeri.

– Nu, nu are!

– Nu pot să-l cazez. Așa am poruncă de la părintele stareț.

– Și când vei ajunge la Poarta Raiului crezi că o să te întrebe Sfântul Petru de buletin? îi replică unul dintre băieți.

Părintele îi privi trăsnit, de parcă ar fi primit o palmă, și dispăru în chilia lui, lăsându-i pe cei patru, copii în fond, să stea în sala de mese. Peste câteva momente ușa de la chilie se deschise și părintele administrator le strigă:

– Puteți rămâne, dar numai în sala de mese.

Găsise între timp o soluție să nu-și calce nici rânduiala de călugăr, ascultarea, și nici pe cea de om, și să facă bine. Se întoarseră spre băncuțele din sala de mese. Costi se așeză pe una din ele, aflată în apropierea ușii.

– Mi-e foame! spuse el. Mi-e sete! adăugă el, ca și când și-ar fi adus aminte.

Fata care îi ajutase și în apă se apropie de el și-i întinse o sticlă pe jumătate plină cu apă. Spre mirarea celorlalți, băiatul sări în picioare și-i dădu peste mână:

– Nu beau porcăria asta! Ia-o de aici!

– Ce e în ea? întrebă unul dintre ei.

– Doar niște agheasmă pe care am luat-o azi de la biserică. Altceva nu capeți! îi spuse.

După un timp, chinuit probabil de o sete chinuitoare, băiatul îi smulse sticla din mână și o bău pe toată pe nerăsuflate. De la oamenii care erau și ei cazați în camerele de aici primi câteva fructe și o bucată de pâine cu zacuscă. Începu să mănânce de parcă nu ar fi văzut hrană de câteva zile. Îl lăsară în pace cât mâncă, mulțumiți că aveau și ei puțină liniște.

– Haideți să mai mergem la părintele! Mai face și slujba de seară și ar fi bine să o prindem, se auzi o voce dintre cei care aveau grijă de băiat.

4.

CONSULTUL

Nu era primul curs pe care îl ținea, se mai întâmplase ca de câteva ori profesorul să nu poată veni la ore din cine știe ce motiv și o lăsase pe ea să-l predea. Îi dădea materialul și-i lăsa mână liberă doar în ceea ce privește explicațiile pe care trebuia să le dea pe marginea textului. Îi știa cursul bine, pentru că îl citise și îl audiase împreună cu mai multe serii de studenți. Se ducea nu atât pentru ceea ce se găsea în cărți, cât pentru acele mici scăpări inerente unei expuneri libere când profesorul, purtat de val, sau pur și simplu pentru că în acel moment își aducea aminte acele lucruri trăite de-a lungul carierei sale profesionale, făcea cele mai neobișnuite asociații. În niciun caz nu se putea compara cu el ca număr de cazuri întâlnite, ca diversitate, ca reușite sau insuccese așa că oricând putea învăța din experiența lui.

Părea o zi obișnuită, studenții, gălăgioși, fumau pe holul din fața sălii în care urma să se țină cursul: ajunsese mai devreme așa că avusese timp să-și pună în ordine materialele pe care le avea. Îi plăcea tema, era vorba despre tulburările de personalitate. Citise chiar interes pe câteva chipuri și asta o făcuse să depună mai multă energie în a-l ține cât mai bine și mai atrăgător. Reușise să-l termine chiar mai devreme cu câteva minute și în timp ce studenții încercau să completeze spațiile rămase goale pe foile de curs datorită vitezei cu care le dictase îi întrebă dacă au nelămuriri. Obișnuită cu plictisul studenților care de-abia catadicseau să apară la cursuri, cum de altfel fusese și ea la rândul ei, fu oarecum surprinsă când văzu ridicându-se o mână.

– Da, spune te rog!

– Domnișoară, credeți în telepatie? o întrebă și observă că deodată în sală se făcu liniște.

– Da, răspunse ea, s-au făcut niște experiențe în acest sens care au demonstrat că există persoane care pot comunica mental. Dar nu înțeleg ce legătură este între telepatie și subiectul de astăzi?

– Admițând că un individ este un bun telepat, ca un receptor, având posibilitatea de a percepe gândurile celor din jur, dar fără să știe că poate asta, atunci el nu va „auzi" voci putând fi etichetat ca schizofren și îndopat cu medicamente pentru simplul fapt că medicul psihiatru nu știe că este nu bolnav, ci doar puțin altfel?

– Diagnosticul de schizofrenie nu se pune atât de ușor cât pare la prima vedere. Există mai mulți factori sau, mai bine zis, simptome, specifice acestei boli. O să vă convingeți de asta când vi se vor prezenta cazuri. O să vedeți că în funcție de pregătire se manifestă diferit. Cei din mediul rural afirmă că „li s-au făcut farmece", pe când cei de la orașe fie sunt contactați de extratereștri, fie prezintă un delir mistic. Se vorbește deja de o supradiagnosticare în psihiatrie, dar de cele mai multe ori diagnosticul se pune după mai multe internări, debutul bolii are loc la o vârstă tânără, în fine..., durează cel puțin șase luni, pacientul prezintă idei delirante, halucinații, limbaj și comportament dezorganizat, simptome negative.

– Și de ce n-ar avea dreptate? Mă refer și la farmece, și la extratereștri!

– Într-o carte bisericească folosită de preoții ortodocși, în ritualurile specifice acestui cult, am găsit o rugăciune „de dezlegare de farmece". Dacă o întreagă biserică acceptă ideea că există așa ceva, că altfel le-ar fi scos de acolo, înseamnă că există o sămânță de adevăr. Iar în ceea ce privește extratereștrii, dacă admitem că telepatia există, probabilitatea de a mai fi și alte lumi locuite decât a noastră și ținând cont că o comunicare mentală nu depinde nici de fusul orar, nici de spațiu, atunci de ce n-ar avea dreptate? Am întâlnit în spital, pe când făceam practică la secția de medicală, un pacient care susținea că umbla ceva prin el. A fost privit ca un nebun și trimis să fie consultat de un psihiatru. În cele din urmă pentru că el continua să susțină acest lucru i s-a făcut o radiografie și întra-devăr s-a descoperit că avea ceva radio opac în organism. I s-a făcut o radioscopie și cu stupoare au văzut că acel ceva se mișcă și că nu respectă un organ, trecând de la unul la altul. Cum mai toată lumea s-a spălat pe mâini de el, l-am întrebat dacă a fost la preot. Mi-a povestit că a fost și că la rugăciunea ce se face cu Sfânta Copie, un cuțit în formă de cruce cu care se taie pâinea sfințită folosită la împărtășanie, în altar, în momentul în care a apropiat-o de spatele lui ca să-i facă semnul crucii, a început să tremure din toate încheieturile, dar n-a scăpat. Atunci i-am spus că n-are ce să caute în spital, și că cel mai bine ar fi să se ducă la o mânăstire unde auzisem că se fac exorcizări. Nu știu ce s-a întâmplat cu el. Ceea ce voiam însă să spun este că de cele mai multe ori, părerea mea, este că medicii psihiatri consideră un individ care face afirmații de genul: „am făcute farmece", aprioric bolnav, fără a cerceta dacă există vreun sâmbure de adevăr în toată treaba asta. Eu unul știu că, oricât de aberantă ar fi ipoteza, trebuie ca mai întâi să o verifici. Dacă stau bine să mă gândesc, concluzia Academiei Franceze când a fost prezentat primul proiect de avion a fost că acest obiect va cădea precum un bolovan. Eu nu spun că toți schizofrenicii sunt telepați sau vizionari, afirm doar că mulți sunt incomplet investigați și asta din cauza medicilor.

În sală se așternu liniștea. Toate privirile erau întoarse către ea și se aștepta un răspuns pe măsura problemelor pe care le atinsese studentul. Era o provocare din care știa că poți ieși jumulit rău dacă nu spui ce trebuie. Stima și respectul studenților îl poți pierde doar o dată. Mai știa însă că apreciază mai degrabă sinceritatea decât un răspuns evaziv, de aceea se hotărî să riște spunând adevărul. „Oare pe profesor l-ar fi întrebat la fel?" Se uită la el și fu surprinsă să constate că în ochii lui se citea liniștea, ca și cum răspunsul ei oricum n-ar fi contat. Nu încerca să afle ceva nou de la ea, părerea lui era cristalizată. „Pentru ce atunci toată tevatura asta?" Încercase să-i comunice ei ceva, să-i deschidă ochii asupra acestui aspect și-i spusese totul sub forma unei întrebări? Pentru ceilalți colegi? Cine știe? Un lucru îi era clar: știa poziția ei vizavi de problema respectivă și se gândise de mult la asta. Modul cum expusese ideile era de natură nu să găsească răspunsuri, ci să ridice întrebări, știut fiind că mai de folos îți este să găsești singur răspunsul la o dilemă decât să primești soluția pe de-a moaca. „Ce experiență putea avea un puști în domeniul psihicului omenesc, era copil de medici?"

– Mărturisesc că nu am prea multe cunoștințe în domeniul ăsta, mă refer la magie, vrăji. Am auzit de un loc de lângă noi în care se practică exorcizări, dar nu am ajuns acolo să le pot urmări.

– Nu ați fost curioasă? Știți că Freud, în tinerețe, a participat la așa ceva? Că nu i-a fost de niciun folos, este altceva, dar a fost.

– N-am știut! Dar de ce crezi că nu i-a fost de niciun folos experiența asta?

– Pentru simplu motiv că era evreu și, mai mult, ateu!

– Păi și ce legătură are religia sau, mă rog, necredința cuiva cu un fapt care, pentru a fi veridic, ar trebui să fie recunoscut de orice individ indiferent de opțiunile lui spirituale.

– Nu este chiar așa. Să zicem că eu sunt evreu și că am crescut într-o familie în care practica religioasă nu a însemnat prea mult și că asist la o izgonire de demoni în numele lui Iisus Hristos. Ca să accepte ca adevărată exorcizarea, ar trebui să creadă în Dumnezeu, pentru că îndepărtarea răului se face cu ajutorul binelui, să accepte că Iisus este Fiul Lui Dumnezeu. Mai greu la evrei, care și acum mai așteaptă venirea lui Mesia.

– Am văzut în câteva rânduri la televizor experiențe de genul ăsta, dar sinceră să fiu erau un pic cam teatrale. Rămâne să mai discutăm pe tema asta și cu alte ocazii, în practică, încheie ea orice urmă de discuție.

Studenții se îmbrăcau să plece, lucru pe care îl făcu și ea, dar, dacă pentru ei tot ce se vorbise era ca un fapt divers, pentru psihiatră reprezenta o datorie profesională să caute adevărul. Nu o enerva provocarea, ci că venise printr-un student și că se simțise ca niciodată cu fundul gol. Îl zări în treacăt pe studentul care vorbise uitându-se la ea. În ochi îi persista o undă de ironie, iar în colțul gurii un surâs șăgalnic care părea să însemne: „Ți-am vârât-o!" Și într-adevăr i-o făcuse, îi dăduse temă pentru acasă – numai de vrăji și de farmece nu mai citise!

Ajunseră la spital. Se opriră nehotărâți la intrare și se uitară unul la celălalt așteptând încuviințarea de a intra.

– Vrei să vin cu tine? îl întrebă fata.

– Bineînțeles! îi răspunse studentul. Cel puțin nu vei putea spune că ți-am ascuns ceva din ce-am vorbit cu ea.

La poartă îi întâmpină un bărbat care îi privi suspicios.

– Pe cine căutați?

– Pe domnișoara doctor. Am venit să vorbim, ne-a spus că este de gardă astăzi. Suntem studenți.

– Intrați. Vedeți că e în cabinet. A doua ușă pe dreapta, adăugă el și dispăru.

Bătură la ușa indicată și vocea doctoriței se auzi de dincolo:

– Da!

Studenții intrară în cabinet și salutară la rândul lor:

– Bună ziua! Sărut mâna! se auziră suprapuse vocile lor.

– Ei, ce faceți? Cum merge cu învățatul, cu diploma?

– Nu ne-am apucat încă. Avem probleme cu proiectul de diplomă pentru că ni s-a schimbat profesorul de endocrinologie și va trebui să alegem altă disciplină. O luăm de la început, spuse cu ciudă fata.

Doctorița îl urmărea pe băiat. Era cel care se ridicase la cursul acela de pomină. Să fie sinceră, nu se așteptase să fie vorba de el când fusese oprită la un moment dat pe hol după un curs de fata aceasta care-i spusese că are un prieten la care recunoscuse câteva simptome de boală. Fusese chiar îngrijorată pentru că nu puține erau cazurile unor studenți care clacau în ultimul an pentru că fuseseră depășiți de volumul mare de materie ce-l aveau de învățat. Privindu-l însă pe cel din fața ei, care era preocupat să-i studieze cabinetul, se liniști. Nimic din atitudinea lui nu trăda vreo boală psihică. Că era ceva cu el, asta mai mult ca sigur, dar urma să afle ce.

– Ce se întâmplă cu voi? Prietena ta spune că aveți probleme!

– Eu unul n-am niciuna, sau cel puțin așa cred, dar dacă s-a făcut afirmația asta despre mine nu pot spune că nu este așa până nu vă convingeți și dumneavoastră. Un nebun își neagă boala, nu-i așa? Și-apoi fiecare suntem mai mult sau mai puțin nebuni, mai la stânga, mai la dreapta, așa că o am și eu pe-a mea, doar că sper să fie în limitele normalului.

– Îl vedeți, așa face tot timpul! Ia totul în râs. Chit că sunt furioasă, chit că plâng, se poartă la fel.

– Luați loc! îi invită doctorița hotărâtă să vadă unde era adevărul și presimțind că ședința avea să se prelungească. Oricum cuplul nu se potrivea deloc și asta nu pentru că ar fi existat un motiv fizic, în fond erau amândoi tineri și drăguți, ci pur și simplu simțea asta instinctiv.

– Nimic nu-l atinge, cred că o să trăiască o sută de ani. Eu trebuie să am grijă de tot ce este nevoie în casă, nu zic, mă ajută, dar dacă n-aș spune eu, nu ar face nimic.

– Doar n-o să-mi încarc memoria cu toate prostiile! spuse băiatul zâmbind.

Îi privea pe cei doi, ea furioasă, el relaxat și calm, de parcă trăiau împreună de ani de zile, iar ei i s-a fi ars cozonacii în ajun de Crăciun.

Din câte își dădea seama, fata era momentan cea care acumulase o serie de tensiuni interioare ce o făceau să se manifeste astfel; care era însă cauza lor urma să afle.

– E nebun! izbucni ea. Crede că are cine știe ce misiune pe pământ și în afară de asta nu-l interesează nimic, nici școala, nici casa, lasă totul în seama mea. El și rugăciunile lui, de parcă ar sta lumea în loc dacă nu le-ar zice!

Doctorița îi privi pe amândoi și fără să vrea compară vehemența cu care vorbea ea cu liniștea și pe undeva resemnarea cu care asculta el. Mai mult ca sigur că fusese o discuție care se prelungise vreme îndelungată și care măcinase în timp tot ce existase frumos între ei. Era cert că exista acea nepotrivire de caracter și că felul ei de a fi nu avea cum, cel puțin din câte observase până acum, să se potrivească cu cel al băiatului.

– O secundă, îi întrerupse ea. Nu știu cum vă numiți. Poate că voi mă cunoașteți pe mine, însă eu nu aveam cum să vă rețin dintr-o sută și ceva de studenți.

– Mă numesc Mihaela Cristescu, spuse fata.

– Iar eu sunt Daniel Ioniță, continuă băiatul.

– Bun, acum că am făcut cunoștință cred că cel mai bine ar fi să o luăm de la început. Uite, prietena ta m-a oprit la cursul trecut și mi-a spus că ar fi bine să stau de vorbă cu tine pentru că ea crede că de la un timp încoace nu te mai comporți normal. Ce părere ai despre asta?

– Știu ce crede ea, eu unul mă consider însă cât se poate de cu picioarele pe pământ. Poate că am micile mele ciudățenii, dar sunt ale mele și nu văd cum îi deranjează pe cei din jur, în fond sunt rodul vieții și al experiențelor prin care am trecut. Nu neg că am doza mea de nebunie, dar cine nu o are! Nu știu ce v-a spus despre mine, dar bănuiesc că este în legătură cu misticismul meu. Nu știu între ce limite se poate vorbi de credință și de unde pornește patologicul. Este curios cum acceptăm că este normal să te închini unui Dumnezeu care s-a rugat și a postit patruzeci de zile, dar dacă tu ai vrea să faci asta ești considerat nebun. Știți, cred că cel mai bine ar fi să vă povestesc pe scurt întâmplările care m-au făcut să mă schimb. Sunteți de acord?

– Aveți grijă, domnișoară doctor, că așa păcălește pe toată lumea. Are un stil de a le întoarce după cum vrea el.

Reușise să o enerveze. Fata asta se încadra în tipul omului normal, ori ea alesese să fie psihiatru tocmai pentru că îi plăcea să descifreze tipuri de caractere. Există această plăcere de a intra în mintea și sufletul omului pentru a descoperi ce este dincolo. Or, oamenii normali, cu gândurile și preocupările lor cotidiene, sunt tare anoști. Singurii care ies din această normalitate fiind nebunii, geniile și, poate, criminalii. La ei, mecanismul gândirii este altul.

– N-am crezut în Dumnezeu. M-am născut într-o familie în care religia și practica religioasă se limitau la Crăciun și la Paște. Singură, maică-mea mai spunea câteodată când pleca la drum un „Doamne ajută!" De fapt, de aici pleacă totul. Dacă prin absurd zic eu, aș fi bolnav, asta ar fi piatra temeliei bolii mele. Cred că aveam șapte ani când am făcut împreună cu părinții mei un tur al României. Stătusem câteva zile la o familie de ardeleni tare cumsecade, într-o comună lângă Cluj. Avusesem niște zile de vacanță superbe petrecute pe Someș la baie, la plajă și acum ne pregăteam să plecăm spre casă când, la ieșirea pe poartă, maică-mea se închină și spune „Doamne ajută!" Nu știu de ce, dar am reacționat fără să vreau și am gândit: „Doamne n-ajută!"

Poarta dădea exact în șoseaua națională, foarte circulată, de aceea tata a trebuit să aștepte puțin până să poată ieși. Cert este că nu știu cum a făcut mașina un balans și am agățat cu toba de eșapament un cui cu care se prindeau porțile. Bineînțeles că a fost nevoie să mergem la service să o sudăm. Plecăm iar la drum și ea zice din nou: „Doamne ajută!" Eu nu am de lucru și gândesc din nou: „Doamne n-ajută!" În acel moment, tata se înscrie în depășirea unui camion, al cărui șofer, neatent, virează stânga și cu bara ne agață portiera din stânga spate. Mi-a trecut cu bara exact prin față. Nu mi-a fost frică; m-a încercat numai un sentiment de culpabilitate. Adevărul este că mă simțeam vinovat față de ai mei că-i supusesem acestei încercări. Până la urmă a ieșit bine pentru că am stat o noapte în Cluj și am vizitat grădina botanică și nu mai știu ce.

A doua zi pe drum mama a spus pentru a treia oară: „Of, poate ne ajută Dumnezeu de data asta!" Atunci pentru prima oară mi-am zis în gând: „Doamne ajută, Doamne ajută, Doamne ajută!" Nu din credință, ci de frică. Nu știu de ce s-a întâmplat așa, nici dacă am vreo vină sau merit în toată chestia asta.

Cert este că de atunci nu că aș fi crezut în divinitate, dar m-am învățat să o accept ca pe stelele pe care nu le vezi. Știi că nu ai să le atingi niciodată, nu le vezi și totuși sunt acolo. Fie că vrei tu, fie că nu. Cam ăsta a fost primul meu contact cu divinitatea, pe care de altfel nu l-am conștientizat atunci. Ba mint, a mai fost ceva pe când aveam cu vreo doi ani mai puțin și mă plimbam cu mama de mână. Nu mai știu cu ce ocazie am întrebat-o cine este Dumnezeu și mi-a dat un răspuns cam ambiguu, că ar fi cineva care locuiește în cer și nu mai știu ce mi-a spus ea. Întâmplarea face că în acel moment cerul să fi fost înnorat, iar eu privindu-l i-am zis: „Mami, mami, uite lui Dumnezeu i se văd coastele!"

La biserică am ajuns mult mai târziu. Eram deja student la Politehnică și locuiam cu prietena mea în cămin. Eu eram cu artele marțiale, făceam karate, nu aveam tangență cu icoane, sfinți și alte d-astea. Când a venit prietena mea de la școală, era foarte nervoasă. Bineînțeles că ne iritam amândoi, ne certam și stăteam pe pat spate în spate fierbând de nervi. Aveam senzația aceea că ai fi în stare să muști pe cineva de gât și nu numai atât, dar să-i sugi și sângele. Atunci, fără să vreau, mi-am adus aminte de taică-meu care înaintea unui meci de fotbal cu Anglia, care s-a ținut la ei, s-a rugat așa: „Doamne, dacă ești mare și dacă exiști, ajută-ne!" Cert este că atunci am făcut egal. N-am idee de ce m-am rugat așa. Acum mi se pare o ispită pentru Dumnezeu și aproape o hulă la adresa divinității, dar a avut efect. Știu că și ea se rugase în același timp cu mine. Atunci s-a produs acel ceva. Ca un câmp care te învăluie din toate părțile, parcă venind din cer, asupra noastră s-a lăsat pacea. Nu pot s-o descriu. O pace absolută, ca o împăcare cu tine însuți, cu lumea și cu cerul, o senzație că dacă ar trebui să mori nu ți-ar părea rău. Și prietena mea simțise la fel și începuse să plângă. „Simți?", m-a întrebat. I-am răspuns că da și am adormit ținându-ne în brațe.

Ne-a despărțit viața, drumurile, dar este o experiență care ne leagă pentru totdeauna. Cert este că atunci m-am hotărât să învăț și eu „Tatăl Nostru". Am început să caut adevărul. Am fost la reuniunile studenților ortodocși, la biserica baptistă, la cea penticostală. Prima mea Biblie o am de la un penticostal și așa am ajuns și prin mânăstiri. Eu nu cred atât în credință, cât în cunoaștere. Sincer, cred că adevărata credință ți-o dă numai aflarea adevărului. Numai calea diferă, fie că este vorba de știință, fie de religie, toate tind spre același țel. Tot mergând prin mânăstiri am fost la un magazin de obiecte bisericești și mi-am cumpărat un moliftelnic, o carte în care se găsesc diferitele slujbe ce se țin în bisericile ortodoxe. Printre rugăciunile cuprinse în carte sunt niște rugăciuni de exorcizare ale sfinților Vasile cel Mare și Ioan Gură de Aur.

Mi-am luat o lumânare, am îngenuncheat și m-am pus pe citit. Am blestemat tot răul, toți demonii și nu mai știu ce sperând să văd dacă într-adevăr exista demonul. Pe moment nu mi s-a întâmplat nimic. A doua zi am explodat din nimic, am înjurat-o pe prietena mea într-un fel care nu-mi este propriu și am plecat ca o furtună din casă. Am continuat să le citesc de câteva ori după care m-am plictisit și le-am lăsat. Toate ar fi fost bune și frumoase dacă nu mi s-ar fi întâmplat ceva. Mă dusesem să iau ceva de la Magazinul Unirea. Am urcat până la etajul trei și mi s-a rupt filmul.

– Adică cum? îl întrebă doctorița.

– Pur și simplu, am descoperit că mă plimbam de un sfert de oră prin magazin, fără să-mi dau seama ce se întâmplă. Țin minte că în momentul în care am realizat ce mi se întâmplă, am gândit : „Hopa că am încurcat-o!" M-am dus țintă la biserică, la Sf. Ioan, chiar lângă Unirea, și am început să mă rog lângă icoane. Cred că spuneam în gând Psalmul 50, socotit cel al smereniei. În ortodoxie, psalmii sunt socotiți sabia călugărilor împotriva răului. Nu știam eu asta atunci, asta mi-a venit în cap pe moment. Țin minte că m-am trezit jos la metrou, așteptând trenul, și am realizat că nu mi-am terminat rugăciunea. M-am întors în biserică și, ținându-mă strâns cu mâinile de barele de lângă icoanele de la altar, am reușit să-mi spun rugăciunile de la un capăt la altul. De data asta eram convins că o luasem razna, așa că, fără să mai stau pe gânduri, m-am dus direct în mânăstire. Nu vă puteți închipui cât de greu mi-a fost să ajung acolo. Parcă se împlinea zicala aceea când „își bagă dracul coada!" După ce am pierdut nu știu câte mijloace de transport, după ce am avut tendința să mă întorc din drum de nu știu câte ori, am ajuns în cele din urmă. La lumânări, acolo unde se vând diferite obiecte bisericești, era un călugăr bătrân, pe care, în momentul în care m-a văzut, l-a pornit râsul. Nu vă puteți închipui în ce hal m-a enervat. I-aș fi smuls barba și părul fir cu fir.

„Ce-ai făcut?", m-a întrebat. I-am spus că citisem moliftele și că nu văzusem nici un drac și că ce-i cu prostiile astea. El a continuat să-mi zâmbească și m-a trimis la părintele care citea rugăciuni de exorcizare. M-am dus și, printre toți oamenii care erau acolo, s-a uitat la mine și mi-a spus doar că trebuie să țin trei zile de post și să vin în fiecare zi la el. Nu pot spune decât că eram speriat, puțin nedumerit, pentru că nu-mi era clar ce se întâmplă cu mine. Să intri totuși în biserică și să vrei să-ți faci cruce, iar în momentul în care dai să-ți atingi umărul să-ți zboare mâna cât colo. Să-ți fie frică sau teamă să te atingi de icoane sau de moaștele unui sfânt. Vorba aia, am pus mâna pe cadavre, nu vedeam de ce m-ar deranja două oase și un tablou!

Am ținut trei zile post negru și am mers zi de zi la slujbele de dezlegare. Nu vă puteți închipui ce drăguț era să fii mort de foame și de sete, să nu poți să te stăpânești să stai într-un loc. Mă plimbam ca un pacient de-al dumneavoastră pe care l-am văzut pe hol. Parcă ești într-un centru de comandă de unde vezi tot și deodată cineva îți ia capacitatea de a acționa tu însuți, și rămâi spectator al propriului trup. În fine, au fost mai multe, dar fără mare importanță. A venit ultima zi. Pot spune că am experimentat cele mai îngrozitoare sentimente umane pentru că apar și la oameni în fond, nu? Ura față de preot, frica de cruce, scârba de icoane și de moaște. Simțeam tot ceea ce simte un demon referitor la astea. O spun cu mintea de acum, pentru că atunci nu-mi dădeam seama ce se întâmplă. Deși la un moment dat, acolo unde eram eu închis în mintea mea, am fost întrebat, de cine, nu știu, dacă îmi este frică, și am răspuns că nu. Atât voiam, să se termine cele trei zile să pot bea niște apă.

În ultima zi, după ce am stat la cele trei slujbe, m-a oprit părintele acolo. Nu mi-a spus nimic în sensul ăsta, dar nu am putut pleca, rămăseseră mai multe persoane care voiau să vorbească cu el. Rând pe rând au plecat și ele și am rămas doar eu și încă un bărbat. Aveam impresia că părintele vrea să mă țină acolo, dar vă imaginați că la sentimentele pe care le aveam independent de voința mea, numai acolo nu aveam chef să rămân. Așa că am plecat cu bărbatul acela cu mașina. Avea o Dacie. Pe drum s-a oprit la o benzinărie să alimenteze. Eram pe scaunul din față al mașinii și-i priveam pe cel cu care eram și pe vânzătorul de la benzinărie cum, încercând să pună benzină în rezervorul mașinii, au pus motorină. Pompa avea două furtunuri: unul pentru benzină și altul pentru motorină, unul verde și unul roșu. A pus zece litri în rezervor, a plătit și am plecat. Deși îmi dădusem seama de eroare, nu am putut să le spun. Parcă cineva îmi cususe gura. După câțiva kilometri, motorul a început să tușească și s-a oprit. Nedumerit, omul s-a dat jos, a ridicat capota, a verificat fișele, delcoul, totul părea în ordine. Am coborât și eu. Ne oprisem exact într-o intersecție bine luminată și, Slavă Domnului, foarte circulată pentru ora aceea târzie. Era deja unu noaptea. Mă uitam pe cer. Era senin, apăruse și luna. Am căutat instinctiv Carul Mare, obișnuință căpătată în armată, am stabilit poziția Nordului și am constatat că mânăstirea era spre acest punct cardinal. Mă întrebam unde am greșit și am ajuns la concluzia că pe undeva mă considerasem mai bun decât părintele. Gândisem că, dacă el poate, de ce n-aș putea și eu, asta dacă există bineînțeles demoni, exorcizări, îngeri. N-am gândit decât atât: „Doamne, iartă-mă!" și parcă o mână nevăzută mi-a dezlegat limba. Am spus omului: „Încercați degeaba, ați pus motorină în rezervor!" Prima dată s-a uitat la mine ca la un nebun (vedeți că m-am obișnuit de mult timp cu asta) și apoi la îndemnurile mele a scos un furtun care duce benzina de la pompă la carburator și a apăsat de câteva ori pe clapeta de la pompa manuală și, stupoare: motorină! „De ce nu mi-ai spus nimic?", m-a întrebat. Am povestit ce s-a întâmplat și a început să se închine. Rămânea problema plecării de acolo. Nu exagerez, în acel moment în spatele nostru a oprit un taxi din care s-au dat jos câțiva pasageri. Am luat de la șofer un bidon de ulei în care am pus benzină, am făcut legătura cu carburatorul pe direct și ne-am dus la Peco. A trebuit să scoatem toată benzina din rezervor, cea amestecată cu motorină, și am înlocuit-o cu alta curată. În cele din urmă, am ajuns acasă. Eram obosit, dar scăpasem de beleaua în care intrasem.

– Ai mai făcut experiențe în domeniul ăsta? Eu, una, mărturisesc că nu am nicio pregătire în acest domeniu, dar cred că există cineva din anturajul meu, preot, care m-ar putea lămuri în privința asta. Spune-mi numai ce te-a mai interesat. Uite, îmi pare rău că acum este plecat, dar ar fi fost interesantă o discuție în prezența lui. Ține ore la Facultatea de Teologie.

– La fabrica de popi! spuse studentul cu un dispreț nedisimulat.

– Credeam că-ți plac preoții! îi spuse doctorița cu surprindere

– Preoții, da. Nu suport funcționarii Bisericii care poartă patrafir, fără să vorbim de banii care se dau la admitere. Dacă auzi de alții, mă rog, dar un preot al lui Iisus Hristos care să ia șpagă... Să dai șpagă ca să devii preot? Nu-i de mirare că merge totul cum merge. În orice caz, eu nu confund credința cu Biserica și cu preoții. Fac abstracție de ei. Am cunoscut oameni simpli mai credincioși decât fețele bisericești. Rămâne un mister pentru mine cum au modificat episcopii canoanele lăsate de Apostoli la primele sinoade, cum pot cere pentru sfințirea unei biserici zeci de milioane sau cum se fac episcopi după un chef punându-și mâinile în cap.

– Nu ți-e frică să vorbești așa? Sunt totuși capii Bisericii, vrem nu vrem, conducătorii spirituali ai acestui popor.

– Nu mi-este frică. De ce mi-ar fi? Nu au putere să lovească decât pe dreptate ori, atâta timp cât ea este de partea mea, nu mă tem de nimic. În ceea ce-i privește pe cei care au trecut de partea cealaltă și practică magia, nu-i nevoie să-i bag în seamă pentru că asta este ca și cum m-aș apăra de rău. Ei sunt niște bieți directori în întreprinderea numită Biserică, remunerați ca atare și spiritual având putere zero.

Să fii călugăr, preot, episcop presupune teoretic să treci prin niște încercări. Examene care nu țin de teorie, ci de practică. Acum nu se mai ține seama de ele. Pune un episcop să scoată demoni, să pornească ploaia sau să vindece nu lepra, ci o simplă durere de măsea. S-au învăluit în taine și-și ascund propria ignoranță și neputință. Ca o paranteză: pentru fiecare centură în artele marțiale se dă un examen în care cel care susține proba trebuie să facă dovada cunoașterii unor tehnici sau procedee și chiar a unei capacități de concentrare a energiei. Cam la fel ar trebui să fie și în preoție. E unul capabil să facă rugăciuni pentru nu știu ce, pac, îl fac preot, poate să adune norii când este secetă și să facă să plouă, îl fac episcop, și tot așa. Dacă Iisus Hristos ar fi vorbit mai mult despre Dumnezeu, dar n-ar fi arătat nimic concret, nu l-ar fi băgat nimeni în seamă. Faptul că își sprijinea cuvintele pe fapte i-a convins pe oameni și i-a înfuriat pe preoții de atunci. Ce mi-ar plăcea să apară oameni capabili să facă cu adevărat minuni care să convingă oamenii. Atunci să-i văd pe mai-marii Bisericii dând din colț în colț, fără să știe cum să se comporte vizavi de ei.

– De ce nu te-ai făcut tu preot? Poate că ai fi un preot mai bun decât medic.

– Am cochetat cu ideea asta. Mă apucasem să învăț pentru teologie, dar contactul cu câțiva preoți care nu făceau cinste castei m-a făcut să renunț. Ideea de a avea un superior pe care îl consider un incapabil ca preot îmi repugnă.

– Dar asemenea situații se întâlnesc în orice domeniu, nu numai în preoție.

– Este adevărat, numai că în acestea poți să te cerți cu el și, de ce nu, să-l și înjuri dacă ai chef. Ca preot, dacă vrei să fii într-adevăr bun și să urmezi legea, nu poți face asta. Așa am un singur șef care nu greșește niciodată.

– Cel puțin nu ai fi avut probleme cu banii. Ca medic...

– Nu-l interesează banii! replică fata de parcă se trezise la viață. Spune că n-o să-și facă un țel din bani.

Stătuse îmbufnată tot timpul fără să participe la discuție.

– De ce nu te preocupi tu să faci bani? Nu mai este de datoria bărbatului să facă asta. În lumea modernă, prin emanciparea femeii s-a ajuns la ideea ca ea să devină susținătorul material al familiei, să nu mai constituie un impediment în constituirea unui cuplu și mai ales în rezistența lui. Dacă el nu este un materialist, asumă-ți tu rolul de „bărbat" în casă! Din câte mi-am dat seama, el este mult prea preocupat de alte probleme care celor mai mulţi oameni le scapă şi de aceea nu va fi foarte atent cu ceea ce se întâmplă în jurul lui. Sunt convinsă că nici nu ştie ce are de mâncare în frigider. Este?

– Nu ştiu, recunoscu băiatul.

– Ce specialităţi vreţi să faceţi mai târziu?

– Aş fi vrut să fac psihiatrie, spuse băiatul.

– Nu cred că este o soluţie prea bună. Ai trecut prin nişte experienţe care te-au marcat, chiar dacă le-ai depăşit. Vrei nu vrei, şi-au lăsat amprenta asupra psihicului tău. De aici şi insensibilitatea ta referitor la cei din jur. Sigur, pentru tine este bine. Zidul pe care l-ai construit te apără de cei din jur, doar că nu-i apără pe ei de tine şi poţi face mult rău. Se va sparge într-o zi, mai devreme sau mai târziu, şi mai mult ca sigur că o femeie va face asta şi nu-ţi va fi deloc uşor, dar, decât să nu ţi se întâmple nimic, mai bine să fie ceva chiar dacă e rău. Per total, tot un lucru bun este. Cel puţin trăieşti, nu vegetezi afectiv.

– Eu nu cred asta, ba, din contră, cred că mă ajută să rămân totdeauna obiectiv, indiferent de situaţie. Dacă un chirurg ar suferi de fiecare dată când operează un pacient, ar înnebuni repede cu atât mai mult dacă ar pierde unul.

– Tu faci cum crezi, în fond eu nu te pot împiedica. Sfatul meu este însă să renunţi. Este adevărat că experienţele tale au fost inedite şi că este un avantaj să ai şi o altă optică în ceea ce priveşte mintea şi sufletul în afara celor învăţate la şcoală. Dar nu ai încă cristalizată nici o concluzie privind trăirile tale şi din cauza asta nu ai nici gândirea unui preot, nici pe cea a unui medic psihiatru. Cred că este nevoie de timp ca ele să se decanteze, să se completeze poate cu altele noi pentru a le putea ordona cum trebuie. Acum, cel puţin afectiv, te apropii mai mult de meseria de mercenar decât de aceea de medic psihiatru.

– Poate că aşa este. Nu pot vedea bârna din ochiul meu, dar sincer cred că, decât să plâng lângă sau pentru un pacient, mai bine fac ceva pentru el. Câteodată este nevoie și de altceva decât milă. Când un om se îneacă, dacă vrei să-l salvezi, ești nevoit să-l lovești suficient de tare ca să-l amețești, astfel încât să nu te tragă și pe tine la fund. Cel puțin așa văd eu calitatea de medic. Am văzut filme în care medicii psihiatri trimiteau pacienții în locuri în care se practicau exorcizări și sunt de acord că este nevoie să accepți că ești depășit de un caz și să faci ceea ce este bine pentru un pacient.

– Eu, una, am ceva conservatorism în mine și prefer căile bine bătute de alții. Cel puțin așa nu riști să o iei strâmb. Necunoscutul nu este ceea ce-mi place cel mai mult.

– Bine, și dacă nu cercetați respingând aprioric orice lucru care pare să contrazică ceea ce ați învățat, și ce am învățat și noi, nu vă lipsiți de un instrument care poate că la un moment dat ar fi benefic pentru pacient? Ce o să faceți dacă la un moment dat o să descoperiți că tot ce ați învățat și în care ați crezut este eronat?

O pusese pe gânduri. „Ar fi groaznic!", gândi ea.

– Vreau să cred că aș avea puterea să o iau de la capăt, dar sper să nu mi se întâmple asta.

Se așternu liniștea. Totul ducea la ideea că discuția ajunsese într-un punct mort. Simțind același lucru, studentul se ridicase și îi spusese zâmbind:

– Mulțumesc pentru timpul pe care mi l-ați acordat, dar cred că v-am deranjat destul.

Doctoriței i se părea acum penibilă discuția cu prietena lui, care îi spusese printre altele că vede spirite, aude voci, vorbește cu îngerii și nici mai mult, nici mai puțin că luptă cu demonii.

Parcă auzindu-i gândurile, studentul spuse:

– Știți, majoritatea oamenilor pot accepta că sunetele nu pot fi auzite în totalitate, că unele scapă sensibilități urechii, dar nu și că sunt lucruri pe care nu le pot vedea pentru că scapă sensibilității ochiului și că, printr-un antrenament simplu și printr-un regim alimentar, se poate câștiga percepția lor.

– Nu-l luați în seamă, doamna doctor! Așa face cu toată lumea de ajungi să crezi că are dreptate.

– Dacă îmi permiteți să mai trec odată, când sunteți mai liberă...

– Da, mi-ar face plăcere. Până atunci mă mai documentez și eu în problemele astea. Spor la învățat, le ură ea din ușă.

Se uită la ei cum se îndepărtează și se gândi că nu se potriveau deloc. Ea, o tipă profund ancorată în realitate, în normalul cotidian, iar el undeva la limita normalului. Mai mult ca sigur că acea limită era foarte aproape de cea a nebuniei, dar era de remarcat că era conștient de asta și totuși nu-i era frică să tatoneze necunoscutul. Era un fel de joacă, dar era joaca unui copil, cea care mai târziu putea deveni un lucru serios.

Dacă stătea bine să se gândească, pionierii fiecărui domeniu erau asemenea lui, temerari, de multe ori neînțeleși și poate că doar Dumnezeu îi putea feri de limita aceea care desparte oamenii normali de pacienții ospiciilor. De unde să știe atunci ce cotitură avea să ia viața ei într-o singură zi și ce schimbare se va întâmpla în însăși esența gândirii ei de om și de medic.

5.

SACRIFICIUL

Nimeni nu mai avea puterea să îl ducă undeva împotriva voinței lui, așa că rămaseră câțiva de planton, iar ceilalți se îndreptară spre chilia părintelui.

– Carne! Vreau carne! țipă. Ce-mi dați de-astea? Nu mă satur!

– Aici nu se consumă carne. Așa a lăsat Sfântul, ca pe locul mânăstirii să nu se mănânce carne, spuse unul dintre credincioși.

– Ia mai taci tu! Ce știi? Eu simt miros de carne: aici se mănâncă sigur carne și sunt călugări și preoți care trec peste rânduiala asta. Își dau dezlegări unii la alții, că, vezi Doamne, sunt bolnavi! Ha! ha! ha! hohoti dracul spre uimirea celor din jur.

Așezat pe băncuță și profitând de consternarea oamenilor, se ridică deodată în picioare și se repezi cu capul într-un geam. Geamul dudui sub puterea loviturii, dar rezistă.

– Lăsați-mă în pace, că-l omor! țipă înainte de a cădea într-un leșin profund.

Cei doi studenți, fata și cu încă un bărbat care se oferise să-i ajute se hotărâră să nu-l mai lase niciun moment singur. Noaptea trecu ca și cum ar fi fost una obișnuită, doar luminile de la chiliile câtorva călugări rămăseseră aprinse până la răsăritul soarelui.

Înfriguraţi, pentru că nu se așteptaseră să înnopteze în altă parte decât pe la casele lor, cei câțiva creștini îl duseră pe băiat la părintele care făcea exorcizări. Deși dimineața devreme treptele chiliei erau deja ocupate de numeroși oameni veniți să-l vadă și să-i ceară sfatul, fură lăsați să treacă. Erau impresionați de privirea pierdută a tânărului. În cele din urmă, o femeie le deschise ușa și le spuse că părintele își face rugăciunile de dimineață și că, până o să fie liber, să meargă în biserică la slujba Sfântului Maslu.

Porniseră spre biserică când Costi, ca trezit din somn, spuse:

– Vreau o țigară!

– Nu avem! îi răspunseră.

– Nu-i nimic, lasă că-mi găsesc eu.

Se uită fix spre cei care pătrundeau în acel moment pe aleea principală a mânăstirii zicând:

– Ăsta n-are, ăsta n-are, ăsta are! Hei, dă-mi și mie o țigară, îl strigă el pe un bărbat de vreo patruzeci și cinci de ani care se îndrepta și el către biserică.

Luat prin surprindere, acesta duse mâna la buzunarul pantalonilor și scoase o tabacheră argintie. O deschise și îi oferi o țigară. I-o aprinse și Costi începu să tragă din ea cu nesaț, trăgând adânc în piept fumul de țigară. Așteptară câteva minute până ce termină de pufăit, după care îl luară de mână și îl traseră în biserică.

Slujba începuse. Masa unde se pune la sfințit făină și ulei era supraîncărcată. Culmea era că și credincioșii, și vrăjitorii se întâlneau la asemenea slujbe. Obiectele sfințite erau folosite și în bine, și în rău. De multe ori, persoane aparent cucernice care frecventează des biserica nu sunt decât unelte ale răului, folosind cunoștințele lor spre supunerea și folosirea celorlalți oameni. Doar chipul îi diferențiază, și mâinile. Se recunosc de departe cei care lucrează cu răul. Au chipurile și mâinile urâte sau devin urâte cu timpul. Răul își lasă amprenta pe orice atinge, ca și binele de altfel.

Slujba era oficiată de nouă preoți care citeau rând pe rând cele nouă evanghelii, închizând cercul.

– Cum îl cheamă pe băiat? îi întrebase unul dintre ei la un moment dat.

Îi răspunseră și îi auziră citit numele la momentul pomenirii celor bolnavi. Când îi fu rostit numele, Costi sări în picioare ca ars și începu să se zbată din nou.

– Aduceți-l aici! le spuse alt preot, care ținea în mâini un pahar cu ulei sfințit în care înmuiase un bețișor cu vată la capăt.

Pe măsură ce mirenii se apropiau li se făcea semnul crucii pe frunte și pe dosul mâinilor lor. Frunțile și mâinile le fură pecetluite de nouă ori. Nouă, cifra magică a Cabalei, care are inclusă în ea întreaga esență a creștinismului. De la evrei la Dionisie Areopagitul lumea se învârtise fără să vrea în jurul adevărului. Include în ea cele trei triade de îngeri, separate în cele trei ceruri, cele trei lumi și, de ce nu, cele trei iaduri. Simetria este perfectă și în sus, și în jos. Cheia misterioasei ghicitori: „Ce este unul în trei, trei în nouă și nouă în unul?!" Nimic altceva decât dumnezeirea!

– Pecetea Duhului Sfânt de la Domnul Dumnezeu care a făcut Cerul și Pământul! spuse ultimul dintre preoți miruindu-l pe Costi.

Leșinat pe lespedea rece de marmură din apropierea moaștelor Sfântului Calinic, Costi părea să fi trecut în lumea umbrelor. Pe rând, cei nouă preoți trecură peste el protejați de hainele sfințite și de crucile pe care le purtau în mâini. Ascuns în interiorul cugetului, demonul simți pentru prima dată începutul sfârșitului. Urma să fie învins. Trebuie să facă ceva, dar ce? Hotărî că cea mai bună tactică ar fi să se prefacă învins și să lovească cu toată puterea unde va simți veriga slabă. „Ce înseamnă cunoașterea? își zise. Ei le știu pe ale lor, eu pe ale mele. Dacă n-ar fi Dumnezeu, care să le țină spatele, ar fi Fiii ploii. Ar pica exact ca muștele. Plus că îi avea în grijă și nenorocitul ăsta care îl legase primul. Cum îl găsise pe el în tot spitalul? Colcăia de draci, de ce tocmai pe el?"

Gândindu-se cum se întâmplase tot, îl apucau fiorii. Noroc că avea de partea lui cunoașterea. Ea îți dă cu adevărat puterea, nu te face nici bun, nici rău, baricada de partea căreia te dai ți-o alegi tu. Ți-o alegi, ți-e dată, cine știe?

Închis de nouă cercuri concentrice, aproape înfrânt, demonul se strânse atât de mult până deveni aproape un punct în lumea materială. Spiritul se poate strânge atât de mult până poate aproape să dispară și, în fond, dacă poți accepta că lumea a apărut dintr-un singur punct, ce e așa de greu?! Era slab, dar mai știa că cea mai slabă energie raportată la suprafața care tinde la zero crește la infinit.

De acolo, ghemuit într-un punct, se simțea iarăși puternic. Așa avea să lovească pentru ultima oară. După trecerea preoților, Costi se ridică de parcă n-ar fi avut nimic. Nu știa ce s-a întâmplat, avea numai amintiri vagi. Lumea privea la el și nu-i venea să creadă. Fericiți, tinerii îl luară și îl duseră la chilia bătrânului călugăr.

– A scăpat! îi spuseră ei.

Bătrânul se uită o clipă la el și își feri privirea.

– Haideți să mai facem o rugăciune! le spuse. „Copii!", îi scuză el în gând.

Oamenii se așezară iar în genunchi, cu capetele plecate, așteptând slujba. Pe măsură ce cuvintele se rostogoleau, spiritul lui se afunda tot mai adânc în tainele minții. El ajunsese să intre în transă în câteva minute și fără ajutorul drogurilor, spre deosebire de vechii șamani. Odinioară, metoda de pătrundere în lumea spiritelor era folosirea unor substanțe care deschideau porțile minții eliberând spiritul în lumea de dincolo. Singurii care treceau erau cei inițiați, pentru că numai învățat de cineva puteai să te întorci fără să fi fost lovit de forțele pe care le întâlneai. Problema celor care deveneau dependenți de droguri nu era atât cea fizică, cât faptul că lumea spirituală e mult mai atrăgătoare pentru spirit decât orice plăcere fizică sau spirituală pământeană. Plus că, odată deschisă poarta dintre lumi, există posibilitatea ca de acolo să se întoarcă pe pământ, prin intermediul trupului celui care se droga, spirite nu tocmai înălțate, care să nu facă altceva decât rău.

În minte reuși să vadă că băiatul era departe de a fi vindecat. Ieși fără să zică nimic și continuă rugăciunea. La sfârșit stropi lumea ca de obicei cu agheasmă, dar îl feri pe demon. Venise vremea să-i încerce pe copiii aceia. Văzuseră multe, acum trebuiau să treacă prin botezul focului. Ieși la sfârșit pe verandă și continuă să povățuiască oamenii, cum făcea de mai bine de douăzeci de ani.

„Pentru căsătorie, serviciu sau altă dorință, lunea se ține post negru de la douăsprezece noaptea duminică, la douăsprezece noaptea luni. Se aprind șapte lumânări în linie pentru cei șapte arhangheli planetari și se citește Acatistul Sfinților Arhangheli Mihail și Gavriil! Că Gavriil e îngerul darului. La fel și pentru copii și dacă vrei să ai copii. Se aprind dimineața, la prânz, seara și la douăsprezece noaptea când se arde câte un sfert din ele, și asta timp de șapte săptămâni. Cele mai bune sunt posturile, că atunci sunt sărbători mari și în cer și Dumnezeu îndeplinește dorințele credincioșilor."

– Părinte, ce ne facem cu vrăjitorii și descântătorii?

– Vinerea se pun nouă lumânări în cruce, se postește și se citește Acatistul Mântuitorului, tot așa se arde un sfert de lumânare dimineața, unul la prânz, unul seara și unul la douăsprezece noaptea și te rogi să-i dea Dumnezeu griji ca să uite de tine și să nu-ți facă rău. N-ai voie să te rogi pentru răul lui, nu-i creștinește.

Pe rând se apropiau de el oameni, fiecare spunându-și păsul. La un moment dat se apropie de el o fată ce nu părea să treacă cu mult peste douăzeci de ani, frumoasă, dar nu o frumusețe gen vampă, ci una caldă, cu trăsături ce se armonizau perfect fără a face din ea o Barbie. Părul bogat, șaten, puțin ondulat, îi curgea în valuri pe umeri. Era o fată frumoasă și nu puteai să nu o privești cu plăcere, ca pe oricare altă făptură făcută de Dumnezeu. Întrebat odată de un bărbat care era limita de la care puteai privi o femeie fără a păcătui, își amintise de un ava din vechime care răspunsese la aceeași întrebare spunând: „Dacă privești un stol de rațe, una e să admiri zborul, frumusețea, și alta e să le vezi pe varză!" Atâta timp cât nu se trezeau în tine dorințele trupului și nici iubirea inimii, totul era bine. Din câte văzuse în timp, frumusețea se dovedea și o binecuvântare, și un blestem, ca și bogăția, cunoașterea, curățenia sufletească. În tot ce era apărea, la un moment dat, și un revers al medaliei. Atrăgea invidia și ura, răzbunarea, blestemul și crima.

Ispita pentru cei frumoși e mai mare, atrăgeau mai mulți oameni, mai mulți pretendenți și asta rănea mai multe suflete care în timp se răzbunau. Cu vocea pierită, fata îi povesti că a fost căsătorită o vreme și că, în tot acest timp, soțul ei nu își îndeplinise îndatoririle de soț. Era și acum fecioară. El era un om normal și, dacă înainte de a se căsători o dorise, după căsătorie, efectiv când se apropia de ea, îi trecea orice dorință sexuală. Se despărțiseră și rămăseseră prieteni, așa că aflase că acum, cu actuala prietenă, se purta absolut normal. Spășită, îl întrebase pe părinte ce avea de nu se putuse apropia de ea și dacă avea să se mai facă bine.

– Cine dintre ai lui nu te-a vrut?

– Mama lui, răspunse fata.

– Mda! răspunse bătrânul cu ochii închiși. Ea e de vină. S-a dus la o țigancă și a plătit să te lege să nu se atingă nici un bărbat de tine timp de nouă ani și nici să poți să ai copii. La voi acolo nu se fac Sfinte Masluri și Moliftele?

– Ba da! răspunse fata.

– Stai câteva zile aici la rugăciune și după aia pleci acasă. Faci trei, șapte sau nouă masluri de dezlegare. Și faci rugăciunile de căsătorie. Mă chemi la botez la anul pe vremea asta! o încurajă el.

Magia parcă era din ce în ce mai puternică. Acum când se dăduse frâu liber la orice, apăreau tot soiul de cărți și tentația de a face ceva pentru a obține mai ușor bani. Chiar și persoanele iubite le dădeau din ce în ce mai mult de lucru. Ajunseseră preoți internați în spitale, soții de preoți prin azile pentru că încercaseră să-și omoare soții sau copiii cu toporul. Oftă: „Frumoasă lumea asta și pe atât de mare nebunia în ea!"

Între timp, nu departe, pe o bancă stătea Costi cu unul din mediciniști. Ascultau pe cât puteau ce spune părintele. De ei se apropie o femeie care le spuse:

– Sunt cu fata mea care-i bolnavă și am medicamentele ei la mine. Puteți să-i dați și lui ca să se calmeze, așa nu o să sperie oamenii veniți la slujbă.

– Ce aveți?

– Haloperidol. Îi dau treizeci de picături și o calmează, altfel țipă și se zbate tot timpul. Uitați-o acolo, e cu soțul meu.

Băieții priviră în direcția aceea și văzură fata ai cărei ochi pierduți undeva în depărtări certificau boala ei psihică. Cerură la bucătărie un pahar cu apă și puseră în el treizeci de picături de Haloperidol și i-l întinseră băiatului să bea. Costi întinse inițial mâna să-l ia, apoi fața i se schimonosi cuprinsă de ură și țipă:

– Ce vreți, să mă otrăviți? și lovi paharul cu putere.

Obiectul de sticlă zbură și ateriză pe aleea de beton transformându-se în zeci de cioburi. Surprinși și de data asta, copiii realizară că băiatul nu scăpase încă.

Lângă ei își făcu apariția un frate de mânăstire care le aduse o sticlă cu ulei sfințit și o cruce metalică pe care apărea stilizat trupul crucificat al lui Hristos.

– Luați-le, o să aveți nevoie de ele! le spuse și dispăru ca prin farmec.

După el mai apăru unul care îi întrebă:

– Ce are băiatul ăsta?

– E posedat! îi răspunse cineva. Părintele a spus că e un blestem de mamă care a căzut pe capul lui. Cine știe ce a făcut de a ajuns în halul ăsta? adăugase o voce din mulțime. A mai zis că scapă doar dacă îl iartă. Trebuia să-și ceară iertare de la ea, altfel e greu de dezlegat blestemul de mamă! spuse respectivul, care fusese mai aproape de părinte când acesta vorbise despre băiat.

– Haide să-l ungem cu ulei sfințit! propuse unul din băieți.

Înmuie degetul în ulei sfințit și îi făcu semnul crucii pe rând pe frunte, mâini și ceafă și în dreptul inimii. Costi redeveni el. Deodată se holbă și groaza i se întipări pe chip:

– Ajutați-mă, vă rog! Îl văd, e pe burta mea!

Daniel, cel care ținea și crucea, luă ulei și îl unse pe burtă. Costi trase un țipăt care răsună în toată mânăstirea.

– M-ai ars! țipă demonul. Lasă crucea, că mă arde! N-ai să mă mai găsești!

Făcură cruci peste cruci, aproape pe tot corpul băiatului, și totuși nu reușiră să dea de el.

– Ceafa! îi pică deodată fisa unuia dintre ei.

Îi făcură cruce și pe ceafă și bolnavul zbieră din nou. Mai puțin în zona organelor genitale, întregul corp era uns cu ulei sfințit.

– M-ați descoperit! urlă demonul. Mi-e sete! Dați-mi să beau!

Îi fu dată sticla cu agheasmă. Bolnavul bău cu nesaț.

– Vreau să fac pipi! țipă de data asta.

Fu dus afară unde se afla un WC de țară amenajat pentru vizitatorii mânăstirii. Descheiat la pantaloni, tânărul țipă:

– Nu pot să fac! Nu pot!

Îi pipăiră curioși abdomenul și văzură că avea glob vezical.

– Nu-i nimic! Nu fă acum! îi spuse fără să vrea.

Parcă deschizând un robinet sau parcă apăsase pe un comutator nevăzut Costi începu să urineze, privind amărât în hasna zicând:

– Copiii mei! Copiii mei! referindu-se la energiile negative care se elimină prin urină și fecale.

Daniel se gândi la noua metodă de tratament prin urină. Era o păcăleală? După ce că bei toate nenorocirile de reziduuri trupești, mai îngurgitezi și scursuri spirituale?

„Și știința asta! În curând o să ajungem să ne mâncăm propriul rahat, de dragul unei vieți mai bune. În loc să evoluăm, parcă ne tâmpim!", își spuse. Ultimele luni îl schimbaseră mult. Își dăduse seama că ceea ce învățase se dovedea nu atât fals, cât incomplet.

Descoperind această nouă lume în mânăstire voise să arunce totul la gunoi. Tot ce învăţase. Apoi se gândise la o modalitate de a le împăca. În fond el fusese cel care îl adusese pe băiat la mânăstire. Nu credea în existenţa demonilor. Deşi văzuse mai multe exorcizări, gândise fără să vrea: „Teatru ieftin!"

În ziua în care îl găsise pe Costi, se ducea să afle nota de la ultimul examen pe care îl susţinuse în sesiunea de vară. Îşi amintea că, cu o zi în urmă, tot gândindu-se dacă există sau nu demoni, efectiv se rugase la Dumnezeu să vadă şi el cum este unul. Să-l întâlnească pur şi simplu. La mijlocul distanţei pe care o avea de parcurs până la primul mijloc de transport a dat peste Costi, aflat în mijlocul drumului, trântit la pământ. Se zvârcolea şi ţipa.

– Are epilepsie! îşi dădu cu părerea un trecător.

„E orice, numai epilepsie nu!", îşi spuse. Măcar atâta lucru putea să-şi dea şi el seama. Se propusese chiar să fie strâns de degetul mic ca să îşi revină.

Îl privise chiar curios în momentul în care îşi scosese cureaua de la pantaloni şi şi-o înfăşură în jurul gâtului, încercând să se strângă singur şi să se asfixieze. Îl lăsase până în momentul în care văzu că i se schimbă culoarea feţei şi devine pământie. Nu că ar fi reuşit singur, dar exista pericolul să-şi zdrobească traheea şi atunci orice ajutor devenea imposibil. Cine să-i facă traheotomie în mijlocul drumului? Îl apucă de mâini, dar nu reuşi să i le descleşteze de pe curea. Fu nevoie de ajutorul unui om mai în vârstă care îl apucă pe Costi de o mână, iar el îl ţinu la rândul lui de cealaltă pentru a-i scoate cureaua din mâini.

Îi căutară prin buzunare şi îi găsiră un bilet de externare de la Spitalul de Urgenţă şi unul de la psihiatrie. Deduseră că fusese externat de la psihiatrie, ieşise pe poarta spitalului şi fusese lovit de o maşină, fusese dus la urgenţă unde îi trataseră cele câteva vânătăi – pentru că impactul cu respectivul autoturism nu fusese foarte grav – şi i se dăduse drumul din nou. Criza îl apucase pe drum spre metrou și îl țintuise până în momentul în care îl găsise el. Se gândise că dacă fusese externat de la psihiatrie și cei de acolo nu-i făcuseră mare lucru, nu avea niciun sens să-l mai ducă înapoi.

Se hotărî în cele din urmă să facă ce era mai puțin normal: să-l ia acasă. Putea să vadă cel puțin efectul rugăciunilor asupra lui și să îl ducă cu cineva la mânăstire. Bărbatul care-l ajutase să-i descleșteze mâinile, un bătrân paznic la serele din Vitan, se oferi să-l ajute. Pe drum fusese mai mult luat pe sus și ținut să nu-și facă rău, însă înainte de a intra în bloc Costi făcu ochii mari și privi spre geamul lui:

– Nu vreau acolo! Nu mă duce!

„La ce s-a referit?", se întrebase. „Oare chiar la mine în cameră se uită?" Avea o icoană mare cu Maica și o candelă care ardea tot timpul, zi și noapte, dar chiar așa efect să aibă asupra lui, n-ar fi crezut. În orice caz, aceeași reacție o avusese când dăduse cu ochii de ea, în momentul în care îl dusese în camera lui. Acasă îi citise de curiozitate Moliftele Sfântului Vasile cel Mare și îl stropise cu agheasmă, pe care o avea de la părintele. După aceea Costi se liniștise brusc și chiar fusese de acord să sărute crucea. Bătrânul care îl ajutase să îl ducă acasă îi sărutase mâna înainte să și-o tragă, crezând că e preot, după care plecase: intra la lucru.

Costi, așa cum era el în realitate, părea un copil bun, puțin imatur. Îi era foame. Pusese repede niște brânză pe câteva felii de pâine și mâncaseră împreună. Nu apucase să mănânce bine și crizele își făcuseră apariția iar. Acum era singur, nu avea cum să le facă pe toate odată, așa că scosese dintr-un rucsac o parâmă pe care o folosea la legat cortul pe vreme rea și îl legase cu mâinile la spate de piciorul recamierului! Nu-i plăcea, și la spital fusese legat și bătut.

– O să te las liber când termin de citit, bine? îi spusese și băiatul fusese de acord.

După rugăciune se comportase ca un om normal. Se uitaseră la televizor, la desene animate. Îl pusese să-și facă un duș și îi dăduse niște haine de schimb. În timpul crizei făcuse pe el. Primenit, arăta și el a om! Curând venise și mama lui Daniel, care îl găsise pe băiat în stare bună; totul însă nu ținuse prea mult și crizele reveniseră. Speriată, maică-sa îi spusese că ea nu doarme cu el sub același acoperiș în noaptea aia și să-l ducă undeva. Se hotărâse să îl ducă la mânăstire. Era ceva ce îl depășea cu mult ca forță și cunoaștere. Cel mai bine e tot la părintele. În momentul în care crizele încetaseră plecase spre mânăstire. Pe drum se mai opriseră din când în când, iar în autobuzul care oprea exact în fața mânăstirii, îl întâlniseră pe celălalt student la medicină care îl ajutase, Cristi.

Începuse să se lase seara. Știau ce urma: puterea răului din Costi avea să crească pentru a atinge maximul pe la patru noaptea. Oamenii plecaseră, care spre casele lor, care spre dormitorul comun al mânăstirii, așa că în curând rămăseseră doar câțiva: o nepoată a părintelui, cei doi studenți, fratele de mânăstire și Costi. Daniel se uita ciudat la el. Figura îi părea cunoscută. Nu reușea să își aducă aminte unde-l văzuse. Era însă sigur că se mai întâlnise cu el și asta nu în mânăstire. Brusc îi căzu fisa: se întâlnise cu el într-o seară când plecase mai târziu din mânăstire, în ultimul metrou care pleca spre Republica. Nu reușise să îl localizeze în memorie pentru simplu motiv că atunci respectivul era aranjat și îmbrăcat în haine civile, nu în straie de mânăstire. Îl miră prezența lui de atunci, mai ales că știa că nimeni nu are voie să plece fără binecuvântarea starețului. Acum că îl vedea de aproape părea, și nu prea, să fie acela pe care îl văzuse atunci. Continuă să-l ungă pe Costi cu mir, dar gândindu-se că s-ar putea să fie afectați și cei care aveau grijă de el, le dădu la fiecare să se ungă. În momentul în care îl atinsese pe fratele de mânăstire, pe care îl chema tot Costică, se produse tevatura: ca trăsniți din cer cei doi Costi, cel adus de Daniel și cel care era frate de mânăstire, căzură pe veranda părintelui. Rămaseră toți cei de față siderați, privindu-i cum, odată căzuți la pământ, încep să se târască ca niște moluște unul spre celălalt și să se împletească de parcă membrele le-ar fi fost de fapt nişte şerpi! Spectacolul deveni sinistru. Depăşiţi psihic de tot ce văzuseră până atunci cei doi se hotărâră să ceară acordul părintelui.

– Chemaţi salvarea de la Bălăceanca! spuse el. Doi sunt prea mulţi!

– Dar, părinte, dacă se duc acolo, aşa or să rămână până la sfârşitul vieţii, în afara medicamentelor n-o să facă nimeni nimic pentru ei!

– Bine, le spuse părintele. Cu ajutorul lui Dumnezeu vom reuşi! Despărţiţi-i!

Băieţii plecară şi luară fiecare în primire pe câte un bolnav. Costi, pacientul, fu dus la dormitor, iar celălalt Costi plecă cu Daniel la biserică.

Ca niciodată mânăstirea fierbea de parcă ar fi explodat o bombă în mijlocul ei. Majoritatea călugărilor erau supăraţi pe părinte că citea prea des moliftele şi că astfel ispita lor creştea din cauza răului pe care îl elibera odată cu citirea dezlegărilor. Până şi cu stareţul, unul care nu prea avea nici în clin, nici în mânecă cu călugăria şi care venise aici pentru că Cernica era o mânăstire de protocol şi un fel de rampă de lansare către episcopie, a trebuit să ajungă la un compromis: banii pe care îi lua de la oameni trebuiau daţi administraţiei mânăstirii şi folosiţi de către aceasta. Nu-i convenea părintelui, dar de dragul oamenilor acceptase asta. Pentru visul lui de a construi două mânăstiri pe Pământul Sfânt se folosea numai de banii pe care îi lua pentru acatiste şi care erau ai lui de drept. Cumpărase deja pământul, avea şi o firmă de construcţii care să ridice bisericile din Bethlehem şi Ierihon, mai avea nevoie de două milioane de dolari! Nimica toată! Ba reuşise să se certe şi cu patriarhul, care nu fusese de acord iniţial şi care îl pusese să construiască o mânăstire în ţară. Reuşise, dar încă era departe de ţelul lui de a face locuri de cazare pentru pelerinii români acolo, lângă locul unde trăise Mântuitorul.

Daniel se depărtă puțin de biserică încercând să-l liniștească pe fratele Costi. Era destul de departe de celălalt Costi pentru ca sunetele să îl poată ajunge, când fratele întrebă:

– De ce plânge Costi? Îl aud cum plânge! E necăjit! Du-mă la el! îi spuse rugător.

„Ce p... mă-tii auzi tu, că eu nu aud nimic!"

„Doamne iartă-mă!", gândi Daniel. Îl întoarse din drum și se îndreptară spre biserică. Din interior se auzea slujba miezonopticii, dar rămaseră în prima încăpere unde se vindeau obiectele bisericești. Se așezară pe niște bănci făcute din marmură încă de la întemeierea bisericii. „Oare intrase răul din celălalt Costi în el?" Era nedumerit de tot ce se întâmplase și, din reacția părintelui, reieșea că totul scăpase de sub control.

Fără să vrea, gândindu-se, îl fixă pe Costi și observă cum i se schimbă fizionomia devenind parcă altul. Părea că se maturizase brusc, chiar îmbătrânise; fața devenise cumva mai lată, sprâncenele i se ridicaseră și căpătase o altă mimică. Îl recunoscu pe cel pe care îl văzuse în seara aceea în metrou!

„La naiba!, își zise. Doamne, iartă-mă, că-s în biserică!"

Îl auzi pe interlocutorul lui zicând pe o voce mult mai groasă decât cea pe care o avusese până atunci:

– Habar n-au ăștia cine sunt eu! Ha! Ha! Ha! privind cu complicitate la el.

– Adică cine ești tu? îl întrebă fără a se pierde.

– Ei! E secret! îi spuse. Dacă vreau, îi înnebunesc pe toți!

– Cum? îl întrebă nedumerit tânărul.

– Păi, eu lucrez la trapeză, ce-i așa de greu să le pun niște droguri în mâncare? Eu le dau să mănânce!

– Apropo, nu te-am văzut într-o seară plecând cu ultimul metrou spre centru?

Fratele râse de parcă ar fi fost prins cu cioara vopsită.

– Unde te duceai?

– La discotecă! Unde să mă duc?

– Ce faci acolo?

– Ei, mai vând și eu una alta! Fac oamenii să se simtă bine!

– Adică le vinzi droguri? spuse într-o doară și, spre mirarea lui, fratele Costi încuviință.

– Mda!

Nevenindu-i să creadă, îl întrebă mai departe.

– Și unde le vinzi?

– Păi, mă duc prin discoteci, în Herăstrău, pe unde sunt puștanii și le dau să încerce.

Daniel crezu efectiv că face mișto de el.

– Și cum îi convingi să le ia?

– La început le dau degeaba una-două doze și după aia vin ei la mine ca să cumpere.

– De unde le iei?

– Am niște femei, românce care vin din Ucraina și îmi aduc precursorii, eu le duc într-un loc pe lângă Cazino Victoria și după câteva zile iau pastilele astea. Scoase din buzunar un șervețel în care erau împăturite câteva pastile albe, care puteau fi însă orice.

– Pentru ce faci asta?

– Prost mai ești, bineînțeles că pentru bani! Mai am puțin și îmi termin vila din Arad! Mai fac și eu pe credinciosul aici și pe urmă, când o termin, îi salut din mers! Mai îmi trebuie o mașină tare și gata! Mă las de călugărit!

Daniel se uita la el fără să-i vină a crede ce aude! Parcă intrase într-un cerc de nebuni din care nu mai putea ieși! Aproape că nu mai știa care e adevărul, dar uitându-se la el își dădu seama că vorbea serios în demența lui. Doar că nebunii cred cu adevărat în ce spun, important este să afli care e adevărul, oricât de neverosimil, pentru că poți constata cu surprindere că au avut dreptate.

– Dar de ce să-i droghezi pe călugări?

– Aşa, de distracţie! Ce haioşi ar fi cu feţele astea cucernice să îi vezi plimbându-se ca nişte curci bete prin curtea mânăstirii!

– Cât câştigi din treaba asta?

– Vreo şapte milioane pe săptămână!

– Pe săptămână? îl întrebă nevenindu-i să creadă.

– Da, ce te miri aşa? mai apucă să spună înainte de-a ieşi din biserică călugării care tocmai asistaseră la sfârşitul slujbei.

Parcă speriat de apariţia lor, fratele deveni din nou tăcut. Fizionomia i se schimbă şi redeveni băiatul infantil din mânăstire.

– Plânge Costi? îi spuse din nou, spre disperarea lui Daniel. Unde dormi în seara asta? îl întrebă.

– Nu ştiu. De ce?

– Dacă vrei, poţi dormi la mine în chilie! îi spuse.

„Ce să fac?", se întrebă Daniel. Îl lăsase pe Costi celălalt pe mâinile lui Cristi, aşa că nu avea grija lui, trebuia însă să vorbească cu părintele despre treaba asta cu drogurile. Îi părea o fabulaţie, dar ştia că e mai bine să pui răul înainte.

Se hotărî să rămână. În fond, dacă mergea la el în chilie putea să-şi dea mai bine seama în ce ape se scaldă, înainte de a lua o hotărâre ce să facă. Puştiul arăta inofensiv, dar văzuse ce înseamnă să fii luat pe sus de unul mai mic decât tine. Doar când simţi cu adevărat puterea nebuniei înţelegi de ce sunt de multe ori ţinuţi legaţi. Cine ar putea să li se opună? În niciun caz un om obişnuit!

Plecară împreună la etaj unde avea Costi chilia. Părea una cât se poate de obişnuită. Un hol unde se afla şi o chiuvetă şi camera propriu-zisă cu un pat şi o masă plină de cărţi bisericeşti. Pe pereţi atârnau icoane, un calendar, nimic deosebit faţă de chiliile pe care le vizitase până în acel moment! Numai patul părea prea mic pentru a putea încăpea cineva în el. Parcă era de copil.

– Dormi tu în pat, îi spuse fratele Costi, iar eu am să dorm pe jos. Îmi fac culcuşul imediat.

Luă două pături și le întinse pe jos, perna la care renunțase studentul o strânse în brațe ca pe o jucărie și gânditor îl întreabă:

– Am înțeles că ești student la Medicină...

– Da, încuviință Daniel.

– Îmi explici și mie ce înseamnă ceva? îi spuse și se ridică, se duse spre locul unde ținea hainele și scoase buletinul de identitate din care scoase un bilet de externare pe care scria: „Tulburare de tip dezarmonic a personalității".

Externarea fusese făcută de undeva dintr-un spital din Moldova, dar nu-i spunea mare lucru pentru simplul motiv că nu făcuse încă psihiatrie.

– Îmi pare rău că nu pot să te ajut, dar nu știu mare lucru despre diagnosticul ăsta care ți s-a pus, nu am ajuns încă acolo încât să fac practică în spitalele psihiatrice.

– Mi s-a spus că am schizofrenie, îi mărturisi el ca și cum ar fi trebuit să-i fie rușine de asta.

De schizofrenie auzise chiar și el, deși vag, că ar fi fost o boală în care pacientul își pierdea cunoștința de sine, avea halucinații auditive și vizuale, în fine, era socotită cancerul psihiatriei. Nu putea însă emite nicio părere. Prin anul întâi întâlnise tot așa un băiat plimbat prin mai multe spitale de către mama sa și care fusese adus în cele din urmă la o mânăstire de lângă Slatina, la Clocociov. Mânăstire de măicuțe, era recunoscută pentru harul preotului de acolo, părintele Visarion, care făcea de la vârsta de cinci ani o spovedanie după canoanele bisericești cele mai aspre. Aflând că e medicinist venise la el băiatul, plângând de când fusese adus în incinta mânăstirii, încercând să afle ce se întâmplă cu el. Nimeni nu știa, nici medicii, nici alți preoți la care mai fusese, cert este că nu reușea să se mai integreze în societate.

Era premiant, îi plăcuse școala, și totul fusese bine până în momentul unui concert al unei formații rock numită Noul Ierusalim, când la finele concertului membrii trupei invitaseră pe scenă pe toți cei care voiau să se împărtășească cu Sfântul Duh. Printre cei care se urcase fusese și el. Îi povesti că văzuse o lumină puternică care îl marcase profund și că a doua zi când se trezise și-a dorit să nu mai trăiască pentru a putea să se întoarcă în paradisul pierdut. Căzuse într-o depresie adâncă, avusese repetate tentative de suicid și, după multiple internări, ajunsese acolo, la părintele.

După câteva zile de stat efectiv în mânăstire, timp în care se acomodase traiului de acolo, atitudinea lui față de oameni, evitantă inițial, se schimbase, pentru ca în cele din urmă să redevină cel care fusese înainte. Poate că nu la fel, rămânea experiența trăirilor pe care le avusese, dar se făcuse bine. De atunci Daniel văzuse multe lucruri asemănătoare, printre care o casetă video făcută de un cântăreț rock despre unele melodii atât de populare și care aveau ascunse în ele mesaje subliminale precum cel: „I start to smoke marijuana!" din melodia formației Queen. Aflase de sacrificii făcute pe scenă de unii cântăreți care rupeau cu dinții capete de turturele și urinau chiar pe primii fani, cei aflați în fața scenei.

Rock-ul era, cel puțin în unele momente, un apogeu al demenței umane. Întâlnise câțiva rockeri la un moment dat și, de curiozitate, îi întrebase ce ar face dacă ar avea posibilitatea să fumeze marijuana?

– Aș încerca! îi răspunseseră cei întrebați, cu ochii lucind.

Ce să mai explice despre mesajele subliminale, despre experiențele făcute de nemți în sensul ăsta în cel de-al Doilea Război Mondial și preluate de aliați mai apoi, despre subconștientul omenesc, atât de sensibil încât poate fi manevrat prin vise și vedenii, de zici că sunt minuni. Îi lăsase în plata Domnului sperând că le va deschide viața ochii, cu timpul. Ce era însă cu copilul ăsta, nu înțelegea. Trecerea asta de la unul la altul, când părea să nu fie conștient de schimbare, ce voia să însemne? Mai avea nevoie de date.

– Iei medicamente? îl întrebă.

– Da, fenobarbital, una dimineața și una seara, înainte să mă culc. Dar nu știu ce se întâmplă cu mine că mă trezesc obosit. Deși mă culc în fiecare seară până în zece, de abia trag de mine să mă trezesc pe la unșpe ca să mă duc la trapeză și să servesc masa. Dorm și după-amiaza și degeaba.

Daniel se uită la el ca să vadă dacă vorbește serios, dar puștiul părea cât se poate de sincer.

– Nu te trezești noaptea deloc? tatonă el terenul.

– Nu, dorm neîntors și degeaba...

– Mai ieși seara din mânăstire?

– Cum să ies? spuse Costi afișând o consternare reală. Nu avem voie să ieșim fără dezlegare de la părintele stareț!

„Oare să fie folosit în orb?", se întrebă amintindu-și de niște experiențe făcute de ruși în perioada Războiului Rece și care constau în selectarea câtorva persoane sensibile psihic, care puteau fi hipnotizate și care erau trimise apoi în toată lumea. Aveau o viață cât se poate de comună, doar că la un anumit stimul intrau în transă și îndeplineau o misiune de sacrificiu care le fusese implantată în subconștient cu zeci de ani în urmă. „Să fi ajuns chiar și la noi tehnicile astea?" Și de ce nu, în fond eram în ruta drogurilor dinspre Asia spre Europa, iar banii băgați în joc erau atât de mulți!

– Auzi? Ți se întâmplă să leșini și să nu știi ce faci?

– Mi-a zis cineva că m-a văzut noaptea în oraș! Auzi, noaptea!

– Dar altceva? Să te trezești în alt loc decât te aștepți sau... Știu și eu?...

– În alt loc nu, dar odată m-am trezit îmbrăcat ca pentru duminica la țară și aș fi putut jura că mă dezbrăcasem la culcare! Dar asta e tot, altceva nu-mi amintesc.

Citise niște curiozități despre indivizi care în urma unor întâmplări avuseseră amnezii de luni de zile, timp în care susținuseră că sunt cu totul alte persoane, despre alții care făcuseră în asemenea perioade acte reprobabile, de la violuri la crime. Simți cum i se zbârleşte părul de pe ceafă de frică. Cine ştia ce monstru ascundea masca asta de copil?

– Ştii ce! Tu culcă-te şi eu trag o fugă să văd ce face Costi celălalt! Iau eu cheile ca să nu te trezesc când mă întorc!

– Bine! răspunse ascultător ca un copil fratele Costi, întinzându-se pe culcuşul pe care şi-l încropise pe jos.

Studentul ieşi din chilie şi încuie uşa după el cu ambele chei. Era o seară frumoasă şi liniştită, cu un cer senin şi lună plină. Ieşind din cetatea unde-şi avea chilia fratele Costi admiră fără să vrea frumuseţea lacului care sclipea în razele lunii. Puţin mai jos era locul unde obişnuia să se roage Sfântul Calinic. Avea chilia tot în cetate, iar unii dintre ucenicii lui locuiau chiar sub el ca să-i poată feri de ispită şi învăţa! Se spune că ajunsese să ţină postul negru de patruzeci de zile şi că demonii fugeau din oamenii bolnavi doar la apropierea lui. De fapt la moaştele lui căutau alinare cei mai mulţi dintre bolnavii sosiţi în mânăstire, în afara slujbelor făcute de părintele care-i devenise duhovnic.

Locul unde se ruga el, recunoscut prin faptul că era singurul de pe malul lacului unde nu cântau broaştele, ajunsese o ruină. Pavilionul din lemn putrezise, iar fântâna era folosită ca groapă de gunoi. Respectul pe care l-ar fi meritat începea să dispară odată cu cei câţiva mari duhovnici care rămăseseră în urma lui. Până şi faptul că în locul acela se înecase un frate de mânăstire nu deschisese ochii celor din biserică asupra faptului că Sfântul îşi întorsese faţa de la ei.

Intrarea civilizaţiei afectase şi comunitatea de aici, divizată în două tabere care scăpărau scântei la umbra feţelor ipocrit zâmbitoare ale marilor clerici. Daniel era însă prea departe de conflictul acesta purtat la nivel spiritual, era prea copil! Constata doar un simplu fapt: mizeria unui loc sfânt! Totul era simplu: dacă un om este socotit sfânt, atunci orice lucru impregnat cu energia lui, fie haine, fie obiecte, fie un spaţiu în care a petrecut timp îndelungat în rugăciune devine ca el însuşi, parte din el, deci sfânt, Dumnezeule! Ce impietate mai mare este decât să nu-l respecţi? Nu e musai să i te închini, dar măcar îl respecţi pentru cel care a fost. Mai mult ca sigur, mai bun decât tine şi decât vei fi vreodată! Mai erau şi ăştia care dădeau dezlegare pentru mâncat carne sau pentru fumat în mânăstire, trecând peste voia lui, a celui care o întemeiase. Ar fi meritat o bătaie bună ca să vadă adevărul. Poate că erau prea orbi.

Tot gândindu-se aşa, aproape că se lovi de paznicul de noapte. Nu-l văzuse când răsărise lângă el ca de nicăieri. Purta între coate la spate o bâtă făcută dintr-o coadă de mătură şi era însoţit de câţiva câini ai mânăstirii.

– Dumneata nu ai venit cu băiatul ăla? Mai erai cu un om!

– Da, eu şi încă un băiat student! Sunt la dormitor!

– Dar cum ai venit cu el, că-i tare bolnav, săracu'!

Îi povesti pe scurt cum se întâmplase.

– Apăi, dacă e cineva care să-l facă bine, numai părintele e! Şi eu mă duc la el la slujbă. De-asta mi-am luat serviciu aici. Sunt singur, femeia mi-o murit, copii-s mari şi pensia mică. Mai o mâncărică, un ban cât de cât şi mai stau şi eu pe lângă sfinţia sa cât o mai sta pă pământ sau cât oi mai sta eu. Cum o hotărî Dumnezeu!

– Auziţi, ce-i cu băiatul de la trapeză, Costi îl cheamă?

– Nu prea ştiu eu mare lucru! Ştiu că ar fi bolnav, că a fost internat. Dar ce s-a întâmplat cu el nu ştiu. Demult era normal şi odată a luat-o..., zise făcând semn cu mâna în sensul că o luase razna. Da' eu cred că tot femeile alea sunt de vină.

– Ce femei? îl întrebă Daniel, interesat brusc de subiect.

– Ei, tot veneau două muieri de le făceau zile fripte la copiii ăştia mai tineri. Vopsite, spălăcite, cu nişte ochi ca de viezure, l-au prostit de tot pe copilul ăla. Unul era să se sinucidă, auzi? Mai e şi acum aici, că a scăpat tot la părintele. Şi e credincios băiatul. Ce le face astea nu ştiu de le fură minţile, că-s mai urâte ca dracu'!

– Băiatul ăla le-a văzut mai în vârstă, că au peste patruzeci de ani și ceva și a avut încredere în ele. Cum-necum, au ajuns la el în chilie de și-au făcut mendrele cu el. A povestit în gura mare după aia! Cică l-au pus în toate alea, și în gură i-a luat-o! Ptiu, trăsni-le-ar! Era și de Sfântă Mărie Mare! L-a luat remușcările la inimă după aia că a păcătuit în zi de post și a vrut să se arunce în fântână. Nu știu cine l-a văzut, l-a prins de mâini și l-au dus la părintele. L-a spovedit de față cu oamenii că nu avea cum altfel și, după ce s-a mărturisit, i-a făcut și dezlegare. Și-a revenit băiatul. Ne-a zis părintele să avem grijă de unde mâncăm că a înnebunit lumea de tot și că se pune de la sânge de-ăla de ciclu până la apă de mort în mâncare. De atunci nu mai pot mânca de niciunde! Și dacă văd un păr în ciorbă fug cât pot de repede, aici Slavă Domnului n-am avut nimic, dar cine știe când vine încercarea de la Dumnezeu de te lasă ca să te mai smerească puțin?

– Și cu Costi?

– Păi, cică ar fi mâncat și el niște portocale de la ele, că de atunci tot îl caută. Și tu, unde te duci la ora asta? îl întrebă deodată redevenind paznicul mânăstirii.

– La dormitor!

– Numai să nu fie închis, că de obicei după slujba de noapte se închide ușa. Vezi și, dacă-i încuiat, vii de stai cu mine că io nu mă culc.

– Mulțumesc! apucă să-i mai spună și alergă spre dormitoare.

Trebuia să treacă prin cimitirul mânăstirii. Aici erau îngropați nu numai călugări, ci și mireni care dădeau bani grei pentru un loc de veci în zonă. Oare credeau în toate prostiile cu învierea de apoi, în sensul în care îți reluai trupul cu care ai petrecut pe pământ? Ce utopie de care profita o grămadă de escroci! Oare avea să fie judecată larva? Odată ajuns fluture mai interesa pe cineva unde ți-ai lăsat gogoașa? Nu erau mai importante culorile tale, aripile, dacă le vei fi câștigat, și eventual cununile?

Câteva candele ardeau pe ici, pe colo, luminând calea umbrelor. Ştia că pe undeva pe acolo se odihneau oasele părintelui Stăniloaie, un alt mare titan al ortodoxiei. Plecase. Oare venise timpul ridicării drepţilor la cer? Dacă da, unde erau cei doi din Apocalipsă, Ilie şi Enoh, care ar fi trebuit să vină? Pe părinte nu îl auzise vorbind de sfârşitul lumii niciodată!

Deşi lumina lunii făcea ca umbrele să dea un aer lugubru cimitirului, nu-i era frică, parcă ceva sau cineva veghea asupra lui. Un câmp benefic care îl înconjura ca un scut. La dormitor era linişte, Costi dormea. Broboane de sudoare îi acopereau faţa neliniştită.

Cristi şi fata stăteau de vorbă pe o bancă. Se aşeză pe două băncuţe apropiate şi adormi gândindu-se că ar trebui să treacă şi pe acasă. A doua zi era sâmbătă. Dacă se gândea bine, era deja, şi avea ultima prezentare pe cadavru pentru examenul de anatomie. Duminica era examenul şi nici măcar nu apucase să înveţe ca lumea. Rămăsese cu ce prinsese de la seminar. Se consolă cu gândul că li se spusese că pentru a şti anatomia trebuie să uiţi de zece ori şi să înveţi de unsprezece ori. Sărise peste una dintre învăţări!

În colţul celălalt al mânăstirii, în chilia părintelui, era încă lumină. Ardeau toate cele nouă candele închinate îngerilor, sfinţilor, Maicii, lui Iisus şi Tatălui Ceresc. Oamenii plecaseră de mult, iar el îşi terminase de spus pravila şi totuşi somnul, aşa cum vine la orice om, întârzia să apară.

De fapt, de la un anumit nivel spiritual, mintea nu mai era despărţită de trup şi spirit, iar somnul devenea doar o metodă de odihnă a trupului, în timp ce continuai să faci acele activităţi specifice spiritului, să te rogi, să veghezi asupra celorlalţi, să scrutezi viitorul încercând să contracarezi acţiunile vrăjmaşului. Privea undeva dincolo de icoana Maicii Domnului. Demonul fusese legat cu puterea lui Dumnezeu. Arhanghelii îl păzeau din umbră cu săbiile ridicate, strălucind ca aurul în noaptea astrală. Aşteptau hotărârea părintelui, care însă de data asta şovăia. Căutase motivul pentru care intrase în copilul acesta. Niciun demon nu loveşte fără voie. Ceruse ajutor de la Dumnezeu şi-l primise: îi fusese îngăduit să-i vadă viaţa până în acel moment. Nu era mare lucru de aflat. În afara păcatelor inerente vremurilor în care trăiau şi educaţiei din şcoală nu găsise nimic. Vinovăţia aparţinea exclusiv mamei. De multe ori ne supărăm pe alţii fără motiv întemeiat, dar care în acel moment ni se pare cel mai important din tot universul. Aşa se întâmplase şi aici. Nu era pus să judece, dar gândi fără să vrea: „Ce fel de mamă e aia care, în loc să-şi binecuvânteze copilul, îl blestemă şi-l drăcuie? Nu ştiau că pentru că-i năşteau în chinuri, aveau puterea de a le lua viaţa printr-un singur cuvânt?" Chiar şi vina minoră de a-ţi fi contrazis părintele se transformă în catastrofă.

Mai era ceva. Ştia că orice lucru trebuie plătit. De asta nu prea vorbeau cărţile vechi. Minunile din vechime fuseseră plătite toate prin moarte! Iisus, apostolii, cine ştie cum se plătiseră altele. Echilibrul din natură trebuie menţinut pentru că viaţa lumii există tocmai prin intermediul contrariilor. Aproape că ar fi vrut să renunţe. Nu din laşitate, dar ştia că un asemenea demon nu pleacă niciodată cu mâna goală. Pe cine urma să ia cu el în întunericul infernului?

„Nu-i treaba ta, îi spuse unul dintre arhangheli, crezi că poate muri cineva fără ştirea lui Dumnezeu?"

„Nu!", îi răspunse bătrânul.

„Atunci tu fă ce ai de făcut şi lasă că hotărăşte Dumnezeu cine pleacă!", continuase acelaşi înger pe tonul specific, impunător, al arhanghelilor.

Din punctul ăsta de vedere parcă îi prefera pe îngeri, ei erau mai apropiaţi oamenilor şi vocile le erau mai calde şi mai îngăduitoare. Arhanghelii parcă erau nişte sergenţi cu diagonală din armată!

Oricum ar fi fost, tot exista un risc şi un neprevăzut la un moment dat în lupta dintre bine şi rău. Dacă viitorul se poate prevedea cu o oarecare precizie, în momentul confruntării exista o clipă, nu ştia dacă o putea numi secundă, în care viaţa ta şi a altora depindea de o minimă greşeală, de un gând greşit.

Nu-i era frică pentru el, făcuse de atâtea ori drumul în iad după câte cineva încât se plictisise, era însă vorba de copiii ăştia care aşteptau totul de la el şi care ar fi avut de suferit dacă demonul ar fi scăpat. Ei erau vulnerabili, nu aveau nici destulă cunoaştere ca să scape. Lui ce să-i facă? Conturile dintre ei fuseseră reglate de-mult. Din momentul în care-l blestemase şi trecuse de baricada Tatălui şi a Treimii. De atunci lupta şi se obişnuise cu asta.

„Ce să fac, Doamne? Maico! Maico!", oftă. Atunci îi veni în minte următorul gând: să îl ia asupra lui. Tot răul care era în băiat să cadă pe el! Astfel nu îi mai putea face rău nici băiatului, nici celorlalţi. Rămânea lupta lui cu demonul! Închise camera cu putere de la Dumnezeu. Aproape că o vedea ca o năframă aurie. Ştia că nu o putea ţine aşa decât dacă se ruga. Asta însemna încă o noapte albă. Pe lângă cele pe care le avusese, ce mai conta! Îşi luă cărţile de rugăciuni şi ceru ajutor de la toţi sfinţii trecuţi în ele. Acatistele lor făceau să reînvie în mintea lui şi odată cu asta şi în lume faptele lor de odinioară, darurile căpătate de la Dumnezeu pentru credinţa lor şi pentru sacrificiile pe care le făcuseră. Era greu să fii sfânt, dar ăsta era singurul lucru cerut de El.

Doar spre dimineaţă îşi îngădui două ore de somn. Trupul era bătrân şi mai avea nevoie de el. Era ca un măgar care trebuia să-l ducă până într-un loc şi adevărul e că nu prea avusese grijă de el.

6.

PUȘTIUL

În sală se făcu liniște. Profesorul intrase și începea un nou curs pentru tinerii medici psihiatri, menit să le faciliteze aprofundarea unei metode de terapie pentru pacienții clinicii și, bineînțeles, de ce nu, și pentru viitor atunci când ei înșiși ar fi fost în postura de psihoterapeuți.

Privind la cercul de medici care aveau în urma lor ani de studii, unii trecând chiar peste zece ani în domeniu, rămâneai surprins de modul cum arătau. Singura diferență dintre ei și un amfiteatru plin de studenți consta în cele câteva fire de păr alb care le răsăriseră. Asta la bărbați întrucât femeile, cu puține excepții, erau mai toate vopsite. Făceau un adevărat slalom financiar pentru a-și reîmprospăta look-ul, dar era nevoie. Sub halatele albe, care mai de care mai diferite, și care demonstrau că fiecare făcuse rost de el cum putuse și cât îl ținuse punga, răzbătea un iz de comun și nu în ultimul rând de sărăcie. Interesant că pacienții sunt foarte receptivi la aspectul medicului lor. Nu de puține ori se întâmpla să se spună: „Domnule doctor, dacă nu arătați așa (la maniera că pantalonii negrii erau călcați impecabil, pantofii din piele italiană luceau, iar halatul era de un alb imaculat!), nu aș fi vorbit niciodată cu dumneavoastră!" Ba se întâmpla ca o pacientă de la izolator să vină și uitându-se la ținuta sa să spună marca fiecărui articol pe care îl purta respectivul (noroc că nu îi vedea articolele de dedesubt că ar fi avut o surpriză neplăcută) și în momentul în care îi vedea ceasul să fie contrariată:

„Un știft!", caracteriza într-un singur cuvânt ceasul care era de altfel cel mai util pe care îl avusese în ultimii zece ani. Din plastic, electronic, având tot ce este necesar și util: alarmă ca să îl trezească dimineața, cronometru ca să-și fiarbă ouăle să rămână moi, antiacvatic și antișoc, ceasul respectiv devenise aproape un accesoriu al propriei ființe. Din cauza lui însă fata refuzase să vorbească cu el. Scurt! De fiecare dată când intra în salon, era întrebat dacă își luase un ceas „ca lumea". Asta însemna unul elvețian, de aur. Ce să facă? Își aduse aminte de ceasul lui taică-su de aur, de trusa maică-sii cu pix și creion placate cu aur marca Cross și, după ce întreprinse tratativele necesare să intre în posesia lor, fata acceptase dialogul. De abia în acel moment el căpătase statutul de doctor. Puțini psihiatri gândeau cât de importantă era imaginea pe care o creau asupra pacienților. O imagine impunătoare îi dă încredere în el, chiar dacă în psihiatrie, ca știință, nu se schimbase nimic de douăzeci de ani, în afara clasificărilor care împărțiseră schizofrenia în peste șaizeci de subtipuri. Specific medicinei, când nu știe ceva despre un lucru, îl clasifică și îl subîmparte în entități la fel de necunoscute, dar mai mici.

Efect asupra pacienților avea și siguranța pe care o abordai în momentul discuției, și mimica, și gestica, și nu în ultimul rând felul cum miroși. La bolnavi poate că gândirea este alterată, dar simțurile de cele mai multe ori sunt la fel, dacă nu mai sensibile. Un parfum bun poate crea la un moment dat puntea către sufletul, și implicit, psihicul unui pacient, mai bine decât orice altă metodă. Sunt oameni și până la urmă apropierea vizavi de un bolnav seamănă cu arta de a cuceri o femeie. În momentul în care se crea legătura sufletească cu cel bolnav, începea vindecarea. Aici intervenea însă puterea de stăpânire a psihoterapeutului, gradul lui de cunoaștere și diplomația de care dădea dovadă. Văzuse de prea multe ori cazuri în care rezidenți, bărbați și femei, se speriau la un moment dat de atenția pe care le-o dădea un pacient care nu avea altă vină decât că se îndrăgostise de medicul său.

În loc să-i explice pacientului ce s-a întâmplat, de ce simte ceea ce simte vizavi de el, și să încerce la un moment dat să facă acest transfer afectiv asupra unei alte persoane din anturajul pacientului sau asupra lui Dumnezeu, un tip care poate duce foarte multă iubire și atenție!, începeau să fugă producând o ruptură bruscă între el și pacient care nu făcea decât să-l rănească și de multe ori să compromită toată munca care fusese depusă până atunci. Ideea este că dacă un pacient nu cooperează, ca medic trebuie să te întrebi unde ai greșit tu, nu să îi crești doza de medicamente ca să-l dezinhibi și mai mult. În spitale însă se folosea mult mai mult a doua metodă pentru a se putea afla ceva de la bolnavi. Se întrebase de multe ori de ce nu foloseau măcar scopolamina, așa aflau tot și își satisfăceau curiozitatea despre la acel om.

Privind amfiteatrul, nu puteai gândi decât că era o mulțime din care puțini aveau să ajungă psihiatri în adevăratul sens al cuvântului, dar trebuia să trăiască și profesorul ăsta de pe urma cuiva. Personal nimănui nu-i părea rău că venise aici și că asistase la cursurile acestea privind psihoterapia. Învățase ceva: cum nu trebuie făcută! Plecau de la ideea de a implementa prin sugestie în mintea celui bolnav ceea ce considera profesorul bun. Departe de a fi el însuși perfecțiunea întruchipată, neavând deci nici o calitate de deținător al vreunui adevăr, reușea să sugestioneze indivizii, dar aceștia reacționau de multe ori violent la sugestie. Era ferit de o manifestare a acesteia de rangul pe care îl avea și de puterea de a-i „elibera" sau nu din spitalul pe care ei, bolnavii, îl percepeau mai rău decât ca pe o închisoare! Nu erau fericiți întotdeauna. Mai aveau loc și schimburi verbale nu tocmai pașnice care, din fericire, se terminau cu bine. Acum știa că sugestia nu era bună. Ca orice lucru care vine din afară și nu își găsește un corespondent în interior nu avea sorți de izbândă în vindecarea nimănui. Totuși descoperise câteva cazuri în care fusese necesară atât cât să facă pacientul să treacă peste un prag.

Nu era un curs propriu-zis, erau prezentate cazuri și se urmărea dialogul pe care îl avea profesorul cu pacientul în ideea terapiei. Nu se aștepta cu mare interes ceea ce avea să se întâmple întrucât marea majoritate trecuseră prin secția de psihiatrie infantilă și se aleseseră cu un gust amar. Nu numai că ceea ce se făcea nu folosea la nimic, dar te descuraja și pe tine ca individ. Aceiași copii, an de an, se întorceau cu aceleași simptome și singurul moment în care plecau de aici era acela în care împlineau optsprezece ani și nu mai puteau fi încadrați la copii, schimbând doar locul de pe psihiatrie infantilă la adulți. Cei care pregăteau noua generație veneau și predau citind cursuri îngălbenite de vreme și nu numai acestea, dar și persoanele lor, din punctul de vedere al psihiatriei și psihoterapiei care se practica la nivel occidental, purtau mirosul naftalinei.

Veniseră și aproape că le părea rău. Poate doar pentru a vedea cazuri noi și pentru a-și propune cel puțin din punct de vedere mental o abordare a cazului pe care urmau să îl vadă, ca să își schimbe impresia și să câștige puncte pentru statutul de psihoterapeut. În rest...

Profesorul se așezase pe un scaun și un alt scaun fusese așezat în fața lui pentru un băiat de circa treisprezece ani, care venise însoțit de o asistentă. Începuse dialogul cum este normal: cum îl cheamă, câți ani are, despre părinți etc. Veni întrebarea cheie:

– Și pentru ce ai venit aici?

– Nu am venit eu, m-a adus maică-mea! Doar nu eram nebun să vin singur!

– Bine, atunci de ce te-a adus mama ta? spuse profesorul împăciuitor.

– Pentru că nu am mai vrut să mă duc la școală!

– Păi de ce nu ai mai vrut?

– Pentru ce să mă duc?

– Să înveți, să arăți că ești mai bun decât colegii tăi, să faci și tu un liceu, o facultate...

– Ca să ajung ca taică-miu, cercetător, să vin cu tramvaiul acasă în putoare de transpirație și să nu am cu ce plăti întreținerea iarna? întrebă el uitându-se sincer în ochii interlocutorului său, surprinzând întreaga asistență.

Cazurile sociale sunt frecvente în clinicile de psihiatrie, pentru că necunoscându-se limita normalului psihicului uman orice iese din cotidian este etichetat aprioric patologic.

– Studiile îți oferă o deschidere asupra lumii și mediul de acolo te poate face să vezi altfel viața! îi răspunse psihiatrul de parcă ar fi fost un bătrân sfătos din sfatul de moșnegi ai satului. Și ce ai de gând să faci?

– Ce am făcut și până acum, bani!

– Cum anume?

– Foarte simplu: fac lipeala dintre amatori și pești pe Mătăsari!

– Și merge?

– Atât cât să-mi permit o femeie și un apartament închiriat, să mă plimb cu taxiul până o să-mi iau mașină și carnet, și să mănânc ce vrea mușchiul meu la un restaurant bun! spuse spre surprinderea auditoriului.

– Nu-ți dai seama că nu este bine ceea ce faci tu?

– De ce? Dacă nu aș fi eu, ar fi altul să o facă. Și ce e interzis la noi, e voie în alte țări, așa că binele și răul sunt relative la multe, inclusiv la locul unde te afli. Și ce fac eu rău? Prezint un om altui om și pentru asta îmi iau banii!

– Zi-le și lor cât câștigi pe săptămână!

– În cele bune ajung și la patru milioane, chiar mai mult. Ține și de sezon, când sunt mai mulți turiști străini.

– Nu ți-e frică că poți avea probleme cu poliția?

– Am avut! Și ce? Le-am spus: credeți că aș putea să fac eu așa ceva?

Cu figura lui angelică și hainele curate de bună calitate părea un copil care se pierduse de părinți, nu un delincvent.

– M-am interesat şi ştiu cum e şi cum trebuie să faci să fii înca-drat la o pedeapsă mai mică. Oricum merită riscul, dacă e calculat. Dacă apuc să fac bani, în câţiva ani de zile îmi iau casă şi maşină şi apoi chiar dacă e să fac pârnaie, timp de trei-patru ani pot face ce facultate vreau eu. Da' cu facultate nu poţi face câţi bani vrei tu!

Fusese pus să îşi deseneze familia aşa cum îi vede el. Pe o foaie apărură pe rând membrii familiei lui: bunica stând pe scaun în faţa televizorului pe care scrisese telenovelă, tatăl un conglomerat de integrale şi mama ceva care părea făcut numai din semne ale în-trebării. Nici nu puteau fi exprimate mai plastic caracteristicile fiecăruia. Nimeni nu avusese timp de el şi devenise un element antisocial, dar în niciun caz un pacient. Pentru a putea schimba optica unui asemenea copil trebuia să îi oferi ceva în schimb şi ce îi putea oferi societatea decât sărăcia cu o diplomă pe pereţi?

După ce plecase, se aprinseseră discuţiile pe marginea cazului său. Profesorul spunea că se pretează terapiei. Un singur medic avusese curajul să-l contrazică spunând:

– Este produsul societăţii noastre şi dacă în alta ar fi legalizată prostituţia ar fi un om al muncii, la noi, nefiind acceptată legal, deşi există, el este un antisocial. Problema în cazul ăsta nu e a lui, ci a noastră, cei care formăm societatea, pentru că noi impunem nişte reguli şi nişte standarde care de multe ori sunt utopice.

– Ideile dumneavoastră sunt periculoase! îi spuse profesorul.

Afirmaţia avea oare să îl coste la examenul de specialitate?

– Adevărul este întotdeauna periculos şi, mai mult decât el, sinceritatea!

Când fusese promulgată în parlament legea privind legalitatea prostituţiei cine fuseseră cei care o respinseseră: fosilele şi Biserica care mai nou îşi bagă coada peste tot. Acţionând pe principiul struţului şi crezând că tot ce e interzis nu există, fără a avea cele mai elementare noţiuni despre medicină, Biserica îşi introdusese prelaţii şi în forurile legislative, lucru care, departe de a fi folosit ca factor de stabilitate, cum fusese conceput, se întorsese împotriva omului.

Biserica uitase că legea e făcută pentru om și nu omul pentru lege! Faptul că interzisese practicarea celei mai vechi meserii din lume nu adusese nimic bun, ba se practica mai mult aducând venituri doar peștilor, în timp ce fetele care o practicau erau folosite mai ceva decât animalele de povară! Mulțumirile le merita Biserica Ortodoxă Română care nu a înțeles niciodată pe cel care îl propovăduia asiduu. Iisus nu îi interzisese Mariei Magdalena să se prostitueze, ci îi arătase ceva care însemna mai mult decât banii, sfințenia, propria persoană, crezul său în bine și, nu în ultimul rând, iubirea. Lucruri de care ultrasfinții ortodocși uitaseră de mult. Ei nu puteau fi decât niște exemple negative, de asta fusese scornită zicala: „Să nu faci ce face popa, ci să faci ce zice popa!"

Bineînțeles că puștiul plecase acasă la fel cum venise. În general era recunoscută incapacitatea secției de psihiatrie infantilă, unde copii veneau ca la hotel și plecau tot așa. Toți studenții și rezidenții ocoleau secția respectivă care, în afara faptului că îți oferea posibilitatea să vezi cazuri ca la carte, îți dădea posibilitatea să te zdruncini bine în crezul tău în psihiatrie. Copii cu până la douăzeci de crize de epilepsie pe zi plecau cu același număr de crize acasă. Nimeni nu mai vorbea însă de asta și de profesorul de acolo care avea să dispară doar odată cu ieșirea la pensie; până atunci însă mai era, iar cei care aveau de suferit erau tot copiii. Se putea foarte bine pune în practica psihiatrică zicala: „Cine nu știe – face, cine știe – nu face, și cine nici nu știe, nici nu face – învață pe alții!"

Discuțiile continuară și după curs. Mulți fuseseră preveniți să nu îl facă pentru că „te învață cum nu trebuie să abordezi un pacient". Unii dintre medici recunoscură că, dacă ar fi putut, și-ar fi schimbat meseria, ba chiar existau exemple în acest sens, existau medici primari recunoscuți ca buni profesioniști care se făcuseră la un moment dat reprezentanți ai firmelor farmaceutice, la urma

urmei tot un fel de prostituție intelectuală pentru unul care ple-
case la drum cu dorința de a descoperi leacul cancerului. Dar
obosiți să nu aibă cu ce să-și cumpere cursurile necesare pentru
a se ține la curent cu noutățile pe plan internațional, renunțaseră
la medicină.

7.

FECIOARA

Parcarea era plină de mașini străine, parcă ar fi fost expoziția anului. Chiar s-au amuzat când și-au dat seama. Cele câteva chioșcuri care se aflau în parcare și o bombă erau deschise non-stop, locul fiind un bun vad comercial. Pe aici treceau toate troleibuzele care se împrăștiau apoi în oraș. Era însă târziu și doar din când în când mai trecea câte un mijloc de transport în comun și ăla mai mult plin decât gol. Cei de față însă nici nu sesizau venirea sau plecarea lor. Discutau aprins despre fotbal.

Ștefan nu îi cunoștea pe toți, dar atâta timp cât venise cu câțiva din gașcă, nu îl băgase nimeni în seamă. Și-apoi știa că, atâta timp cât își vede de treaba lui, nimeni nu-i zice nimic. Nici măcar nu intervenea în discuție, ascultând fiecare părere cu atenție. Nu cunoștea de mult timp lumea interlopă și de aceea fascinația pe care i-o insuflase, departe de a se stinge, îl ațâța tot mai mult. Legile erau clare, ierarhia bine stabilită, trebuia să fii cu adevărat bun, mă rog, rău, ca s-o penetrezi și să te instalezi undeva în frunte. Aici nu mai încăpea nepotismul. Nu mergea să spui: „Știi, e nepotul meu, lasă-l și pe el să-ți fure portofelul!" Ori putea să o facă, ori nu! Exista chiar o etapizare a vieții fiecărui pungaș. Când erau mici furau de prin magazine, pe la adolescență treceau la buzunare, apoi deveneau șmenari, springari, hoți de mașini, iar cei mai deștepți escroci, traficanți de droguri, de carne vie și, nu în ultimul rând, criminali.

Curios era faptul că oamenii ăştia, certaţi cu legea, nu pome-
neau niciodată termenul de închisoare. Aducea ghinion pentru
cel care îl folosea, de aceea se inventaseră tot soiul de termeni
cu care era denumită. Mulţi dintre cei de aici veneau de afară.
Aveau rude şi puteau obţine viză uşor şi chiar dacă nu o obţi-
neau plecau fraudulos. Cunoşteau călăuzele din Ungaria şi de
acolo era o joacă de copii să ajungă în Austria. Stăteau două-trei
săptămâni, după care se întorceau în ţară. Cei mai deştepţi şi cu
grija zilei de mâine îşi făceau case sau pur şi simplu îşi cumpărau
un apartament, ceilalţi cheltuiau până la ultima leţcaie pentru
ca apoi, cu ultimii bani sau cu bani de împrumutat de la cămă-
tari, să plece din nou până erau prinşi.

Până acum fusese bine pe la nemţi! Chiar dacă te prindeau,
perioada în care stăteai la pârnaie puteai munci şi când ieşeai tot
aveai ceva bani! Oricum mai mulţi decât dacă ai fi muncit în
ţară. Bine în libertate, bine şi la zdup. La nemţi! Nu avea cura-
jul nimeni să facă aşa ceva la turci. Fusese unul mai şmecher şi
se întorsese în ţară cu rozeta spartă! Şi mediul ăsta e unul care
nu uită şi nu iartă! I se pusese porecla Rozi!

Unii dintre şuţii de buzunare făcuse pârnaie pentru alba-nea-
gra. Era în târg cu câţiva tovarăşi, în căutare de fraieri. Regula era
simplă. Se făceau câteva mişcări la vedere, atât cât să-i dea încre-
dere unui profan că poate descoperi unde este cauciucul însemnat
şi când era agăţat fraierul se schimbau regulile jocului. Întoarcerea
ziarului, însemnarea cu scuipat a uneia dintre cele trei bucăţi de
cauciuc, erau doar momeli. Pierdea, după care dubla miza până
ce miza ajungea să fie mai mare decât suma pe care o câştigase
respectivul. Îi propunea să meargă la pace şi bătrânul, pentru că
de obicei pensionarii cădeau mai uşor în plasă atraşi de mirajul
unui câştig ce li se părea sigur, pierdea toată pensia lui pe o lună
de zile.

I se întâmplase când încercase să păcălească un polițai. Nu-l cunoștea, pentru că era dintre cei detașați, nou în zonă, special pentru a-i împuțina. Se făcea periodic o rotație a cadrelor pe sectoare astfel încât să nu se ajungă la înțelegeri. Se legitimase. Ceilalți cu care mergea și care-i țineau tira fugiseră lăsându-l singur. Ce să le reproșeze? Oricum nu aveau cum să-l ajute și, apoi, fiecare își apără în primul rând pielea lui. Polițistul îi spusese:

– Câștigi tu – te las în pace, câștig eu – pârnaie!

Avea o șansă. Ce era să facă? Însă sub presiune, cu broboane de sudoare curgându-i pe frunte, mâna îi tremurase. Nu reușise să facă neobservată schimbarea bucății de cauciuc însemnate cu cealaltă. Polițistul sesizase manevra.

Acum, după ceva timp, dacă avea chef de alba-neagra juca afară, nu aici. Se împuțise treaba. De fapt nu era primul care spusese:

– Nu se mai poate trăi în țara asta. Plec, poate fac ceva în Germania.

Trebuie să ne sperie chiar și plecarea lor, a delincvenților, care reprezintă cel mai bine pulsul societății, exact ca și puricii de pe un câine care sunt grași dacă el la rândul lui e gras. Plecarea lor nu făcea decât să certifice că economia românească era aproape moartă de inaniție.

– Cât mai stați? au fost întrebați câțiva.

– Mai avem ceva bani de spart. Suntem încă în vacanță. Cred că peste o lună! spuse unul, după care bău din sticla de bere.

În general, banii cum veneau așa se duceau pe băutură, femei, droguri. Poate cele din urmă mai puțin. Există chiar și în mediul ăsta o reticență în ceea ce privește traficul morții albe. Se știe că odată intrat nu mai poți ieși. Cel puțin mediul lor avea această posibilitate. Oamenii sunt legați tocmai de răul pe care îl fac împreună. Cu cât numărul acestor acte este mai mare, cu cât gravitatea lor creşte, posibilitatea de a se despărţi scade. De ce? Poate din dorinţa de a avea sub ochi pe cel care îţi ştie secretul?

– Ai auzit de cutare, aduce fete din Moldova de dincolo. Cică le ia foarte ieftin, le-a băgat deja la produs şi scoate câte două-trei mii de mărci pe săptămână. Plăteşte nişte băieţi care să aibă grijă de ele şi nu face decât să încaseze banii!

– Frumoase?

– Da, frate! Are vreo două rusoaice de-alea cu ochi verzi de te bagă în boale.

– Ştiu meserie?

– Cum naiba! Păi erau producătoare şi în Chişinău. Cred că numai unguroaicele le întrec!

– Cum le dă?

– Am înţeles că scump, dar pentru noi... Nu cred să fi uitat că l-am ajutat şi noi cândva.

În parcare se mai opri o maşină. Tot un BMW, dar un tip mai nou. Se pare că asta era socotită cea mai bună maşină de către golani. Şi în mod special cele până în 2000 cmc, dacă mai erau şi cu injecţie, erau perfecte. Putere mare la o maşină de dimensiuni relativ mici. Nicio maşină a poliţiei nu se putea ţine după ea.

Cheful din parcare se încinse, pe lângă ei trecu patrula, dar se făcu că nu îi vede. Se cunoşteau, cei mai mulţi erau membri cotizanţi. Dădeau daruri ca să fie lăsaţi în pace. Aveau dosare, se ştia care cu ce se ocupă. Chiar şi poliţia avea informatorii ei şi, chiar dacă nu intervenea, ştia totul. În fond, de ce să intervină când se ştia exact cât costă ca să ieşi? Făceau arestări doar dacă nu se putea altfel sau dacă, la înţelegere cu procurorul, se mai puteau pierde din dovezi şi atunci aveau şi ei partea lor din banii care se cereau.

Din BMW-ul care tocmai oprise coborî o namilă de om, cu părul şi barba roşii. I-ar fi stat bine mai degrabă ca viking, decât îmbrăcat în cămaşă şi blugi. Era băut. Îi salută pe toţi şi se duse şi își luă un bax de cutii de bere. Se așeză pe botul unei mașini unde erau strânși cu toții și începu:

– M-au oprit niște p... blegi de-astea cu lapte în cap că cică făceau un control de rutină și să mă pună pe mine să suflu în fiolă! I-am spus că-i nebun, că dacă suflu se înverzește și el, dar tâmpitul a insistat. Am încercat să îi explic că nu pot, că sunt bolnav cu plămânii, am astm. I-am lăsat cincizeci de mărci pe capotă și i-am spus că, dacă vine după mine, îi întorc mașina cu roțile în sus! M-am uitat în oglindă cum se urca în mașină ca să vină după mine, dar după aia s-a răzgândit. Au reușit să mă calce pe bătătură.

Tipul fusese cu ani buni în urmă un Number One! Adică cel mai bun sau printre cei mai tari din oraș. Asta era pe vremea când nu apăruseră încă pistoalele în țară, adică înainte de '89, când singurele arme erau brandurile. Pumnii goi. Vremuri demult apuse!

Pe atunci se făceau delapidări cu ranga. Ieșeai din umbră seara, după ce urmărisei șmecherul și, dintr-un pumn, îl treceai direct în somnul cu vise. Luai tot de la el, lanț, bani, ceas. Nici nu știa ce l-a lovit și de unde. Cel mai bun era cel care, în timpul unei lupte, dădea cu pumnul și făcea o linie! Ca la table! Se putea lăuda cu asta! Nu știa pe cineva care să nu fi căzut dintr-un pumn de-al lui! O știa și el, o știau și cei din parcare. Acum se cumințise. Mai își dădea în pepeni câteodată, dar rar. Se căsătorise și lăsase viața asta undeva în spate, mulțumit că scăpase de experiența închisorii. Nevastă-sa știa cine fusese și poate de asta îl și plăcuse că nu era un fraier! Se descurca! Mai cu o mașină adusă pe repatriere, care dacă era furată îi aducea mai mult, mai un împrumut către cei care făceau bișniță pe la turci, sârbi sau unguri și care îi dădeau procent din vânzări. Avea atât cât să nu îl bată capul. Deși îi lipsea acțiunea, adrenalina, faptul că noaptea putea dormi liniștit pe perna lui, fără să îi fie teamă că îi vine poliția sau creditorii la ușă, compensa lipsa ei.

Printre cei care beau cât de cât liniștit era și un băiat ce nu părea să fi avut mai mult de treisprezece-paisprezece ani, Ștefan.

Îl știa și, fără să vrea, îl plăcea. Fura de prin magazine. Dacă i-ar fi spus cineva cu ani în urmă că va ajunge să îndrăgească un puști care fură l-ar fi scuipat între ochi. Și totuși așa era.

Băiatul cel mai mare dintr-o familie în care ambii părinți erau alcoolici și care, cu el, aveau cinci copii care nu se puteau întreține singuri, era cel care aducea bani acasă. Lucrurile furate le vindea în cercul lor, câteodată primea comenzi pentru anumite lucruri: after shave-uri, spray-uri, aparate de ras. În general articole mici, cu care putea trece neobservat. Mai dădea câte un pont dacă ginea câte un apartament din care proprietarii erau plecați mai mult timp, mai aducea câte o târfă la băieți și așa își creștea frații și le dădea de băut părinților atât cât să îi lase în pace și să nu-i bată. Dacă nu își luau doza zilnică de „săniuță", deveneau irascibili și se răzbunau pe frații lui, lucru la care nu putea asista.

Ar fi putut pleca de acasă, dar cu cei mici ce făcea, cui îi lăsa? Era un condamnat aprioric la viață în lumea interlopă, poate și la școala de corecție și la închisoare, dar nu percepea asta. Își vedea înainte de viața lui pe care ajunsese să o considere normală. Oamenii au această capacitate fantastică de a se adapta în orice condiții pentru ca, în cele din urmă, să le considere normale. Pentru el ce se întâmpla i se părea absolut firesc. Oricum mediul nu avea să îl conducă nici spre școală, nici spre altă pătură socială.

Lângă parcare, pe o străduță la vreo cincizeci de metri mai încolo, era spitalul de ortopedie care avea și o secție de urgență. Pe poartă ieși un grup de medici, cu stetoscoapele după gât. Erau tineri și gălăgioși, povesteau despre un caz pe care tocmai îl avuseseră. Se apropiară de un chioșc și începură să se scobească după bani. Dacă inițial avuseseră de gând să-și ia fiecare câte o sticlă de suc, separat, în funcție de gusturile proprii, ajunseră după câteva parlamentări la un compromis: să ia numai două tipuri de suc, dar la sticle de doi litri, și nu mărci străine, ci românești! Astfel ieșeau mai în câștig și aveau și ceva împotriva setei cât dura garda. Deși chioșcul de fast-food era tot acolo, luară câteva pachete de grisine și de sticksuri de la unul de vizavi. Era tot ce își permiteau. Poate aveau șansa să vină cineva la gardă care să le bage ceva în buzunar și atunci și-ar fi permis măcar un hot-dog sau un hamburger! Își luară cumpărăturile și dispărură în spital sub privirile ironice ale celor care învârteau sute, mii și chiar zeci de mii de mărci!

Puștiul scoase din sân câteva spray-uri și un after shave Denim, întrebând cine are nevoie. Le dădea la jumătate de preț ca să le convină și cumpărătorilor. Namila puse mâna pe Denim și îl mirosi pufnind cu dispreț:

– Bă, tu l-ai măsluit, că ăsta nu-i Denim! spuse ca să îl necăjească. Băiatul încercă să-l ia înapoi, dar fu prins de gât de bărbos care îl ridică efectiv în sus. Copilul dădea neputincios din picioare ținând ambele mâini pe brațul celui care îl ridicase în aer. Nimeni nu îndrăznea însă să-i spună ceva zdrahonului care nu făcea decât să își verse nervii pe puști.

– Uite, puțoii ăștia, nu mai poți să le spui nimic de frică că vin noaptea cu un pistol cumpărat la negru, dădu el drumul ofului care îl măcina.

Își pierduse locul în ierarhia actuală și îl deranja. Ieșise din cărți!

– Și dacă îi faci lui asta, o să rezolvi problema? se trezi vorbind Ștefan. Ochii namilei se îngustară și pentru o clipă uimirea fu mai puternică decât furia. Privi la cel care vorbise și întrebă:

– Tu cine p... mea ești? Că nu te știu!

– Da' tu cine p... mea ești? Că nici eu nu te știu!

Insulta era prea mare de la un sfrijit ca ăsta. Îmbrăcămintea nu lăsa să se vadă vâna pe care și-o făcuse în atâția ani de antrenament. Namila dădu drumul copilului care rămase frecându-și gâtul de durere și se îndreptă către Ștefan. Rămăsese pe loc sprijinit de BMW-ul lui cu patru faruri, tip vechi. Îl vedea pe bărbos roșu la față de furie așteptând, ca un animal de pradă, o eventuală greșeală. Era nervos, trebuia să greșească! Se uită în jos ținând sticla de bere în mâna stângă când, ajuns în apropierea lui, namila lovi. Pusese toată puterea corpului în lovitura aceea. Ștefan de abia avusese timp să își ferească capul, dar, în momentul în care simțise pumnul ștergându-i urechea, lovi și el. Se sprijinise în caroseria mașinii și folosise toții mușchii corpului în atac. Diferența de greutate, de vreo treizeci de kilograme, nu-i permitea să rateze. Nebunul ăsta avea destulă forță să omoare un taur dintr-un pumn. Îi prinse bărbia la fix. Se spune că bărbia și coaiele nu au mușchi. De data asta se adeverea. Simțise pumnul atingând vârful bărbiei și trecând parcă prin el, și aproape că auzise oasele trosnind. Bătaia se terminase înainte de a începe. Namila căzuse ca secerată fără să își dea seama ce se petrece cu el. Deși își simțea inima spărgându-i pieptul, Ștefan se așeză la locul lui și își termină berea. Știa că aici nu avea voie să arate niciun semn de slăbiciune. Când ești între lupi, urlii ca lupii, ori regulile acestora nu erau departe de cele ale unei haite. Erai tare, ajungeai în frunte, cum nu mai erai, venea altul în locul tău. Puștiul se apropie de el și îi întinse Denim-ul.

– Cadou! preciză.

Ștefan se uită la el. Avea aproape șaptesprezece ani și arăta vai mama lui, rahitic și împovărat de griji... Scoase din buzunar banii pentru loțiune și îi întinse. Băiatul se dădu înapoi, fără să se atingă de bani. Își dădu seama că-l jignise, că nu-i acceptase mulțumirile. Își băgă banii la loc în buzunar spunându-și că va găsi o modalitate să îl ajute cumva. Îl lăsa de multe ori să-i spele mașina. Prefera să îi ajute pe copiii ăstia decât să îngrașe vreun patron burtos al vreunei spălătorii auto.

Grupul se sparse. Câțiva îl duseră pe individ la spitalul din apropiere, iar ceilalți, bucuroși să discute evenimentul, plecară spre alt loc, un bar, unde polițiștii și răufăcătorii erau la fel de bine primiți. Era locul unde, chiar urmărit de poliție, nimeni nu se temea că ar putea fi arestat.

– Ar fi bine să pleci de aici, să nu apară gaborii! îi spuse băiatul.

Dintr-un colț al străzii se apropie o fată. Să fi avut vreo cinci-
sprezece ani. Începea să se rotunjească, deja sânii îi erau în creștere
și alura ei lăsa să se întrevadă o femeie frumoasă în viitor. Se apro-
pie de băiat și îi zise:

– Ia-mi și mie un pachet de țigări, că nu mai am!

– Soru-mea! spuse el ca pe o scuză către Ștefan. Ține! Îi dădu
zece mii de lei. Dispari.

Fata însă se întoarse către ei.

– Ce mai vrei, fă? o întrebă enervat puștiul care fizic era mai
puțin dezvoltat decât ea. De ce nu te duci acasă?

– Sunt beți și fac scandal. Acum de-abia au adormit, dacă mă
duc îi trezesc.

Era trecut de ora două noaptea, poate că era ora la care trebuia
să se ducă acasă.

– Știți ce? Am două camere. Stați în seara asta în sufragerie și
mâine vă duceți amândoi acasă.

Copii începuseră să zâmbească. Cel puțin nu aveau să facă
frigul noaptea pe băncile din parc. Nici nu mai știau de câte ori
dormiseră pe afară de frica bătăii. Se suiră în mașină bucuroși.
Gonea prin noapte, cu casetofonul dat la maximum, pe străzile
aproape pustii ale orașului. Se simțea liber ca niciodată și mulțu-
mit oarecum. Viața asta, poate nu cea mai creștină posibilă, îi
oferea atâta neprevăzut, că nu avea timp să se plictisească. Trecură
pe lângă catedrala închisă ca de obicei. De multe ori simțise ne-
voia să intre, dar se întâmpla exact în afara programului bisericii.
Parcă Dumnezeu avea ore fixe de primire! Reprezentanții biseri-
cii nu luaseră în calcul că poate omul avea la un moment dat o
urgență a sufletului, exact ca și cele trupești, de unde nevoia de
Dumnezeu în acel moment. Nicăieri nu exista un serviciu de acest
gen pe timpul nopții. Dacă te apuca dorul de sinucidere, nu puteai
sta de vorbă cu niciun preot. Li se terminase programul de zi ca
la lăuze și nu erau disponibili. Existau farmacii non-stop, camere

de urgență la fel, bordeluri la fel. Doar bisericile aveau numai program de zi, exact ca și administrația de stat al cărei copil înfiat devenise. „Noaptea nimeni nu are nevoie de Dumnezeu!", părea să spună atitudinea bisericii.

Muzica se întrerupse și urma jurnalul de noapte care era dat în reluare. Îi ajunseseră la urechi câteva știri: „China a dat un nou ajutor nerambursabil României în valoare de șase sute de milioane de dolari, care face ca suma ajutorului dat în ultimii ani țării noastre să se ridice la două mii patru sute de miliarde de dolari. Ministerul de Externe al Chinei a precizat că nu este o sumă substanțială, dar că e o recunoaștere a prieteniei româno-chineze!"

„Câți chinezi vor mai apărea cu ocazia asta pe străzile orașului, că unele zone sunt deja galbene!" Nu îl supăra. Nu avea nimic cu cei cu ochii mici, doar că nu se spunea întreg adevărul. „Nu mai poate China de prietenia noastră! N-ar pleca ultimul tanc din China și primul ar fi deja la București!"

Ajunși acasă le arătă locul unde urmau să doarmă în sufragerie. Le deschise recamierul și le dădu o pătură ca să se învelească și se retrăsese în camera lui. Se dezbrăcă și rămăsese în chiloți. Lăsase ușa întredeschisă, nu le suporta închise, și în plus de asta nu ar fi putut să audă ce se întâmplă la ușa de la intrare care era în capătul celălalt al apartamentului. Se uita neatent la televizor, când pe ușă își făcu apariția băiatul.

– Știi ce? Nu vrei să ți-o dau pe soru-mea?

Ștefan rămase o clipă ca trăsnit. Informația refuza să-i ajungă la creier.

– Poftim?

– Vrei să ți-o dau pe soră-mea s-o faci o dată? îl întrebă puștiul de parcă era cea mai normală chestie cu putință.

– Nu, mersi! reuși să spună în cele din urmă.

– Nu-ți place? întrebă dezamăgit puștiul.

– Ba da! Doar că e cam mică! Cât are, paișpe-cinșpe ani?

– Treișpe juma'! spuse mândru puștiul. Dacă ai ști câți mi s-au oferit ca să i-o pună. Am primit bani să le-o dau doar ca să-i frece cu mâna, dar nu am vrut să le-o dau! Voiam să o facă măcar unul ca lumea, nu orice fraier.

– Nu trebuie să te superi! Mie îmi plac alea cu experiență, nu să le învăț eu!

– Am învățat-o tot ce trebuie, doar că nu a făcut-o niciodată. E încă fată.

– Cum ai învățat-o?

– Ei cum? I-am arătat pe filme ce place și ce nu mai mult la bărbați. Are stofă, îți zic eu...

Parcă făcea reclamă la un detergent, nu soră-sii!

– Nu mulțumesc. Astă seară nu am chef de nimic. Sunt obosit.

– Treaba ta! îi spuse băiatul dispărând în sufragerie.

Se uita la televizor încercând să-și amintească cum arăta fata. Da, nu arăta rău, chiar dacă formele de abia începeau să se ghicească și chipul avea încă trăsăturile specifice copilăriei.

Aproape că adormise când pe ușă intră de data asta fata. Îi găsise un tricou aruncat prin cameră și se îmbrăcase în el. Îi venea ca o rochie mini și îi scotea în evidență sânii și fundul. Picioarele i se vedeau și așa. Într-adevăr urma să aibă un corp frumos, dacă rămânea proporționat ca acum.

– A adormit și s-a întins pe tot patul! spuse așezându-se pe marginea patului lui Ștefan. Aproape că m-a dat jos! Nu aș putea rămâne cu tine astă seară?

– Bine, stai cuminte aici! Uite, ia-ți din ladă o pătură și vino aici, îi spuse arătându-i locul de lângă el. Fata căută și găsi pătura îmbrăcată în cearșaf și sări aproape ca un copil lângă el. Se cuibări fără să-l piardă din ochi.

Simțea privirea ei, dar se făcu că nu observă cât de insistentă era. În curând vârsta își spuse cuvântul și fata adormi. Îi simțea respirația regulată atingându-i gâtul. Se descoperise, și picioarele desfăcute făceau să se vadă interiorul coapsei. Avea o piele fină fără niciun cusur, îi era milă de ea, indiferent că drumul ei era prostituția. Dacă există un Dumnezeu, cum de îngăduia să se întâmple așa ceva? Parcă vedea mâinile murdare ale tuturor perverșilor atingând-o și furându-i inocența care o avea acum zugrăvită pe chip. O mângâie pe cap cu tristețe. Fata simți și se cuibări la pieptul lui căutând ocrotire. Deschise ochii și îl privi ca pe un zeu. Îl surprinsese admirația asta care aducea mai degrabă a idolatrie.

– Mi-ai plăcut de când te-am văzut prima dată. Ești cumva altfel decât ceilalți! îi spuse fata. Se apropie de el și îl sărută. Nu ca un copil, de data asta era femeia care se năștea în ea și care îl atinse. Tu ești cel care mi-ar plăcea să fie primul.

Uimit, paralizat de o luptă interioară între două părți, una țipând că e doar un copil și alta fiară doritoare de sânge și de carne tânără, vedea metamorfoza unei copile în femeie. Se lăsă pradă instinctului luând fata în brațe și punându-se deasupra ei. Îi scosese tricoul și îi admiră trupul.

– Te rog, să nu mă doară prea tare! îi mai spuse fata înainte de a i se dărui cu toată inocența unui copil și perversitatea unei femei.

Se plimbă fără un țel, încercând să uite. Cum să uiți așa ceva? Furase inocența unui copil. Și? Dacă nu era el, ar fi fost altul! Oricum nu îi scuza fapta! Așteptase ca fata să adoarmă și plecase ca un fum din propria casă doar ca să nu dea ochii cu ei dimineața. Le lăsase cinci sute de mărci și un bilet în care le ceruse să lase cheia sub ușă la plecare. Spera chiar să îi ia din casă orice, dorind inconștient să scape de sentimentul de culpabilitate care îl cuprinsese.

La întoarcere, după ce rătăcise ore întregi prin oraș, găsise cheia sub ușă și în casă biletul cu banii lângă el. Nu îi luaseră, lăsându-l cu sentimentul ăsta arzându-i pieptul. Oricum nu putea face nimic pentru ea. Părea că un destin implacabil îi hotărâse soarta, iar el nu îl putea schimba nicicum. Și oricum în suflet era atât de gol încât nimeni nu mai avea loc, nici măcar cea care i se dăruise atât de frumos. Cel puțin pentru el. Era un pedofil! constată cu luciditate. Curios, nu îl sperie treaba asta. Nici măcar faptul că ar putea ajunge pe mâna legii nu îl deranja, ci altceva. Plăcerea aceea perversă de a pângări inocența și puritatea unui copil. Acum cel puțin îl înțelegea pe Cioran, pe care îl înjurase de atâtea ori și care, în Lacrimi și sfinți, vorbea de plăcerea de a face dragoste cu o sfântă.

8.

EXORCIZAREA

Veneau deja oamenii, iar forfota lor îi întrerupse somnul și așa chinuit de lumea de dincolo. Adormise chircit și-i amorțiseră picioarele. Avea o circulație periferică proastă, care-i amplifica starea asta, așa că fu nevoit să meargă câțiva pași ca să-și pună iar sângele în mișcare și se așeză pe scaunul unde-și făcea serviciul lui de preot. Îi șopti în gând fetei care îl îngrijea să le dea drumul la oameni. Era mai dezghețată și înțelesese multe de când stătea pe lângă el. Îl uimise chiar să descopere asta la o femeie. Era curată mental și îl percepea foarte ușor. Era și ea dintre cei pe care îi pregătea. Ce greu era să faci din ei oameni atât cât să se ferească pe ei înșiși de rău, de ceilalți oameni. Din câte văzuse în viața lui de duhovnic, mai periculos decât demonul era omul care se folosea de el. Dacă răul nu avea voie să lovească fără voia lui Dumnezeu, oamenii puteau trece peste asta prin liberul lor arbitru.

Ușa de la intrare se deschise și pe rând cerșetori, oameni simpli sau cu studii intrau, ocupându-și câte un loc cât mai aproape de el. Aici, ca și în fața lui Dumnezeu, toți erau egali, rolurile pe care le aveau de îndeplinit pe acest pământ dispăreau, singurul valabil rămânând al lui: de păstor de suflete. Le citea pe chip bucuriile și necazurile, împlinirile și eșecurile, virtuțile și păcatele și, din păcate, balanța înclina mai mult spre rău.

Mai știa însă că puternici în bine nu pot fi decât cei care, la o adică, pot fi puternici și în rău. Se simțea cu adevărat împlinit când, după rugăciuni, oamenii se întorceau zâmbitori pentru a-i mulțumi. De multe ori apăreau ca din senin soluții la probleme aproape imposibile. Drept mulțumire, oamenii îi aduceau de toate: mâncare, sucuri, bani, pe care la rândul lui îi împărțea cu cei mai nevoiași și cu frații de călugărie. Vinul ajungea împărtășanie, iar uleiul lumina icoanelor și a moaștelor Sfântului. Păstra pentru casă, pentru bolnavii care mai rămâneau la el, atât cât era necesar, avea grijă Dumnezeu de restul!

Îi trebuise mult până să ajungă la înțelepciunea cuvintelor Mântuitorului, ca să trăiască așa, precum vrăbiile și crinii, care nici nu ară, nici nu seceră și totuși sunt mai libere și mai frumos îmbrăcate decât Solomon!

Trupul lui nu-l mai socotea parte din el, nu se mai identifica cu el, știind că e ceva trecător de care avea să scape după moarte. Îi șoca de multe ori pe medici spunând:

„Iaca, piciorul aista nu merge așa cum trebuie!" De parcă ar fi fost al altuia! Li se părea cel puțin ciudat, dar el știa! Iar oamenii îi simt pe cei care au ajuns cât de cât la adevăr. Pot fi ușor îmbătați cu vorbe frumoase, dar nu pentru mult timp. Orice lucru care vine din învățare și nu din trăire nu poate folosi nimănui, nici măcar ca îndrumare. De-asta era un mare duhovnic, nu un simplu preot care povestea faptele lui Hristos și ale apostolilor. Toată ființa lui degaja experiența mistică, aceea care nu poate fi înlocuită cu teoria.

Curând sosiră fata, băiatul cel bolnav și unul dintre studenți. „Unde-i băietul?", se întrebă puțin îngrijorat. Îl căută în gând și-l văzu intrând în chilia băiatului de la trapeză. Se liniști. Deci nu plecase încă. Curios, îi plăcea băiatul ăsta, deși un fel de Toma făcut să descopere totul și parcă prea atras de rău. Sunt buni și oamenii ăștia la ceva. Sunt cei care scot din întuneric lumina ascunsă de alții cu riscul vieții lor. Dacă se gândea bine, și el era la fel.

Pe când era copil și locuia pe undeva prin Moldova, le rămăsese vaca stearpă; așa că, fiind mulți copii la părinți, fusese trimis să cumpere lapte de la o femeie din sat. Plătise și, la îndemnul femeii de a-și alege oala de lut cu lapte care-i plăcea, se dusese în locul respectiv și luă una care-i păruse mai mare. Ajuns acasă, dăduseră caimacul la o parte și descoperiră numai nenorociri, păr, urme de sânge și pene! Furase oala de farmece a babei! Aflase tot satul cine nenorocise vacile, de, din toată cireada, numai vreo câteva mai dădeau lapte. De-abia îl potolise maică-sa pe taică-su ca să nu se ducă să o bată pe vrăjitoare, care lua mâncarea de la gura copiilor pe foametea aia. Bătrânii satului proorociră că va avea darul descoperirii adevărului și al dezlegării de farmece, așa că, înduplecat, tatăl lui îl trimisese la seminarul teologic și ajunsese preot. Zâmbi aducerilor aminte.

Odată cu copilul venise și răul. Îl simțea ascuns, puternic și disperat. Nu suporta blestemul. Pe undeva îi era milă, nu-l ura. Se mai enerva când auzea tot soiul de nenorociri de la el. Te durea mintea la ce hulă se putea gândi. Se obișnuise cu el, dacă trăiau de atâta amar de timp unul lângă celălalt, unul încercând să urce, celălalt să-l țină legat de pământ. Vorba aia: ca măgarul cu samarul!

Culmea e că nu poți înțelege lumina decât în comparație cu întunericul, numai trecând prin rău și suferință poți înțelege binele. Doar în mijlocul gălăgiei simți nevoia păcii. Omul avea putința de a alege, liberul-arbitru este cel mai mare dar. Nimeni nu te silea să alegi nicicum, dar trebuia să alegi. Tocmai de aceea era frumoasă iubirea divină, îți arăta ambele fațete ale lumii pentru ca tu să poți alege după propria-ți dorință. Nu constrânge, nu imploră, ci așteaptă. Ca-n pilda fiului risipitor pe care nu o înțelegeau nici mulți preoți. Fiul voia să plece, tatăl îi dădea întreagă partea lui, îngăduindu-i să cunoască lumea, binele și răul, pentru ca la sfârșit să îi accepte întoarcerea și nu oricum, ci în sărbătoare. Din punctul ăsta de vedere era superior unul care cunoscuse păcatul și, chiar dacă îi plăcuse, sfârșise prin a se întoarce la Dumnezeu, decât unul care trăise în curățenie cu gândul: „Ce ar fi fost dacă?...“

Dumnezeu îți acordă iubirea dacă vrei și dacă ai nevoie de ea, nu te obligă să o ceri sau să o iei. Câteodată se ruga în taină pentru el, pentru iertarea demonului și credea posibilă chiar și întoarcerea lui la Dumnezeu, care-l crease!

Făcu rugăciunea ca de obicei și păstră între el și demon puterea divină ca un scut, așa încât totul decurse normal, atât de normal că până și băiatul părea să se fi însănătoșit. Crizele nu mai puneau stăpânire pe el, părea să fi renăscut, dar persista o umbră de convalescent. Avu chiar puterea să râdă la una dintre glumele făcute de bătrânul preot. Mai glumea bătrânul. Încerca să dea acestor rătăciți o liniște pe care cu greu și-o recâștigă noaptea. Pacea inimii era cea spre care tânjea tot călugărul, că tot ce o conturba nu e de la Dumnezeu și, odată pierdută, greu o mai câștigi înapoi.

Să poți primi cu aceeași seninătate și binele, și răul, bucuriile și necazurile, era dovada deplinei maturități spirituale în ortodoxie. Privea afară la natura care, cu primele raze de soare, se trezea la viață, și îi părea că e atât de departe de teatrul de război dintre bine și rău, deși știa că nu este așa. Nicăieri nu e mai prezentă decât în natură dualitatea lumii materiale și, de ce nu, spirituale. Naștere–moarte, lumină–întuneric coexistă în natură, depinzând una de cealaltă, într-un ciclu închis, de la insecte, plante, pomi și animale, la universuri și galaxii care se nasc și mor, cuprinzând în ele tot ce se numește viață. Curios că viața putea exista și fără om, ba poate ar fi existat mai bine fără el. El este singurul care iese din natural, putând fi distrugătorul ei și al lui însuși, a vieții în general. Viața care te poate arunca în întuneric sau te poate înălța la lumină, destin? Poate. Opțiunea o ai în mâinile tale – ca propriu-ți stăpân în acțiuni îți hotărăști destinul.

Între timp Daniel se trezise și el și se dusese să vadă ce se mai întâmplă cu fratele Costi. Îl găsi dormind ca un copil cu perna în brațe, liniștit de parcă nimic nu se întâmplase. Îl trezi cu gândul că avea să se ducă la slujbă și-l lăsă îmbrăcându-se. Se duse țintă la unul dintre călugării care vindeau lumânări. Era unul dintre fiii duhovnicești ai părintelui și știa că orice sfat venit de la el era ca și cum ar fi venit de la bătrânul preot. Îl găsi în picioare dând restul unei bătrâne. Așteptă să termine și îl întrebă fără ocolișuri:

– Părinte, vă deranjez și eu cu o întrebare?

– Ei, ce s-a întâmplat? Unde arde?

– Ce trebuie să faci dacă descoperi că cineva vinde droguri?

Călugărul căzu puțin pe gânduri după care spuse:

– Anunți oamenii legii. Nu poți să-i dai iertarea atâta timp cât el otrăvește un popor. Ești chiar dator să faci asta. Dacă el a luat-o razna, e treaba lui, dar ca să înnebunească și pe alții nu poți accepta. Ai grijă să nu te pună Necuratu' să încerci așa ceva, că nu te mai scapă nimeni!

Debusolat, plecă din mânăstire, ducând în spate o povară care era mult prea grea pentru el. Părintele avea acces la mintea lui, chiar el îi dăduse voie. Simțise că are nevoie de el în calea lui și acceptase asta, deși nu era cel mai plăcut lucru să știi că cineva îți știa și cel mai intim gând. Trecuse printr-o groază de teste înainte de a veni aici, unul fiind chiar acela de a fi fost pe aceeași frecvență cu bătrânul. Ținea minte că la un moment dat rămăsese printre puținii din camera părintelui, candelele erau stinse și în minte îi venise ideea de a le aprinde. Chiar voise să o facă, dar rezistase impulsului, gândindu-se că nu era la el acasă ca să facă ce crede el de cuviință. Atunci părintele, un pic enervat, spusese în aparență tuturor:

– Chiar nu se gândește nimeni să aprindă candelele acelea?

Inițial mirat de o asemenea coincidență, îi răspunsese:

– Ba m-am gândit, părinte, dar n-am știut dacă e voie! și le aprinse.

De atunci era unul dintre lucrurile care îi plăcea să le facă atunci când venea la slujbă, și venise tot mai des.

Plecase din mânăstire cu sufletul oarecum îndoit. Cum avea să rezolve chestia asta? Ar fi preferat să uite. Își storsese creierii pe drumul spre casă și în cele din urmă se gândi la unul dintre vecini, de fapt o prietenă de familie, care fusese în poliție și ieșise la pensie de câțiva ani. Mai mult ca sigur că păstrase legătura cu foștii colegi. Oricum era mai în temă cu problema asta. Se gândi să o întrebe mai întâi pe ea. În meseria lor, mai ales la cei care lucrau în afară, puțini atingeau vârsta de șaizeci de ani. Ori mureau de inimă, ori îi lăsau nervii, sau îi ajutau alții să treacă pragul de dincolo.

Cel mai puternic drog rămâne adrenalina și, odată ce l-ai simțit, nu mai poți scăpa de el. Ea era dintre cei din vechea gardă socotită așa pentru că orice serviciu de spionaj are la un moment dat o generație deosebită. Ei erau cei care racolaseră doi dintre capii comandamentului NATO, cei care furaseră planurile avionului Miraje și care, nu în ultimul rând, furaseră planurile metroului din Austria! Copiaseră primul calculator compatibil IBM, primul ceas electronic care cânta tricolorul! Munca lor rămânea necunoscută și meritele le culegeau cine știe ce institute de cercetări, de cele mai multe ori fantomă.

Pentru metrou fuseseră plătite două milioane de dolari, pentru toate planurile, de la tren la mașinile unelte. Fuseseră furate și metodele de foraj pentru că terenul Bucureștiului, unul nisipos, nu permitea forarea unei galerii atât de mari fără să se surpe și atunci nemții au venit cu ideea să înghețe nisipul cu țevi prin care să bage freon, așa încât se fora în nisipul înghețat de parcă ar fi fost stâncă.

Despre NATO circula chiar o glumă. Rețeaua care se ocupa cu racolarea a descoperit slăbiciunea unui general turc pentru băieți. Prins în flagrant și fotografiat fusese șantajat și astfel, ajutat și cu valută forte, fusese convins să divulge din planurile NATO. Pusese însă o condiție, să primească și un amant care să-i fie pe gust. Doleanței turcului i se răspunsese de la București: „Nu avem, rezolvați pe plan local!" Cert este că planurile ajunseseră la București, fuseseră vândute rușilor pe valută, iar cel care fusese însărcinat cu misiunea asta ajunsese de râsul colegilor care spuneau că mai mult ca sigur avusese un aport substanțial în racolarea turcului.

Puterea de penetrare a serviciilor de spionaj urma să fie însă tocmai cea care avea să le aducă pierzania. Și pentru că serviciile de spionaj erau atât de bine puse la punct și erau greu de distrus, soluția a fost asmuțirea unora asupra celorlalți, tipic sau, mai bine spus, clasic, cele ale armatei au fost învrăjbite cu cele ale contraspionajului. În fond, erau cinci direcții diferite, dacă nu mai multe, și fiecare era condusă, independent una de cealaltă, de Ceaușescu.

La reuniunea de la Malta se știa deja de viitoarea cădere a lui Ceaușescu, cei care aflaseră erau oamenii din rețelele externe. Mai mult ca sigur transmiseseră mai departe informațiile astea care se opriseră la un anumit nivel. Dar cum? Rețelele erau concepute în așa fel încât o informație ajungea simultan la cel puțin două direcții diferite, serviciile respective se urmăreau reciproc, astfel că, dacă un singur om greșea, existau cel puțin două rapoarte despre asta. A nu raporta ceea ce ai văzut era echivalentul unui sfârșit de carieră. Cum se întâmplase și la alții fusese și la noi. Daniel aflase absolut întâmplător despre asta. Oare era chiar adevărat? Se verificau câteva indicii ale supoziției respective dacă se putea numi așa.

Mergea la un moment dat cu trenul, imediat după revoluție, când mai exista euforia eliberării de sub comunism, înaintea căderii sub jugul banului. Limbile oamenilor parcă erau mai slobode pe atunci și, cum se tot vorbea despre cine și ce vină poartă, la un moment dat un bărbat, care se recomandase ca ziarist, îi spuse ceva:

„Dom'le, cum mă vezi și cum te văd, n-am niciun interes să te mint, poate că nu ne mai vedem niciodată, așa că nu am de ce. Tu n-ai de unde să știi cât era de bine aici pe vremea mandatarilor. România era raiul pe pământ, aveam să le dăm și la alții! Fără să exagerez, găseai pe piață roțile de cașcaval cât alea de Dacia și tot omul nu numai că avea ce să mănânce, dar putea merge la restaurant, că era la fel de ieftin ca să mănânci ca și acasă! Un film, un teatru, o operă, excursii pe litoral, chiar și afară puteai să pleci, nu erau închise granițele. Salamurile, brânzeturile erau cunoscute în toată Europa. Vinuri premiate luau calea exportului și mai rămâneau din belșug și pentru noi! Asta, până într-o zi.

Ce a stat la originea acestui fapt, nu știu. Poate cei care clădesc sisteme sociale nu au fost încântați să prospere un sistem în care să nu existe dreptul de proprietate. Nu sunt un fan comunist, dar să fim serioși, nu iei nimic cu tine când mori, iar faptul că sunt crescuți copii în ideea de a cumpăra casă, mașină și mai știu eu ce nu face decât să le fure din idealuri și să-și creeze altele false. Bine, până va veni ziua în care, în momentul nașterii tale, să ai casa ta și în funcție de ceea ce faci să-ți ofere societatea spațiul necesar să te desfășori sau să te odihnești, mai e. În orice caz era bine, până în momentul în care s-a întâmplat nenorocirea. Coana Leana avea o prietenă, o evreică. Ce ți-e și cu femeile astea, vorba lui Titulescu: «Cea mai proastă femeie păcălește cel mai deștept bărbat!» Ea a fost călcâiul lui Ahile al lui Nea Nicu. Dacă nu era ea...

Știți cum a cunoscut-o? La o sărbătoare de 1 Mai. Pe atunci nu știu ce făcea nea Nicu, dar în orice caz organizase totul și apăruse și coana Leana, îmbrăcată ca o doamnă. Numai că nu știa că ea era dama de companie și nu numai. I s-a pus pata pe ea și a luat-o de nevastă. Doar că năravul i-a rămas. Îi plăceau bărbații și avea dintre cele mai excentrice gusturi, ca să nu zic perverse. Ei, prietena asta a ei i-a făcut cunoștință cu un englez bine făcut, frumos, cu mușchi cum îi plăceau ei și s-a cuplat cu el. Au filmat-o în toate pozițiile și au amenințat-o că difuzează caseta în toată lumea dacă nu fac ce vor ei. Îți dai seama, să o vezi pe doamna președinte luând masa în genunchi! îi spusese respectivul râzând.

Ãsta a fost începutul erei comuniste la noi. Au pus-o să intre în toate organizațiile de partid, de cercetători, în Academie și i se dicta ce să facă şi ea făcea. Aşa a fost falimentat tot. Îl ţinea pe nea Nicu sub papuc că, de, cine ştie cum îl făcea de-l înnebunise, că mai sunt şi femei de-astea şi ăla nu zicea nici pâs!

Nicolae! Ãla a fost un om şi jumătate! Nu o să se mai nască unul ca el nici peste o sută de ani. Dej l-a făcut preşedinte, că era patriot şi nu-i era frică de nimic, nici măcar de ruşi. Ãştia de acum şi mulţi care or să vină poate n-o să aibă sânge în sulă, scuză-mi expresia, cât a avut el în câteva momente.

Ştii, era Dej la Moscova, unde se strânseseră toţi şefii de state din Est. Îi chemase rusul ca pe câini la ordin. Numai că nu-i mai dădeau drumul. Pe atunci Ceauşescu era comandantul forţelor armate. Când i s-a spus că şeful statului nu e lăsat să vină acasă, a înconjurat Ambasada rusă din Bucureşti cu tancuri şi a transmis că, dacă în douăzeci şi patru de ore şeful statului nu este acasă, deschide focul. Îţi dai seama că se crea un incident internaţional pe care vecinii nu şi l-ar fi permis. Cu atât mai mult cu cât încercaseră să vină peste noi şi-şi luaseră tancurile cu făraşul! Da, a fost un mare conducător şi a avut din păcate o slăbiciune care l-a distrus şi pe el, şi ţara: nevastă-sa!"

Daniel îşi aminti cu plăcere discuţia cu ziaristul acela. Povestea părea plauzibilă, cu atât mai mult cu cât între casetele pe care le vizionau fuseseră descoperite şi unele porno, ceea ce certifica gusturile cuplului prezidenţial.

Amintindu-şi de droguri începu să regrete, şi nu era întâia oară, atracţia lui către lumea ezoterică. Dacă nu era curiozitatea asta?! „Curiozitatea a omorât pisica!", îşi aminti proverbul american.

Drumul se desfăşura cum nu se putea mai bine: maşinile, metroul sosiră la ţanc, astfel că într-o oră, un record absolut, era acasă la aceea căreia voia să-i ceară sfatul. De fapt, dacă ar fi putut spune ceva despre ea, era faptul că-i fusese ca o a doua mamă, suplinindu-i nevoile spirituale şi intelectuale pe măsură ce creştea. Ea îi pusese în braţe prima carte de educaţie sexuală la vârsta pubertăţii, aşa

cum făcuse de altfel și cu copiii ei, și fusese dintre oamenii la a
căror limită, dacă putea să-i spună așa, nu ajunsese niciodată, în
sensul că tot timpul avusese un răspuns pertinent la întrebările lui.

Era o combinație ciudată de intelectuală și țață cu mâini de aur
și suflet mare, o gură în care te ferești să intri și, dacă se întâmplă,
atunci te știu toate etajele unui bloc cu opt niveluri.

Când îl văzuse la ușă, îl poftise înăuntru și, după ce îi pusese
niște cafea într-o ceașcă, așteptase să îi spună ce s-a întâmplat. Știa
că vine fiindcă dăduse de greu și avea nevoie de vreun sfat. Îl cu-
noștea de prea mult timp. Îl ascultase cu gura căscată. Nu se mai
văzuseră de mult și nu știa prea multe despre noile lui preocupări
din sfera mânăstirilor. Exorcizări, călugări, nebuni, paranormal.
Era pasionată de astea numai că de la citit la practică e o cale lungă.
Poate că dacă nu ar fi fost implicat el însuși i s-ar fi părut un teatru
grosolan. Ajuns la problema care-l rodea de fapt, cea cu drogurile,
fu de-a dreptul surprinsă:

– În mânăstire? Au ajuns chiar și acolo?

– Da, sub acoperirea unor oameni cumsecade, care fac serviciu
religios, se ascund infractori.

Fusese de acord să-l pună în legătură cu cei de la Brigada Anti-
drog a doua zi, după care plecase. Pe drumul spre casă, care trecea
prin spitalul de psihiatrie, a fost acostat de un tânăr.

– Salut! Mă cheamă Spânu Ionuț. Pe tine cum te cheamă?

– Daniel Ioniță!

– Ești student?

– Da, la Medicină.

– Aha! „Celula este unitatea de bază morfo-funcțională și ge-
netică a organizării materiei vii!", cită el prima frază din biologia
de clasa a unsprezecea. Și eu sunt student în primul an la Medicină
la o universitate particulară. Acum însă am pierdut sesiunea de
vară pentru că m-am îmbolnăvit. Sunt internat aici în spital și iau
medicamente. Tu de unde vii, de la facultate? Mai ai examene?

– Nu. Vin de la mânăstire, mâine am examen, se scăpă fără să
vrea.

– Ești credincios? Și eu sunt, îi spuse arătându-i un medalion la
gât cu chipul unui sfânt. Uite, îl am protector pe Sfântul Anton.
Nu mă iei și pe mine la mânăstire, ca să mă fac bine?

Se gândi o clipă la Costi, la ceea ce văzuse în atâta timp de când
frecventa mânăstirile în căutarea adevărului și mai ales faptul că
aici în spital mai mult ca sigur că nimeni nu avea cum să-l ajute,
singura lui speranță fiind unul ca părintele de la Cernica, și se
înduplecă.

– Bine, dacă vrei să mergi, să fii peste o jumătate de oră la in-
trarea cealaltă a spitalului, că vin să te iau.

Grăbi pasul și îl lăsă pe Ionuț să se pregătească. Ajuns acasă
avu timp să se schimbe, să mănânce și să se spele. Îi povestise pe
scurt maică-sii ce mai făcuse și porni din nou la drum. „Și mâine
am examen!", își spuse necăjit că nu deschisese cursurile de ana-
tomie de trei zile. Oricum nu avea de ales, pentru un adevărat
creștin nevoile celorlalți sunt mai importante, asta dacă tinzi să
fii unul așa cum își dorea el. Pe drumul de întoarcere spre mâ-
năstire îl luă și pe Ionuț, care, în culmea fericirii, spunea călăto-
rilor din autobuz:

– Sunt bolnav, dar mă duc la mânăstire să mă fac bine. M-am
supărat din cauza unei fete, dar o să-mi treacă.

Ajunseră la mânăstire spre seară. Fiind sâmbătă, lumea era mai
rară și, deși părea ciudat, chiar și cei de aici păreau că se pregătesc
pentru weekend. Atmosfera era mai relaxată. Ajunși la chilia pă-
rintelui intrară și-l găsiră ca de obicei înconjurat de câțiva oameni,
inclusiv de Costi celălalt. Daniel se duse și-i sărută mâna părintelui.
Era o dovadă de respect pe care nu o acordase decât unui alt preot
de pe lângă Timișoara, care pentru crezul lui stătuse în închisoare
șaptesprezece ani! Deși pe atunci nu îi împărtășea credința, nici
măcar cât acum, acest simplu fapt, că fusese în stare să accepte

orice pentru un crez, îl făcuse să îl respecte. Părintele de acum era al doilea căruia îi arătase această considerație.

– E bolnav și a vrut să vină să se facă bine aici!

– Eu sunt catolic, părinte, dar cred că Biserica Ortodoxă și cea catolică sunt surori.

Părintele îl privi puțin. Ceva îl avertiza că nu e totul precum pare.

– Ei, ce s-a întâmplat? De ce te-ai îmbolnăvit?

– Să vedeți, părinte, că m-am dus dus la o femeie ghicitoare ca să o întreb ce să fac ca să ajung bogat și mi-a spus că atunci când o să găsesc un cui îndoit și ruginit o să mă îmbogățesc. N-aveți unul pe aici?

– Nu am. Și-apoi bogăția și sărăcia tot de la Dumnezeu sunt.

– Așa e, părinte, dar eu voiam să știu! După aia nu știu ce m-a apucat, că să știți că pe mine mă cheamă Spânu, mi-a venit în minte ideea că o să chelesc și am început să mă dedau la tot soiul de soluții. Cum să chelesc eu? Vă dați seama ce urât o să arăt? îl întrebă el pe părinte. Apoi observând țeasta aproape cheală a părintelui de pe care părul căzuse demult se corectă: Ei, nu ca dumneavoastră. Vă stă chiar bine, vă dă un aer de om inteligent.

Cei de față nu putură să se abțină și izbucniră în râs. Râdeau și părintele, și oamenii de sinceritatea lui Ionuț.

– Vă este foame? îi întrebă părintele.

– Da, răspunseră câțiva.

Bătrânul scoase de sub masa de unde punea alimentele, și pe care ținea cărțile sfinte și agheasma, o pâine și o frânse, împărțind-o la cei de față. Știa că unul dintre ei îi va lua ștafeta să o ducă mai departe. Dar care dintre ucenicii lui, nu știa. Nu putea fi decât unul care să conducă. Harul pe care îl primise el se răsfrângea asupra tuturor, dar numai unul avea să fie liderul. Menirea lui era să-i ajute să iasă din greșeală, să cunoască adevărul și să îi învețe să se apere. El reprezenta prima instanță între oameni și îngeri, începutul nu întotdeauna, dar sfârșitul scării între pământ și rai.

Nici măcar nu mai putea mânca ca lumea. Pur și simplu, din cauza vârstei, i se atrofiaseră gustul și mirosul și nu mai simțea. Punea prea multă sare ca să simtă și asta îi creștea tensiunea. Ce mai, trupul ajunsese o epavă; trebuia însă să îl țină în stare de funcționare până ce avea să vină următorul. Mda, el era patriarhul din umbră. Biserica avea un patriarh, liderul de necontestat al Bisericii, dar ăsta era în plan administrativ. Patriarhul nu avea putere nici cât să deranjeze o muscă, din punct de vedere spiritual. De ce hotărâse Dumnezeu așa? Se întrebase adesea și ajunsese la concluzia că nu se putuse altfel. Când se pusese problema alegerii ultimului patriarh fusese propus părintele Cleopa de la Sihăstria. Se ceruse sfatul lui Paisie Olaru, unul dintre marii duhovnici ai Moldovei, care după ce postise trei zile îi spuse lui Cleopa: „Dacă te vei duce, după ce vei muri ți se va spune Cleopa, dacă rămâi, ai să fii numit Ava Cleopa!" Și acesta refuzase să devină patriarh. Fusese ales altul, care nu avusese o misiune ușoară pe vremea comunismului.

Bine că Dumnezeu hotărâse astfel, iar cel care conducea din umbră era altul. Faptul că era el, departe de a-l bucura, îl umplea de responsabilități și, în afara celor câțiva care știau asta și erau răspândiți în toată țara, aproape neavând legătură cu Biserica Ortodoxă, nu avea nici măcar recunoașterea a ceea ce făcea. Misiunea nu fusese deloc ușoară și nu i se terminase încă.

– Mâine e duminică! spuse. Veniți la Sfânta Liturghie, atunci sunt iertate multe din păcatele mici, le mai spuse înainte de a le da binecuvântarea de plecare.

Trebuia să-și facă canonul înainte de a intra în altar, lege pentru un preot. Se întâmplase ca unul să se ducă la slujbă după ce se atinse de nevastă-sa și nu oricând, ci de Paște. În momentul când ar fi trebuit să se scoboare lumina pe pământ, altarul se crăpase cu zgomot de sus până jos, speriind oamenii aflați la slujbă. Se dăduse vina pe comuniști, că ar fi încercat să mute biserica pentru a o ascunde între blocuri, dar nu era adevărat. Necurățenia unuia dintre preoți fusese cauza. Era o biserică din centru, de pe lângă Unirea.

Acum trebuia să se pregătească pentru mâine ca să ia puterea demonului. Pentru asta trebuia să îl ducă în fața Celui de Sus învins, legat. Asta nu era o problemă, o mai făcuse. Bolnavii se duceau la Liturghie și în timpul slujbei se vindecau. Nu știau că cel care le lua chinul păcatelor era el, intrau pe ușă bolnavi și, minune!, ieșeau sănătoși. Din când în când câte un copil vindecat povestea cum ieșise din el câte un duh necurat și cum venise un înger îmbrăcat în haine albe și îi tăia capul. Nu știau însă ce stătea în spatele acestor lucruri și acum trebuia să ia puterea demonului în el și să aibă puterea să-l învingă din interior. O mai simțise, puterea lui, ura, mânia, disperarea și apoi frica, plânsetul și durerea lor când pierdeau un suflet, teroarea că aveau să ajungă la rândul lor în iad, unde nici chiar lor nu le plăcea.

Acum? Dacă te învinge? Pune stăpânire pe tine și ești capabil să faci tot răul din lume. Poți ajunge să faci orice: să ucizi, să te sinucizi, să violezi și să pângărești până și copii. Văzuse prea multe la viața lui ca să nu știe că nu te poți juca cu răul. Călugări socotiți puternici căzuseră, măicuțe, preoți. Pentru ei, care își aleg baricada, ispita este mult mai mare decât a mirenilor simpli. Cazurile disperate de prin mânăstiri erau aduse tot la el, așa că nu era nimic nou sub soare. Tentațiile la care te supune atunci demonul sunt foarte puternice, dar nu de ele îi era frică, le știa de prea mult timp, trecuse prin toate, îl preocupa mai mult posibilitatea ca să îi pună stăpânire pe trup fără voia lui. Asta ar fi însemnat că îi intra în inima creierului și de acolo se putea folosi de el oricum.

Îi reveni în minte Daniel. Simți îngrijorare și îl căută în gând pentru a-l găsi în cele din urmă în biserică. Asculta slujba pe scaunele din dreapta de lângă ușă. Nu era singur, lângă el era și băiatul de la trapeză, cel cu drogurile. Știa că Dumnezeu îi mai lăsa să cadă pe cei care vin spre el. În felul ăsta zdrobea în ei ceea ce era și cel mai greu de distrus din mintea și sufletul unui om: mândria. De multe ori dintr-o înfrângere înveți mai mult decât din cele mai mari victorii, se spune. Cam așa era și în cazul călugărilor, învățau că fără Dumnezeu nu puteau izbândi împotriva demonului, mai venea însă momentul în care erau lăsați singuri pentru a simți, vedea și învăța. Nu simțea ca pe un eșec al lui, dacă El ar fi vrut, ar fi descoperit înainte să se întâmple, așa fusese voia Lui, ca să se întâmple. Ca pastor al mânăstirii – chiar dacă nevăzut, în spatele unui stareț de paie venit doar să își caute drumul spre o episcopie – era normal să știe totul. Mă rog, atât cât i se îngăduia.

În spatele bisericii era întuneric. Slujba se desfășurase monoton, atât de monoton că te făcea aproape să adormi. Efectul era dat și de cuvintele rostite pe un același ritm, dar și de fumul de tămâie care, deși puțin cunoscut de alți oameni, avea efect halucinogen. De fapt impropriu spus halucinogen, pentru că halucinațiile sunt lucruri sau percepții care nu există în realitate. Cum se poate face însă diferența între lucruri care nu există și cele care există într-o realitate paralelă, cea spirituală, care e văzută doar de câțiva? Inițiații știau că substanțele astea, inclusiv tămâia, îți deschideau mintea către o realitate paralelă, cea spirituală, unde existau demonii și îngerii, iar ultima avea prin propria ei natură vibrație înaltă la ardere, capacitatea de a curăța conștiințele de gânduri urâte. Somnul din biserică era de cele mai multe ori mai binefăcător pentru psihicul uman decât electroșocurile. Ajuns în mânăstire, Daniel îi lăsase pe ceilalți la dormitor și se întorsese să asculte vecernia. Fusese văzut de fratele Costi care se așezase lângă el.

– Vrei să vezi cum și ce se întâmplă în biserică în timpul slujbei? îl întrebă.

– Adică?...

– Să vezi cum se deschid cerurile și se văd cetele de îngeri, Maica și sfinții, iar în mijloc cum stă Dumnezeu Tatăl?

Puțin surprins inițial, Daniel se întrebă fără să vrea care este șpilul. Încă nu știa unde vrea să ajungă.

– Uite, îți dau ceva care să-ți deschidă ochii sufletului și ai să vezi minunățiile cerului! spuse scoțând din buzunar un flacon.

– Ce este? îl întrebă.

– Ei, secret! Ia doar și ai să simți efectul! îl îmbie întinzându-i flaconul.

– Haide, ia! îl îmbie din nou și aproape că îi vârî cu forța în mână o pastilă de nu-știu-ce.

„Ce-ar fi să iau?", se întrebă. La o adică putea să se ducă la ăia de la antidrog și să le-o dea ca să știe ce comercializau.

– Ce faci, nu o iei?

– Nu acum, mai târziu, că nu mai are când să-și facă efectul.

Înainte să apuce să reacționeze, individul i-o luă însă din mână.

– Ți-o dau numai dacă o iei în fața mea! îi mai spuse parcă ghicindu-i gândurile.

„Cine mai e aici?", îl auzi spunând pe o voce schimbată.

– Cum cine? îl întrebă mirat Daniel. Suntem numai noi doi! îi mai spuse uitându-se împrejur. Însă fratele se ridicase și plecase grăbit de parcă îl fugărea cineva. Daniel rămăsese singur și ascultă sfârșitul slujbei gândindu-se la ceea ce tocmai se întâmplase. Simțea ocrotirea cuiva, însă nu știa că cel care se gândea în acel moment la el era tocmai părintele.

„Ce să mă fac cu copilul aista?", se întreba părintele. Era clar că avea darul de a intra în tot ce era mai rău. „Unde-i rău, hop și Daniel al meu!" Dacă supraviețuise până la vârsta asta, însemna că avea un înger puternic. Călugăria și preoția îl împiedicau să ia o atitudine împotriva neregulilor care se întâmplau în mânăstire, așa că singurul lucru de care se putea folosi era darul lui de a ieși din trup. Nu luptase și nu se rugase pentru vreun dar, ci făcuse totul din iubire de Dumnezeu și pentru oameni. Pe măsură ce te curățai, ajungeai să le primești. După cum te lumina Dumnezeu, veneau și darurile. Vindecările miraculoase, scoaterea demonilor, de a ieși în duh, dar mai ales acela de a deosebi binele de rău erau cununile care soseau pe capetele celor curați, deveniți între timp ca îngerii prin intermediul cărora se îndeplinea voința divină pe pământ.

La dormitor, Costi, băiatul bolnav, stătea apatic într-un colț. Nu mai era violent, privea însă în gol, absent la tot ce era în jur. Ceilalți, care mai de care, citeau rugăciuni din cărțile primite. Între ei își făcu apariția și un călugăr. Îl mai văzuseră pe la părintele prin chilie și se știa despre el că era unul dintre fiii lui duhovnicești.

Tânăr, cu o barbă rară și niște haine nu tocmai curate, lăsate așa special pentru ceea ce se numea în călugărie smerenia exterioară, se așeză și el între oamenii care se aflau în sala de mese a dormitorului comun. Fusese dat afară din mânăstire de starețul de acolo, când îi spusese de niște nereguli care se produceau în comunitatea lor. Chiolhanuri, câțiva ucenici pe care starețul îi creștea pentru a-i folosi în treburile murdare, femeile aduse noaptea pentru „încercarea fecioriei" chipurile, toate astea îl scârbiseră pe tânărul călugăr care nu rezistase și îi spuse adevărul în față.

„În vremurile din urmă dracul va propovădui din ușile altarului!", obișnuia părintele să le spună, încercând să-i avertizeze cu privire la lupii în haine preoțești care ajunseseră sclavii banilor.

Pentru construcția unei biserici cheltuise mai puțini bani decât îi ceruse la un moment dat un episcop ca să o sfințească! Ce mai putea zice? Iar tu, ca preot mai mic în grad, erai nevoit să-i arăți respectul cuvenit, sărutându-i mâna chiar dacă nu merita. Pentru ce lăsase Dumnezeu asta? Pentru smerenia lor? I se părea urât, aproape ipocrit, dar legea era lege și a o încălca însemna să iasă de sub biserică și era ultimul lucru pe care și-l dorea. Pe ușă își făcu apariția și Ionuț. Nimeni nu-i observase lipsa. Avea părul ud și le spuse râzând:

– E o apă caldă și atât de frumos afară că nu-ți vine să mai ieși din ea. Mi-era cald.

Speriați, cei din jur îl întrebară:

– Nu ți-e frică? Dacă te înecai?

– Știu să înot și apoi de-abia la vreo douăzeci de metri de mal e apa mai adâncă. Până acolo nici nu poți înota.

Se așeză și el pe o băncuță și își trecu mâna prin părul ud. Chipul îi strălucea de încântare, de parcă era un copil care tocmai primise o jucărie nouă. La o adică, ce să îi mai spună atâta timp cât faptul era consumat! Daniel ieși afară urmat de călugăr. Se așezară în fața dormitorului privind peisajul care se deschidea în fața lor. Deși aproape noapte, luna plină permitea să se vadă până pe malul celălalt al lacului.

– Mi-ar plăcea să fiu Ilie! gândi Daniel cu voce tare.

– De ce? întrebă surprins călugărul.

– Aș goni norii cu carul de foc și i-aș face să trăsnească exact deasupra lacului ca să plouă, să se mai răcorească puțin.

– N-ai nevoie de asta; orice om care capătă darul duhului sfânt e mai presus de Ilie!

Daniel rămase gânditor. „Ce înseamnă asta?"

– Adică preoții?

– Da, preoții! îi spuse călugărul.

– Dar marea majoritate nu pot nimic, d-apoi să mai facă să și plouă!

– Nu-i judeca tu! Prin hirotonisire, capătă putință, iar prin curățenie, puterea și cunoașterea.

– L-am auzit pe părintele odată spunând că în vremurile din urmă vor fi oameni care o să ia locul preoților, alții pe al episcopilor, ce înseamnă asta?

– Simplu. Credința lor va fi atât de mare și dorința lor de a face bine celor din jur încât peste ei va coborî duhul sfânt, astfel că pentru ce vor fi făcut, datoria preoților și episcopilor nevrednici, le vor lua locurile la judecata Cea din Urmă. Vor fi îmbrăcați în haine albe purtând însemnele preoților creștini, crucea, pe Maica și pruncul și pe Iisus Hristos. De ce nu te faci preot? Ai chemare, îți plac oamenii și am înțeles că vei fi și medic. E combinația ideală.

– Mi-a trecut și mie prin minte, dar să văd cum fac, nu prea am timp. Poate la fără frecvență.

– Nu, la fără frecvență nu merită. La zi ai cel puțin ocazia să-i cunoști pe ceilalți viitori preoți. Care, ce, cum văd lumea. Până la urmă care dintre voi va citi psaltirea pentru bolnav? reveni el la problema pentru care se aflau de fapt aici.

– Păi, cred că eu. În fond și la urma urmei eu l-am adus aici. Cât trebuie să citesc?

– Toată!

– Toate cele douăzeci de catisme? O să-mi ia vreo patru ore, spuse puțin dezamăgit. „Îți ia al naibii de mult timp să faci bine!", își spuse cu ciudă.

– Ei, nu te mai speria așa. Sunt călugări care o știu pe de rost și o spun zilnic și nu se mai supără așa.

– De ce psaltirea? îl întrebă în cele din urmă.

– A fost inspirată de la Duhul Sfânt lui David. În Scriptură se spune că Saul avea crize de furie în care era în stare să omoare oameni și nu se putea liniști decât dacă îi cânta David psalmii la harpă! În orice caz, ei reprezintă sabia călugărilor împotriva gândurilor, ispitelor de orice fel, a demonului, în general. Când este citită, se aude până în iad, iar cel care o citește capătă ispită dacă nu are binecuvântare de la preotul lui duhovnic. Cred că e timpul, nu?

– Mda, să intrăm înăuntru.

În dormitor era liniște, care mai de care se aciuiaseră pe câte o bancă din sala de mese, încercând să doarmă, până și Costi, deși transpirat și având un somn neliniștit.

Călugărul se așeză și el pe o bancă, iar Daniel luă o psaltire și niște lumânări și se așeză în genunchi sub icoana care străjuia la capătul mesei, acolo unde în mod normal venea, ca să mănânce și să binecuvânteze mâncarea, un preot sau însuși starețul mânăstirii.

Se puse pe citit. Mergea greu, tot felul de gânduri îi treceau prin cap, ba că nu are rost ce face, ba că e o prostie. La un moment dat, simți cum i se lasă pleoapele și îi cade capul în piept. Simți un ghiont care îl readuse la starea de trezire. Uitându-se în jur nu văzu pe nimeni, toți dormeau duși. Cu greu reuși să citească primele zece catisme; simți, fără să știe de ce, că era de ajuns, că misiunea lui se terminase. Puse cartea deoparte și se întinse pe bănci. Parcă niciodată nu se simțise mai bine. Deși obosit, adormi cu o senzație de împlinire pe care nu o mai simțise încă.

Răsărise soarele când deschise ochii, călugărul dispăruse, ceilalți se învârteau de colo-colo îndreptându-se spre biserică sau spre chilia părintelui. Se făcea o slujbă înainte de a pleca la Liturghie, singura slujbă la care participa părintele. Dată fiind bătrânețea, era scutit de serviciul religios care cădea în sarcina preoților mai tineri. Daniel se uită la ceas. Trebuia să se grăbească! Astăzi avea și examen de anatomie, iar profesorul, unul exigent de altfel, nu i-ar fi acceptat întârzierea. Se duse însă cu toată lumea la părintele.

Bătrânul nu închisese un ochi toată noaptea. Se rugase la rândul lui în liniște și îl supraveghease și pe băiatul ăsta pe care îl primise în grijă. Începu slujba ca de obicei și la sfârșit făcu și rugăciune de călătorie pentru cei care plecau și de ajutor la școală. Dădu binecuvântarea și la sfârșit se apropie de bolnav. Îi puse mâna pe cap și lăsă deschisă poarta palmei. Costi fu scuturat de un spasm, care pentru cineva care ar fi fost atent s-ar fi văzut cum i se transmite părintelui. Glasul i se înăbuși puțin, iar fizionomia i se schimbă de parcă cineva ar fi îmbrăcat o haină prea strâmtă pentru el. Cu glasul tremurând, mai binecuvântă pe câțiva care rămăseseră la urmă și plecă grăbit ca niciodată spre biserică.

Daniel observase schimbarea, dar nu avu timp să o analizeze prea mult, trebuia să plece și îl luă cu el și pe Ionuț ca să-l ducă înapoi la ospiciu, apoi să se prezinte la examen. Părintele urcă grăbit o pantă mică spre altarul bisericii. Parcă niciodată nu se simțise atât de vulnerabil și nu i se păruse mai lung drumul. Răul din el îl durea efectiv, trezea în el toate durerile pe care i le adusese vârsta, dar nu numai atât, i le și amplifica. Căpătă fără să vrea o alură rigidă, iar oamenii observaseră paloarea îngrijorându-se. Ce să le spună, aproape că nici nu mai avea răbdare să-i asculte, nu înțelegeau că scăparea, locul unde trebuia să ajungă, era biserica, Altarul, Cerul.

Slujba începuse. Totul deveni cumplit, cel puțin senzația pe care o simțise în momentul deschiderii cerului și care nu era a lui, ci a celui pe care îl închisese în el. Simțea ceea ce vedea și simțea răul la vederea cerului: furie, ură, frustare pentru că fusese alungat de acolo. Totul dură însă până în momentul în care apăru chipul lui Dumnezeu, Dumnezeu Tatăl, Cel care dăduse viață întregii lumi materiale și spirituale. Pe un tron al cărui spătar era format din trei triunghiuri de lumină, fiecare având putere și o lumino-zitate aparte, stătea Ființa Supremă.

Nici chiar el nu crezuse în persoana divină. La început, când era copil, credea în ceva de acolo sus care avea grijă de tot, dar nu și-L putuse închipui. Reprezentările de pe icoane le socotise niște simple născociri ale oamenilor. Îi fusese arătat de un înger, mai demult. Era un tânăr preot de țară, avea deja cinci copii, când, vrând să facă ce era bine pentru satul unde avea parohia, construise o biserică și nu una oricum, ci care rivaliza în mărime și frumusețe cu mânăstirile din Bucovina. Asta pe vremea când bisericile se dărâmau!

O supărase pe Elena Ceaușescu, care dăduse ordin să fie arestat, iar el fu nevoit să se ascundă. Stătuse ani de zile în podul casei sau în biserică răbdând de frig și de foame. Ba odată veniseră și în pod să îl caute și trecuseră pe lângă el fără să-l vadă. În perioada aceea a avut cea mai mare înălțare spirituală. Un înger venea pe la el și îl lua în duh. Văzuse iadul, văzuse raiul, aflase ce așteaptă Dum-nezeu de la el și în momentul în care venise sorocul soției să plece în lumea de dincolo luase drumul călugăriei. Ceea ce trebuia să facă acum i se părea însă mai greu decât foamea și setea pe care o îndurase. Înainte de a se ascunde, era deja cunoscut pentru vindecările pe care le făcea și veneau oamenii din toate satele de prin împrejurimi ca să-i ajute.

Acum însă îi venea cel mai greu. Până nu simți puterea răului nu înțelegi ce înseamnă extrema. Pe măsură ce slujba se desfășura, lumina ce venea din spărtura spre cealaltă dimensiune creștea. Chiar și preoții care erau acolo își fereau privirea de părinte și nu de el, cât de răul pe care îl vedeau în el, și păreau să împrăștie din ce în ce mai multă lumină. Ei aveau ochii sufletului deschiși, treceau pe parcursul vieții prin niște probe pe care le acceptau sau nu. Lumina aceea pătrundea în cele mai ascunse unghere ale bisericii curățând conștiințele celor care stăteau și urmăreau slujba. Demonul ar fi vrut să fugă. Nu reușise însă să pună stăpânire pe trupul părintelui, așa că era obligat să stea pe loc.

„Cine l-a învins?", se auzi o voce din cer asemănătoare unui tunet. În lumină apăru smerit părintele cu capul plecat:

„Cu puterea Ta Doamne, robul tău!"

„Dați-i cununa!", se auzi din nou. O cunună de lumină fu purtată de câțiva îngeri în zbor către părinte și i-o așezară pe țeasta fără păr.

„Luați-i puterea demonului." Unul dintre îngeri, arhanghel, se apropie de demon care îngenunche. Sabia fulgeră în eter și capul demonului se rostogoli lângă trup. Se contopi la loc cu el, însă pierduse puterea pe care o obținuse cu greu, ispitind.

„Poți face ce vrei cu el. Ce alegi?"

„Doamne, îngăduie-mi să-l păstrez lângă mine ca să mă ajute!"

„Ești de acord să stai lângă el și să-i îndeplinești orice îți va cere?"

„Da!", răspunse demonul.

„Pedeapsa pentru neascultare este pustiul pentru veșnicie!"

„Știu, ascult și mă supun!", răspunse cu frică auzind pedeapsa. Nu-și putea întoarce fața de la Dumnezeu. Se spune că cea mai mare credință o au demonii care pot vedea divinitatea tot timpul dacă vor.

În lumină apăru însuși Hristos, îmbrăcat în alb, cu mâinile sângerânde și cu o pată de sânge în regiunea coastei drepte. Se apropie de părinte și îi sărută ambii obraji spunându-i: „Mulțumesc că ai ascultat de cuvintele Mele!" Se uită la el cu blândețe și plecă. Apăru Maica Domnului având în spatele ei un alai format din fecioare ce aveau pe pieptul hainelor cruci aurii. Venise rândul Sfinților să-l întâmpine cu bucurie.

Din păcate, civilizația făcuse să dispară momentele astea. În confortul și plăcerile lor oamenii uitaseră de Dumnezeu, în fond de cel care le dăduse totul.

În curând slujba se termină, cerul se închise și în lumina astrală mai rămăseseră câteva lucruri care luminau discret: icoanele, Sfânta Împărtășanie și moaștele Sfântului, pentru cei care vedeau. Părintele continuase slujba mașinal. Trupul lui își făcea serviciul pe pământ în timp ce trăia cu sufletul în cer. De serviciul lui aveau grijă îngerii. Din biserică, prin poarta altarului, grupul de copii îl urmăriseră discret. Bolnavul își revenise și încercase să înțeleagă ceva din slujbă. Greu, ca și cum ar trebui să vezi un film într-o limbă necunoscută, legat la ochi!

Cristi, celălalt student la Medicină, privea la bătrân încercând să înțeleagă cum scăpase Costi de rău. Mai mult, simțise ce se întâmplase, iar acum aștepta să iasă părintele de la Liturghie ca să îi dea binecuvântarea. Atingerea părintelui care ieșea luminos la față îi dădea aceeași senzație ca atunci când se împărtășea! Preoții începură să iasă din altar trecând printre oameni și punând mâinile pe cei bolnavi. Niște palide reproduceri ale ucenicilor lui Hristos din vechime. Nu puteau să vindece o durere de cap!

Unul dintre ei se apropie de Cristi și îi făcu semn să-l urmeze. Fără să vrea, Cristi îl urmă. Aproape că îl deranjă că nu i se putu împotrivi. Îl urmă pe preot până în chilia lui. Nu-i plăcea de el.

Toată ființa lui era respingătoare. Era unul dintre cei care deschidea cartea pe bani la creștinii veniți să caute călăuzire. Ba auzise că mai făcea și altele. Se spunea că botează din nou, și numai femei. Dacă se putea să fie tinere era perfect! De parcă un botez nu ar fi fost de-ajuns! Nici una nici cealaltă nu erau recunoscute de Biserica Ortodoxă. Dar, cunoscută ca fiind tolerantă, și în bine, și în rău, nu se lua atitudine față de practicile astea, care țineau mai mult de magie decât de o slujbă divină! Or, preotul ăsta făcea tot felul de lucruri, scotea părticele pentru dușmanii oamenilor, ducând până la urmă la moartea celor invocați, ba odată chiar folosise Sfânta Împărtășanie pentru a se răzbuna pe părinte. Obiceiul de a se împărtăși înainte de Liturghie făcuse să fie aproape fatal pentru cel care azi căpătase cununa sfinților! Odată cu coborârea energiei divine, a focului în pâinea și vinul din altar, era de ajuns să bagi un singur gând rău de răzbunare și tot ce era bun se transforma în otravă pentru cel care era numit. Stătuse între viață și moarte trei zile și cel care-l salvase fusese tot Hristos.

Ajunse într-o chilie mică și murdară și în cele din urmă se așezară pe două scaune. Cristi observă că, spre deosebire de preoții pe care îi cunoștea și care pentru a te descărca de răul pe care îl duceai în spate se așezau în așa fel ca tu să fii cu spatele la răsărit, pentru ca răul să fugă din tine la el și să te poată ajuta, acesta îl așezase invers.

„Ce vrea și ăsta, să-i duc eu păcatele lui?", se întrebă. Sau, mai grav, voia să afle mai multe decât știe despre el?

– Te-am tot văzut pe la slujbe, ești foarte credincios! îi spuse mieros.

– Nu mai mult decât alții! îi spuse Cristi.

– De ce vii tocmai aici, nu sunt destule biserici în oraș, ești din București, nu?

– Vreau să aflu mai multe...

– Ce te interesează atât de mult încât să bați drumul ăsta?

– Adevărul! îi răspunse Cristi.

– Adevărul? Sunt atâţia care trudesc din greu de zeci de ani şi încă nu au ajuns la el şi crezi că ţi se va arăta ţie? „Un puţoi!", continuase în gând. Dar fusese atât de puternic încât băiatul îl percepu chiar dacă nu îi văzuse buzele mişcându-se. Îl sperie privirea sălbatică a călugărului.

– Nu cred că vârsta şi timpul petrecut aici îţi pot descoperi adevărul! îl înfruntă el.

– Poftim? rămase surprins preotul de rezistenţa pe care i-o opunea tânărul.

L-ar fi ars, dar simţea câmpul duşmanului său protejându-l.

– La cine vii în vizită?

– La părintele! îi răspunse.

– La el? Nu ştii că nu mai are har, că i s-a luat şi că orice copil botezat de el moare şi maşinile sfinţite de el fac accidente?

Cristi rămase stupefiat. Nici în cele mai negre previziuni ale lui nu ar fi conceput o asemenea schismă în sânul mânăstirii.

În timpul acesta părintele ieşise din altar prin lateral încercând să evite aglomeraţia. Mirenii aflaseră că iese şi îl înconjurară punându-i-se efectiv în drum pentru a căpăta binecuvântarea lui, care era ca şi cum ar fi venit de la Dumnezeu. Îi mulţumeau pentru însănătoşirea băiatului, iar el îşi cerea în gând iertare de la Dumnezeu că era atât de om încât să îi facă plăcere recunoaşterea lor. Simţi însă că ceva nu era în regulă cu unul dintre ucenicii lui, unul dintre studenţi; nu simţea unde este. Îl căută în minte şi-l găsi tocmai în chilia celui care îi purta cea mai mare ură. Nu îi făcuse nimic, simplul fapt de a fi mai căutat, mai dorit decât el îi stârnise invidia, unul dintre păcatele cele mai mari ale unui om. Nu putea face nimic împotriva lui, doar să se roage pentru el ca să îl întoarcă la Dumnezeu. Ce avea cu băiatul ăla? Încerca să-l lovească prin el văzând că altfel nu poate? Începuse să se roage şi crease un ecran între băiat şi preot, astfel încât să nu-i poată transmite nimic prin ochi. Porțile sufletului, ochii, erau răspunzători pentru multe din nenorocirile care puteau să i se întâmple cuiva.

– Mai e un băiat student și el? îl întrebă călugărul pe Cristi.

– Da, tot la Medicină ca și mine!

– Și cum voi, medicii, credeți toate prostiile astea despre exorcizări pe care cică le face ăla?

– Ceva trebuie să fie, că nu degeaba se întâmplă, nu?

– Prostii! spuse scârbit preotul. Ai prietenă?

– Mda! răspunse Cristi.

– Și, dormiți împreună? îl chestionă mai departe preotul.

– Da.

– Aveți grijă că nu vă trebuie copii tocmai acum, când învățați. A venit la mine o pereche, soț și soție, certându-se că ea rămăsese însărcinată, iar el nu știa când, că nu se atinsese de ea în postul respectiv. Erau pe punctul să se despartă când au venit la mine ca să mă întrebe ce să facă. Le-am spus să aștepte până la nașterea copilului și că o să vadă pe urmă ce vor hotărî. La nașterea copilului a fost o zi de mare bucurie că semăna leit cu taică-su, avea o pată pe corp așa cum aveau toți copiii lui, în același loc. Bineînțeles că totul a fost dat uitării. Se întâmplă ca în timpul somnului să faci fără să vrei multe lucruri, de aceea e bine pentru perechile care vor să păstreze curățenia să ceară mai întâi binecuvântare de la preot.

Simți prezența nedorită a părintelui și se enervă fără să vrea. Iar venea peste el și nu apucase să înțeleagă de ce îi primise în apropierea lui pe cei doi studenți. Oricum va afla.

– Bine! Bine! N-am vrut să te rețin prea mult. Poți să te duci! Dumnezeu să te aibă în pază!

Cristi fugi ca din pușcă. Se simțea eliberat deodată ca din chingi. Fugi în întâmpinarea părintelui ca să capete și el binecuvântarea. Apucă să îl vadă și pe Costi tocmai eliberat îngenunchind în fața lui aproape cu venerație și mâna părintelui care făcu semnul crucii pe creștet. Îl mângâie cu milă. Toate suferințele prin care trecuse îi fuseseră luate dintr-odată. Mila lui Dumnezeu se scobora asupra oamenilor prin el. Rând pe rând ceilalți oameni, bătrâni, copii, tineri își luau porția de har prin el, un biet instrument ce păstra legătura dintre Dumnezeu și om.

Părintele își continuă drumul șchiopătând ușor, parcă plutind pe brațe nevăzute de oameni, spre chilie. Zâmbea spre soare și ochii i se umplură de lacrimile recunoștinței. Ce era mai frumos decât să fii cel prin care Dumnezeu reda speranța unor năpăstuiți de lume?! Nu considera că merită darul și, tocmai de aceea, puterea harului se înzecea.

După ce-l lăsase pe Ionuț la spital, Daniel se îndreptase către locul unde se desfășura examenul. Pe drum se întâlni cu colegii lui din an care tocmai plecau.

– Ce-i cu tine? îl întrebară.

– Am întârziat, spuse simplu fără să le răspundă de ce.

– Păi am terminat examenul practic. A ieșit și ultima grupă, nici nu mai știu dacă mai e profu'! A plecat cu Volkswagen-ul lui Teo la facultate, ca să aranjeze scrisul.

Puțin dezamăgit, Daniel se îndreptă spre sala de examen de la morga spitalului, unde făceau anatomia. Acolo tocmai se strângeau mostrele de organe. Profesorul nu plecase însă. Când îl văzu, îl întrebă mirat:

– Dar cu tine ce-i?

– Am întârziat! îi spuse.

Uitându-se la ceas și văzând că venise cu trei ore mai târziu decât la ora fixată îi spuse:

– Știi ce!? Astăzi mă simt bun! Ai noroc că sunt într-o dispoziție de zile mari, așa că sunt dispus să fac o concesie și să dăm un examen împreună. Numai noi doi. Ca să treci trebuie să-mi iei peste opt. Fie, inclusiv! Dacă vrei, dacă nu te aștept în toamnă!

– Bine, spuse el, deși perspectiva de a sta toată vara pentru a învăța la anatomie nu era dintre cele mai roze.

– Părerea mea este că domnul doctor a stat până la sfârșit ca să vadă toate tipurile de teste pe care le avem și a venit în momentul în care a fost sigur că știe tot.

Așa era. Nu avea nici un sens să-l contrazică, nu l-ar fi crezut.

– Doamnă asistent, vă rog să faceți un bilet cu zece repere diferite față de toate celelalte. Am să vi le numesc eu. Dumneavoastră o să le fixați pe cadavru pe măsură ce vi le spun. Domnule doctor, așteptați puțin afară până aranjăm noi examenul și, când e gata, vă chemăm.

Daniel ieși din încăperea unde se desfășura proba rugându-se în gând să fie bine. Nu dură mult și fu chemat înăuntru. Primi o hârtie pe care era scris deja numele lui, grupa, anul, și pe care erau numerotate de la unu la zece niște spații goale pe care el trebuia să le umple. Se duse lângă cadavru și începu să noteze ce recunoștea.

Fiecare număr era legat fie de un mușchi, fie de un nerv sau o arteră. Erau însă câteva care nici Dumnezeu nu putea să le mai recunoască. Văzuse câțiva colegi care, având dificultăți în recunoașterea lor, preferaseră să le smulgă. Plus că trupul era atât de uscat că nu mai puteai deosebi venele de nervi. Se hotărî să pună la întâmplare în funcție de ce se putea să se afle la acel nivel. Asistenta, o doctoriță tânără și pe undeva mai de partea studenților, privea peste umărul lui. O văzu zâmbind și făcându-i semn că totul era OK. Venea rândul întrebării care conta destul la nota practicului.

– Ce e asta? îl întrebă arătându-i vârful bărbiei.

Sincer, habar nu avea.

– Nu știu! recunoscu după câteva secunde.

Ce să te mai ascunzi, era simplu, ori știai, ori nu.

– Cum naiba de nu a știut nimeni dintr-un an? se întrebă retoric profesorul, uitându-se mustrător la asistenți. Bine, domnule doctor, ați trecut, aveți opt. Vă așteptăm la examenul scris. Sper să ajungeți la timp măcar acolo.

Daniel o luă efectiv la fugă, trebuia să ajungă în capătul celălalt al Bucureştiului cu mijloacele de transport în comun, în timp ce staff-ul profesoral venea cu maşinile. Metroul sosi ca niciodată, timpul se scurtase de parcă se dilatase în eter, aşa că atunci când ajunse profesorul tocmai îşi deschidea geanta cu testele.

– Oh, dacă a sosit şi domnul doctor, putem începe examenul! le spuse studenţilor, care se întorseseră râzând spre Daniel. Trecuse hopul examenului practic care era eliminatoriu, acum rămânea scrisul, teste grilă care aveau avantajul că-ţi mai puteai aduce aminte chiar dacă nu ştiai tot sau puteai să-ţi mai dai seama din context de validitatea întrebărilor şi răspunsurilor.

Începură să se împartă testele. Porniseră de la capetele din lateral ale sălii. Daniel ajunsese cumva în centrul sălii. Se produse la un moment dat o busculadă din cauza căderii unei genţi care îl făcuse pe profesor să fie suspicios în ceea ce priveşte corectitudinea unor studenţi la examen, aşa că începu să ţipe ca toate genţile să fie strânse la capăt de rând. Ordinele începură să se bată cap în cap, asistenţii vrând să facă şi ei ceva, mai mult încurcară totul, astfel că, în momentul în care fu reluată împărţirea lucrărilor, nimeni nu mai ţinu seama de numerele pe care le dăduse acolo.

Daniel şi încă patru colegi şi colege din apropiere primiră acelaşi număr de test. Iniţial şuşotiră dacă să spună sau nu, dar nimeni nu putea refuza să scape de un examen atât de greu prin pleaşca care tocmai le căzuse. Făcură lucrarea în comun, convenind ca niciunul să nu facă perfect ca să nu bată la ochi şi schimbând răspunsurile pe ici, pe colo. Şi dintr-o sperietoare, examenul de anatomie ajunsese unul dintre cele mai uşoare pe care le dăduse în timpul facultăţii!

Şi totuşi fusese obosit. Poate nu tocmai din cauza examenului, dar când ajunsese acasă dormise ca plumbul până a doua zi, luni, aproape douăzeci de ore.

9.

CONTRABANDA CU ȚIGĂRI

Se integrase, putea spune perfect, mediului. Nici că se mai gândea la viața de dinainte, pe părinți nu-i mai vedea decât foarte rar și asta mai mult din cauza lui taică-su care își dăduse seama că trecuse de partea cealaltă a societății și aproape că îi spusese să nu îi mai calce pragul. Nu se mai gândea la ei. Niște oameni acolo, care cine știe cum fuseseră aleși să-i fie părinți. Poate că nici măcar decizia asta nu îi aparținuse de undeva de dincolo.

Urcase suficient de mult ca să își rupă gâtul dacă se întâmpla să cadă. Ba fuseseră câteva momente care făcuseră să îi crească acțiunile. La început, când fusese trimis întâia oară la o recuperare, nu era mult, douăzeci de mii de parai, din care un sfert le reveneau lor, celor care îi recuperau, îl ajutase acel ceva al lui.

Ajunși la invidivul respectiv acasă, un tip care avea patima jocului de cărți, pierzându-și nopțile și banii pe la cazinouri, constatase că trăia cu mult peste nivelul omului de rând: mașina, un Merțan, vila cu piscină. Se înglodase însă în datorii până peste cap. Trecuse și Ștefan prin cazinou, dar nu îl prinsese virusul. Reușise să îi vadă însă pe cei care frecventau mesele de joc. Citise disperarea din ochii lor când pierdeau, încăpățânarea cu care stăteau la masă o noapte întreagă în speranța câștigului; nici nu respirau.

Intrase în atmosfera aceea mai mult din curiozitate. Altfel o privești din interior. Se apropiase chiar și de fetele de acolo. Ospătărițele și bodyguarzii îl acceptaseră chiar dacă nu făcea parte din lumea lor. Habar nu avea dacă realizau cu ce se ocupa. Juca puțin, nu se omora cu băutul, nici nu abuza de statutul de client precum ceilalți. Fiecare cazinou dicta propria politică fiind ca un stat în stat. Aveau în comun doar un singur lucru: patronii erau evrei. În rest, salariile celor care lucrau în ele erau la fel de mizere ca în întreaga economie. Cine să creadă că la Cazinoul Victoria o fată care servea cu încă o colegă peste două sute de oameni pe noapte avea salariul de un milion de lei? Că băieții de la pază aveau peste două și ceva și fuseseră selecționați prin lupta directă în ring? Fuseseră angajați cei care rămăseseră în picioare! Cine să creadă că nu li se mărise salariul de patru ani, că li se spunea tot timpul că merg în pierdere, chit că încasările nu încăpeau în seif și contabilii erau nevoiți să ducă banii cu gențile acasă? Ironia sorții făcea ca un imobil care aparținuse pe timpul războiului Gestapoului să se fi întors acum sub aripa protectoare evreiască pentru a-i ajuta să spele bani, deși zidurile mai țipau încă durerea celor torturați aici. Că șpaga pe care o câștigau crupierii și ospătarii revenea cazinoului și că li se cerea chiar o normă de șpagă, altfel erau dați afară...

Piața de muncă oferea atât de puține locuri încât erau mulți cei care de abia așteptau să le ia locul. Șpaga, care oricum scăpa contabilității, era folosită la tombole și la forme de atras clienții, ba mai nou, pentru a face totul pentru client, Cazinoul Victoria pusese pe liber tot personalul de la recepție până la ultima picoliță și angajase în loc prostituate profesioniste, de acelea cu pești cu condicuță. Fuseseră școlite la Viena și începuseră serviciul. Pe lângă salariul pe care îl luau ca și ospătărițe câștigau bani frumoși și pentru serviciile pe care le făceau clienților în toaleta Cazinoului. Cum de se accepta așa ceva? Păi cine avea acces aici, dacă nu cei cu bani? Și cine putea să îi ferească mai bine de rău decât poliția și garda financiară? În fond, toți cei cu bani își aleseseră un tip care fusese șef de circă al uneia din secțiile de poliție ale Bucureștiului și el trăgea sforile în așa fel încât ieșeau cu fața curată de fiecare dată. Până și banii le erau dați pe două instituții: pe cazinou și pe teatru, astfel că impozitul era diferit. Într-un fel se impozitează activitățile culturale, altfel jocurile de noroc. Iar banii luau frumos drumul altor buzunare. Ce era de mirare într-o țară în care oricum totul mergea prost?!

Individul era singur în casă. Nebărbierit și șleampăt, era o palidă reflexie a ceea ce devenea seara când se ducea prin cazinouri.

– Spuneți-i că nu am! Îi dau totul într-o săptămână! le spuse încheind discuția.

Ștefan rămase puțin locului. Fusese atenționat că așa face și că îl duce pe Capone cu zăhărelul de câteva luni. Trebuia speriat bine ca să vină cu banii!

„Minte!", îi spuse vocea. Ștefan rămase locului. Apoi se apropie de el și îi spuse liniștit:

– Minți!

Era rândul bărbatului să fie surprins.

– Nuuu! Efectiv nu am niciun ban, îi spuse și fără să vrea aruncă privirea spre alt colț al camerei, în care erau câteva rafturi cu cărți. Ștefan se întorsese spre locul respectiv și se îndreptă spre cărți. Simți efectiv frica pe care o transmitea prin toți porii individul respectiv. „Cum am să găsesc însă cartea?", se întreba. Privirea îi fu atrasă de una dintre ele. Nu avea niciun motiv să o aleagă pe asta și totuși ridică mâna și o luă. Deschizând-o, din ea începu să zboare bancnote de 100 de dolari. Se întoarse către tip privindu-l întrebător. Tipul se schimbase la față și transpira abundent. Nu își mai găsea cuvintele să vorbească. Fuseseră trimise mai multe echipaje și pe rând îi păcălise pe toți. Promitea că îi dă, dispărea apoi câteva săptămâni. Băieții cu care venise începură să îi ridice de pe jos.

– Câți sunt? îi întrebă fără să îl scape din ochi pe tip.

– Treizeci de mii, îi spuse unul dintre ei.

– Fii atent! îi spuse bărbatului. Ai să ne dai douăzeci, dar îți iau douăzeci și cinci, pentru că ai mințit. Îți dau înapoi cinci pentru că nu ai să mai poți juca o perioadă. Îl lovi scurt în plex atât cât să îl facă să cadă în genunchi. Stătea în patru labe fără să poată respira; îl călcă cu marginea tocului pe degetele mâinii drepte; oasele se frânseră ca niște surcele.

– Nu îți iau banii pentru mine, îi las într-un cont cu o anumită parolă și îi va primi cel care îți va lua capul dacă spui ceva din ce s-a întâmplat acum. Asta va fi la sfârșit, pentru că până atunci voi avea grijă să îți vezi nevasta și copiii violați și uciși. O să am grijă să primești caseta cu înregistrarea lor ca să poți să o privești atâta timp cât vei mai fi în viață.

Plecaseră lăsându-l în genunchi, ținându-și în mâna stângă cealaltă mână zdrobită, care începuse să-i tremure de durere! Făcea eforturi disperate să nu țipe sau să plângă.

– De unde ai știut? întrebase unul dintre băieții cu care făcea echipaj.

– Mi-a șoptit o păsărică! le răspunsese.

Faima despre flerul deosebit apăruse mai târziu. Trebuia să transporte peste graniță douăzeci de litri de mercur, o parte alb, folosit la separarea aurului, și o parte roșu, utilizat la bombele artizanale. Ajungeau până prin Irlanda și, chiar dacă folosea la ucis oameni, nici că îi păsa. Pentru simplul motiv că era de partea IRA.

În fond, englezii fuseseră nici mai mult, nici mai puțin decât un neam de degenerați care se omorâseră care mai de care între ei în tot soiul de comploturi și care, în setea lor de sânge și de aur, cotropiseră triburile saxone. Ultimii blonzi cu ochii albaștri păreau mai degrabă rudele apropiate ale dacilor și, așa, mai aproape de sufletul lui. Supraveghease îndeaproape modul cum fusese amplasat mercurul, în niște rezervoare sudate în interiorul mașinii, care fusese desfăcută aproape în bucăți. În ultimul moment se sucise.

Ceilalți încercară să îl convingă că e bine să meargă acum:

– Haide, azi avem aranjat tot la vamă, băieții care vin dincolo de la sârbi...

– Cred că ar fi bine să o lăsăm pe altădată.

– Nu se poate, dacă am zis că azi, azi mergem.

– Treaba voastră! Eu unul nu merg!

Plecaseră. Ghinionul a fost că în ziua respectivă când au vrut să treacă venise un control inopinat de la Direcția Vămilor. Nu știuseră de el nici măcar șefii de la județ, că ar fi aflat și ei. Aveau urechi peste tot, dar la capitală nu. Li se păruse suspect faptul că erau trei inși și că aveau prea puține bagaje. Se găsise unul care să ciocănească portierele și pragurile și descoperise că sunau altfel decât normal. Le trebuiseră cinci minute ca să desfacă mașina bucățele și să găsească mercurul. Îi arestaseră pe loc și confiscaseră marfa. Trafic și deținere de substanțe interzise. Și nu mai putuse să îi scape nimeni pentru că afacerea fusese făcută publică.

Faptul că scăpase ca prin urechile acului și că decizia îi aparținuse lui și nu întâmplării, făcuse ca restul să se uite la el puțin altfel. De aici până la mitul că era intangibil mai era un pas. Nu îi displăcea chestia asta, mai ales că cele mai sensibile erau tot femeile, în ale căror grații intra și mai mult. Era bine, cel puțin îi dispărea acea stare de neliniște care îl apuca în unele momente. Începea fără să vrea să se plimbe prin cameră ca un leu în cușcă și în minte nu îi venea decât gândul: „Femei! Femei! Vreau femei!" Era de ajuns să își satisfacă necesitatea pentru a se calma. Devenea la fel de calm și de stăpân pe sine ca înainte. Faptul că scăpase ca prin urechile acului de închisoare îl făcuse să se gândească la posibilitatea de a fi arestat și privat de plăcerea de a avea femei. Îl scuturase un fior.

Acum primise o altă însărcinare. Nu era obligat să accepte orice și asta îi convenea. I se respectase libertatea de a decide. Nu era în armată ca să asculte orbește, era plătit să facă o treabă, dacă nu era el se găsea altul. Și aici exista concurența. Era totuși preferat în afaceri în care reușita trebuie să fie aproape sigură, în care se puteau pierde mulți bani și asta îi convenea, dar apărea și riscul de a fi prins. Cei mari oricum nu se băgau și dacă pierdeau o sută de mii de parai într-o parte câștigau triplu din alte cinci părți. Ei oricum nu ieșeau în minus. El însă, care nu avea încă nivelul lor, dacă risca, își pierdea libertatea. Aici interveneau riscurile calculate. Trebuia să aducă din Constanța la București un camion, un tir, și să îl treacă de toate filtrele dacă era nevoie. Primea destul ca să își ia o casă. Exact ce era în camion nu știa. Avea cică acte în regulă, fusese încărcat cu o noapte în urmă în port și el trebuia să îl ia de la vamă până la un depozit de la periferia Bucureștiului. De acolo înțelesese că trebuie să plece mai departe. Unde? Dumnezeu știe!

Se hotărî să stea cu șoferul de pe camion. Era mai mare riscul, dar cel puțin urma să aibă mai multă libertate de acțiune. Trimise băieții lui cu mașina să stea la cinci minute în fața camionului ca să-i comunice orice ar fi intervenit în timpul deplasării. Ieșiseră cu bine din oraș. Aleseseră să nu folosească autostrada. Odată intrat pe ea, nu mai puteai face stânga-dreapta. Prima sută de kilometri mersese șnur. De parcă le-ar fi deschis Dumnezeu drumul, apoi veni însă apelul de la unul dintre băieți.

– Ștefane, avem un baraj aici. Un echipaj de poliție care supraveghează traficul.

– Oprește pe cineva?

– Nu, nu oprește pe nimeni! îi comunică.

„Nasol!", gândi. Dacă oprea, indiferent pe cine, era bine. Însemna că era un control de rutină. Faptul că se limitau în a supraveghea traficul deschidea posibilitatea să fi așteptat un pește mai mare. Puteau fi chiar ei!

– Accelerează! Treci pe lângă ei cu 120, să le zbori chipiurile! îi spuse.

– Și dacă vine după mine, ce fac?

– Oprești și spui că nu l-ai văzut, defectează-ți și tu vitezometrul, îl minți că ai pisica bolnavă, nu știu!

– Bine, șefule!

Ei opriră camionul pe margine și aprinseră luminile de avarie. Pentru a fi convingători, lăsară cabina peste cap. Minutele treceau greu așteptând telefonul de la băieți, care în cele din urmă veni:

– Nu au pornit după noi! Am depășit 130 și nici peste un altul nu am dat.

Era clar, pe undeva transpirase ceva și erau așteptați.

„La naiba!"

Și dacă erau droguri în camion aveau să fie ascunși și el, și șoferul mult timp. Își dădu seama că ceva pute, dar nu le spuse nimic. Era foarte calm pentru căcatul în care erau. Dacă fuseseră urmăriți de dinainte de a ajunge în port, îi așteptau, erau deja fotografiați, catalogați. În fond nimeni nu putea dovedi că știa ce era înăuntru și pe bune că nu știa. Pe acte avea cică piei pentru industria ușoară aduse din Argentina! Dar piei din frunze de coca!

Trebuia să gândească repede.

– Veniți înapoi atât cât să puteți supraveghea caralii și așteptați să vă sun. Dacă se mișcă numai și vreau să-mi spuneți. Dacă respiră, auziți? țipă aproape la ei.

Luă atlasul unde erau trecute cele mai nasoale drumuri din țară și găsi la un moment dat un drum care trecea printr-o pădure. Era un drum de țară, dar nu avea încotro. Putea alege o rută care să treacă printr-un alt oraș mare astfel încât să nu se gândească că sunt pe acolo. Dar care? Și dacă erau urmăriți nu înseamnă că nu aveau și o coadă care mersese în urma lor tot drumul și care de abia aștepta să ajungă la depozit în București. Ce balamuc ar fi ieșit! Era atâta marfă de contrabandă acolo încât nici măcar nu ar fi avut unde să o pună. Și toată cu acte în regulă! Se uită în spate ca să vadă dacă era ceva care să-i descopere pe eventualii urmăritori. O Dacie albă staționa la câțiva zeci de metri în urma lor. Lângă ea nu se vedea nimeni, semn că ocupanții ori erau în mașină, ori ieșiseră. Oare erau ei?

Puseră cabina la loc, porniră motorul și îi sună pe băieți.

– Fiţi atenţi! Vreau să vă întoarceţi. Oricum, dacă suprave-
ghează doar ce vine dinspre Constanţa, nu au vreme de voi. În
spatele nostru este o Dacie albă care stă pe marginea drumului.
S-ar putea să fie filajul. Fiţi atenţi, dacă vine după noi. Îi iau nu-
mărul după ce plecăm. Trebuie să ne piardă urma. N-am de gând
să-mi schimb domiciliul.

Norocul lor că până în echipajul de poliţie mai erau câteva
intersecţii, dintre care câteva cu drumuri naţionale. Nu puteau
întoarce namila aia, aşa că nu aveau altceva de făcut decât să meargă
înainte. Se uită în oglinda retrovizoare şi văzu maşina albă pornind
şi ea la drum. Pe ei îi vânau. Ce neşansă!

Îi sună pe băieţii lui:

– Sunt băieţii de la galeră! şi le închise.

Văzu BMW-ul trecând pe lângă camion, intrând pe contrasens
şi, înainte ca pasagerii din Dacia să poată reacţiona, lovindu-i într-o
parte. Dacia, făcută special pentru filaj, cu motor de doi litri, sări
ca un popic de pe drum şi se opri în şanţ. BMW-ul nu avea decât
partea din stânga distrusă, după cum acroşase Dacia. Tabla groasă
îi ferise de şocul pe care îl resimţiseră ocupanţii Daciei, doi bărbaţi
până în treizeci de ani, aflaţi în stare de şoc. Nu erau răniţi, dar le
trebuiră câteva minute până să realizeze ce se întâmplă cu ei.

Urmărirea se terminase. Nici măcar nu văzuseră de unde sunt
loviţi şi nu îi recunoscuseră pe cei doi pentru simplul motiv că,
atât timp cât camionul fusese în vamă, ei aşteptaseră afară. Nu
aveau nici cel mai mic indiciu că ar fi fost implicaţi. Şi chiar dacă
ar fi avut, ce le-ar fi putut face? Scăpase şoferul controlul volanu-
lui, intrase pe contrasens şi îi accidentase. Nici dacă ar fi murit
unul dintre ei pedeapsa n-ar fi însemnat prea mult. Doi ani de
puşcărie, poate chiar cu suspendare, în loc de zece pentru trafic de
stupefiante, erau un mizilic!

Pe primul drum la dreapta camionul coti părăsind şoseaua
naţională, ocolind barajul. Posibilităţile de a-i prinde scădeau

pe măsură ce se îndepărtau. În prima pădure schimbară numerele de înmatriculare ale mașinii, actele, și le dădură foc celor vechi. Nu mai era un camion din Constanța, ci din Moldova, și nu mai transporta piei, ci fibre textile. Făcură în jur de patru sute de kilometri în plus, dar scăpaseră. Chiar și băieții care făcuseră accidentul erau în București, după ce dăduseră toate extemporalele posibile. Evident că nu se spărseseră. Mai bine mort decât să fi sifonar și să se afle în pârnaie, căci nimeni, nici Dumnezeu nu te scapă de supliciile la care te supun ceilalți.

Camionul intră în depozit în compartimentul pe care îl avea la subsol și fu ghidat către o zonă care le aparținea în exclusivitate. Erau mai mulți granguri care aveau marfă aici și se mirară cum nu dăduse potera peste ei. Poate pentru că se schimba des locul unde se depozita.

Ștefan coborî din camion și pentru prima dată scăpă de încordarea aceea în care stătuse. Scăpase și asta era tot ce conta. Trebuia să-și mai ia a doua parte din banii promiși, jumătate îi luase înainte. Dacă erau prinși măcar încercarea lor să nu rămână neplătită. De aici erau alții care se ocupau de rest, așa că își luă băieții și se suiră în mașina cu aripile bulite. Meritase, putea să-și ia nu una, ci mai multe. Simțea nevoia să se elibereze de stresul acumulat în cabina acelui camion.

– Mergem la locul nostru?

– Da, le răspunse, dar ne trebuie niște femei pentru seara asta. Sărbătorim că am scăpat.

– Bine, șefule! spuse unul dintre ei.

Era cam dement, dar îl ținea pentru că executa bine orice ordin. Era sigur că, dacă i-ar fi spus să omoare, ar fi făcut-o fără remușcări. Dar în aceeași ordine de idei, nu ar fi avut curajul să doarmă având câteva mii de dolari la el în apropierea acestui individ. Ceea ce îi apropia erau banii și atât, nu prietenia. Aici nu avea prieteni, tovarăși de chef, de femei, de afaceri, da, dar nu prieteni.

Plecă cu mașina și cu celălalt spre zona O, un loc unde nu mergeau decât după ce li se pierdea orice fel de urmă. Situat pe marginea unui lac din apropierea Bucureștiului, aici îți pierdeai identitatea. Veneai să te distrezi, puteai mânca orice, face orice, atâta timp cât nu îi deranjai pe ceilalți. Căsuțele de câte două camere aveau WC și duș comune, îți asigurau minimul de confort.

Ajunși acolo, începură pregătirile. Berea era la rece, vinul la discreție, ca și orice altă băutură voiai. De la stâna din apropiere se aduseseră câțiva berbecuți care fuseseră sacrificați imediat, scoțându-li-se doar măruntaiele. Se făcură gropile, apoi focul în ele, până ce avură atât jar cât să prăjească un bou. Lăsați în blană, berbecuții fură îngropați și acoperiți cu alt jar, apoi cu pământ. Nici nu îți dădeai seama că acolo se pregătea o mâncare haiducească. Ce mirodenii băgaseră în ei și cu ce-i stropiseră știau doar băieții de acolo, de la han. Făceau asta doar pentru câțiva oameni cu bani, iar cei care mâncaseră odată se întorceau mereu precum lupii unde au mâncat odată o oaie. Nu era prima dată pentru Ștefan când petrecea așa și parcă de fiecare dată pierdea din farmec. Primul miel fusese delicios, al doilea excelent, următorul foarte bun, pentru ca în timp să nu i se mai pară chiar așa ca la început. Îi plăcea mai mult asocierea acestui han cu lacul și pădurea, focul de tabără care se făcea seara și, de ce nu, fuga de nebunia din lume.

Se strânseră mai mulți povestind ce se întâmplase în ziua respectivă. Ciudat, parcă erau în război cu poliția și orice festă care i se juca acesteia devenea o faptă eroică. În cele din urmă, apăru și Petrescu cu trei fete. Berile erau desfăcute, fură dezgropați mieii și începură să mănânce de parcă ar fi ținut Ramadanul. Încet, încet, spiritele se încinseseră, se discuta tare, fiecare vorbea mai mult singur. Ștefan îi făcu semn uneia dintre fete care se așeză lângă el. Știa ce urmează, așa că îi spuse:

– Ia-mă cu tine și fac orice vrei, numai nu mă da și la ceilalți! îi spuse pe un ton rugător.

Îi convenea în fond, iar ceilalți nu aveau decât să se descurce. Rămâneau patru bărbați și două femei. E adevărat că nu avea să le cadă prea bine pentru că o lua el pe cea mai bună dintre ele. Chiar dacă avea sămânță de țigancă în ea, era frumoasă la față și avea și un corp pe gustul lui. Mai rămăsese o țigancă de-a dreptul urâtă și o tipă blondă, grasă, de care nu s-ar fi atins nici dacă era beat.

Ceilalți se îmbătaseră, așa că, fără să fie văzut, se retrase cu tipa într-una din camere. Îl satisfăcu din plin, exact cum îi promisese, ba o făcuse să îi placă și ei. Mai relaxat, se întoarse în mijlocul celorlalți care se certau deja care să fie primul.

– Nu mă f... eu cu toți, spuse țiganca. Nu-mi place să fiu făcută poștă! Unul dintre bărbați o apucă de mână încercând să o tragă înspre dormitoare, dar femeia se zbătu și scăpă. Nervos, se repezi la ea și o lovi cu pumnul direct în ficat. Femeia icni și căzu sub puterea loviturii, se făcu covrig și rămase fără suflare pe pământ.

– Ești nebun? întrebă Petrescu.

Prea beat ca să o poată lua în brațe, o târî după el. Pe grasă o luă celălalt băiat din echipajul lui. Asta era ierarhia și o respectau toți. Carnea de oaie îi căzuse greu la stomac, se adunaseră și emoțiile prin care trecuse, așa că Ștefan simți nevoia să plece din mediul ăsta.

– Hai să ne plimbăm puțin pe marginea lacului, îi spuse femeii.

Docilă, ea porni după el. Merseră în tăcere privind lacul scăldat de lumina lunii. Ce ciudată părea lumea asta și cât de departe de cea din care venise. „Oare mai am cale de întoarcere?" Îi părea că adunase în el tot răul din lume și că posibilitatea asta era doar iluzorie. Văzuse și învățase atâtea încât îi părea că a dat de fundul lumii ăsteia. Se întoarseră spre cabană, trecură pe sub ferestrele larg deschise ale căsuțelor. Petrescu, prea beat ca să îi poată face ceva țigăncii, era vârât cu capul între picioarele ei. Era atât de hilară scena, încât îl pufni râsul. Remarcă cât de stupizi sunt oamenii când fac sex. La animale e natural, la oameni trece de barierele animalității și, de ce nu, ale normalității. Făcuseră din ceva natural un viciu. În momentul în care își aduse aminte că băuse cu respectivul, că mâncase cu el, râsul i se opri în gât; vomită. Mai apucă să vadă privirea surprinsă a lui Petrescu care se uita la el tâmp dintre picioarele tipei. „Doamne, până la ce limită a demenței umane mai am de ajuns!" Și, ca și cum nu ar fi fost de ajuns, mai târziu, la îndemnul unuia care îi spusese lui Petrescu că vrea spectacol, le pusese pe cele două să facă dragoste. Ieșise un spectacol de-a dreptul jalnic, care îl făcu să-i fie greață de el însuși. Nici nu mai era atent la Petrescu care, cu un vârf de lansetă în mână, le lovea pe fete ca să se excite una pe cealaltă, în timp ce spectatorii râdeau copios. Mintea lui aproape că refuza să creadă că există așa ceva!

10.

ATACUL

Se trezise de parcă nimic nu se întâmplase în ultimul timp. Se simțea odihnit, mulțumit de parcă ar fi construit o casă și i-ar fi pus ultimele țigle. Îi revenise în minte chipul părintelui și, nu știa de ce, se simțea îngrijorat că răul, pe care îl văzuse pe chipul lui, i s-ar fi datorat lui, faptului că nu citise psaltirea până la capăt așa cum i se spusese. „Și totuși, instinctul lui, care-i spusese că e de ajuns?...“

Se îmbracă în grabă și plecă spre mânăstire. Cunoștea de acum drumul cu ochii închiși; până și mașinile care ajungeau acolo, după un orar fix, le cunoștea. Nu întâmpină nicio piedică, drumul i se deschise singur ca o floare ajunsă la maturitate. Intrat pe sub portalul mânăstirii, pe drumul spre cetate, care trece printr-un loc care înainte era inundat, zări un grup compact la marginea lacului.

Îl recunoscu din depărtare pe Cristi. „Ce se întâmplă?“ se întrebă. De departe observă că cineva era întins pe spate și că studentul încerca să-i facă respirație gură la gură. De abia învățaseră metode de reanimare și asta așa, de curiozitate, pentru că erau încă în ani prea mici ca să poată face ceva. Vestitul help! Cristi îi făcea cinci compresiuni pe stern urmate de două inspirări forțate. Daniel se uita la el. Era prea târziu. Ochii deveniseră două găuri mari și negre, avea midriază fixă. Murise. Stătea cu ochii la soare și totuși pupilele nu se strângeau la loc. Era inert și începuse deja să se răcească, poate și din cauza apei din care tocmai îl scoseseră.

Avea noroi și în păr și pe față, iar încercările disperate ale celor din jur de a-l reanima nu făcuseră decât să-l mânjească și mai tare.

– Ce s-a întâmplat? întrebă Daniel.

– A venit dimineață și a zis că rămâne aici până se face bine. Părintele nu era, a fost la o sfeștanie, și a zis că vrea să facă baie.

– Eu eram pe mal și mă uitam cum se scaldă! spuse unul dintre băieții de față care lucra la bucătărie și care, înainte de a intra în mânăstire, lucrase ca marinar pe o navă comercială.

– Da, el a văzut totul, spuse Cristi; eu am ajuns cu cinci minute înaintea ta.

– Cum înota, a venit spre mal zicându-mi ce bună era apa, după care s-a întors spre larg, a înotat câțiva metri și s-a scufundat de parcă l-ar fi tras ceva la fund. Am sărit imediat după el. Ce, nu a durat un minut până l-am scos și încă unul până ce a venit Cristi. Am încercat să-i scoatem apa din plămâni, dar nici măcar nu avea. Nu cred că s-a înecat. La naiba, mai dă omu' un pic din mâini și din picioare înainte să se scufunde, nu se duce ca pietroiul. Cred că s-a speriat de ceva, altfel nu se explică. L-am pus pe mal și cu capul în jos și tot nu i-a ieșit apa din plămâni!

– Ce mai putem face? îl întrebă Cristi.

– Nimic, nu vezi că nu mai e sufletul în el.

– De unde știi tu asta?

– Pur și simplu parcă e gol, fără puls, respirație, cu ochii goi.

– Haideți să mai încercăm! le spuse Cristi.

– N-ai decât. Dar cred că-i gata ca bateria. Problema este ce facem. Unde găsim un telefon?

– Au la administrație unul care are legătură cu exteriorul. Trebuie chemată procuratura ca să constate decesul. Cristi, ce-ar fi să te duci tu să vorbești? Nu le spui că l-am adus eu, știi doar că a venit de la spital, a fugit și v-ați trezit cu el aici, bine?

– Las' că văd eu! În fond, nu are nimeni nicio vină! mai spuse și plecă.

– Știi ce cred eu, zise marinarul, parcă i-ar fi furat sufletul balaurul din lac!

Daniel se uită la el și nu-i veni să creadă. Reușise să accepte până la urmă că există răul personalizat, demonul. Acel spirit malefic care încurcă bunul mers al oamenilor și al lumii, dar era de ajuns. Chiar așa povești cu zâne nu mai era dispus să asculte.

– Prostii! scăpă fără să vrea. A făcut stop din cauza diferenței dintre temperatura aerului și a apei!

– Da? Atunci cum explici că el făcea baie de câtva timp. Dacă era asta, ar fi murit imediat, nu după ce făcea câteva ture pe lac!

Părea logică supoziția, dar nu o susținea pe cea pe care tocmai i-o spusese.

– Așa am auzit de la călugării mai bătrâni. Cică e un balaur aici în lac și din cauza asta și-a așezat Sfântul Calinic mânăstirea pe insulă, că așa era odată, ca să-l închidă și să nu mai poată face rău în lume! Din cauza asta s-au păstrat și moaștele lui aici, cred că dacă nu ar mai fi s-ar alege praful din tot ce vezi! N-ar fi mai bine să-l acoperim cumva? Mă duc eu să fac rost de ceva, o bucată de pânză, ceva să nu se mai pună musca pe el!

– Cheamă și un preot, poate îi face și o slujbă de dezlegare!

– Bine, spuse marinarul și plecă spre cetate.

Se întoarse Cristi.

– Am vorbit la poliție și vor veni imediat. Am înțeles că procurorul e prieten de șpriț cu starețul, așa că n-or să fie probleme. Se mușamalizează totul. Nu e vorba de asta. Îmi pare rău de el că nu era rău la suflet. Cred că mă deranjează că și-a pus speranța în mine și nu am putut să îl ajut. Parcă l-aș fi înșelat cumva!

– I-ai vrut binele, n-ai nicio vină!

– Da, știu, și iadul e pavat cu bune intenții!

Se întoarse și marinarul. Făcuse rost de o față de masă mai veche, puțin pătată, cu care înveli mortul.

– Nu vrea niciun preot să vină să slujească, dar i-am adus eu nişte lumânări să i le aprindem. Cred că dacă ne rugăm fiecare pentru el şi spunem câte un Tatăl Nostru tot e bine. A mai zis părintele ăla bătrân, care spovedeşte de obicei în colţul bisericii, că o să-i citească el stâlpii!

– Ce-s ăia?

– Sunt cele nouă Evanghelii care se citesc pentru mort şi care deschid uşile cerurilor, se mai numesc şi Evangheliile Învierii. Cel puţin a murit spovedit şi împăcat cu Dumnezeu.

– Părintele când se întoarce?

– Am înţeles că astă seară sau mâine.

– Poate că, dacă era aici, nu se întâmpla toată nenorocirea asta.

– Nu cred. Părintele zicea că viaţa şi moartea sunt îngeri care stau lângă Dumnezeu şi El hotărăşte cine se naşte şi cine moare.

– Păi dacă e aşa, noi, medicii, ce rol mai avem? Aşa, dacă vrea El să însănătoşească pe cineva o face, dacă nu, nu!

– Poate că e o soluţie tocmai ca să ajute pe oamenii care nu cred în el? zise marinarul.

– Medicina tot de la Dumnezeu este!

– Eu citisem că e de la îngerii căzuţi! spuse Cristi.

– Adică?...

– Nu mă refeream la prima cădere luciferică, înainte de facerea lumii materiale, ci la căderea îngerilor de pe vremea lui Enoh, de care se spune în Biblie. Fuseseră trimişi de Dumnezeu să înveţe oamenii şi, pentru că au fost atraşi de fetele lor care erau frumoase, s-au culcat cu ele. Nu ştiu dacă au făcut chiar friti-piti, dar cert este că au ieşit uriaşii. Ce-i interesant e că printre îngerii de sub comanda lui Azazel era unul care se ocupa cu medicina, unul cu astronomia, altul cu tehnica războiului, arta machiajului şi chiar cu magia. Din cauza lor au început războaiele, ei i-au învăţat despre arme, dar şi despre leacuri, despre ghicitul viitorului, despre vrăjitorie. Mda, şi farmecele sunt tot de la îngeri. Ei le-au învăţat pe femeile cu care s-au cuplat taine pe care nu erau pregătite să le primească și au început să le folosească în rău. Așa se face că există linii descendente de vrăjitori, descântători, magicieni, arta transmițându-se fie doar pe linie bărbătească, fie pe cea femeiască, dacă erau în stare să păstreze secretul. Și, oricum, magia are efect atâta timp cât nu vorbești despre ce faci. Cu cât se face mai în taină și în locuri mai retrase, neștiute de oameni, cu atât au putere mai mare.

– Măi, știi ceva? Mă gândeam la ce ziceai tu de balaurul din lac. Dacă stau bine să mă gândesc mai multe popoare au în religiile lor chestia asta. Parcă chinezii aveau un preot care își dădea acordul unde puteai să-ți faci casa ca nu cumva să ți-o pui pe ochiul sau coada dragonului. Așa îi ziceau ei. Oricum sunt recunoscute acum nodurile Hartmann care influențează negativ sănătatea oamenilor, aflate la intersecția unor circuite energetice.

– Lasă astea! Ce facem cu Ionuț? Era catolic!

– Și ce dacă, nu zicea părintele că sunt biserici surori și că și ei au dreptul la mântuire? O să îl rugăm să-l ia în grijă până trece vămile. Știi ce? Mai putem face ceva pentru el. Eu unul o să fac coliva și o să i-o sfințesc. Și mai putem să strângem bani de la cei care l-au cunoscut ca să îi dăm la Sfânta Liturghie pe un an de zile.

– Da, cred că ar fi bine, cel puțin suntem împăcați că va fi protejat indiferent unde ajunge.

Dinspre intrare se apropia o mașină care nu le spunea nimic. Poate doar faptul că era vopsită într-o culoare care nu ieșea în evidență, un gri fără personalitate. Din ea coborî un individ care se prezentă ca fiind procuror.

– Cine îl cunoaște?

– Eu, răspunse Daniel. Știu că era internat în spitalul de psihiatrie care este lângă mine. Îl cheamă Spânu Ionuț. Probabil că actele lui se află la spital.

– Am nevoie de buletin și trebuie anunțată cumva familia.

– Pot să mă ocup eu de asta!

– Poftim, ține asta, ca să mă cauți. Pe mobil mă găsești oricând. Eu nu am ore de repaus, spuse procurorul. Haide să-l vedem pe stareț, îi spuse ofițerului cu care venise. La cinci minute în urmă este ambulanța care o să ridice cadavrul ca să-l ducă la Institutul Medico-Legal. Se ocupă ei de restul, așa că nu-i nevoie să stați decât până vin. N-aș vrea să mă văd alergând pe aicea ca să-i recuperez mâinile sau picioarele din dinții vreunui câine!

– Da, rămânem lângă el indiferent cât timp este nevoie, îi răspunseră băieții.

Oricum nu aveau altceva mai bun de făcut. Doar Daniel trebuia să meargă la spital ca să ia actele mortului, așa că plecă. Îi părea rău că nu-l întâlnise pe Costi. Ar fi vrut să vadă cum era ca om acum, că scăpase. Pe undeva bănuia, dar cu certitudine nu avea de unde să știe. Se simțea cumva nedreptățit, pentru că avusese și el o contribuție, cât de mică, la vindecarea lui.

Între timp ambulanța sosise la locul unde zăcea trupul neînsuflețit al tânărului și îl luase pentru a-l depune la IML. Cristi și cu marinarul se îndreptaseră alene către chilia părintelui unde fetele, care aveau grijă de el, făceau curat. Era zi de curățenie generală, de undeva răsărise o cutie de vopsea și, gândindu-se să profite de absența bătrânului, se apucară să vopsească lemnăria. Bucuria vindecării lui Costi fusese umbrită de moartea lui Ionuț. Culmea e că aveau vârste asemănătoare. Luându-se cu vorba, timpul trecuse pe nesimțite. Curând se lăsă seara, așa că cei care nu erau obișnuiții zonei plecară spre case.

Se făcuse deja târziu când bătu la ușa garsonierei unde locuia împreună cu prietena lui. Mare parte din banii pe care îi primeau de acasă se ducea pe chirie. Ei avuseseră noroc. Printr-o cunoștință găsiseră casa asta care, pe lângă că era mobilată, era situată și lângă o gură de metrou; asta le conferea avantajul de a putea ajunge în orice parte a Bucureștiului. Prețul însă, de cincizeci de dolari, deși lejer în aparență, îi cam scutura bine pe părinții amândurora.

Îngrijorată, prietena lui, Adina, îl aștepta totuși ca să-i spună ce se întâmplase. Știa despre preocupările lui și, chiar dacă nu era întru totul de acord, le accepta. Fusese nepoată de preot așa că îi înțelegea, chiar dacă nu practica, pe oamenii religioși. Mâncară și după ce priviră puțin la televizor, moment în care se cuibărise în brațele lui, se duseră la culcare. Cristi stătuse mai mult sub duș cu intenția de a îndepărta mirosul de diluant cu care se spălase pe mâini de vopsea. Când se băgase sub cearșaf, Adina adormise deja. Îi plăcea să o privească dormind. Arăta precum un copil, cu chipul ei angelic, și sădea în el o senzație de liniște. Urmări și el știrile de la miezul nopții și stinse televizorul. Adormi.

– Cristi! Cristian! Pentru numele lui Dumnezeu, ce ai? țipă Adina văzând că bărbatul devine violent și că efectiv o forțează să se culce cu el. Speriată, începu să se apere cu toată forța de care era capabilă. Bărbatul însă era deasupra și mai greu, îi zădărnicea orice mișcare. O penetrase însă și, fără să asculte rugămințile fetei, își continuă actul sexual parcă încercând să fie cât mai dureros și mai vulgar posibil.

– Taci târfo și ia-o toată! îi spuse.

La auzul injuriei, fata, cu ultimele puteri, strivită de greutatea lui, îi trăsni o palmă cu toată puterea. Cristian rămase o clipă pe loc și parcă revenindu-și, o întrebă:

– Ce se întâmplă, pui? Parcă venise de pe altă planetă. De ce țipi? Fata izbucni în plâns.

– M-ai forțat! De ce? Te-am refuzat vreodată?

– Te-am forțat să ce? o întrebă el de-a dreptul surprins. Se uită în jur și văzându-se între picioarele fetei realiză ce se întâmplase.

Ce să-i mai spună? Oare l-ar fi crezut cineva că nu avusese nicio vină și că nici măcar nu se gândise la sex în ultimele cinci zile? Nici măcar nu avusese timpul necesar să o facă.

– Iartă-mă! Nu am vrut să te rănesc! Haide, liniștește-te! îi spuse și o luă în brațe.

– Parcă nici nu erai tu! îi spuse ea strângându-se la pieptul lui.

– Crezi că aş fi în stare să-ţi fac vreun rău? o întrebă el. Nu ridicase nici măcar tonul la ea şi erau împreună de câţiva ani.

– Nu, băiatul meu. Ştiu, şi totuşi...

Cristi îi acoperi gura cu mâna şi îi spuse:

– Sst! Taci şi culcă-te! Vorbim mâine despre asta!

Cum fusese trezită din somn, fata se linişti la auzul vocii sale calme şi, cuibărindu-se mai bine, adormi. Cristi însă rămase gânditor mai mult timp. Ce se întâmplase? Nu simţea, acum cel puţin, niciun rău pe lângă el. Nu era vorba de vreun demon. Gândul îi fugi fără să vrea către mânăstire şi la discuţia pe care o avusese cu preotul în legătură cu naşterea acelui copil. El să fi fost de vină şi, dacă da, cum? Era clar că trebuia să afle mai multe. Adormi iar gândindu-se ce o să facă dacă se va repeta, făcându-i mai mult rău fetei. Cum Dumnezeu? Niciodată nu trecuse peste voinţa cuiva!

Dimineaţa, înainte de a se trezi Adina, îşi trase telefonul în bucătărie şi, după ce închise uşa, formă numărul lui Daniel, aşteptând să răspundă.

– Alo, da! răspunse Daniel.

– Dane, sunt eu, Cristi. Scuze de deranj, dar am belele.

Parcă trezit după un duş rece, Daniel îşi reveni într-o clipă.

– Ce s-a întâmplat? A păţit ceva Costi? Au aflat ăia de Ionuţ?

– Nu mă, eu am făcut-o de oaie! Am luat-o cu japca pe Adina!

– Păi de ce, nu a vrut?

– Nu înţelegi. Dormeam, omule, şi m-am trezit deasupra ei că i-o făceam.

– ...

– Hei, mai eşti acolo? îl întrebă nemaiauzind nimic.

– Ha! Ha! Ha! se auzi un râs din fundul sufletului. Mi-ar plăcea să mă trezesc şi eu aşa! îi mai spuse Daniel. Şi în ce poziţie erai? Misionar, la umeri? Cred că prima, că altfel nu puteai dormi şi de altfel e una din puţinele în care mă ia şi pe mine somnul!

– Daniel, te rog, fii serios! Chiar nu-mi dau seama ce se întâmplă. Nu am mai pățit niciodată asta. Crezi că poate cineva care este viu să preia trupul altcuiva?

– Ce naiba se întâmplă, că mi se pune aceeași întrebare de două ori la interval de o zi? Da' ce-ți veni?

Cristi îi povesti ce i se întâmplase duminică cu preotul respectiv și ce-i povestise despre cum și ce se poate întâmpla în somn.

– Dar tu ce ai cu de două ori aceeași întrebare?

– Ți s-a întâmplat vreodată să ți se sondeze subconștientul?

– Adică cum?

– Pur și simplu să asiști la dialogul dintre Sinele tău cu altcineva, fie el viu sau mort, înger sau demon?

– Recunosc, tâmpenia asta n-am mai auzit-o! Ce vrea să fie?

– Ieri-seară stăteam pe întuneric și nu mă lua somnul când, la limita dintre realitate și vis, am auzit clar pe cineva întrebându-mă dacă este posibil ca un călugăr care a depus jurământul de castitate să poată face dragoste fără să îl încalce?

– Și ce i-ai răspuns?

– Păi i-am povestit despre un lama tibetan care își confruntase cunoștințele cu doi creștini, un el și o ea, căsătoriți. Fusese egalitate peste tot până ce se ajunsese la cunoștințele despre sex. El, fiind călugăr, nu știa nimic despre asta. Ideea este că ceruse un timp în care să se documenteze în ceea ce privește dragostea fizică.

Întâmplarea face ca în perioada aceea să moară un tip foarte bogat care avea femei, sclavi și care era urât de toți ai lui. Lama, care putea ieși din trup, intră în trupul celui care fusese un tiran și cu rudele, și cu sclavii, spre uimirea tuturor, înviindu-l. Între timp își lăsase trupul ca să fie păzit de ucenicii lui. În perioada cât experimenta el sexul spre plăcerea soțiilor, a avut grijă și de oamenii care lucrau pentru el, astfel că a început să fie iubit de cei din jur. Nu mai scăpa nici de dame, care îl voiau toate. Însă, în momentul în care a considerat că a învățat totul despre sex, a vrut să plece. S-a aflat cine era de fapt. De undeva, cineva a spus că este de fapt lama și că vrea să afle ce face o pereche în intimitate, însă oamenii au încercat să ajungă la corpul lui în ideea de a-l ucide tocmai ca să rămână stăpânul și soțul lor. În final a scăpat, s-a întors în trup și a putut susține întrecerea în cunoștințe spirituale cu perechea aceea creștină. Nu a câștigat, dar nici nu a pierdut.

– Interesant! Dar ce treabă am eu?

– Poate acel cineva din mânăstire a vrut să experimenteze ceva pe seama ta, ce zici?

– Știi cât de plauzibil îmi pare!

– Poți face o ghidușie. Poți cere dreptate în fața lui Dumnezeu și, dacă e vinovat, să plătească, ce zici? Ce-ai cere?

– Pentru răul pe care i l-am făcut Adinei, l-aș băga în spital!

– Facă-se voia ta! îi spuse în glumă Daniel. Acum nu mai fi supărat, mergi mai departe și lasă-ți și trupul undeva să fie protejat. Vezi și tu ce-i spui Adinei, știi că nu le are ea pe astea, așa că mai bine o iei asupra ta. Nu știu ce să zici că ți s-a întâmplat. Te descurci! Vorbim mai pe seară, vreau să văd ceva, bine?

– OK! Mersi!

Se lăsă seara. Nu mai merseră la mânăstire. Îl deranjase ce se întâmplase cu Cristi, mai ales că se simțea vinovat că el fusese cel care-i furnizase acelui preot, dacă era adevărat, cunoștințele necesare ca să facă așa ceva. Nu era prima dată când se întâmplase să i se ceară sfaturi mental, sfaturi la care răspunsese fără să se gândească dacă era bine sau rău să le dea, dacă cei care le primeau erau sau nu pregătiți pentru asta.

Își aprinse lumânările și începu rugăciunile ca de obicei, doar că nu le mai folosi pe cele de dezlegare de păcate pe care le citea de fiecare dată pentru cei din jur. Se gândi de data asta la cei mai răi oameni pe care îi cunoscuse, din lumea interlopă, din mediile prin care trecuse. Dându-le dezlegare, automat răul era silit să părăsească omul respectiv venind către cel care îl iertase pe cel în cauză. Simțea în jurul lui crescând energia negativă și parcă nu era destul. Se gândi la colegii lui de antrenament de la sala de karate. Energia pe care o posedau unii dintre ei, foarte asemănătoare celei unui nebun, cu singura diferență că ei o puteau stăpâni, îi era cunoscută, mai ales că făcea sportul ăsta de aproape zece ani.

Se conectă mental cu toți imaginându-i într-o sală, la salut. De data asta simți că era destul. Mai mult nu putea duce nici el așa că deschise șifonierul pe ușa căruia lipise o planșă cu punctele vitale în tehnicile secrete shaolin și privi punctele de pe ea. Unele erau cu roșu, altele cu negru, simbolizând fiecare dintre ele fie un cerc, fie un triunghi. Triunghiul reprezenta locurile mortale, cercul doar pe cele mutilante. Se hotărî la cele din urmă. Chiar dacă se transpunea în sabia lui Dumnezeu, nu avea dreptul să ucidă. Chiar dacă greșise, avea dreptul să se întoarcă, or, moartea era iremediabilă, chiar dacă locul de unde greșise era foarte sus.

Aținti privirea asupra unui punct ce se afla în dreptul sternului, mai exact a unghiului sternal, concentră toată energia aceea negativă în acel punct și lansă atacul închipuind-și că punctul era chiar al preotului respectiv. Îi imagină fața, privirea, chiar și patrafirul care nu avea să-l protejeze atâta timp cât greșise. Petrecu așa în genunchi, uitându-se la punctul acela, mai mult de o oră, zicând în același timp Psalmul 50. Pentru prima dată folosea rugăciunea pe care o învățase în rău. Trebuia însă dată o lecție. Nu era prima dată când preoții de la mânăstire treceau peste voia unui om simplu, era timpul să vadă că fiecare naș își are nașul.

Unul dintre lucrurile pe care le înveți în artele marțiale este să nu ataci primul. Un atac era precedat mai întâi de o eschivă tocmai în acest sens. O regulă era însă să te aperi, pe tine, cunoștințele tale, de oricine vroia să pătrundă cu forța în mintea și sufletul tău. Lansase atacul imaginându-și o suliță de lumină ce intra în pieptul acelui călugăr și simțise încercările lui disperate de a se apăra. Dar nu era singur cel pe care îl lovise, mai era cu cineva, care încerca să-l apere. Mai avea puțină energie, așa că se hotărî să-l lovească și pe el, deși nu îi putea vedea chipul. Imagină o sabie căzându-i peste cap respectivului. Lovise cu atâta sete încât se simți epuizat. Spațiul se închise și își reveni din concentrare. Candelele ardeau încă, însă era prea obosit ca să mai poată face altceva și se culcă.

În acest timp către mânăstire alerga deja o ambulanță cu sirena deschisă. La dispecerat fuseseră anunțate două urgențe la aceeași mânăstire. Un preot făcuse atac de cord și altul un atac cerebral și paralizase pe partea dreaptă spre uimirea celor din mânăstire care nu înțelegeau ce năpastă se abătuse asupra lor.

Avu un somn greu până spre dimineață când se visă coborând în fundul pământului pe o scară în spirală. În spate vedea ieșirea spre lumină, dar se îndrepta spre întuneric. Era îmbrăcat într-o cămașă albă și în mână ținea o sabie de foc. Avea nevoie să se obișnuiască cu întunericul! Se simțea furios. Ajunse în cele din urmă jos și, pătrunzând într-un loc care semăna mai mult cu o peșteră largă, îl văzu. Balaurul. Era de-a dreptul frumos. Văzându-l, își trase coada mai aproape, încolăcindu-se și ridicând capul. Avea capul unui om cu părul lung. Ce mai, un chip frumos cum nu mai văzuse decât la îngeri, doar că nu așa de luminos ca al acestora. Solzii erau de mai multe culori: maro, verde, roșu, lucind totuși în lumina astrală slabă.

„De ce l-ai luat?", dar fără să mai aștepte răspunsul ridică sabia de foc și îndreptându-se spre coada balaurului spuse: „Am să te lovesc până!..."

„Nu lovi, Daniel!, se auzi glasul. Dacă lovești, o să moară multă lume!" Rămase cu sabia în aer, dar furia era atât de mare că ar fi vrut să treacă peste voia Domnului! El îi dăduse dreptul să facă orice vroia cu lumea și putea uzita de acest drept. Prin față îi trecură câteva imagini ale orașelor după ce ar fi lovit: clădiri, biserici dărâmate, copii orfani, câini vagabonzi hrănindu-se cu cadavre.

„Bine, nu am să lovesc lumea!", spuse și visul se întrerupse.

Se trezi şi în sufletul lui dispăruse orice fel de ură, se simţea mai
împăcat cu el însuşi ca niciodată. Vesel, se îmbrăcă şi plecă spre
mânăstire. Urma o nouă zi de provocări. Ce avea să-i mai aducă
ziua de azi? Greşise? Poate. Toţi se vor Iisus, nici unul nu recu-
noaşte necesitatea lui Iuda. Fusese un Iuda? Categoric nu. Era sigur
că îndeplinise o hotărâre divină. În fond exista un înger al darului,
Gavriil, şi unul al războiului, Mihail. Unul aducea naşterea şi
viaţa, celălalt moartea. Faptul că noi, oamenii, percepem una ca
bună şi alta ca rea este relativ la existenţa şi la concepţiile noastre,
pentru univers şi pentru divinitate nu înseamnă nimic.

Când plecaseră evreii din Egipt şi Moise, prin Arhanghelul Mi-
hail, lovise primii născuţi ai egiptenilor, fusese socotită o faptă bună,
o minune de la Dumnezeu. Noi, ca şi creştini, o percepem sau
suntem învăţaţi la fel. Dar egiptenii? Durerea lor de a-şi fi văzut
copiii ucişi, cu ei cum era? La ei nu se gândeşte nimeni. Stupiditatea
oamenilor de a crede că sunt mai presus decât ceilalţi dintr-un punct
de vedere oarecare a făcut să apară războaiele. Nu zic de Moise, el
a făcut ceea ce trebuia să facă. Dar ce uşor este să te joci de-a preotul
bun şi îngăduitor faţă de acela în care eşti nevoit să iei cu adevărat
decizii. Erau mai importanţi evreii pentru planul divin de răscum-
părare a lumii, dar nu în general pentru om.

Un singur om scrisese despre inima lui Dumnezeu care a plâns
odată cu mamele care şi-au pierdut pruncii şi despre oamenii mă-
rilor, sirenele care au apărut tocmai ca să nu se producă o nedrep-
tate în momentul în care marea s-a închis după trecerea evreilor,
iar egiptenii au fost prinşi între zidurile de apă. S-au transformat
tocmai din mila lui Dumnezeu.

„Prostii! Prostii! Prostii!", îşi spuse. De ce simt nevoia să se
simtă superiori prin faptul că s-au născut creştini, musulmani. Ca
şi cum asta ţi-ar aduce mântuirea. Ca şi cum născându-te într-o
familie de intelectuali eşti tu însuţi unul! Nu mai trebuie să te
chinui deloc să înveţi ceva!

Părintele aflase ultima ispravă a ucenicului său vrăjitor. Pe undeva îl amuzase, pe de altă parte îl îngrijorase. Aflase prea curând modul de a distruge, chiar înainte de a afla cum se vindecă un om. Și doi dintr-odată. Preoți. Avusese și el o belea de genul ăsta în tinerețe. Spunea cineva minciuni despre el încercând să îl discrediteze ca preot, cum că s-ar fi culcat cu o văduvă care venise la el la spovedit și stătuse mai mult decât de obicei. E adevărat că o spovedise și că durase mai mult. Femeia avusese efectiv nevoie de el ca duhovnic și nu putuse s-o refuze.

Peste câtva timp individul fusese găsit mort lângă ibovnica lui. Murise fericit! De atunci cei răi se feriseră să mai spună ceva despre el. Plus că ăștia doi preoți erau dintre cei care nu meritau să poarte haine sfințite și din cauza cărora toți erau priviți în același fel: ca niște ahtiați după bani și după femei. Ajunseseră mulți să aibă televizoare color și chiar se uitau și la programe erotice. Ce putea să facă decât să se roage pentru ei?

În tinerețea lui prin câte nu trecuse? Tânăr preot, cu copil mic, veneau oamenii din toate colțurile Moldovei să îl vadă și să li se citească rugăciunile de dezlegare. Ajunsese aproape că de-abia se mai putea ridica de pe scaun din cauza postului când, cerând îndurare de la Maica, spunând că nu mai poate, că își distruge trupul dacă postește tot timpul. Maica îi apăruse și îi arătase cum să citească rugăciunile preoțești ca să îi ajute și pe oameni. Apăruse altă dandana: demonii care îi scotea din cei bolnavi îi afectau copilul care nu se mai oprea din plâns. Avusese câteva zile de coșmar când citea molitfele, când la capul bolnavilor, când la capul copilului. Tot Maica îl scosese din necaz îngăduindu-i să adauge la molitfele Sfântului Vasile cel Mare câteva cuvinte. Când le scrisese Sfântul, nu se gândise că le vor citi și familiști, așa că răul se răsfrângea asupra soției și copiilor, care deveniseră parte din soț prin taina căsătoriei. Trebuia să adauge: „Păzește Doamne și inimile noastre și ale familiilor noastre!" Și totul începu să se desfășoare normal.

Câte greșeli nu făcuse și el cât fusese tânăr, așa că ce pretenție să aibă de la băiat? Asta era tendința omului de a-și folosi cunoașterea în primul rând în rău. Trebuia să facă ceva să-i arate că nu era bine. Nu prea vorbea cu el. Era de ajuns să se uite ca și când nu-l vedea și acesta înțelegea, dar de data asta trebuia ceva mai dur. Plus că mai voia ceva de la el.

Dumnezeu îi îndeplinea rugăciunile, voia un semn ca să vadă cine îi urma. Făcu rugăciunea și așteptă. Pe masă fură puse mai multe farfurii. De data asta nu el era cel care rânduia cine avea să stea cu el la masă, ci Dumnezeu. Fuseseră puse cinci farfurii și, rând pe rând, locurile fură ocupate. Locul unde în locul unei farfurii de porțelan era un blid de lut și o lingură de lemn fusese ocupat de Daniel! Părintele simțise asta și, chiar dacă nu mai avea nicio importanță, sperase să nu fie așa.

Băiatul ăsta era pus pe sabie, avea să arunce în aer tot ce clădise el. Îl mâhnise treaba asta, dar nu terminase ce își propusese. În locul lui se așeză o fată frumoasă. Era fecioară și curată sufletește pe deasupra, dar asta n-o împiedica să fie mândră, lucru care-i făcea tot răul și strica tot ce avea bun în ea. Daniel se așezase la locul rânduit fără să-i pese prea mult de blidul din care mânca. Înțelesese că se dorea ceva de la el, dar nu știa ce. Își aminti că pe o poză părintele îi scrisese la un moment dat: „Calea care duce spre binele tuturor să o urmărești și s-o desăvârșești!" Știa că părintele ceruse un semn, dar nu care și pentru ce. Bătrânul oftă. Îl simțea nepregătit, fusese aruncat în mijlocul noroiului și era departe de a fi un nufăr. Avea frumusețe în el, dar era adânc ancorat în rău. Ce era mai greu decât să șlefuiești diamante! Greșeai o dată și toată munca era compromisă. Chiar și el simțea că trebuie să treacă prin chinul cunoașterii. Îl studie cu ochii minții și băiatul se lăsă examinat ca de un doctor de suflete. Se ridică în picioare pentru a binecuvânta mâncarea: „Mulțumim Ție Hristoase, Dumnezeul nostru, ce ne saturi pe noi cu bunătățile Tale cele pământești; nu ne lipsi pe noi nici de cereasca Ta împărăție, ci precum în mijlocul ucenicilor Tăi ai venit, Mântuitorule, pace dându-le lor, vino și la noi și ne mântuiește. Amin".

Era timpul. Bătrânul se ridică sprijinindu-se de marginea scaunului și se clătină un pic. Ceilalți dădură să-l ajute, dar refuză. Pe măsură ce fata lui din casă punea mâncarea în farfurii el le lua și le punea în fața celor care stăteau la masă. Toți priveau ce face părintele, neînțelegând. Pe rând, farfuriile fură așezate la loc. Îi rugă să mănânce. Doar una dintre fete, care era la masă. mânca înghițindu-și lacrimile. Cu câteva secunde înainte de a se ridica, părintele gândise că mai bine se călugărește decât să robotească pentru un bărbat. Știa că pentru ea făcea părintele asta. Obișnuia să primească totul de-a gata și descoperind credința nu avusese altceva de făcut decât să își vadă de școală și să aibă grijă de propria curăție. Pierduse smerenia pe drum, bunul cel mai de folos al unui om.

„Doamne! Doamne! De ce n-or înțelege că-i atât de simplu!", își zise.

– În căsnicie, continuă cu voce tare, bărbatul și femeia sunt precum mâinile. Una se spală pe cealaltă și împreună fac totul, fiecare cu rostul ei. De ce n-or înțelege fiecare rolul rânduit de Dumnezeu? Chiar dacă bărbatul acum nu mai poate fi cel care aduce banii în casă și nu ajunge și trebuie să lucreze și femeia, de ce nu împart ce au de făcut așa cum au promis la căsătorie? Nu mai sunt unul și căsnicia lor a ajuns câmp de bătaie. Se bat acuma care să fie mai sus, deasupra celuilalt, iar copiii, aflați undeva la mijloc, ajung candidați pe locurile de la ospicii și închisori.

Obosit bătrânul se așeză pe pat. Picioarele nici nu-l mai ajutau ca lumea și degetele aproape că nu le mai simțea. Știa că fata își va aminti scena toată viața ei și nu-i va mai fi greu să fie o bună casnică. Pe ușă își făcu apariția un bărbat de vreo patruzeci de ani. Culoarea măslinie și forma feței și a nasului erau specifice

popoarelor arabe. Era medic și făcea chirurgie cardio-vasculară
la Fundeni.

– Bună ziua, bărinte! spuse el spre amuzamentul celor din jur.
Daniel râse și el; fără să vrea se gândi la colegii pe care îi avusese
în practică. Mâncau bui brăjiți! Nu puteau să spună litera „p".

– Ge mai fageți? continuă el. Am venit să văd cum merge
picioarele.

Se așeză la picioarele părintelui și îi dădu jos ciorapii de lână
pe care îi purta, chiar dacă era vară, și acesta se lăsă consultat.
Medicul privi picioarele părintelui care începuseră să se mai des-
chidă la culoare, semn că circulația se restabilise prin arterele
colaterale. Bătrânul avea arterită și ajunsese până la o clinică în
Statele Unite unde i se propusese ca, în contul sumei de zece mii
de dolari, să-i amputeze picioarele! Refuzase spunând că pentru
suma asta și le taie singur! Ajunsese în cele din urmă printr-un
alt medic la arabul ăsta. Deși mahomedan, îl consultase și îi spu-
sese că îl operează chiar dacă șansele sunt mici pentru că, dacă
crede în Dumnezeu, operația va reuși. Și operația reușise, cel
puțin până acum. Mai niște unguente care să facă vasodilatație
periferică, mai un masaj care să pună sângele gros de bătrânețe
în mișcare și părintele putea încă să meargă pe picioare. Trebuia
să stea seara cu picioarele în sus că avea și o insuficiență cardiacă,
dar trăia!

– E bine! Mai drebuie masaj, îi spuse și rămase privind la cei
din jur.

Curios era că oamenii credincioși, indiferent de religia pe care
o practică, simt apropierea oamenilor care au acces la adevăr, și se
apropie de ei fără frică, mai mult intuitiv. Așa era cazul arabului.
Daniel se oferi să facă el masaj părintelui. Făcuse kinetoterapie în
școală și îi folosea de multe ori treaba asta, chiar dacă nu făcuse o
profesie din ea. Rămas până la lăsatul serii, Daniel se miră că nu
fusese certat pentru ceea ce făcuse. Poate că fusese doar un test ca

să încerce marea cu degetul, dar de ce nu i se spusese nimic despre cei doi călugări pe care îi trimisese în spital?

Stăteau pe verandă și îi făcea masaj părintelui după o zi extenuantă, ca toate celelalte. În fața chiliei apăru o mașină cu număr de corp diplomatic și din ea coborâră șoferul urmat de două fete frumoase. Se apropie și sărută mâna părintelui în timp ce fetele rămaseră la depărtare.

– Sărut mâna, părinte, ce faceți?

– Iaca și eu, stau să mai prind oleacă de soare și să mai scap de țânțarii din cameră. Îmi odihnesc picioarele aiestea că nu prea mă ascultă!

– Îmi pare rău, părinte, spuse bărbatul cu regret în glas. Dacă știam nu vă convingeam să mergeți. Văzând privirea nedumerită a lui Daniel bărbatul spuse:

– L-am convins pe părinte să meargă cu mine în State când cu uraganul Andrews. L-au invitat cei de la ambasadă pe cheltuiala lor, că uraganul venea exact peste continent și nu rămânea nimic întreg. L-am plimbat pe părinte pe toată coasta de est a Americii, dar uraganul ne-a întrecut și a ras puțin Florida. Cei de la ambasadă au vrut să îi plătească tratamentul, pentru că în momentul în care ne-a prins uraganul parcă i s-au tăiat și picioarele părintelui.

– Citeam rugăciunile sub o masă și din când în când mă uitam pe geam să văd dacă mai sunt pe pământ sau m-am suit deja la cer! spuse el. Mi s-au răcit picioarele și așa au rămas.

– Frumoasă țară America asta și mulți români trăiesc acolo. Voi ce mai faceți aici, nu vedeți că-i tot mai rău? glumi el.

– Cum, părinte, să ne lăsăm oasele și morții aici și să plecăm?

– Da' cine îi fură? Vă întoarceți mai târziu cu bani și faceți țara asta la loc. Pe mine am zis să mă închidă aici în chilie ca să nu mai ocupe un loc în cimitir! Nu mă supăr, să mă puie unde or vrea ei!

– Am văzut o poză în ziar cu uraganul în care se vedea clar demonul! spuse un creștin.

– Da, era unul mare, un balaur. Dacă ar fi să îi împarți după putere, sunt șerpii, scorpiile, căpeteniile și balaurii. Pentru fiecare îți trebuie un număr de zile de post negru ca să îi înfrângi. Pentru primul trei zile, apoi șaisprezece, treizeci și patruzeci de zile. Când am ținut prima dată un post de ăsta lung mi s-a întâmplat că, după câteva zile, s-a topit și grăsimea care ține rinichii că aia se topește ultima și unul mi-a căzut când m-am ridicat în picioare. L-am simțit cum s-a dus jos de la locul lui. N-ai decât să stai acolo, așa i-am spus! zise el uitându-se la Daniel.

Daniel masă picioarele părintelui gândindu-se că citise mult despre Forța a V-a; în testament, Einstein scrisese despre vestita forță care lega cele patru forțe: două grele, două ușoare, care stăteau la baza materiei. Codificase testamentul, dar mașinile de decodificat, calculatoarele, făcuseră din treaba asta o joacă de copii, așa că se pare că putuse să se construiască un aparat care să stăpânească forța putându-se produce cataclisme la comandă. Ironia este că fusese descoperită și de ruși, și de americani, o foloseau unii împotriva celorlalți, iar cei care avea de îndurat erau oamenii simpli.

„De ce s-ar fi băgat părintele în treaba asta dacă sunt așa proști să se distrugă unii pe alții?"

„Păcat de oamenii ceia care necăjesc după ce și-au făcut și ei o casă și o mașină după ani de muncă!", îi răspunde gândul lui.

– Îmi pare rău, părinte! îi spuse încă o dată șoferul.

– Nu-i vina nimănui, eu am vrut să merg. Am visat că m-am vindecat după ce s-a unit Biserica Catolică cu a noastră.

– Ați vorbit cu papa? îl întrebă un mirean. Că știu că au venit după dumneavoastră când s-a pus problema unirii.

– Numai necazuri mi-a adus întrebarea asta, că în loc să se ducă la patriarh au venit la mine. Dar cred că e bine. Uite câte secte au apărut precum ciupercile și atrag creștinii cu bani și ajutoare, se duc peste ei în case că mai ușor ajungi pastor la sectanți. Unui preot îi trebuie cinci ani de școală și încă alții numeroși de practică să înțeleagă, pe când la ei îi fac și prin corespondență. Parcă îl și vezi pe Mântuitorul făcând ucenici prin poștă! spuse.

– Da părinte, da, catolicii sunt cu luxul, cu banii, nu ne stricăm odată cu ei! Păi să se dea ei după noi, nu noi după ei. Că nu au mai dat un sfânt de sute de ani. Noi am avut unul chiar anul trecut, pe Sfântul Ioan cel Nou Hosevitul. Ei de când nu mai au?

– Părinte, trebuie să vă odihniți! veni sentința fetei care avea grijă de el. Haideți, oameni buni, lăsați-l să mai respire dacă vreți să-l mai avem printre noi.

Oamenii se ridicară să plece. Daniel îl rugă pe bărbatul care venise de la Ambasada Statelor Unite să îl ia și pe el până în București. A fost acceptat. Mai trecuse o nouă zi.

Îl trezi telefonul a doua zi. Era doamna care îi promisese să îl pună în legătură cu cineva despre treaba cu drogurile. I se dăduse loc de întâlnire la Scala, de unde urma să îl ia o Dacia neagră. Fusese însă avertizat să fie acolo la ora fixată, pentru că nu aveau să îl aștepte, nu se putea staționa în zona aceea.

Mare îi fu mirarea când descoperi în una dintre cele două persoane din Dacia respectivă un bărbat pe care îl cunoștea și despre care ar fi putut spune orice, numai că lucrează la SRI, nu.

– N-am timp să îți spun prea multe, doar să ai grijă. Știu că la vârsta ta ți se pare totul interesant, dar să știi că nu-i de glumit. La sumele care se vehiculează din droguri, viața unui om aproape că nu are valoare. Și nu-i nevoie ca să le faci tu treaba lor. Spune-le ce ai de spus și lasă-i să se descurce, că de-asta sunt plătiți. Dacă nu l-aș cunoaște pe taică-tu... Spune-le tot ce știi și ai grijă să nu te incriminezi singur, că pici țap ispășitor.

În tot timpul ăsta goneau pe străzile din centrul Bucureștiului. Curând opriră în fața unei clădiri care semăna mai degrabă cu locuința unui om mai înstărit. Era o vilă veche care adăpostea Brigada Antidrog. Era așteptat de un tânăr care dădea impresia că dacă îi dădeai două palme plângea. Era oare așa și în realitate?

Fu condus în biroul comandantului și lăsat să aștepte. Se uită din curozitate pe birou. Nimic care să amintească funcția. După ce îl lăsară să aștepte circa un sfert de oră, că ajunsese să-și piardă răbdarea, tânărul se întoarse însoțit de un tip căruia i se adresau cu gradul de maior și care, după faciesul buhăit, era un discipol fidel al lui Bachus. Se așeză la birou și începu discuția.

– Am înțeles că aveți să ne furnizați niște informații?

– Da. Am venit pentru că am dat peste un tip care vinde droguri și am considerat oportun să anunț autoritățile.

– Ni s-a spus cam despre ce este vorba, vrem însă detalii!

– Nu am mare lucru să vă spun. Atât că în mânăstire am întâlnit un tip care a încercat să-mi vândă, de fapt să-mi dea niște tablete ca să văd ce bine mă simt după ce le iau. Mi-a povestit cum le dă la elevi prin discoteci pentru ca apoi să le ia pe bani când devin dependenți și că vin de undeva din Ucraina prin niște femei care sosesc chipurile la el ca niște rude. Asta este tot.

– Unde se fabrică?

– Pe Calea Victoriei, vizavi de parcarea din apropierea Ministerului Industriilor. Nu mai rețin numărul.

– Vrei să verifici tu?

– Am înțeles! răspunse tânărul și dispăru după ușă.

– Ce ne mai poți spune despre cel care le vinde?

– E în evidența spitalului de psihiatrie ca schizofrenic!

– Adică este acoperit! Dacă e prins, e bolnav și scapă cu o reinternare, nu?

– Mda, probabil!

Pe ușă intră tânărul care îi făcu semn din cap.

– Se verifică informația pe care ne-ați dat-o. Se pare că la numărul acela este un laborator. Nu știm ce produce, am avea nevoie de niște mostre pe care să le analizăm. Sunteți dispus să cooperați?

– Da, bineînțeles! Ce trebuie să fac?

– Vă vom da niște bani din care să achiziționați câteva doze de drog pe care să ni-l aduceți. Ai tu bani la tine? îl întrebă pe tânăr.

– Da, îi răspunse acesta și îi întinse lui Daniel banii. Cam atât costă pe piață două doze. Spui că le iei ca să le folosești cu o curvă în cadru intim. Poate ține!

– Bine, le spuse Daniel.

– Încearcă să reții numărul de mobil al lui, ții legătura cu el! îi mai spuse maiorul înainte de a-l concedia.

Conducându-l spre ieșire, tânărul îi întinse o bucată de hârtie pe care era notat un număr de telefon și un nume. Mai mult ca sigur că nu era adevărat, dar ce importanță mai avea.

Plecă direct spre mânăstire cu gândul să scape cât mai repede. Până ajungea, se făcea prânzul și putea da peste fratele de la trapeză. Surprizele începură curând. În mașină, obișnuit să stea în față, observă un chip cunoscut. Deși își schimbase înfățișarea de când îl văzuse ultima oară, îl recunoscu. Era coleg cu doamna prin care ajunsese la cei de la Antidrog și îl cunoscuse la un chef. Pe atunci purta barbă și fusese infiltrat în mediul bișnițarilor din Timișoara imediat după '89, când vestul devenise poarta de intrare a drogurilor în țară și nu în ultimul rând factor de destabilizare politic. Proclamația de la Timișoara, semnată de atâția oameni de credință, își avea rădăcinile afară și, sub pretextul combaterii comunismului, se căuta infiltrarea unor oameni loiali serviciilor din vest. Fusese mai mult ca sigur o viață interesantă, cu atât mai mult cu cât nu avea nici legitimație, nici pistol care să-l scape la nevoie într-un mediu unde o greșeală se pedepsește cu moartea! La chef, știind că prin sânge cel puțin erau de aceeași baricadă, îl sfătuise să nu bea de la necunoscuți. Circulau tot felul de nenorociri în sticlele aduse din afară. Ce căuta însă aici? Venise după el?

– Salut, îi spuse direct.

– Poftiți?

– Ce mai faci? îl întrebă.

– Nu te recunosc!

– La chef, la tanti, colega ta de muncă...

– Ah, acum vin și eu de acasă.

– Unde mergi?

– Mă duc până la cineva, o rudă, la Bălăceanca... Tu?

– Aici, la mânăstire! îi spuse îndreptându-se spre coborâre. Îți stă bine! îi mai spuse făcând aluzie la mustața care luase locul unei bărbi stufoase pe care o purtase în vestul țării.

– Mulțumesc! mai spuse agentul înainte ca Daniel să coboare.

Pe drum încercă să întoarcă problema pe toate părțile. Coincidențele ăstea nu-i plăceau. Și când se îndesesc e aproape normal să devii paranoic. De fapt mai mult ca sigur că un polițai bun sau un spion trebuie să fie și un pic paranoic, altfel nu ar supraviețui. Când ajunse, masa fu servită și îl chemă pe Costi la poartă. Se retraseră în unul din gangurile care străbăteau cetatea. Poate că se grăbi puțin. Încerca să pară cât mai detașat posibil, dar nu avea nici pregătirea, nici experiența necesare ca să ducă o asemenea povară.

– Știi ce, m-am gândit și uite sâmbătă am un chef la care am invitat și niște panarame și mă gândeam să fac ceva deosebit. Aș avea nevoie de niște chestii din alea de-ale tale dacă zici că te fac să te simți bine. Măcar te țin destul?

– Patru-cinci ore dacă le iei și cu ceva tărie, se scăpă individul.

„Cine mă filmează? Cine mă filmează?", începu să țipe deodată pe altă voce.

„Cine să filmeze?", se întrebă în gând Daniel. Din locul unde se aflau se vedeau numai pilonii de beton care susțineau etajul mânăstirii, totuși de curiozitate ieși din gang și făcu câțiva pași către mânăstire. Spre surprinderea lui se întâlni față în față cu un grup de turiști japonezi care filmau exteriorul bisericii. „N-aveau cum să ne vadă nici ei, nici aparatele lor de filmat! Ce se întâmplă aici?" Se întoarse spre gang unde îl aștepta fratele. Se liniștise și se juca cu niște mărgele în mâini. Erau mătănii făcute din sâmburi

de măslină vopsiţi în maro şi erau împărţite în aşa fel încât în-
truchipau rugăciunile zilnice pe care le spunea un călugăr. I le
întinse şi îi spuse:

– Uite sunt cadou pentru tine! Surprins la început, Daniel le
primi. Chiar îi plăceau. Sâmburii erau legaţi între ei cu sârmuliţe
de cupru, iar la mijloc aveau o cruce făcută tot din sâmburi, din
nouă sâmburi.

– Mulţumesc! îi spuse încântat de gest. Apoi revenind la pro-
blema care îl măcina, îl întrebă din nou: Ei, mă ajuţi pentru cheful
ăla? Hai că sunt şi eu curios cum este.

– Bine! se înduplecă Costi, dar nu am la mine, sunt în chilie.
Hai cu mine ca să le luăm. Ai bani pentru ele?

– Păi, depinde cât costă?

– O sută de mii una!

– Am trei sute, dar nu o să iau decât două, mai trebuie să-mi
rămână şi mie nişte bani că trebuie să duc şi ceva de băut acolo.

– Vrei să le-o faci, nu? îl întrebă individul rânjind.

– Da sunt chiar curios ce se întâmplă! Poftim, ţine banii!

Fratele de mânăstire, mai bine zis traficantul aciuat, luă banii
şi deodată, ca şi cum i-ar fi pus un şarpe cu clopoţei în mână, căscă
ochii îngrozit aruncându-i cât colo.

„Cine ţi-a dat banii ăştia ca să mă pierzi? Cine ţi i-a dat?" Daniel
simţi cum îi trece un fior pe şira spinării odată cu o transpiraţie
rece care-i udă efectiv tricoul la spate.

„Ce monstru mai e şi ăsta? Cum a ghicit el toată tărăşenia?" Îi
mai fusese frică în viaţa lui de necunoscut, dar de data asta parcă
mai mult ca niciodată. Faptul că întâlnea ceva care nu numai că
nu înţelegea, dar îl depăşea cu totul, îl făcu să se simtă de parcă ar
fi fost prins în public cu pantalonii în vine. Era depăşit de situaţie
şi o simţea cu toată nemulţumirea lui.

– Stai măi liniştit, de unde să îi am, sunt ai mei! îi spuse adu-
nând bancnotele de pe jos. Ţine şi haide să-mi dai tabletele.

– Am glumit, eu nu am nimic în chilie! îi răspunse traficantul.

– Poftim? întrebă uimit.

– Te-am păcălit! În chilie nu am decât niște fenobarbital pe care îl iau eu că sunt bolnav.

Mai insistă câteva clipe, apoi realiză că era în zadar. Stricase totul. Nu știa cum. Banii nu erau marcați vizibil, nu erau noi, erau cât se poate de ordinari. Și totuși fusese descoperit.

– Bine, dacă nu vrei... Mă duc și eu spre casă. Doamne ajută! spuse cu glas stins.

– Doamne ajută! spuse traficantul, apoi se întoarse și plecă.

Daniel se îndreptă și el spre ieșire, dar mai întoarse o privire în urmă și îl văzu pe individ că se întoarce la rândul lui și că îi spune:

– Ce crezi, că mi-e frică dacă ajung la închisoare? De-abia aștept. E oricum mai bine decât între ăștia care se roagă toată ziua! Mi-ai face un serviciu! îi mai spuse.

Daniel se uită la el cum se îndepărtează, gândindu-se ce se putea face cu el și mai ales pentru el. Era chiar posedat și nu-și dădea seama? Se folosea de anumite cunoștințe pentru a se îmbogăți aflându-se sub haina bisericească? Era folosit de alții în orb? Din păcate nu avea suficiente cunoștințe să verifice.

Simțea însă clar că ajunsese la capătul unui drum și că urma o nouă etapă de învățare. Cu ceea ce îi putea oferi Biserica spre cunoaștere încheiase. Stătea pe banca care se afla la intrarea în mănăstire privind portalul și își aminti școala dură prin care trecuse. Prin care îl trecuse părintele în fond. Testul pentru telepatie, cel pentru rezistență la durere, la frig, în fața demonilor, sau împotriva fricii de șerpi. Pe undeva regreta că trebuie să plece, clipe frumoase din viața lui rămâneau legate de locul acesta unde binele și răul sunt foarte bine delimitate.

În treacăt îl zări pe unul dintre agenții SRI infiltrați în mănăstire pentru a afla tainele spiritului. Cum de se știa asta? Îngerii și demonii nu dormeau niciodată. Rând pe rând, rețelele de spionaj cădeau ca muștele. Vinovat nu era nici Pacepa, nici vreun alt agent secret străin. La ora actuală, în toată lumea, se foloseau oameni cu capacități paranormale ce obișnuiau sa sondeze de la distanță subconștientul celor suspecți și puteau afla imediat ce hram purtau cei vizați. Probabil că ceea ce-i pusese pe jar fusese cazul unui funcționar al ambasadei din Berna. La un moment dat, într-o seară, acesta se ridicase de la birou, se îndreptase către seiful unde se țineau documente secrete, le luase și le dăduse foc în coșul de gunoi. Neputând să explice motivul acestui gest, fusese trimis urgent în țară, internat într-un spital de boli mintale și pensionat. Nici ei, șefii, nici psihiatrii nu înțelegeau ce i se întâmplase, mai ales că era din vechea gardă și făcea examene psihologice anual.

Aflaseră cu această ocazie că se poate influența psihic un om de la distanță și că era mai puțin costisitor să-l distrugă psihic sau să-l ucidă fără a încălca legea. Ajunseseră în mânăstire cu gândul să înțeleagă cum se face și, în special, cum te poți apăra de așa ceva.

Venise mașina. Se urcă și pe drum zări pe unul dintre ucenicii părintelui la marginea pădurii, stând sprijinit de un copac și citind dintr-o carte bisericească, înconjurat de oi. O imagine idilică pentru viața unui călugăr față de greutățile prin care trebuie să treacă ca să își atingă scopul. Acum îi mulțumea în gând părintelui că îi interzise să se călugărească – ar fi reușit în cele din urmă să învețe tot ce era de învățat de aici și pe urmă s-ar fi plictisit, acum cel puțin avea deschisă calea spre viitor, spre lume.

Mai avea ceva de făcut, ca să lichideze datoriile pe care le avea față de mânăstire. Să îi sune pe cei de la Brigada Antidrog și să le spună că nu reușise să cumpere nimic, fără să le dea prea multe detalii. Ce le putea spune: „Știți, individul era un paranormal care în momentul în care i-am dat banii și-a dat seama că sunt de la voi și nu a mai vrut să-mi dea nicio doză!" L-ar fi crezut nebun! El ajunsese să creadă că poate fi condiționat psihic un om astfel ca el să reacționeze așa în anumite momente. Nu știa cum, dar era posibil. Banii? În fond informațiile costă și se expusese riscului acceptând să facă tranzacția așa încât banii erau ai lui. Îi măritase și cu asta basta.

Părintele? Mda! De el îi părea rău că nu avea să-l mai vadă niciodată. Știa însă că asta era numai fizic, îl putea contacta doar gândindu-se mai intens la el. Mai erau câțiva băieți de care se legase acolo, dar ei aveau drumul lor rânduit de dinainte de a se naște, așa cum era de altfel și al lui. Dacă era de sus să se mai vadă, se întâmpla. Și totuși, o parte din suflet rămăsese acolo, în locul unde-și făcea rugăciunea Sfântul și unde stătea de vorbă cu un călugăr bătrân, la rândul lui ucenic al părintelui. Era mic de statură și în iarba mare barba i se împletea cu ea. Părea un pitic din Albă ca Zăpada fiind câteodată fie mutulică, un copil pus pe joacă, fie morocănosul atunci când el, Daniel, mai făcea câte-o boroboață.

Îi vorbise de Antonescu, de alți mari conducători, dar în mod special de el. Avea un cult față de acest om, care nu fusese chiar un simplu om. Se spune din bătrâni că în vremurile grele Dumnezeu trimite pe pământ câte un arhanghel care să aibă grijă de popor. Apar doar în vremurile războaielor, că sunt îngeri războinici. Așa se întâmplase și înainte să se nască Ștefan cel Mare. Se rugau bătrânii să le dea Dumnezeu conducător un înger, nu un arhanghel. Îngerii, mai apropiați spiritual oamenilor, erau mai îngăduitori cu ei, cu slăbiciunile lor. Arhanghelii aduceau numai durere, războaie. Erau în stare să ia capetele celor din jur pentru nimic. Așa apăruse un Iancu, care după ce își îndeplinise menirea, se întorsese la Maica natură cântând la fluier devenind, pentru oamenii care îl credeau nebun, păunașul codrilor. Inițiat în tainele spiritului de un unchi preot își îndeplinise menirea de a redeștepta sentimentul național al românilor pentru ca să apună apoi ca o stea căzătoare.

Țepeș poate că avusese dintre toți cea mai grea menire. Trebuind să îndeplinească voia divină, făcuse mai mult rău ca oricine. Își așteaptă încă dreptul la sfințenie pentru că nu a avut cum să învețe binele un popor decât cu țeapa și să-l protejeze de cotropitori tot cu ea. Mihai, care moare după ce arată lumii că pot să se unească trei țări socotite barbare. Ștefan, care are cel mai frumos destin până la urmă și care este singurul care reușește să capete cununa sfinților după sute de ani în care a trebuit să plătească răul făcut.

De ce nu explica Biserica de ce se făcuse sfințirea lui Ștefan? Complicat. Asta presupunea că trebuie să accepte că nu există mântuire. O balivernă inventată de ei înșiși. Că evoluția spiritului este continuă. Adevărul nu poate fi cuprins într-o viață, nici într-o mie de vieți. A accepta că ei erau îngeri trimiși ca și Moise pentru poporul evreu, să îi îndrume, presupunea acceptarea adevărului pe care multe dintre capetele bisericești nici măcar nu-l știu. „Vai vouă care țineți cheile împărăției, dar nici voi nu intrați, nici pe alții nu lăsați să intre!" Parcă se potrivea și celor de atunci, dar și celor de acum.

Dacă stai să te gândești că evoluția e ciclică, chiar dacă în spirală, e cât se poate de normal. Și ultimul: Antonescu. Pe care niște palide figuri care nici măcar nu se puteau numi oameni îl judecau. Ei erau niște maimuțe îmbrăcate în costume, judecau un lider care înfruntase un tiran, pe Hitler, care făcuse o lume să se clatine. Chiar nu le era rușine. Un scuipat între ochi ar fi fost dovada de considerație pentru asemenea oameni! Până și modul cum se comportase în război, la proces și în fața morții demonstrau că fusese un om mare spre deosebire de contestatarii lui care, dacă ar fi ajuns în fața glonțului, s-ar fi udat până în șosete!

Da, aflase multe aici. Destule cât să îi fie temelia cunoștințelor ce aveau să vină!

11.

PENITENCIARUL

Parcă în fața clădirii. Soarele răsărise de câteva ore și se putea ghici luminând spatele închisorii. Nu îndrăzni să coboare din mașină; umbra ce se așternuse dădea fațadei un aer înfricoșător și, fără să vrea, un sentiment ciudat îi învălui inima. Nu-l putea defini exact. Un soi de teamă, ca o așteptare a furtunii. Da, asta era: o premoniție sumbră amestecată cu senzația că mai fusese cândva aici. „Déjà vu!", îi trecu prin minte. Hotărât lucru, prefera termenul senzitivă, dar nu asta era problema, o știa de mult. Să fi avut vreo zece ani când o conștientizase. Mai târziu îi povestiseră ai ei cum, copil fiind, până în cinci-șase ani, mergând de mână cu maică-sa, oprea trecătorii pentru a-i săruta sau ca să-i certe. Vedea ceva ce alții nu înțelegeau. Era totuși o problemă pentru ai ei când se oprea să mângâie sau să sărute ologii, sau să certe diverse cunoștințe care le călcau pragul. Pentru mulți era o ofensă peste care nu puteau trece, astfel că atunci îi vedeau pentru ultima oară.

Cu timpul, sub presiunile celor din jur și a medicilor la care fusese dusă, și-a îngropat, undeva adânc în ea, darul și a devenit un om așa-zis normal. Păstra însă un mic semn de întrebare în speranța că viața, cunoașterea, îi vor lămuri în timp trăirile din copilărie. Zâmbi amintindu-și fețele celor la care le spunea: „Pfuu, ce urât ești! Du-te la Doamne-Doamne să-ți ceri iertare!" În cele din urmă totul fusese bine. Învățase să controleze și, chiar dacă, din când în când, îi mai apărea câte ceva, încerca să uite și să nu-i mai dea nicio interpretare. Că ceva era cu ea își dăduse seama atunci, în ziua aceea. Stătea liniștită în camera ei, întinsă pe pat, citind o carte. Afară se auzea un uruit de mașină electrică care mușca din metal și, chiar dacă zgomotul o deranja, reușise să se detașeze și să intre în lumea cărții pe care o citea, când simțise o durere ascuțită în mâna dreaptă. Șocată de rapiditatea și bruschețea cu care se petrecuse totul rămăsese țintuită privindu-și perplexă mâna care nu avea absolut nimic. Uruitul mașinii fusese întrerupt de căderea unui obiect pe beton și apoi de o liniște nefirească. Prin minte îi trecu însă un gând: „Și-a tăiat degetele!" Și-l văzu ca prin ceață pe vecinul de deasupra, căutând ceva pe jos. Prima reacție fusese să fugă în apartamentul de sus să vadă ce s-a întâmplat, însă intervenise propria-i rațiune: „Ce-or să zică oamenii ăștia despre mine? Poate nu s-a întâmplat nimic și apar și eu, moț, la ușă!" Se postase cu respirația oprită lângă ușă așteptând să mai audă ceva, dar nu se mai auzi nimic; pe scara blocului se lăsase liniștea.

Cu un sentiment de teamă care îi persista în suflet se întorsese în camera ei pentru ca peste câteva zile să afle adevărul: vecinul respectiv își tăiase degetele de la mâna dreaptă și pentru că ajunsese prea târziu la spital operația care urmase nu-i fusese de niciun folos. Chiar și acum se simțea vinovată, deși n-ar fi putut face mare lucru, poate pentru simplu fapt că știuse sau pentru că nu dăduse curs instinctului care-i arătase adevărul. De atunci încercase să țină cont și de acest simț care, cel puțin în acest moment, îi spunea să fugă cât putea de repede de aici. Rezistă însă acestei ispite și se apucă să studieze clădirea.

De departe ai fi zis că e o școală a cărei destinație fusese schimbată și care era în curs de renovare. Formată din două aripi unite între ele de o poartă imensă, gri, avea un aer vesel în comparație cu clădirile din jur și asta datorită culorilor în care fusese zugrăvită: un alb cu bej frumos. Doar schelele ce mai acopereau una din aripi și deținuții care lucrau la ea te puteau convinge că aici stă ascunsă pleava societății. Geamurile înalte, de genul celor de la casele să-sești, nu aveau zăbrele și aveau pervazele pline de flori ca o adevă-rată grădină.

„Probabil astea sunt birourile!", gândi. De altfel doar pe părțile laterale ale închisorii văzuse garduri duble cu sârmă ghimpată și foișoare unde stăteau de pază soldați înarmați. Avusese prilejul să fie de față și la schimbarea gărzii care avea loc prin spațiul dintre cele două garduri. Câțiva soldați care mergeau în șir indian, flan-cați de un altul ce părea a avea un grad superior și un câine mare, negru, pășeau tăcuți, în același pas, la hotarele celor două lumi. Câinele, cu un mers leneș specific rasei, catadicsise să-i arunce o privire care să o facă să se înfioare. Un Rotweiler.

„O fiară pusă să păzească alte fiare! îi trecu prin minte. Aiurea, tot oameni!", încerca să gândească pozitiv. Nu era ceea ce se putea numi un gând prea măgulitor pentru propria-i persoană.

În fața porții începuse să se adune un grup pestriț de oameni. Nu era greu de ghicit ce căutau aici. Copiii, cu neastâmpărarea și adaptabilitatea specifică vârstei, spărseseră barierele etnice și înce-puseră să se joace. Cei mari discutau. Nu auzea, din locul de unde stătea, ce-și spuneau, dar nu era greu de ghicit, genul de palavre de la coadă care fac să treacă timpul. Se uită la ceas: era doar 8.30, iar programul începea de la ora 9.00. Un gardian în pragul pensionă-rii, îmbrăcat într-o uniformă boțită și decolorată de vreme, dădea îndrumări celor care soseau mai târziu. Îl privi uimită de ușurința cu care se mișca pentru vârsta lui. „Militar!", trase concluzia. Ge-nul lui era ușor de recunoscut chiar și îmbrăcat în civil. Ținuta rigidă, mișcările riguroase, exacte o duceau cu gândul la această profesie chiar de cum îi intrau pe ușa cabinetului. Ofițerii aveau în plus un soi de noblețe a mișcării față de gradele mai mici.

Nerăbdarea începu să-și pună amprenta pe ea. Nici măcar nu știa care-i procedura ca să intre în închisoare. Se hotărî să aștepte, mai mult decât orice își dorea să pătrundă atmosfera închisorii, să se confunde cu ea, pentru a-i înțelege pe oamenii de acolo: atât pe cei care păzeau cât și pe cei care erau păziți. Există o psihologie a individului și, extins, una a grupurilor de indivizi, or, ea făcuse o adevărată pasiune în a le descoperi pe ambele. O instituție și, de ce nu, o închisoare, acționează ca o mare familie, care are o ierarhie proprie, are reguli și legi nescrise. În timp pot fi descoperite și ți-e mult mai ușor să te integrezi printre indivizii care o compun, ca și cum ai vorbi aceeași limbă. Un gând îi fulgeră prin minte. Și aici ca oriunde acționa legea contrariilor: bine–rău, alb–negru, noapte–zi, hoț–paznic. Simplist, dar fundamental, depindeau unii de alții într-o înlănțuire greu de separat. „Probabil și aici sunt hoți mai cinstiți decât gardienii și gardieni mai hoți decât hoții!", își spuse.

„În fond, dacă n-ar fi nebuni n-ar fi nevoie de mine, nu? își spuse zâmbind în gând. Ce face însă ca tu să fii medicul și nu pacientul, asta numai Dumnezeu știe!"

„Ce-mi veni?", se întrebă. Nu era un credincios practicant. Paște, Crăciun, vreun sfânt de ziua căruia se sărbătorea un coleg, nunți, botezuri și înmormântări, cam la atât se limita practica ei religioasă. „Ce m-a apucat acum?" Încercă să se liniștească. Închise ochii și începu să-și regleze respirația și pulsul. În felul acesta își golea mintea de orice gând negativ și, implicit, de frică.

„Nu mă mai interesează nimic, doar respirația și pulsul meu care revin la normal!" Angoasa ce o cuprinse și gândurile ce o măcinau se risipiseră parcă măturate de cineva. Ciudat era că trecuse prin atâtea examene încât orice încercare pe care viața i-o punea în față ar fi trebuit să fie o bagatelă și totuși nu se întâmpla așa. Așteptă să simtă zidul și încet, încet, pătrunse mental dincolo de el. Sub acel aspect frumos care începea să se contureze datorită văruielii proaspete simțea răul, un rău brut, asemănător celui pe care îl percepuse în preajma pavilioanelor unde erau ținuți nebunii furioși, cazurile disperate în fața cărora medicina ridica neputincioasă din umeri.

Singura deosebire era că cei de aici avuseseră discernământ în momentul în care săvârșiseră faptele pentru care acum plăteau. Cel puțin așa se credea.

Expertiza psihiatrică era obligatorie, dar se știa că se face de mântuială. Totul pleca de la criteriile de selecție a medicilor pentru o anumită specialitate, care făceau ca indivizi fără nicio înclinație spre aceste domenii să ajungă psihiatri. Învățau bine și în timp ajungeau niște tehnicieni buni, dar foarte departe de mintea și sufletul omului, pe care nu le poți înțelege din cărți. Așa cum nu poți învăța compasiunea, lucru fundamental în psihicul unui medic pentru o relație optimă doctor–pacient, așa nu se poate învăța nici acea calitate care face să se stabilească între cei doi o apropiere bazată în primul rând pe încredere și apoi pe empatie.

Știa, sau mai degrabă simțea, că un popă de țară bun este prin spovedania pe care o face mult mai aproape de om decât multe din capetele așa-zis luminate care dețin supremația în psihiatrie. Avea vii în minte cuvintele unui profesor din facultate care, conștient și el că sistemul e prost, îi învățase să intre în el pentru a-l schimba. Era un soi de „a te face frate cu dracul până treci puntea", însă scopul merita și, le explicase profesorul, nu aveau altă soluție. „Revoluțiile au trecut!", adăugase cu amărăciune. Fusese foarte deschis față de ei. Le explicase șansele pe care le aveau fiecare de a se ridica în ierarhia medicală în funcție de pilele, banii și frumusețea fiecăruia. Realitatea făcea ca o fată să poată răzbate mai greu și totodată mai ușor decât un bărbat. Era de ajuns să fie propulsată de un profesor, de cele mai multe ori urât și libidinos, dar ce sacrificii nu se fac în numele cunoașterii! „Slavă Domnului", fusese ferită de o asemenea experiență.

Cât despre cei de aici, privați de libertate, cine știe câți nu erau bolnavi cu adevărat. Fuseseră atâtea cazuri de soldați care dezertaseră sau chiar omorâseră pe cineva și a căror afecțiune fusese descoperită după aceea. Ca să nu mai vorbim de sinucigași, care nici măcar nu mai puteau fi investigați, dar despre care, din spusele celorlalți, se putea deduce că aveau probleme grave care îi făceau inapți pentru stagiul militar. Or, nimeni, din grabă sau incompetență, nu descoperise asta. Din punctul ei de vedere, ca om și ca medic, orice om care face rău sau are o înclinație spre rău era bolnav, bolnav sufletește. Doar posibilitatea, de fapt puterea, de a înfrâna răul din tine te face să rămâi de partea asta a gratiilor, fie că sunt ferestrele închisorii, fie că sunt ale spitalului.

Nimeni nu se naște rău. Cu o înclinație spre anumite lucruri care, din punct de vedere al societății, sunt rele, da, dar complet rău, nu. Devine rău. Mediul, educația sau, mă rog, lipsa ei își pun amprenta pe individ, care devine la un moment dat expresia fidelă a locului în care a trăit. Așa cum la copiii crescuți de bunici remarci gesturi asemănătoare cu ale acestora, sau cum copiii copiază ticurile celor bolnavi cu care vin în contact. Mai exact, fiecare are în el la naștere și sămânța binelui, și pe aceea a răului, în cantități mai mult sau mai puțin egale. Cert e că, după cum sunt udate, cele două încep să crească diferențiat, pentru ca la un moment dat una să o înăbușe pe cealaltă. Asta era concluzia la care ajunsese până acum. Tipurile psihologice și clasificările lor erau prea multe. Nu spunea că nu conțineau și o parte de adevăr, dar erau prea multe și niciunele nu ajungeau la esență, ci la un nivel care n-o mulțumise niciodată. Erau ca horoscoapele.

„Prostii! Oamenii ascund mai mult în interiorul lor decât diagramele!", își zise. Se face apologia omului. Omul, ființa supremă! De asta erau dezumanizați toți medicii. Când cunoști mizeria umană, sufletească și trupească, până în străfundurile ei, când îți vâri mâinile în voma și fecalele lui realizezi cât e de departe omul de a fi zeu. „De ce fusese necesar să apară?", se întrebă. În natură există ordine chiar și în haos. „Și totuși, de ce?" Ca animal, un rebut, având cel mai prost randament, folosind mai puțin de 10% din capacitatea propriului creier și cu mult mai puțin din aceea a trupului, iar ca Dumnezeu al planetei tot un rebut, din moment ce se autodistruge și o distruge pe cea care i-a dat viață: Mama Natură.

I-ar fi chemat pe cei care susțineau originea divină a omului și dreptul lui asupra planetei să vadă cum moare de turbare un om. Fiara aceea înnebunită, cu ochii lucioși, căreia i se preling balele din gură, mușcând tot ce-i în jur și lovindu-se cu capul de pereți nu e cu nimic mai presus de un câine turbat. Ba, din contră, omul, prin intelect, are posibilitatea să facă mai multe rele decât cel mai crud animal. Cel puțin cei de aici, al căror câmp groaznic îl percepea dincolo de zid, erau niște scursori din punctul de vedere al unora, închiși pentru liniștea celor care se scoală dimineața pentru a merge la lucru.

„Și totuși, cine n-a furat niciodată?", își zise. Ea cel puțin nu putea arunca cu piatra în hoți, atâta conștiință încă îi rămăsese. Avea vie în minte întâmplarea aceea de parcă s-ar fi petrecut ieri. Până și impulsul, dorința de a poseda obiectul, persista în suflet. Să fi avut vreo opt ani și se pregăteau pentru ora de gimnastică. Fetele aveau o sală de sport separată de aceea a băieților, cu oglinzi, bară, mochetată. Una din colege purta la gât un medalion de porțelan aurit pe care era pictat, fin, chipul zâmbitor și-n același timp trist al Fecioarei. Îl dorise într-o asemenea măsură încât, profitând de neatenția celorlalți, îl luase din buzunarul fetei. Era pe vremea uniformelor obligatorii și a matricolelor. „Ținuta", o altă nebunie a societății care-i divizase și pe ei, psihiatrii și psihologii, în două tabere. Unii susțineau ideea că personalitatea unui copil se poate manifesta și altfel decât prin îmbrăcăminte, ceilalți, din care făcea parte și ea, cu oarecare rezerve, susținea că orice încorsetare a voinței omului în procesul formării ca personalitate are repercusiuni mai târziu. Și totuși: „Ce era bun în a veni la școală cu cercei în nas?" Diferențele sociale fac oricum să se nască ura în sufletul crud al unui copil sau adolescent, care începe să și-o manifeste mai târziu în relațiile cu ceilalți, cu familia și implicit cu societatea. Un copil care nu are ce au ceilalți suferă, poate chiar inconștient, și vina cade inevitabil pe cei care nu-i pot satisface dorințele, în acest caz părinții, iar de la tensiunile din familie până la a veni în conflict cu societatea nu mai este decât un pas. De fapt, ceea ce nu era clar era limita la care să se ajungă cu restricțiile sau cu îngăduința. Se vine deja la școală cu mașina, nu mai vorbim de celulare și computere de buzunar, iar cei mai săraci nicio pereche de blugi mai ca lumea nu pot avea. Știa și ea ce înseamnă să poftești la o prăjitură și să nu o poți avea. Nu mai vorbea de altceva...

Acel medalion îl luase și-l ținuse la piept, strâns în pumn, fericită că în sfârșit îl are, după care îl ascunsese în vestiar, deasupra dulapului unde-și țineau hainele. Așteptase cu teamă sfârșitul orei cu gândul numai la el, sperând că fata va uita. Nu se întâmplă astfel. Odată ieșiți de la ora de sport, primul lucru pe care îl făcuse colega ei fusese să-l caute pentru a și-l pune la gât. Când îi descoperise lipsa, începuse să plângă sfâșietor, ascunzându-și fața în mâini și spunând printre lacrimi că îl avea de la bunica ei care murise și că are să o bată maică-sa că îl pieduse. Chiar și acum, după atâta timp, simțea remușcări pentru durerea pe care i-o pricinuise, cu atât mai mult cu cât nu se oprise aici. Au fost percheziționate toate fetele, li s-au controlat lucrurile și nimic. De abia după aceea au cercetat și locul unde se întâmplase evenimentul. Când, în cele din urmă, a fost descoperit, vina a căzut pe o fată dintr-o familie destrămată, cu un tată bețiv și mulți frați. Fata negase plângând orice legătură cu dispariția medalionului și nici măcar atunci, deși i se făcuse milă de ea, nu putuse să-și recunoască vina. Bănuielile o ocoliseră. Ca premiantă nici măcar nu se gândiseră la ea. Adevărul este că-i fusese rușine. „Eram mică! se scuză în gând. De unde să știu ce-o să se întâmple?" Fata pe care căzuse bănuiala scăpase și ea cu bine, deși privirile celorlalți o urmăriseră cu suspiciune mult timp după aceea și fusese exclusă din cercurile lor de joacă. Ce reușise ea să facă fusese să o reintroducă în comunitate mai târziu. În orice caz era o amintire nu prea plăcută, cu care trebuia să trăiască toată viața, un rău pe care nu-l mai putea îndrepta.

Curios acum, faptul că-și adusese aminte de episodul acesta al vieții o făcu să se simtă solidară oarecum cu cei de dincolo de zid. Parcă nu-i apăreau așa de răi ca la început, erau cei care dintr-un motiv sau altul greșiseră și, spre deosebire de ea, fuseseră prinși. „Au avut ghinion!", își zise. Îndreptă oglinda retrovizoare către ea și se privi cercetător. Nu arăta rău, poate puțin obosită. Deschise poșeta și scoase un portofel mai mic în care ținea o parte a arsenalului ei de înfrumusețare. Își dădu cu puțin fond de ten și-și întinse puțin ruj pe obraji. Era prea palidă azi. Cu mici retușuri, parcă arăta mai bine. Puse ustensilele înapoi în geantă, aruncă o ultimă privire în oglindă, controlă mapa de pe scaunul alăturat și ieși. Încuie portiera. „Săraca mașină! Arată ca vai de ea!" Să tot fi avut vreo douăzeci de ani. Fusese câștigată pe un cec de cinci mii de lei când era mică. Ar fi trebuit să-i scrie pe spate: „E pur si muove!" Zâmbi. „Trebuie spălată!"

Își aranjă hainele. Era îmbrăcată într-un compleu vernil cu o bluză neagră, care lăsa să i se ghicească sânii. Culoarea hainelor se potrivea cu părul ei negru și lung pe care îl lăsase, liber, pe spate. Ținuta, poate mai îndrăzneață ca de obicei, o folosea când avea ceva de rezolvat. Fusta, cu câteva degete deasupra genunchilor, îi descoperea gambele a căror linie o accentuau pantofii negri, cu toc cui. Îi plăcea să se îmbrace în funcție de situație fără a-și crea însă un gen propriu. Important era dacă voia sau nu să iasă în evidență într-un anumit mediu și ce anume dorea să obțină. Nu se considera o materialistă, în fond este o calitate să-ți creezi circumstanțe favorabile ție însuți fără a călca pe cadavre. Din punctul ăsta de vedere oamenii ar avea de învățat de la animale care, în perioada de rut sau când pleacă la vânătoare, își schimbă ținuta și comportamentul.

Astăzi ea vâna! O femeie este întotdeauna superioară unui bărbat. Pe lângă mijloacele de înfrumusețare de care dispune, simț estetic și, dacă este cazul, inteligență, are, nativ, acel instinct care o face capabilă să se modeleze în funcție de conjunctură.

Porni încet spre poarta penitenciarului. „La naiba!", gândi cu ciudă. Ce-i venise să-și pună ciorapi de mătase. Tot îmbrăcând blugi se dezobișnuise să se îmbrace frumos și acum îi simțea alunecându-i. „Mai trebuie să-mi rup vreun toc!", gândi cu ciudă. „Ce p... mă-sii, în fond sunt o doamnă!", își reaminti o expresie des vehiculată în lumea intelectualilor. Privind drept în față, ca și cum nu s-ar fi întâmplat nimic, își mută mapa sub braț și-și ridică puțin fusta apucând în același timp și ciorapii, apoi, cu un gest energic, o coborî la loc lăsând cu gura căscată un deținut ce o privea de pe schelă. Se simțea mai bine așa. Se apropie de intrare. Gardianul, ca împins de un resort, îi ieși în întâmpinare.

– Bună ziua! Ce doriți? o întrebă. În privirea lui se desluși un pic de mirare. Se vede că nu era genul care să facă parte din peisajul obișnuit al vizitatorilor.

– Bună ziua! îi răspunse. Aș vrea să merg în audiență la domnul comandant!

– Aveți programare? veni prea repede întrebarea la care, de altfel, se așteptase.

– Nu. Nu știam că este nevoie de așa ceva! spuse, deși știa că orice șef, cât de mic, simte nevoia să se bage în seamă fixându-și un program de audiențe.

– Mi-ați putea spune despre ce e vorba? o întrebă cu interes gardianul.

– Sunt medic psihiatru. Am venit în legătură cu o expertiză, spuse lăsând ideea în coadă de pește.

– Ah! spuse acesta prefăcându-se că înțelege. Stați să dau un telefon să vedem ce se poate face.

Dispăru în clădire pe o uşă metalică mascată în perete. Poarta cea mare se deschise după puţin timp şi, în crăpătură, se ivi capul unui bărbat mai tânăr ce o măsură de sus până jos. Se prefăcu că nu-l observă şi făcu câţiva paşi.

– Doamnă! se auzi strigată.

Doctoriţa se întoarse şi, etalându-şi cel mai frumos zâmbet de care putea da dovadă, îi zise:

– Da?

– Aţi venit să-l vedeţi pe domnul comandant? o întrebă.

– Da, cu dumnealui am treabă, îi spuse.

– Am să-i comunic, numai să-mi daţi un buletin, un act, ştiţi, asta-i procedura, continuă ca o scuză.

Doctoriţa îşi deschise poşeta şi-şi scoase buletinul. În el avea legitimaţia de serviciu şi permisul de conducere. Actele aveau nişte poze extrem de reuşite, cele mai bune pe care le avea de fapt. Pe legitimaţia de serviciu, deasupra numelui Ionescu Maria, sta scris cu majuscule: „INSTITUTUL DE MEDICINĂ LEGALĂ DR. MINA MINOVICI, BUCUREŞTI", iar mai jos „medic psihiatru" şi continua cu numărul legitimaţiei. Plastifiată, după ultimele norme europene, chiar şi ei îi plăcea foarte mult. Subofiţerul o luă, o cercetă îndelung şi-i spuse:

– Vă rog să aşteptaţi puţin! şi dispăru închizând poarta în urma lui.

„Of, bărbaţii ăştia! E de ajuns să vadă fundul unei femei ca să uite de tot!" Pe undeva îi înţelegea. Nu erau prea multe femei prin zonă, poate nu era niciuna, iar testosteronul era cu mult peste limita obişnuită. Timpul trecea al naibii de greu şi, din obişnuinţă, începu să-i studieze pe cei care, docili, stăteau în faţa porţii. „Probabil sunt în vizită la deţinuţi! Oare ce gândesc femeile astea care au soţii, fraţii sau fiii închişi aici? Indiferent de motivul pentru care erau dincolo, în faţa lor tot nevinovaţi apăreau, nişte victime ale sistemului."

– L-au luat c-a furat nişte fiare de la un tanc în armată. Alţii fură miliarde şi scapă, iar el mai are de stat încă trei ani aici! spunea cu năduf un fiu.

„Cum poţi spune unui copil că tatăl lui este vinovat? Oricum încă nu are capacitatea să discearnă binele de rău şi, chiar dacă ar avea-o, nu este atât de bine conturată ca să învingă frustrarea apărută în urma faptului că i-a fost luat tatăl. Bun sau rău, e tatăl lui. O va urî la rândul lui pe aceea care i-a făcut asta, societatea, pe care va încerca să se răzbune pentru copilăria lui nenorocită, devenind mai mult ca sigur un candidat la un loc în această clădire."

Poarta cea mare se deschise. Crezând că este pentru ea, se apropie. În deschizătură se ivi un subofiţer care, privind în direcţia cozii ce se formase între timp, le striga să scrie pe o bucată de hârtie numele şi data naşterii deţinuţilor pe care doreau să-i viziteze, şi să i le dea. Îi mai sfătui să-şi pregătească şi buletinele.

– De ce data naşterii? întrebă o voce din mulţime.

– Sunt aşezaţi în camere după vârstă, îi răspunse subofiţerul. Dacă nu ştiţi, scrieţi măcar vârsta sau dacă este minor, să ştim unde să-l căutăm.

Din rândul celor care aşteptau se desprinse o femeie la vreo cincizeci de ani, îmbrăcată cu un pulovăr tricotat manual, scămoşat de atâta purtat, dar curat, încălţată cu nişte sandale şi purtând o pereche de pantaloni ce trădau sărăcia.

– Domnule ofiţer, spuse ea, am şi eu o problemă. M-au trimis de la Asociaţia Victimelor Revoluţiei din Decembrie '89 să caut dosarul fiului meu care a fost arestat atunci.

– Şi de ce n-a venit el să-l caute? întrebă rece subofiţerul, surprins că mai venea cineva după atâţia ani.

– Nu l-a mai văzut nimeni de atunci! spuse femeia cu glasul înecat în lacrimi. Impresionat, bărbatul se înmuie puţin.

– Sunteţi sigură că a fost închis aici? o întrebă acesta.

– Da, a fost arestat împreună cu mai mulți colegi care au fost aduși aici. Ei s-au întors. Numai de al meu nu se mai știe nimic, spuse ea.

– Cum îl cheamă? o întrebă pe femeie.

– Szilagyi Gheorghe, răspunse femeia cu speranța renăscând în voce.

– Stați un pic să vorbim cu băiatul de la registratură, poate găsim ceva în arhivă și vă spun imediat. Așteptați vă rog dincolo de marcaj. Mai este cineva pentru vizită? întrebă spre grupul de oameni. Se mai apropiară câțiva întârziați și-i întinseră biletele de hârtie cu numele celor dragi.

– Aveți dreptul la cinci kilograme de alimente și trei cartușe de țigări pe lună; dulciuri, fructe, fără alimente ce se pot strica. Sucurile nu se socotesc, mai spuse și dispăru în spatele porții.

Doctorița își pierduse răbdarea, însă încerca să ascundă acest lucru. O uimea totuși evoluția lucrurilor în țara asta bătută de soartă. „Cum se putuse întâmpla să se treacă de la o extremă la alta?"

În fond, luptaseră împreună pentru dreptate și unguri, și români pentru ca, la câțiva ani distanță, să se omoare unii pe ceilalți. Își aminti starea de beatitudine ce-i cuprinsese pe toți în primele zile de libertate și o compara cu ororile pe care le văzuse filmate la Târgu-Mureș. Ce se întâmplase nici că-și putea explica. „Bine măcar că nu mai este răcoare!", gândi. Începu să o macine îndoiala. „Dacă n-or să-mi accepte studiul, ce fac?" Își făcuse tot felul de planuri în legătură cu modul cum va aborda subiectul și acum să se ducă totul de râpă? „Gândește pozitiv!", își spuse singură.

Timpul trecea fără vreun rost, dar nu asta era problema, ci să-și atingă scopul. Nimic din gândurile sau îndoielile ei nu-i răzbăteau însă pe chip. Deodată ușa se deschise și în prag apăru silueta subofițerului cu care vorbise. Îi zâmbea cu gura până la urechi și îi făcea semn să se apropie.

– Poftiți, doamnă doctor. Azi nu este zi de audiență, dar am vorbit cu domnul comandant și pentru dumneavoastră face o excepție! spuse făcându-i complice cu ochiul.

– Mulțumesc mult! îi răspunse, nici prea distant, nici prea rece. În fond era medic și, deși nu punea mare preț pe asta, trebuia să-și păstreze rangul, nu atât pentru ea cât pentru ceilalți.

– Luați buletinul și actele și urmați-mă, vă duc personal la dânsul, îi spuse.

Urmărită de privirile celor care-și așteptau resemnați rândul, porni plină de speranță în urma lui. Un fior îi trecu prin șira spinării în momentul când poarta se închise zăngănind în spate. „Lasciate ogni speranza, voi ch'entrate!", îi trecu ca un fulger prin fața ochilor inscripția de la poarta iadului lui Dante.

În fața ei se deschise o curte pătrată, flancată în cele patru laturi de clădirea închisorii, ceva ce semăna cu o cetate. Dacă pe latura din față geamurile nu aveau gratii, celelalte își exprimau foarte clar utilitatea, acolo se aflau celulele. Zăbrelele dădeau un aspect lugubru, făcându-le să semene cu cele de la ospiciu. În curte, câțiva deținuți, urmăriți îndeaproape de un soldat înarmat, preparau niște ciment. Se opriră din lucru în momentul în care apăru ea și-i simți dezbrăcând-o din priviri. Nu se simți flatată de interesul pe care îl trezise. Abstinența forțată la care erau supuși, a doua poate ca importanță după privarea de libertate, îi făcea să admire orice purta fustă. Pe undeva îi compătimea și-i părea rău că urma să le fie subiectul fantasmelor erotice.

După câțiva pași au ajuns în fața unei uși. Subofițerul se grăbi să-i deschidă, apoi porni iute înaintea ei pentru a-i arăta drumul. Urcară un rând de trepte până la primul etaj. Ușile, de-o parte și de alta a unui coridor lung, aveau plăcuțe pe care scria scopul fiecăreia în parte. O singură ușă ieșea în evidență, era capitonată în piele de culoare maro, fără clanță și fără vreo inscripție pe ea. Subofițerul bătu timid în tocul ușii și de dincolo se auzi un țăcănit și un zgomot ca de aparat de bărbierit electric. Doar în acel moment împinse ușa, care se deschise fără niciun zgomot. Bărbatul își introduse capul în deschizătura ce se formase și-l auzi spunând:

– Am adus-o pe doamna doctor!

– Poftește-o! se auzi de partea cealaltă vocea comandantului.

Gardianul se dădu la o parte pentru a-i face loc să intre și-i ură în șoaptă:

– Succes!

– Mulțumesc! îi răspunse cu jumătate de voce, gândind: „Am mare nevoie!"

Camera în care tocmai intrase era suficient de mare și conținea mai multe piese de mobilier simple, cazone. O masă lungă, înconjurată de șase scaune, folosită probabil pentru sedințe, așezată oarecum în stânga ușii pe care tocmai intrase, un birou de culoare neagră, mare și puțin cam butucănos pentru gustul ei, la care stătea cel care conducea închisoarea, comandantul. Mai avu vreme să vadă obiectele aranjate cu grijă de pe birou, o măsuță pe care se afla un televizor color și un biblioraft. Bărbatul lăsă la o parte hârtiile pe care tocmai le răsfoia și-și scoase ochelarii privind-o cercetător.

– Bună ziua! spuse doctorița simțindu-și glasul pierind de emoție.

– Bună ziua! îi răspunse comandantul, fără ca din glasul lui să se trădeze ceva, surprindere sau curiozitate, de parcă nici n-ar fi contat că ea se afla aici.

– Luați loc, doamnă doctor! îi mai spuse arătându-i un scaun aflat în fața biroului.

– Mulțumesc! Domnișoară, îl corectă fără a-l privi în timp ce se așeza așteptându-i reacția.

– Mă scuzați, domnișoară, îi spuse și, din tonul lui, deduse că-l descumpănise puțin.

Prea puțin însă. Îl simțea ca un buldog, de un echilibru perfect, genul care este greu de descumpănit sau de influențat, atât în bine cât și în rău. Doctorița își simți bluza lipindu-se de spate, tipul era genul care odată ce spunea un „da" sau „nu" așa rămânea indiferent dacă asta făcea să se cutremure pământul. „Of, gândi, am dat de naiba!" Se vedea clar ce fel de individ era: cinstit, cu o inteligență nu cu foarte mult peste medie, dar în orice caz cea specifică de copoi, puțin mai mult abrutizat de meseria lui. Observase de-a lungul anilor că oamenii capătă niște caracteristici proprii meseriei pe care o practică. Cel puțin în medicină asta se vedea clar. Cel puțin ei, psihiatrii, aveau o limită a vârstei dincolo de care se spunea că intră în rândul celor pe care îi tratează. Mediul își pune în cele din urmă amprenta pe orice individ, oricât de puternic psihic ar fi. Ca picătura de apă care sapă în piatră. Avusese prilejul să lucreze cu polițiștii de la capitală care se ocupau de cei care erau certați cu bunele moravuri. Ei bine, cei care fuseseră infiltrați în mediul respectiv pentru diverse informații, fie pentru că trebuiau să se integreze mediului, fie pentru că în timp cei din jur le influențau gândirea, împrumutau același comportament, devenind la fel de corupți dacă erau slabi. „Nu-i de mirare că bazele criminalisticii le pusese un criminal!", gândi fără să vrea.

– Cu ce vă pot ajuta? o întrebă interlocutorul ei.

– Ați aflat probabil cu ce mă ocup, începu ea să vorbească lăsând o pauză și continuând când îl văzu încuviințând din cap. Am îndrăznit să vă deranjez în speranța că mă puteți ajuta la realizarea unui studiu privind delincvența și profilul psihologic al infractorului. Se face la nivel național o statistică privind delictele, delincvenții și modul de operare. Mă rog, o să cuprindă mult mai multe, dar, în principiu, cam despre asta este vorba. Pentru asta am nevoie de sprijinul dumneavoastră în sensul de a putea discuta cu deținuții. Observă o ușoară adâncire a cutelor de pe fruntea comandantului, așa că se grăbi să continue. În urma studiului se va crea o bază de date, care va cuprinde informații la fel de utile precum amprentele, ce vor ajuta la restrângerea cercetărilor în infracțiunile recidiviștilor. Dosarele vor cuprinde un fel de amprentă psihică știindu-se că există o anume înclinație către o infracțiune.

– Bine, și cu ce ne ajută pe noi treaba asta? veni implacabil întrebarea de care doctorița se temea cel mai mult și la care se așteptase. Oricât se gândise la un răspuns nu găsise niciunul mulțumitor, iar acum, când văzuse cu cine are de-a face, lucrul acesta i se părea și mai greu. Singura idee ce-i venise de afară fusese să improvizeze în funcție de reacția lui.

– Păi, foarte simplu. În momentul sosirii unui deținut nou în penitenciar, de fapt chiar înainte de asta, de la poliție sau, dacă este cazul unui transfer, de la alt penitenciar veți primi, prin intermediul rețelei de calculatoare, întreg dosarul acestuia. Într-un fișier vor figura poza, amprentele, caracteristici fizice și psihice, delictele comise și, nu în ultimul rând, tabieturi, înclinații, hobby-uri... Orice lucru, cât de minor la prima vedere, se va regăsi aici: dacă este agresiv, dacă are tendințe de suicid, automutilare, sau dacă este sadic, homosexual, dacă este un lider sau, de ce nu, un turnător și, în funcție de acestea, veți ști cum este cel mai bine să-i grupați pe camere pentru a avea cât mai puține evenimente.

– Hm! îl auzi pe comandant.

„Alt idiot! Dintre cei care văd în închisoare doar un mijloc de pedeapsă și nu ceea ce ar trebui să fie de fapt: un mod de reeducare și de resocializare. Ba din contră, mai încearcă să le facă viața și mai mizerabilă." Simți conturându-se un refuz și intră în panică. Trebuia să gândească ceva și asta cât mai repede, altfel pierdea totul. Se trezi spunând fără să se gândească prea mult, surprinzându-se chiar și pe ea însăși:

– Dintr-o cameră cu deținuți veți putea ști exact care este cel mai bun să fie șeful camerei, dar și cel care, dintr-un motiv sau altul, v-ar putea ține la curent cu evenimentele ce au loc dincolo de ușile de metal.

Nu-i scăpă sclipirea din ochii comandantului. Mulţumi în gând providenţei care-i dăduse nu o mână, ci mai multe, de ajutor. Întotdeauna sunt lucruri care scapă şefului. Posibilitatea de a le cunoaşte îi treziseră interesul şi-l făcuseră mult mai receptiv la propunere. „Cum de nu m-am gândit la asta?", se întrebă doctoriţa. Îi scăpase din vedere cea mai veche dorinţă umană, cea care pricinuise căderea Evei şi a lui Adam din rai: aceea de a şti tot. Şi cine nu vrea să ştie ce se petrece în propria ogradă? Putu să remarce cum licărul de interes din ochii interlocutorului său se stinse încet, încet. Trebuia să admire capacitatea acestuia de a se stăpâni.

– Ce anume aţi vrea să faceţi concret? o întrebă într-o doară.

– Aş avea nevoie să-mi îngăduiţi să stau de vorbă cu deţinuţii.

– O secundă, o întrerupse el. Apăsă pe un buton şi spuse: Vasile, fă tu două cafele. Apoi întorcându-se spre ea: Beţi, nu?

– Da, mulţumesc! îi răspunse gândind: „Acum încep tratativele!" Era bine. Avea o şansă pe care trebuia să o fructifice. Normală, continuă.

– Două normale, Vasile! îi spuse celui de dincolo de firul electric. Continuaţi, domnişoară! Cât timp credeţi că va dura?

– Depinde mult de la caz la caz. Sunt subiecţi care sunt cooperanţi, are importanţă şi nivelul intelectual al fiecăruia. N-aş putea spune exact cât, dar cred că ar dura câteva luni până să-mi fac o idee despre fiecare deţinut în parte şi pentru a putea da un prim rezultat al studiului.

– Doar atât? se miră comandantul.

Nu voia să-l sperie.

– Probabil că pentru a-l aprofunda s-ar ajunge la aproape un an, dar cu o strategie bine pusă la punct, care să elimine timpii morţi, s-ar reduce mult perioada de care aş avea nevoie. Acum totul depinde de dumneavoastră, cât mă puteţi primi.

Bărbatul se gândea. Sprâncenele stufoase, unite la rădăcina nasului, se ridicară vizibil, iar fruntea i se încreţise uşor.

– Știți ce? Am să vă dau un permis de intrare în unitate și voi ordona să primiți tot ce aveți nevoie. În funcție de evoluția lucrurilor, vom stabili cât vom lucra împreună.

Era clar că decizia era finală, nimic nu l-ar mai fi putut face să se răzgândească. „Brută, brută, dar deșteaptă! își spuse admirativ doctorița. Capsomanul ăsta își lasă o cale de ieșire, de-asta nu dă termene și niciun permis permanent. Când n-o să-i mai convină, îmi dă un șut în fund și mai văd închisoarea de dincolo de poartă!" Ce putea face? „Take it, or leave it!", îi trecu prin minte. Se consolă în gând, făcuse tot ce se putea și nu era de lepădat ce obținuse.

– Aș vrea să mă țineți la curent cu rezultatele studiului dumneavoastră. V-ar conveni o zi pe săptămână în care să ne vedem? o întrebă.

– Da, bineînțeles! Când doriți dumneavoastră!

– Când v-ar conveni mai mult, luni sau vineri? Sunt singurele zile în care sunt disponibil.

– Cred că vineri. În felul acesta am timp în weekend să-mi sintetizez informațiile pe care le-am adunat în timpul săptămânii.

Se auzi o bătaie discretă în ușă. Comandantul apăsă pe un buton și acel târâit pe care îl auzise la venire precedă intrarea unui alt subofițer care ținea în mână o tavă pe care se vedeau, aburind, două cești de cafea. Pe frunte îi apăruseră stropi de sudoare. Nu era obișnuit cu acțiuni de acest gen și transpirase încercând să nu le verse. Le așeză pe biroul comandantului răsuflând ușurat și ieși salutând, nu înainte de a așeza una din cele două cești în fața doctoriței, iar pe cealaltă în fața șefului său.

– Fumați? o întrebă comandantul.

– Da, îi răspunse ea. Bărbatul scoase o scrumieră dintr-un sertar și i-o așeză lângă cafea.

– Eu m-am lăsat! spuse cu mândrie. Dar nu mă deranjează.

Doctorița profită de clipele în care își caută țigările și bricheta pentru a-și aduna gândurile. Își aprinse una și savură primul fum așteptând să se liniștească celulele ce țipaseră după nicotină. Știa cât de nociv este fumatul și asta n-o împiedica să fumeze. Inconștiență, prostie, pur și simplu o plăcere pe care nu și-o putea refuza. Se gândea la bărbatul acesta, cu ochii lui de un albastru opac, ca de pește mort. Nu-i plăcea, era o brută dotată cu o inteligență care-l făcea periculos. „Un tiran! gândi. Ce să vorbească cu el?"

– Cum de v-ați făcut psihiatru? Când mă gândesc la un asemenea medic, fără să vreau îmi închipui un bărbat.

„Și eu când o să mă gândesc la un prost, o să te văd pe tine!"

– Pur și simplu dintr-o întâmplare! îi răspunse. Când am dat secundariatul, locurile la fiecare specialitate se luau în funcție de media obținută la examen. Avusesem o medie bunicică și speram să prind un loc la cardiologie, singura care-mi plăcuse în facultate, dar ultimul loc s-a luat în fața mea. Cum voiam să rămân în București și din ce mai rămăsese nu mă tenta nimic, am ales psihiatria. Inițial am fost dezamăgită, mai târziu însă am descoperit frumusețea gândirii și, corelat cu ce știam despre om din punct de vedere fizic, am descoperit legături care m-au făcut s-o iubesc. Aveam un profesor care ne-a fost aproape ca un mentor și care ne repeta cât de des putea: „Gândiți, este atât de mică concurența!"

„În fond, gândirea nu este apanajul bărbaților!", își spuse doctorița.

– Meseria asta îmi oferă această posibilitate și anume să înțeleg cum și de ce este tentat cineva să facă un anumit lucru și care om este predispus genetic, educațional, să-l facă, să aflu motivația care stă la baza fiecărei acțiuni și, de ce nu, scopul în care se realizează. Natura nu face nimic fără o cauză și un scop cât se poate de logic.

Când vom ști legătura dintre psihic și genă totul va fi extrem de ușor, se vor putea descoperi din copilărie marii campioni, dar și viitorii candidați la un loc în penitenciarul dumneavoastră. Se va putea interveni chiar în a folosi înclinațiile lor în scopuri pozitive, știut fiind că indivizii de acest gen au capacitatea de a supraviețui în orice condiții mult mai dezvoltată față de cei pe care îi numim oameni normali din punctul de vedere al societății în care trăim. Până acum totul s-a bazat pe fler. Antrenorii buni puteau vedea în copii pe viitorii campioni, regizorii lansau viitoarele staruri de cinema, polițiștii descopereau doar din instinct criminalii. S-a făcut un studiu pe un lot de oameni analizând modul în care aceștia își folosesc rațiunea sau instinctul și în ce situație. Rezultatele au fost dezastruoase. Concluzia? Le folosim cel mai des pe dos. Ce este însă acest fler, care face ca un medic să fie un bun diagnostician fără a se folosi de aparatura modernă, cum poate fi el cuantificat? Asta ar fi interesant de aflat.

Doctorița se cam aprinsese. Privi la interlocutorul său. Îi captase atenția. Undeva, în capul acela de buldog, se iscase o scânteie de curiozitate care-i răzbătea cu greu prin întunericul ignoranței din ochi. „Sper să nu i se scurtcircuiteze vreun neuron! Este deja la 1% din capacitate și nu se știe cât va rezista!" Zâmbi în gând. Își adusese aminte de o chestie pe care o citise în cabinetul asistentelor: „Dacă vezi că nu-i poți convinge, zăpăcește-i!" Trebuia să-i mențină treaz interesul pentru că, atâta timp cât acesta exista, îi va da mână liberă să-și facă meseria și asta era tot ce-și dorea...

– Nu vă este frică? Avem aici indivizi periculoși... Unii sunt închiși pe viață pentru crime de-a dreptul odioase.

– Nu, răspunse doctorița. Am lucrat o perioadă la secția bolnavilor cronici. Mulți dintre ei au trecut pe aici înainte de a fi diagnosticați și am scăpat! continuă în glumă. Cei de aici pot raționa, nu? Important este cum le vorbești și cum îi tratezi. Fiecare are un punct sensibil, chiar și fiarele. Sunt îmblânzite de dresori care țin într-o mână mâncarea și în alta biciul! După zicala aceea: „Cu miere prinzi mai multe muște decât cu oțet!" Sigur, accidente se mai întâmplă și la noi. Lunile trecute un coleg medic a intrat la un asemenea pacient neînsoțit de infirmieri și a fost sechestrat în cameră. Ne-a povestit după aceea cum se așezase în fața ușii cu un cuțit făcut dintr-o lingură de metal ascuțită și-i spusese că-l taie fâșii, fâșii. L-a salvat prezența de spirit. I-a spus să stea un pic să-i aducă niște sare ca să-l doară mai mult! Fericit în nebunia lui, bolnavul i-a dat drumul. Când au auzit infirmierii ce le cere și mai ales pentru ce, au dat buzna peste ei salvându-l pe doctor.

– Și ce i-ați făcut? o întrebă curios comandantul.

– I s-au administrat calmante mai puternice și chiar o mică corecție, aruncă ea o nadă să vadă ce iese. A doua oară n-a mai făcut așa ceva!

Îl studie să-i vadă reacțiile și observă că nici măcar nu clipise la ideea bătăii. De ce se mai practica încă metoda clasică de educație, bătaia? Retrograd, dar adevărat. Doctorița își termină cafeaua și întrebă:

– Când mă pot apuca de lucru?

– De când doriți, chiar și de mâine.

– Mă gândesc că poate ar fi mai bine de lunea viitoare, în felul acesta aș avea și eu timp să-mi fac un plan de lucru.

– E perfect! Veți găsi permisul la poartă. Mai aveți nevoie de altceva?

– Ar mai fi ceva. Aș avea nevoie de o cameră unde să pot vorbi cu deținuții.

– Trebuie să fie într-un anumit fel? o întrebă cu îngrijorare.

– Nu. Am nevoie doar de o masă și de două scaune. Cam atât pentru început. Mai târziu, pe măsură ce se vor strânge informațiile o să fie nevoie de un dulap, ceva unde să le pot depozita.

– Se rezolvă fără nici o problemă.

Doctorița se ridică și îi întinse mâna:

– Vă mulțumesc mult. Îmi pare bine că v-am cunoscut! minți ea.

„N-am mințit, este pur și simplu o treabă de diplomație!", se apără.

– Și mie! îi răspunse comandantul. Vă aștept vineri la mine ca să discutăm. La revedere, domnișoară!

– La revedere, domnule comandant!

La plecare îi sărutase mâna și o condusese până la ușă. Vasile o aștepta lângă ușă și o conduse până la ieșirea din închisoare. Reușise. Îi venea să sară în sus de bucurie. Își aminti șotronul copiilor din fața blocului. „Voi sări pe el!", își spuse. „Ești nebună, ai tocuri!", îi șopti glasul rațiunii. „Și ce dacă. O să risc!" Nu mai văzu nimic în jur când ieși, atât era de bucuroasă. Nici să deschidă portiera nu reuși din prima. Mâinile îi tremurau de emoție. Trebuia să se liniștească. Își aprinse o țigară ca să-și adune gândurile.

O aștepta o muncă grea. Nu-și făcea probleme de asta, nici că nu spusese întregul adevăr, niciodată nu poți. „De ce nu le place oamenilor adevărul simplu?" Nu putea înțelege. Totul ar fi fost atât de ușor. Trebuia să faci adevărate slalomuri mentale pentru a înțelege dintr-o discuție unde anume bătea cel cu care stăteai de vorbă, și pentru a-l face să înțeleagă sau să-l convingi de utilitatea unui lucru era și mai greu.

Ce stupid și ce pierdere de timp ca să te ocupi de fardat și rimelat idei care ar putea fi exprimate în câteva cuvinte. Cum spunea un profesor odată, demult: „Geniile simplifică lucrurile, numai proștii le complică!" Prea puține genii. Nici măcar inteligența aceea gen Moromete nu mai exista, fusese înlocuită cu o spoială de educație. „Asta e lumea!" Răsuflă ușurată. Bine măcar că reușise, își atinsese scopul.

12.

CAMERA – VISUL

Nu se înseninase încă și în dormitor era întuneric. Se obișnuise chiar și cu sforăiturile celorlalți. Dacă la început făcuse destul de urât auzind horcăiturile astea, acum aproape că nici nu-i mai păsa. Cum ajunsese aici?

E adevărat că făcuse multe belele și, chiar dacă nu simțea nicio remușcare amintindu-și de ele, și pentru fiecare găsea scuza necesității lor, pe undeva simțea că se mințea singur. Izolarea la care fusese supus, faptul că tovarășii lui cu care, vorba aia, trecuse prin atâtea, nici măcar nu-i dăduseră un semn de viață, îl rupseseră cumva de mediul în care își petrecuse ultimii ani.

Primise o vizită numai de la maică-sa, dar nu a vrut să o vadă. Ce să vadă la el? Nu ar fi fost un supliciu mai mare pentru ea să îl vadă așa, în starea în care era? Cel puțin lăturile astea care i se dădeau acum nici nu le putea mânca. Ceilalți, marea majoritate cu ani grei de pârnaie înainte, nu făceau mofturi, mâncau de parcă ar fi fost stomacele altora, nu ale lor! Pe undeva îi priise. Înainte, mâncarea bună, mașina, lipsa de mișcare îl făcuseră să sară de suta de kile. Acum ajunsese la optzeci și șapte, cât avusese pe la nouăsprezece ani. Se simțea bine așa cum era.

Vocea însă nu îl slăbea deloc. Din prost nu îl scotea și asta din cauza târfei ăleia. Îl sunase să-i spună că îi făcea probleme un italian care voia mai mult decât făcea ea. Îi spusese de la început că face orice în afară de sex anal. Fata reușise să scape și se baricadase în baie de unde îl sunase pe mobil. Poate că nu se băga în afacerea asta dacă nu i s-ar fi dus vestea că se purta frumos cu fetele de consumație.

La un moment dat îl luase „gaia" pe peștele lor, iar fetele, în loc să se ducă la altul, îl rugaseră să le ia el, cedându-i de bunăvoie din veniturile obținute. Pe undeva îi convenea. Nu le ducea el, nu avea cum să intre pe mâna gușterilor pentru simplul motiv că ele se foloseau de numele lui, iar clenții, care îl cunoșteau, majoritatea, se purtau cu ele ca și cum ar fi fost femeile lui. Ajunsese să aibă opt la un moment dat.

Pentru câteva săptămâni, le ținuse la el acasă. Cu cele două rusoaice se înțelegea prin semne sau îi traduceau alte două moldovence de dincolo de Prut. Își amintea cu plăcere de perioada aia. La început, crispate de renumele pe care și-l făcuse printre golani, se uitau la el cu teamă și dacă le cerea ceva percutau de parcă ar fi fost noi recruți.

Stânjenite oarecum de prezența lui tăceau când apărea. Deși frumoase și atrăgătoare, tentativele de a face dragoste cu ele, deși îl satisfăcuseră fizic, îi lăsase un gust amar în suflet, așa că renunțase. Câștigând o sută-două, în cel mai rău caz, pe seară, cu praguri care creșteau până la patru-cinci la sfârșit de săptămână, fetele îi aduceau încet, încet banii necesari ca să cumpere o casă.

Le sfătuise apoi să aibă un apartament al lor. Îl ascultaseră. Le ținea banii la păstrare și din ei le dădea atât cât să aibă de cheltuială când plecau seara la muncă. Avea grijă să aibă un pachet de țigări, bani de taxi și de ceva de băut până apărea vreun fraier și, nu în ultimul rând, de prezervative.

Avusese ocazia să vadă câțiva prieteni pe care îi căutase poliția pe acasă pentru că se culcaseră toți trei cu aceași „curvă" care era bolnavă de sifilis. Curios, dintre ei numai primul luase boala, ceilalți doi nu. Cert este că individul fusese luat aproape pe sus și internat la boli venerice unde i se făcuse „dosul ciur". N-ar fi vrut să treacă și el prin aceeași experiență, așa că încercase să le învețe pe fete să aibă mai întâi ele grijă. Plus că boala înseamnă și bani pierduți. Dacă ideea contaminării le era relativ vagă, faptul că ar fi stat fără să producă le făcuse să se gândească mai mult la aspectul ăsta al problemei.

Când câștigaseră suficienți bani cât să-și ia o casă, fusese aproape un eveniment în viața lor. Fete sărace, care nu aveau nici măcar hainele de pe ele ale lor, se treziseră având ceva. Lucrau în continuare pentru el și faptul că avusese grijă de ele le făcuse să se apropie de el. Îi plăcuse să le vadă plimbându-se despuiate prin casa lui fără jenă, purtându-se cu el ca și cu un frate care le asculta necazurile și, de ce nu, micile bucurii.

Cu cât se purtase mai frumos cu ele, cu atât îi oferiră mai mult. Casa era lună, hainele călcate și cămășile apretate, câteva dintre ele stăteau să gătească, așa că îi erau ca niște neveste. În fața lui lăsau la o parte aerul lor profesional de vampe și redeveneau copii, plăcându-le tot ce nu avuseseră în copilărie: ursuleții de pluș, jucării, dulciuri, fructe exotice. Una îi povestise că era mică când văzuse prima dată portocala și se jucase cu ea crezând că e minge!

Poate că unul dintre momentele pe care le trăise cu cea mai mare intensitate fusese acela când, descoperind că urma ziua uneia dintre ele, în colaborare cu celelalte fete, îi făcuse un tort la comandă. Când i-a fost adus tortul, fata îi întrebase:

– Ce se sărbătorește?

Fusese atât de sinceră încât pe moment se întrebase dacă nu înțelesese el greșit. Se uitase din nou în pașaport ca să verifice adevărul. Era într-adevăr ziua ei, însă fata uitase acest lucru. De fapt, nici nu și-o serbase vreodată.

Plecată de acasă de la șaisprezece ani, „luată cu japca" pentru frumusețea ei, trei ani nu făcuse decât să se prostitueze pe ruta Rusia-Ucraina-Moldova, ca să ajungă în cele din urmă în România.

Era chiar ciudat să o auzi pe fata asta cu chip angelic, blondă cu ochi albaştri, zicând cu seninătate:

– Vreau să mănânc şi eu ceva mai de Doamne-ajută. Mi-ajung patru ouă pe stomacul gol!

De fapt, dintre cele pe care le avea, doar una plecase de acasă de bine. Avea toate condiţiile, putea face o şcoală, să se mărite şi să aibă o viaţă decentă, numai că se plictisea. Îi plăcuse viaţa de noapte şi când a descoperit-o nu a mai putut renunţa la ea.

Ştefan se apropiase mai mult de o moldoveancă. Isteaţă, frumoasă, o întrebase de ce face asta.

– Tu de ce crezi? Pentru bani, am cinci fraţi acasă şi toţi sunt mai mici. Mama nu a lucrat niciodată, tata e şomer că s-a privatizat fabrica unde lucra şi stă şi el acasă. Pământ au cât să-şi cultive legume şi să crească o vacă. Iau haine unii de la alţii pe măsură ce rămân mici. Eu le trimit bani ca surorile mele să nu ducă lipsă de nimic, ca nu cumva să ajungă să facă ce fac eu. Nu o să mai stau mult aşa. Banii pe care-i am îi bag în bancă şi mă întorc acasă. Îmi iau o casă, maşină, mă mărit şi îmi fac o familie.

Era un vis să scape din cloaca în care se zbătea!

Din cauza ei plecase cu maşina noaptea, deşi băuse. Nu apucase să ajungă unde era fata că pe drum îi răsărise din senin baba. Nu o văzuse. Mai târziu aflase că era cam nebună de când îi murise cineva apropiat. Apucase să vadă lumina lumânării pe care o ţinea în stânga, crucea care-i spărsese parbrizul şi o umbră care trecuse peste maşină.

Reuşise să oprească BMW-ul. Se apropiase de corpul chircit pe caldarâm şi constatase că era moartă. Nu numai că era moartă, dar se lipise aproape de şosea din cauza forţei impactului.

„Bine măcar că a avut lumânare!" gândise el.

„Fugi!" îi venise următorul gând.

„Fac puşcărie dacă fug!"

„Oricum faci! Eşti băut! Dacă fugi şi te predai peste câteva ore se mai duce din alcool!"

„Nu o să o vadă alţii şi o să dea şi ei peste ea din nou!"

„Lasă că nu o să o doară!", îi zisese acelaşi gând.

Se întorsese la maşină şi luase din portbagaj triunghiul reflectorizant. Îl aşezase la câţiva metri de femeia care începuse deja să se răcească după care plecase spre cea care îi ceruse ajutorul.

„Am să mă întorc cât de repede!", îşi spusese parcă pentru a-şi linişti conştiinţa.

„Mai bine o luai în portbagaj şi duceai maşina într-un garaj din acelea sigure şi după aia scăpai într-un fel de cadavru. Era de ajuns să o tai bucăţele cu briciul şi să-i dai drumul pe canalizare."

„Da, mersi, şi cu maşina? Am parbrizul spart, tavanul înfundat, nu mai vorbesc de masca şi farul din dreapta!"

Conducea şi parcă era un spectator al dialogului care avea loc în subconştientul lui. Ajuns acolo, la adresa dată de fată, descoperise că cei care o luaseră erau nişte italieni! Nu avea nimic cu naţia lor, dar cel puţin aceştia erau vai mama lor. Ultimele lichele în ţările lor, iar aici, pentru că aveau câteva sute de dolari pe lună, erau un fel de regi neîncoronaţi, crezând că îşi pot permite orice.

Se purtau urât cu fetele sub privirea îngăduitoare a poliţiei care nu uita niciodată să-şi valorifice închiderea ochilor. Când ajunsese el, spiritele se încinseseră deja. Italienii ţipau furioşi că fata nu voia să iasă şi stătea sprijinind uşa.

Nu îi lăsă să se dezmeticească şi îi lovi pe rând:

– Băi, Bulă, ce voiai? îl întrebă pe primul înainte de a-l trece instantaneu în lumea coşmarurilor.

Nici al doilea nu avu timp să se dezmeticească şi căzu de parcă l-ar fi lovit fulgerul. Surpriza deloc plăcută i-o oferi cel de-al treilea, care urmărise scena, dar avusese timp să scoată pistolul. Ştefan nu îl văzuse decât în momentul în care se întorsese spre italian.

Gura pistolului îl țintea impasibil. Nu îi era frică de arme și cu atât mai puțin de cele de foc.

Habar nu avea de ce, dar chiar simțea o plăcere văzând una. Nici acum nu-l impresiona. Curios câtă siguranță oferea acest obiect nu mai mare decât penarul unui copil. Cel care îl ținea era atât de sigur pe el încât mușcă din momeală:

– Fratele meu, poate că a fost o neînțelegere... Ar fi bine să discutăm ce s-a întâmplat. Unde e fata care a venit? Eu sunt fratele ei, îi spuse apropiindu-se de el.

Bărbatul făcu imprudența să arate spre baie, îndreptându-și privirea către ușa care dădea spre ea. Ștefan apucă pistolul și-l îndreptă spre lateral și îl lovi cât putu de tare cu cotul în cap. Arma se descărcă într-un perete. Lovit de cot, capul italianului făcu cunoștință cu unul din pereți după care posesorul se scurse la pământ.

Rămas singur în picioare avusese un moment în care nu putuse efectiv să raționeze. Nu știa cât durase. Parcă l-ar fi scos cineva din priză. Îl readuseră pe pământ strigătele fetei care îi auzise vocea:

– Ștefan! Ștefane!

Se duse mașinal și îi spuse prin ușă:

– Eu sunt, haide că trebuie să plecăm repede. Cu ochii măriți de spaimă privea scena din sufragerie parcă fără să înțeleagă. O luă de mână și o duse efectiv ca pe un copil până la mașina parcată într-un colț atât de retras încât nimeni nu ar fi putut observa că e accidentată. O luă pe cele mai lăturalnice străzi și lăsă mașina accidentată în garaj.

Fata apucase să-i spună doar:

– Au încercat să se culce toți odată cu mine.

„Futu-le muma-n cur!", apucase să gândească. Mai bine că nu aflase atunci ce fusese acolo. Mai mult ca sigur că le-ar fi băgat câte un glonț în picioare sau în genunchi ca să nu uite niciodată! Credeau că dacă dau niște bani sunt stăpânii femeilor ale căror servicii le plătesc. Fata nu-l întrebase nimic în legătură cu maşina. Nici măcar nu sesizase că avea parbrizul spart. Mai bine!

O luase la el acasă şi aproape că o silise să intre sub duş. Trebuise să ţipe la ea, dar în cele din urmă făcuse ce îi spusese. Executase maşinal totul, dar oricum mai bine decât să fi stat privind năucă în gol până cine ştie când.

Reuşise să repare maşina – ce nu se poate când ai bani? –, ba chiar o revopsise în aşa fel încât nu se mai cunoştea nimic. Un mecanic bun îi curăţase vopseaua până la tablă cu flacăra şi o vopsise la loc tot neagră aşa cum era în acte. Când ieşise din garaj era ca nouă. Nimic nu mai amintea de accidentul care-i făcuse botul praştie. Nu ştia de ce, dar păstrase crucea babei, poate pentru faptul că-i zgâriase urechea când trecuse prin parbriz. Îl percepuse ca pe un semn de undeva de acolo, cert este că îi plăcea. Oricum era o cruce comună, metalică, în care Hristos ieşea puţin în relief, nu putea să servească drept dovadă nimănui.

Aproape că uitase când îi venise citaţie de la poliţie. Iniţial crezuse că este vorba de accident, dar aflase de pe căi ocolite că de fapt îl dăduseră în primire macaronarii pe care îi bătuse. Fusese o chestie ciudată.

Alertaţi de scandalul din apartamentul de lângă ei, vecinii chemaseră poliţia. Apăruse şi aceasta într-un târziu – la ce să-şi rişte pielea pe un salariu mizer, ba mai aveau şansa să facă şi puşcărie dacă trăgeau în legitimă apărare! – şi îi găsiseră pe cei trei groggy, care de-abia se ridicau de pe jos şi, nu în ultimul rând, pistolul.

„Al cui era?" Toţi spuseseră că nu ştiu şi că era probabil al celui care venise după fată. O găsiseră pe fată şi, în cele din urmă, ajunseseră şi la el.

Îşi pusese toate valorile într-o borsetă, bani, acte, aur şi se suise în maşină. Ştia că trebuia să scape de ea, dar momentan nu erau probleme, alţii se ocupară să-l reprezinte în justiţie, aşa că stătuse liniştit. Doar că la un moment dat îi fusese transmis prin avocaţi că trebuie să i se ia amprentele. Atunci fusese sfătuit să fugă. Ceva nu era în ordine. Mai ales că băieții îi cotrobăiseră și pe acasă și, chiar dacă nu găsise prea multe, mai mult ca sigur că îi luaseră amprentele de pe ceva.

Bomba căzu în momentul în care era la televizor și, schimbând canalele, dăduse peste o emisiune despre lumea infractorilor. În momentul în care își văzuse poza la televizor, una veche, probabil luată de la părinți, parcă nu-i venise să creadă. Cel mai prost individ și tot l-ar fi recunoscut, chiar dacă avea ceva mai mulți ani și kile în plus. Sau poate că nu? Imbecilul ăla îl prezentase drept cel mai mare infractor, ca pe unul fără scrupule, înarmat până-n dinți, care încearcă să jefuiască niște cetățeni pașnici. Îi venea să strige, privindu-l pe prezentator care părea să se fi cocoțat undeva sus pentru a-l judeca.

„Prostul!" Habar nu avea că mulți dintre cei pe care-i combătea în fond cu atâta înverșunare nu avuseseră poate nicio șansă să iasă din mediul în care de multe ori erau născuți. Ar fi meritat să ajungă cumva, fără să vrea, în postura de urmărit, să vadă și el cum e să fi vânat, nu numai vânător.

Pentru prima dată simți frica și faptul că cercul se strângea în jurul lui ca în jurul unui animal hăituit și singur. Fusese sfătuit să nu mai contacteze pe nimeni până nu i se rezolva situația. Asta echivala cu exilul. Sincer, nu se așteptase la mai mult atât timp cât relațiile erau bazate numai pe interes de ordin material. Și totuși...

Atunci fugise. Își văzuse neamurile, vizitase țara. Ajunsese până în Bucovina, trecuse chiar și pe la Putna. Voise să vadă mormântul lui Ștefan, la care-l intrigase credința care-l făcuse să construiască atâtea mănăstiri față de viața lui zbuciumată, rodul lui fiind copiii făcuți cu alte femei decât cu nevestele.

Când a ajuns la Putna, a intrat în prima încăpere unde se vindeau lumânări și efectiv rămăsese înțepenit, nu mai putuse să se urnească din loc. Stătuse o perioadă așa, realizând că ceva nu era

în regulă şi se uită apoi împrejur. Era doar el şi cu un bătrân călu-
găr pe care-l privi, admirându-i simplitatea. Hainele, barba, părul
alb îi dădeau un aer etern. Părea că dacă pământul s-ar fi dărâmat
el tot acolo ar fi fost.

– Părinte, aş vrea să stau câteva zile aici în mânăstire, cum aş
putea face asta?

– Dar ce să faci aici?

– Să-mi găsesc liniştea! îi spuse el din inimă.

– Aici? îl întrebă şi se uită la el râzând. Nu mai e demult ce era
odată!

– Mă gândeam că lângă Ştefan o să ajung şi eu mai aproape de
Dumnezeu!

– Lângă nişte oase? îl întrebă surprins călugărul. Oare nu e
Dumnezeu peste tot?

– Ba da! Dar...

– Şi atunci nu poţi să îngenunchezi şi în şanţ ca să vorbeşti cu El?

– Ba da!

– Atunci du-te şi închină-te la sfântul Daniil Sihastrul şi mergi în
pace. O perioadă o să ai linişte, dar o să vină şi plata! Mai târziu! îi
mai spuse bătrânul lăsând capul în jos pentru a-şi număra mătăniile.

Plecase şi aprinsese şi câteva lumânări în faţa chiliei pustnicului.
Ciudat, în spatele fiecărui om mare se afla cineva, un sacrificat,
cineva din umbră şi aici simţise cel mai bine treaba asta. Simţise
plecând cum i se ia o povară de pe umeri. Într-adevăr, o perioadă
stătuse cât se poate de liniştit. Totul a durat până a greşit prima
dată şi era conştient de asta.

Cât timp îşi văzuse de drum, renunţase la maşină pentru a merge
cu trenul, BMW-ul prea bătea la ochi, totul fusese perfect. Ajunsese
la un moment dat la mănăstirea Prislop unde aflase că trăise părin-
tele Arsenie Boca, un alt titan al Ortodoxiei, şi nu în ultimul rând
unde se afla o peşteră unde trăise Sfântul Ioan de la Prislop.

Locul, încărcat de o puternică energie spirituală, îl fascinase și chiar îl făcuse să se simtă acasă. Un colț uitat de civilizație ce părea să se miște după alt orar.

Dormise în sala de clasă a seminarului de fete care se pregăteau să devină ori profesoare de religie, ori asistente sociale. Când ajunsese acolo, în inima Transilvaniei, fusese poftit la masă, i se puseseră farfuriile în față și, deși nu îi era foame, mâncarea aceea fusese cea mai gustoasă din viața lui.

Înainte să plece, o femeie în vârstă îl rugase să facă o faptă creștinească și să o ajute să care apă pentru flori. Acceptase. Nu îi plăcea să primească nimic pe de-a moaca. Aflată între doi munți, de fapt mai degrabă dealuri împădurite, între izvorul aflat lângă biserică și mormintele pe care le avea în grijă femeia era o distanță mai mare. Transpirase cărând gălețile cu apă care servea florilor din cimitir, printre care era un mormânt cum nu mai văzuse.

Acolo erau înmormântate mai multe măicuțe și un singur preot care le fusese păstor. O cruce albastră făcută din flori îi pecetluia locul de odihnă. Înainte de a pleca mai atinsese încă o dată crucea răsărită din coaja copacului, nu atât pentru a se convinge că e reală și că nu fusese zugrăvită de nimeni, ci pentru simplul fapt că avea nevoie de un noroc.

Trecuse prin multe locuri ocolind cu grijă granițele, unde oricum apărea pe calculatoare, și hotelurile prea sofisticate care foloseau cărți de credit.

Își lăsase barbă și arăta cu totul altul față de cel pe care-l căutau ei. Până într-o zi când i se păru că lumea uitase de el și se întorsese acasă în orașul natal. Pur și simplu îi era dor de străzile copilăriei, de baruri, de viața de acolo. Și așa ieșea numai noaptea. Trecuse adeseori pe lângă polițiștii pe care-i privea direct în ochi. Nu se ferea dacă dădea nas în nas cu ei, asta i-ar fi atenționat și ar fi căzut imediat în plasă.

Se dusese într-o seară într-unul din barurile din centru, pe care îl frecventa înainte de belea. Se aşezase la bar şi comandase Ballantines cu gheaţă. Îl recunoscu barmanul, care îi spuse că nu l-a mai văzut de mult pe acolo. Fusese o constatare pur şi simplu, nu sesizase nimic suspect în tonul lui. Curios, teama îţi ascute simţurile mai mult decât orice altceva. Aproape că îngheţase când se simţi bătut amical pe umăr:

– Ai ceva tupeu să vii aici! îi spuse o namilă de om. Nu mă mira însă de la tine!

Era roşcatul pe care-l bătuse în parcare, albise însă şi nu mai arăta chiar ca o huidumă.

– Şi mie, unul la fel! comandă barmanului după ce văzu ce bea Ştefan.

– Ai slăbit, constată cu voce tare Ştefan, care se întreba cât o să-l coste ieşirea asta.

– Mulţumită ţie am băut mai mult de o lună numai cu paiul şi am mâncat numai supă! E bine însă că acum pot şi eu să urc o scară fără să gâfâi, îi spuse el, fără a avea însă tonul unui reproş. Tu?

– Pe aici, pe colo...

– Te-ai dat la fund... Bine ai făcut, că te caută gaborii şi acum. Parcă s-au mai liniştit în ultimul timp. Poate că sunt convinşi că ai şters-o peste graniţă. Ai noroc că sunt mulţi Garcea! Dar, frate, am văzut, câte unii te ginesc de cum te mişti, nu ştiu de unde au şcoala asta, că sunt tineri! Pe unii chiar n-ai cum să-i cumperi. Ajungi cu banul la procuror, se pierd declaraţiile de la dosar, mai o amânare şi te împiedici de un mucos din ăsta, de abia ieşit de pe băncile şcolii ajutătoare din Berceni, care dă totul pe faţă în ziare. E de ajuns să iasă pe prima pagină şi fuge şi dracul de tine, nu te mai scapă nimeni, nici mama judecătorului! Ştii ce, haide la mine, acolo nu ne deranjează nimeni.

Ştefan stătea în cumpănă, ce încredere putea avea în unul căruia la prima cunoştinţă îi spărsese maxilarul?

– Frate, dacă voiam să te dau pe mâna gaiei nu mă arătam în fața ta, ca să mă știi că eu te-am dat pe tavă, ca să ai de ce să mă cauți când vii înapoi! îi răspunse roșcatul parcă ghicindu-i gândurile.

– Bine, hai! îi spuse.

Plecară cu mașina tipului. Avea un Cielo. Știa că are mulți bani, așa că îl mira totuși că se limitase la a-și cumpăra una ca asta. Îl întrebă de ce.

– Frate, îi spusese el, am trecut la vârsta la care agățam p... cu aspiratoare de curve, făceam întreceri pe autostradă sau mai știu eu pe unde, mă dădeam mare că am cine știe ce sculă! Am obosit. Vreau să mă culc liniștit și când mă trezesc să-mi găsesc capul tot pe pernă lângă hoit, așa cum mă culc seara. Lasă-i pe fraieri să se bată care-i mai tare în bani, în mașini, în case și femei. Am o nevastă, care știu că mă are numai pe mine și eu pe ea, o respect, mă respectă și merge. La cât de nenorocit am fost, mă mira că stă cu mine. Știe însă că am un suflet bun.

Ștefan rămase surprins de tipul ăsta care începuse cu delapidările cu ranga ca să-și cumpere un pachet de țigări.

– Nu mai îmi trebuie nici superfemeile astea care au tot apărut și sunt ca termitele, după ce te termină pe tine de bani și de sloboz se duc la altul și tot așa sar din sulă-n sulă până ajung mai periculoase decât spitalul de boli infecțioase. Mașină, bani, restaurante, discoteci, excursii afară. Și pentru ce? Mersi, nu!

Ieși cu mașina din București și coti spre Grădina Zoologică.

– Te-am adus bine, nu? îl întrebă făcându-i cu ochiul în momentul în care trecură cu mașina pe lângă Academia de Poliție de la Băneasa. Era un loc care gemea de polițai pe metru pătrat.

Opriră în fața unui gard de vreo doi metri, dincolo de care nu puteai vedea nimic. La poartă o ușă automată se deschise la comandă și intrară în curte.

Mașina fusese înconjurată de o haită de câini pestriță. Avea și câini de rasă, și maidanezi. Dând din coadă, îi conduseră până la casa aflată la celălalt capăt al curții. Aleea spre ea străbătea o livadă cu tot soiul de pomi, străjuită pe margine de flori. În prag apăruse nevastă-sa cu un puști lângă ea.

Se ștergea pe mâini pe șorțul de bucătărie, privind spre ei. Câinii o înconjuraseră pe ea și pe copilul care își ferea fața de limbile lor. Era atât de familială imaginea, că aproape îl invidie.

Nu era surprinsă să-l vadă cu cineva, mai ales necunoscut, și asta însemna că avea obiceiul să facă așa. Casa nu arăta cine știe ce pe afară, însă când intră rămăsese stupefiat. Nici la marile hoteluri nu văzuse așa ceva. De la mobilă la aparatură electronică totul era de un bun-gust și de o calitate autentică. Îl invită în sufragerie și se așezară pe fotolii de piele neagră. Chiar o cameră de zi! Bărbatul savură uimirea lui.

– Nu te așteptai, nu? Ea a făcut totul! Laud-o tu, că îi place! De asta ce zici? îl întrebă dând drumul unui televizor care valora singur cât o Dacie.

Bărbatul se ridică și deschise un bar mascat în mobilă. Scoase o sticlă de Ballantines.

– Asta e de la mama ei! Am niște băieți care, cum vin de afară, îmi aduc și mie. Le dau bani când rămân fără o lețcaie și ei nu uită că mai au nevoie de mine.

Femeia apăru cu niște prosoape și le spuse:

– Haideți să vă spălați că în jumătate de oră e gata și masa.

– Mami, vezi că rămâne la noi în seara asta, știi tu...

– Bine, îi pun așternuturi noi în camera de sus.

– Știi cine e? El m-a băgat în ghips!

– Tu? nu îi veni să creadă femeii privind la statura lui Ștefan, cu mult mai mic decât bărbat-su.

– Da, mami, dar el asta a făcut de mic, e profi, nu ciomăgar ca mine!

– Las' că bine i-ai făcut, că se făcuse cât un tanc, de mi-a stricat toate paturile din casă și a făcut găuri în fotolii uitându-se la televizor, adăugă ea dispărând apoi în bucătărie.

– Lasă că-ți arăt casa după aia. Haide la baie.

Intrase sub duș și zăbovise ceva. Apa caldă era de la o capsulă din acelea care încălzea instantaneu. Nu auzise ușa băii care se deschisese și pe femeia care îi luase hainele lăsându-i în loc un trening de al bărbatului. Cât timp stătuse sub duș, femeia îi băgase hainele la mașină.

Spălat și relaxat, Ștefan se întorsese în sufragerie unde îl găsise pe tip. Nici măcar nu îi știa numele. Era în casa lui, în hainele lui și totuși nu-i știa numele!

– Vasile? îl strigă femeia. Haideți la masă!

Se duseră în bucătărie și constată că ieșea din tiparele cu care era el obișnuit. Avea faianța albă doar pe peretele de lângă chiuveta dublă de inox și aragaz. Până și astea erau ascunse după un fel de bar, astfel că nu se vedeau. În rest, o cameră obișnuită.

Masa era aranjată și în mijloc trona o gâscă proaspăt scoasă de la cuptor. Mirosea trăsnet.

– Vrei niște supă cu găluști? îl întrebă.

– Da, vreau!

– E proaspătă, astăzi am făcut-o! Dacă ar fi după Vasile, am mânca numai carne tot timpul.

În timp ce-și mânca supa, Vasile se duse în sufragerie și adusese o butelcuță cu palincă din care pusese în niște păhărele atât cât să dai o dată pe gât. Numai bine, deoarece în timpul ăsta se răcise și zburătoarea.

– Ia, frate! îi spuse lui Ștefan.

Acesta luă un cuțit și decupă un copan, cel care se afla pe partea lui.

– Ia uite! Parcă e fecioară! Ia, domnule, ca lumea. Stai să-ți arăt eu!

Bărbatul apucă un cuțit care semăna mai mult cu unul pentru tăiat porcul decât pentru folosit la masă și decupă jumătate de gâscă. Fără furculiță, fără cuțit, rupând efectiv din ea începu să înfulece. Ștefan își mâncase copanul și își luă și puțin piept. Din bucătărie veni femeia cu puștiul după ea.

– Mănâncă cum trebuie, că ce rămâne dăm la câini. Vasile nu mănâncă de două ori din aceeaşi mâncare. Şi e crescută de mine cu boabe cumpărate de la vecini.

Piticul se chinui şi, în cele din urmă, reuşi ajutat de taică-su să i se urce pe genunchi şi îşi vârî amândouă mâinile în farfuria băr-batului. Nu i se vedeau decât câţiva dinţi, dar se chinuia cu o bu-cată de carne morfolind-o între gingii. Privindu-i, rămâneai izbit de asemănare, piticul fiind taică-su în miniatură.

– Haide, la culcare ! îi spuse maică-sa. Auzind, puştiul începu să ţipe ca din gură de şarpe, de parcă ar fi fost vorba de cine ştie ce supliciu. Luat pe sus de stăpâna casei, strigătul i se pierdu în cele din urmă pe un coridor ce ducea probabil spre camera lui.

– Haide să trăim! spuse Vasile.

– Sănătate! îi ură la rândul lui Ştefan.

Şi tot aşa până când, în cele din urmă, ghiftuiţi de tot, rămăse-seră cu burţile în sus, aproape în imposibilitatea de a se mişca. Se aşezară apoi în sufragerie precum pitonii la soare ca să îşi digere mâncarea.

– Săru-mâna pentru masă! îi spuse femeii care se întorsese din dormitor, după ce îl culcase pe cel mic.

– Mda, zise Vasile. Au fost bune.

Mirat, Ştefan se întorsese către el şi întâlni privirea nevesti-sii care îi spuse:

– Ei, na! El voia tot porc! Să mai mănânce şi altceva!

– Cea mai bună legumă e porcul. Ce să fac dacă sunt vegetarian! Şi eu postesc! Ştii, unii fac postul numai cu pâine şi apă, alţii numai cu cartofi, fără ulei, eu îl ţin numai cu carne! Dacă nu m-a convins nimeni de ce e bine să ţii postul! Am auzit eu tot soiul de poveşti, dar niciuna nu m-a convins. Oricum, din câte am văzut eu sunt la noi tot felul de postitori: cei care o fac că aşa cred că e bine, cei care nu au ce să mănânce altceva şi cei care sunt atât de bolnavi încât nu pot să mănânc ca lumea. Eu nu intru în nicio categorie, ce să fac!

– Ia mai taci, că nu știi când te lovește necazul! Nu mai huli! zise nevasta.

– Nu înțeleg cum vine asta, să postești pentru Dumnezeu? Încerc așa să fiu în locul Lui și mă gândesc ce aș face dacă fiu-meu ăsta mic nu ar vrea să mănânce tot ce trebuie ca să-i îndeplinesc o dorință. Normal că dacă l-aș vedea tras la față, cu ochii înfundați în cap de foame, i-aș îndeplini-o numai să pună mâna să mănânce. Adică eu, care am de toate, să privesc la el cum rabdă de foame? Nu aș putea! Și atunci nu aș fi de fapt constrâns să îi îndeplinesc dorința doar ca să nu se distrugă singur prin foame? Bă, de asta postesc toate babele alea coclite, care doresc răul vecinilor sau a mai știu cui și stau toată ziua în biserică bârfind pe cine intră și iese, ba că are fusta prea lungă, ba prea scurtă... ba pe p... mă-sii! Lasă-mă în nemernicia mea! Dacă o fi să mă duc la El, o să-i spun: „Bă, Doamne, atât m-a dus capul. Știu că puteam mai mult, dar mi-a plăcut să trăiesc bine, să mănânc și nu în ultimul rând să mă fut!"

– Te-ai îmbătat! zise ca pe o constatare femeia.

– Ei na! Nu am băut nici măcar o jumate de palincă, de unde? Îți zic și eu: mie unul, dacă aș fi Dumnezeu, mi-ar plăcea mai mult de unul ca mine – dacă pot, ajut un om, dacă e nevoie îi dau una în cap, dar măcar sunt sincer în ce fac. Nu fac prostii și fuga la popa să iau dezlegare.

Îi plăcuse la ei. Până și dimineața următoare când se trezise cu geamul deschis și cu un aer rece în cameră și ieșise pe balconul care dădea în spatele casei, spre pădure. Mai erau câțiva zeci de metri de livadă care înconjura un bazin plin de apă, apoi urmau câteva construcții care păreau a fi locul unde țineau animalele, după care pădurea.

Se trezise în sunetul frunzelor care se mișcau în bătaia vântului și în cântecul păsărilor din pădure ce se suprapuneau cu cele al orătăniilor din spate. Rămăsese la el câteva săptămâni. Amândoi insistaseră să stea şi îi făcuse bine chiar şi lui faptul că stătuse în climatul ăsta familial. Se odihnise. Se împrietenise până şi cu câinii care-l înconjurau veseli când ieşea în curte.

Femeia aia, fără a-l întreba niciodată nimic, îl călcase, îl spălase şi îi dăduse să mănânce şi asta pentru că era prieten cu soţul ei.

Şi venise ziua aia fatidică. Le spusese că pleacă. Vasile încercase să-l convingă să rămână. Ce putea să-i spună, că-l sufoca acum până şi înţelegerea lor? Îl întrebase într-o doară dacă se mai culcase cu alta după ce se căsătorise. Bărbatul îi spusese că da. Viaţa i se complicase în aşa fel încât nu ştiuse cum să mai scape. Realizase că în acele momente în care se simţise bine cu femeia respectivă nu îl mai atrăgea femeia lui. După un timp, după ce renunase la cealaltă, revenise la sentimente mai bune faţă de aceea de care-şi legase destinul. Nu ştia de ce se întâmplase aşa, dar îi fusese de ajuns o experienţă.

– Să-mi bag picioarele, după ce termini, oricât de frumoasă e, te duci şi te speli şi când te întorci parcă e la fel ca altele. Să-mi stric liniştea pentru câteva minute de dat din fund? Dacă mă apucă damblaua şi sunt beat trag o fugă pe chei, pentru o sută de mii mă descarc una şi a doua zi nu mai sunt nici nervos, nici încordat şi nici nu mai ţin minte fata. Dar aşa, ca să fie ceva mai de lungmetraj, nu!

El îşi găsise echilibrul şi era un fericit, unde era însă al lui?

Îi motivă că are şi el nevoie de o descărcare. Auzind asta, Vasile fusese mai înţelegător. În general, bărbaţii sunt înţelegători unii cu ceilalţi în asemenea cazuri. Îşi luă rămas-bun de la familia lui şi avu senzaţia că lasă o parte din el în urmă. Până şi puştiul ăla îi intrase cumva în suflet, cu mâinile lui mici ţinându-l de gât şi învăţându-l să numească: ochiul, urechea, nasul, băgându-i degetul în organul respectiv.

– Unde-i buricul? îl întreba de câteva ori pe zi doar pentru că îi plăcea reacția lui.

Își ridica tricoul și uitându-se în jos puncta cu degetul locul spunând:

– Buricul?

Perioada asta îi rămăsese în minte ca una dintre cele de care își amintea cu plăcere, în cele mai crunte momente ale vieții lui. Plecase cu o Dacia pe care Vasile o cumpărase pe numele lui, îi dăduse talonul spunându-i că dacă-l oprește cineva să spună că e de la un prieten împrumutată. Îi pusese doar condiția să sune în fiecare seară ca să știe că e în regulă. Dacă nu-l suna, însemna că a fost prins de gaie și că trebuia să reclame furtul. Ca să nu fie arestat și pentru furt ar fi spus că el i-a dat voie mai demult să o ia când are nevoie de ea și că în acest scop îi făcuse chiar o ascunzătoare sub aripa unde se afla al doilea rând de chei, o scăldau ei cumva. Totul era să aibă o mașină care să treacă neobservată. Nu era nici nouă, nici veche, exact ce îi trebuia.

Se duse la o adresă pe care i-o recomandase Vasile și opri. Se înserase și de abia dacă vedeai ceva.

„Ai fi putut să te culci și cu mama fără să îți dai seama!", își spusese el. Venise până la urmă un puști îmbrăcat frumos și-i spusese:

– Vrei o fată?

– Mda!

– Și cum? Scurt, lung? Ce vrei?

– Să o iau cu mine!

– Bine, dar trebuie să lași buletinul sau talonul.

„La naiba! Parcă închiriem bărcuțe în Herăstrău!"

– Nu pot, șmechere! Nu merge pe încredere?

– Nu! Și nu eu stabilesc regulile! Eu doar fac lipeala!

– Cât?

– Cincizeci și te face aici pe loc.

– Bine, unde sunt fetele?

– Aici! Aprinde plafoniera!

La geamul opus al ușii din față se zăriră pe rând chipurile a trei fete. Îi plăcu una blondă. Mă rog, îmblonzită, nu se putea vedea.

– Cea blondă! îi spuse puștiului.

– Nu o lua pe asta, frate, nu știe și nu e bună pentru ce vrei.

– Pe asta o vreau, îi spuse.

– Treaba ta, să nu zici că nu ți-am spus!

Îi dădu banii și puștiul plecă. Fata urcă în mașină. Într-adevăr nu arăta rău, dar nici cine știe ce frumusețe nu era. Bluza, sutienul căzură ca la comandă, dar nu îi treziră nimic în interior. Nici măcar fiara din el. O mângâie mai mult mecanic, dar nicio atingere nu-l excita în vreun fel. Fata nu știa, îl zgâria cu dinții și chiar dacă într-un târziu reușise să trezească instinctul din el, ceva nu mergea și nu reușise să termine.

„Ce voia de fapt?" Care era sensul vieții lui? Acel ceva pentru care trăise și pentru care merita să lupte în continuare?

– Ce faci, fă? Haide odată, că ne prinde dimineața. Mai avem un client și nu l-ai terminat nici pe ăsta? se auzi o voce groasă de țigancă bătrână.

Și așa, plecat cu mintea aiurea, dădu capul fetei la o parte în silă. Poate că dorise cândva iubirea, dar asta în niciun caz.

– Lasă, ajunge! Pleacă în treaba ta! îi spuse fetei care se echipă imediat și dispăru în noapte.

Ce să facă? Avea tot timpul la dispoziție. Se afundă într-unul din barurile cu program de noapte mai cunoscute în speranța că bând îi va fi mai ușor să treacă peste toate și tocmai când stabilise o punte de legătură cu una din fetele de acolo sosi clipa fatidică. Razie, dar nu oricum, ci cu băieții de la antitero. Ãștia de abia așteptau să se atreneze pe cineva care se mișca greșit și oricum, dacă ar fi scăpat de cei patru care intraseră, sigur nu scăpa de cei de afară. Nu erau niciodată doar câțiva la o acțiune din asta.

Îl legitimară și cu toată stăpânirea de sine pe care o avea, ca și cum nu s-ar fi întâmplat nimic, arătă actele. Trecuseră mai departe cercetând actele celorlalți. La un moment dat, îl văzuse pe unul dintre ei că se uita încă o dată la el și că iese afară. S-au întors de data asta încă trei care se îndreptară direct către el.

– Crezi că putem face treaba asta fără prea multă vâlvă? îi spusese arătându-i cătușele.

Simțise sângele cum îi fuge direct în picioare și că dacă nu s-ar fi ținut ar fi făcut pe el. Efectiv și-ar fi dat drumul, dar îi era rușine. Inima începuse să-i bată parcă ieșindu-i din piept și pe creier i se așternu ca o pată albă.

„De ce, Doamne?", apucă să întrebe undeva adânc în el însuși.

„Trebuia să plătești!", veni tot de acolo un răspuns pe care de abia dacă îl auzea.

Urmase procesul, maică-sa distrusă în sală, acuzațiile. Nu putuseră să-l acuze, pentru că cei care ajunseseră la femeia peste care dăduse puseseră mâna pe triunghiul de semnalizare, distrugând probele. BMW-ul era făcut bucăți și vândut piesă cu piesă, așa că nimeni nu putea face legătura. Fusese însă acuzat pentru port ilegal de armă și condamnat la doi ani de închisoare. Când se dăduse sentința, maică-sa leșinase în sală. Nici măcar nu avusese puterea să o privească în ochi. Ce își dorise pentru el și unde ajunsese?

Crezuse că a văzut tot până când a intrat aici. Nici nu ajunsese bine și unul cu o condamnare cât o viață de om făcea pe șeful de cameră, spunându-i:

– Aici, orice se întâmplă înăuntru nu se spune în afară. Altfel ai un accident, ceva.

Nu era singur, se formau deja găști care îi terorizau pe ceilalți. Mai grea decât închisoarea erau oamenii. Nu privarea de libertate durea cel mai rău, ci răzbunarea și răutatea celorlalți.

Aproape că adormise de-abia obișnuindu-se cu patul care avea o saltea plină de gâlme, când fu trezit de gemetele unuia dintre deţinuţi. În întunericul camerei nici că putuse vedea ceva. Dar sunetele nu puteau minţi. De altfel îi fuseseră confirmate de alt deţinut pe care avea să-l întâlnească aici, veche cunoştinţă de-a lui. Şeful de cameră împreună cu alţi doi gealaţi care îl ţineau şi îl violau cu rândul pe un tip care avusese o aventură amoroasă cu o decedată. O iubise, tipa murise, o dezgropase şi o ţinuse două săptămâni la el în şură pentru a se distra cu cadavrul. Nu i se permitea de către deţinuţi să doarmă în pat. Singurul loc în care putea dormi era un colţ amenajat cu duş şi WC de tip turcesc. Asta dacă nu servea drept distracţie unuia dintre deţinuţi. Nu rezistase mult timp aşa.

Îşi bătuse cu prima ocazie un cui în frunte, oricum era mai uşor de suportat, şi în cele din urmă murise pentru că medicii de la urgenţă, unde fusese trimis de cei din penitenciar, îi desconsiderau aşa de mult pe deţinuţi încât viaţa lor nu avea nicio valoare nici în spital.

Întâmplarea făcuse să-l întâlnească pe puştiul care-i spăla maşina, cu a cărui soră se culcase, şi nu se mai simţise singur. Acesta spusese pentru cine lucrase şi astfel fusese lăsat în pace, ba chiar ocolit de ceilalţi. Puştiul îl învăţase cum să se poarte aici. Altă lume, alte reguli. Îi fusese de folos şi nu-i purtase pică pentru faza cu soră-sa. Nici măcar nu amintise de ea. Primea lunar un colet care nu trebuia să depăşească cinci kile.

Nu recunoscuse numele, dar pe o bucată de hârtie pe care erau scrise alimentele pe care le conţinea coletul găsise scris pe conserve că: „Cea mai bună legumă e porcul". Nu putea fi decât Vasile!

Intrase bine în pielea deţinutului şi scosese când fusese nevoie şişul ca să se apere. Tot puştiul îi făcuse rost de o lingură pe care o ascuţise cu răbdare pe beton frecând-o din când în când cu scuipat. Tăia ca briciul. Avea multe ascunzători, dar cea mai utilizată era tot fundul. La un moment dat, când toţi dormeau, unuia i se pusese pata pe el şi se hotărâseră să îl facă. Culmea că se trezise exact când șușoteau și aștepta să vadă ce vor. Când îi văzu că se apropie tiptil de patul lui încercând să-i pună pătura în cap, sări în picioare și începu să lovească cu picioarele în aer și le spuse:

– Băi, mă faceți până la urmă că sunteți mai mulți, dar aveți grijă să mă omorâți că, dacă nu, vă iau capetele pe rând la toți! Voi mai aveți de stat aici și vă promit că până ieșiți o să simtă toate femeile din neamul vostru ce mi-ați făcut mie. Nu am nimic de pierdut și vi le filmez ca să vedeți pe viu cât de bine m-am simțit.

Îl lăsară în pace, poate tonul, poate hotărârea cu care o spusese, cert este că scăpase ca prin urechile acului.

Prefera să fie cuminte, așa putea să iasă mai repede pentru bună purtare, de asta evita să se implice în orice. De parcă era doar un observator.

Timpul trecuse și slăbise datorită faptului că mâncarea era proastă. Începuse să arate, fizic vorbind, cam cum era pe la douăzeci de ani, juca table numai pe flotări și cu exercițiile de la marginea patului mușchii se întăriseră la loc și prin piele se vedea fibra.

Scoase dintr-o carte, care îi fusese îngăduită altui deținut să o aibă, o cruce asemănătoare cu a femeii, folosită ca semn, și gândi:

„Hristos! Ciudat cât timp ai aici ca să te gândești! O poți face pentru a analiza orice! Neavând altceva mai bun de făcut, fără să vrei începi să îți iei viața de la un capăt la celălalt, încercând să îți aduci aminte fiecare detaliu al ei, doar, doar vei înțelege unde ai greșit! Nu-i valabil pentru toți, pe unii asta îi face mai răi. Văd doar unde au greșit de au fost prinși și nu faptul că întreaga lor viață era greșită...“

El? Ce putea spune decât că așa fusese să fie? Avusese tot timpul senzația că ar fi fost împins de ceva de la spate. Nu era o scuză pentru propria lui răutate. Se simțea bun în fundul sufletului și totuși multe din acțiunile lui erau rele. Îl atrăgea crucea asta. Nu putea să găsească o explicație logică pentru faptul că îi dădea o senzație de liniște.

Văzuse filmul lui Zeffirelli şi îl impresionase, probabil ca pe majoritatea celor care-l urmăriseră. Ce destin avusese şi omul ăsta? Sau Dumnezeu? Şi totuşi, ruga lui de pe munte ca să-i ia Tatăl paharul nu dovedea umanul din El? Dar minunile făcute nu dovedeau dumnezeiescul din El? Şi totuşi murise nevinovat, pentru o idee, şi asta era măreţ. Chiar dacă moartea în sine, supliciul la care fusese supus nu avea nimic măreţ. Culmea că acceptase treaba asta ştiind ce avea să i se întâmple!

Avea dreptul să citească Biblia. Nu era una ortodoxă. Preoţii erau mai ocupaţi să se certe între ei pentru parohiile bogate sau pentru episcopii, decât să se ocupe de sufletele pierdute din închisori. Era penticostală. Cum ajunsese credinciosul ăsta aici? Simplu, unul dintre copiii lui era ţăran, furase o plasă de fructe dintr-o livadă, iar el, ca să nu fie închis feciorul, îşi asumase vina. Ce dovadă mai mare de credinţă şi de omenie decât asta?

Credinţa lui îl apărase şi nici cei mai răi din pârnaie nu aveau treabă cu el. Poate că fusese exemplu de dăruire? Cine ştie ce le trecea prin minte!

Îl învăţase să o citească cu trimiteri la Vechiul Testament, aşa că aproape o studiase ca pe o carte de istorie, mai ales că istoria era o mai veche pasiune de-a lui de când era şcolar. Poporul ales? De ce el şi nu altul? Poporul lui Israel. Cu ce se lupta? Cu Dumnezeu! Un nume dat prin premoniţie celui din care avea să se nască poporul care avea să fie cel mai înverşunat duşman al creştinismului şi nu în ultimul rând al lui Hristos. Ce avea să-l distrugă, dacă nu lupta pentru putere şi bani? De ce nu-l primiseră pe Hristos? Pentru că era un biet tâmplar, or, ei aşteptau un rege care să-i scoată din robia greşelii şi de sub dominaţia romană. Ciudat cum fuseseră primele aşezări creştine întemeiate de Petru şi cum degenerase credinţa în timp. Cum bisericile luaseră de la evreii din Vechiul Testament tot ce era mai rău!

Templul sfânt pe care Dumnezeu îl dărâmase avea să fie preluat de bisericile creștine mai târziu. Care era scopul unui loc de rugăciune? Reprezenta de fapt un spațiu care prin destinația pe care i-o dădea comunitatea rămânea pentru totdeauna ca o poartă între lumea materială și cea spirituală. Nu înțeleseseră nimic nici evreii, nici catolicii și mai târziu nici celelalte biserici.

Primii începuseră să se închine la un castel de piatră, asimilându-l cu Dumnezeu. Castelul se dărâmase și în locul lor creștinii construiseră temple mai mari, adevărate opere de artă, dar la fel de goale de substanță, de spiritualitate. Citeau și citeau degeaba, spusese psalmistul în ceea ce privește jertfa. Dumnezeu avea nevoie de jertfe de laudă, nu de animale care erau ale lui, nici de bani!

Hristos devenea ceea ce scosese lumea mai frumos. Venise ca să salveze oile risipite ale lui Israel, pe cei 144 000? Nu, El venise pentru întreg pământul, toate națiile, pentru întreg Universul. Și asta pentru că fiecare lume din Univers avea posibilitatea de a alege între bine și rău, între Dumnezeu și demonul închis în materie, și nu în toate aleseseră greșit. Astfel că jertfa lui nu se justifica decât pentru Terra! Există extratereștrii? Poate! Nu îi văzuse! Sunt în contact cu oamenii? Poate! Nu avea certitudinea nici că nu, nici că da! Dar ar fi o mândrie să credem că suntem singurii din Univers, ca și cum cel din cer nu reușise să facă decât oameni precum noi, procreați din incesturi, urmași de criminali și de nebuni.

Dumnezeu Tatăl, cel la care se închinau de fapt evreii, Iahveh, „Eu sunt cel ce sunt!", apare din toată istoria lumii ca unul care știe ce face. Ignoranța oamenilor începe însă să-i atribuie toane: „S-a supărat Dumnezeu și de aia se întâmplă..." Ca și cum ar fi un copil care-și ia jucăriile și pleacă, nu Ființa Supremă care a gândit lumea în cele mai mici amănunte! Ca un mare jucător de șah, face să se îmbine perfect situațiile de pe pământ cu cele astronomice.

În Vechiul Testament nu se oprește soarele în loc ca să-și termine evreii lupta cu cine știe ce neam, ci face în așa fel încât aceasta să aibă loc exact când se produce această anomalie astronomică. Aşa şi la moartea Mântuitorului. Nu moartea lui face să se întunece lumea, ci o eclipsă coincide prin voinţă divină cu ultima suflare pământească a celui care era Fiul lui Dumnezeu.

Există o ordine în Univers care a fost instaurată de la începutul lui, minunile sunt din acest punct de vedere o anomalie în legile matematice care îl conduc şi poate că odată se va descoperi că au ele însele o lege după care se ghidează.

Începând de la primele pagini, Biblia avea interpretări eronate. Sigur, dacă era să se ia după filmul cu Spencer Tracy, *Procesul maimuţelor,* trebuia să le dea dreptate. Lumea nu putea fi construită în şapte zile. Avusese dreptate personajul interpretat de renumitul actor. Dumnezeu, conform spuselor lui Moise, făcuse soarele şi luna abia în a patra zi, aşa că până atunci nu existau zile! Unde era eroarea? Nu Moise greşise! El spusese aşa pentru ignoranţii pe care trebuia să-i înveţe pentru a-i determina ca măcar o zi pe săptămână să se gândească la lumea spirituală, nu numai la stomac!

Iisus completase legea lui prin vindecarea pe care o făcuse de Sabat, arătând că se putea trăi cu trupul pe pământ şi cu sufletul în rai şi că munca nu putea împiedica comuniunea cu Dumnezeu în fiecare clipă a vieţii unui om.

Greşeala venea din interpretarea conform minţii omeneşti. Să fi intrat Moise mental pe axa timpului şi simpla privire a începutului lumii să fi luat o zi întreagă? Posibil, dacă am putea fi de acord că viaţa unui om acolo, şaptezeci de ani, nu durează mai mult de cinci minute după cum spun cei reîntorşi din moartea clinică! Pământul poate avea şapte mii de ani după cum susţin creaţioniştii şi milioane după evoluţionişti. Oare asta era important? Cine ştie a câta generaţie de oameni creştea acum pe Terra?

Aţipi. Alerga prin întuneric către o piaţă. Era disperat că ajunge prea târziu şi pierde momentul. Pe drum întâlni o fată care mergea şi ea în acelaşi loc, ţinând în mână o tavă pe care se aflau mere. I-o luă din mână cu intenția de a putea merge amândoi mai repede. Au ajuns în piața înconjurată de oameni care păreau soldați. Păzeau pe cineva aflat în mijlocul pieței, pentru a fi executat. Ajunsese la timp. Îngenunche la picioarele lui simțind în suflet o părere de rău de nedescris și îi sărută tălpile. Ridicase privirea în momentul în care acela îl mângâiase cu îngăduință pe cap.

Îl avea în față pe Hristos, care îi zâmbea, și simți că acolo undeva fusese iertat! Se trezi ud de sudoare având în piept o bucurie nespusă. Afară era deja lumină și se dădea deșteptarea.

Fu chemat la poartă. I se spuse că-i venise concubina. Numele femeii îi era necunoscut, și totuși nu știa de ce acceptase să o vadă. Ducându-se în sala în care se întâlnesc deținuții cu vizitatorii fu neplăcut impresionat de ceea ce descoperi. O masă lungă la capetele căreia doi gardieni priveau ca nu cumva să aibă loc schimburi de obiecte între deținuți și vizitatori. Se uită peste toți cei care veniseră, dar nu zări niciun tip cunoscut. Dacă era o greșeală?... Poate fusese chemat degeaba. Privind încă o dată mulțimea aceea pestriță, remarcă privirea unei femei ce stăruia asupra lui. Îi era oarecum cunoscută, dar nu știa de unde. Femeia se îndreptă către el și-i zâmbi.

– Eu te-am căutat, spuse.

Văzând privirea nedumerită a lui Ștefan nici măcar nu se supără. Râse.

– Sunt sora lui Ciprian, Cristina.

Nici măcar nu știa cum o cheamă pe puștoaica aceea care se metamorfozase într-o femeie cu adevărat frumoasă. Timpul îi acoperi oasele prea fragede atunci, sânii îi crescuseră și se transformase în ceea ce privea el acum.

– Scuză-mă! Nu te-am recunoscut.

– Nu-i nimic, mă așteptam. Nu cred să fi fost eu demnă de reținut în viața ta.

Ștefan nu spuse nimic, ce era să spună?!

– Te-am deranjat pentru că Ciprian e încă minor și nu are dreptul să primească țigări. Mă gândeam să ți le dau ție să ajungă la el. Tu mai fumezi?

– Nu. M-am lăsat.

– Arăți bine, îi spuse femeia.

Adevărul e că slăbise la față de când îl văzuse ea.

– Tu cum ești? o întrebă constatând cu surprindere că era îmbrăcată în haine scumpe.

– Mulțumesc bine, lucrez pentru un italian. Mă înțeleg bine cu el și a fost singurul care m-a acceptat când i-am spus că mai mult decât secretară n-am să fiu. Am fost și vânzătoare la tarabă, și ospătăriță. Acum sunt mai bine. M-a învățat multe, cred că a fost singurul om care s-a purtat frumos cu mine.

– Credeam...

– Ce? Că o să ajung să mă prostituez? Am prea mult respect pentru mine. Ce a fost atunci a fost pentru că am vrut eu. Întotdeauna există o cale onorabilă de a ieși din greu, totul este să cauți. Mă bucur că te-am văzut. Pupă-l pe Cipi și, te rog, ai grijă de el. Și el ar fi putut alege altfel..., a spus ea, ridicându-se.

O urmări ieșind pe ușă și-și zise: „Mi-a făcut morală o puștoaică". Ce diferență era între ea și fratele său. Puștiul nu avea limită: contra câteva pachete de țigări putea să-ți ofere un băiat pentru sex. Nu se schimba deloc, doar era obiectul muncii lui și îi tenta pe mulți și, astfel, își completa necesitățile. Era un supraviețuitor.

Aici, chiar frustrat sexual, nu-l interesa problema. Mai greu fusese în perioada în care fugea încă. Mergea cu trenul într-o noapte, era singur în compartimentul de-abia încălzit și se culcase. La un moment dat se trezise lângă el cu un băiat, un țigănuș de nouă-zece ani. Inițial, când îl simțise lipit de el crezuse că vrea să se încălzească. Îi fusese milă de el. La un moment dat însă simțise cum începe să-l mângâie pe organele genitale. Cum stătea cu ochii închiși avusese un moment de surprindere în care nu putuse să se miște. În el apăru dorința de a-l lăsa să continue. Poate și plăcerea pe care i-o oferea mângâierile băiatului care, după cum o făcea, nu era la prima tentativă de acest gen, cât și curiozitatea de a vedea până unde merge. Dezgustat de propriul gând îl respinsese. Băgase mâna în buzunar și îi dăduse niște bani zicându-i să plece.

– Dacă vrei, îți fac orice! îi spuse puștiul. Putem merge la WC, îi spuse privind banii primiți.

– Nu, nu-i nevoie, îi spusese când îl văzu plecând și simți ceva ca o piatră care i se luă de pe inimă. Parcă ar fi trecut prin furcile caudine.

Dacă ar fi acceptat atunci și i-ar fi plăcut, ce-ar fi făcut acum?

13.

ÎNTÂLNIREA

Trecuse ceva timp de când lucra în închisoarea asta care începuse să-i fie ca o a doua casă. Până și drumul spre serviciu îi era acum atât de cunoscut încât îl parcurgea aproape automat, fără a se mai gândi pe unde merge și alegând de fiecare dată varianta optimă pentru a nu pierde prea mult timp. Clădirile, pomii îi deveniseră atât de familiare încât pur și simplu încetase să le mai observe.

Ziua se desfășurase cât se poate de normal, putea spune că intra în rândul celor din ultimele luni, în care până și ineditul intra în rândul cotidianului în cele din urmă. Se obișnuiește omul și cu răul, după cum se spune. Munca ei se desfășura într-un mod căruia îi putea spune satisfăcător, poate unde dispăruse noutatea de la început, și cazurile, cu mici excepții, semănau uluitor de bine unele cu altele. Reușise să completeze fișele la aproape toți deținuții, datele pe care le adunase alături de propriile observații și de rezultatele la teste făcuseră necesar un dulap care-i completa mobilierul din cameră. De fapt, aspectul locului unde lucra se schimbase mult. Câteva plante ornamentale, perdele, două peisaje și un calendar cu flori și era chiar locuibilă ținând cont că o mare parte din timp și-l petrecea aici. Reușise în sfârșit să se simtă utilă, lucru care-i dăduse tot mai multă încredere în propriile forțe și căpătase experiența vitală carierei unui medic. Era mult, era puțin? Cine știe?

Chiar și comandantul începuse să vadă dincolo de sentințele judecătorești. Se întâmplase cu el ceva asemănător cu trăirile medicilor care, fie din lipsă de timp, fie dintr-o autoprotecție psihică de cele mai multe ori inconștientă, tratează oamenii ca pe niște simple boli. Nu mai exista pacientul cutărescu, ci infarctul anterior sau hernia. Ca psihiatru îi înțelegea, nu poți suferi pentru și cu fiecare pacient, te-ai autodistruge. Ca om nu putea fi de acord. Dispăruse acea legătură dintre medic și pacient care face mai mult decât orice medicament, pe care se bazează efectul placebo. Așa și aici: erau violatori, criminali, șmenari, escroci și numele aveau mai puțină importanță.

Fusese greu să-i învețe să-i cheme pe nume și, când văzuseră cum îi tratează ea, cu respectul adecvat vârstei, o copiaseră. Încercase să-i abordeze pe fiecare în funcție de mediul de unde provenea, de studii și de vârstă. Și ei îi fusese greu să treacă peste faptele pentru care fuseseră închiși, dar reușise. Concluzia este că se ajunsese să fie tratați ca oameni. Inițial îl făcuse pe comandant să-i vadă dincolo de ceea ce erau acum. Știa că-i citește dosarele în lipsă. În mod normal, ce se află între medic și pacient este precum spovedania, dar ținând cont că erau date care oricum erau introduse într-o rețea de calculatoare și urmau să fie deschise la toate secțiile de poliție, atât în București cât și în provincie, nu mai avea importanță. Poate că nu era drept pentru ei, dar pentru societate era o necesitate.

Curios este că cei care o primiseră mai greu nu fuseseră deținuții, ci gardienii. Obișnuiți cu o relație în care cei din urmă aveau doar drepturi asupra celor dintâi, le fusese foarte greu să renunțe la privilegiile pe care, pe nedrept, le câștigaseră în timp asupra celorlalți. Culmea, cel care o ajutase cel mai mult în această privință fusese chiar „cap de buldog", care în momentul în care fusese convins de necesitatea schimbării aproape că-i silise și pe ceilalți să o accepte. Climatul din închisoare era altul, o serie de neajunsuri dispăruseră, altele erau în curs de remediere, dar nici vorbă de nenorocirile de care se lovise la venire. Numai gândul la ele și o făcea să se înfioare. Când aflase că în aceeași cameră trăiau, mâncau împreună și făceau baie în același loc bolnavi de sifilis și indivizi sănătoși, nu-i venise să creadă. Și asta nu era nimic. Pentru un pachet de țigări, minorii se prostituau în dormitoarele celor mai în vârstă și asta cu concursul gardienilor care aveau și ei partea lor: în țigări sau în natură! Bătăi, mutilări, automutilări pentru a scăpa din iadul de aici. „Poți să-i convingi pe cei de aici că există iad? N-aș crede!" gândea ea.

Adevărat că deranjase pe mulți, și dintre deținuți, și dintre gardieni. Mai ales când aflase comandantul că valuta forte din închisoare nu erau banii sau aurul, ci țigările! În schimbul lor, dacă știai cui să le dai, puteai căpăta un loc de muncă mai bun și pe lângă faptul că timpul trecea mai repede când făceai efectiv ceva, mai exista și scutirea de pedeapsă. Ieșeai mai repede! Și ce nu face omul pentru libertate? Se ajunsese până la urmă la un compromis. Se aprobau multe lucruri tacit, numai să fie liniște. Toți știau că marii granguri erau dincolo de gratii, și deținuții, și gardienii. Se mai lăsa la cântar, se mai treceau neobservate țigări, iar celor care dădeau semne de bunăvoință în a se integra într-o activitate li se înlesneau chiar unele privilegii cum ar fi cărțile, televizorul și posibilitatea de a coresponda cu cei dragi.

În mare, închisoarea se umanizase. Nu era chiar o tabără de copii, dar nici nu mai semăna cu un lagăr de concentrare. Duminica, cel puțin, după slujba ce se ținea într-o încăpere special amenajată, de un preot tânăr ce venise de bunăvoie aici, se juca fotbal sau se practicau alte sporturi. Era în program pe o perioadă de probă un antrenament de arte marțiale, la care instructor era chiar un deținut. El venise cu propunerea aceasta și încă ceva: toți cei care au înclinații violente să fie obligați să participe. Aveau posibilitatea de a alege între antrenament și carceră. Se observase scăderea numărului de conflicte și asta pentru că, după cum spusese și antrenorul când venise cu propunerea, atunci când te bați de mai multe ori pe săptămână, după un timp, nu mai ai chef să te bați deloc!

Cele câteva reușite care, fără a fi modestă, însemnau ceva, o făcuseră iubită și respectată. Departe de a o mai privi doar ca pe o femeie, ajunsese prima care afla dorințele și necazurile lor, legătura dintre conducerea închisorii și deținuți. I se spunea „Domnișoara doctor!" sau mai pe scurt: „Dom'șoară!"

Azi i se prezenta un deținut nou care fusese transferat de la alt penitenciar. Ca întotdeauna, habar nu avea cum îl cheamă, cine este și ce-a făcut. Nu voia să aibă o opinie înainte de a-l fi cunoscut, preferând să-l cunoască și apoi să-i studieze dosarul. Se așeză la masa ei de lucru și începu să-și aranjeze fișele și testele în ordine. Devenise un ritual de care nici măcar nu mai era conștientă și care o făcea să reintre în postura de psihiatru. Pe coridor se auziră pășind două persoane. Pe una o recunoștea deja: era gardianul care o avea în grijă pe perioada când se afla în birou cu deținuții. Îl recunoștea după călcătura fermă pe călcâie ce se auzea de departe. Statura acestuia și mersul milităros făceau să trepideze placa de beton când se apropia, genul pe care ai impresia că nimic nu-l poate distruge. Cealaltă persoană, cel puțin după mersul care abia se ghicea suprapus cu al gardianului nu-i spunea nimic, doar mersul cuiva și atât. Doctorița își scoase ochelarii și și-i puse pe nas. Prefera să stea fără ei, numai că era conștientă câtă prestanță îți poate oferi o sârmă și două bucăți de sticlă!

– Bună ziua, dom'șoară!

– Bună ziua, Costel! îi răspunse zâmbindu-i bărbatului care nu era decât un copil mai mare.

Și intelectual, și psihic se păstrase curat; trupul lui emana o forță brută, în rest rămăsese un naiv. Ei cel puțin îi trezea instincte materne. La urma urmei era un fericit că nu-l afecta lumea în care trăia, urâtă cum nici măcar nu-ți puteai imagina. Își mută privirea de la el spre cel cu care venise, și îi întâlni ochii. Un fior îi trecu prin șira spinării. Nu era cald, dar simți cum i se udă rochia de transpirație și i se lipește de spate. „Doamne, ce ochi are!" Cunoștea genul acesta de privire care parcă face să-ți stea sângele în artere. O aveau și bolnavii incurabili, cei furioși, dar și fiarele, tigrii, leii. Curios că pacienții și-o păstrau chiar și când erau sedați. Se simți ca fiind goală în fața lui, vulnerabilă, și nu-i plăcea deloc senzația. Privirea lui exprima forță și cruzime în același timp.

Pentru prima dată de când lucra în penitenciar regretă că nu îi citise dosarul înainte de a-l cunoaște. Văzuse mulți criminali; majoritatea comiseseră faptele pentru care fuseseră închiși într-o clipă în care-și pierduseră controlul fie datorită beției, fie din cauza furiei, dar acest om era altfel, prea altfel. Nu avea nicio reținere față de ea, cum se întâmpla cu majoritatea oamenilor. Fiecare dintre noi are ceva de ascuns, acolo, într-un ungher al minții și al sufletului nostru. Acest ceva acționează ca o carie distrugându-ne încet și sigur ca un vierme ce se îngrașă cu gânduri și experiențe nefaste, pentru ca în timp să ne afecteze sănătatea, și pe cea fizică, și pe cea psihică. O vreme poate fi stăpânit, la un moment dat însă balanța se înclină în favoarea lui, a acelui alter ego negativ al nostru, și atunci devenim niște posedați ai lui. Atunci încep să cedeze toate, de nu mai știi, ca medic, ce să tratezi mai repede. Întâlnirea cu un psihiatru trezește o teamă, inconștientă sau nu, că s-ar putea apropia de acel loc. Deși este spre binele nostru, pentru că odată scoase la lumină, discutate, înțelese și acceptate, aceste rețineri, conflicte interioare sau ce-or fi fost, dispar sau cel puțin poți învăța cum să te lupți cu propriile angoase din viața de zi cu zi.

Își simțea crescând nervozitatea, se simțea descoperită. Își luă geanta și-și scoase țigările încercând să-l observe. Nu-i oferi locul din fața biroului ei, lăsându-l să aștepte în picioare. Nu părea să-l deranjeze prea mult. Pe chipul lui nu se putea citi altceva decât indiferență, părea că este cu trupul în cameră și cu gândul la mii de kilometri. Gardianul ieși, dar nu înainte de a întreba:

– Doriți o cafeluță, dom'șoară?

– Două?

– Da, bineînțeles! spuse uitându-se spre deținut, dar se vedea că o făcea fără nicio plăcere.

Zgomotul ușii care se închidea luă și bruma de siguranță care-i rămăsese. Părea că ceva profund ostil umple camera, omul ăsta era capabil de orice. Deodată se întoarse spre ea ca și cum ar fi descoperit-o atunci și începu să o studieze. Se simțea mică de tot și-și ținu respirația. Avea același sentiment de parcă ar fi fost fixată de un piton. În fond chinul dură doar câteva clipe, deși i se părură sinonime cu veșnicia. Părul, fața, ochii, gura, sânii, umerii, mâinile, chiar și picioarele pe care le spera ascunse bine de birou îi fură studiate rând pe rând. Brusc, la fel cum începuse, bărbatul se opri din ceea ce semăna cu o scanare în infraroșu. Se simțea umilită, rănită și nu putea reacționa în niciun fel.

Rămase perplexă în momentul în care bărbatul, de parcă nu s-ar fi aflat cu ea în încăpere, se puse pe burtă în mijlocul încăperii și începu să facă flotări, inițial cu sprijin pe palme apoi în pumni și în cele din urmă în degete! Nici măcar nu se sinchisea de prezența ei. Deși surprinsă și, de ce nu, enervată de comportamentul lui, se abținu să-i spună ceva, dar nu se sfii să-l privească la rândul ei. Și adevărul este că avea ce vedea: un trup perfect cu niște umeri lați în comparație cu șoldurile, niște coapse puternice și niște mușchi ce se conturau pe rând în funcție de mișcări. „Este bun pentru anatomia omului pe viu!", gândi. Admiră ușurința cu care se mișca în ciuda masei de mușchi ce întrecea cu mult normalul. Nu putea să nu remarce hainele curate, călcate la dungă, pe care de-abia acum începeau să apară câteva pete de sudoare. Departe de a avea un aer dizgrațios, era sexy! Fără să vrea o atrase fundul lui: bombat și micuț în comparație cu umerii, obraznic, apetisant putea spune.

„Ce m-a apucat?" Nu putea zice că nu-i plăceau genul lui de băr-
bați, dar ce-o apucase acum. „Instinctul?", se întrebă.

Trecuse ceva timp de la ultima ei descărcare nervoasă. Așa
numea ea orele în care făcea sex, că dragoste nu-i putea spune.
Cum putea numi altfel clipele în care împărțea patul cu un bărbat
cu atât mai mult cu cât în viața ei se aflau trei? De ce atâția, nu
putea spune. Pur și simplu, așa se întâmplase. Niciunul dintre ei
nu-și dorea un angajament serios, nici măcar ea, și în plus de asta
niciunul nu întruchipa idealul ei masculin. Cu fiecare dintre ei
avea un alt tip de relație. Cu unul dintre ei, care era medic, cole-
gialitatea evoluase către o prietenie putea spune chiar frumoasă,
ajungând în pat dintr-o greșeală. Și așa rămăsese. Nu exista nici o
potrivire fizică și totuși mergea înainte pentru a nu strica o prie-
tenie. Pentru câteva minute în care nu putea spune că nu se simțea
bine, merita să accepte. Rar puteai găsi pe cineva cu care să te în-
țelegi atât de bine profesional încât să ai încredere să-i lași în grijă
pacienții fără nici cea mai mică rezervă. Întâlnirile lor erau rare și,
ceea ce era important pentru amândoi, era că-și puteau vorbi liber,
descărcându-se astfel de tensiunile de la serviciu, și de cele fizice,
dar mai ales de cele psihice, reușind să-și păstreze mințile întregi.

Pilotul reprezenta mai mult un caz profesional. Îi plăcea mult
ca bărbat, nu atât fizic cât de cum se comporta cu ea. Sensibil, atent,
tandru, o făcea să se simtă ca o prințesă, o răsfățată de-a dreptul!
„Cui nu-i place asta?" Problema consta în faptul că aflase că piloții,
în jurul vârstei de patruzeci de ani, pot rămâne impotenți și făcuse
o fixație din asta. Avea nevoie de multă căldură și tandrețe pentru
a-l scoate din ideile lui și pentru a face dragoste. Existase la un
moment dat un insucces în relația lui cu o stewardesă, dar fusese
cauzată pur și simplu de stres și de oboseală după o cursă, dar în
cazul lui fusese de-ajuns ca să-i perturbe încrederea în sine ca bărbat.
El conștientizase asta și chiar dacă nu-i spunea ce se întâmplă în
realitate, doar că nu-i era pacient, îi era recunoscător. Ca medic

gândea că există undeva ascuns în subconștientul lui frica de zbor apărută din cine știe ce cauză și că ea era sursa tuturor relelor și că dacă ar fi rămas la sol problemele lui s-ar fi rezolvat. Cum mereu există un cerc vicios care ține inevitabil de bani, nu putea renunța la zbor din motive materiale, făcea numai curse externe și câștiga bine. Or, în vremurile astea nu prea poți da cu piciorul la o pâine bună. Ca bărbat n-ar fi recunoscut în fața nimănui că are o problemă, la ea venind și pentru a-și lăsa bagajul cu fobii, pentru a o lua mereu de la început.

Ultimul, un patron de angro, îi plăcea cel mai mult. Pe lângă posibilitățile materiale pe care le avea, felul lui de a fi făcea ca o întâlnire cu el să compenseze săptămâni de singurătate. Când o suna, știa că urma o scurtă perioadă de sărbătoare. Niciodată nu știa ce urmează, unde vor merge și de fiecare dată o surprindea în mod cât se poate de plăcut. În aceste momente avea senzația că trăiește cu adevărat, că până în acel moment vegetase. Fusese cu el în cele mai diverse locuri, la care alte femei doar visează, pentru că îi plăcea să se afișeze cu ea în scurtele călătorii de afaceri. Plecau împreună chiar și în străinătate, o lăsa singură câteva ore până își rezolva treburile, după care sărbătoreau. O sărbătoare era vizitarea împrejurimilor, picnicurile, locurile unde făceau dragoste. Știa că ține la ea, că se simțea bine lângă ea și că poate un motiv pentru care stătea cu ea era că îi aducea noroc. Ca bărbat, nu avea niciun defect, ca om, unul singur: era însurat și avea trei copii. În ceea ce privește treaba asta avusese mustrări de conștiință, la început, apoi gândindu-se că de fapt nu-i destramă familia și că nu ia pâinea de la gură copiilor îi trecuse.

Ceea ce făcea el era o evadare din datoriile familiare și profesionale, ca o vacanță pe care și-o oferea singur și nu se putea simți decât flatată la gândul că-i plăcea să o petreacă alături de ea. Nu se pusese problema să rămână împreună sau să divorțeze, era o legătură liberă și tocmai în asta consta frumusețea ei. Poate că dacă ar fi stat mai mult împreună şi-ar fi pierdut farmecul, aşa se mulţumeau amândoi cu ce le oferea timpul şi, de ce nu, viaţa. Obişnuită să analizeze tot, ştia cam cum ar fi fost privită viaţa ei din afară. Nu o interesa treaba asta, ţinea de exerciţiu, nu din dorinţa de a fi pe placul altora. Nu se considerase o curvă, aşa fusese să fie.

Îşi dorise o familie, însă meseria ei era mult prea exclusivistă pentru a putea permite cuiva să-i intre în viaţă. Când se pusese problema unei căsătorii, nu era gata cu şcoala, iar după aceea devenise prea târziu, condiţiile pe care i le-ar fi impus o eventuală legalizare a unei relaţii i-ar fi afectat viaţa profesională. Acum îi era mult mai uşor. Cel puţin din acest punct de vedere, pentru că altfel... Deşi existau trei bărbaţi în viaţa ei, tot singură se simţea şi îi lipsea chiar şi sexul, trebuia să admită acest lucru, şi nu numai fizic. Datorită situaţiei lor îi vedea destul de rar, mai puţin pe doctor cu care se vedea zilnic, dar de care era cel mai puţin atrasă fizic. Se întâmpla să fie căutată în acelaşi timp de toţi. Făcea faţă situaţiei. Ba chiar îi plăceau ruperile astea de ritm care întrerupeau monotonia vieţii ei cotidiene. În fond era femeie, cărei femei nu-i place să vadă că un bărbat nu s-a plictisit de ea. Pentru că la urma urmei adevăratul motiv al despărţirii unui cuplu este plictisul. Intervine la un moment dat între cei doi parteneri rutina care culminează cu plictiseala. Atracţia fizică dispare, nu mai este nimic nou în cel de lângă tine, îi cunoşti opiniile înainte de a-l întreba ceva şi, fără să vrei, atenţia îţi este atrasă de altceva, acest altceva putând să însemne orice: un hobby sau alt partener.

De-abia acum defecte pe care le trecuseşi cu vederea în cel de lângă tine îţi apar din ce în ce mai pregnant. Motivele invocate la orice despărţire nu sunt decât reflexia deformată a unuia singur, moartea atracţiei fizice. Suntem ca nişte copii şi-i tratăm pe cei din jur ca pe propriile noastre jucării de care la un moment dat ne săturăm. Prostia este că, de cele mai multe ori, suntem conştienţi şi chiar şi aşa preferăm să ne lăsăm pradă instinctului decât să raţionăm.

Bărbatul din fața ei era, cel puțin din punct de vedere fizic, net superior tuturor celor pe care îi cunoscuse până atunci. Știa că nu totul este cum pare la prima vedere și, ca o observație personală, exista o discrepanță între inteligență și potență. Probabil cei foarte deștepți își foloseau energia mai mult pentru asta decât în pat. „Cum spune francezul: să vezi bărbatul curajos în luptă și femeia frumoasă în pat! E aplicabil și sexului tare!", își spuse. Alungă gândurile ce i se învălmășeau în minte și-și mută privirea de la corpul bărbatului. Reușise să se relaxeze și ea, ba îi revenise și siguranța de sine. Încercă să se poarte de parcă tot ce făcea el era normal, ca pe ritualul unei întâlniri. Îl urmări făcând câteva mișcări și sărind în picioare. O uimi încă o dată agilitatea cu care se mișca, una de felină.

Se așeză pe scaun și privirea îi redeveni la fel de opacă precum înainte. Doctorița își scoase din geantă pachetul de țigări și-l desfăcu, își scoase o țigară și îi oferi bărbatului care-și luă și el una fără a spune nimic. Doctorița îi întinse bricheta și așteptă. Există o solidaritate a fumătorilor și spera să profite de pe urma ei pentru a sparge gheața. Bărbatul luă însă bricheta, își aprinse țigara și nu numai că nu-i oferi și ei foc, dar nici măcar nu-i mulțumi, trase fumul adânc în piept savurând aroma țigării. „Mitocan!", gândi doctorița. „Târfă!", o plesni ca un bici în minte gândul deținutului. Pentru că numai ăsta putea fi, cel de-al doilea nepronunțând niciun cuvânt! Era convinsă de asta. Îl privise cum scotea fumul din plămâni făcând cerculețe. Continuau să fumeze în tăcere. Nu putea să-și dea seama cum să-l abordeze pe omul acesta care, până acum cel puțin, ieșea din tiparele psihologice cu care fusese obișnuită. Cu privirea aceea ațintită într-un punct undeva dincolo de ea părea că și în cazul Apocalipsei cel mai bun lucru pe care l-ar fi avut de făcut ar fi fost să-și termine țigara. Trecură cele zece minute ale unei țigări și, după ce o stinse, deținutul se apucă să-și curețe conștiincios unghiile cu încuietoarea metalică de la ceas.

„Cine știe ce-i trece prin minte?", gândi doctorița. Ce gânduri putea ascunde fruntea asta proeminentă pe care timpul, viața trasase niște urme adânci? Ciudat că, fără a-l urâți, ci dându-i o notă de bărbăție și duritate, ridurile se intersectau pe frunte cu o cicatrice care-i trecea prin sprânceana dreaptă și se pierdea în părul tuns scurt de pe frunte. Prin părul șaten deschis apăreau însă zone întregi mai deschise la culoare, mai pregnante pe la tâmple, ceea ce o făcu să deducă cu o oarecare uimire că albise mult mai devreme decât normal. Nu-i știa vârsta, dar dormitorul din care fusese adus avea ca limită de vârstă treizeci de ani. „Ce i s-o fi întâmplat?" Simțea că sub privirea aceea impersonală sub care se ascundea, mai exista ceva bun și rău totodată. De ce avea impresia că acest bărbat era altfel decât părea, nu putea înțelege. Pierduse în ziua asta posibilitatea de a-l înțelege pe acest om și timpul pe care îl avea la dispoziție era prea scurt pentru a-l irosi. Întrebă brusc, fără a se gândi prea mult într-o încercare disperată de a salva întrevederea de față:

– Cum te cheamă?

„Soarbe-zeamă!", îi veni răspunsul în minte. Rămase țintuită în scaun privind buzele lui. Nu se mișcaseră. O frică soră cu panica o cuprinse și un fior rece îi trecu prin șira spinării. Rochia i se lipise de spate când transpirația rece îi ieșise parcă prin toți porii. Necunoscutul o speria și o atrăgea în același timp, așa că în cele din urmă curiozitatea învinse. „Era chiar gândul lui?", se întrebă.

– Marinescu Ștefan! veni răspunsul liniștit și de data asta prin viu grai al deținutului.

– Te superi dacă o să-ți spun Ștefan?

– Dacă te ajută cu ceva...

„N-ai decât!", continuă gândul deținutului.

Deveni nervoasă și începu să se foiască pe scaun de pe o fesă pe cealaltă. Până și dresul o enerva, îi părea că o strânge, iar chiloții îi intraseră de-a dreptul în fund. „Chiloți desenați de bărbați pentru

femei, dar în fond tot pentru plăcerea lor, a bărbaților!", își zise.
„Și să ne frecăm între...", dar se întrerupse în momentul în care
zări un zâmbet fugar încolțind în colțul gurii deținutului. Se blocă.
În școli înveți o groază de lucruri care țin unele de teorie, altele
mai mult sau mai puțin de practică, mai citești și pe lângă despre
altceva și când este momentul întâlnirii cu practica descoperi că tot
neștiutor ești. Citise despre așa ceva în reviste de popularizare a
științelor paranormale, dar de aici până la a se confrunta cu un
asemenea individ... „E telepat!" Fusese singurul lucru pe care pu-
tuse să-l mai gândească.

– De când ești închis? îl întrebă.

– Mai am puțin și fac un an, îi răspunse.

O uimea indiferența din tonul lui. Ca și cum nimic nu l-ar mai
fi putut surprinde. Tonul unui om care trecuse peste ceva care îl
marcase atât de puternic încât orice altceva ar fi fost o bagatelă.

– Știi de ce mă aflu aici?

– Nțț!

– Tot timpul ești așa de politicos cu oamenii? răbufni fără să
vrea și se apostrofă în gând pentru lipsa ei de profesionalism.

„Doar cu caprele!", îi percepu gândul. Chiar și așa, nu avea voie
să-și piardă cumpătul. Ar fi trebuit să-l trateze ca pe un potențial
bolnav. Doar nu se supăra de fiecare dată când întâlnea un nebun!

– Fac o evaluare psihiatrică tuturor deținuților din penitenciar
și m-ar ajuta mult dacă ai coopera în acest sens. Îi arătă pachetul
de țigări și-i spuse: Poți lua dacă dorești!

Bărbatul luă pachetul de pe masă și scoase o țigară, apoi, parcă
răzgândindu-se, mai luă câteva și le vârî în buzunarul de la piept.
Înmărmurită de impertinența lui, fu tentată să-l dea afară. Se ab-
ținuse însă spunându-și: „Fii calmă, dragă!" Se auzi zăvorul și pe
ușă intră gardianul cu două pahare cu cafea. Aburul făcea ca mi-
rosul să se răspândească repede în întreaga cameră. Deținutul luă
unul dintre pahare și sorbi. Era fierbinte și doctorița realiză că se

arsese, dar nu văzu niciun semn pe faţa lui care să-i confirme asta. Se simţea răzbunată, dar lipsa reacţiei în faţa durerii îi trezise admiraţia. „Probabil că-i vine să dea cu paharul de toţi pereţii!", gândi ea.

„Băgaţi-l-ai în cur!", auzi gândul deţinutului, singura lui manifestare în urma contactului cu lichidul fierbinte.

– Mulţumesc, îi spuse ea gardianului care ieşi tot numai zâmbet, cu ochii pironiţi pe formele ei.

„Ce mâncător de rahat! Pentru un cur de muiere ar vinde-o şi pe mă-sa!", gândise Ştefan.

„O fi homosexual sau doar misogin?", gândi doctoriţa.

– Şi în ce constă evaluarea asta? veni, neprevăzută, întrebarea deţinutului.

– Este vorba de nişte chestionare care trebuie completate. Sunt sub formă de întrebări cu mai multe răspunsuri şi, după completarea lui, dacă vrei, putem vorbi despre orice doreşti tu. Ceea ce rezultă la sfârşit este ceea ce în limbaj medical se numeşte profilul psihologic, spuse ea şi continuă în gând: „De delincvent!"

„Sugi p...!", auzi în minte gândul deloc măgulitor al bărbatului. Îi răsuna în minte ca o palmă, dar reuşi să rămână calmă, bucurându-se de certitudinea că şi el îi aude gândurile. „Voi, psihiatrii, habar nu aveţi unde-i propriul vostru cur, darămite să evaluaţi minţile şi sufletele oamenilor! gândi deţinutul. Ca şi cum l-ai putea pune într-un tabel, pe un grafic. Pe abscisă sufletul, iar pe ordonată ce, fă, proasto?"

– Bine, îi spuse el conform principiului că vorbele au fost inventate tocmai pentru a-ţi ascunde gândurile. Cu ce începem?

– Mai întâi de toate, câţi ani ai?

– Împlinesc treizeci în toamna asta. Dar pe tine cum te cheamă? Nu mi-ai fost prezentată.

– Scuză-mă, spuse şi-i păru rău.

A te scuza, ca medic, în fața unui pacient, este o dovadă de slăbiciune. Doctorul nu are voie să greșească, are mereu dreptate. Asta trebuie să fie convingerea unui pacient pentru ca un tratament să fie eficace. Doar în felul ăsta efectul placebo alături de știință are cu adevărat valoare.

– Numele meu este Ionescu Maria și sunt medic psihiatru. Lucrez la Institutul de Medicină Legală din București și mă ocup cu expertize psihiatrice din cazurile penale.

Observă că dincolo de masca lui, Ștefan se schimbase imperceptibil la față. Nu înțelegea însă de ce. Ce anume determinase reacția asta la el? Trebuie să caute mai adânc în el pentru a descoperi acel ceva care, odată scos la lumină, lămurea fondul lui, și care însemna sursa problemelor și comportamentului său. Dintr-o pură întâmplare descoperise vârful buboiului, simțea asta. Problema rămânea însă cum să-l abordeze. Avea nevoie de timp de gândire. Deținutul își reveni repede. Masca pe care o afișase încă de la începutul întâlnirii reapăru din nou, ca un scut între el și lume, era însă prea târziu. Doctorița știa că acționase o clapă a sufletului acestui bărbat. Nu era sigură nici cum, nici care, trebuia doar să tatoneze cu grijă acest lucru, orice greșeală însemnând pierderea șansei de a afla ce se ascunde în adâncul ființei lui.

Îl simțea deja încordat. Fiecare fibră a lui era deja în alertă când o întrebă:

– De ce eu?

– Oh! Nu-i vorba numai de tine. Aproape majoritatea deținuților au trecut deja prin camera aceasta. Colaborarea mea cu unii dintre ei s-a încheiat, cu alții este în curs de finalizare, astfel că studiul meu este relativ bine conturat pentru o estimare provizorie. Pot spune că am înțeles cât de cât lumea asta și, cine știe, poate împreună să o putem schimba în bine.

Încet, încet încordarea lui dispăru, așa că continuă.

– Cu ocazia asta am să încerc să beneficiezi de câteva lucruri, țigări, cafea, poate și de ceva de citit. Vom vedea cât de îngăduitor poate să fie comandantul. Ideea de a primi lucrurile de care-i pomenise îi trezise interesul. Să înțeleg că ești de acord? îl întrebă ea.

– În principiu, da. La urma urmei, aici orice timp pierdut e un timp câștigat! îi mai spusese și se ridicase.

Întrevederea luase sfârșit. Fără a-și lua rămas-bun se îndreptă către ușă și bătu. Gardianul deschise după câteva secunde și, înainte de a ieși deținutul, se întoarse către ea și-i spuse:

– Țigările nu trebuie să fie neapărat de-astea, aici se fumează mai degrabă Monte Carlo! și plecă.

Doctorița mai rămase puțin pe scaun și-și mai aprinse o țigară. Încercă să-și adune gândurile. De multe ori rațiunea vine în contradicție cu instinctul.

Mental vedea fiara din acest om. Era rău, dur, putea spune că există în el și o doză mare de cruzime și totuși dincolo de toate mai exista ceva. „Ce-l înrăise așa? Ceva se întâmplase în trecutul lui de se schimbase. Dar ce? Și nu în ultimul rând, când?" Trebuia să-i citească dosarul. Nu credea să descopere ceva deosebit în el, dar cel puțin afla pentru ce fusese închis și împrejurările în care comisese acea infracțiune. Începu să-și strângă hârtiile și le băgă în geantă, după care ieși condusă de gardian. Se simțea deodată eliberată de negura care persista încă în cameră.

Afară soarele lumina imparțial și pe cei liberi, și pe deținuți; și pe cei buni, și pe cei răi.

14.

CĂDEREA

Plecase din închisoare și se plimba fără vreo țintă prin oraș. Era modul ei de a se detașa de problemele celorlalți, probleme care pe timpul programului deveneau și ale ei. Intra prin magazine, privea bluzele și rochiile care în alte dăți îi captau atenția, fără a le vedea. De când lucra la proiectul ăsta aflase tot soiul de nenorociri pe care nici măcar nu le-ar fi crezut posibile.

Întâlnise minori, copii de zece, unsprezece ani care își întrețineau familiile, frații mai mici și părinții alcoolici, furând de prin autoserviri și vânzând lucrurile la jumătate de preț. Aici ajungeau să facă orice pentru a supraviețui. Ba întâlnise și un băiat care se dovedise că avea amigdalită sifilitică și nu după mult timp mai apăruse unul din același dormitor. Ce mai poți să-i spui acelui copil? Cum îl mai poți învăța care sunt valorile vieții când sufletul lui e deja chircit de mizeria unei lumi care nu i-a acordat nicio șansă? Te mai miri că ajunge proxenet, violator sau criminal când nu știe ceea ce este cu adevărat iubirea pentru că n-a întâlnit-o nici măcar copil fiind? Și atunci cine este vinovat? El? Părinții? Societatea? Dumnezeu știe!

„Și acum omul acesta!" Bărbatul pe care îl întâlnise azi și care acum îi umplea toată mintea. Cum de o influențase atât? Ochii aceia ca de șarpe îl făcuseră să-i pătrundă adânc în minte. Sau poate fusese acel strigăt mut de ajutor pe care-l simțise ieșind de undeva din adâncul lui? Știa instinctiv că trebuie să se rupă de închisoare, de acel om, de faptul că e psihiatră, pentru a redeveni ea.

Era ceva ce făcea zi de zi, aşa că ar fi trebuit să îi fie uşor. Azi însă se dovedea aproape imposibil. Te contopeşti cu subiectul până la a deveni una cu el pentru a-i înţelege mecanismul gândirii. Îţi devin evidente cele mai ascunse gânduri care stau la baza acţiunilor lui şi în cele din urmă trebuie să te rupi pentru ca să nu devii tu însuţi la fel. Ştia că se realizase acea legătură mentală care ţinea de cele mai multe ori până ce-l va fi descifrat de tot ca om, ca minte şi, de ce nu, ca suflet. Asta era marea artă a unui psihiatru, să intre pur şi simplu în pielea celui pe care îl trata pentru a deveni una cu el, ca din interior să-l ajute să lupte să revină la realitate. Rătăciţi pe căile minţii, pacienţii găseau în medic un mentor ce-i însoţea pe drumul spre afară. Aşa ceva nu învăţai în şcoală, nici nu se putea învăţa de la cineva. Era ceva cu care te năşteai, îl aveai sau nu, precum talentul unui artist. În general, principiile gândirii şi acţiunii unui individ sunt aceleaşi, singurele lucruri care diferă fiind motivaţia şi scopul pe care îl are fiecare om în parte.

În orice caz, bărbatul pe care îl întâlnise astăzi era un tip puternic raţional, care nu lăsa nimic la voia întâmplării şi-şi controla mai mult decât bine reacţiile. O surprinse treaba cu telepatia. Faptul că-i putea ghici gândurile o putea ajuta în încercarea de a afla cât mai multe despre el. Problema era: cât înţelesese el din ceea ce gândise ea înainte de a-şi fi dat seama de capacităţile lui. Ar fi fost mult mai interesant dacă n-ar fi ştiut că şi ea îi aude gândurile. Oftă. Cunoaşterea ei în domeniul ăsta era atât de limitată încât prima dată se simţi de parcă ar fi dat un examen la care n-ar fi învăţat nimic. Nici măcar nu vedea cum ar fi putut să verifice treaba asta şi mai ales dacă era dispus să coopereze în acest sens. „Ce-l descumpănise în acel moment? Ceva îi străpunsese zidul în spatele căruia se refugiase şi asta în niciun caz faptul că era psihiatră. De asta nici că-i păsa, îl durea de-a dreptul în cot şi nici acolo. Mai mult ca sigur că aflase de ea, zvonurile circulă repede în închisoare. Atunci ce? Totul se petrecuse în momentul imediat ce

urmase după ce se prezentase. Numele meu? Maria? O femeie! Îi
sclipi în minte ideea. Cine să fie?" Scoase la repezeală o agendă din
poșetă și notă pe ultima filă: „De aflat cine este Maria, de văzut
dosarul, de citit despre telepatie".

După ce termină de notat parcă ceva îi luă vălul de pe minte,
parcă ar fi scos-o din priză. Reușise să se descarce de încărcătura
aceea negativă pe care o acumulase în închisoare. Mersese probabil
kilometri întregi pe jos, dar se simțea bine. Eliberată și departe de
a fi obosită, pași în grabă spre casă. Se îndepărtase de drumul ei
obișnuit, însă nu mai conta, parcă avea aripi. Maică-sa probabil că
o aștepta lângă ușă. De mult nu mai întârziase așa fără să anunțe.

Odată ajunsă acasă fu nevoită să dea câteva explicații mamei
care oricum era mulțumită că o vede sănătoasă și intră în camera
ei. Se dezbrăcă și își aruncă hainele pe pat. Rămăsese goală în fața
oglinzii și începu să se studieze plimbându-și mâna de-a lungul
taliei. Nu arăta rău. Un sân era o idee mai mare. „Fiziologic nor-
mal!", gândi. Ba, dacă se gândea mai bine, arăta chiar sexy. Vârsta
își pusese amprenta pe chipul și pe trupul ei, dar în sens pozitiv.
Unde fusese mai tot timpul o schiloadă, acum formele i se mai
rotunjiseră. „Arăți ca o floare care de-abia așteaptă să fie poleni-
zată!", îi reveni în minte expresia folosită la un moment dat de un
coleg de serviciu. „Golan!", îl etichetă în gând, dar, departe de a
se simți jignită, fusese flatată de obrăznicia lui. Nu era chiar o miss,
dar atrăgea privirile bărbaților pe stradă. Își lăsă bijuteriile pe nop-
tieră și intră sub duș oftând: „Degeaba! Tot singură sunt!"

Lăsă apa să curgă un pic mai rece decât de obicei ca să-și liniș-
tească mintea și să contracareze senzația aceea de murdărie ce o
simțea pe tot corpul. Fără să vrea, mintea îi fugi către penitenciar
și în gând îi apăru aievea el. Îi vedea ochii și pătrunse dincolo de
duritatea pe care o afișa, cea a deținutului, și descoperi bunătatea,
suferința și nevoia de ajutor. Îi întindea mâinile ca o chemare. Erau
puternice, cu degete lungi și frumoase. Simțea mângâierea apei

care-i cădea pe cap, pe față, și de pe păr se prelingea pe sâni și pe coapse ca mâinile unui bărbat, mâinile lui. Îi simți buzele căutându-i gura, tandru, coborând apoi pe gât, pe sâni. Ca într-un vis vedea și simțea în același timp pulpa lui strecurându-i-se între coapse și atingând-o. Nici măcar nu încercă să se împotrivească senzației, se lăsa în voia ei cu mintea paralizată de noutatea sentimentelor pe care le trăia. I-ar fi sărutat palma aceea capabilă de atâta forță și de atâta dragoste și tatuajul acela de pe pieptul lui care i se dezvăluia în minte. Nu înțelegea exact ce reprezintă. Ceva ca un leu cu aripi și cu gheare, cam atât îi putea oferi ochiul minții. O parte din ea s-ar fi eliberat din strânsoarea apei, dar plăcerea o făcu să rămână pe loc. Mai dorea. „Mai! Oh, Doamne! De ce n-am simțit asta niciodată cu nimeni?", își spuse. Ochii lui îi zâmbiră trist și continuă să o sărute și să o mângâie fără grabă, în ritmul apei. Veni și descărcarea ca o rupere de nori vara, în munți. Precum bucuria ploii ce face să renască viața în florile ofilite de căldură veni orgasmul ei. Un icnet scurt și un țipăt urmat de zbaterea aceea din pântecul ei ca a unui șarpe de foc adormit și trezit brusc, ce-i ardea măruntaiele. Aproape că se prăbuși în cadă. Își simțea încă ovarele pulsând din ce în ce mai încet și mai rar când ușa de la baie se deschise și apăru chipul îngrijorat al maică-sii:

– Ce-ai tu, fato? și se albi la față când o văzu moale, de-abia sprijinindu-se de faianță.

– Nu-i nimic, mami. Cred că am făcut o hipoglicemie. N-am prea avut timp să mănânc azi, minți ea, și i se făcu rușine. Nu-i plăcea, dar ce era să-i spună.

Văzând că totul e cât de cât bine, femeia plecă și o lăsă singură bombănind ceva despre facultățile ei mintale care n-ar fi chiar în regulă. Pentru doctoriță sosi clipa lucidității. Un sentiment de culpabilitate o cuprinse, dar își reaminti că între anumite limite onania este ceva normal la indivizii singuri. La ea nu se punea problema asta. În fond, nu se mângâiase singură.

Avusese la un moment dat un caz. O fetiță de câțiva ani care se obișnuise să se masturbeze cu dușul. Inițial amuzați de jocul fetiței cu dușul între picioare, bunicii și părinții ei deveniseră suspicioși în momentul în care jocul începuse să devină obișnuință. Cine s-ar fi gândit măcar o clipă că baia zilnică poate ascunde o dorință sexuală la un copil de trei, patru ani?

„Dar nici prin gând nu mi-a trecut așa ceva?", se apără ea. Ce se întâmplase? Senzația fusese atât de puternică de parcă s-ar fi întâmplat în realitate. De fapt, dacă se gândea bine, nici în realitate nu trăise cu această intensitate apogeul unui act sexual. Rațiunea îi spunea că se bagă într-un joc periculos, însă nu avea de gând să o bage prea mult în seamă. Conform principiului că este mai bine să ți se întâmple ceva, chiar și rău, decât nimic, oricum știa că nu avea să dea înapoi. Nu putea spune acum ce o atrăgea mai mult: tainele minții pe care le întrevedea sau bărbatul ce-i trezise acele senzații. Cu alte cuvinte, mintea sau ovarele? I se făcu chiar dor de el, fapt ce nu avea nicio legătură cu rațiunea.

Opri apa și ieși de sub duș. Se înfășură într-un prosop mare pe care și-l prinse peste sâni și cu picioarele ude, desculță, se duse în camera ei și se aruncă în pat. Se întinse pe spate și-și prinse mâinile sub cap. Își încrucișă picioarele și se apucă să analizeze la rece situația. „Sunt anormală! Cred că am stat prea mult singură și am dat-o în bălării!" Știa că se pot induce stări hipnotice de la distanță. Ba chiar fusese la o asemenea demonstrație pe când era studentă. Ea una se dovedise un subiect nu prea bun din acest punct de vedere, așa că nu se prea putea explica experiența ei prin asta. Și totuși ce fusese? Altfel de hipnoză? În mintea ei, ca metodă complementară de tratament nu avea un fundament științific. În puterea subconștientului credea în măsura în care existau refulări la acest nivel. Aici, și nu în totalitate, era de acord cu bătrânul Freud. Cât privește sufletul, divinitatea din om, ideile mai novatoare ale lui Jung îi trezeau suspiciuni din cauza imposibilității probării lor.

„Trebuie să mă pregătesc mai bine pentru următoarea întâlnire! Da, îmi voi face mai bine temele!" Cel puţin ştia ce are de făcut: să se documenteze în ceea ce priveşte parapsihologia. Cea mai mare calitate a unui om este să se ridice de câte ori cade. Ea căzuse, dar nu avea de gând să rămână jos. În fond avea un întreg weekend la dispoziţie ca să înveţe, cel puţin teoretic, ca să poată încadra experienţa ei undeva, în ceva deja cunoscut. Avea însă nevoie de sursă de documentare, de cărţi despre acest domeniu. Dar de unde? Bibliotecile erau închise şi cine ţinea aşa ceva în casă?

„Gelu!", veni răspunsul mental. Era un fost coleg de-al ei de facultate. Doar amintindu-şi de el începu să zâmbească. Rotofei, cu o faţă de om bun, era sufletul petrecerilor. Făcea parte dintr-un grup de băieţi care pe lângă faptul că învăţau bine ştiau să se distreze. Evoluase într-un mod ciudat. Se aşteptase mult mai mult de la el, dar se pierduse în momentul în care se însurase cu o fată care era dintr-un cult neoprotestant. Turnase trei copii şi îşi pusese cariera în cui. Devenise medic de familie şi-şi târa existenţa de pe o zi pe alta, la fel ca toţi medicii cu principii.

Îşi reaminti chefurile la care fuseseră împreună, cât de nostimi deveneau când se pileau. Ea fusese respectată şi admirată de la distanţă. Socotită o femeie prea raţională nu era ceea ce se chema o legătură convenabilă. Bărbaţilor nu le plac femeile prea inteligente şi cu atât mai puţin cele mai deştepte decât ei. Au nevoie să domine pentru a se simţi bine. Odată, la o petrecere ce s-a ţinut la munte, avusese o legătură cu unul dintre ei. Fusese un fiasco total. Nu e bine să-ţi faci amanţi dintre prieteni, cu atât mai puţin dintre colegi, pe care apoi îi întâlneşti zi de zi, iar nimic nu mai poate fi ca înainte. Dacă ai şansa şi merge totul bine, cum s-a întâmplat cu unii, te măriţi încă din facultate, dar dacă nu, atunci nici curajul să te uiţi în ochii celuilalt nu-l mai ai. În fond, ce se întâmplase: încălziţi de muzică şi de dans, la care se adăugaseră şi câteva pahare de vin şi de şampanie, se trezise la un moment dat singură cu el în cameră. Ceilalți ieșiseră pe pârtie noaptea, care cu schiurile, care cu săniile. Poate că fusese prea scurt preludiul, poate că băuse prea puțin ca să se lase pradă instinctelor, cert este că în momentul în care să... se trezise că și-a uitat periuța de dinți acasă. Colegul ei simțise că ceva se întâmplă și la întrebarea lui despre motivul pentru care se crispase, nu avusese de lucru și-i spusese adevărul. Parcă îl lovise cu ceva în cap. Reușise să îl inhibe. Nu își avea rostul nicio scuză, iar seara fusese iremediabil compromisă. „A naibii periuță!" Poate că acum eram și eu la casa mea, cu copii și un soț convenabil. În fond, câți se căsătoresc din iubire? Tipul era dintr-o familie bună de medici de mai multe generații, avea o vilă pe undeva pe Ana Ipătescu, mașina lui și nici nu era urât.

Era deștept și în niciun caz nu te făceai de râs dacă te afișai cu el. „Soarta!", își spuse fără a crede nici ea prea mult în asta. Se juca cu părul uitându-se în tavan când sări deodată în picioare. „Trebuie să știe!" Se mobiliză imediat de parcă ar fi cuprins-o din nou febra sesiunii și, cu inima sărindu-i aproape din piept din cauza șocului la care se supuse, smulse geanta din locul unde o aruncase la venire, începând o căutare asiduă. După ce cotrobăi o vreme printre nimicurile care le poți găsi în posesia unei femei reuși să o găsească. Era o agendă mică, roșie, jerpelită de vreme. Găsi numărul colegului și se apropie de telefon. Formând numărul se trezi bătând dintr-un picior. „Apucături de fată bătrână!", își spuse înainte ca la celălalt capăt al firului să răspundă cineva. Era o femeie, probabil nevastă-sa.

– Bună ziua! spuse. Aș vrea să vorbesc cu doctorul Deleanu.

O auzi pe femeie țipând după el prin casă:

– Gelule!

– Cine este? se auzi vocea de neconfundat a amicului ei.

– O femeie!

Îl auzi apropiindu-se de receptor și aproape că-i sparse timpanul când vorbi.

– Alo, da?

– Bună, Gelule! Ce faci? Maria te deranjează.

– Oh! Lume nouă, colega. Să nu-mi spui că te măriți și că te-ai gândit să mă inviți la nuntă! Sau te pomenești că a trecut cineva în lumea celor care nu cuvântă și mă vrei pe post de cioclu? Că tu numai la evenimente de-astea mari îți mai aduci aminte de vechii tăi prieteni.

Doctorița își însuși reproșul ca pe un sirop cu gust amar și nu comentă. La urma urmei, avea dreptate, dar făcea așa și din dorința de a nu deranja sau din frica ca nu cumva să se interpreteze greșit.

– Haide, Gelule, nu fi rău! N-am avut timp nici să respir.

– Mda, voi, specialiștii, aveți ce-i drept multă treabă! spuse cu invidie în glas.

Oful lui cel mai mare fusese să facă chirurgie. Nu avea nicio vină că locurile erau deja date când dăduseră ei examen de specialitate. Ea una avusese pur și simplu noroc. Mediul medical e un cerc închis în care, tu, ca outsider, ți-e greu să pătrunzi. Vorba aceea: trebuie să ai pe cineva care să te împingă și pe cineva care să te tragă. Și cu atât mai greu era dacă mai erai și femeie. Existau câteva ajunse în vârful ierarhiei învățământului medical și mai toate urcaseră pe spatele unui bărbat care era deja sus. Asta presupunea din partea lor, a femeilor, renunțarea la viața de familie și, poate un pic mai mult, la demnitatea lor. Nu era vina lor, asta era societatea în care trăiau, în care multe domenii fuseseră monopolizate pe nedrept de bărbați, deși poate că s-ar fi potrivit mai mult sensibilității și intuiției feminine.

În condițiile actuale o femeie trebuia să sacrifice aproape totul pentru medicină, lucru care rămânea la latitudinea ei. Merita prețul? Asta însemna singurătatea după vârsta de patruzeci de ani când, odată realizată pe plan profesional, descoperea că, de fapt, ceva îi lipsește. Oare realizau asta? Rafinate, îngrijite, cu sâni tari și obraznici ca de fecioare, normal, că doar nu alăptaseră și nu se

dăduseră în brânci cu spălatul și gătitul, își petreceau timpul liber
ocupându-se de propria lor persoană. Nu-i de mirare că aveau
coafura, manichiura și toaletele perfecte. Egoism? Rezultatul era
că puteau să se ocupe de bolnavi fără a avea în plus grijile cotidiene
ale unei familii, lucru dealtfel benefic pentru aceștia. Erau de con-
damnat? Societatea impune propriile reguli pe care le urmezi sau
nu. Îi repugna ideea de a se culca cu profesorul și totuși începuse
să se gândească tot mai des la asta în ultimul timp. Poate că merita
să uite câteva clipe de conștiință decât să dea întreaga viață buline
la câteva babe senile. Pentru a deveni asistent era nevoie să ai ori
bani, era pas la acest capitol, fie să-l ai pe vino-încoace și să te fo-
losești de el.

Își aminti că la sfârșitul facultății umblaseră pe la profesori cu
cântatul. Fuseseră câteva clipe emoționante pentru toți, și pentru
ei, studenții, și pentru profesori. Se băuse șampanie, suc, bere, se
mâncaseră fursecuri și prăjituri. Unul singur îi adusese însă cu
picioarele pe pământ. Le prezentase posibilitățile pe care le aveau
la început de drum. În ceea ce le privește pe ele, fetele, fusese cât
se poate de tranșant. Trebuiau să știe cu cine și pentru ce se culcau
pentru a răzbi. Nu putea spune că nu știa asta încă din timpul
facultății, dar spusă de un profesor căpăta aura unei axiome ce-i
zguduise elanul în acel moment și care mai târziu se dovedise a fi
într-adevăr o realitate.

Poate că pentru câteva minute de dat din fund nu merita să-ți
irosești viitorul, mai ales că de cine să se lipească avea și nu era nici
așa bătrân și arăta chiar bine. Trebuia să se obișnuiască doar cu
ideea că, mai târziu, un student va spune despre ea că „a dat cu
curu'" ca să se ajungă. Oricum se știe cine cu cine umblă, care cu
care și-o pun, nu era chiar o plăcere să intri în gura celorlalți. În
fiecare specialitate exista un vârf, iar în ceea ce privește psihiatria
cel care deținea șefia era pe ducă, știindu-se exact cine-i urmează.
Acest cineva, prin toată atitudinea lui, numai că nu-i spusese că

doctoratul ei depinde de o partidă de sex. La urma urmei, ce să mai aștepte. Sărise de treizeci de ani, șansa de a-și întemeia o familie scădea pe zi ce trece și tot așa creștea și cea de a da naștere la copii malformați. Mai exista încă undeva în ea ceva care o oprea. Încă nu fusese total abrutizată de mediul în care lucra, păstrând încă o urmă din inocența și entuziasmul studențesc, din acele vremuri când ai impresia că poți muta munții și când nu vezi mamuții din medicină care te calcă în picioare încă dinainte de a începe să urci. Hai că supliciului de a se culca cu el i-ar fi rezistat, ba chiar i-ar fi făcut plăcere. Ce te făceai însă dacă i-ar fi cerut mai mult? Nu era o încuiată, dar avea niște limite peste care poate ar fi trecut lângă acel bărbat care ar fi fost al ei și care ar fi completat-o perfect. Mai credea încă în așa ceva. O enerva să vadă trecând pe lângă ea toate tutele, cu lucrări care mai de care mai novatoare, când ele săracele aveau greutăți în a scrie corect românește și singurul lor merit era acela că dădeau bine din fund și chiar din cap! La așa ceva nu se preta. Cel puțin, nu încă!

Că un bărbat își ajută amanta era una și pare în condițiile actuale aproape firesc, dar ce i se întâmplase lui Gelu era de-a dreptul hilar. În timpul unui examen oral, unde era și participa doar profesorul cu studentul, primise o declarație de dragoste. Fusese momentul în care îl prinsese singur și îi promisese ajutorul și o carieră sigură în domeniul pe care și-l dorea cu condiția să-i devină iubit. Ținea minte de parcă ar fi fost ieri chipul transfigurat al colegului când ieșise din sala de unde se ținea examenul. Câteva minute bune nici măcar nu putuse să rostească un cuvânt. Nimeni nu se așteptase la așa ceva din partea celui care de altfel era un bun profesionist și un bun pedagog.

Cert este că după acest eveniment despre care ei, colegii, au aflat mult mai târziu, viața medicală a lui Gelu avusese de suferit. Neavând banii necesari cumpărării unui post de asistent pe specialitatea care-i plăcea fusese nevoit să rămână medic generalist, târându-și zilele de la un salariu la altul. „Păcat de el!" Era ceea ce se chema un om menit să fie medic. Parcă îl vedea și acum râzând, la câtva timp după eveniment: „Auzi, mă, să-mi spargă mie rozeta!" Îl întrebase mai târziu dacă regretă. Se uitase la ea ca la o nebună și îi spusese: „Nu, drago, aș fi simțit la orice examen de grad un junghi în cur!" Dar ea merita să se prostitueze? Că asta însemna. Un lucru era cert, lumea medicală devenise unul dintre mediile cele mai perverse și corupte dintre toate cele prin care o trecuse viața. Chiar și în lumea asta a borfașilor descoperise o cinste și o onoare, niște reguli de conduită și un respect pentru o ierarhie care, deși bazate pe principii greșite, dădeau clasă celorlalte pături sociale. Și cel puțin nu pozau în castă, așa cum făceau medicii. Departe de a fi un apostolat, medicina devenise o afacere și lupta pentru supremație era crâncenă.

– Ce faci? Ai amuțit? Te rod remușcările că l-ai uitat pe vechiul tău prieten încât n-a mai rămas nimic din tine care să vorbească?

– Sunt aici, spuse revenind dintre amintiri. Haide, nu fi rău! Am nevoie disperată de ajutorul tău!

– Zi, ce arde!

– Mai ai colecția aia de cărți despre paranormal pe care le-ai strâns și în facultate?

– Mda, am, slavă Domnului! Da' de ce?

– Poți să mi le împrumuți și mie câteva zile ca să-mi arunc un ochi peste ele?

– Hopa! Dacă tu, care râdeai de mine, ai nevoie de ele, înseamnă că ai dat de ceva tare! Este?

– Nu cine știe ce. Pur și simplu am avut o discuție cu cineva pe tema asta și nu știu nimic în domeniu. Efectiv am nevoie să mă documentez.

– Și ce anume te interesează exact. Să știi că e o temă a naibii de stufoasă.

– Gelule, despre telepatie, hipnoza la distanță, eu știu? Chestii de-astea.

– Învăţăm, învăţăm! îl auzi în receptor. Ştii ce, îţi dau cu o singură condiţie, de fapt cu două.

– Care? îl întrebă.

– Prima e să vii să ţi le iei şi a doua e să le aduci când termini. De acord?

– Mulţumesc mult! Normal că vreau. Când poţi să mi le dai?

– Şi acum dacă arde chiar aşa. Suntem acasă. Vino să le iei. Mai ştii unde stau? o întrebă cu ironie.

– Nesuferitule! Te pup. Vin, numai să pun ceva pe mine.

– Ah! Eram dezbrăcată! spuse cu insinuare.

– Haida de! Eşti bărbat însurat! Termină! Tot nebun ai rămas!

– Nu pot! Nevastă-mea e călare pe un geam să-l spele!

– Golanule! îl apostrofă ea. Ştia că o făcea pur şi simplu din amuzament, de aceea n-o deranja când îi vorbea aşa.

– Un pic aşa, de ochii lumii şi de dragul vremurilor de demult! spuse cu o doză de regret în voce.

– Las' că nici nu ştii ce mult ai tu în comparaţie cu alţii!

– Am destul! Şi mai vine unul!

– Nu eşti normal! Încă unul? spuse de data asta năucită de veste.

– Da! Vreau şi eu o fetiţă! Unde-s trei, mai mâncă o gură! Hai, vino şi vorbim!

– Bine, pa! mai spuse şi aşeză receptorul în furcă.

Răsuflă uşurată. Acum totul depindea de ea ca să studieze ceea ce scăpase în şcoală. Nu-şi putea ierta faptul că nici măcar nu încercase să vadă despre ce era vorba atunci. Ar fi trebuit să-şi păstreze mintea deschisă la orice era nou, fără să fie nevoită să dreagă lipsa de cunoaştere acum.

Se îmbrăcă rapid cu o bluză şi nişte blugi vechi, îşi luă adidaşii şi dădu să iasă pe uşă când din bucătărie ieşi maică-sa:

– Unde te duci, măi, fetiţo?

– Trag o fugă până la Gelu să iau nişte cărţi!

– Tu ai mâncat ceva astăzi?

Rămăsese blocată. Pur și simplu uitase. Dimineața avea obiceiul să bea doar cafea pe stomacul gol și să fumeze o țigară și de abia pe la prânz mânca ceva în fugă, pentru ca la întoarcere acasă să ia cu adevărat o masă ca lumea. Asta în jurul după-amiezii. Azi însă totul se derulase cu asemenea rapiditate încât îi ieșise cu totul din cap și nici foame nu simțise, altfel probabil că și-ar fi amintit.

– Hai să-ți fac niște sendvișuri ca să le iei cu tine pe drum. Ce mai face Gelu?

Îl cunoștea de pe vremea studenției când marea majoritate a chefurilor se țineau la el. Avea atâta încredere în el încât dacă știa că merge și el undeva nu avea nicio reținere în a o lăsa și pe Maria. Cu timpul deveniseră aproape nedespărțiți, ca doi frați. Nici nu știa de câte ori o scosese din casă când avusese întâlniri de care nu voia să știe mama ei.

– Ce mai face Gelu? o întrebă.

– Va fi iar tată!

– Ce-i nebun? spuse. Pe vremurile astea să mai faci un plod? Cu ce-i crește, săraca femeie? Tot pe ea cade greul că el, zălud cum este..., spuse în timp ce tăia pâinea. Îi aranjă mâncarea pe o farfurie și i-o întinse.

– Ia și mănâncă și tu.

Maria începu să înfulece. Îi era foame și nici nu-și dăduse seama cât. O pocnise dintr-odată. O auzi pe maică-sa cotrobăind prin cameră. Terminase de mâncat și-și luase cheile de pe măsuța din hol când apăru și maică-sa din cameră ținând în mână o sacoșă.

– Ia și tu și du-i astea femeii ăleia, că i-o fi greu să hrănească atâtea guri!

– Ce-ai pus în ea? Pietre de moară? o întrebă.

– Ei! Niște zacuscă, dulceață și compot. Și nu mai comenta atât și du-te!

Parcă avea aripi. Nici că sperase să-și schimbe așa brusc optica despre viață. Faptul că intra într-un domeniu nou o entuziasma și o făcu să gonească până la casa colegului. Când îl văzu în prag, mai că nu-l recunoscu, atât era de schimbat. O surprinse în mod neplăcut aspectul lui neglijent. Nebărbierit, cu burtă, arăta de parcă el ar fi trebuit să nască. „Oare mi-ar fi plăcut să fiu în locul lor?", se întrebă când o văzu și pe nevastă-sa apărând într-o rochie de casă subțire care se mula pe sânii căzuți și pe burta imensă, ce trăda o sarcină în ultimul trimestru. „Ca două butoiașe!", își spuse privindu-i unul lângă celălalt. Aproape că se simțea vinovată că arată încă bine! „Ce rea sunt! Adevărul este că arată ca două bombe!"

– Bună ziua! le spuse și întinzându-i sacoșa adăugă: De la mama...

– Ciao, soro! o salută Gelu.

– Bună! spuse femeia. Nu trebuia. Poftim în casă!

Luă sacoșa și dispăru în bucătărie, după care se întoarse și începu să deretice în sufragerie. Era o debandadă de parcă picase un obuz. Peste tot erau hăinuțe de copii, jucării, chiar și un biberon pe jumătate gol era aruncat într-un colț. De după canapea se ivi un cap blond de copil. Mânjit pe la gură, într-un maiou prea mare și cu pampers se apropie în patru labe de ea. Doctorița se așezase pe un fotoliu scăpat ca prin minune de dezastrul din cameră și privea arătarea cea mică apropiindu-se de ea, râzând cu gura până la urechi. Ajuns lângă ea, puștiul se prinse cu putere de genunchii ei și se ridică în picioare. O privi fix cu ochii lui de un albastru ca marea și i se cățără în brațe. Îi luă părul în mânuțe și începu să se joace cu el, după care exclamă fericit:

– Mamaaa!

Se simți copleșită de sentimentul acesta pe care nu-l cunoscuse niciodată și-l luă pe micuț și-l strânse la piept. Își simți ochii umezi. Nu-i plăcea să se manifeste de față cu ceilalți, dar nu mai ținu seama de asta când îl sărută pe cel mic pe creștetul capului.

– Nu-ți stă rău! îi spuse Gelu. Pe când unul?

– Dumnezeu știe! Totuși este nevoie de doi...

– Eh! Nu mai e chiar așa. Am auzit de un centru de planning familial cu rezultate bune în fecundări artificiale. Ba, poți să-ți alegi și partenerul care să fie tatăl copilului tău! o tachină el.

– Nu, mersi! Sunt încă adepta metodelor tradiționale de concepție și mai am timp să-l fac așa dac-o fi și-o fi să fie!

– Ce să zic? Spor la muncă!

– Mersi, ești drăguț ca întotdeauna!

Copilul se dădu jos din brațele ei și porni în direcția maică-sii. Simți o undă de părere de rău când plecă de lângă ea. Avusese efectiv senzația că-i simte sufletul mic și pur cum i-l încălzește pe al ei.

– Pe unde mai lucrezi? o întrebă Gelu.

– La Institutul de Medicină Legală, fac expertize psihiatrice.

– Te-ai ajuns! Le dai la ăia certificate de nebuni și le iei banii!

– Taci, mă! Te mai aude cineva și te crede! Știi și tu că e o comisie care face asta, nu dau eu nimic de la mine. Tu ce faci?

– Tot cum știi! Rinite, amigdalite și alte ițe. Rar mai apare ceva interesant.

Se așternu liniștea. Niciunul nu îndrăznea să atace subiectul din cauza căruia ajuseseră să se întâlnească după atâta timp. Ea pentru că nu voia să pară prea insistentă, iar el pentru că bănuia deja că totul este mult mai complicat decât îi spusese la telefon. O cunoștea prea bine ca să-l poată duce cu una, cu două.

– Hai, zi! Pentru ce-ți trebuie cărțile alea și lasă vraja mării, că nu ține!

– Ți-am spus! răspunse cât mai convingător posibil.

Gelu o privi cu reproș.

– Bă, tu uiți că eu te-am învățat să minți? Când o sunai pe maică-ta să-i spui că rămâi la mine să învățăm aveai același gest de acum, te jucai cu cercelul stâng!

– Nu te pot suferi! îi spuse ea. Ce vrei să știi, de fapt?

– Totul! veni răspunsul implacabil al bărbatului. Cum ai ajuns să te intereseze lucrurile astea. E clar că ai avut un motiv foarte serios şi sunt curios care. Şi, fără poveşti nemuritoare! OK?

Ce să facă, era la mâna lui. Nu că nu i-ar fi putut ascunde experienţa ei, dar se gândi că ar fi putut-o ajuta cu ceea ce cunoştea el.

– Ei bine, am întâlnit un tip interesant. Nu e bolnav, sau cel puţin nu prezintă niciun simptom în acest sens, dar ceva mă face să cred că nu e chiar ce pare.

– Zi mai departe! spuse Gelu din ce în ce mai interesat de subiectul discuţiei.

– N-am prea multe de spus. Astăzi l-am cunoscut prima oară şi nu mi-am format o părere despre el.

– Unde l-ai cunoscut?

– La penitenciar!

O distra să urmărească reacţia prietenului ei. Ochii i se măriseră brusc şi, ca la comandă, mandibula îi căzu lăsându-l cu gura deschisă. Nu se putu abţine şi începu să râdă.

– Ce cauţi tu acolo?

– Nimic special. Şeful de la noi, de la psihiatrie, Nemţeanu, este un tip deştept de tot şi dornic de afirmare. A propus colectivului, din care fac şi eu parte, să demonstrăm că sistemul nostru, departe de a reeduca oamenii care au comis un delict şi de a-i reda societăţii, îi transformă în închisori mai degrabă în fiare.

– Bine, da' asta se ştie!

– Ştiu! Dar nu avem nimic cert, fundamentat ştiinţific, în acest sens. Se urmăresc mai multe lucruri: care sunt penitenciarele de unde ies mai puţini recidivişti, ce activităţi recreative au deţinuţii sau ce facilităţi, cum sunt ajutaţi de personalul din închisoare, psihiatri, chiar şi de Biserică mai nou. Se întocmesc fişe personale, profile psihologice, tabieturi, statistici.

– Iar el va fi trecut ca autor și se va scrie: „Sub redacția... bla, bla, bla, bla, bla! Vasăzică unii cu cârca, alții cu meritele! trase el concluzia.

– Ei, nu-i chiar așa! În fond a fost ideea lui și am fost de acord să-l ajutăm. Ce-o fi mai încolo, vom vedea. Mie una, din punct de vedere profesional, mi-a folosit enorm. Ca să nu mai vorbesc de faptul că am intrat într-o lume de care nici măcar nu aveam habar și care mi-a ridicat o serie de probleme în a mă integra, a înțelege și a schimba în sens pozitiv.

Se așternu liniștea, moment în care fiecare rămase cu gândurile lui.

– Bei o cafea? o întrebă rupând tăcerea.

– Nu, mulțumesc mult! Cred că am băut o găleată astăzi! În ritmul ăsta o să dau în Parkinson! Simt fiece nerv de parcă-i coardă de pian. De altfel nu vreau să vă deranjez mult.

– Hai să mergem să vedem ce ai nevoie, o invită Gelu ridicându-se de pe fotoliu. Cărțile le-am retras în peștera mea, ca să nu ajungă distrugătorii la ele.

– Dar unde-s ceilalți băieți?

– Afară dragă! Doar legați îi pot ține în casă. Decât să mă terorizeze pe mine, las' să înnebunească babele de la parter. Ce-o să mă fac cu ei când or avea șaisprezece ani, numai Dumnezeu știe!

O conduse în ceea ce s-ar fi vrut dormitorul lor. Ai fi spus că e mai mult o cameră de lucru, dacă n-ar fi avut și un recamier într-un colț. Impresionau însă rafturile ce acopereau pereții, mai mult ca sigur făcute de el, și care erau pline de cărți. Știa biblioteca lui, dar nu se aștepta să evolueze în ritmul acesta. Dacă ar fi știut cum, ar fi fluierat de admirație. Se mulțumi însă să zică:

– Așa ceva...

– Ei, îți place comoara mea? o întrebă cu nedisimulată mândrie.

– Ești de-a dreptul nebun! Câți bani ai băgat în biblioteca asta?

– Mai puțin decât crezi. Am câțiva pacienți pensionari, care n-au cum să mă plătească, și atunci când au vrut să-mi ofere ceva le-am spus de pasiunea mea pentru cărți și mi-au oferit ce aveau pe acolo prin casă, chiar de prin poduri. Mulți nici nu știau valoarea unora dintre ele, așa că am pus mâna și pe niște ediții rare. Dublurile le-am dat la schimb, am căutat și prin piețe și încet, încet s-au strâns. Așa a apărut ceea ce vezi acum. Sunt vreo cinci mii de volume! Eu unul le-am pus pe genuri, istorie, politică, polițiste, spionaj, filozofie... Uite, aici găsești ceea ce-ți trebuie ție. O mare parte dintre ceea ce a apărut la noi despre paranormal, istorii neelucidate, OZN-uri.

Aproape un sfert din bibliotecă era numai pe teme din astea. Gelu începu să aleagă de pe rafturi, iar numărul cărților trecu în curând peste zece, așa că doctorița renunță să le mai numere.

– Cam astea sunt pentru început cele care te-ar putea introduce cât de cât în lumea asta nouă pentru tine. Hei! Capul sus! îi spuse văzând chipul ei deznădăjduit.

– Gândește-te că luni ai examen la telepatie! Ce faci? Încerci și tu să-ți faci o idee despre asta. Câte pagini ai? Cinci, șase mii? Mare brânză! Hai cu mine!

Gelu luă stiva de cărți și suflând din greu se îndreptă spre sufragerie. Maria se luă după el aproape venindu-i să plângă. Crezuse că va fi o floare la ureche să învețe totul până luni.

– Știi ce? Te ajut eu, dar îți pun o condiție!

– Care? îi răspunse ea cu speranța revenindu-i în suflet.

– În primul rând îmi spui exact ce s-a întâmplat, apoi mă ții la curent. De acord?

O privea adânc în ochi așteptând răspunsul. Maria știa că nu mai putea să-l dribleze de data asta.

– Sunt de acord! îi răspunse cu jumătate de glas.

– Și îmi vei spune? o întrebă iar.

– Bineînțeles! îi răspunse mai convingător de data asta.

Îl simțea supărat că nu avusese încredere în el, așa că se hotărî
să-i spună o parte de adevăr.

– Vezi tu? Am avut impresia că-i prind gândurile. Nu știu dacă
și el pe ale mele, dar sunt aproape sigură că eu pe ale lui, da. Nu
știu cum și de ce, nici măcar cum are loc așa ceva. Parcă l-aș fi
auzit vorbind în mintea mea. N-aș fi fost sigură, dacă nu i-aș fi
urmărit buzele că să văd că într-adevăr nu se mișcă.

– Ce gândea? se interesă Gelu.

– M-a făcut târfă! îi răspunse jenată Maria.

Colegul ei începu să râdă.

– Și nu i-ai dat o poșetă în cap? Doar pentru asta te-ai pus pe
căutat?

– Nu, spuse cu strângere de inimă. A mai fost ceva. Când am
ajuns acasă, i-am simțit efectiv prezența în camera mea.

– Cum?! explodă colegul.

– Pur și simplu parcă stătea lângă mine, nevăzut, urmărindu-mi
mișcările.

De data asta îi luase piuitul.

– Bine, dar asta nu mai ține de telepatie, ci de extracorporali-
zare! spuse el.

– Ce-i aia?

– N-ai văzut și tu Dosarele X?

– Ba da! Ca tot omul...

– Și nu ai văzut episoadele, că au fost mai multe, despre așa
ceva?

– Am văzut, dar nu pot spune că le-am luat prea mult în seamă
sau că am crezut ce spun ei.

– Teoretic, există indivizi care, fie că se nasc, fie că prin cine
știe ce exerciții, ajung să aibă capacitatea să iasă cu spiritul din trup
și se plimbă pentru a îndeplini, eu știu, meniri numai de ei știute.
În cărțile despre telepatie găsești în general și informații despre
alte capacități paranormale. N-ai decât să selectezi și tu și să treci

prin toate ca să-ți faci o idee. N-are niciun farmec să știi toate astea dacă nu le poți pune și în practică! Fericito! De ce le-o da Bunul Dumnezeu darul ăsta la toți fraierii care nici măcar nu știu ce-ar putea face cu el. Și tu! Ce șansă! Nimic nu se compară cu experiența proprie. E singura care-ți înlătură orice îndoială. Te pot ajuta și eu puțin. Cel mai bine ar fi să urmărești la cuprins problemele care te interesează și de care te lovești, iar ce nu înțelegi mă poți întreba pe mine. Îți va fi greu să egalezi tot ce știu eu din cărți, dar ai avantajul experienței. Asta presupune să mă ții și pe mine la curent cu ce ți se întâmplă.

Ce să îi spună? Faza cu orgasmul? Doamne ferește! E greu să ai încredere într-un bărbat și însurat, și cu copii și ți-e jenă.

– Hai, te rog! Dă un sens vieții mele efemere. Nu fac altceva decât să șterg mucii și rahatul plozilor, mănânc, beau și când mă fut e sărbătoare. Dă-mi și mie un țel în viață, șansa de a-mi îndeplini un vis și de a ieși din mediocritate. Te implor! sfârși Gelu într-un gest teatral mai în glumă, mai în serios.

Privi la el și înțelese. Pe chip i se putea citi nemulțumirea. Tot ce făcea era din datorie față de ai săi, fără nicio bucurie sau împlinire sufletească. Ca și cum mediocritatea i-ar fi prins spiritul într-o gheară, nelăsându-l să se manifeste în plenitudinea cunoașterii lui. Nimic din entuziasmul pe care-l avusese în studenție nu mai rezistase în el. I se putea citi blazarea ca un stigmat pus de viață. Ascunsă undeva în adânc în el, acea fărâmă de explorator al granițelor necunoscutului se trezise iar la viață și doctorița simți că nu-i putea refuza asta. Poate pentru că-i fusese un prieten sincer tot timpul, poate pentru că avea nevoie de el și că-i era drag, cert este că-i mișcase sufletul și se hotărî să accepte.

– Bine! Îți voi spune, numai lasă-mă să înțeleg ce mi s-a întâmplat. Am nevoie să mă dezmeticesc; m-a surprins toată chestia asta.

– Atunci hai să o luăm metodic. Când îl vei revedea pe individ?

– În principiu, luni. Dar mă gândeam să amân până ce voi fi pregătită să-l întâlnesc.

– O să vedem ce putem face până atunci și vei acționa în consecință.

– Crezi că aș putea veni mâine-seară pe la tine? îl întrebă.

– Bineînțeles! De ce nu? spuse, apoi parcă ghicind la ce se gândea continuă: Hei! Uită-te la mine, arăt eu a Don Juan? Și pentru numele lui Dumnezeu, nici tu nu ești oarbă! Chiar dacă am merge mână de mână pe stradă, n-ar crede nimeni că e ceva între noi.

O surprinse propria lui părere despre el însuși. În general bărbații, deși conștienți de aspectul lor, lucru care se întâmplă rar, tot încearcă. Asta fiind natura lor. Gelu dădea dovadă că mai era cu picioarele pe pământ. Că o plăcea, știa de pe vremea studenției. Îi spusese, înainte de a-și face iluzii, că tot ce simte pentru el este o prietenie cât se poate de sinceră. Atunci îl rănise, dar sinceritatea ei și faptul că nu profitase de el i-l făcuse prieten pe viață. Legătura lor devenise atât de puternică încât se sfătuiau în legătură cu cei pe care-i iubeau sau, mă rog, credeau că-i iubesc. Ba chiar ajunseseră să-și spună intimități de neimaginat între doi indivizi de sex opus! Când se căsătorise, prietenia lor avusese de suferit și asta nu din cauza lui, cât dintr-un soi de pudoare a ei. Știa până și cum se chinuise să o învețe pe nevastă-sa să facă dragoste, așa că-i venea greu să o vadă. Crezuse că l-a pierdut ca prieten și acum descoperea că nu-i așa. Se ridică să plece. Gelu o chemă pe nevastă-sa, care apăru ștergându-se pe mâini. Spăla cu plodul încurcându-i-se între picioare. Își luă rămas-bun de la ei și plecă.

– Pe mâine! îi spuse Gelu fluturând mâna în semn de la revedere.

Doctorița se îndreptă spre mașină gândindu-se la Gelu. Toți îl crezuseră nebun, excentric în cel mai bun caz, cu așa înflăcărare vorbea despre parapsihologie ca de-o știință a viitorului, exasperându-i pe toți. După ce se așezase la casa lui, păruse că revine la normal, cel puțin la cel pe care-l crezuse ea, pentru că acum totul îi părea cu susul în jos. Ea era cea care îi reaprinsese pasiunea ce ardea mocnit în ființa lui. Acum, după noile evenimente, începuse să semene cu un cal de luptă pe care îl văzuse pictat într-un tablou, în cine mai știe ce muzeu. Fusese prinsă scena unei bătălii. În prim-plan era un călăreț așteptând începerea luptei. Ceea ce o impresionase însă cel mai mult era calul. Părea cu adevărat viu, tremurând nervos, cu nările dilatate, ochii măriți și gura deschisă rănită de zăbala ce-i mușca din buză pentru a-l ține în loc. Nu-i părea rău că-i spusese lui Gelu. Este bine să te destăinui cuiva, or, el ar fi fost singurul în stare s-o înțeleagă și eventual s-o ajute dacă greșea. Se putea baza pe el, având în fond nevoie unul de celălalt în confruntarea asta cu necunoscutul.

Obosise. Se întunecase de mult și probabil nici maică-sa nu mai era trează la ora asta, deși se mai auzea televizorul mergând. Avea obiceiul să adoarmă cu el deschis și se trezea noaptea pentru a-l închide. Maria se ridică din pat și își întinse trupul amorțit. Simți cum îi trosnesc vertebrele. De ce reprezintă asta una dintre micile plăceri ale vieții, să te întinzi când amorțești, când te trezești dimineața, sau chiar înainte să faci dragoste? „Of, ce bine e!" Nu știa dacă să mai facă sau nu duș, înainte să se culce, un tabiet la care nu renunțase niciodată. Parcă astăzi nu mai avea chef, pur și simplu îi era lene. Se simțea murdară, dar ce mai conta? Se dezbrăcă în grabă și intră sub cuvertură fără a-și aranja patul pentru dormit. Dacă ar fi văzut-o maică-sa, și-ar fi făcut cruce și ar fi avut ce auzi! Zâmbi închipuindu-și fața ei de parcă ar fi fost de față. Se simțea împăcată cu ea însăși odată ce aflase atâtea, cel puțin teoretic. Stinse veioza și ascultă liniștea nopții încercând să adoarmă. Gândurile nu-i dădeau pace, însă, la amintirea zilei care-i schimbase întru câtva optica despre viață. Atunci îl simți din nou. Aceeași senzație a prezenței lui ca atunci când îl simțise în baie. Își simți sufletul inundat de o bucurie de nedescris. Și totuși se sperie puțin când se simți învăluită într-o putere calmă, fără nicio dorință sexuală, ca un câmp benefic ce o învăluia pentru a o proteja.

Nu îndrăzni nici să se miște când auzi în minte glasul lui: „Liniș-tește-te, voi veghea asupra ta!" „Tu ești?", îl întrebă. „Eu!", îi răspunse de departe bărbatul. „Te bucuri că am venit?" Maria îi revăzu mental ochii triști din care izvorau o liniște calmă. „Este timpul să te culci. Ai aflat prea multe pentru o singură zi și ești obosită. Mai ai mult până să înțelegi!" „Ce să înțeleg?", întrebă ea. „Lasă asta. Acum dormi, iubito!" Se întoarse pe o parte și simți brațele lui cuprinzân-du-i trupul într-o îmbrățișare protectoare. Îi simți fața îngropân-du-i-se în păr și respirația caldă ce-i mângâia ceafa. Se liniști și savură senzația aceasta pe care n-o mai trăise. Simți nevoia să-l mângâie, ridică mâna, dar întâlni numai aerul. Închise ochii și se vizualiză culcată și pe el ținând-o în brațe. Își închipui că-l mângâie pe brațe, pe cap și îi simte sărutul pe ceafă ca o recunoaștere a intenției ce-o avusese. Intuise pur și simplu că totul avea loc mental. Începeau să i se deschidă căile întortocheate ale minții, pe care oamenii nu le în-țeleseseră niciodată. „De ce nu se învață așa ceva în școală? Unde erau cei care te puteau purta prin celelalte dimensiuni?" Se întoarse. Sim-țea nevoia să-l țină în brațe, să-l simtă lângă ea, lipit de pieptul ei. Iar el avea nevoie de ea, de mângâierea unei femei, a unei iubite care să-i alunge tristețea din ochi și din suflet. „Te aștept de mult!", îi spuse bărbatului. „De când?", o întrebă el. „Dintotdeauna! Ai să mai vii?", îl întrebă. „De acum înainte, că te-am găsit, cât timp mă vei vrea!"

„Cum faci?", îl întrebă.

„Hm! Libertatea este o calitate a spiritului, nu a trupului. Oa-menii sunt prizonierii propriului trup, eu sunt liber chiar dacă trupul meu este acolo!"

„Eu am să pot vreodată?", îl întrebă.

„Dacă ai să înveți cum și dacă îți vei dori asta mai presus de orice..."

Adormi fără să-și dea seama când. Sentimentul singurătății o părăsise pentru prima dată de când se știa, fantomele ce-i tulburau somnul în întunericul nopții fuseseră gonite.

Se trezi căutând cu mâna prin pat. Era singură. Nu vedea și nu simțea nimic care să amintească de prezența lui în cameră. Ceasul arăta ora nouă și treizeci de minute. Se ridică din pat și se băgă sub duș fără să se mai întâmple ceva deosebit. Era tot singură. În comparație cu golul pe care îl simțea acum, prezența lui în cameră de seara trecută echivalase cu o certitudine. Unde era însă? Îi promisese să fie lângă ea. Îi revăzu chipul și pe măsură ce i se contura în minte fruntea, ochii, fața lui, se deschise ca o poartă spațiul dintre ei și îi percepu prezența.

„Bună dimineața, prințesă!", îi spuse. „Te-ai trezit?" Îi simțea zâmbetul din tot sufletul.

„Bună! M-ai speriat când nu te-am simțit lângă mine!"

„Am avut puțină treabă cu meșterul la reparațiile pe care le facem. Ce-ai de gând să faci azi?"

„O să citesc în continuare, n-ai spus tu că am multe de învățat?"

„Ba da! Atunci spor la treabă! Te pup! Dacă ai nelămuriri, cheamă-mă!"

Se trezi cu ochii pironiți în tavan, privind în gol ca după o transă. Plecase, dar de data asta nu-i mai era frică, putea da de el oricând. Ieși val-vârtej pe ușă și se duse țintă la bucătărie, unde se auzea maică-sa trebăluind.

– Ce faci, fetițo? o întâmpină ea.

Maria o luă în brațe și o pupă pe ambii obraji. Inițial uimită de reacția ei neobișnuită, începu apoi să râdă, simțind că era de bine. Nu îndrăzni să o întrebe ce s-a întâmplat. Întotdeauna o lăsa pe ea să vorbească, fără a insista, indiferent că era vorba de ceva bun sau rău.

– Mami, cred că m-am îndrăgostit! îi spuse și figura perplexă a mamei o făcu să izbucnească în râs.

– Când? Cum? o întrebă femeia revenindu-și puțin din șoc.

– Eh! Nu-i chiar așa. Am întâlnit pe cineva mai deosebit, dar n-am ajuns chiar acolo. Am vrut numai să văd ce zici! Hai că fug, am de învățat!

– Iar? Alții au casa lor, familie, copii, tu nici școala n-ai terminat-o!

– Ce să fac? Asta-i viața mea, îi spuse și ieși pe ușă lăsând-o pe maică-sa trebăluind, singură cu gândurile ei.

Maria însă ar fi strigat întregii lumi că a găsit acea iubire la care alții nici măcar nu visează. Dacă era adevărată legenda cu jumătatea fiecăruia, atunci ea și-o întâlnise. Se întoarse în camera ei țopăind și sări în pat, cum făcea în copilărie, cu inima bătându-i nebunește în piept.

„Stai, nebuno!", își spuse. Trebuia să citească. „Trebuie!", își zise încercând să-și canalizeze energia în mod constructiv. Noi orizonturi i se deschideau și dacă viața de până atunci i se părea monotonă ceva se schimbase în câteva ore. Tot ce învățase nu că s-ar fi dovedit fals, ci în cel mai bun caz incomplet. I se oferea posibilitatea să afle mai multe despre psihicul uman. Viața îi dăduse o nesperată șansă de a cunoaște și nu avea de gând să o rateze.

Nu se spălă și nici nu-și bău cafeaua când se puse pe citit încercând să se familiarizeze cu experiențele altora. Mai mult ca sigur că mulți dintre colegii ei de serviciu, mai ales cei mai în vârstă, ar fi considerat-o plecată deja pe calea schizofreniei. Nu îi putea condamna pentru asta, ar fi judecat la fel în locul lor. Este ușor să faci o confuzie între un pacient și un neinițiat. Telepatia există, asta este o certitudine. Atunci ce se întâmplă cu un individ care, mai sensibil decât semenii săi, aude gândurile celorlalți fără a-și putea explica fenomenul? Nu va fi socotit nebun pentru că aude voci? Nu va fi internat și îndopat cu medicamente fără vreo șansă de vindecare pentru că nimeni nu-i poate explica ce se întâmplă cu el? Singura lui vindecare fiind recunoașterea, înțelegerea și, în cele din urmă, folosirea calităților de care dispune. Câți psihiatri erau în stare să facă asta? Ea una nu era în măsură să ajute încă pe nimeni. Poate mai târziu...

15.

BOALA

Trebuia să pună capăt relației. Habar nu avea ce anume să-i spună, cert este că simțea necesar acest lucru. Totul luase așa o turnură încât devenise foarte serios. Alex era în orice caz un tip înțelegător și, departe de a fi un bărbat posesiv, îi îngăduise să-și continue viața în modul în care crezuse de cuviință. Dacă stătea bine să se gândească, fusese o înțelegere reciprocă atâta timp cât relația lor se limitase la întâlniri ocazionale, fără alte implicații. Având fiecare o viață particulară, el familia, ea meseria, își văzuseră de drum pentru ca să fie mai mult prieteni și, ocazional, amanți. Era de asemenea convinsă că mai existau și alte femei în viața lui în afară de ea și nevastă-sa, dar nesimțind că îl împarte nu o deranja câtuși de puțin. Ba, pe undeva era curioasă să vadă dacă avea să o mai caute, dacă nu se mai culca cu el. Tindea să creadă că nu. Indiferent cât de îngăduitor ar fi fost, era mai întâi de toate bărbat și orgoliul lui de mascul rănit avea să-l îndepărteze de ea. Exista șansa să se întoarcă peste un timp, în momentul în care își va fi lins mândria rănită, dar asta numai dacă-i prețuia și prietenia, nu numai pe femeia din ea.

Simțea o umbră de regret. Petrecuseră momente minunate împreună, poate și datorită faptului că nu aveau nicio obligație unul față de celălalt, dar acum, comparativ cu ceea ce îi oferise întâlnirea cu Ștefan, cel puțin la nivel spiritual, se simțea atât de plină încât merita acest sacrificiu. Simțise de prea multe ori singurătatea în doi, dar niciodată nu se simțise împlinită singură, departe de cel iubit! Mergea pe stradă, de exemplu, și parcă l-ar fi purtat undeva ascuns în piept pe Ștefan și ar fi putut oricând să-l scoată de acolo. Era atât de plină de el! Alex? Se purtase frumos cu ea și de asta nu vroia să strice trecutul printr-o despărțire urâtă.

Așteptase ca de obicei în fața spitalului. Parcase pe trotuar și o aștepta în mașină fumând în tăcere. Întârziase puțin din cauza unei externări hotărâte în ultimul moment, dar îl găsise binedispus. Obișnuit cu punctualitatea, orice întârziere îl făcea să devină nervos și schimba planuri în fracțiuni de secundă. De data asta era vesel și fața i se lumină de-a dreptul când o zări.

– Ce faci Mary? Sărut mâna! o salută el deschizându-i portiera.

O sărută pe colțul gurii, ca pe o prietenă mai intimă, și îi zâmbi. Cred că ceea ce o atrăsese cel mai mult la el era tocmai acest soi de sensibilitate, nu știa dacă era nativă sau un pic învățată, și care îl făcea să se apropie de femei extrem de ușor.

– Bine! Nu te-am mai văzut de mult.

Bărbatul percepu răspunsul ei ca pe un reproș și spuse:

– Știu, sunt un ingrat că nu am mai dat niciun semn de viață, dar dacă ai timp să mă asculți puțin ca să vezi în ce m-am băgat, n-ai să mă mai condamni.

– Sunt convinsă! Ce-ai mai cumpărat, Unirea?

– Ei, mă flatezi, nici chiar așa! Am prins, ca intermediar, un contract de mobilă de lux pentru exterior, livrabilă în câteva luni, și m-am gândit că ce mama mă-sii și m-am băgat eu.

– Adică?

– Mi-am făcut fabrică de mobilă! Deja primele tiruri au plecat la beneficiar! Ce zici?

– Drăguț!

A fost tot ce a putut să spună. Nu putea decât să admire flexibilitatea de care dădea dovadă și capacitatea de a descoperi oportunitățile. Era efectiv făcut pentru așa ceva. Un adevărat rechin în lumea afacerilor, chiar dacă mergea, cum se spune, pe burtă. Nu făcea valuri şi nu se amesteca cu lumea aşa-zis bună.

– Nu ţi-ar plăcea să sărbătorim?

– Alex, nu sunt pregătită. Nu vezi, de abia am venit de la muncă...

– Drago, nu e prima dată când plecăm aşa, spuse Alex privind-o suspicios. Mergem la tine, te las până faci un duş, îţi iei lucrurile şi, cât te pregăteşti tu, eu trag o fugă să fac câteva cumpărături şi ne întâlnim în faţa blocului tău într-o jumătate de oră. Ce zici?

– Bine, hai! cedă ea. Dar nu sunt gata într-o jumătate de oră. O să ai ce aştepta după mine!

Se gândea cu groază câte avea de făcut. Nu avusese timp în ultimele săptămâni nici măcar să se epileze ca lumea. Nu avea cine ştie ce păr pe picioare, ba chiar era blond, însă numai gândul de a fi privită aşa neîngrijită îi dădea fiori. Nu mai vorbea de zona inghinală! Ce mai, pădure amazoniană! „Oare mai am ceara aia veche? se întrebă. Şi dacă mai este, trebuie topită, strecurată, cine Dumnezeu se mai gândea că o să mai am nevoie de ea?"

Bucuros, bărbatul porni maşina croindu-şi drum prin aglomeraţie. Pe drum, discutară numai banalităţi despre zilele care se scurseseră de când nu se văzuseră. Asta făcea să dispară tensiunea existentă între ei independent de voinţa lor. Aşa se întâmpla de fiecare dată, fără să vrea aveau o reţinere în a fi intimi de la început, de parcă o luau mereu de la capăt. Poate că în asta consta şi farmecul relaţiei lor, nu apucau să se plictisească unul de celălalt şi, de fiecare dată, se simţea o femeie dorită, admirată, iubită, răsfăţată.

Se spune că pe un om bogat trebuie să-l dezbraci de tot ce are, bani, haine, pentru a vedea cine este de fapt. Ei bine, Alex rămânea bărbat chiar şi în costumul lui Adam şi asta nu numai pentru că avea un corp ce-l făcea admirat de toate femeile, ci pentru că emitea forţă chiar şi fără cecurile şi maşina lui. Deşi îi venea greu să recunoască, îi plăcea să se lase în voia lui, plasându-i toate responsabilitățile, pentru a se simți o clipă ocrotită sau măcar să aibă iluzia acestei ocrotiri. Mda, era femeie!

Ajunsă în fața blocului, înainte de a trânti portiera, mai avu inspirația să-l întrebe:

– Ce fel de haine îmi iau: de munte, de oraș sau de seară?

– Nu-ți poți lua din toate? o întrebă el și Maria își dădu seama că nu glumea. Nu vreau să stric surpriza!

– Iar te ții de șotii? îi aruncă peste umăr în timp ce se îndrepta spre intrarea blocului.

În treacăt zări perdeaua babei de la parter mișcându-se. Hoaștei ăleia nu-i scăpa nimic. Avea o curiozitate de-a dreptul bolnavă să știe ce spune despre ea, mai ales că Alex avea trăsături de grec, mașină străină... Cine știe ce-i trecea prin minte!

Ajunsă în casă, începu să-și arunce lucrurile într-o geantă de voiaj încercând să-și facă în minte o listă de probleme ce trebuiau rezolvate înainte de plecare. Viteza cu care se mișca o uimea și pe ea, dar o aducea la disperare pe maică-sa, pe care ruperile de ritm o speriau. Reușise să-și ia pentru orice situație câte ceva simplu. Nu era el genul care să urce munții, așa că nu avea nevoie de bocanci. „Slavă Domnului!" Doar pe munți nu o cățărase. Așa că o rochie de seară cu ceva care să meargă deasupra dacă era frig și o ținută sport pe drum i se păreau de ajuns. Se luase și după ținuta lui, iar el era tot în blugi și mai văzuse o geacă de piele pe bancheta din spate a mașinii. Pe drum nici măcar nu l-a întrebat încotro merg. Pur și simplu s-a lăsat în voia lui, pentru a descoperi după un timp că merg spre Valea Prahovei. Au ascultat muzică, au privit peisajele, s-au mai plâns câte un pic de greutățile vieții, de muncă, de serviciu, puțin din cotidianul fiecăruia.

După câteva ore, după ce rând pe rând au trecut de stațiunile montane, au urcat spre Poiana Brașov pentru a se caza la hotelul Alpin. Camera pe care au primit-o arăta bine. Strălucea de curățenie și, spre deosebire de alte hoteluri din țară în care mai dormise, arăta exact ca în străinătate. Începuse deja să se însereze, când în cele din urmă ajunseseră şi ei cu bagajele în cameră.

– Ştii ceva? Mie îmi este cam foame! Tu cum stai la capitolul ăsta?

– Puţin spus din punctul meu de vedere! îi răspunse doctoriţa.

– Ştii cum facem? Mă echipez repede de seară şi mă duc înainte să aranjez cu masa şi cu programul de mâine, între timp tu poţi să faci un duş sau, mă rog, ce faceţi voi fetele în perioada aia care oricum n-o putem percepe noi când vă îmbrăcaţi şi te aştept la restaurant. OK?

– Bine, îi răspunse ea. Fără să mai aştepte altceva, bărbatul dispăru în baie.

În curând se auzi apa curgând. Maria se apucă să despacheteze lucrurile ei pentru a le aşeza cât de cât în ordine în dulapul din cameră. Nu mică îi fu mirarea când descoperi chiar un fier de călcat lăsat spre folosul oaspeţilor. „Cât ne-a trebuit, Doamne, pentru a ajunge la starea absolut normală a lucrurilor! Cel puţin în domeniul ăsta!" Avea cel puţin cu ce să-şi netezească hainele care se mototoliseră în geantă. Deodată zgomotul făcut de apa care curgea în baie se opri. Uşa de la baie se deschise şi în deschizătură apăru capul lui Alex.

– Aruncă-mi şi mie, te rog, geanta mea!

Maria îi dădu geanta. Ce mai avea de gând bărbatul acesta care, trebuia să recunoască, îi înfrumuseţase viaţa oarecum lipsită de neprevăzut? Poate că prin el învăţase că nu există decât rare momente de fericire sau de plăcere şi că fără astea clipele de singurătate se transformă într-un adevărat chin. El unul trăia după principiul de a se bucura de fiecare clipă a vieţii, trăia clipa tocmai pentru că adevărul i se părea prea bine ascuns pentru a ajunge cineva la el.

Se apropiase mai ciudat de ea. La început îl refuzase tocmai pentru că era însurat. Bineînţeles că nu-i spusese, însă el îşi dăduse seama. Nu încercase să se disculpe pentru faptul că-şi înşela nevasta.

Din câte îşi dăduse seama, pur şi simplu era căsătorit ca să fie în rândul lumii şi pentru a oferi familiei lui o stabilitate. La fel de bine putea să fie şi divorţat, şi să aibă harem. Nu era o problemă care să-l deranjeze, pur şi simplu o accepta ca fiind necesară. Enervat probabil de refuzurile ei, îi spusese la un moment dat:

– Poate că nu sunt psihiatru, dar pot recunoaşte o femeie singură. Nu o fac raţional şi nici nu ştiu dacă e intuitiv sau instinctiv, pot spune doar că există o zicală conform căreia: „Dacă aştepţi să fii fericit ca să râzi, s-ar putea să mori fără să fi râs vreodată!"

Un timp nu o mai căutase şi doar în acel moment realizase câtă plăcere îi făcea să fie în apropierea lui. Emana masculinitate şi prezenţa lui o făcea să se simtă bine. Poate că feromonii erau de vină? Nu avea să ştie niciodată. Cert este că la următoarea întâlnire acceptase să bea o cafea împreună şi ăsta fusese începutul.

Bărbatul se echipase rapid. O uimea din nou capacitatea lui de a se metamorfoza, trecând de la un om comun, aşa cum arăta îmbrăcat în blugi şi tricou, şi bărbatul de fier, afaceristul în care se preschimba în câteva clipe.

Se apropie de ea, o sărută pe colţul gurii şi îndreptându-se spre uşă îi spuse:

– Te aştept la restaurant într-un sfert de oră. Ţi-e de ajuns?

– Da. Vin şi eu cât pot de repede! îi răspunse ea.

Bărbatul dispăru pe uşă, lăsând-o singură cu gândurile ei. Trebuia să-i spună, poate că ar fi fost bine să-i spună de la început că totul urma să se oprească, relaţia lor ajunsese la capăt. Avea să-i spună la masă. Cu gândul acesta se îndreptă spre baie. Apa avea să-i limpezească mintea. Fără să vrea se gândi la întâmplarea de sub duş când simţise prima dată prezenţa lui Ştefan. Nu ştia însă că simplul gând la cineva face să îi atingă câmpul energetic, astfel că se trezi simţindu-l din nou. „Ce faci?", o întrebă. „Mă spăl de praful de pe drum!", îi răspunse încercând să-şi ascundă groaza că el ar putea afla. „S-a întâmplat ceva?", o întrebă el parcă simțind că ceva este în neregulă. „Nu, îi răspunse în gând, pur și simplu sunt obosită!" „Bine, te las să te culci iubito, somn ușor!" „Te pup!"

Contactul mental se destrămă și rămase sub apă singură cu gândurile ei. Avea remușcări că tocmai îl mințise pe cel care o umpluse ca nimeni altul. Avea să-i spună adevărul odată. Termină dușul și începu să se aranjeze. Nu se grăbea. Dacă ar fi putut să amâne cât mai mult destăinuirea asta, care nu-i făcea nicio plăcere! Oricât ar fi tras de timp, tot trebuia să dea piept cu adevărul, așa că luă taurul de coarne și plecă spre restaurant.

Hotelul era aproape gol, se aflau în extrasezon, doar recepționera care o îndrumă spre restaurant era dovada că nu rămăsese singură. Un ospătar o conduse la masă. Alex se ridicase și o ajută să se așeze confortabil. Dintr-un colț al încăperii se auziră acordurile unei melodii clasice care-i plăcea foarte mult. Erau trei muzicanți care cântau la acordeon, vioară și, cel care părea a fi conducătorul grupului, la nai. Niciodată nu ar fi crezut că muzica clasică putea suna așa de minunat transpusă în sunetele naiului. Sigur că-l ascultase pe Zamfir la Ateneul Român, dar aici, între munți, nu era aproape o minune să asculți așa ceva? Ospătarul aprinsese două lumânări care făceau să-l poată privi pe Alex doar încadrat de ele, iar lumina din sală scăzu în intensitate, parcă sub bagheta magică a unui vrăjitor. Bulele șampaniei care le fu deschisă de ospătar i se sparseră direct în creier și nu în cerul gurii. I se aduse un buchet de flori din partea firmei. Luată prin surprindere, de abia apucă să mulțumească pentru el uitându-se întrebător la Alex.

– Ce se întâmplă? fu prima întrebare pe care i-o adresă de când plecaseră de acasă.

– Sărbătorim un an de când suntem împreună!

– De când ne-am cunoscut sau de când?...

– De când...

– Și ai ținut minte asta!

Avea de ce să fie uimită. Îl cunoștea suficient de bine ca să știe
că îi venea greu să rețină până și datele de naștere ale celor din
familia lui. Asta făcea ca relația lor, deși răsfirată din punct de
vedere temporal, să fie mult mai importantă pentru el decât ar fi
crezut ea. O măgulise. Nu se purtase cu ea ca și cum ar fi fost o
aventură, dar nici la asta nu se așteptase.

– Mi-am permis să comand eu pentru tine! îi spuse când sosiră
farfuriile cu mâncare.

După puțin timp și mai multe guri de șampanie, ultimele inhibi-
ții fuseseră înlăturate. Au mâncat câte ceva, apoi au profitat de mu-
zică și s-au apropiat de ringul de dans. I-a făcut plăcere să-l aibă din
nou lipit de trupul ei. Îi simțea buzele sărutându-i gâtul, părul, gura,
astfel că, în momentul în care o apucă de mână și o trase după el spre
cameră, nu-i opuse nicio rezistență. Ba chiar în momentul în care
ajunseră în pat începu să-i răspundă la rândul ei prin mângâieri.

Era perfect. Parfumul bărbatului care-i umplea nările și pe care
părea să-l simtă până în ovare, mâinile lui mângâindu-i sânii, șol-
durile, strecurându-i-se printre coapse... Și totuși parcă nu era ca
atunci cu Ștefan... Fără să vrea, și-l aduse în minte și, înainte de a
se putea desprinde de uimirea de a fi făcut o gafă, se întâmplă totul.
Simți bărbatul de deasupra ei, din ea, schimbându-se brusc de
parcă în cămașa trupului său ar fi pătruns altcineva și devenind
rău, ceva mai jos decât un animal. Ceea ce făcea de data asta nu
mai era dragoste, ci pur și simplu un viol. Penetrarea care o purtase
pe aripile sublimului se transformă în tortură. Țipă împingându-l
pe bărbat cu toată puterea de care era capabilă. Opunându-se efor-
turilor ei disperate de a se elibera, bărbatul păru că-și revine în fire.
Se ridică și se așeză la marginea patului în timp ce ea rămăsese
întinsă pe spate, cu picioarele desfăcute, incapabilă să spună ceva,
având-l în minte pe Ștefan.

Îi venea în minte chipul schimonosit de o ură feroce. „Tot o
târfă ești și tu!", auzi în gând sentința bărbatului a cărui prezență

dispăru din cameră ca și când n-ar fi fost vreodată. În suflet păstra ceva din suferința lui. Își simțea inima golită de orice sentiment și, pe măsură ce se gândea la ce se întâmplase, începu să simtă remușcări. Ce-și propusese și ce ieșise! Își merita soarta! Pentru câteva ore de dat din fund, chiar plăcute, pierduse ceva ce o făcuse cu adevărat să se simtă plină și vie. Simți o împunsătură în inimă, dar nu o luă în serios.

– Te rog să mă ierți, nu știu ce a fost cu mine! îi spuse Alex.

Și pentru el era clar că seara fusese ratată. Cum să-i explice că nu avea nicio vină și că singura vinovată era ea? Oricum n-ar fi înțeles nimic. Și oricum era prea bulversată de tot ce se întâmplase ca să mai poată spune ceva. Ce o deranja însă era durerea aceea, care departe de a trece părea să crească în intensitate. În câteva secunde, ce păreau să se fi dilatat de zeci de ori, se transforma dintr-o simplă înțepătură în arsură, gheară, pentru ca în ultima fază să aibă senzația că este prinsă sub o lespede de marmură, mai aproape de mormânt ca niciodată. Mâna stângă îi amorțise complet și durerea ce i se prelingea spre degetul mic nu făcu decât să-i confirme diagnosticul pe care și-l puse fără greș.

– Te rog, aprinde lumina!

Ca un robot, bărbatul se ridică pentru a apăsa pe întrerupător. Sesiză cum i se schimbă expresia feței în momentul în care o văzu. „Probabil că nu arăt prea bine!", își spuse psihiatra. Își privi mâna stângă mult înnegrită față de cealaltă și îi comunică simplu.

– Alex, cred că trebuie să mergem, am un atac de cord!

Inițial rămas ca trăsnit, bărbatul făcu dovada că nu se înșelase în privința lui. Se echipă rapid, făcu bagajele aruncând în genți obiectele care nu le trebuiau pe moment și, înainte de a coborî, o întrebă:

– Unde vrei să mergem?

– Acasă, Alex! La București! Sper să rezist! mai adăugă.

Alex luă bagajele și coborî lăsând-o câteva minute singură. Curios că dincolo de durerea care la început i se păruse insuportabilă, acum parcă era cumva departe de ea și, chiar dacă o mai simțea, putea să raționeze cu o acuratețe care aproape că o speria. Nu dură mult și apăru și Alex ca o vijelie, o luă pe sus și, trecând prin fața privirilor îngrijorate ale recepționerei, o duse la mașina care o aștepta cu portiera deschisă. Afară se lăsase răcoare, iar ea nu apucase să-și tragă decât un tricou și blugii. Motorul mergea, dar nu apucase să facă cât de cât căldură, simțea aerul condiționat venindu-i cald în față și la picioare, dar începură să-i clănțăne dinții în gură. Era acoperită și cu haina lui Alex și totuși nu se încălzea.

Orele acelea fură cele mai grele din întreaga ei viață. Avusese timp să-și rememoreze toată viața de la un cap la altul, amintindu-și cele mai mici amănunte, care acum căpătau o nouă perspectivă, deși păruseră inițial nesemnificative. Vedea profilul lui Alex luminat de luminile bordului, concentrat la drum, și se întrebă ce-o fi în mintea și în sufletul lui. Închise ochii încercând să fugă cumva de durerea aceea care nu îi dădea pace, dar tot ce reuși fu să rămână cantonată undeva la limita dintre conștiență și somn, simțind atât durere cât și mișcările mașinii de-a lungul curbelor.

Când opriră în fața Spitalului de Urgență, aproape că nu-i venea să creadă că supraviețuise. Luată pe sus de Alex, apucă să vadă intrarea din Spitalul de Urgență. „Ce mult s-a schimbat!“, își spuse. Nu mai călcase pe aici din studenție, când făcea practica de vară. Senzația pe care ți-o dădea era că te afli într-un spital din State. Arăta mai bine decât locul unde fusese filmat Spitalul de Urgență. Fusese conectată imediat la un monitor și i se dăduse un calmant pentru durere. „Durerea omoară!“, îi reveni în minte ce le spusese un profesor de cardiologie.

„Pe mine nu m-a omorât încă!“, apucă să mai gândească înainte de a cădea într-un somn profund.

Daniel intră în rezervă cu o oarecare strângere de inimă. Sensibilitatea pe care o avea în acest caz îi era un obstacol. A simți durerea pe care o are un cardiac nu este cel mai plăcut lucru, așa că se înarmă cu mult curaj încercând să se detașeze de senzațiile pacientei. Problema cea mai mare consta în faptul că era și implicat emoțional în acest caz. O cunoștea de prea mult timp ca să-i fie indiferent ce se întâmplă cu ea. Rar puteai găsi un om în care să ai deplină încredere, la care să te poți duce ca la un preot să-i mărturisești cele mai intime gânduri, fără să ai nicio clipă teama că te-ar putea trăda.

Așa fusese psihiatra pentru el într-un moment al vieții când simțise nevoia să-și confrunte ideile, să le expună, tocmai pentru a le putea îndepărta pe cele greșite. Sunt mulți care se ocupă de psihicul uman, de suflet, dar al naibii de puțini cei care îl înțeleg cu adevărat. Or, ea, chiar dacă nu se afla pe o treaptă înaltă a evoluției spirituale, cel puțin avea curajul să-și mărturisească limitele și să și le depășească. Ajutată puțin, avea probabil să treacă dincolo de bariera pe care o impunea știința pentru a privi lumea, și de ce nu omul, din alt unghi de vedere. Privi din prag și își dădu seama că încet, încet, începea să-și revină. Respirația i se rărise și de pe chip îi dispăruse masca aceea a fricii, iar acum, deși sprijinită pe mai multe perne, ațipise. Nu putea face prea multe pentru ea și ce-i stătuse în putere fusese deja pus în practică. Cea mai importantă realizare era că stăpânise durerea. Ce simțea acum reprezenta o palidă rămășiță a celei cu care venise. Senzația ruperii inimii în mai multe bucăți era mai grea decât o naștere, spuneau femei care trecuseră prin ambele experiențe.

Daniel privi monitorul și urmări semnele vitale. Constată că reveniseră la normal. Când și când mai apărea o extrasistolă, probabil datorată slabei irigări, dar, per total, concluzia era că starea se ameliora. Nu se bucură încă. Știa ce se întâmplă din punct de vedere organic, dar spiritual și energetic nu putea afla decât după ce-și va fi revenit din somn și vor fi stat de vorbă. E bine că dormea. Nimic nu-i mai bun în boală decât somnul. O atinse cu delicatețe prinzându-i încheietura mâinii ca să-i simtă pulsul. Nu că ar fi fost un specialist în medicina chineză și că ar fi putut lua astfel date despre câteva organe diferite, ci pentru că știind că există și așa ceva făcuse în timp comparație între pulsurile luate pacienților în timpul și după boală și constatase diferențe între acestea. Acum era în măsură să constate evoluția inimii după câteva zile de la infarct. Nu putea spune dacă era greu sau nu, pur și simplu constatase acest lucru. Doctorița deschise ochii și schiță un surâs.

– Te-am simțit când ai venit! Ai un câmp bun. Am simțit cum mi se umple sufletul de bucurie când ai intrat pe ușă. Îl privi și când întrezări uimirea pe chipul, lui surâsul i se lărgi și mai mult pe chip.

– Te miră că până și o ignorantă ca mine în problemele astea a ajuns să înțeleagă anumite lucruri?

– Nu, doamnă! îi răspunse Daniel cu respectul cuvenit nu atât vârstei, cât pregătirii în domeniul medical.

– Poți să nu mai fii atât de protocolar? Nu trebuie să-mi reamintești diferența de vârstă și apoi acum eu sunt pacienta și tu medicul, așa că te rog dă frâu liber empatiei pe care am întrezărit-o mereu în tine, uită că ți-am fost pentru puțin timp profesoară și ajută-mă să înțeleg și să trec peste ce mi s-a întâmplat. OK?

– Bine, spuse bărbatul, Maria!

– Mda, sună frumos spus de tine. Ce mai faci? îl întrebă ea.

– Cred că am inversat rolurile, eu trebuia să întreb asta!

– Scuze, deformare profesională. Nu stau chiar pe roze, dar sunt mai bine decât atunci când am venit. După manifestare aș fi zis că am avut un infarct urmat de un edem pulmonar. Am dreptate?

– Oarecum, da!

– Dar pe monitor apare modificarea complexului QRS, dar nu-mi apare unda Q. Un infarct non-Q?

– Așa s-ar zice, dacă iei în considerare datele anamnezice și le corelezi cu investigațiile...

– Ce te nemulțumește?

– Stai să vezi, ca să mă înțelegi.

Îl privi uimită cum își rotește mâinile în aer de parcă și-ar fi adunat aer în stomac, după care își plesni mâinile de câteva ori și, apropiindu-se de ea, spuse:

– Îmi dai voie?

Și fără a-i mai aștepta consimțământul o deschise la piept, ca pentru a o asculta cu stetoscopul și îi apropie mâna dreaptă la câțiva centrimetri de stern.

Nu dură nici cinci secunde și simți o căldură izvorând din palmă și pătrunzându-i în piept. Văzând-o neliniștită, Daniel îi spuse:

– Stai o secundă, nu-ți fac nimic rău. Trebuie să ai un pic de răbdare.

Parcă mai liniștită, Maria își încredință viața în mâinile lui. Deși nu trecuse mai mult de un minut, timpul scurs părea să se fi dilatat și pe frunte începuseră să-i curgă picături de sudoare. Curând senzația de căldură deveni insuportabilă, se transformă într-o senzație de arsură, așa că-i luă mâna de pe piept.

– Mai mult nu rezistam nici eu! îi spuse Daniel în timp ce își freca mâna care o ținuse deasupra pieptului ei.

Când își reveni cât de cât, Maria simți deodată ușurarea, de parcă cineva i-ar fi luat o greutate de pe piept.

– Ce înseamnă asta? îl întrebă.

– Înseamnă că nu este infarct așa cum credeam noi, ar fi și greu la vârsta ta și mai ales că ești femeie, ci pur și simplu că ai supărat pe cineva și că l-ai supărat așa de tare că te-a lovit. Nu știu de ce, nu știu cine, asta poate că vom afla pe parcurs împreună. Important este că pe moment ești bine. De cele mai multe ori un atac psihic are intensitatea maximă la început, apoi cu timpul și-o pierde. Sigur, mai sunt perverși care te fac să crezi că au dat tot ce pot pentru ca apoi, găsindu-te nepregătit, să te lovească mai rău și în două puncte vitale diferite, continuă Daniel mai mult pentru el.

– Mă simt mult mai bine. Mulțumesc!

– Pentru puțin doamnă dragă! Unde și cât te mai doare?

– Aici mai persistă durerea ca un cui care a rămas înfipt înăuntru și parcă și pieptul, ca și când aș fi fost strânsă cu ușa mai demult.

– Asta o să persiste vreo două săptămâni, nu trebuie să te sperie.

– Dar tu de unde știi?

– Hai să spunem că am trecut și eu prin asta când eram student.

– N-am știut nimic, spuse ea ca pe-o scuză.

– Nici nu aveai cum. N-am fost internat. Deși durerea aia, pe care sincer să fiu nu mai vreau să o simt pentru nimic în lume, m-a făcut să cad pe jos, nu m-am internat. Nu prea aveau cum să mă ajute, așa că am preferat să fac tot ce pot ca să scap singur. Știu cum este, iar dacă medicii nu văd nimic pe EKG se uită la tine ca la un nebun. Tu ai avut „șansa" să fii doctoriță și să ai într-adevăr o zonă din mușchiul inimii inactivă, lucru care a dus la edem, altfel nu știu unde ajungeai. Eu am fost la doi medici și de abia al doilea m-a învățat să îmi fac fiola de calciu, că durerea este pe fond vegetativ. Și adevărul este că mi-a trecut. Bine, nu i-am povestit cum a început toată tărășenia, că nu mă mai lăsa să plec și mă interna la voi la psihiatrie.

– Ție cum ți s-a întâmplat?

– Întâmplarea, ca să-i zicem așa, a făcut să întâlnesc de două ori un tip care se dădea călugăr și aduna bani cică pentru o mânăstire. Prima dată era prin postul Paștelui, apoi l-am întâlnit în vara aceluiași an. L-am recunoscut și am intrat în vorbă cu el. Nu era nici măcar preot, deși pretindea asta. Când i-am spus că nu are voie și că este cazul să facă pași de acolo, a vrut să dea în mine. Nu știu ce l-a oprit, aș fi vrut să o facă, cred că-l mâncam de viu. Cum însă am fost învățat să nu lovesc primul, l-am lăsat în plata Domnului.

Este adevărat că îmi plăcea postura de împărțitor al dreptății. Cum a doua zi l-am văzut din nou, ba am aflat că mai mânca la un restaurant de lux cu banii adunați de la oameni, și nu de la cei bogați, m-am gândit să-l aranjez eu. Nu sunt mândru de asta. Cert este că a doua zi, mai exact seara, am concentrat toată energia de care eram capabil într-un punct și l-am lovit în inimă. Nu știu ce s-a întâmplat cu el, dar, după câteva zile, când deja uitasem de toată treaba, mi-am furat-o și eu. Am trecut probabil prin tot cortegiul de sentimente și de senzații ca și tine, uimire, spaimă, durere, neputință, furie. Chiar dacă în realitate o meritam. Plăteam cu aceeași monedă un lucru pe care îl făcusem gratuit.

– Cum l-ai lovit?

– Gândul, doamnă, e totul. El învie, el ucide. În fond, tehnicile secrete shaolin de lovit la distanță, voodoo, știi chestiile alea cu păpuși, nu fac decât să ajute la focalizarea energiei într-un punct. Depinde numai de tine cum o folosești, în bine sau în rău.

– Apropo de energie, ce mi-ai făcut cu palmele?

– Asta este energia Chi. Aș vrea să pot să-ți spun că știu totul despre ea. De unde vine, unde este, dacă-i una dintre așa-zisele energii necreate de care vorbesc sfinții... Nu cred în vorbe, ci în fapte. Știu că este peste tot în aer, apă, pământ și foc și că, odată ce ai acces la ea, nu ți-o mai poate lua decât Dumnezeu, că este neutră, putând fi folosită și în bine, și în rău, în funcție de dorințele celui care o folosește, că este transportatoarea gândurilor și dorințelor noastre.

– Cum ai dobândit-o tu?

– Providența! Mergeam la sală, la antrenament, când un prieten m-a lovit din joacă la baza coloanei. Asta pe vremea când mai țineam și eu posturile. Cum să-ți spun? Lovitura a fost exact între vertebra ultimă lombară și sacru. Nici dacă vrei nu nimerești! Ei bine! Am simțit căldură urcându-se prin coloană până mi-a ajuns la cap. Știu că m-am enervat, dar era genul de furie rece care nu te face să-ți pierzi capul, și l-am pocnit și eu cu un șut în fund. De aici a început balamucul. Puteam face două antrenamente unul după celălalt fără să obosesc. Asta nu mă deranja, ba din contră, numai că mă încălzeam atât de mult încât nu reușeam să mă răcesc. Trebuia să stau iarna sub apă rece ca să-mi readuc temperatura la normal. Antrenorul meu m-a simțit și, după ce i-am povestit ce am pățit, mi-a spus că mi s-a deschis un centru energetic, că nu știe de ce, că se întâmplă rar și că n-ar putea spune de ce tocmai mie. Până la urmă am scăpat datorită unei cărți care se numea Trezirea energiei vindecătoare prin Tao! În momentul în care am deschis-o, am dat peste un exercițiu de închidere și de deschidere a acestui centru. Am făcut cerculețe și mi s-a închis, ca și cum aș fi stins lumina! Acum vreun an mi-am deschis-o la loc când am învățat ce să fac cu ea; de fapt, m-a învățat un spirit, dar asta e altă poveste.

– Cum de ai ajuns cardiolog, nu voiai să faci psihiatrie? Ultima dată când te-am văzut erai hotărât să mergi pe calea asta.

– M-am sucit! spuse el în glumă. Adevărul este că mi se potrivea ca o mănușă, numai că m-am lovit de ignoranța oamenilor.

– Parcă ți-am spus să nu arăți ce știi și să faci doar fără să creezi prea multe valuri.

– Asta așa este, doar că nu am mai putut răbda la un moment dat și am dat cu bâta-n baltă.

– De ce nu mă miră? spuse ea mai în glumă, mai în serios. Ce ai mai făcut?

– Ei bine așa am făcut. Am avut o problemă vizavi de medicină și patru luni din stagiatură am stat acasă, de fapt nu atât acasă cât am mers la un serviciu care nu avea nici în clin, nici în mânecă cu medicina. Și așa nu m-am omorât prea mult cu învățatul în facultate. Ce mai, pur și simplu nu pot să învăț ceva inutil și am o memorie groaznică. Recunosc că nici nu m-am chinuit s-o formez în vreun fel și, în afara câtorva poezii ce mi-au plăcut, n-am învățat nimic mecanic. Chiar și un număr de telefon, prefer să-l scriu decât să-l rețin.

A trebuit să muncesc ceva ca să mă învăț să rețin numele pacienților de pe secția unde am ajuns în cele din urmă. Niciodată nu am avut încredere în medicina asta occidentală și nu știu cum, de fapt cred că știu, dar nu vreau să accept încă, parcă totul a decurs în defavoarea ei pe tot parcursul formării mele ca medic. Acum că-mi aduc aminte mă amuză chiar felul în care am apărut și probabil am rămas în mintea colegilor mei de acolo. Și dacă îmi pare rău de ceva, este că n-am avut șansa să mă explic.

– De ce nu te-ai întors să le vorbești cum ai vorbit cu mine cel puțin?

– Vina cred că îmi aparține mie, dar și lor. Totul este mult mai complicat decât pare!

– Te rog! îl pofti ea. Cu ocazia asta profit și eu că nu mă lași singură.

– O să ți se pară ciudat, dar ai și tu o contribuție!

Maria făcu ochii mari.

– Țin minte că trecuse Revelionul și stăteam întins pe spate, în pat, și mă gândeam că ar fi cazul să fac ceva cu medicina asta, că era păcat să fi pierdut atâta timp degeaba. Așa că am început să enumăr specialitățile ca să-mi aleg una pe care să-mi termin stagiul. Stagiul de policlinică mi-l aranjasem și mai rămânea ultimul, de medicală. Cel de chirurgie îl făcusem pe secția de neurochirurgie. Cum știam clar ce nu am de gând să fac, le-am luat prin excludere și, în cele din urmă, nu mi-a rămas decât psihiatria ca specialitate. Asta în cazul în care ar mai fi să-mi aleg una!

– Adică cum?

– Nu sunt cardiolog, sunt pe medicina de familie. Acum îmi fac un modul aici și pentru că am dat de tine n-am vrut să te las pe mâna ăstora, care din punct de vedere medical sunt bine pregătiți, dar atât, în rest sunt mai săraci cu duhul decât Moș Gerilă!

Pentru ei inima este o bucată de carne și atât! Așa că am spus cine ești când te-au adus, că te cunosc, și au preferat să mă lase mai mult pe mine. Recunosc că am avut grijă să le dau de lucru de partea cealaltă, ca să nu aibă timp de tine, să ne lase în pace. Mărturisesc, deși nu-mi pare rău, că am pus la contribuție toate cunoștințele mele ezoterice ca să pot obține asta și, dacă sunt vinovat, îmi accept pedeapsa! mai adăugă în glumă. Am închis zona ta de securitate și-or să mai poată intra numai după ce vom cădea de acord că ești pregătită să îi întâlnești, indiferent că e vorba de medici sau de prietenii tăi.

– Mulțumesc, dar nu crezi că exagerezi?

– Nu, până nu aflăm ce s-a întâmplat de fapt cu tine.

– Ai să afli când va fi timpul, nu? Acum spune-mi mai bine cum a fost stagiul de psihiatrie.

– Mda, deci nu vrei să vorbești încă? Bine. Ei, prin mai multe mișculații am ajuns la o secție în care, acum realizez, erau formele cele mai simple de boli psihice. Nu mi-a fost ușor, în primul rând din cauza câmpului pe care îl avea clădirea însăși. Nu știu cât știi sau simți tu, dar pereții rămân impregnați cu gândurile noastre, îți dai seama cum te simți, dacă ești sensibil mental, într-un astfel de loc în care toți au tot felul de idei care mai de care mai distructive. Mi-a luat câteva zile până să mă obișnuiesc doar cu asta. Senzația că intri într-o apă murdară... În fine, mi-am cunoscut colegii mai mari, mă refer din punct de vedere medical, fără să văd vreun pacient timp de o lună. Nu după mult timp ajunsesem să-mi fie greu să mai merg la serviciu. Am încercat să aflu ce știu ei, ce cred despre psihicul uman și m-am lovit ca de pereți. Ba țin minte că am întrebat odată pe cineva, un medic, cum vede el mecanismul gândirii și mi-a răspuns că nu-i treaba lui, că asta e sarcina psihologiei, că datoria lui este să vadă semnele și simptomele unui pacient și să prescrie medicația pentru asta, moment în care eu am rămas perplex și nu am mai putut continua discuția. Bine, eu unul nu cred că asta era cu adevărat părerea lui despre om, însă de ce nu o făcea publică, ce anume îl făcea să nu mi-o spună mie, era altă problemă, care mi-a fost greu s-o înțeleg.

Știi ce-i ciudat? Privind retrospectiv tot ce s-a întâmplat îmi aduc aminte cu plăcere de întâlnirile de acolo, iar prezența lor mă făcea să simt bucuria lor de a trăi și, de ce nu, tinerețea lor. Singura lor circumstanță atenuantă, pe care le-o acord, era că nu avuseseră de unde să învețe. Văzând că n-am nicio șansă să trec mai departe de cărțile de psihiatrie care s-au scris și mai ales de Kaplan, m-am enervat și am început să spun adevărul. Așa fac când mă enervez. Or, adevărul brut nu place nimănui. Asta, coroborată cu alte câteva prostii făcute, m-au îndepărtat în cele din urmă de ei. Of, cum se mai aranjează toate parcă în ciudă.

Cu unul dintre medici mă întâlnisem la rectorat când am fost să-mi ridic diploma și-i spusesem, mai în glumă, mai în serios, după generalități despre meseria lui, că dacă întrebi un psihiatru unde-i propriul lui fund nu știe să-ți spună. Plus că m-a ajuns din urmă și trecutul. La sfârșitul primei luni eram socotit deja nebun.

Simțind că încearcă să treacă mai repede peste o parte a ceea ce tocmai spusese, Maria își reintră în pielea de psihoterapeut:

– Ce spuneai de trecutul care te urmărește?

– Ți-am spus că o perioadă nu am dat prin spital și am avut intenția să renunț la medicină. Am avut... Nu știu cum să-i spun? Eșec, ghinion, pedeapsă? Cineva apropiat a murit...

Daniel tăcu. Doctorița simți durerea ascunsă în sufletul lui, dar continuă să-l întrebe. Știa că o durere nemărturisită poate să determine orice boală și chiar să ducă la sinucidere. Se obișnuise să acorde importanță oricărui lucru care iese din străfundurile subconștientului uman. De cele mai multe ori se vede, sau mai exact se simte, vârful răului pentru ca, după mult timp, să-i afli rădăcina ascunsă în trecutul îndepărtat al pacientului, pentru ca să-l poți tăia.

Mai știa că a omite sau a minimaliza un lucru, o singură clipă, îți poate da o groază de nopți albe în viitor! Avusese odată o pacientă a cărei problemă o subestimase. Nu avea altceva decât că se suprasolicitase în timpul ultimei sesiuni. Faptul că pierduse două examene transformase totul într-o adevărată nenorocire în mintea fetei care căzuse într-o depresie din care cu greu o scosese. Nu fata era problema, nici măcar fondul ei, ci familia în care crescuse, care îi impusese niște standarde pe care nu le-ar fi putut nici măcar egala și pe care o obligau clipă de clipă, zi de zi, să le depășească!

Dacă stătea bine să se gândească, oricine în situația ei ar fi clacat, depășit fiind, la un moment dat, cu atât mai mult un copil docil și blând ca ea, care ar fi făcut orice pentru a-i mulțumi pe cei care-i dăduseră viață. La insistențele părinților și pe propria lor răspundere acceptase să o lase în învoire acasă de vineri până luni. Nu știa ce se întâmplase în mintea și în sufletul fetei, nici nu avea cum să afle vreodată, cert este că lăsată singură câteva clipe fata ieșise să se plimbe și-și găsise sfârșitul sub roțile unui camion. Îi strivise pur și simplu capul.

Act deliberat? Poate. Nimeni nu-i reproșase nimic, legal era acoperită, dar profesional nu-și putea ierta acel moment de slăbiciune când cedase insistențelor părinților. Cumva încercase să îl asimileze acelor eșecuri care te fac să devii un profesionist mai bun. Ajunsese să facă terapie în fiecare moment al vieții ei, aproape fără să-și dea seama, acordând atenție oricărui detaliu ce-l simțea important în timpul vreunei discuții. Cuvântul era folosit așa cum trebuie, cu toată puterea lui, pentru a reclădi suflete omenești distruse, de multe ori, de jocurile stupide ale vieții.

16.

BOALA II

Se trezi binedispusă. Încercă să facă o analiză sumară a senzațiilor care o încercau în acel moment și constată că durerea dispăruse ca prin farmec. Mai rămase însă ceva, ca o aură, care îi amintea prin ce calvar trecuse. O mai durea pieptul, dar nu propriu-zis inima, ci ca și cum ar fi fost prinsă între doi pereți care o striviseră sub greutatea lor. Oricum era bine. Ca totul să fie perfect, ar fi avut nevoie de o cafea și de o țigară, tabiet la care nu avea să renunțe pentru nimic în lume! După somnul adânc în care căzuse, chiar că era nevoie de un stimulent care să-i biciuiască puțin neuronii adormiți. Curios că nu fusese trezită nici măcar de vizita de dimineață.

Se auzi o bătaie în ușă.

– Intră, spuse cu o voce ce nu mai suna ca fiind a ei, parcă și-o pierduse între timp.

Pe ușă se ivi capul lui Daniel, ciufulit și cu ochii umflați de somn.

– Te-ai trezit?

– Da, ce credeai, că am să dorm o veșnicie? Intră, ce faci?

Ușa se deschise mai tare și observă că în mâini ducea două pahare de plastic din care se răspândeau aburi de cafea.

– Nu-i nemaipomenit, dar este.

– Cum faci?

– Ce? întrebă ca și când n-ar fi înțeles.

– Să afli chiar şi ce-şi doreşte cineva? Tot şarpele cel bun? întrebă ea puţin sarcastic.

Fără să ia în seamă tonul ei, bărbatul răspunse:

– Mă golesc de gândurile mele şi pur şi simplu mă concentrez pe chipul celui care mă interesează. Aşa mă conectez la corpul tău energetic, sau astral, cum vrei să-i spui, şi nu fac altceva decât să aştept gânduri, senzaţii. Îţi dai seama că mă cunosc destul de bine pe mine însumi ca să realizez ce-i al meu şi ce-i din afară. Cum eu nu mai fumez de mult timp, îţi dai seama că în niciun caz nu mi-aş fi dorit asta! spuse scoţând din buzunar două ţigări. E tot ce am găsit pe la colegii mei. Şi aşa i-am băgat în ceaţă, mai ales că ştiu că nu le fumez eu.

– Orice senzaţie? îl întrebă oarecum crispată că putea intra mai adânc decât şi-ar fi dorit cineva.

– Dacă te referi la impulsuri sexuale în particular, da. Orice senzaţie, gând, sentiment poate fi perceput aşa. Astfel că mă întreb câteodată ce este cu adevărat iubirea dacă, exact ca şi ura, dorinţele sexuale pot fi transferate altcuiva. Ce-ar fi dacă într-o zi o să descoperim că poate fi cuantificată biochimic, poate fizic? Să primeşti pe o bucată de hârtie formula iubirii tale în carbon şi hidrogen?

– Ce sinistru eşti dis-de-dimineaţă! Ai dormit strâmb azi-noapte?

– Nu, doamnă dragă, ba aş putea spune că m-am odihnit perfect şi că sunt apt pentru o nouă zi de muncă, de luptă cu viaţa şi, de ce nu, cu moartea. Apropo de asta, cum te simţi?

– Mulţumesc, bine. Parcă m-ar fi prins uşile de la tramvai ieri, dar sunt bine, mulţumită ţie!

– Vezi că o să-mi crească coarnele dacă mă mai perii mult! De fapt, ce interes ai?

– Mă înveţi şi pe mine chestia asta cu...?

– Şi prin tine să nenorocesc o groază de bărbaţi...

– Nu fii rău. Ştii că nu aş folosi cunoştinţele mele împotriva cuiva...

– Glumeam! Adevărul este însă că nu am cum. Pur şi simplu încerci până reuşeşti. Mai înainte de toate ai nevoie de o sensibilitate anume pe care în timp să poţi s-o dezvolţi şi să o perfecţionezi. Chiar şi în lumea spiritului există o logică care departe de a contrazice lumea fizică o completează. Hermes Trimegistus, în Corpus Hermeticum, spunea ceva de genul: „Golul atrage plinul şi plinul atrage golul". Tu eşti energie. Te-ai simţit vreodată atât de obosită încât să nu te poţi mişca? Atât de stoarsă, ca bateria folosită?

– Da! spuse ea cu jumătate de voce.

– Ei, gândeşte-te că te poţi goli singură de propria ta energie şi te poţi racorda mental la energia altuia, la câmpul lui. Ai să-l absorbi ca un burete uscat. Odată cu ea ai absorbit şi gânduri, senzaţii, sentimente care ar da o imagine de ansamblu asupra acelui om. Implicit ce-i place şi ce nu! Gândeşte-te că este un mod practic de a alege un cadou pentru cineva.

– Nu prea cred eu chestia asta cu biocâmpurile...

– De ce? Nici măcar nu trebuie să crezi, este de ajuns să verifici. S-au făcut atâtea experimente în domeniul ăsta!

– Exemplu!

– Este cel în care s-au pus în contact două ţesuturi închise ermetic, separat. Unul era infectat cu un virus, celălalt sănătos. Deşi nu exista un contact direct, şi ţesutul sănătos a început să manifeste semne de boală chiar în absenţa virusului respectiv. Altul vine dinspre artele marţiale. A fost filmată lupta dintre doi maeştri japonezi de karate. Măsurându-se timpul de reacţie s-a constatat cu stupoare că viteza de reacţie a unui maestru ce lovise cu piciorul fusese atât de mare încât teoretic nu ar fi avut când să ajungă de la la retină la creier impulsul nervos. S-a pus întrebarea cum? Şi s-a ajuns oare la concluzia că, exact ca în cazul curentului electric, când nu viteza de mişcare a electronilor face să se aprindă becul la închiderea unui circuit, câmpul este cel care a răspuns stimulului şi care determina reacţia aceasta? Reflexele par a fi de fapt niște informații stocate în acest câmp de unde sunt folosite în cazuri extreme. Din punct de vedere biochimic, o celulă este în fiecare moment alta, datorită reacțiilor care au loc în ea și totuși, la nivel mental, unu plus unu tot doi o să facă și acum, și peste zece ani!

La ora actuală s-a ajuns să se măsoare dimensiunile fiecărui câmp al indivizilor, există aparate de vizualizare a lor, se pot fotografia. Așa că, scuză-mă, faptul că nu știi tu nu exclude certitudinea că există. Am observat însă un confort psihic al medicilor și cu precădere al psihiatrilor în tot ceea ce reprezintă nou, în descoperirile referitoare la psihic. Dacă le-ai spune că s-a descoperit un medicament minune care să vindece schizofrenia, poate te-ar crede, dar să le zici că este o boală inventată de unii doar pentru a-și ascunde ignoranța... Te vezi deja în cămașa de forță. Ca și în cazul cancerului când, pentru că nu i s-a descoperit cauza, te pun să înveți tot felul de inepții, de tratamente și de clasificări, numai ca să nu lase un loc gol la boala respectivă. Cam așa este și în psihiatrie: clasificări, statistici, tentative de tratament. Atâta timp cât nu este definită limita normalului, nu sunt integrate undeva capacitățile paranormale, nu se va putea vorbi de o înnoire a psihiatriei. Până atunci mai este...

– Dacă ești atât de convins că ai dreptate, de ce nu încerci să o schimbi. Poate că ai găsi mulți aliați printre medicii tineri și chiar și printre ceilalți.

– Nu am nici timpul, nici cheful necesar. Parcă tatăl lui Kennedy spunea că dacă vrei să schimbi un sistem trebuie să ajungi în locul de unde poate fi schimbat: cât mai sus! Făcând un calcul sumar al timpului care ți-ar trebui să faci treaba asta ai să ajungi la treizeci de ani! Cam mult chiar și pentru mine, iar eu consider că am răbdare!

– Nu ai încotro. Mentalitatea omului este cel mai greu de schimbat, cu atât mai mult cu cât are mai multe cunoștințe eronate în domeniul respectiv. Asta, bineînțeles, dacă ai dreptate. Tot nu mi-ai povestit cum a fost pe secția de psihiatrie.

– Parcă îți spuneam cum m-am hotărât să termin perioada de stagiatură acolo. A fost simpatic. Totul a fost bine până am început să vorbesc despre exorcizări. Știam că se fac la o mânăstire de lângă București, știam cum se fac, ba participasem și activ la câteva dintre ele, în sensul că ținusem post negru pentru pacienții respectivi. Preotul care citea rugăciunile era bătrân și bolnav, și nemaiavând putere să postească el, lăsa pe alții să facă asta, el citind numai rugăciunile de exorcizare. Am încercat să explic ce înseamnă de fapt asta, o eliberare a subconștientului uman. Că până și Freud asistase la așa ceva în tinerețe, că fuseseră prezentate chiar și pe TV5 unele făcute cu ajutorul Coranului, care este o carte sfântă la rândul ei, până ce am reușit să-i aiuresc pe toți. Cum circulă vorba prin spitale, s-a aflat că îmi murise prietena și, într-o discuție în grup, în care am afirmat că nu sunt de acord cu procedurile chirurgicale în afara urgențelor, una dintre doctorițe s-a scăpat și mi-a zis că de fapt mă aflu într-o stare de depresie reactivă. Inițial am rămas perplex, după care m-a apucat râsul. A încercat să o dreagă, dar era târziu. A fost cel mai drăguț termen cu care am fost etichetat. Mai târziu mi s-a spus, de către alți medici cu concepții asemănătoare mie, că au fost sfătuiți să mă ocolească.

Totul a culminat cu cearta mea cu una dintre colege, care s-a enervat că am afirmat că nu știe ceva, în orice caz ceva care contrazicea cărțile, așa că am plecat din cabinet în țipete. Cert este că s-a aflat mai sus. Inițial am vrut să renunț definitiv la spital, dar pe urmă m-am gândit că aș putea să-mi folosesc cunoștințele pentru a putea ajuta efectiv oamenii. După o lună de pierdut timpul în cabinet cu ceilalți medici, timp care nu ne-a folosit la nimic, am hotărât să ies pe secție. Este de fapt momentul în care am învățat și eu la rândul meu. Practica.

În fine, după cearta respectivă, am zis că mai fac o singură încercare în a găsi ceva util pentru mine și, de ce nu, pentru oameni, în mersul meu la spital, așa că întâmplarea, n-aș putea spune exact, a fost ca a doua zi profesorul la care fusesem trimis să facă o vizită pe neașteptate. Trecea prin fiecare salon ca o furtună desemnând pacienții care erau și care nu erau pregătiți să plece acasă. M-a frapat faptul că-i văzusem pe pacienții respectivi și că, la rândul meu, gândisem același lucru. Printre ei se afla un bărbat cu care vorbisem mult pe tema de religiei. Nu era ortodox, parcă era adventist sau baptist. Era de la țară și fusese crescut în religia asta creștină. Credea efectiv. Ceilalți medici îl diagnosticaseră ca schizofrenic, ba una, pentru că fusese văzut mângâind un copil, sugerase că ar fi pedofil. Iar el săracul nu avea altă vină decât că știa multe. Ca să exprim în termeni psihanalitici: dacă eu vorbeam cu un pacient și mă încărcam negativ de la el prin discuțiile pe care le aveam, el mă descărca. Avea și darul de a vedea ce face. Spre deosebire de mine, care doar simt, și asta greu, el vedea exact ce face curățându-mi câmpul ori de câte ori vedea că am nevoie.

Normal că în momentul în care îmi spunea „Domnule doctor" mă simțeam prost, plus că niciodată nu am crezut că respectul se bazează pe modul cum ți se adresează oamenii și pe titulatură. Oricum, de când am fost făcut medic am permis pacienților și asistentelor să-mi vorbească la per tu. Consider că respectul pe care mi-l acordă cineva ca medic este atunci când face ceea ce îi zic și se vindecă. Cel puțin prin secțiile prin care am trecut mi s-a spus mereu „doctorul Daniel" și asta dacă nu puteau să-mi spună simplu „Daniel". Așa că am mai pornit un scandal în momentul în care pacientul respectiv mi s-a adresat pe nume. Bineînțeles că a sărit în sus una dintre doctorițe. I-am luat apărarea explicându-i că eu i-am permis, dar n-am mai încercat să-i explic de ce. Creasem un precedent care nu a plăcut nimănui. Am stat mereu să mă întreb dacă am făcut bine sau nu. Și, cu cât trece timpul, primesc noi dovezi că nu distanța dintre medic și om conduce la vindecare, ci apropierea. Așa că ideea aceea a lui Freud de neimplicare binevoitoare s-a dovedit în timp eronată.

Cert este că l-am auzit pe profesor spunându-i acelui pacient cu care găsisem un limbaj comun că el poate să facă ce vrea, e liber să stea sau să rămână. Mai târziu am aflat că se afla acolo doar ca să obțină o pensie. Mă întreb câteodată dacă nu era folosit de cel care conducea secția respectivă pentru a ajuta pacienții în lipsa altor medici de suflete. Trecând printre paturi, a început să vorbească despre studenții străini, despre lucrurile care se aflau dincolo de cărți, despre faptul că Biblia psihiatriei fiind Kaplanul avem o marjă atât de mare de cunoaștere și o libertate de acțiune fantastică și că de noi depinde unde împingem această limită.

Din păcate, nu înțelegeau toți. Ba la un moment dat, încercând să explic ce fac, am fost atenționat că intru în delirul pacientului. Mie mi se părea corect să discut cu omul respectiv despre ceea ce crede și știe. Dacă un om susține că l-a văzut pe Dumnezeu, cine sunt eu să contest asta? Știu eu ce efect ar avea într-adevăr un asemenea fapt asupra minții omenești? De aceea am plecat mereu de la premisa că omul, indiferent de ceea ce spune, are dreptate. Urma să verific dacă este adevărat. Dacă era, nu reprezenta nicio problemă. Dacă nu, de abia atunci le tratam ca pe idei delirante. Cum le îndepărtezi? Până nu treci prin așa ceva, nu poți crede.

Eram student și, mergând la Liturghie, când preotul a spus: „Luați, mâncați, acesta este trupul meu!", un gând mi-a spus că partea mea va fi cea rușinoasă, dacă mă înțelegi.

Pantelimon îl chema pe călugărul care m-a dus la părintele Argatu. M-a lăsat puțin singur în cameră, cât să-i ducă niște ulei pentru candele. În timp ce se afla la el, am adormit. În momentul în care m-am trezit, ideea aceea pur și simplu dispăruse! Mă chinuise câtva timp și nu mai puteam merge în biserică din cauza asta... Îmi tot treceau gânduri ciudate prin minte și îmi amintesc că odată i-am spus de treaba asta, iar el mi-a replicat că până ce nu voi avea sufletul curat, mintea îmi tot va da de furcă. De fapt, ei, părintele Argatu, părintele Dosoftei, au fost cei care m-au ajutat cel mai mult în a înțelege spiritul omenesc.

Cert este că după vizita aceasta am intrat să stau de vorbă cu pacienții. Numai asta făceam. Atunci m-am gândit la altceva. Încercasem să impun punctul meu de vedere celorlalți doctori și eșuasem lamentabil. Ba eram convins că nu mai aveam altă posibilitate să schimb ceva din ce stricasem, așa că am decis să fac altfel. Era printre pacienți un băiat care din punct de vedere medical era grav bolnav. Student la Ziaristică, ceva. La vârsta lui era greu să te îmbolnăvești așa aiurea, mai ales că o cunoscusem și pe mama lui și nu părea nimic genetic. Într-o zi am luat-o deoparte și am întrebat-o dacă ar face orice ca să se vindece. Evident că mi-a răspuns: „Da". Trebuie să recunosc că tot ce am făcut a avut ca motor și orgoliul meu rănit, dar mi-a făcut plăcere. I-am spus că dacă vrea să se facă bine trebuie să meargă la biserica de vizavi de CEC-ul mare, unde sunt moaștele Sf. Ciprian, să se închine și să-i ceară ajutorul. Să ia de acolo o cărticică cu rugăciunea acestui sfânt, care a fost făcută special pentru a contracara magia, și să o citească de patru ori pe zi: dimineața, la prânz, seara și la miezul nopții. Să dea acatiste de iertare de păcate pentru toată familia și dacă are avorturi să se spovedească. Adevărul este că puștiul avea făcute farmece. Ele nu sunt recunoscute de medicina actuală și totuși cred că din cazurile pe care le-am văzut în aproape o jumătate de an mai mult de trei sferturi erau de natură magică. Și mă refer la de-aia neagră, făcută cu apă sau legături de mort! Odată, sâmbăta, am stat cu puștiul de vorbă vreo două ore. N-am făcut decât să-l spovedesc după un îndreptar de spovedanie. După ce am terminat, l-a apucat somnul și s-a dus să se culce. Eram obosit la rândul meu. În general numai preoții se ocupă de așa ceva, iar cei mai buni fac școală în mânăstirile din Athos. L-am revăzut după weekend. Era mult mai bine, ba în câteva zile a putut pleca acasă. S-a întâmplat următorul fenomen. Văzând că starea lui s-a îmbunătățit și punând-o pe seama discuției avute cu mine, ceilalți bolnavi au început să mă caute. Aveam ce face, așa că am renunțat să mai plec.

Din câte am observat eu în timp, după ce prin medicație li se atenuau simptomele, întorcându-se în mediul în care li se făceau farmecele, ele erau reînnoite. Ba pot spune că am descoperit că nu exista niciun caz de schizofrenie autentică. De fapt nu știu dacă pot spune ceva de genul ăsta. Încercând să fac o comparație puțin forțată, dacă unul e galben nu înseamnă că are icter, poate că doar este chinez. Dacă ai lua DSM-ul încercând să faci o paralelă între definiția schizofreniei și ce poate face un medium care vede, aude, comunică cu entități care oamenilor comuni le scapă, ar trebui să-l internezi. Cred că greșeala constă în a defini boala asta cât nu sunt clar stabilite limitele normalului. O repet oricând dacă este nevoie. Din punctul ăsta de vedere, șocantă a fost reîntoarcerea unei paciente la două zile după ce fusese externată. Nici nu mai putea vorbi. A încercat să-mi scrie pe o foaie de hârtie că e conștientă, știe cine este, dar că nu poate vorbi.

– Ce-ai făcut?

– Există un nivel al conștiinței unde poți intra spre a privi realitățile spirituale. În sensul că privești omul respectiv cu ochii minții. Avea gura cusută și semăna cu o broască! Existau niște farmece care folosesc broaștele. În cazul ei cineva luase o broască și îi cususe gura. Știu că pare o nebunie. După mine, cei care fac așa ceva ar trebui împușcați fără judecată. În magie trebuie să uiți tot ce ai învățat. Niciodată nu ai să poți merge pe apă dacă te gândești că ești prea greu pentru asta. Pentru a fi un vrăjitor trebuie să uiți tot ce ai învățat și să studiezi eventual religiile vechi, yoga, despre energii. Faza cu broasca este simplă. În principiu se ia broasca și se pune într-un borcan sau un obiect care aparține persoanei țintă și se lasă ceva timp. Se folosesc niște descântece prin care este botezată după numele victimei. După un timp, orice acțiune care se face asupra broaștei va avea repercusiuni asupra persoanei pe care o reprezintă ea. Pe asta se bazează și tehnicile voodoo cu păpușile. Și tehnicile shaolin de lovit la distanță. Și concentrarea energiei vrăjitorului în sensul dorinței lui de a lovi sau a vindeca. Sunt compatibile, culmea. Cine poate face mult rău, poate face și mult bine și invers, cu condiția să vrea!

– Ce faci cu pacienții în stare catatonică?

– Drăguț! Ai crezut că m-ai prins?

– Nu, nici prin gând nu mi-a trecut. Eram doar curioasă să-ți cunosc părerea.

– Păi, ca să-ți pot răspunde ar trebui să cădem de acord asupra unor lucruri privind psihicul uman. Mă refer la ceea ce ar trebui să fie fiziologia psihicului omenesc. Se tot vorbește de semiologie, patologie, dar rar găsești ceva clar. Sunt încercările pe care le-au făcut psihologia și psihanaliza în timp, pentru că despărțirea celor trei a dat naștere unui haos de nedescris. Nu poți fi tămăduitor de minți și de suflete dacă nu știi câte puțin despre fiecare. A te situa de o parte sau de alta duce automat la pierderea din vedere a întregului, care rămâne omul. Ca să revin la modul cel mai simplist posibil la ora actuală, cred că omul este format din trupul fizic, de care se ocupă medicul și care este studiat de disciplinele medicale, de trupul energetic, la nivelul căruia acționează bioenergeticienii, și de cel sufletesc, unde ajung preoții.

– Ai uitat de vrăjitorii?

– Ei, n-am uitat! Ei acționează la nivelul energetic prin intermediul căruia influențează mentalul și sufletul. Pe același principiu se bazează și psihicul uman, ca o trinitate: conștient, subconștient și sine. Ca să fiu mai explicit, conștientul este ceea ce reprezentăm noi la un moment dat. În continuă schimbare datorată experiențelor și mediului. Subconștientul este locul de depozitare al cunoștințelor, experiențelor. Un fel de memorie extinsă, când spun asta mă refer la faptul că ea conține și lucruri care au fost uitate, pe principiul că nimic nu se uită cu adevărat. Sinele, sau eul nostru, este făcut să se reîncarneze pentru a învăța, a evolua spiritual și, nu în ultimul rând, pentru a se redescoperi pe sine însuși prin intermediul gândirii. Legătura sine–conștient nu se poate face decât prin intermediul subconștientului care, ca o pungă energetică, este depozitarul memoriei noastre. Legătura dintre cei trei poate fi întreruptă.

Eu am luat-o logic. Am dat la un moment dat peste o carte din care puteai învăța cum poți ieși afară din trup. Asta dacă poți accepta că trupul este un fel de extensie a noastră prin intermediul căreia trăim pe Pământ. Se spunea că trebuie să o iei în sens invers gândului, adică de unde vine gândul. Ajungi să-ți întâlnești propriile gânduri, dacă sunt rele ai șansa să vezi ce efect pot avea asupra ta, și de abia trecând mai departe ajungi la eul tău, la sinele tău, putând chiar să ai acces la viețile tale anterioare. Atunci afli cine ai fost, cine ești și ce anume ai făcut pe Pământ. Cei din stare catatonică se află cantonați la unul din niveluri, astfel fie că nu vor să mai iasă, pur și simplu s-au supărat, fie nu pot, că s-au rătăcit, fie au fost legați la acel nivel numit și zona alfa, după frecvența pe care o are creierul în acel moment. Practic trebuie să știi să intri în zona respectivă după el și să-l faci să iasă afară. Cum o faci, asta este altă mâncare de pește. Se spune: „Mai întâi, doctore, vindecă-te pe tine însuți". Asta este. Dacă reușești să ajungi la sinele tău, nimic nu te poate împiedica să ajungi la sinele altuia, la energeticul lui și în mintea lui.

Dacă ar trebui să mă gândesc unde anume ar fi începutul dorinței mele de a afla treburile astea, cred că se pierd undeva în copilăria mea. Pe atunci de abia făceam primele mișcări de karate. Aveam un antrenor bun. Țin minte că m-am dus la antrenament și eram supărat. Culmea, fără niciun motiv. Pur și simplu eram trist de parcă aș fi pierdut ceva, nu aveam idee ce. Antrenorul m-a simțit. Avea o intuiție bună. M-a luat cu el să bem un suc. Beam sucul pe care mi-l plătise și mă uitam în gol fără să realizez că efectiv mă holbam la un individ din fața mea, care, intrigat, începuse să se foiască nervos pe scaun. Senseiul meu mi-a dat un cot întrebându-mă dacă am chef să iscăm o bătaie aiurea. Atunci am realizat că, fără voie, deranjam. Și totuși starea mea de lehamite, de tristețe, nu-mi trecea. Curând și-a făcut apariția un prieten de-al antrenorului însoțit de o fată care s-a așezat câteva clipe la masa noastră. Întrebat fiind ce mai face, a început să ne povestească că și-a pus casa gaj pentru un împrumut la bancă, că a cumpărat două tiruri pentru a aduce portocale din Grecia și că ghinionul a făcut ca unul să se răstoarne pe drumul spre casă, iar celălalt să fie reținut în vamă pentru niște probleme legate de acte. Asta nu era totul, împrumutase celui mai bun prieten mașina și i-o făcuse zob! Îl priveam cu câtă degajare privea problemele pe care le avea și faptul că după toate astea putuse să iasă să bea o bere. Făcând o comparație cu mine însumi, care eram supărat fără să am vreun motiv real, mi s-a făcut rușine de mine. Am început să râd imediat după ce s-a retras, moment în care senseiul meu de atunci mi-a spus ceva de genul că nu poți realiza micimea problemelor tale decât în comparație cu cele veritabile ale altora. Și că ne așezasem la masă la distanță unul de celălalt pentru că eu eram „un gol de energie care fura tot ce găsește în cale".

Acum, după ce totul îmi trecuse, mi-a completat lecția spunându-mi că ideal ar fi să pot să-mi controlez stările sufletești. Dacă aș fi știut să lupt în realitate, aș fi reușit să-mi las adversarul fără capacitatea de a se mișca. Pentru că am învățat în timp transferul ăsta de energie, pot să lupt dezarmându-mi energetic adversarul, lucru care s-a dovedit eficace în secția de psihiatrie.

Nu același lucru se poate spune despre depresii, care sunt goluri de energie de diferite cauze. Cel mai greu este să redai omului dorința de viață dacă a pierdut-o. Despre transfer de fapt nu știu dacă se numește așa. Aveam o colegă cu care eram bun prieten, o am și acum, este tot doctoriță. Ei, a făcut greșeala de a se îndrăgosti de cineva care nu merita, era conștientă de asta, dar nu putea scăpa. I-am explicat că singurul mod de a scăpa de dragoste este să te îndrăgostești de altcineva. Mi-a explicat că nu este nimeni în jurul ei în acel moment care să o atragă în vreun fel. I-am propus să se îndrăgostească de mine. M-a privit uimită prima dată și m-a întrebat cum. I-am replicat că am să mă ocup eu de asta. Aveam doar o zi la dispoziție. Pleca un timp în străinătate. Ne-am dus să mâncăm o înghețată la McDonald's. În timp ce mâncam stăteam față în față la o masă cu patru locuri, lângă noi s-au așezat doi, un el și o ea. Se simțea că se iubesc. Au reușit să-mi umple și mie sufletul de iubire când m-am acordat la câmpul lor. Nu cred că erau demult împreună după cum se purtau unul cu celălalt. Pentru câteva momente m-am simțit și eu ca un adevărat adolescent.

Ei, atunci eu, care mă consider un tip sobru, m-am aplecat peste masă, i-am cuprins capul cu mâna și am sărutat-o. Am făcut-o rațional, sub sentimentul celor doi. Cert este că, inițial surprinsă de gestul meu, mi-a răspuns și ea. Am simțit efectiv aprinzându-se în ea floarea dragostei și am fost răsplătit din plin simțind asta. În seara aia m-am plimbat ca în studenție prin parcuri ținând-o de mână. M-a rugat să-i dau iluzia că o iubesc, deși știa că nu pot în realitate. Mi-am luat rolul în serios. Pot spune doar că în seara aia și eu am crezut în asta. Mângâierile, sărutările ne-au vindecat pe amândoi. A doua zi, de departe, m-a sunat și mi-a spus doar că transferul a reușit. Așa convenisem, să ne spunem că ne iubim doar în seara aceea. Eu am realizat că nu sunt sufletește chiar mort, că poate aș mai fi în stare să iubesc.

– Nu crezi că ai greșit față de ea?

– De ce? Știa de la început cum sunt, cât pot, limita la care pot ajunge și a acceptat. Am rămas prieteni și ne sunăm din când în când.

– Să înțeleg că te comporți ca o cutie de rezonanță, intri în contact cu cine vrei, analizezi ce se întâmplă și acționezi în consecință?

– Trebuie să îi dai tu o tentă științifică. Chiar e musai să cuantifici totul?

– Vreau doar să înțeleg!

– Așa voia și Iuda și Iisus i-a spus: „Cu inima, Iuda, nu cu mintea!"

– Mersi!

– Scuză-mă. Nu mă refeream în particular la tine. Spuneam numai că inima recunoaște mai repede un adevăr decât mintea, căreia îi poate părea aberant inițial. Analizându-l pe urmă, descoperă că este adevărat.

– Iubita ta?! tatonă ea terenul.

– Ce e cu ea?

– Ea știa asta?

– Ea m-a învățat multe dintre ele. Spre deosebire de mine, care am mers pe calea creștină, pe artele marțiale, spiritualitatea orientală, ea știa mai multe despre magia practicată prin sate de țigani. Îi plăcea Egiptul și evreii. A trebuit să treacă un an de la moartea ei ca să înțeleg ce-mi spunea cât trăia. Ne certam de multe ori și de abia acum am realizat că aveam amândoi dreptate, dar că nu găseam calea comună, puntea de legătură între ceea ce știam fiecare. Dacă adevărul ar fi asimilat cu un mozaic, atunci fiecare îl percepem ca pe o porțiune pe care am descoperit-o singuri. Niciodată nu ai să-l descoperi tot și întotdeauna vei avea probleme în a-i înțelege pe ceilalți.

– Cum v-ați cunoscut?

– O să-ți povestesc...

17.

ZIUA SFINȚILOR ARHANGHELI
MIHAIL ȘI GAVRIIL

Era ziua de Sf. Mihail și Gavriil. De ce hotărâse Dumnezeu ziua asta pentru ceea ce avea să se întâmple, era o întrebare care avea să îl chinuie mult timp. Pierdut în munca lui, uitase efectiv să mai iasă în lume, se sălbăticise și începuse să-și dea seama că se rupea din ce în ce mai mult de oameni. Trebuia să se reintegreze, așa că atunci când apăruse posibilitatea să iasă cu o tipă pe care o cunoștea mai demult, din studenție, decisese că merita să facă primul pas. Nu era genul lui de femeie, probabil că, dacă ar fi fost, ar fi ieșit cu ea mai demult. Preocupat de muncă, ea îi umplea viața oferindu-i competiție și, câteodată, satisfacții, uitase de lumea de dincolo. Nu câștiga cât să-și poată permite orice, subexista, ăsta era cuvântul potrivit.

În orice caz, pe fata asta, chiar dacă o cunoștea, nu-i fusese ușor să o întâlnească. Ceva din el îl reținea și nu realiza ce anume. Numai gândul de a se întâlni cu o femeie și i se punea un nod în stomac. De fapt era ceva mai mult ca o gheară ce îi cuprindea stomacul și începea să îl roadă, iar durerea îi cobora inexplicabil până în testicule. Ideea că o femeie l-ar putea mângâia declanșa o adevărată angoasă. Culmea este că nu avusese niciun eșec sexual.

Se despărțise de o fostă prietenă, cu care trăise trei ani și ai cărei părinți fuseseră convinși de iminenta lor căsătorie. Cauzele, obscure pentru alții, erau clare pentru ei doi: pur și simplu, în afara sexului și eventual a filmelor pe care le vizionau, nu aveau alte preocupări sau pasiuni comune. De atunci însă parcă explodase o bombă în ceea ce privește viața lui sentimentală și banii.

Larisa, pe care o citise ușor, îl plăcea, era o fire libertină, fără prea multe prejudecăți, pentru care a te distra însemna totul, de la A la Z. Față de ea, el era ceva mai conservator.

Niciodată nu ceruse numărul de telefon al vreunei femei pe stradă, chiar dacă îi plăcuse de ea. Nu avusese niciodată o legătură bazată numai pe o atracție fizică, trebuia ca femeia să îl facă să vibreze pentru a se apropia de ea. Or, nu era cazul Larisei care nu-i inspira nimic. Deși nu era urâtă, avea chiar forme frumoase, nu îl interesa mai mult decât o soră. Nu avea obiceiul să piardă timpul cu avansuri fără rost. Purta un adevărat „Blitz Krieg"! Mergea? Bine! Nu mergea, mai departe! Întotdeauna exista o femeie mai frumoasă și mai deșteaptă. Reciproca este valabilă și în ceea ce-i privește pe bărbați. Cine te vrea cu adevărat, nu se irosește în jocuri stupide. Și nu greșise cu mult. Ținuse la femeile cu care trăise, într-un fel sau altul fiecare avea ceva deosebit care îl făcuse să se apropie de ele. Uneia îi iubise sufletul, pentru că era aidoma celui al unui copil, alteia îi iubise mintea, iar alteia îi iubise trupul pentru că se apropia de perfecțiunea bănuită de artiști.

Din păcate, nici una nu întruchipa perfecțiunea în întregul ei, ca niciun om de altfel. Căuta încă fără să știe acea iubire care te împlinește și care face să-ți fie suficientă prezența ei ca să te simți stăpân al Universului.

Dezamăgit, perseverase, chiar dacă fiecare experiență se adăuga unei grămezi de neîmpliniri sufletești ce-i măcinau încet-încet din speranță. Așa că, în lipsă de altceva, se hotărâse să accepte ieșirea cu Larisa, mai ales că-i spusese că vor veni mai mulți prieteni de-ai ei pentru a-și petrece timpul împreună la o discotecă sau la un bar.

Ajunsese mai devreme la locul de întâlnire și, puțin nervos, începuse să se plimbe pe bulevard admirând produsele expuse în vitrină. Îşi scosese ţigările şi-şi aprinsese una gândindu-se: „Parcă aş fi un licean la prima lui întâlnire!"

În cele din urmă, veni şi ora stabilită pentru întâlnire. Fără să se grăbească, s-a îndreptat către staţia de maşină unde urma să vină grupul de tineri. N-a fost nevoie să aştepte prea mult şi din mulţimea care era în staţie se desprinse Larisa. Îmbrăcată elegant, ca pentru o seară deosebită, se apropie de el şi, luându-l de braţ, îl întrebă cochetă:

– Mergem? Ai chef de distracţie?

– Da. Cred că era vremea să ies şi eu din bârlogul meu...

– Unde mă duci?

– Habar n-am. Speram să vii tu cu o propunere. Oricum ştii mai bine decât mine ce îţi place şi sunt dispus să mă las pe mâna ta. Dar parcă ziceai că vin mai mulţi prieteni de ai tăi?...

– I-am sunat, însă toţi aveau câte o problemă. Una din fete este bolnavă, alta trebuie să aibă grijă de maică-sa..., încerca ea să se scuze.

– Bine. Haide, spune-mi, ce facem?

– Pe aproape este un bar irlandez destul de simpatic. Cred că o să-ţi placă. Ce zici?

– De acord.

Barul nu era departe şi, la intrare, o firmă sublinia clar specificul, „Irish Pub". Intrară. Încăperile îmbrăcate în lemn, mesele confereau locului un aer rustic, plăcut. Se aşezară la o masă mai departe un pic de boxe, pentru a se putea înţelege. Comandaseră bere. Discutaseră tot soiul de nimicuri pe care în alte ocazii cu greu le-ar fi înghiţit şi ajuseseră într-un punct mort în care niciunul nu mai spunea nimic. În fond, ce poţi discuta cu o femeie de genul ăsta, care se plictiseşte cu sine însăşi. La un moment dat, ea spuse:

– Ştii ce? Hai să vedem ce face prietena mea Nicoleta. Poate poţi tu să o ajuţi.

– Dar ce are? întrebă el curios.

– De-ale noastre. Cum dă frigul, cum încep să o doară ovarele. Face injecții, ia cine știe ce medicamente, ca peste câteva săptămâni să o ia de la început.

– Cu ce ajungem acolo?

– Luăm mașina și ajungem imediat, stă aproape de mine.

Drumul l-au parcurs în tăcere, au intrat numai într-un magazin non-stop să cumpere o sticlă de vodcă și una de Coca-Cola. Pur și simplu, de așa ceva avea poftă, deși nu putea spune că era o obișnuință. Cartierul în care ajunseseră nu era dintre cele mai selecte. Fără a fi un rasist, experiențe anterioare îl determinau să evite zonele ce rămâneau mai întunecate chiar și ziua. Noroc că în momentul în care ajunseseră de abia se înserase, așa că trecuseră fără niciun incident. Larisa însă se simțea ca la ea acasă, se vedea că este „fată de cartier!" Nu îl deranja.

Blocurile semănau atât de bine unele cu altele încât i-ar fi fost de-a dreptul imposibil să vină a doua oară singur! De dincolo de ușa în fața căreia ajunseseră se auzea muzica dată la maximum. Sunară și, neprimind niciun răspuns, intrară într-un hol micuț și întunecat. Un sentiment de neliniște îi cuprinse sufletul și parcă se lovi de un zid energetic. De acum era sigur că trebuia să se aștepte la ceva rău, dar la ce? De ce nu funcționase instinctul lui de apărare care-l oprea să se urce în autobuzele în care erau controlori dacă nu avea bilet? „Probabil că este ceva gen medicament: un hap amar care, în timp, îmi va face bine!", se gândi îmbărbătându-se singur.

– Hei! Lume nouă! se auzi dinspre camera în care se deschidea holul.

– Cine este? se auzi o alta.

– Larisa cu încă cineva, răspunse prima femeie.

– Ce faci, fato? întrebă cea de-a doua.

– Bine, sunt cu un prieten și am zis să venim să vedem ce faci.

– Bărbați! Bărbați! strigă una dintre cele care tocmai vorbiseră cu ea.

– Lasă, Magda, băiatul în pace. N-a apucat bine să intre și vrei să-l și sperii? Și așa suntem numai femei.

– Nu te trage curentul? îl întrebă iarăși Magda.

Îl frapă dezinvoltura fetei, însă fusese singurul băiat din grupă în facultate și știa cam cum sunt de slobode la gură femeile când în preajma lor nu se află niciun mascul. Se dezbrăcaseră de hainele groase și, după ce le lăsaseră în cuierul de la intrare, pătrunseseră în camera unde se aflau mai multe persoane, toate de sex feminin.

– Sărut mâna! spuse uitându-se în jur.

Era greu să distingi ceva pentru că singura sursă de lumină era o veioză și pe deasupra ei plutea atâta fum de parcă fumau toate odată. Daniel întinse celei care părea gazda punga cu cumpărături și se așează la îndemnul acesteia pe singurul loc rămas liber al unei canapele de două persoane. Fetele se prezentară pe rând, iar ultima care-și spuse numele fu chiar aceea de lângă el.

– Sunt Magda! îi întinse mâna.

Nici ca să-i fie sărutată, nici în genul în care dau bărbații noroc. Fusese un gest pur și simplu. Îi zâmbea însă și nu putu să nu remarce gura ei senzuală, frumoasă și puțin vulgară, cu niște buze pline din care parcă îți venea să muști. Stătea cu genunchii sub pulover și cu bărbia sprijinită pe genunchi privindu-l curioasă cu ochii ei căprui. Părul prins într-o coadă rebelă lăsa să se vadă câteva șuvițe blonde încadrate de un șaten comun, culoarea originală.

– Prietenul meu, doctor, spuse Larisa.

Tonul îl deranja puțin. Nu putea fi vorba de o prietenie, iar apelativul era departe de a fi devenit o obișnuință pentru el. Simți că se înroșește.

– Mă rog, sunt medic, dar fără drept de parafă.

– Pfui! o auzi pe Magda și fața ei se strâmbă într-un dispreț nedisimulat.

Interjecția îl lovi ca o palmă, însă, fără a-i arăta că fusese jignit, o întrebă calm:

– Mi se pare mie sau nu prea ne ai la suflet?

– Nu! Erau să mă omoare de două ori pe mine și o dată pe maică-mea! Mi-ați adus numai belele.

– Eu nu spun că nu se mai fac și greșeli, dar nu întotdeauna suntem noi de vină! încercă el să apere casta în care tocmai intrase.

– Cum numești tu faptul că, la o banală apendicită, au uitat în mine un tampon și că am făcut septicemie din cauza asta? Am ieșit din spital cu cinșpe kile mai puțin? aproape că țipă fata.

– Lasă-l, femeie! Ce ai cu el, că doar nu el te-a operat? interveni gazda.

– Nu este nicio problemă, chiar putem discuta pe tema asta. Luă sticla de vodcă și turnă într-un pahar adus de gazdă.

– Bei? o întrebă pe Magda.

– Sec! îi răspunse aceasta.

Îi întinse paharul pe care tocmai și-l turnase și-și puse un altul, iar vodca o combină cu cola. „In vino veritas!", gândi. „Numai că ăsta nu prea este vin." Nu era obișnuit cu alcoolul, din contră, nu îl suporta, și făcea astfel încât să-l metabolizeze cât mai rapid pentru a-i preveni efectele secundare. Cel mai mult îi era oroare de incapacitatea de a-și menține echilibrul și de senzația aceea de greață de a doua zi! Învățase însă că în unele cazuri era necesar. Alcoolul, ca și unele droguri, deschidea barajul dintre conștient și subconștient, moment în care fie că se eliberau tensiuni acumulate în interior, determinând individul respectiv să facă lucruri la care nici măcar nu visase, fie că pătrundeau în subconștientul respectiv cine știe ce gânduri sau energii pentru ca ele să devină manifeste după trezire. Din punctul ăsta de vedere stătea bine. Învățase să-și sondeze subconștientul, așa că dispăruseră problemele de genul acesta.

Alcoolul avea și o parte pozitivă, deschiderea către altă dimensiune, a spiritelor. Preoții druizi foloseau diferite substanțe halucinogene în tentativa de a contacta spiritele, dacii foloseau vinul în acest scop și, de ce nu, tămâia care, dincolo de rolul sacru, poseda aceeași capacitate de descoperire a subconștientu-lui. Știind toate astea, nu-i era frică să bea. Dar nu făcea excese, pentru că afecta în timp sistemul nervos și cui i-ar plăcea să-i tremure mâinile sau să devină dependent de ceva...

Fetele celelalte se grupaseră în partea opusă a camerei și discu-tau despre coafuri, modă și alte lucruri de interes pur feminin. Avea senzația că în jurul lui și al Magdei se țesuse ceva ca un câmp protector, care îi izola de lumea înconjurătoare. Era obișnuit cu asta, însă nu-i înțelegea sensul. Doar Larisa le mai arunca din când în când câte o privire, încercând să prindă câte ceva din discuția pe care o purtau. Reluând firul discuției, Dan spuse:

– Am cunoscut odată un medic care fusese o perioadă chirurg. Totul fusese perfect până într-o zi când, pe vremea lui Nea Nicu, tracasat în timpul unei operații de un individ care-l chema din cinci în cinci minute la o ședință de partid, uitase într-un pacient un instrument. Pe atunci nu aveau aparatura de acum, deci posi-bilitatea de a investiga prin ecografie. Cert este că recuperarea mersese prost, rana se infectase. La început supurase doar puțin, apoi din ce în ce mai mult, până când au fost nevoiți să redeschidă. Au găsit buba, dar infecția se generalizase și nu existau antibioti-cele de acum, așa că pacientul făcuse septicemie și, cu toate efor-turile medicului, a murit. E adevărat că s-a mușamalizat totul, dar din acel moment chirurgul nu a mai putut opera. Nu pentru că nu a mai fost lăsat, ci pentru că s-a speriat. Așa s-a irosit un talent. Avea într-adevăr mână, lucru de neînlocuit la un chirurg, și poate că, în timp, ar fi ajuns un nume în chirurgie. Așa că nu știi ce s-a întâmplat atunci, ce era în mintea și în sufletul medicului aceluia când ți s-a întâmplat nefericitul accident. Toți oamenii au dreptul să greșească, mai puțin medicii, de parcă ei n-ar fi tot oameni.

– Hei, era să mă omoare!

– Am înțeles, dar o spui de parcă ar fi făcut-o premeditat!

– Chiar și așa, tot cred că este o mare prostie medicina asta a voastră. Voi nu tratați boala, ci simptomele.

– Nu este chiar așa, încercă el să pareze.

– Ce faceți în cancer, în bolile psihice? Nimic! Le luați banii celor cu un picior în groapă. Am avut o prietenă care a murit de cancer și, deși nu-i dădeau nicio șansă, asta nu i-a împiedicat să-i ia banii de pe o garsonieră. Da, o garsonieră a dat maică-sa pe șpăgi la doctori, asistente și infirmiere. Fiecare avea tariful lui, de la cel mai mic la profesor. Dacă aveam când eram mai mică mintea de acum, m-aș fi tratat și n-aș mai fi ajuns la măcelar.

– Cum?

– Naturist.

– Sunt de acord. Ce te faci însă cu urgențele? Colicile renale, infarctele, ulcerele perforate?... Până îi dai tu tratamentul, pacientul e mort de mult!

Dan îi oferi o țigară. Magda rămăsese un pic pe gânduri.

– Am avut colegi care m-au întrebat de ce mai fac medicina dacă nu cred în ea. Nu este întru totul adevărat că nu cred în ea, îmi pare doar exagerată, și asta din cauza oamenilor care nu vor să-i recunoască limitele și să o completeze cu terapiile complementare. Am zis să o termin și pentru ai mei, care s-au chinuit să mă întrețină, dar și pentru mine. Altceva nu știu să fac și mai sper să pot să o practic așa cum cred de cuviință. Știi că în străinătate tratamentul pentru pacienți se face individualizat și conține medicație, regim alimentar și de viață și chiar un tratament kinetoterapeutic unde este cazul. Mai avem până acolo și asta nu din vina medicilor, ci mai cu seamă a pacienților. Spre exemplu, am făcut ore cu un tip care a participat la un experiment efectuat pe plan mondial privind recuperarea bolnavilor cardiovasculari care au suferit un infarct de miocard. Era inițiat de către japonezi pentru bărbații între 35 și 40 de ani care făceau infarct pe fond de stres, alimentar, genetic, mă rog, mai multe cauze. Întrucât statul investeşte foarte mult în formarea specialiştilor pe diferite ramuri, realizezi că nu-i convine să nu-şi scoată banii şi atunci au iniţiat acest program de recuperare cu ajutorul câtorva mii de specialişti adunaţi de prin toate ramurile. Au reuşit să scoată alergători de maraton din bolnavi cardiovasculari! Şi asta într-un timp relativ scurt. La noi nu se poate şi ştii de ce? Ar trebui să moară ultimele două generaţii, atât de profesori cât şi de pacienţi, pentru a putea implementa stilul acesta de tratament. Asta înseamnă douăzeci de ani de acum încolo! Odată am întrebat din curiozitate o bolnavă cu un început de cardiopatie ischemică...

– Ce e aia?

– Adică o insuficientă irigare cu sânge a muşchiului inimii. Apare la femei după ce intră la menopauză. Ele sunt oarecum ferite până atunci pentru că hormonii feminini fac să se dilate vasele inimii. Când intră în menopauză, nu se mai fabrică unii hormoni şi atunci apar durerile la eforturi, supărări...

– Aha!

– Am întrebat-o dacă ar fi dispusă să facă gimnastică recuperatorie şi, în timp, alergări ca să se vindece. Ştii ce mi-a spus? „Ce, să mă creadă nebună?" Nu are importanţă că unul precum Clinton aleargă în fiecare dimineaţă, pentru noi e un excentric şi uite aşa suntem pe primul loc din Europa la mortalitate prin boli de inimă! Preferăm să ne pensionăm şi să ajungem în cele din urmă handicapaţi şi dependenţi de nişte pilule decât să ne vindecăm!

– Hei! Ce faceţi? veni o întrebare din partea cealaltă a camerei.

– De atâta timp aştept momentul să întâlnesc un medic faţă în faţă şi să-i spun ce părere am despre medicină şi acum, că l-am găsit, aflu că este de acord cu mine! răspunse ea după care se întoarse spre Dan şi îi dărui un zâmbet splendid. Fără să vrea, remarcă ochii ei care se micşorau pentru a deveni două linii ca la asiatici şi care îi bucurau în interior sufletul prin simpla lor formă.

– Şi nu sunt singurul. Am auzit chiar de un profesor care spunea că ştie atâta medicină încât poate să scrie o carte antimedicină. Poate, odată, se va hotărî să o publice. Tu cu ce te ocupi? o întreabă pe Magda.

– Sunt liber-profesionistă! spuse.

Dan se uită la ea şi nu-şi putu da seama dacă vorbea serios sau glumea.

– Lucrez la o firmă ca director executiv, mai fac şi pe secretara dacă este nevoie...

Uitându-se la ea, avea senzaţia că este mai degrabă damă de companie decât director. Îi studie mâinile şi la încheietura dreaptă descoperi o brăţară formată din bănuţi de argint legaţi cu zale. Curios că fiecare reprezenta unul din pentaclele lui Solomon, iar pe deget purta un inel cu steaua în şase colţuri.

– Ţi-ai făcut-o după Eliphas Levi? N-am mai văzut niciuna până acum! Sunt din argint?

– Le cunoşti? îl întrebă surprinsă.

– Dacă sunt medic, nu înseamnă că sunt neapărat şi încuiat. Da, l-am citit.

Fizionomia ei se modifică rapid, ca o zi de vară la munte, de la o plăcută surprindere la cea mai cruntă dezamăgire.

– Ei, l-ai citit! Important este dacă ai practicat.

– Nu. Nu încă!

– De ce?

– Nu am ajuns încă la nivelul de pregătire care să-mi permită asta.

Ea căzuse pe gânduri şi, privind-o în ochi, îi spuse fără să vrea:

– Auzi, tu vezi? Şi nu putu să nu remarce că o surprinde încă o dată.

– Cum ţi-ai dat seama?

– Păi nu sunt ochii poarta sufletului?

– Curios, doar un preot mi-a mai spus asta, spuse gânditoare. Dacă ştii atât de multe, spune-mi şi mie de ce respir? Nu glumesc, mai spuse văzând figura stupefiată a lui Dan. N-am fost de trei zile la serviciu, nici din casă n-am ieșit ca să-mi iau pâine, am uitat să și mănânc, dar întrebarea asta nu mi-a dat pace. Când m-a sunat Nicoleta să vin să-i fac niște injecții, eram în același punct cu răspunsul ca și acum trei zile.

– Scuză-mă, dar mi se pare atât de clar încât nu i-am căutat niciodată răspunsul. Cum există o teorie a cauzalității conform căreia orice lucru are o cauză și un scop, mai mult ca sigur că fiecare dintre noi avem ceva de realizat în viață.

– Tu știi ce ai de îndeplinit în viața asta, pentru ce respiri?

– Să fiu sincer, nu aș putea spune cu mâna pe inimă că da. Dar nici că nu! Țelul vieții mele îmi pare un lucru văzut prin ceață, câteodată mai clar, alteori dispare, dar am o vagă idee despre el, răspunse gânditor.

– Dă-mi palma ta să o văd, îi spuse pe un ton care nu admitea replică.

Dan îi întinse mâna stângă, Magda însă i-o dădu la o parte:

– Cealaltă!

I-o privi preț de câteva secunde, după care îi luă și palma stângă și, ținându-le aproape paralele, le examină din ce în ce mai interesată. Apoi, de parcă ar fi terminat să le scaneze, le lăsă în pace. Ridicându-și privirea spre ea, Dan descoperi o nouă expresie în ochii ei. Ceva între admirație și respect. În orice caz, îl privea cu alți ochi decât la început.

– Te-ai depărtat de drumul tău și nu numai că mergi pe unul prost, dar ai mai și greșit în fața divinității. Și nu-ți mai arăta palma la nimeni, cel care ți-o vede îți ia o parte din har și din putere. Vrei să vezi și tu palma mea?

Și fără să mai aștepte răspunsul lui, îi întinse palma stângă. Dan se uită la ea, dar în afara unor linii care se intersectau sau nu chiar că nu înțelegea nimic.

– Este o mână de curvă veritabilă! îi spuse și, din tonul vocii ei, reieșea că nu era prea mândră de asta și chiar o durea. Aș fi vrut să-ți arăt ceva. Din păcate, n-am știut că o să-mi trebuiască geanta că în ea le aveam..., spuse ca pentru ea însăși. Demult caut pe cineva să-mi explice ce reprezintă niște fotografii de-ale mele. Auzi, dar tu de unde știi?

– Am stat o perioadă în mânăstire ca să învăț ce și cum. Am avut chiar intenția să rămân, însă nu mi-a îngăduit duhovnicul meu. Mi-a spus că și el și-ar dori să stea în mijlocul oamenilor ca să le poată vorbi. Așa că am rămas în lume.

– Nu sunt de acord cu ei. O consider o fugă. Oricine poate rezista acolo, să stea liniștit, mai greu este să reziști în lume, să te zbați ca un câine să-ți câștigi o pâine aici, între oameni. Oricine poate să stea în genunchi în biserică, la adăpost, și să nu facă altceva decât să se roage. Cred că sunt niște lași. Ca dovadă că mulți se călugăresc după ce au avut un eșec în viață. Au suferit din dragoste! spuse ironic. Ca niște copii din ăia care după ce fac buba fug repede să se ascundă și să plângă în poalele maică-sii!

– Nu generaliza! Nu chiar toți. Și eu unul cred că trebuie să fii menit pentru așa ceva. Tu judeci din punctul de vedere al celui care privește din afară viața de mânăstire. Ai fost însă vreodată acolo să stai efectiv între ei ca să-ți dai seama că fiecare problemă, la acel nivel, capătă alte dimensiuni? Au și ei rolul lor, trebuie să mențină cineva echilibrul dintre bine și rău, între Yin și Yang. Ai idee câți trebuie să preia răul pe care l-am făcut eu sau tu?

– Mie mi-ar trebui destui! răspunse Magda râzând cam amar.

Dan rămase privind în gol. Își reamintise fără să vrea de viața pe care o dusese în mânăstire. Cât de grea fusese reîntoarcerea printre oameni. Te cureți, înveți să urci spiritual, pentru ca apoi să cobori iar pentru a ajuta un altul să se ridice și când termini cu el o iei de la capăt făcând, de fiecare dată, drumul între pământ și rai.

Îşi aminti o poezie pe care o recitase în armată un ofiţer. Nu reţinuse autorul. Avea impresia că era vorba de Marin Sorescu şi reprezenta un dialog între Dumnezeu şi om.

„Cel Sfânt ar fi spus:

– Omule, dacă ţi-ar fi dat să faci zilnic drumul între pământ şi rai, ce-ai lua cu tine?

– O carte, o sticlă de vin şi o femeie, Doamne! răspunse omul.

– Nu ai voie cu femeia în rai! Dacă ţi-ar fi dat să faci zilnic drumul între pământ şi rai, un singur lucru ai voie, ce ai lua cu tine?

– O carte, o sticlă de vin şi o femeie, Doamne! spuse omul timid.

– Tu nu înţelegi că n-ai voie? se auzi răspicat vocea divină. Te mai întreb o singură dată: dacă ţi-ar fi dat să faci drumul între pământ şi rai, ce ai lua cu tine, omule?

– Doamne, ia-mi cartea, ia-mi vinul, dar lasă-mi femeia!"

Cum privea în gol, Dan văzu, sau mai exact percepu, acel câmp care-i protejase de fetele celelalte şi care îi ajutase să stea de vorbă liniştiţi. Îl simţi că se strânge pentru a se transforma efectiv într-un bărbat. Nu era spiritul niciunuia dintre preoţii pe care îi cunoştea şi care îl vizitau din când în când. Îl auzi gândind doar: „Gata, eu unul mi-am terminat treaba aici!" Se întoarse cu spatele şi-l văzu dispărând. În spatele lui fanta dintre lumi se închise şi vraja care-i ţinuse legaţi aproape pe el şi pe Magda se rupse, revenind la realitatea în care trăiau.

– Haide, că aţi stat destul la taclale, spuse Nicoleta. Iar pe tine n-am să te mai chem niciodată la mine! îi spuse de data asta numai Magdei.

Atmosfera începu să se mai destindă şi curând se legară discuţiile banale. Dan însă nu mai era interesat de ele, fără să vrea o urmărea pe fata cu care vorbise şi care acum îi capta toată atenţia. Era frumoasă chiar şi aşa, nearanjată, dar nu asta îl frapa cel mai mult, ci acel chimism care face ca doi oameni să fie atraşi unul de celălalt şi pe care îl simţea manifestându-se între ei. „Să fie ea aceea?", se întrebă. Și-l aminti pe părintele care îl inițiase și pe care îl auzise vorbind despre căderea omului. Nu de prima, cea a Evei și a lui Adam, ci aceea a fiecăruia dintre noi. Parcă era ieri când, privindu-l în ochi din mijlocul oamenilor, părintele spusese: „Așa a făcut Dumnezeu omul, bărbat și femeie, ca jumătățile unei sfere, și pentru că erau făcuți după chipul și asemănarea Lui, deci perfecți, au uitat pe cel care le dăduse viața și legea divină pentru ca în cele din urmă să greșească. Pedeapsa a fost pe măsura greșelii, au fost despărțiți și siliți să se întrupeze pe acest pământ pentru ca după ispășirea greșelii să se regăsească și să se întoarcă la El. Bărbatul a primit curajul și puterea, femeia sensibilitatea și frumusețea."

Chiar dacă sufletește recunoscuse adevărul spuselor părintelui, mintea îl refuza aprioric. Și totuși, în fiecare femeie pe care o cunoștea și cu care devenea prieten parcă ar fi căutat ceva și, pe măsură ce o descoperea, se simțea dezamăgit și reîncepea căutarea. Nu o făcea conștient. Inițial, când realizase asta, crezuse că este un „defect de fabricație", apoi își dăduse seama că de fapt căuta altceva. Avea paisprezece ani când, făcându-și prima prietenă, fusese decepționat că fata respectivă nu-i poate percepe gândurile. Cu timpul, privind la cuplurile din jur, realizase că pretenția lui era absurdă pentru lumea în care trăim și și-a reconsiderat poziția. După fiecare relație prin care trecea și-a dat seama că se îndepărtează din ce în ce mai mult de idealul visat. Numai că între a fi singur și asta o alesese pe a doua. Nu poți trăi o viață numai cu speranța.

Spiritele începură să se înfierbânte, deja se vorbea tare din cauza muzicii date la maximum și a alcoolului din belșug. Lumea se pare că era mai obișnuită cu tăria și sticlele cu „apa de foc" se scurgeau mai repede. La un moment dat, gazda dădu câteva telefoane. Curând își făcură apariția câțiva tipi care aveau o singură caracteristică, erau băieți de cartier! În rest nu-i spuneau nimic. Au început să danseze. Dan o invită pe Larisa la dans. Îi era greu să danseze și știa și de ce. În ultimele luni nu făcuse altceva decât să se curețe spiritual. Nu intenționase asta, dar faptul că nu avusese o altă activitate în afara spitalului și a rugăciunilor lui de pe vremea când se preumbla prin mânăstiri, fusese de ajuns ca să îndepărteze tot ce este impur de la un anumit nivel încolo. Puritatea este bună, dar în anumite momente se dovedește un handicap, nu o virtute! Unul din aceste momente este sexul, altul dansul. Este ca și cum ți-ai pierde un reflex pe care trebuie să-l reînveți. Curățenia spirituală este la polul opus atracției sexuale și pentru el, în acel moment, era puțin cam repede să revină la o viață normală. Plus că dansând cu Larisa descoperi fără să vrea că, din punct de vedere energetic, era încărcată al naibii de urât și, fără să vrea, se crispase și mai mult. Noroc că nu prea erau atenți ceilalți la ei cum dansează ca și cum ar fi avut câte o coadă de mătură vârâtă în fund!

Dan își făcu datoria față de fată și în cele din urmă renunță sub pretextul că îi este sete, apoi se așeză pe locul pe care stătuse la venire și începu să se uite la ceilalți. Unul dintre tipii noi veniți o luase la dans pe Magda și încerca o apropiere fizică cu care aceasta nu prea era de acord și încerca să-l respingă cu cât mai mult tact.

Fusese o mișcare înțeleaptă, cel puțin pentru Dan, care simțise deja cum se înfurie. I-ar fi spart capul cu sticla de vodcă care era pe măsuța de lângă el. Uimit de propria reacție începu să se gândească cum de ajunsese să o simtă pe Magda. Ca și cum ar fi fost a lui. Rațional nu avea niciun drept asupra ei, dar sufletul parcă trăia pentru ea. Mai avusese disociația asta dintre suflet și minte, dar nu atât de intens și, mai ales, nu așa repede! De câte ori nu ți se poate întâmpla să ții la o persoană dincolo de rațiune... și să renunți la ea tocmai din cauza asta. La urma urmei așa se diferențiază un rațional de un sentimental: prin modul în care rezolvă acest conflict.

Dan privi la cei din cameră ca și cum ar fi fost undeva în afară și remarcă o vânzoleală în urma căreia invitații începură să se disperseze. „Cine i-a gonit așa?", gândi privind cum încet, încet se golește camera. El unul nu făcuse nimic pentru asta, chiar dacă îi convenea. Se jucase de atâtea ori cu ceilalți încercând să vadă dacă oamenii pot fi ghidonați mental în sensul în care își dorea el, încât nu îi era greu să recunoască agitația care se producea în momentul în care se trecea peste voința lor pentru a fi manevrați prin instincte. Se uita de jur împrejur și-i studia pe fiecare din cei care rămăseseră în cameră. Toți erau liniștiți, fiecare avea ceva de făcut, fie că vorbeau între ei, fie că dansau, doar gazda, Nicoleta, părea absentă și privea oarecum în gol. Fu uimit să remarce asta. Nu ar fi crezut-o în stare de așa ceva. A coordona pe alții mental presupune o cunoaștere, indiferent că-i în bine sau în rău. Nu-și dădea seama încă de ce parte a baricadei este, pentru că pe pereți avea câteva icoane. Nu putea judeca după asta, așa cum nu putea da un verdict nici după câmpul pe care îl simțise la început, unul de frecvență joasă, care îl făcuse să simtă că se scufundă într-o masă gelatinoasă. Urma să afle și-i era de ajuns. Când știi să aștepți, primești orice răspuns dorești, dar numai în momentul în care ești pregătit să-l ai. Oricum nu-ți folosește pentru nimic mai devreme!

Cheful se sparse. Se uita de curiozitate la ceas și văzu că timpul trecuse mai repede decât ar fi crezut. Se apropia de ziuă. Fetele începură să strângă, încercând să refacă ordinea inițială. Așteptând-o pe Larisa, le urmări cu coada ochiului pe cele trei fete care rămăseseră, Larisa, Nicoleta și Magda. Mișcările simple îți dezvăluie mult din personalitatea unui om. Este de ajuns să privești o femeie dansând pentru a ști cum se mișcă în pat. Dansul și dragostea sunt gemeni și de aceea cine este crispat în dans este crispat și în dragoste, era o observație bazată efectiv pe experiență. De acum era prea bătrân ca să se mai îndoiască de adevărul ăsta și dacă mergea undeva unde se dansa mai întâi se uita, apoi o alegea pe aceea care îi plăcea cum se mișca și care i se potrivea lui și de abia după aceea o invita la dans. Și nu greșea!

Dacă există o compatibilitate în ring, aproape 90% este sigur că este și în pat! Ajunsese să-și dea seama din primele zece minute dacă se potrivește sau nu cu o femeie. Dintre cele trei, singura care îl atrăgea era Magda, asta nu pentru că era mai frumoasă, ci pentru felul ei de-a fi. Femeia care-ți intră în suflet ți-e dragă să o privești oricând, și când face curățenie, și când dansează, și când e aranjată, și când este plină de praf. Prezența ei este de ajuns să-ți umple viața. Încercă să-i ghicească formele, dar nu reuși. Pulovărul acela lălâi și ciorapii de lână cu vârfuri caraghioase îi dădeau aerul unui copil fugit de acasă în toiul iernii. Magda termină de strâns vasele și le lăsă pe celelalte două fete să le spele, după care veni și se așeză lângă el ca să fumeze o țigară. Nu părea deloc complexată de aspectul ei exterior și lui Dan îi plăcea asta. Își trăsese pulovărul peste genunchii strânși la piept și-l privea în tăcere așteptând să vorbească el primul. Îl atrăgea Era altfel. I se putea citi ceva în ochi. Acea sclipire care este atât de rară. Poți privi un amfiteatru plin cu studenți eminenți și totuși să nu o descoperi. Nu ține nici de studii, nici de vârstă, probabil este un dat, un dar pe care-l descoperă doar ursitoarele și cei care au cât de cât ochi să-l vadă.

Cunoscuse femei din toate mediile sociale, de la prostituate la doctorițe, și putea face o comparație. Oamenii obișnuiți, implicit femeile, sunt plictisitori. Te saturi să faci dragoste și să nu mai ai nimic de vorbit după. Nu se gândea la cultură. Cultura nu presupune inteligență. A citi, a vedea, a reține nu sunt sinonime, nici măcar luate împreună, cu conceptul de inteligență.

Un profesor de matematică le făcuse o demonstrație în acest sens. Aveau un îngrijitor, om de serviciu sau ce-o fi fost pe acolo prin liceu, și l-a pus să învețe o teoremă complicată și demonstrația ei pe de rost. Și asta într-o singură noapte. A doua zi, în timpul orei, l-a pus să scrie pe tablă ce reținuse. Uimiți, elevii priviseră acel om simplu cum demonstrează una dintre cele mai grele teoreme din programă. Își dusese demonstrația până la capăt și făcuse o singură greșeală, un factor tindea la infinit. Dintr-un exces de zel, crezând că fusese o greșeală de tipar, ridicase optul de pe orizontală pe verticală! În rest, demonstrația era perfectă. Și atunci profesorul le spusese: „Vedeți, oricine poate învăța o teoremă cu tot cu demonstrație, de aceea nu iau în considerare subiectele de teorie și pun accentul pe probleme. Cine vrea notă mare, face problemele, restul mă interesează ca fapt divers!"

Fusese o seară interesantă pentru Dan. Îi era recunoscător fetei că, după ceva timp, simțise din nou că trăiește. Fără a sta prea mult pe gânduri, profită că fata stătea aproape de el, îi puse mâna pe păr ca pentru o mângâiere și o sărută pe obraz.

– Mă bucur că te-am întâlnit, nici nu știi cât de mult înseamnă pentru mine faptul că știu că exiști și că mai întâlnesc oameni cu aceleași preocupări ca și mine. Mi-ar plăcea să te mai văd. Uite, dacă vrei, îți dau numărul meu de telefon ca să mă poți suna când vrei tu. Ai pe ce scrie?

– Stai o secundă, îi spuse fata după o clipă de gândire. Se duse în hol și reveni cu o cutie în care se afla un pachet de cărți de joc. Rupse o bucată de hârtie dintr-o agendă, care probabil că era a gazdei, și își notă numărul lui, după care îl puse alături de cărți.

Fuseseră ultimele cuvinte pe care le schimbaseră în seara aceea. Plecase împreună cu Larisa și le lăsase pe cele două fete, Magda și gazda, trebăluind prin bucătărie. Pe drum, fata cu care venise se prefăcuse indiferentă, părea că faptul că stătuse mai toată seara de vorbă cu alta n-o afectase deloc, însă simțea că nu era chiar așa. Se simțea însă nevinovat. Se despărțise de ea în stația de autobuz, îi mulțumise pentru seara aceea fără a exagera cu nimic, chiar dacă singurul ei merit era acela că îi făcuse cunoștință cu Magda.

Pe drumul de întoarcere spre casă avusese timp să reflecteze la tot ce se întâmplase în acea seară. Își dorise mult să aibă o prietenă de genul ei, cu aceleași preocupări, aceleași idei și de ce nu același fel de a privi viața. Ultima prietenă îi spusese clar că nu era ea ceea ce căuta și că o va găsi pe aceea. Părea atât de mică și de firavă... Și totuși lecturile, aspirațiile pe care le ghicise păreau ale ei. Oare se înșelase? O simțea ca o imagine a lui însuși în oglindă. „Oare avea să-l sune?" Era întrebarea care îl chinuia cel mai mult.

18.

A DOUA ÎNTÂLNIRE

Trecuseră deja două zile de la întâlnirea neașteptată și pierduse speranța că va fi sunat. Se uita la un reportaj pe Discovery și, absorbit de ceea ce vedea, de abia auzi țârâitul telefonului. Ridică în cele din urmă receptorul și, la capătul celălalt al firului, auzi o voce pe care inițial nu o recunoscu, dar care îi produse ceva ca o strângere de inimă.

– Ce faaaci? spuse cea pe care o recunoscu în cele din urmă ca fiind Magda. Nu ți-a fost dor de mine?

– Enorm! răspunse mașinal la provocarea fetei. Ai dispărut ca măgarul în ceață! îi spuse ca un reproș.

– Ei, am avut și eu ceva treabă și acum, că eram puțin mai liberă, mă gândeam că poate mai stăm de vorbă. Am ceva să-ți arăt. Caut de mult pe cineva ca să-mi explice ce reprezintă niște chestii, dar până acum n-am găsit pe nimeni care să înțeleagă.

– Vrei să ne vedem astăzi?

– Dacă poți, după ora șase seara ar fi perfect, ca să apuc să-mi termin și eu treburile pe acasă. Am program administrativ!

– Drăguț! Știi ce? Hai să ne întâlnim pe la șapte, e bine?

– Perfect, dar unde?

– Bănuiesc că stai pe aproape de Nicoleta și, cum nu stau nici eu departe de ea, mă gândesc să ne vedem în cartier. În piață, în stația de mașină, este bine?

– Da, să ne vedem la șapte! mai spuse ea și închise.

Era dimineaţă, mai era timp până se întâlneau şi totuşi îl cu-
prinse febra întâlnirii. Reportajul de pe Discovery deveni deodată
neinteresant, îl cuprinse panica gândindu-se la modul cum trebuia
să se îmbrace şi că ea poate nu avea să vină în cele din urmă. Tim-
pul parcă se dilatase şi trecea din ce în ce mai greu, pe măsură ce
se apropia momentul. Râse de el însuşi: „Parcă eram un dur!"

În cele din urmă sosi şi ora întâlnirii. Nu întârzie şi când o văzu
coborând din maşină îi produse aceeaşi stare de nelinişte pe care
o simţise atunci când o auzise la telefon. De la depărtare îi părea
îmbrăcată în roşu, având pe cap ceva care semăna cu o bentiţă tot
de culoare roşie, lucru ciudat. Şi totuşi culoarea era de un roşu
aprins, frumos... De ce? Mare îi fu mirarea în momentul în care
apropiindu-se de el observă că era pur şi simplu îmbrăcată într-o
canadiană bej, în blugi albaştri, iar pe cap nu purta de-a dreptul
nimic!

„La naiba, am vedenii?"

Fata se apropie şi când îl descoperi îi zâmbi din nou cu gura
până la urechi. Nu putea să nu remarce frumuseţea ei, îi încălzea
pur şi simplu sufletul. Ochii migdalaţi îl făceau să o placă şi mai
mult. Remarcase tendinţa asta a lui de a se apropia mai mult de
femeile cu ochii mici, brunete, chiar dacă în general prefera blon-
dele. Cui nu-i plac blondele? Originale, vopsite, nu contează!

– Hai, sărut mâna! îi spuse.

– Bună! Ce faci? urmă întrebarea fetei. Te-ai gândit la mine?

– Sincer să fiu, cam da! îi răspuse mai în glumă, mai în serios.
Am avut câteva secunde senzaţia că eşti îmbrăcată în roşu, un roşu
aprins...

Magda se întoarse şi îl privi drept în ochi:

– Şi tu vezi aurele?

Daniel se fâstâci. Nici vorbă de aşa ceva. Nu că nu i-ar fi plăcut,
dar nu încercase exerciţii pentru aşa ceva şi, oricum, nu le consi-
dera importante. Este adevărat că văzându-le ţi-e mult mai uşor să

clasifici o persoană, să știi din primul moment dacă este sau nu compatibilă cu tine din punctul de vedere al concepțiilor, să-i afli profesiunea, preocupările, hobby-urile și chiar ce mănâncă și cum face dragoste. Pare ciudat, dar ținând cont că suntem ceea ce ne facem singuri prin propria gândire, atunci lucrurile devin simple.

Pe vremea când umbla prin mânăstiri, căutând adevărul, ceruse la un moment dat binecuvântare unui preot călugăr bătrân ca să vadă lumea așa cum este în realitate, nu așa cum o vedem noi, oamenii obișnuiți. Primise acest dar pentru o singură zi, dar fusese una dintre cele mai lungi din viața lui. Mulțumise în gând cerului când ochii sufletului i se închiseseră la loc pentru că îi era greu să-și mai privească semenii. Când îi spusese părintelui că-i ajunge și că nu mai vrea, acesta râsese de el. Realizase însă de ce acei câțiva care se nevoiau prin mânăstiri nu se uitau prea mult la cei veniți din lume. Adevărul este simplu, de aceea este atât de greu de găsit. Fiind la îndemâna oricui el este căutat cât mai departe, ca în acea lege a lui Murphy care spune că dacă te apuci să cauți o carte la capătul raftului unei biblioteci sigur ea se va afla la celălalt capăt! Cam așa-i și cu adevărul.

– Nu înțeleg întru totul aura ta, îi răspunse, deși știa că roșul este cea mai joasă pe scara culorilor, fiind socotită o culoare impură, a energiei sexuale. Fata râse, dar nu-i răspunse la întrebarea nerostită.

– A ta însă, chiar dacă o ascunzi, este clară. Ai câmpul mic, de un albastru fin ce tinde spre violet și puțin auriu lângă cap. Te rogi?

– Câteodată, îi răspunse puțin surprins.

– Încă nu ai căpătat culoarea vindecătorilor, dar nici nu cred că mai ai mult, îi spuse gânditoare. De ce te ascunzi?

– Unde vrei să mergem? o întrebă.

– Știi că mie îmi este foame, cred că în altă viață am murit flămândă, altfel nu-mi explic de unde îmi vine. Știu o pizzerie pe aproape şi îţi garantez că fac o mâncare excelentă. Au şi muzică. Oricum afară este cam frig.

– OK! a încuviinţat. Au pornit-o agale pe jos. Nu ştia cum să reînceapă discuţia şi, cum platitudini nu-i prea plăcea să discute, păstră tăcerea. Localul era la câţiva paşi de staţia unde se întâlniseră, aşa că tăcerea nu avu timp să devină apăsătoare. Se lăsase deja seara şi avu surprinderea să descopere că în locul unde, cândva în copilărie, se juca, era vorba de un părculeţ cu un teren de fotbal, acum apăruse sub forma stilizată a unei ciuperci o pizzerie!

Luminată frumos şi având la vedere locul unde se prepara mâncarea, dădea un sentiment de aşezare familială. Mai mult ca sigur că trecuse de zeci de ori pe lângă ea fără să o remarce. Înăuntru era cald şi în surdină se auzea o melodie grecească.

– Nici aici nu scap de ei! spuse fata ca pentru sine. Aş vrea nişte muzică ţigănească.

Dan ridică din umeri neputincios. Nu-i stătea în putere să schimbe ceva. Cum era cald, îşi scoaseră hainele şi le aşezară pe marginea scaunelor. Între timp, muzica se opri şi după câteva momente de linişte începu o melodie ţigănească. Fata, departe de a fi surprinsă sau intrigată, spuse simplu de parcă ar fi fost cel mai comun lucru:

– Aşa mai merge!

Dan se uită la ea surprins. Era o simplă întâmplare sau determinase ea asta? Ştia că se poate. Întâlnise destui oameni care o făceau, încercase şi el să determine anumite evenimente şi nu era greu, dar renunţase. I se părea prea obositor şi la un nivel prea mic să te joci cu aşa ceva. Ceea ce se întâmplase îl făcu mai circumspect şi începu să privească altfel tot ceea ce se întâmpla în jurul lui. Chiar şi felul cum se aşezase îl făcea să fie descoperit în ceea ce priveşte citirea gândurilor. Stând faţă în faţă, la mai puţin de jumătate de metru, dacă ştia cum, ea ar fi putut să vadă tot ce-i trece prin cap. La o adică, la dimensiunea câmpului pe care îl avea, asta

nu era o problemă. Și, în fond, ce avea de ascuns? Cred că îl de-
ranja mai mult ideea că l-ar fi putut folosi fără voia lui. Pentru
orice eventualitate o puse în gardă, în modul cel mai fair posibil.
Se gândi la centrul dintre sprâncenele ei și gândi un singur lucru.
„Știu!", îi transmise la nivel mental. O văzu privindu-l drept în
ochi și-i răspunse inițial mental și apoi prin viu grai:
– Mă bucur!

Atmosfera se mai destinse, știau cel puțin că nu aveau cum să
se ascundă unul de celălalt, și asta îi apropie mai mult. Dan își
aminti de una din experiențele lui de prin mânăstiri. Mergea la
școală la un preot bătrân ce slujea la o mânăstire de maici. Murise,
Dumnezeu să-l odihnească, dar de multe ori își amintea de el.
Când ajungea la el, avea obiceiul să-i pună în față câteva prăjiturele
și un pahar de vin. Cât timp le mânca și-și bea vinul, bătrânul îi
sonda subconștientul pentru ca să înceapă să-i vorbească și să-i dea
pilde despre tot ceea ce făcuse greșit de când nu îl văzuse. Îi lua
fiecare gând în parte pentru a-l analiza împreună făcându-l să în-
țeleagă de ce nu este bine. Durase câțiva ani până să priceapă cum
făcea, mai ales că bătrânul avea cataractă la ambii ochi! Când își
dăduse seama cum funcționa harul părintelui, murise. Ciudat că
nu-i simțise pierderea. Ultima dată când îl văzuse se comportase
cât se poate de normal, cu o singură excepție, la plecare, bătrânul
îi dăduse un ghiont cu cotul. Îl mirase cu atât mai mult cu cât timp
de câteva luni, dacă nu ani, purtarea lui față de Dan fusese irepro-
șabilă. La câteva zile de la ultima lor întâlnire, la un seminar de
ortopedie, fusese scos să prezinte niște radiografii și, după ce răs-
punsese întrebărilor asistentului, acesta îi dăduse, în același fel, un
ghiont.

Se gândise imediat la părinte. Nu se neliniștise, pentru că se
întâmpla de multe ori să-i simtă efectiv prezența. Dacă avea nevoie
de protecție, de ajutor, era acolo, îndrumându-i pașii de departe.
Când se dusese la el pentru a vedea ce mai face, aflase că era și

îngropat. Realizase că ghiontul nu era decât un semn discret din lumea de dincolo, atât cât să știe că el exista și-l urmărește, dar din altă parte. Parcă îl vedea ca ieri răspunzându-i la întrebarea: „Părinte, dar dacă adevărul este atât de simplu, de ce nu-l știe toată lumea?" „Ia du-te și strigă-l în mijlocul drumului, să vezi dacă nu te leagă și te duc la balamuc?" Și, în timp, avusese ocazia să întâlnească la stagiile de psihiatrie pacienți mai aproape de Dumnezeu decât preoții și medici mai bolnavi sufletește și de ce nu, mental, decât pacienții! De fapt atunci înțelesese zicala că: „Pe Dumnezeu îl văd doar nebunii și copiii!"

„De unde știe ea asta?" Se gândi că lui îi trebuiseră ani de zile și câțiva mentori buni ca să afle. Își întorsese capul într-o parte pentru a nu-i fi prins gândul, prefăcându-se că este atras de câteva persoane care tocmai intrau pe ușă.

În orice caz era bine că nu gândise nimic urât despre ea. Nici măcar atracția care o exercita probabil asupra celorlalți bărbați nu-l afectase în așa măsură încât să fi gândit ceva aiurea. E adevărat că-și dăduse seama că era o femeie căreia îi plăcea sexul și nu oricum, ci dincolo de limitele obișnuite, și că la un moment dat se simțise incapabil să o satisfacă într-o virtuală legătură, dar asta ținea de adevăr și nu avea de ce să-i fie rușine. Începuse să o studieze fără nicio jenă. Îi privi fața, ochii, tenul, buzele, nasul, șanțul de sub nas și gropița din bărbie, semne de virilitate, și nu putu să nu remarce că iradiau de sănătate și curățenie. Asta îți inspirau. Singurul machiaj era reprezentat de ruj și de un creion care îi subliniase sprâncenele, poate puțin prea blonde. Privirea îi pătrunse până în suflet.

De masa lor se apropie chelnerița care o salută de parcă ar fi cunoscut-o ca pe o obișnuită a localului. Nici nu așteptase să-i comande, îi spusese doar:

– O pizza vegetariană și o bere?

– Da, mulțumesc mult! îi răspunse Magda zâmbind. Tu ce vrei bun?

– O bere și o cola mică!

– Nu îți este foame? Fii atent că o să-ți fie și de la mine nu-ți dau! îi spuse amenințându-l în glumă cu degetul.

Magda își luă geanta și începu să caute prin ea. După ce căută ceva timp în ea, se însenină deodată și scoase un plic ferfenițit pe care îl desfăcu. Dan văzu ieșind la iveală un set de fotografii pe care fata le aranjă într-o ordine numai de ea știută și pe care i le întinse în cele din urmă.

– Zi-mi ce crezi despre fiecare, fără să te gândești prea mult la ele și mai ales nu te opri la nici una dacă nu-ți spune nimic, bine?

Puțin mirat de doleanțele fetei, Dan acceptă din curiozitatea de a vedea ce reprezentau. Le luă și, privindu-le rând pe rând, spuse:

– În prima fotografie, umbra aceea albă ca un abur cred că este un spirit și, judecând după liniștea ta sufletească, este unul bun, trimis să te apere. Nu știu de ce a apărut. Probabil că a vrut el să rămână imortalizat, lucru care nu i-ar fi fost permis fără dezlegare de sus. De ce, nu știu, spuse gândindu-se la cel pe care îl văzuse în seara în care se cunoscuseră și care îi apăru acum în minte. În a doua, luminițele acelea care-ți înconjoară capul ca o coroană sunt prostiile din capul tău. Dacă te uiți mai bine, luminițele au fiecare câte o altă culoare și sunt grupate două câte două, de fapt ochii șerpilor din capul tău, gândurile tale rele. După ce ai să te spovedești și ai să scapi de ele, nu o să mai ai mintea ca un fulg în vânt.

Dădu ultima fotografie deoparte și o luă pe următoarea pe care o privi îndelung. Era ciudată. Magda fusese surprinsă înr-un moment de tristețe în care privea gânditoare undeva în spatele celui care îi făcuse poza. Îi dezvăluia o altă față a personalității ei, pe care nu o descoperise la prima lor întâlnire. Fusese prinsă oarecum din profil, iar în partea în care se uita apăruse ceva ce semăna cu o piatră funerară, care avea sculptată în centru o cruce cu laturile egale înconjurată de două pătrate cuprinse unul în celălalt. O privi intens, dar nu-i veni nicio idee despre ce ar putea reprezenta acea fotografie.

– Cum au apărut astea? îl întrebă fata, arătându-i două fotografii în care pietrele respective îi apăreau fie în dreapta, fie în stânga capului.

– Mărturisesc că habar n-am. N-am văzut niciodată aşa ceva, nici măcar în filme! încercă să glumească el.

– Nici eu! Îţi dai seama ce şoc am avut eu când le-am developat şi nu numai eu, ci şi aceea care mi le-a făcut. De fapt o ştii, la ea am fost la chef. De atunci mă gândesc ce reprezintă...

– Ştii că se pot face tot felul de trucaje, poţi chiar să te concentrezi pe pelicula fotografică şi să apară ce vrei tu?

– Nu, n-am făcut nimic de genul ăsta şi cu atât mai puţin Nicoleta. Nu că n-ar putea, dar chiar şi ea a fost surprinsă. Şi nu m-ar putea minţi, ne cunoaştem mult prea bine.

Dan răsfoi fotografiile pe care le mai avea în mână şi dădu peste unele mai puţin complicate, dar care aproape că-i smulseră un fluierat de admiraţie. Magda, machiată şi aranjată, îmbrăcată într-o rochie mini, stând în braţele unui individ care clar nu era român, o Magda total diferită de cea pe care o avea acum în faţa lui. Nu în sensul că cea de la masă ar fi fost urâtă sau că cea din fotografie ar fi fost mai frumoasă, ci că era altfel. Era frumoasă şi vampa din ea!

– Îţi place? îl întrebă văzându-l cu ochii pironiţi la picioarele ei, a celei din fotografie.

– Mda! recunoscu el aproape bâlbâindu-se, mai ales că îl şocase faptul că nu reuşise să vadă asta atunci, la petrecere. De obicei nu se înşela nici în ceea ce priveşte aspectul, nici în ceea ce priveşte felul de a face dragoste al unei femei. Ce se întâmplase atunci de nu văzuse femeia din ea? Îşi dăduse seama ce poate să facă în pat, de cum o privise...

– Ce-i? De ce ești atât de uimit? Ce, n-ai mai văzut o femeie?

– Ei, na! Nu de asta! Dar nu știu de ce te văzusem foarte mică de înălțime și, nu-mi pot închipui de ce, foarte firavă?! Acum, privindu-ți pozele, constat că m-am înșelat și încă într-un fel cât se poate de ciudat.

– Ei, poate că a vrut cineva să nu mă vezi! spuse ea și din tonul ei reieșea clar că vorbea serios. Lasă-le, oricum era mai bine dacă nu ți le arătam, acum o să mă privești prea mult ca pe o femeie și prea puțin ca pe un om. Îi luă fotografiile și le ascunse din nou în geantă.

– Cine este tipul din fotografie?

– Soțul meu.

Dan nu văzuse însă nimic deosebit în individul acela, nu avea nicio frumusețe fizică deosebită. „Un drac bătrân!", spuse ca pentru sine. Nu înțelesese de unde criteriile de apreciere ale fetei, dar vorba aceea: „De gustibus non disputandum!"

Parcă auzindu-i gândurile, fata spuse:

– Dacă întâlnești un om într-o răspântie, nu-l întrebi de unde vine...

O privi o secundă gânditor și recunoscu adevărul spuselor ei. Adăugă ca o completare:

– Poate eventual dacă ai drum comun. Nu?

Fata nu îi răspunse, era atentă la chelnerița care-i aducea pizza sau poate că nu dorise să îl audă. Într-adevăr, mirosea bine pizza aceea și arăta de-a dreptul apetisant. Privind-o cum o mirosea ținând totodată ambele mâini întinse deasupra ei, Dan simți curgându-i salivă din gură. Îl uimea plăcerea aceea de a mânca, de a savura o mâncare. Simți că începe să-l roadă stomacul deși mâncase acasă. Se stăpâni totuși pentru a nu-i da ocazia să zică ceva de genul: „Ți-am zis eu!"

Magda luă ceașca în care-i fusese adus suc de roșii și începu să-și întindă cu grijă pe toată pizza. Când suprafața acesteia fu acoperită complet de suc, ciupercile și măslinele înotau în el, o văzu că zâmbește mulțumită. Mai adăugă sare și piper, chiar fără a o gusta, și se porni să o taie. Fără să vrea, Dan își reaminti de un criteriu mai puțin medical de a diferenția hipertensivii datorați consumului excesiv de sare, pe care îl învățase de la un medic bun din școală: pur și simplu întrebi dacă sărează mâncarea fără a o gusta mai întâi.

Se abținu să îi spună că o să-și distrugă rinichii, oamenilor nu prea le plac sfaturile, cu atât mai puțin cele care îi obligă să renunțe la micile plăceri ale vieții.

– Ce mai zici? Ce mai faci?

– Iaca nimic! Iau de-a gata!

– Cum îți merge munca?

– Mulțumesc, bine. Nu așa cum îmi doream, dar merge! Știi, mă gândeam la ce am discutat noi, atunci, la prietena aceea a ta...

– Nu-mi e prietenă. Eu nu am prieteni! răspunse ea. E o cunoștință mai apropiată. Eu mă folosesc de ea și ea de mine, atât.

Dan o privi puțin ca să vadă dacă vorbea serios, dar ea continua să mănânce liniștită din farfurie.

– Parcă ți-am mai povestit că la un moment dat am fost pe punctul să renunț la medicină, văzând că multe boli se pot vindeca prin rugăciune. M-a oprit un preot căruia am apucat să-i destăinui asta: „Ce o să faci dacă îți vine un om cu o colică renală, până îți zici tu rugăciunile, moare de durere. Nu este mai bine să-i faci un piafen și să te rogi după aceea?" Acum cel puțin nu fac decât, mai pe ocolite, să dau sugestii și să trimit fiecare pacient să-și caute leacul în naturism sau la un popă.

– Dacă știi, tu de ce nu te dezlegi? îl întrebă fata pe un ton atât de neutru, încât îl lăsă fără grai.

„De unde știe?" Ultima lui relație cu o femeie nu fusese cea mai fericită, de fapt îl afectase într-un asemenea hal încât nu reușise să se mai apropie de altă femeie. Puțini știu că e al naibii de ușor să faci pe cineva să pară cel mai urât om din lume astfel ca să nu se mai apropie de el vreo persoană de sex opus și nu numai atât, dar să nici nu mai fie în stare de nimic în cazul unei asemenea apropieri. De unde disponibilitatea asta a lui de a se apropia numai de cele care aveau direct sau indirect legătură cu magia? „Unde-i rău, hop și Dănuț al meu!", spusese un călugăr la un moment dat.

Este adevărat că de fiecare dată avusese de învățat și că reușise să plece în momentul în care învățase tot și scăpase propriu-zis.

– Cum de m-ai sunat? o întrebă.

– Să fiu sinceră, nici eu nu știu de ce. Mă plictiseam și, analizând posibilitățile pe care le aveam, mi-ai părut cea mai puțin respingătoare, îi spuse râzând.

– Mulțumesc! îi răspunse în glumă, deși știa că era al naibii de mult adevăr în ceea ce spusese fata.

– Glumeam. Ai un soi aparte de cinism care te face atrăgător, asta dincolo de problema aceea. Pariez că te iubesc pacienții. Este? Să fiu sinceră, am crezut că ai să mă inviți la tine acasă...

Îl depășea felul ei de a fi. Nu mai întâlnise așa ceva până acum și, dincolo de acel beculeț roșu care rămăsese aprins de când o cunoscuse, cel puțin avea să nu se plictisească.

– Aș fi vrut, dar m-am gândit că pe teren neutru o să ne cunoaștem mai bine. Dacă îți face plăcere, mergem după ce plecăm de aici..., contraatacă el ca să vadă ce spune.

– Nu cred că mai este timp. Mâine mă duc totuși la muncă și n-aș vrea să fiu cu ochii roșii și i-am spus mamei că mă întorc repede.

O cercetă și constată că deși mânca mai mult decât el, nu era grasă deloc, ba fața puțin suptă și cearcănele aminteau de o suferință mai veche.

– Ce zodie ești? îl întrebă.

– Leu!

– Faci ce vrei, când vrei, fără să-ți pese de ceilalți. Eu sunt Fecioară.

– Eu oricum nu cred în zodii.

– Greșești. Sunt observații care au fost făcute în mii de ani.

– Nu pot crede că un individ este supus mişcării planetelor. A, că există o influenţă, dar un tip superior, intelectual şi mai ales spiritual, supune el natura şi, de ce nu, planetele. Cred în Dumnezeu, care cuprinde în fond Universul, şi mă rog Lui, dar nu o să ţin seama prea mult de restul.

– Bine, dar lui Iisus Hristos i s-au închinat la naştere cei trei magi, ori unul, din câte ştiu, era astrolog...

– Este adevărat că a prevăzut naşterea Mântuitorului, care tocmai a venit să distrugă oracolul din Delphi!

– Adică cum?

– Se spune că ultima previziune a acestuia era tocmai faptul că va fi distrus de un prunc! Şi există în Vechiul Testament istoria unei lupte a evreilor când, pentru că nu reuşiseră să termine şi să învingă până la apusul soarelui, un proroc s-a rugat lui Dumnezeu să oprească soarele pe cer. Lucru care s-a întâmplat. În fine, evreii câştigă... Ideea este că dacă nişte sisteme complexe precum planetele şi galaxiile se supun unor legi şi că ele în mersul lor mă influenţează pe mine mai mult sau mai puţin, eu, conform astrologiei, aş avea deasupra mea mai mult stelele şi nu pe Dumnezeu, lucru pe care nu pot nici măcar să-l cred.

– Vorbeşti mult despre Biblie? Sper că nu ai de gând să mă converteşti, spuse râzând. Nu de alta, dar eu cred, chiar dacă nu am deschis-o de ani de zile, că cei mai mari magicieni au fost evreii. Şi sunt!

– Nu le-aş spune chiar magicieni, dar sunt de acord că au păstrat de la Moise, poate că şi de dinainte, cunoştinţe privind tainele spiritului. Văd că porţi steaua lui Solomon...

– Da, mă apără. Eşti printre puţinii care a spus corect, ignoranţii îi zic ca fiind a lui David.

– De ce nu crucea? Ca şi simbol, este tot ceea ce a scos magia mai puternic de-a lungul timpului.

– Fără să vreau simt mai aproape Claviculele lui Solomon, iar în ceea ce privește crucea, mi se pare ciudat să mă închin la un obiect de tortură.

– Îmi cer scuze, dar asta dovedește faptul că n-ai citit destul despre asta. Tot în Vechiul Testament scrie că „locul pe care a stat Dumnezeu este sfânt!" Dacă accepți că Iisus este fiul lui Dumnezeu, deci Dumnezeu, atunci locul unde a stat El, unde s-a născut, ieslea, locurile pe unde a trecut, unde s-a rugat și, nu în ultimul rând, unde a fost crucificat sunt sfinte! Nu mai vorbim de Maica Lui, unde vorba aia, a stat nouă luni, nu? Și dacă el este sfânt, sângele lui este sfânt și nu uita că i s-a scurs pe cruce, astfel că prin sângele lui a sfinţit un obiect care într-adevăr fusese un instrument de tortură. De ce? Asta este altă poveste! Este simplu: recunoști sfinţenia lui, atunci tot ce a atins el devine sfânt. Nu este un atribut al lui Dumnezeu de a face ceea ce este imposibil omului?

– Cred că ţi-ai greșit vocaţia, mai bine te făceai preot.

– Îmi pare rău că te contrazic, m-aș fi făcut, dar îmi plac femeile, așa că decât să fiu un preot prost, mai bine un păcătos smerit. Poate că odată am să renunţ la ele și am să merg în direcţia aceea. Din păcate sau din fericire nu am întâlnit-o încă pe aceea care să mă facă să mă simt atât de întreg încât să nu-mi doresc pe altcineva.

– Oricum, vine o vreme în viaţa fiecărui bărbat când, vrei nu vrei, te laşi și de femei! spuse ea râzând.

– Nu și dacă știi de unde vine instinctul sexual și mai ales cum să-l păstrezi și, de ce nu, să-l dezvolţi.

De data asta fu rândul Magdei să-l privească mai adânc. Fata terminase de mâncat, chiar și berile erau pe sfârșite, când luă iniţiativa:

– Cred că este timpul să merg și eu spre casa mea, sublinie ea.

– Te conduc.

– Nu este nevoie, sunt mare și vaccinată!

Chelneriţa care-i servise se apropie ca la comandă pentru a încasa nota. Dan se grăbi să scoată banii din buzunar, fata îl oprise însă:

– Nu te supăra, prefer să meargă fiecare pe drumul lui, nu-mi place să mă simt datoare.

– Cum dorești!

Plătiră fiecare partea lui și, fără să aștepte să o ajute să se îmbrace, fata se îndreptă spre ieșire. Dan o luă și el după ea. Odată ieșiți, se opriră o clipă pentru a-și aranja hainele și apoi, de comun acord, porniră spre locuința fetei.

Dan îi propusese inițial să ia un taxi, dar fata refuzase spunându-i că preferă să ia puțin aer.

– Nu o fac dintr-un exces de grijă față de tine, îi spuse el, o fac pur și simplu mai mult pentru mine. Nu aș vrea să ți se întâmple ceva, mai ales că nu mai este multă lume pe afară, și dacă, Doamne ferește, s-ar petrece ceva, nu aș putea să mi-o iert niciodată. Până la urmă este o formă de a mă proteja pe mine însumi...

– Dragule. Așa faci tot timpul cu femeile? Nu cred să-ți fi dat vreuna un premiu pentru politețe, este?

– Stai puțin, nu ai dreptate, am fost foarte bine educat. Dacă vrei să știi, colegelor mele de facultate le-am demonstrat asta chiar în primul an. Am uitat să îți spun că eram singurul băiat din grupă! Ideea este că, într-o zi, venind de la un seminar care se terminase destul de târziu ca să apuce să se întunece, la coborârea din mașina care ne ducea până în centru, am făcut în așa fel încât să fiu primul și le-am oferit mâna mea drept ajutor la coborâre. La sfârșit, după ce ultima dintre ele a coborât, le-am spus: „Asta este prima și ultima dată când procedez așa, nu pentru că nu aș vrea, dar n-o să am timpul să o fac de fiecare dată și n-aș vrea să o înjurați pe mama că nu m-a educat ca lumea în cei șapte ani de acasă!

– Așa ești tu sincer și direct?

– Da, de ce nu? Nu am nici timpul și nici energia necesare să mă ascund, să mă fofilez, prefer să îi las pe ceilalți să o facă, eu am altele mai bune.

O ajutase să-și pună haina și Magda îl întrebase:

– Tot pentru ultima oară? și râse.

– Nu știu, asta depinde de tine dacă o să ne mai vedem, poate o să încerc să fac un efort tot timpul!

Fata tăcu, rămânând gânditoare. Sesizând momentul, Dan spuse:

– Vrei să-ți spun ce fel de femeie ești tu?

Și fără să o lase să se dezmeticească de rapiditatea cu care schimbase subiectul continuă:

– Așa, cel puțin din câte am văzut în astea câteva ore pe care le avem de când ne-am cunoscut...

– Chiar sunt curioasă! îi spuse privindu-l atent în ochi.

– În primul rând nu ești ceea ce vrei să pari. Bine, asta se întâmplă la marea majoritate a oamenilor, o să-mi spui, dar e interesant în ce pozezi și ce ascunzi. Iubești neprevăzutul, ba chiar îți place să-l provoci, asta înseamnă că te plictisești repede. Îți plac experiențele noi și nu te dai în lături de la nimic, nici măcar în pat. Totul este permis când doi oameni se iubesc, este?

– Este chiar atât de evident? îl întrebă Magda și observă că fata se înroșise ușor.

– Nu știu pentru ceilalți, eu unul am observat-o. Să continui: știi să-ți urmărești interesul, chiar dacă nu pare și dacă la prima vedere totul este echitabil, în fond știi să faci în așa fel încât să obții ceea ce dorești. Ești avidă de informație ca un burete uscat și cred că te interesează cel mai mult lucrurile care ocupă un loc de frunte și pe lista mea. Ce? Cum? De ce? Acestea sunt întrebările tale de bază.

Magda îl studie gânditoare. Părea atât de copil în comparație cu cei cu care trăise până atunci. Nu știa dacă erau doi care să-i fi fost mai mici sau apropiați de vârstă și totuși bărbatul ăsta avea ceva în cap în afara hormonilor!

– Ești convinsă că nu vrei să luăm o mașină? S-a cam lăsat frigul!

– Nu. Prefer să merg pe jos. Nu m-am mai plimbat de mult și m-am săturat de mașini.

Dintr-un impuls pe care nu şi-l putea explica şi pe care nu l-a putut stăpâni, Dan o luă de mână şi o întoarse cu faţa spre el şi, îmbrăţişând-o, o sărută lung pe gură. O blocase acţiunea lui şi dacă iniţial rămăsese nemişcată, urmase un moment în care schiţase o încercare timidă de a-l îndepărta, după care acceptase sărutul. Nu participase însă la el, se păstrase neutră parcă pentru a vedea ce se întâmplă. Nu spusese „nu" şi asta era cel mai important pentru Daniel.

– Te-am supărat? o întrebă.

– M-ai surprins, trebuie să recunosc. A fost cam devreme chiar şi pentru mine, nu crezi? Nu sunt eu Fecioara Maria, dar...

Îl luă de braţ şi-l trase după ea. Din întuneric apărură doi câini ce se apropiară de ei dând din coadă. Era unul alb şi unul negru. Dan schiţă un gest ca să-i alunge, fata însă îl opri.

– Lasă-i în pace, îi spuse simplu, nu fac niciun rău.

Parcă auzind discuţia, cele două patrupede o luară câţiva paşi în faţă, ca o escortă.

– Îi cunoşti?

– Nu, spuse fata, fără a-i mai da vreo explicaţie.

Mergeau alene unul lângă celălalt, fiecare adâncit în propriile gânduri, când drumul trecu pe lângă o şcoală. Cea unde învăţase Daniel primele opt clase.

– Aici am învăţat eu, spuse Magda melancolică.

– Şi eu, spuse Daniel. Câţi ani ai?

– Douăzeci şi şase.

– Eşti mai mică decât mine cu doi ani. Înseamnă că am fost împreună la toate careurile. Cum de nu ne-am întâlnit atunci?

– Nu cred că te uitai tu la noi, cele mai mici. Şi apoi, la cât de urâtă eram eu, nici nu cred că m-ai fi văzut. Eram plină de coşuri, sânii mi-au dat de abia târziu şi la formele pe care le aveam atunci eram de-a dreptul respingătoare, aşa că nu te condamn că nu m-ai remarcat.

– Oricum, pe atunci eram preocupat mai mult de fetele mai mari decât mine, pentru că mi se păreau mai mature...

– Stai liniștit, probabil nu venise timpul să ne întâlnim.

Afară era senin și tocmai asta făcea ca frigul să fie mai puternic. Deodată din curtea școlii ieșiră mai mulți câini. Era o haită întreagă. Trecând pe lângă teritoriul lor, care se învecina cu un șantier, se năpustiră asupra celor doi câini care încercau să îi apere; în fond le violaseră teritoriul. Confruntarea fu scurtă. Spre deosebire de oameni, animalele au un instinct de conservare mai bun. Știu că o rană, mai ales iarna, înseamnă moartea, așa că orice dispută în care raportul de forță este apropiat se termină repede și fără urmări. Plecaseră în cele din urmă cu coada între picioare, lătrând a ciudă. Cei doi câini din escortă se întoarseră lângă ei dând din coadă și fură răsplătiți cu mângâierile fetei. Dan se uitase la scena respectivă fără să aibă timpul să intervină în vreun fel. Mai merseră puțin, după care fata se opri și, privindu-l în ochi, îi spuse:

– Mulțumesc că m-ai condus. De aici mă descurc singură. Tu trebuie să mergi înapoi și de la prima intersecție să o iei la dreapta. De acolo cred că știi...

Tonul nu admitea comentarii. Ieșise la suprafață acea determinare a fetei pe care o simțise deja.

– Mulțumesc pentru seara asta, apucă să-i spună o platitudine care o făcu să zâmbească. Te mai văd?

– Poate, îi mai spuse fata și se îndepărtă de el. Plecă la rândul lui și, uitându-se peste umăr, o urmări îndepărtându-se. Privi o secundă în direcția lui de mers și când întoarse capul din nou constată cu stupoare că dispăruse de parcă ar fi intrat în pământ.

„Unde a dispărut?" se întrebă. Nu avea timp să se ascundă printre blocurile lângă care ajunseseră și totuși...

Femeia asta reprezenta sigur ceva ce începea cu „N" de la necaz și totuși îl atrăgea. De prea mult timp căuta pe cineva cu care să stea de vorbă despre nebuniile lumii ăsteia și nu găsise, iar acum, deși convins că o întâlnise, sesiza riscul unei asemenea relații.

„Fie ce-o fi!", își spuse și plecă spre casă, remarcând dispariția câinilor odată cu cea a fetei.

19.

SĂRUTUL

Următoarea zi nici măcar nu se trezise, când se auzi țârâitul telefonului. Prima reacție a fost să arunce cu o pernă după el. Nimic nu îl irita mai mult decât să-l trezești din somn înainte de a-și fi „înghițit gălbenușul". A făcut totuși un efort de voință și s-a îndreptat spre acel instrument de tortură fonică care se afla în cealaltă cameră. În drum aruncă o privire fugară spre ceasul de pe perete și constată cu ciudă că era de abia șapte. Venise prea obosit cu o zi în urmă și nu putuse decât să se culce. Încercase în zadar să afle câte ceva despre Magda de la Larisa și adormise într-o stare confuză în ceea ce o privea pe aceea care i se apropiase de suflet mai mult decât și-ar fi închipuit și ar fi vrut.

– Ce faaaci? îi sună până în suflet vocea Magdei! O senzație de căldură îi cuprinse inima, îi coborî în stomac și îi dădu impresia că a nimerit cu avionul într-un gol de aer.

– Bună! Dormeam, a reușit să zică, uitând tot ce se pregătea să ureze celui care îl deranjase, despre morții și neamul respectivului!

– Ce faci acum?

– Sunt liber. De abia spre după-amiază am de făcut niște treburi.

– Haide să bem o cafea împreună!

– Unde și când?

– Hai în centru, că vreau să îmi iau și niște ziare să caut ceva!

– Mergem, dar nu știu dacă este deschis la ora asta. Se deschid după opt. Mă refer la cele unde poți să stai cât de cât la o masă.

– Știi cafeneaua între stația de tramvai și cea de metrou de la Timpuri Noi?

– Nu știu, dar o găsesc până la urmă.

– Peste o jumătate de oră e bine?

– Perfect, a răspuns fără să judece prea mult.

– Ne vedem acolo, îi mai spuse.

Imaginându-și traseul pe care îl avea de făcut, a ajuns la concluzia că îi este imposibil să ajungă la timp cu mijloacele de transport în comun. Evident că a întârziat. Nu mult, câteva minute îl depărtau de ora care fusese stabilită inițial.

– Bună! a salutat-o, întrerupând-o din studiul ziarului.

– Salut! îi răspunse cu un zâmbet care-i lumină ziua. Ai și ajuns? Sincer, nu credeam să ajungi atât de repede.

– Am avut noroc că mi-au venit toate la timp: și tramvaiul, și metroul. Altfel...

– Altfel aveam timp să citesc și eu ziarul și să găsesc eventual ce am nevoie.

– Nicio problemă, cât fumez eu o țigară și îmi beau din cafea, te las să-ți rezolvi problemele.

– Ține, îi spuse întinzându-i o ceașcă de cafea. Ți-am comandat eu una.

Nu prea era obișnuit să îi ofere damele ceva, așa că privea circumspect la ea.

– Poți să bei! Dacă voiam să ți-o fac, nu ți-aș fi spus cum să te păzești! îi spuse și se apucă să studieze anunțurile din ziar.

Își sorbea cafeaua și trăgea adânc în piept fumul de țigară. Nu mai avea din cele bune, așa că fuma unele medii, nici de lux, nici mahoarcă. Drogurile îi biciuiau neuronii și în curând a fost cât de cât capabil să judece normal. Și-a promis, oare pentru a câta oară, că o să se lase de fumat și că o să renunțe la cafea. Numai ideea de a fi dependent și îl deranja, cu atât mai mult faptul că parcă nu avea vlagă până nu își termina de băut licoarea asta neagră care înnebunise o lume întreagă.

Între timp, Magda încercuia de zor.

– Ce cauți? a întrebat-o curios.

– Un loc de muncă!

– Păi nu ziceai că lucrezi?

– Ba da, dar m-am săturat. Vreau altceva!

– Ce anume cauți?

– Un loc de muncă unde să-mi folosesc numai mâinile și să îmi rămână liberă mintea.

– Pentru ce? am întrebat surprins.

– Să pot să mă gândesc la inorogi! îi răspunse ea cu jumătate de glas. Știi ce frumoși sunt?

A tăcut. Ce putea să-i spună? Ea interpretă greșit tăcerea lui:

– Mă crezi nebună?

– Nu! Dacă vrei să știi și eu am lucrat în primul an de școală ca paznic la un depozit de marfă, pe undeva la Armata Poporului. Când m-am dus acolo scopul era să câștig niște bani ca să mă întrețin, să am timp să învăț și, nu în ultimul rând, pentru a mă gândi. Parcă în *Cartea de la San Michele* un filozof spunea discipolului său: „Gândește, este atât de mică concurența!" Ei, așa este! În anul ăla am putut să caut răspunsuri la o groază de întrebări și am avut șansa să le găsesc. Știai că Einstein a descoperit teoria relativității când lucra ca arhivar? Plictisindu-se, nu făcea decât să se joace mental cu ce-i venea în minte. Pot să te înțeleg perfect. A fost unul dintre anii mei cei mai liniștiți. Câteodată, singurătatea este benefică, te ajută să îți faci ordine în minte, în suflet și, de ce nu, să îți analizezi trecutul pentru a schimba în mod pozitiv viitorul.

– M-am săturat să rezolv problemele altora pentru un salariu de mizerie, pur și simplu cred că, având o normă, dacă o fac îmi pot lăsa mintea să-mi zburde liberă de orice constrângere a lumii ăsteia. Mă bucur că mă înțelegi! îi spuse și îi întinse tandră mâna.

– Am găsit ceva, dar este prea devreme ca să sun. De abia după ora nouă.

– Hai la mine! i-a spus într-o doară.

– Hai! îi răspunse simplu, surprinzându-l și de data asta. Cu cine ești acasă?

– Singur. Ai mei sunt la serviciu.

S-a ridicat și a început să se închidă la geacă. Magda făcu la rândul ei la fel și când să plătească îi spuse:

– Lasă, am plătit eu cafeaua. Invitația a fost a mea, a spus simplu.

Pe drum se gândea că și-o dorește pe femeia asta. O dorea cu toată ființa lui, ca bărbat, ca om, ca prieten. A ajuns la el. Nu era prea mândru de casa lui. Nu investise prea mult în ea ca să devină ceea ce se cheamă un cămin, arăta mai degrabă ca o casă de tranzit decât ca proprietatea cuiva. Le fusese puțin frig, așa că s-au refugiat în bucătărie și au dat drumul la aragaz.

– Vrei un ceai?

– De care?

– Tu de care bei?

– Amestecat: tei, sunătoare, mentă...

– Perfect, îi răspunse așezându-se la masa din bucătărie și întinzându-și ziarul pe masă.

A cotrobăit după ceaiurile pe care le amesteca de obicei, privind-o cu coada ochiului. Îi plăcea totul la ea. Sau, mă rog, ce îngăduiau hainele să se vadă. S-a apropiat de ea pe la spate și când a ajuns lângă, i-a luat capul și i l-a lăsat pe spate, sărutând-o îndelung. N-a opus rezistență. La sfârșit totuși l-a tras de mână silindu-l să se așeze în fața ei, zicându-i:

– Nu pentru asta am venit!

– Dar pentru ce? a răspuns.

– Ca să vorbim. Găsesc atât de greu pe cineva cu care să mă înțeleg și, când în fine apare, nu vrea decât să mi-o pună!

– Am crezut că și tu vrei...

– Dau impresia că mi-ar lipsi sexul? îl întrebă ironic.

– Nu, scuză-mă! a bătut în retragere.

Se simțea mic, un biet animal supus propriilor instincte. Îi era greață de el însuși. Vorba aia, trecuse prin destule ca să se poată abține și mai ales ca să-și poată înfrâna instinctele. Se mâhnise. Undeva în sufletul lui suferea. Culmea că rațional îi părea normal și totuși inima îi dicta altfel.

– Hai, nu te supăra! Nu știi cum sunt, nici nu ți-ar plăcea să știi și sper că nu vei afla vreodată. Atunci nu vei dori să mă mai vezi deloc, îi mai spuse cu durere în glas.

– Poți să-mi spui dacă vrei!

– Lasă, altădată! Acum pune-mi și mie niște ceai și dă-mi o scrumieră. Pot fuma aici?

– Nu se fumează la mine în casă, dar sunt dispus să fac o excepție acum că ești tu.

– Și tu unde fumezi cât stai acasă?

– Nu fumez! Nici măcar nu simt nevoia, iar gândul de a dormi unde fumez îmi dă dureri de cap dinainte de a-mi aprinde țigara.

A turnat ceaiul și i-a dat o farfurioară pe post de scrumieră.

– Mă scuzi puțin, i-a spus îndreptându-se spre toaletă.

Frigul își spusese cuvântul și apăruse nevoia imperioasă de a se scăpa de surplusul de lichid din sânge. În orice caz, după ce și-a îndeplinit această necesitate s-a reîntors în cameră. Magda nu era acolo. S-a speriat crezând că a plecat, dar a zărit în treacăt ghetele ei lângă ușa de la intrare. Pornind să o caute prin casă a găsit-o stând pe vine în dormitorul mamei lui, cotrobăind prin lucrurile lui. Inițial mintea lui nu a putut înțelege ceea ce vedea. A rămas consternat în momentul în care a realizat că încerca să fure! A avut senzația că îi cade ceva în cap, apoi gândul că avea de gând să îl înșele l-a făcut să se enerveze:

– Ce faci? aproape a zbierat.

Nu i-a răspuns, ar fi fost și culmea ținând cont că n-ar fi putut motiva în niciun fel locul și postura în care se afla. S-a apropiat de ea și s-a făcut mică de tot spunându-i ceva care i-a luat cu mâna toată furia de care era capabil:

– Oriunde, numai să nu mă lovești peste față! Mă văd ai mei de acasă! De abia mi-am pus dinții.

A stat câteva clipe de parcă informația nu voia să-i ajungă la creier și a dat să pună mâna pe ea. A vrut să se ferească și a început să tremure din tot corpul.

– Ce ți-au făcut oamenii ăștia? A întrebat fără să poată pricepe. Stai cuminte, eu unul n-am să dau niciodată în tine.

Magda plângea încet. Îi sfâșia inima.

– Uite, îți jur pe sufletul meu că nu am să ridic niciodată mâna la tine.

– Nu te cred, așa au spus toți.

– Ai citit despre samurai?

– Shogunul și cam atât.

– Ei , dacă greșeai față de cineva, cea mai mare dovadă de pocăință pe care o puteai da era să-ți tai vârful de la degetul mic și să i-l faci cadou într-o batistă. Ce zici, dacă la nervi te-aș lovi, mi-ai primi scuza asta?

Se uita la el și vedea în privirea ei că nu știa dacă era sau nu serios. El însă nu vorbise niciodată mai serios ca acum. Și-a dat seama și ea de asta. I-a cuprins fața în palme și i-a prins buzele într-ale ei, sărutându-l cu toată ființa ei. A luat-o în brațe și a dus-o la el în cameră. Nu i s-a mai împotrivit. A așezat-o pe pat și a început să o iubească. Îi trecuse dorința aia pur carnală de a poseda o femeie, pur și simplu ar fi vrut să o facă să uite toată durerea pe care i-o pricinuise lumea înainte de a îl cunoaște pe el.

– Daniel..., îl striga ea și simțea că parcă la ureche îi cânta sufletul ei. Daniel, Daniel!... în timp ce-i desfăcea cămașa.

O săruta pe buze, pe gât, pe sâni, cobora încet, sărutând fiecare porțiune a pielii ei. A simțit că se crispează în momentul în care a reușit să-i desfacă cureaua de la pantaloni.

– Nu, îi opuse ea o rezistență minimă. Am o cicatrice...

Și avea una de la o cezariană care se infectase. Marginile ei, în loc să se unească, se lăbărțaseră, dar nu-l deranja. A mângâiat-o protector și i-a sărutat-o. Era a ei, făcea parte din ea și o iubea toată. Stătea lângă ea pe o parte ținând-o în brațe și, fără să se dezbrace complet, au devenit unul, așa cum nu mai simțiseră vreodată. Ea îi murmura doar încet la ureche:

– Iartă-mă! Crezi că ai să mă poți ierta vreodată?

– De ce?

– Pentru tot ce am făcut! M-am distrat cu tot și cu toate! N-am știut că exiști! Aș fi așteptat să vii...

Nu putea decât să mulțumească Celui de Sus. Dacă nu ar fi fost decepționată de toți bărbații cu care a fost și dacă nu ar fi fost la rândul lui dezamăgit de legăturile pe care le avusese, nu ar fi devenit un tot, împlinindu-se prin ei înșiși. Au făcut dragoste frumos, fără grabă, de parcă s-ar fi oprit în loc timpul și Universul pentru ei. O simțea ca fiind partea lui lipsă, iar el a ei. Era singura femeie cu al cărei miros nu a trebuit să se obișnuiască. Nu-l simțea străin. Și nici ea pe al lui. A fost începutul celor opt luni care aproape i-au umplut viața. Niciodată nu a trăit mai intens și nici nu a simțit mai bine că trăiește cu adevărat, că este viu.

– Crezi că ești gata să afli adevărul despre mine? Parcă nu-mi era suficient de complicată viața, trebuia să mai apari și tu! spuse ea în glumă. Nu-mi ajungeau doi, a mai apărut și un al treilea!

– Am un soț și un amant, chiar nu mai îmi trebuia unul, Doamne! spuse ridicându-și privirile în sus. Nu, îmi pare bine că te-am cunoscut, îi spuse de data asta serioasă. Doar că viața mea este atât de complicată, încât nici nu știu ce o să ne facem. Și ca totul să fie complet, am un copil, o fetiță.

– Și ce dacă. Acum, că te-am găsit, nu vreau să te mai pierd!

– Nici eu, îi spuse cuibărindu-se în brațele lui. Ai terminat în mine, de ce nu mă simt murdară? Cu ceilalți muream dacă nu mă spălam imediat!

Cuvântul „ceilalți" i-a trecut ca un cuțit prin inimă, iar ea l-a simțit. A reușit să articuleze o frază:

– În fond, este tot energie și dacă te gândești că tu nu mănânci carne, probabil diferența de vibrație te făcea să o percepi așa.

– Mda, poate! spuse dispărând pe ușa de la baie.

Când reveni era veselă.

– Știi ce? Ce-ar fi să-mi iau și eu o pauză? Muncesc de la șapte-sprezece ani. Nu crezi că mi-ar prinde bine?

– Ba da, dar ce te faci cu banii? La banii pe care-i câștig eu nu cred că ne-ar ajunge să ne lăfăim!

– Nu-i nimic. Am eu ceva bani puși deoparte. Ajung pentru o perioadă, până îmi găsesc ceva, așa cel puțin am ce să le dau acasă să mănânce și te pot vedea zilnic.

– Sunt de acord cu singurul amendament: trebuie să învăț ceva și pentru secundariat.

– Ai să înveți și ai să îl iei, nu-ți fă probleme, îi mai spuse săru-tându-l cu zgomot.

Nici nu știa când trecea timpul. Lângă ea se producea o con-densare a lui și niciodată nu apuca să termine ce aveau să-și spună. A văzut-o cum se schimbă deodată la față, ca și cum ar fi aflat de o nenorocire. Se înnegri efectiv sub ochii lui. Se uită la ea fără să poată reacționa.

– Ce se întâmplă cu tine, iubito?

– Grecul! A aflat că sunt și eu fericită. Nu puteam să uit de el..., spuse ținându-și mâna la plexul solar.

– Ce simți? nu s-a putut abține să întrebe.

– Parcă m-ar fi lovit cineva cu un cuțit! Norocul meu că se află la un nivel destul de jos și că nu mă ajunge în altă parte.

Dacă era în inimă, o încurcam! spuse Magda stând aproape făcută covrig. Jegosul! Nu-mi prinde mintea și se răzbună așa! Acum coboară punctul unde îmi sparge câmpul, îl simt în stomac. Nenorocitul!

– Ce vrea?

– Nimic, pur și simplu m-a simțit că fac dragoste, nici măcar cu al meu nu pot să fac fără să-și dea seama. Nu suportă să mă atingă cineva.

Mai stătu așa câteva secunde și se îndreptă.

– Așa-mi face mereu când vrea să dea de mine. Cred că ar trebui să-l sun, spuse ca pentru ea. Iar mă cheamă la serviciu... Dă-l încolo, că găsesc eu o soluție. Mai lucrez încă pentru el sau mai exact mai am cartea de muncă la el, așa că nu am încotro. Ce-i cu fața asta, n-ai mai întâlnit faze de-astea?

– Ba da, știu ce înseamnă să vină cineva peste tine energetic, dar nu credeam să mă întâlnesc cu așa ceva acum.

– Să înțeleg că îți pasă de mine? îl întrebă cu tonul acela de pisică pe care numai femeile îl pot adopta.

– Haide, nu te întrece cu gluma, știi că sunt lucruri pe care nu le întâlnești decât o dată în viață sau crezi că eu nu simt?

– Știu ce simți, altfel nu mi-o puneai tu atât de repede! Doamne, n-au trecut decât trei zile de când te cunosc! Am mai făcut prostii de-astea, dar eram mult mai mică. Cel puțin îi mai fierbeam puțin înainte de a mă împiedica! Cât mai avem până vine maică-ta?

– Vreo oră și apoi apar amândoi. De ce, ai vreun gând? a întrebat.

Magda își luă geanta și-și scoase din ea ustensilele pentru machiaj. Se uita la ea cum se aranjează și fără să vrea constată schimbarea care avea loc, de parcă s-ar fi ivit un alt chip, o altă persoană.

– Știi de unde vine arta machiajului?

– De la egipteni! îi răspunse ea prompt.

– Nț! De la îngerii căzuți! Ai auzit de Azazel?

– Nu...

– Ei, ăsta era unul din îngerii trimişi de Dumnezeu pe Pământ ca să înveţe oamenii. Se spune despre asta şi în Scriptură. Unele pasaje au fost scoase în timp din cartea care a rămas, trunchind oarecum adevărul, dar mai sunt pasaje despre asta. Îngerii erau pomeniţi şi sub denumirea de Oameni în Vechiul Testament. Ei, cert este că la un moment dat s-au cuplat cu femeile celor pe care trebuiau să-i păstorească şi din ei au apărut uriaşii din vechime. Fiind nemuritori, au fost pedepsiţi să trăiască pe Pământ până la sfârşitul veacurilor. Asta în traducere înseamnă sfârşitul universului nostru, respectiv al sistemului nostru solar.

– Păi, ce tot spun popii despre sfârşitul lumii?

– Nu există aşa ceva. Prostii făcute să sperie prostimea, ca să aibă ei puterea. Există acest sfârşit al sistemului nostru solar, dar asta e valabil în orice galaxie. La un moment dat se trage linie şi se adună, dar nu asta ar trebui să ne sperie, ci propria noastră moarte, care sigur se va întâmpla înaintea celei a Universului. Şi apoi chestia aia aberantă conform căreia răul va fi învins e o gogoriţă. Nu că aş face apologia lui, dar îngerii căzuţi au apărut înaintea Universului material şi or să existe şi la sfârşitul lui, dacă nu se vor fi întors înapoi la Dumnezeu! Poate că viaţa nu este altceva decât o modalitate de întoarcere a demonilor la stadiul lor iniţial de fiinţe de lumină. Dar vorbeam de îngerii care i-au învăţat pe oameni arta machiajului. Tot dintre cei căzuţi se aflau şi cei care ştiau medicina, magia, arta războiului, astrologia, vrăjitoria. După ochii tăi aş zice că eşti din neam de descântători!

– Cum ţi-ai dat seama?

– Persistă un luciu metalic în ei! De voi le este frică demonilor mai mult decât de preoţi.

– De ce?

– Pentru că ştiţi să-i legaţi şi puteţi face ce vreţi cu ei. Dar este păcat.

– Nu văd nimic rău în a-i lega şi a-i folosi în scopuri bune.

– A apărut Hristos și a oferit cea mai simplă cale de întoarcere a omului la Dumnezeu. Păcat este pentru că legând răul din om și folosindu-l treci peste dreptul fiecăruia de a-și alege singur calea. Nici măcar Dumnezeu nu face asta. Crezi că nu ne-ar putea întoarce pe toți încolonați în rai? Ce folos? Ce ar fi dacă te-aș face să faci dragoste cu mine în ciuda voinței tale? Ar fi dragoste?

– Nu, dar eu una nu fac așa ceva!

– Știu! De altfel ești prea frumoasă ca să ai nevoie.

– Mersi! răspunse ea cochetă.

– Ești gata? a întrebat văzând-o gata de plecare.

– Haide, să mergem!

– Sărută-mă, îi spuse țuguindu-și buzele.

A luat-o în brațe și a sărutat-o cu toată puterea sufletului lui.

– Ușor, nebunule, că-mi iei rujul. De abia m-am aranjat!

S-a aranjat în lift, în ciobul care mai rămăsese dintr-o oglindă. Fața îi radia de fericire. Cred că nimic nu-i mai frumos decât o femeie fericită, chipul îi iradiază de o lumină care face cea mai urâtă femeie să fie atrăgătoare. Cu atât mai mult pe ea, care era frumoasă oricum!

Pe drum se distanță de el. Era ziua în amiaza mare, așa că o înțelegea. Lăsase ziarul la el acasă, așa că a întrebat-o:

– Ce faci cu serviciul?

– O să mă comport ca și cum m-aș întoarce de la muncă. Nu mă mai grăbesc de data asta. Poate căutăm împreună, ce zici?

– Știi că sunt de acord! Când ne mai vedem?

– Vedem noi! răspunse ea.

Mergea repede și o vedea concentrată, așa că a păstrat tăcerea până s-a hotărât să vorbească. Ajunseseră lângă un parc de joacă pentru copii. S-au așezat pe una din băncile de pe margine și au început să fumeze în tăcere. Simțea că-i era greu să se despartă de el. Ar fi vrut, la rândul lui, să nu mai plece. Trebuia însă să se întoarcă fiecare la restul lui de viață. Ce era între ei părea un fel de evadare din urâţenia cotidianului şi ar fi vrut să-l prelungească la nesfârşit.

– Plec, spuse ţuguindu-şi buzele ca un copil supărat.

Pe cât fusese de relaxată, pe atât fizionomia i se schimbă, de parcă i s-ar fi împietrit muşchii feţei. Sincer, ipostaza asta de femeie de mahala nu i-a plăcut. Devenea genul ăla de ţaţă, ţiganca dispreţuitoare căreia numai mâinile puse în şolduri îi mai lipseau.

Îl sărută, de data asta ca şi cum ar fi fost un altul, nu cel pe care îl sărutase în lift, şi plecă fără să-şi mai întoarcă capul. Se uita după ea şi se gândea la stilul ei de a merge acasă. Pentru majoritatea oamenilor casa reprezintă un refugiu, ea însă parcă pleca pe front în linia întâi! Când i-a dispărut din câmpul vizual a plecat şi el încetinel către casă. Îl frapa rapiditatea cu care se întâmplase totul. Nu avusese timp nici măcar să se gândească la ce se întâmplase, d-apoi să se împotrivească! Şi nu îi părea rău, chiar dacă încălcase legile divine!

20.

CADOUL

Se apropiau sărbătorile de iarnă și se gândea să îi cumpere ceva care să-i placă efectiv, care să-i bucure sufletul, dar ce? Știa atât de puțin despre ea și apoi nu era un nabab ca să-i ofere diamante. Purta bijuterii, șerpi în formă de inel sau brățări făcute din alamă. Îl mirase opțiunea asta a ei.

Creștinismul, sau ce învățase el prin mânăstiri, te făcea să fugi de șerpi ca de foc! La întrebarea lui de unde plăcerea ei de a-i purta când sunt un simbol al răului râsese de el:

– Șarpele, un simbol al răului? Cine te-a învățat?

– Părintele Argatu de la Cernica!

– Nu cred că te-a învățat el asta! Ești medic degeaba dacă nu știi că semnul medicinei este șarpele lui Esculap!

– Ba știam! a răspuns plin de el.

– Și este cumva în acest caz simbolul răului sau al înțelepciunii? Te-am mai întrebat de Eliphas Levi și mi-ai spus că ai citit. Găseai acolo despre od și ob, șarpele adevărului și cel al minciunii, care stau în stânga și în dreapta omului.

Ce îl frapa era că la ea șarpele stătea cu capul în sus. Era capabilă să acumuleze energie de la alții și să facă bine. Emana atâta energie încât îți era greu să stai lângă ea mult timp. Chiar și el se umpluse de ea și senzația asta o aveau toți care erau în preajma ei.

Se plimba prin piață privind tarabele și lucrurile expuse la vânzare și gândindu-se la ea i-au atras privirea trei lucruri: cuțitele, un

Volkswagen de jucărie, broscuța care de la roți până la sirenă avea toate culorile curcubeului și care era făcută în așa fel încât putea urca peste obstacole înalte sau se putea răsuci, și o brichetă transparentă care, când o deschideai, avea niște leduri multicolore ce dădeau senzația că lumina se rotește prin ea. Lumina superb în noapte. Lăsându-se pradă primului instinct, care de cele mai multe ori este cel mai bun, le-a cumpărat. După aceea i s-a părut foarte bizar să-i ofere femeii pe care o iubește o mașinuță și o brichetă.

Când i le-a dat erau la el și în cameră era întuneric, se făcuse că a uitat că e unul din momentele din an când se împart cadouri celor dragi și, după ce au făcut dragoste, parcă aducându-și aminte de ceva, i le-a pus în mână. Comutatorul era în celălalt capăt al camerei așa că nu putea ajunge ușor la el. I le-a dat însă să le pipăie. A fost încântată de mașinuță, visul ei era o broscuță cu motor de Porsche și roți late. Cum nu recunoscu că e brichetă, i-a deschis-o el. A simțit efectiv bucurie în întreaga ei ființă, se bucura ca un copil.

– De unde ai știut? îl întrebă ea, dar el nu-i putea răspunde. Se uita hipnotizată la luminițele care se roteau în cerc, fără sfârșit.

– Nimeni nu mi-a făcut cadouri până acum, toți îmi dădeau bani să-mi iau singură, că nu-mi descopereau dorințele! Cred că nu-i răsplată mai mare decât bucuria făcută printr-un dar, de aceea prefer să dau ceva care să bucure pe cineva decât să ofer ceva din complezență.

– Știi ce? vreau să merg mâine la Larisa ca să mă tund. Vii cu mine?

– Bine, putem merge înainte de lucru. Ne întâlnim în oraș și mergem.

I se dărui așa cum numai o femeie care iubește o poate face, cu tot sufletul, cu tot trupul. Ce mulțumire mai mare putea avea decât să fie dorit de o femeie care cunoscuse tot ceea ce se poate numi mascul, însă cel pe care îl alese în cele din urma fusese el?

Oricât a încercat să-i explice Magdei că nimic nu l-ar fi împins să aibă o relație cu prietena ei, Larisa, a fost în zadar. Doar faptul că ei au fost împreună după câteva zile, că el nu era genul care să dea târcoale unei femei și să facă ceea ce se cheamă curte a mai liniștit-o. Persista sentimentul ei de vinovăție referitor la Larisa. Mai mult prietenă de distracție decât altceva, Larisa era genul care nu deschidea o carte nici măcar ca să o mai șteargă de praf. Exista între ele o simbioză ciudată amplificată și de faptul că copiii prietenei ei o iubeau foarte mult și ea pe ei. Au acceptat să meargă să vadă copiii Larisei pregătiți cu ceva de băut, suc și prăjituri.

În mașina în care mergeau spre Larisa stătea și privea oamenii. Treptat, cu fiecare stație cu care se apropiau de destinație, culoarea celor din jur apunea. Curând rămaseră unii dintre puținii cu pielea mai deschisă. Dan nu era împotriva naționalităților conlocuitoare, dar modul lor de a se manifesta în grup, pe care-l văzuse cu un timp în urmă, l-a făcut să fie circumspect la apropierea lor.

Au coborât exact la capătul mașinii undeva, într-un cartier, unde de cum ajungi parcă și mirosul este altfel.

Apartamentul unde locuia prietena Magdei se afla într-un bloc în care toți erau o mare familie. Nu toți erau bruneți, dar oamenii se molipsiseră de traiul acesta. Era o zonă unde niciodată nu se închideau ușile, unde fiecare știa despre celălalt ce pune pe masă întrucât din cauza geamurilor mici, aerisirea se făcea deschizând ușa de la scară. Aer condiționat autohton! Au fost bine primiți după obișnuitele schimburi de amabilități între dame de genul:

– Ce bine arăți?

– Vai, ți-ai luat o bluză nouă, îți vine perfect!

S-a trecut la lucruri mai serioase!

– Am vorbit cu prietena mea și este de acord să te tundă chiar azi. Nu trebuie să-i dai cine știe ce, e mulțumită și cu niște țigări. Mă duc să o chem.

Peste câtva timp se întoarse cu o fată care avea cel mult optsprezece ani, îmbrăcată într-un halat scurt alb. Avea la ea ustensilele muncii, un pieptene și o foarfecă ascuțită specifică frizerilor.

– Cu cine încep? îi întrebă ea.

Dan a fost puțin surprins pentru că în nici uncaz nu era vorba de el, dar a arătat către Magda. A continuat să o privească pe fată. Era ceva ciudat în legătură cu ea. Nu era urâtă țigăncușa, dar arăta poate puțin mai în vârstă decât era. Se trec repede odată ce își încep viața sexuală. O trăiesc din plin și fără limite. Cu niște sâni opulenți și niște linii ale corpului care o avantajau, îl atrăgea fizic și nu numai atât, dar trezea în el niște instincte care nu-i erau proprii. De ce? Vorba aia, crescuse printre curvele de la Conti din Timișoara și nu reușiseră să îl facă să le dorească pentru că nu reușea să dezlege dragostea de sex. Ce se întâmpla acum?

Cum privea schimbarea coafurei Magdei, a fost dat afară ca să vadă mai degrabă rezultatul, decât procesul prin care se ajungea la el. În timpul acesta a schimbat amabilități cu ai casei și s-a uitat la o telenovelă. Nu avea încotro. Ca să nu se plictisească, a întrebat-o pe Larisa despre prietena ei care venise să o tundă pe Magda.

– Ea? Vai de mama ei! Stă cu părinții și cu fra-su și cu încă o soră mai mică. O mai dau afară din casă și dacă nu le aduce cel puțin o sută de mii pe seară nu o primesc înapoi.

– Și ce face?

– Ei și tu ce face? Că doar nu crezi că face rost de ei muncind. Pe maică-sa oricum nu o interesează decât să aibă bani. Pe fra-su, care e cuplat cu una cu zece ani mai mare decât el, îl trimit tot așa să fure și banii îi strâng la bancă. Dacă ai vedea cum îi blestemă mama lor?... „Mânca-te-ar pușcăria! Vedea-te-aș mort!" Pe copiii ei! Fata asta s-a îndrăgostit de un cămătar și ăsta își bate joc de ea, o ia, îi face felul și o dă și pe la prieteni. Și ea, proasta, acceptă!

Așa era explicabil. În general femeile sau bărbații care sunt foarte preocupați de sex au energia așa joasă și tupeu.

Dan a urmat la tuns. Normal că fata stătea foarte aproape de el și fără să vrea îi simțea parfumul, îi vedea sânii mișcându-se liberi pe sub halatul alb care mai mult îi scotea în evidență decât îi ascundea. Începuse să se foiască devenind neliniștit, când Magda a intrat și s-a așezat pe marginea căzii, privindu-l adânc în ochi. S-a simțit mai bine știind că ea este acolo.

„La naiba, nu înțelegi instinctul până nu ți se întâmplă și ție să fii atras de o persoană dincolo de orice rațiune!"

L-a tuns bine. E adevărat că urma să se aranjeze după ce s-ar fi spălat pe cap. Mulțumiți, au plătit în câteva pachete de țigări pentru că nu a vrut bani și, după ce au mai stat puțin de vorbă cu cei ai casei, au plecat. Pe drum au sporovăit despre nimicuri și au mers liniștiți până când el a apucat să-i zică ce aflase despre fata care îi tunsese. A simțit-o pe Magda cum se transformă într-un ghem de nervi și pe măsură ce se enerva devenea din ce în ce mai glacială.

– Știi de ce am venit când te tundea?

Dan a ridicat din umeri neștiutor.

– Habar n-am!

– A venit la mine fata aia ca să-mi spună să stau cu voi, să nu te dai la ea!

– Cum adică?

– Spunea că bărbații care ajung în jurul ei o vor și că și tu vei face la fel.

– E adevărat că m-a atras! a recunoscut și i-a venit să-și înghită cuvintele.

– Te-a atras proba aia de târfă? explodă ea. Chiar așa, nu ai niciun pic de gust? Ți-am văzut prietenele în poză, toate urâtele!

– Știi ce, poate că nu erau miss-uri, dar în general femeile care sunt foarte frumoase nu fac medicină, n-au nevoie de ea. Și dacă una prin absurd ar face-o, ar fi doar dintr-un moft pentru că tot timpul se va găsi un fraier care s-o împingă mai sus.

– Lasă-mă pe mine cu teoriile tale! Ce-ai putut găsi la una ca aia? În loc să încerce să aplaneze conflictul, i-a dat iar apă la moară.

– Tocmai de asta i se spune instinct, pentru că nu îl poți controla decât în măsura în care te lași sau nu pradă lui. Nu țin minte să mă fi culcat cu aia ca să faci atâta caz!

– Mă deranjează cum judeci! Unul cu capul pe umeri nici nu o vedea pe una ca asta. Tu? Ca și câinii ăia care se duc după cățelele în călduri!

– Ce ai? Ești în stare să discuți calm? Dacă nu, refuz orice fel de discuție, clar?

– Refuzi orice fel de discuție..., îl maimuțări ea.

A plecat lăsând-o în stație, oricum trebuia să se ducă la serviciu, frumosul lui loc de muncă care îl aștepta cu brațele deschise. Lucra la o firmă de pază și avea ca obiectiv parcarea unui bloc de ștabi. Fusese singurul lucru care-i permitea să câștige ceva bani ca să fie independent financiar și să învețe sau să mai citească o carte.

Între două servicii, unul în care să câștige bani mulți, dar care să-i fure libertatea minții, și altul care din punct de vedere financiar să fie mai prost plătit, dar să se poată gândi la orice, alesese a doua variantă. Nu-i era rușine. Momentele când ești singur cu tine însuți pot deveni cele mai productive, dacă descoperi cum să le folosești.

În „borcan", cum îi zicea postului de pază, avea și telefon, care nu putea fi folosit decât din exterior. Era destul, cine avea nevoie de el îl găsea. Astăzi însă se dovedise insuficient. După discuția aceea cu Magda pe drum, gândindu-se mai bine, descoperi că făcuse jocul caprelor alea care îi învrăjbiseră. Știa că trebuie să o lase în pace până-i trece, dar nu avea răbdare să o știe supărată pe el.

Trebuia să facă ceva ca să o liniștească. A încercat să se concentreze asupra ei, și-a adus-o în minte așa cum era ea, gura, părul, ochii, dar nu s-a limitat la asta, s-a închipuit ducându-se spre pieptul ei, spre inima ei pe care o rănise. După câteva clipe de întuneric care i s-au părut lungi precum veșnicia a văzut lumina.

Dan a ajuns la ceva care semăna cu un templu având ușile de piatră mari pe care se aflau încrustate două cruci. Crucile pe care le văzuse în poze! L-a simţit şi uşile i s-au închis în faţă. Rămas afară, se gândea ce ar putea face, când îi veniră în minte cuvintele unei rugăciuni către Maica Domnului: „Cuvine-se cu adevărat să te fericim, Născătoare de Dumnezeu cea pururea fericită şi prea-nevinovată şi Maica Dumnezeului nostru. Ceea ce eşti mai cinstită decât heruvimii şi mai mărită fără de asemănare decât serafimii, care fără stricăciune pe Dumnezeu cuvântul ai născut, pe tine cea cu adevărat Născătoare de Dumnezeu Te mărim!

Bucură-te Fecioară ceea ce eşti plină de dar, Domnul este cu tine, binecuvântată eşti tu între femei şi binecuvântat este rodul pântecelui Tău, că l-ai născut pe Mântuitorul sufletelor noastre.

Uşa milostivirii deschide-ne-o nouă, binecuvântată Născătoare de Dumnezeu Fecioară, ca să nu pierim noi ce nădăjduim întru tine, ci să ne mântuim prin tine de nevoi căci tu eşti mântuirea sufletelor noastre.

Umple de bucurie inima mea, Fecioară ceea ce ai primit împli-nirea bucuriei, mâhnirea păcatului pierzând!"

Şi a încheiat simplu cu parola îngerilor: „Te rog Preasfântă Născătoare de Dumnezeu Fecioară!"

În acel moment uşile se deschiseră şi în faţă i se dezvălui un perete ca un altar plin cu hieroglife egiptene. Pe un stativ asemă-nător marmurei de culoare roşie, ce avea forma unei coloane, se afla o inimă de culoare roşu aprins care pulsa ritmic, parcă după respiraţia Universului. „Ah, Sufletul!"

Magda îşi făcu apariţia dintr-un culoar care venea din dreapta. Era îmbrăcată într-o rochie albă şi pe mâini purta nişte brăţări de aur asemănătoare preoteselor egiptene.

„Ce vrei?", veni întrebarea tăioasă.

„Să mă ierţi!", a spus el. Era îmbrăcat într-o haină de culoare galbenă, îşi putea vedea mânecile largi a ceea ce arăta ca un kimono.

„De ce te-aş crede mai presus de alţii?"

„Uite, ca să mă ierţi, îţi fac cadou ceva: îţi dau sufletul meu!"

„Nu!", țipă de undeva de departe îngerul lui păzitor. „Nu poți!"

„Ba pot! Am dreptul divin de a face ce vreau cu el și ți-l dau ție." Își ținea în mână sufletul pulsând după ritmul Universului. „O să-l pun lângă al tău ca să te apere de orice. E dovada că te iubesc și ești totul pentru mine." Și-a revenit cu greu pe pământ, de parcă fusese plecat o veșnicie. Transpirase și după câteva clipe sună telefonul. Era Magda, râdea.

– Ce mi-ai făcut de mi-a trecut supărarea imediat? Te-am simțit că vii exact în inimă, numai tu mă ajungi așa.

– Știi ce erau pietrele alea cu cruci albe care apăreau pe pozele tale?

– Ce?

– Sunt porțile sufletului tău. Acolo este și sinele tău. Ai fost preoteasă egipteană.

– Mi-a mai spus mie cineva asta, că m-a visat și eram într-o piramidă cu hieroglife.

– Așa e! i-am confirmat. Tu nu ai intrat niciodată acolo?

– Nu! Nu am ajuns la nivelul ăla încât să pot să o fac. Mai am două vieți până atunci.

– Fii serioasă, știi că legea reîncarnării a dispărut odată cu nașterea Mântuitorului?

– Parcă ai fi popă! râse ea de el. Lasă prostiile, îți spun că o să mă mai încarnez încă de două ori până să ajung la capăt.

– Capăt însemnând ce?

– Capăt însemnând deschiderea ultimei chakre, așa cum le au deschise sfinții.

– Nu-i adevărat! Poți face asta și într-o singură viață.

– Poate, dar nu prea cred. Știi povestea sfintei Filofteia de la Curtea de Argeș?

– Da, s-a născut în Bulgaria, a omorât-o taică-su și a fost adusă aici!

– E simplist spus, dar dacă privești lucrurile mai bine o să vezi lucrurile în altă lumină.

– Cum adică?

– Simplu. S-a născut în Bulgaria, îşi dădea lucrurile la săraci şi din cauza asta taică-su a aruncat cu toporul după ea şi a omorât-o. Ştii ce se întâmplă dacă te omoară cineva? Îţi ia karma, îţi ia toate păcatele din viaţa anterioară! Bun! După ce a omorât-o a început să se lumineze. Chemaţi, preoţii au recunoscut că este o minune. Au vrut să o ducă la toate mânăstirile din Bulgaria, Grecia, Cipru, mă rog, peste tot unde erau mânăstiri ortodoxe, dar nu puteau să o urnească; ăsta e semnul sfinţilor când nu vor să meargă nicăieri, apoi şi-au adus aminte şi de România că este ortodoxă. Au pomenit mânăstirile din ţară şi când s-a ajuns la cea de la Curtea de Argeş, trupul sfintei s-a făcut uşor şi a fost adusă în ţară. De ce crezi că a venit aici? Haide! Dumnezeu nu ţi-a interzis să gândeşti, ba din contră, poţi spune tot ce crezi cu condiţia să-ţi confrunţi ideile cu alţii. Biserica crede că dacă nu vorbeşte de reîncarnare oamenii vor veni mai repede la Dumnezeu. O prostie! Nu poţi secera grâul dacă nu e copt! Şi nu se coace într-o singură zi inteligenţa voastră, ai înţeles ce am vrut să spun?

– Da, cred că da!

– Daniel!

– Ce-i?

– Te iubesc! îi spuse înainte de a închide.

– Şi eu!

21.

CHEFUL CU ȚIGANII

A fost chemat de un coleg la poartă. Ei, nu mică i-a fost mirarea când la poartă a dat de Larisa. Arăta bine îmbrăcată într-un costum cu o rochie mini ce-i lăsa să i se vadă picioarele, care de altfel nu arătau rău.

– Salut, băi, ce mai faci? Te-ai dat la fund de tot! Nu te-am mai văzut!

– Sărut mâna! Am fost ocupat, prințesă! Mă știi că de abia respir de treburi! Efectiv nu am avut când..., s-a scuzat el.

– Știi ce? Ca să nu te rețin! Am fost invitată la un chef la o prietenă de-a mea și mă gândeam că poate vrei să mergi și tu! Mâine-seară pe la șapte!

– Ce să-ți zic, sunt cam ocupat...

– Hai, că merge și Magda! îi aruncă ea momeala. Am văzut că te-ai înțeles bine cu ea.

Nu încerca decât să tragă de timp. Îi mai făcuse bucata cu cheful de atunci ca să mai aibă încredere că nu e altceva decât o mânăreală ca să rămână singuri. Avea nevoie de răgaz, să se gândească puțin înainte de a face un pas.

– Bine că nu-i nicio problemă! îi răspunse ea. Sper să fie da! îi mai spuse în timp ce se îndrepta spre ieșire.

Ziua lui s-a scurs ca de obicei. Aproape că uitase de treaba asta când a auzit telefonul, a răspuns și a urmat inconfundabilul: „Ce faaaci?", al Magdei!

– Mulțumesc, bine! M-ai sunat de dimineață?

– Am avut niște treburi! spuse ea. Auzi, voiam să te întreb ceva. Te-a căutat cumva Larisa?

– Mda, a venit la mine la serviciu și m-a invitat la o onomastică! Zicea că vii și tu.

– Așa este. De fapt m-a invitat și pe mine, am mai ieșit împreună, dar voiam să știu dacă într-adevăr te chemase și pe tine. Mai face faze de astea ca să convingă...

– Aș merge dacă vii și tu, i-am spus.

– Tu ce zici, mergem?

– De ce nu? Ce ne împiedică să plecăm dacă nu ne place?

– OK! Rămâne pe mâine! îi spuse înainte de a-i închide.

Nu după mult timp, l-a sunat Larisa căreia i-a confirmat venirea lui și cu care a stabilit locul întâlnirii.

A doua zi a ajuns mai devreme decât de obicei la locul întâlnirii. Se plimba și fuma când l-a cuprins acea senzație ciudată că ceva o să se întâmple. Avea timp să plece, ar fi putut spune că în fond a avut o urgență, ceva. Și totuși a rămas pe loc. I se părea că arată atât de stupid cu florile pentru sărbătorită în mână. Îi venea să plece, dar curiozitatea îl ținea în loc. A uitat de ea în momentul în care le-a văzut pe fete venind spre el. Era prima dată când o vedea pe Magda „echipată" de seară. Nu arăta bine, ci demențial! Genul de femeie pentru care un bărbat și-ar da sufletul să o aibă măcar o dată. În comparație cu ea, nici Larisa nu arăta rău, dar era departe. L-a frapat că Magda era oarecum stânjenită de frumusețea ei, simplu fapt de a fi frumoasă în loc să-i dea siguranță, i-o răpea.

– Trebuie să ducem băutura noastră și niște șampanie, le spuse Larisa.

– Închide gura, îi spuse în șoaptă Magda. Îi stătea bine fardată.

S-au îndreptat spre un magazin cu de toate și au făcut cumpărăturile de rigoare.

– Sper că nu sunt țigani! spuse Magda. S-a uitat la ea mirat. „De unde până unde?"

– Nu, dragă, este o prietenă de-a mea! Nu ai de unde să o cunoști. Trebuie să ne întâlnim și cu prietenul meu, așa că mai așteptăm puțin.

Curând își făcu apariția și bărbatul respectiv. Arăta bine ca mascul. Se prezentă:

– Liviu! Scuze că am întârziat!

– Acum, că suntem toți, putem merge.

Nici nu au intrat bine în apartamentul în care făcea cheful că Magda se întoarse către Daniel spunându-i din vârful buzelor:

– Trebuie să plecăm!

N-a avut nicio reacție, în schimb Larisa, care auzise, sări ca arsă.

– Ce ai, fato? Ce nu-ți convine?

– Ziceai că nu sunt țigani!

– E prietenă cu mine, ce vrei! Ăștia nu sunt de ăia, stai liniștită! Distrează-te. Mai relaxează-te și tu!

La apariția gazdei disputa încetă. Au fost prezentați, el a observat doar că într-adevăr era o familie puțin mai bronzată decât românii, însă modul cum l-au întâmpinat i-a adormit orice teamă. Și nu numai lui, ci și Magdei.

– Bine, dar dacă e ceva, plecăm!

– Fie, dacă nu ne simțim bine, o ștergem! spuse Larisa. Haide înăuntru.

Apartamentul era format din două camere. Sufrageria care fusese eliberată ca să facă loc pentru dans avea un mobilier vechi și era împodobită cu bibelourile acelea de prost gust care nu lipseau din nicio casă acum vreo zece ani, pe vremea lui Nea Nicu. De jur împrejur erau așezate scaune. S-au așezat și ei într-un colț aranjând în apropiere, pe comodă, un fel de bar. Aveau vodcă, suc, scrumiere și pahare. Și-au turnat, au ciocnit cu gazda care nu se dezmințea de etnia din care făcea parte. Era o țigancă frumoasă. I-au cunoscut copiii, doi puradei care se încurcau în picioarele lor. El era fascinat. Nu mai participase la chefuri de ţigani, aşa că era ceva nou să-i privească. Uimirea lui a atins apogeul în momentul în care şi-a făcut apariţia taraful. Cu boxe de 200 W, cu acordeon, vioară şi pianină electrică. Ãştia erau însă mai negri, rromi din aceia veritabili. Şi-au instalat sculele şi au dat drumul la muzică. A început dansul. Îi plăcea muzica lor, mai ales cântecele vechi.

– Frumos, nu am mai fost niciodată la petreceri de astea.

– Niciodată? m-a întrebat mirată.

– Nu! Cu şcoala mea am cam fost văduvit de evenimente de astea!

– Nu ştii să dansezi ţigăneşte, să joci, cum se spune?

– Habar nu am!

– Haide, fii atent, îi spuse arătându-i, aşa dansează femeile. Îşi mişcă şoldurile în ritmul muzicii. Tu, ca bărbat, ar trebui să dansezi aşa: îi prinse şoldurile între mâini şi i le mişcă. Lasă-te pe mâna mea. Eşti prea rigid. Când ai dansat cu Larisa la chef parcă aveai un băţ înfipt în fund! râse de el.

– Nu fi rea, pur şi simplu nu am dansat de mult. Nu înseamnă că nu am făcut-o niciodată sau că nu ştiu.

– Dovedeşte-mi! îl provocă ea.

Zâmbetul. Nu orice femeie te poate determina să faci orice. Dacă ar fi fost cu Adam în rai, ea ar fi fost femeia capabilă să-l convingă să muşte din măr!

Când lăutarii au luat o pauză, de undeva a pornit un casetofon. Legătura lui cu staţia de amplificare făcea să bubuie pereţii şi să trepideze geamurile şi podeaua. Deodată se auziră acordurile unor melodii la modă pe vremea adolescenţei lui. Muzica asta îl făcea pe atunci să regrete că nu exista cineva în viaţa lui care să-i poată răspunde iubirii.

– Haide, le dăm lecţii de dans? îl privi ea întrebătoare, apoi se lăsă condusă de el.

– Vedeți că noi plecăm puțin! spuse Larisa.

Fără să bage prea mult în seamă chestia asta, s-au îndreptat spre centrul camerei. Lumea din jur, care nu făcuse decât să joace pe muzica țigănească, s-a îndreptat la rândul ei spre scaune. Au rămas singuri în centrul atenției. Nu îl deranja! Era vesel și prins în mrejele ei și nu mai era de loc atent la ce se întâmpla în jurul lui.

Dansau înlănțuiți pe ritmurile formației Modern Talking. O ținea lipită de el și remarca schimbările din ochii ei. Uimire, plăcere, dorință se succedau rând pe rând. A rotit-o pe ritmul melodiei, a ținut-o strâns lipită de el până ce au devenit unul. S-au sincronizat perfect. Simțea undeva privirile celor din jur, și ale femeilor, și ale bărbaților, dar a continuat. La sfârșit, a lăsat-o pe spate silind-o să ridice un picior în aer! Era în fustă scurtă! Curând și-a făcut apariția sora gazdei.

– Ce-i vechitura asta! Opriți-o! Să punem niște muzică adevărată!

Au schimbat caseta, înlocuind-o cu niște bluesuri.

– Haide, fetelor, luați băieții la dans, că stau degeaba!

Se apropie de Daniel și îi întinse mâna. Și-a cerut scuze față de Magda și s-a dus! Femeia se agăța efectiv de el. Nu a înțeles prea multe atunci. Stătea pe el, vorba olteanului, „ca fasolea pe arac!"

– Am înțeles că ești medic?

– Da, așa spun alții! Cel puțin cei care mi-au dat diploma!

– Și eu am terminat ASE-ul! Sunt contabilă la o firmă de produse petroliere.

– Drăguț! a zis în lipsă de altceva.

– Cu cine ai venit aici?

– Cu Magda.

– O cunoști de mult?

– Nu, ne-am întâlnit la un chef mai demult și am zis să venim împreună la voi.

– Și Larisa?

– Ne cunoaștem mai demult, am fost colegi o perioadă și am rămas amici, a spus ca să fie clară relația lui cu fata în cauză.

A mai schimbat diferite impresii despre chef, studenți, muzică, după care s-a retras pe scaunul unde se așezase la început. În semiîntunericul camerei a avut senzația că ceva i se strânge în jurul gâtului, acolo unde-și ținuse mâinile partenera de dans. Nu i-a dat însă nicio importanță. Și-a luat paharul și a sorbit din el. Magda și-a apropiat gura de urechea lui dreaptă și i-a zis:

– Cred că este timpul să mergem! Ai văzut tot!

– De ce, îmi place aici?... a spus nedumerit.

– Treaba ta, însă nu știi cum evoluează petrecerile lor.

Privea în jur și constata că din cameră dispăruseră femeile, puradeii, că rămăseseră ei doi, lăutarii și câțiva țigani. La un moment dat, unul din tuciurii se apropie de locul unde își țineau băutura și țigările și luă pachetul de țigări al Magdei! Ea îl prinse de mână și îi explică:

– Scuză-mă, ăsta este pachetul meu!

Nu știa dacă ea și-a dat seama de provocare sau doar s-a enervat la gestul țiganului, cert este că acesta, fără să țină seama de ce-i spusese, l-a băgat în buzunar, încercând să plece. Ea însă a continuat să-l țină de mână. Gestul era pe departe de a fi unul politicos. I-a văzut doar chipul schimbându-se de parcă ar fi înjurat-o și a explodat. Cum stătea pe scaun, l-a prins pe respectivul de umărul stâng, l-a întors spre el și, cu dreapta, l-a și pocnit. A apucat să-l vadă cum cade pe spate când, venind din întuneric, un pumn l-a atins pe el. A avut noroc că nu i-a prins bărbia, în schimb i-a lovit gâtul. Agresorul a fost și el lovit de cineva din umbră. La rapiditatea cu care s-a petrecut totul, înclina să creadă că a fost o conspirație, de la invitația lor la chef până la bătaie. Nu știa care era mobilul, nu putea decât să-l bănuiască.

S-a aprins lumina și, stupoare, toată lumea era împroșcată cu sânge. Unii pe cămașă, alții pe mâini!

– Ce s-a întâmplat? a spus impacientată gazda.

– Ãsta l-a lovit pe vărul meu! spuse unul dintre bărbaţi, cel care îl lovise pe Daniel.

– Mi-a luat pachetul de ţigări şi s-a luat de mine.

– Şi ce, ţi-a luat smalţul, sări ca o caţă sora gazdei, cu care dansase Daniel. Dacă dansezi ca o târfă, aşa îţi trebuie!

Masculii începură să se strângâ în jurul lui Daniel. Unul încercă să-l lovească cu piciorul, dar el a parat. Ştia ce dureros poate să fie pentru unul neantrenat. N-a reuşit decât să îl facă să se enerveze mai rău. Le-a făcut un semn discret celor cu care era şi ei l-au înconjurat. A apucat să vadă cum lăutarii îşi iau instrumentele din calea lor. Se îngroşa gluma. A fost prins pe la spate, dar a reuşit să se smulgă. Cămaşa lui de mătase, de care era atât de mândru şi pentru care aşteptase un eveniment mai deosebit ca să o poarte, a rămas în mâinile agresorilor. S-a refugiat în hol încercând să ajungă într-un colţ, ca să aibă spatele apărat. Au început să se împartă pumni. Avea avantajul alonjei, aşa că unul singur i-a şters bărbia făcându-i să-i clanţăne dinţii în gură. Femeile, prietenele gazdei şi soră-sa, s-au apropiat de ei şi la un moment dat s-au interpus între Daniel şi grupul celor trei care îi voiau capul.

– Nu vă bateţi la mine în casă. Dacă vreţi să o faceţi, ieşiţi afară.

Nervoşi, cei trei încercară să le împingă într-o parte, dar nu au reuşit decât să le facă să vină peste Daniel. A căzut pe o banchetă din hol, cu cele două femei peste el, încercând să evite pumnii care veneau. Încerca să răspundă cu aceeaşi monedă când pe uşă îşi făcuse apariţia Larisa cu prietenul ei.

– Ce se întâmplă?

– Ãsta a dat în vărul meu. L-a spart, nu vezi?

Atunci a avut vreme să vadă rezultatele bătăii. Tipul care se luase de Magda avea costumul plin de sânge pe piept. Încă îi mai curgea pe nas şi pe gură. Nu îşi dăduse seama de forţa loviturii. Începu să-şi facă griji. O simplă perforare a etmoidului putea să

ducă la scurgerea lichidului cefalo-rahidian şi, dacă nu se interve-
nea la timp, însemna moartea.

Lovit în corzile vocale nici măcar nu putea să participe la dez-
baterea care se purta:

– Să moară copiii mei, zicea Larisa, dacă i se întâmplă ceva lui
Daniel, nu ştiu ce fac! Eu l-am adus aici, eu răspund de el.

– Haideţi să stăm jos! propuse Liviu. Cine a început?

– El, spuse liderul ţiganilor.

– S-a dat la ea când era lângă mine...

– De unde să ştie el că sunteţi împreună!?

– Nu ne-a văzut când am venit, nu a văzut că am stat numai
împreună?

– Şi ce, trebuia să dai în el? Pentru o femeie? Pentru asta? în-
trebă contabila.

– Măi, atâta timp cât a venit cu mine poate să fie şi ultima curvă,
dacă nu o respecţi pe ea, să mă respecţi pe mine!

– Ştii ce, hai să mergem, spuse Magda. Iar voi, dacă faceţi gălă-
gie, într-o clipă vin câteva maşini de nu rămâne nimic din casa
asta. Lari, dacă îl chem pe Nelu şi află doar că am venit aici şi că
nu mi-ai spus unde mergem, te sparge şi pe tine, şi pe ăştia.

– Taci, fă, şi tu din gură, nu mai aţâţa şi tu lucrurile.

Se apropie de Daniel şi-i spuse la ureche:

– Stai liniştit, că Liviu e poliţist şi ăştia ştiu, aşa că n-or să aibă
nimic de comentat. Ce te-a apucat? Nu ştiam că eşti violent, îi mai
spuse.

– Ce să fac? Dacă tu ai fi cu un tip şi s-ar lua de tine un altul,
iar ăla nu ar zice nimic şi nu ar face nimic ca să îl pună la punct,
ce ai zice?

– Că e un pămpălău.

– Ce, ăştia nu au văzut-o că dansează numai cu mine? Ba chiar
l-a refuzat pe împieliţatul ăla cu gura mare.

– Şi ce, îţi era greu să dansezi şi cu el, Magda?

– Stai puțin, oricine este liber să accepte sau să refuze, nu?

– Cine p... mea ești tu, să vii în cartierul nostru să dai cu pumnul? țipă de departe.

Încerca să se apropie de ei. Daniel a sărit în picioare gata să se apere. Țiganul s-a oprit când l-a văzut în gardă. În general, țiganii sunt fricoși. Lovesc primii și, dacă și-au luat-o, nu mai continuă, la ei având importanță sângele rece. El arătase că are și că nu îl pierde. Orice cocoș e tare în ograda lui, lui nu-i fusese frică nici în a altuia, împotriva mai multora, și asta îl făcuse să crească în ochii lor, mai ales că știau că este medic. Chiar așa de pămpălăi să fie priviți ei, medicii, de ceilalți bărbați?

Daniel era de serviciu a doua zi. Crezuse că o să stea puțin și că o să mai prindă câteva ore de somn. Se înșelase.

– Știți ce? Haideți să bem o bere! spuse Liviu. Discutăm ca între bărbați. Lăsăm fetele aici, iar noi ne aranjăm treburile între noi.

– Bine, a zis Daniel.

Pe undeva, îi convenea. La înălțimea lui, spațiul dintr-un apartament i se părea insuficient pentru o bătaie. Afară avea avantajul libertății de acțiune, dar și ghinionul gheții care tocmai se formase după lapoviță.

– Nu mă lăsa singură! îi spuse Magda.

– Nu se poate altfel, cumva trebuie să se termine totul. Aici ești cu Larisa și nu o să ți se întâmple nimic.

Daniel se uitase în ochii celui pe care îl lovise. Erau opaci. Alcoolul, lovitura, îl făcuseră groggy, de nu avea de ce să se teamă. Dacă începea un nou scandal, trebuia să-l lovească pe cel cu gura mare. Nu era solid, se baza pe haită, care nu mai era în formă.

Un chioșc deschis non-stop. Vânzătorul le-a deschis și au intrat înăuntru. Fiecare cu câte o bere în față, au început negocierile.

– Nu știu, nene! Trebuie să ne batem! Uite și tu ce i-ai făcut! Adevărul este că nu arată deloc bine.

– A căutat-o, frate! Nu-mi place să mă bat, dar ce voiai să fac. Dacă era femeia ta, ce-ai fi făcut în locul meu?

– Femeia mea nu ațâța toată lumea! A căutat-o cu lumânarea!

Daniel avu la un moment dat senzația că vânzătorul, un tip zdravăn, se uită ciudat la sticlă, ca și cum ar fi vrut să o folosească împotriva lui, și se retrase doi pași, privindu-l pregătit să se apere.

Și-a dat seama că greșise când se încrezuse prea mult în statutul de polițai al lui Liviu. În fond, el locuia în cartier. Era mai degrabă interesat în a-și păstra bunele relații cu vecinii lui țigani decât să-l apere pe el, un ilustru necunoscut.

I s-a făcut frică. Un lucru era clar: dacă începea ceva se termina prost de tot. Se solda cu mortăciune după cum îi plăcea să-i spună unui asistent de-al lui de medicină legală. Avea sticla de bere în mână și ea echivala cu un cuțit în mâna cuiva care știa cum s-o folosească. Iar ei erau băieți de cartier și știau!

– Tu ai lovit primul, trebuie să plătești! Te costă două sute de mii ori ne-o dai pe tipă!

„Asta era!"

– Ne-o dai să o facem o dată și rămânem prieteni.

– Nu pot! A venit cu mine la chef...

– E o târfă cu nasul pe sus, ce mare chestie?

– Tu nu auzi că n-am cum! O prinzi în altă zi, treaba ta. Astăzi însă, când am venit cu ea, automat m-am obligat să o duc întreagă acasă! Nu-mi cere, că din start trebuie să refuz.

În sinea lui spera să se rezolve cu banii, numai să nu fie nevoit să se mai bată. Gândul ăsta îl îngrozea, pentru că putea să-l omoare.

– Iartă-mă, frate! i-a spus Daniel țiganului pe care îl lovise. Și chiar vorbea serios. Îi părea că picase ca musca-n lapte, judecând la rece tot ce se întâmplase. Nu are rost să ne mai încercăm puterile, hai să facem pace. Uite, spune ce pretenții ai tu din treaba asta și ne înțelegem? Bine?

Omul îl privi întrebător pe vărul său, după care zise:

– Ne dai femeia sau banii?

– Pentru că m-am apucat să dau, uite, plătesc.

Liviu, care băuse în tăcere lângă ei, întrebă:

– Sunteți de acord?

– Da, răspunseră pe rând cei care fuseseră implicați în conflict.

– Bine. Fiți atenți că mă duc să văd ce este acasă și să le spun că s-a rezolvat și mă întorc să vă iau. Nu se întâmplă nimic, bine? întrebă așteptând încuviințarea celor trei.

– Nimic, barosane! Să moară mama dacă te mint! zise gură mare. Liviu plecă lăsând în urmă o atmosferă mai destinsă.

– Unde ai învățat să dai așa? Nici nu-l puteai vedea bine?! îl întrebă al treilea, care nici măcar nu vorbise până atunci.

– Eh, am făcut și eu puțin sport, le-a spus.

– Ce ai făcut?

– Karate!

– Cât timp?

– Vreo zece ani...

Fluieră fără să vrea.

– De asta ai avut sânge să dai! Vii la noi în cartier și lovești? îi spuse cu reproș.

– Sunt prima dată aici la un chef!

– Și nu știi legile noastre?

– Ce, crezi că mi le-a spus cineva înainte să intru pe ușă? l-a întrebat.

În curând își făcu apariția Liviu.

– Să mergem! îi spuse. O să rezolv eu cu băieții! Voi rămâneți aici până mă întorc, le spuse celorlalți.

– Ce face Magda?

– Am dus-o acasă!

Daniel era puțin dezamăgit. Nu avea numărul ei și, ca să o vadă, nu avea altceva de făcut decât să aștepte.

În casă era liniște. Turbulenții dispăruseră. Mai erau câteva persoane dintre cele care fuseseră la începutul chefului. Lăutarii își strânseseră sculele și stăteau să bea și ei un pahar în liniște.

– Nu te credeam așa! îi spuse sora gazdei. Cum poți umbla cu o curvă ca aia?

– În primul rând nu o cunosc atât de bine încât să știu asta despre ea, apoi eram dator moral să-i iau partea indiferent ce făcea.

– Să știi că umblă cu străini, așa că ai grijă ce faci cu ea! îi mai spuse ironică.

Nu îl deranja modul în care i-o prezentase, ci faptul că Larisa, care fusese de față, nu îi luase apărarea în niciun fel. Ce fel de prietenă îi era?

I se aduse o felie de tort din partea sărbătoritei. Mânca în tăcere gândindu-se la micimea omului în anumite momente. În apropiere de el se așezase unul dintre lăutari, care își ținea prietena pe picior.

– Tu ce faci? Mergi cu aia la chefuri, o bagi la înaintare ca să îi arzi pe fraieri? Te antrenezi?

Îl apucă râsul. La asta nu se gândise. I-a explicat și lui rațiunea pentru care lovise.

– La fel aș face din nou dacă s-ar pune problema. Mi se pare corect să procedez așa pentru orice femeie cu care ies. Chiar dacă e curvă, respectând-o pe ea mă respect pe mine.

– Ai avut noroc că nu i-au lăsat fetele să intre în bucătărie, că veniseră deja să își ia cuțite.

„Asta ar fi fost o problemă!" Pentru ăștia era o rușine să fii prins furând și să faci pușcărie (să fii prins, nu să furi!), dar dacă omorai pe unul cu cuțitul, deveneai șmecher de șmecheri! Le era dator tipelor care săriseră să îl apere. De ajuns cât se distrase la cheful ăsta, era cazul să plece.

– Larisa, a strigat-o, eu trebuie să o tai. Peste o oră intru la muncă și trec pe acasă să mă schimb. Tu ce faci?

– Mai stau cu fetele și plec și eu cu Liviu.

Și-a luat rămas-bun de la fete și de la cei care mai erau prin zonă și a plecat. Pe un fotoliu zăcea ce mai rămăsese din cămașă. A renunțat să o ia, oricum nu se putea face nimic cu ea, era varză. La adăpost de privirile celorlalți, a început să-și facă recensământul vânătăilor. Fusese lovit în gât, în barbă și un pumn îi ștersese urechea.

Prima era cea mai dureroasă zonă. A încercat să înghită, dar senzația declanșată l-a determinat să stea în banca lui. Era clar că avea să bea lăptic și ceai cu pâine înmuiată ceva timp de acum încolo. În barbă avea o vânătaie, nu o vedea, dar o putea simți, iar la ureche mastoida protestă în fața oricărei atingeri. Părea ciudat că fusese lovit tocmai acolo, după ureche.

Ajuns acasă, a apucat să-și facă un duș înainte să sune telefonul.

– Ai ajuns, se auzi vocea Magdei.

Părea îngrijorată, lucru care i-a făcut plăcere. Însemna că nu-i era indiferent.

– În cele din urmă..., a răspuns distant.

– Ți-am zis să plecăm, că ai văzut tot, de ce nu m-ai ascultat?

– Și să pierd toată distracția?

– Ți-a plăcut? a întrebat mirată.

– Nu pot spune asta, dar am avut sentimentul că trăiesc. Sigur că m-a costat puțin. Mi-am schimbat oarecum vocea și o perioadă o să pot să dorm doar pe o parte, dar în rest sunt bine.

– Și așa nu-mi plăcea vocea ta, era prea subțire pentru cum arăți!

– Și nu crezi că existau metode mai simple de a mi-o schimba?

– N-a fost ideea mea, eu doar am constatat! După ce ai plecat, se minunau toți că erau plini de sânge. Tu n-ai simțit nimic. Țoapele alea te admirau cum stăteai în picioare și împărțeai și-n stânga, și-n dreapta. Așadar, nu ai scăpat chiar neatins?

– Ar fi fost chiar culmea la câte amabilități s-au schimbat! Așa vă distrați mereu în cartierul vostru?

– Glumești? N-ai mai fost la niciun chef de țigani?

– Nu prea se înghesuie prin facultățile de medicină. Poate prin locuințele medicilor!

Fără să-i ia în seamă ironia, ea continuă:

– Ei nu se simt bine dacă nu iese cu bătaie sau dacă nu curge sânge. Păcat de cămașa ta!

– Mda. Nu știu ce o să-i spun mamei. În fine!

– Ce ți-au spus despre mine?

– Mai multe! răspunse evaziv.

– Că sunt o curvă?

– Printre altele.

– Te deranjează?

– Nu. Nu cred că este treaba mea ce faci tu sau altcineva și dacă am vrut să ieșim împreună mi-am asumat riscul de a afla orice despre tine, nu? Auzi, prințeso, acum nu te supăra, dar ți-am spus că trebuie să ajung și la muncă, nu vrei să-mi dai numărul tău ca să te sun când ajung?

– Nu, nu încă. Te sun eu dacă îmi dai numărul tău de la serviciu. Tot nu mi-ai zis cum s-a rezolvat?

– Trebuie să le dau două sute de mii.

– Cuuum! se auzi în receptor. Tot tu? În fond, ei te-au provocat! Și chiar dacă ar fi așa, Larisa ne-a dus acolo, să plătească ea!

– Oricum le-a dat banii Liviu. De el chiar că mi-e rușine. Las' că văd eu. Uite, îți dau numărul meu de telefon, că trebuie să fug.

După câteva ore au reluat dialogul.

– Ce crezi că s-a întâmplat de fapt?

– Că a fost mânăreală din partea tipilor, asta e clar. Am fost lovit la o secundă după ce l-am atins pe ăla. Înseamnă că erau atenți la ce se întâmpla. Dar nu înțeleg de ce pe mine? Pentru că am dansat așa? Pentru bani?

– Nu cred! Cu tipele alea sunt în râcă dintotdeauna. După ce că sunt curve, sunt și proaste! Îl știi pe tipul ăla gras, plin de aur, care stătea pe margine?

– Da, parcă am schimbat câteva vorbe cu el după scandal.

– Eh, ăla era amantul fetei cu care ai dansat tu atât de languros! îi aruncă ea.

– Stai puțin, că eu nu am nicio vină, ea s-a lipit așa de mine!

– Auzi, tu te-ai mai întors la ei?

– Da, am crezut că te găsesc acolo!

– Ai mâncat ceva de la ele?

– Mda, mi-au dat o felie de tort!

– Ești chiar atât de fraier? Nu ți-am zis să nu mănânci! Crezi că ți-am spus degeaba?

– Adică, cum?

– Nu știi că prin mâncare poți fi legat? Că așa se pot transmite energii care să te facă să fii o marionetă în mâinile ei?... Ai merita să te las să te chinui, ca să înțelegi că nu poți mânca cu oricine la masă și mai ales să nu împarți sarea cu oricine! Spuse de data asta ca pentru ea. Bine, te sun mai târziu! îi mai spuse ea închizându-i.

Daniel a rămas singur cu gândurile lui. Ce voia să spună? Avea senzația că intrase într-o altă lume, cu alte legi decât cele pe care le cunoștea. Pleoapele îi cădeau din ce în ce mai grele până ce a încetat să se mai împotrivească. A adormit, dar după aproape jumătate de oră l-a trezit telefonul:

– Hai, trezește-te! Cum te simți?

Încercând să se dezmeticească, a constatat că cercul din jurul capului îi dispăruse, avea un cap complet liber de orice durere!

– Bine! Nu mă mai doare!

– Altădată să ai grijă de unde mănânci și cu cine, n-o să fie tot timpul cineva lângă tine să-ți salveze fundul!

A tăcut.

– Acum nu o lua așa în tragic, învață și mergi mai departe.
Parcă vorbise duhovnicul lui de la Cernica! L-a frapat asemănarea.

– Știi ce, până te mai gândești ce să spui, îmi fac și eu treaba,
bine?

– Stai puțin, că abia mi-am revenit și eu. S-au întâmplat prea
multe în ultimele douăzeci și patru de ore ca să nu fiu și eu puțin
depășit.

– Era timpul să ieși din amorțeala în care erai și ai dat de mine?
îi spuse și se auzi râsul ei.

– Da, cred că da!

– Atunci mai vorbim! Te sunt mâine, bine?

– OK! Pe mâine, și mersi, deși nu-mi dau seama de ce!

A mai avut timp să o audă râzând în receptor, în timp ce îl
punea în furcă.

22.

CRĂCIUNUL

Zilele treceau pe nesimțite. Parcă revenise de la bătrânețe la adolescență, așa de repede se scurgeau. Când erau împreună, zilele zburau, nu aveau timp să se plictisească. Notele de telefon veneau din ce în ce mai mari, dar asta era mai puțin important. Ea se hotărâse să ia o pauză în ceea ce privește lucrul ei și să petreacă sărbătorile mai mult cu Daniel, iar el, în afara serviciului de noapte, era liber, așa că zilele erau mai mult împreună.

Se apropia Crăciunul. Pentru prima dată îl simțea venind cu toată inima sa. Părea că vine și pentru el cu toate bucuriile cerului. Când nu erau împreună, o simțea de parcă ar fi avut-o tot timpul în minte, în suflet, iar ea spunea la fel despre el. Ajunul îi prinse la un prieten de-al lui. Nu era medic, ci paznic. Prieteni medici nu avea decât unul și ăla din facultate. A constatat după terminarea facultății că majoritatea parcă se tâmpiseră. Tot îi dădeau înainte că li s-a schimbat statutul și că trebuie să se comporte altfel față de ceilalți oameni. A reușit să le transmită că, dacă statutul de medic îi modifica statutul de om, adică de a trata oamenii la fel, nediferențiat, „face ceva pe statutul lor!" Dormea, lucra și-și trăgea și el sufletul. Îi plăcea să doarmă, chiar dacă ea nu era lângă el. Îl suna și, înainte de a închide, îi spunea:

– Vrei să vin să te țin în brațe până adormi?

Prima dată răspunsese un „Da!" mai mult în glumă, dar pe urmă îi simțea efectiv prezența și căldura mâinilor care i se transmitea când se gândea la el. Când a întâlnit-o și a simțit că poate fi lângă ea tot timpul, că puteau fi împreună, legați ca de un cordon ombilical, știind în orice moment unde e și ce face celălalt, abia atunci a realizat cât suntem de singuri noi, oamenii.

Adormise câteva ore, timp în care își făcea și ea treburile ei de femeie. Adevărat că locuia cu maică-sa și că ea o ajuta în ale casei, dar nu putea să o lase la toate!

L-a trezit din somn cu un telefon. Ceva se întâmplase, altfel nu ar fi făcut-o.

– Cunoști pe cineva la spitalul de ochi din Lahovari?

– Ce-ai zis? întrebase pe jumătate adormit.

– Un doctor de ochi în Lahovari?

– Nu, de ce? întrebă curios.

– Pe cel mic al Larisei l-a lovit ceva la ochi!

– Cum?

– Mergea cu autobuzul și se așezase pe scaunul de lângă geam. Niște copii au aruncat cu pietre și una a spart geamul de lângă el. Un ciob i-a sărit în ochi și acum îl operează.

– Acum, de Crăciun? A lovit-o Dumnezeu, ce să spun!

– Știi ce, chiar dacă merită să plătească pentru faza cu cheful nu văd de ce să o pățească ăla mic.

– Ești lovit unde te doare mai tare! Cu singurul amendament că nu te bate Dumnezeu!

– Și ce vrei să facem?

– Să mergem la spital să vedem ce face ăla mic.

Ãla mic era destul de mare încât să-i fure din țigări maică-sii!

– Bine, mergem.

Și-au dat întâlnire la Piața Romană. Când au ajuns la spital, simplul fapt că era medic le-a deschis ușa. Băiatul fusese scos din operație și era încă sub anestezie. Daniel s-a dus să vorbească cu doctorița care-l operase.

– A avut o plagă în formă de y, de circa 7-8 mm, care era pe cornee, spre norocul lui, pe care nu o penetrase.

Spera că nu apucase să se infecteze, oricum îl pusese pe antibiotic, și, datorită faptului că era localizată lateral, că nu îi va afecta vederea în timp. Mai mult nu aveau de făcut decât să aștepte.

La căpătâiul copilului stătea maică-sa. Se liniști vizibil când îi văzu. Au acceptat să stea cu ea până ce avea să se trezească băiatul din anestezie.

– Ce știi să faci?

– Doar să mă rog! Pot spune rugăciunea inimii și mai știu câteva de pe când umblam prin mânăstire.

– Bine, spune-o în gând și eu fac ce știu eu! îi spuse și închise ochii. Țineau amândoi mâinile pe capul băiatului. A început să se încălzească și a trebuit să se dezbrace până ce a rămas într-un tricou. A stat așa cel puțin o oră, timp în care a mai schimbat câte o frază cu Larisa, care până la urmă adormise pe unul din paturile din salon. Când a rămas fără pic de energie, a auzit-o pe Magda spunând:

– Mi-e foame. Mă duc acasă!

– Haide, fato, nu mă lăsa singură, că eu nu rămân aici.

– Și ce faci cu fiul tău?

– Îl las să doarmă aici și vin mâine!

Larisa era cam infantilă pentru vârsta ei și pentru cei doi copii pe care îi avea și pe care îi abandonase mai mult maică-sii.

– Cum lași copilul singur, ce, ești nebună? Se trezește fără să cunoască pe nimeni! Cine te-a pus pe tine, fă, să faci copii, că tot nu ai grijă de ei?

– Cine vorbea! Râde ciob de oală spartă. Știi ce? Uite, îți dau bani și mergeți să luați ceva de mâncare și de băut și vă întoarceți aici. Nu mă lăsați singură, că plec!

Pentru un om neobișnuit cu spitalele, să se afle într-un salon în care sunt mai multe paturi goale e foarte neplăcut.

– Bine, hai să rămânem! spuse Magda luând banii. Să căutăm ceva de mâncare...

Au găsit un chioşc deschis şi i-au luat Larisei un hamburger şi o bere. Când s-au întors, se schimbase paza!

Paznicul de noapte era un ţigan bătrân, cu mustaţă. Se uita la ei şi în momentul în care Daniel i-a spus că este medic i-a cerut legitimaţia. Nu o avea. Refuză să le dea drumul, se uită apoi la Magda şi o întrebă:

– Romane?

Iubita lui se înroşi până-n vârful urechilor şi dădu din cap. Portarul le deschise uşa.

– Ce a întrebat?

– Dacă sunt ţigancă! I-am răspuns că da. Am câţiva în neamul după tata. Toţi sunt bruneţi rău. Eu semăn mai mult cu maică-mea! Cum mă simt, nu ştiu, parcă sunt animale. Nu pot să merg nicăieri că mă simt, zise râzând gânditoare.

Ajunşi în salon s-au apucat să mănânce. Băiatul se trezise, dar văzând lume cunoscută se culcă la loc. Era bine dacă dormea. S-a observat că somnul profund face cel mai bine în orice boală. Psihicul uman are un rol deosebit şi, din păcate, este atât de îndreptat către malefic încât ne facem rău singuri.

Au stat până dimineaţa, după care au plecat spre casele lor.

– Tot ce îmi doresc e să stau în baie şi să nu mă mai gândesc la nimic.

Avea să-i trebuiască încă un an ca să o înţeleagă. Când se simţea golită, se încărca. Chi-ul, energia divină care stă la baza vieţii, se găseşte pretutindeni în cele patru elemente ale naturii: pământul, aerul apa şi focul. Era iarnă, aşa că soarele nu avea atâta putere, dar mai erau şi celelalte. Faptul că făcea baie cu orele nu era un simplu moft, ci o metodă de purificare şi de încărcare. De altfel, în toate zilele cu soare căpăta o strălucire aparte.

– M-am dus la un curs de radiestezie și mi-am făcut măsurătorile. De ce? Păi nu putea nimeni să doarmă lângă mine fiindcă murea de cald, plus că am vrut să văd de ce se întâmplă ceea ce se întâmplă cu mine: visele, premonițiile și altele. Am un câmp de șaisprezece metri și mi s-a spus că, dacă sunt fericită, ajung până la douăzeci! Fata care se ocupă cu așa ceva mă invidiază, pentru că nu știe dacă va putea ajunge în viața asta la ceea ce am eu.

Cel mai bun loc de încărcare era muntele, marea depinzând de tipul de chi de care aveai nevoie în acel moment. Cel mai periculos era cel al soarelui, arde prin locurile prin care trece dacă este în cantitate mare.

– De ce nu practici? a întrebat-o.

– Pentru că nu mi-e dat. Sau, mai exact, nu trebuie să fac nimic, pot face tot ceea ce vreau eu, spre deosebire de tine!

– Cum adică?

– Tu faci ceea ce trebuie, eu fac ce-mi place și nu numai că-mi este îngăduit, dar am și ajutor în ceea ce vreau, indiferent despre ce este vorba.

– Tu nu ai niciun înger păzitor, iar eu am șase! Și orice mi s-a întâmplat, până la urmă am scăpat cu bine! Știi ce? Haide să ne închinăm la Sfântul Mina!

– Bine, la urma urmei, de când te-am cunoscut pe tine, am sărutat toate moaștele care sunt în capitală!

– Hai, nu fi rea!

Ajunși la biserică, au constatat că de abia se deschisese. Înăuntru nu era decât femeia de la lumânări. Au intrat și s-au așezat în dreptul moaștelor, ținând mâinile pe cutia de argint în care se află.

„Ce să fac?", s-a întrebat fără să aștepte un răspuns din partea cuiva. Magda privea și ea tăcută icoana sfântului.

„Ridică neamul oamenilor!", veni răspunsul.

S-a întors surprins către Magda. Și ea se uita uimită la el. Au izbucnit amândoi în râs. S-au potolit până la urmă. Cum să o facă?

Nu are bani, nu are destulă credință și cunoaștere ca să facă cine știe ce lucruri. Oamenii vor ceva care să-i scoată din amorțeală, dar au nevoie de minuni. Și chiar dacă ar face minuni peste minuni, tot nu ar crede, ar zice că e vreo farsă. Pentru ei ar fi de-ajuns să îl vadă câștigând la Bingo și să le spună că a descoperit o cale de a se îmbogăți rapid. Ar accepta mai ușor un Solomon decât un Iisus!

S-a îndreptat fiecare către casa lui. Urmau să se vadă și să-și petreacă seara împreună. Mergând spre casă a realizat că era Crăciunul. Ce ar fi putut să-i ofere cadou? Mergea prin târg privind în gol, când atenția îi fu atrasă de o cutie muzicală. A cumpărat-o parcă fără să se gândească, doar în momentul în care a deschis-o melodia a făcut să-i treacă un fior pe spate. Era cea din *Love Story*. Întotdeauna îi plăcuse! „Prostii!", și-a spus făcându-și singur curaj. Balerina care dansa pe melodie îi amintea de ea făcându-i cu mâna din depărtare. I-a găsit și un sirag de ametiste și s-a îndreptat spre casă. La o tarabă se auzea Cher „I'm strong enough to live without you!" „Cred că aș putea supraviețui și fără ea!", veni răspunsul de undeva din interiorul lui. „Ce naiba am?"

Venise seara. A simțit-o venind și i-a deschis ușa. Avea obiceiul să se dezbrace și să intre direct în dormitor pentru a da drumul la casetofon. Îi lăsase pachețelul pe pat, luminat de candelă, așteptând să vadă ce se întâmplă. A auzit cum se pornește melodia o dată, încă o dată și încă o dată. Când a intrat Daniel, își pusese la gât șiragul de ametiste.

– Întotdeauna mi-am dorit una, dar nu am ajuns niciodată să o cumpăr.

Îi plăcuse atât de mult încât își punea melodia de fiecare dată înainte să adoarmă. Băiatul se făcuse bine, ochiul se refăcuse complet și ajunsese chiar să dea un interviu despre cum se produsese accidentul.

23.

LICENȚA

Venise examenul de licență. Nu simțea nimic: nici frică, nici bucurie, nici altceva. Prostia care se degaja din probele astea îl făcuse de-a dreptul indiferent și de-abia dacă deschisese cărțile. A trebuit să recitească toate tâmpeniile pe care le învățase în facultate și pentru care dăduse examene. Era dezamăgit de tot ceea ce însemna medicină. Ba mai întâlnise un chinez care făcuse facultatea în Beijing și față de care, atunci când îi spusese că medicina românească era tare proastă, nici măcar nu găsise argumente să-l contrazică.

Că existase un Davila, un Babeș sau un Cantacuzino, era adevărat, dar medicina, spre deosebire de pictură, se sprijină pe cei cei vii, nu pe fantomele morților! Singura facilitate pe care i-o oferise medicina românească era apropierea față de bolnav. Aproape că puteai face orice cu pacienții. Să le bagi degetul în gură, în fund, nici măcar nu puteai fi tras la răspundere pentru asta! Iar pacienții, de nevoie sau de frica medicilor, acceptau orice. Pentru ei, ca medici în formare, era bine.

La anatomie avusese parte de cadavre, pentru că sărăcia făcuse să moară destui în spital și să nu fie revendicați de familii, așa că ajungeau la studenți. În rest beneficiase de laboratoare relativ bine utilate, spre deosebire de cele de la stat, pentru simplul motiv că și le plăteau singuri. Nu credea că i-ar fi plăcut să facă o facultate de stat. Doar ideea de a fi dator statului român îi repugna. Așa avea datorie față de părinți și, nu în ultimul rând, față de Dumnezeu.

Curios poporul român, care dă tot timpul valori spirituale, deşi se comportă mai tot timpul ca o curvă!

Ce mai, nu învăţase nimic. Citise subiectele aşa, ca idee generală, doar atât. Ba se certase şi cu părinţii, care o învinovăţiseră pentru asta pe Magda. De ce şi cum să le explice că nu poate să înveţe ceva în care nu crede şi care e o prostie la urma urmei.

Numai clasificările tumorilor, o idioţenie scornită de profesori pentru a departaja pilele ce trebuiau să ia note mari şi să ocupe posturile de rezidenţiat, îţi luau săptămâni. A văzut cineva un bolnav de cancer vindecat de cancer? Şi, totuşi, tratamentele se întindeau pe zeci de pagini, descrierea lor, clasificările... Să fim serioşi. Nici care e cauza nu se ştia! Şi cum poţi trata ceva care nu ştii de ce apare? Unde era buba? Atâta timp cât medicii nu erau în stare să accepte existenţa energeticului şi a spiritualului ca parte integrantă în om, nici nu putea fi vorba de o renaştere a medicinei româneşti, asupra căreia se pusese praful de pe vremea celor care îi dăduseră naştere.

Discuţiile pentru învăţat fuseseră atât de aprinse încât se mutase la o femeie care îi devenise pacientă volens nolens. Se îmbolnăvise de Zona şi, pentru că pensia îi era atât de mică încât nu putea să cheme nici salvarea, s-a procopsit cu ea ca să o facă bine. Nenorocirea făcuse că îi era afectat nervul sciatic şi nu numai, astfel că rănile care rămăseseră după ce se spărseseră băşicile cu lichid se întindeau din spate până pe picior, pe coapse şi pe burtă. Simpatic fusese că trimisese pe cineva să-i ia un unguent acyclovir şi se întorsese cu un tub oftalmic, de 2 g, care i-ar fi ajuns exact pe o bubă! Folosise în cele din urmă medicamentele din infecţiile cu virusul herpetic, dar vindecarea, departe de a veni din ele, veni de la Magda. Se supărase iniţial, când o adusese să o vadă. Femeia mergea de mult pe la părintele Argatu, care îi spusese că degeaba plânge după bărbatu-său, că nu îl întoarce pentru simplul motiv că se cuplase cu o ţigancă şi aceea îi pusese menstruaţie în mâncare, îi legase mintea și îl făcuse să renunțe la familie și la tot. Având un salariu mare, țiganca își dorea să aibă un trai îndestulat până la moartea lui. Dorise și casa, un apartament cu patru camere, dar nu reușise să o clintească pe femeie.

Și se abătuse boala asupra ei. Neamul românesc ascunde multe în folclor, chiar și descântece de buboaie, atât cât să spui descântecul și să-ți treacă. Bătrânii știau că bolile, mai ales cele infecțioase, sunt date de duhuri, fiecare cu plaga lui, și că, în absența lor, indiferent dacă ai stat sau nu lângă cel bolnav, nu ești vulnerabil.

Cert este că femeia se făcuse bine după ce Magda aproape că se mutase la Daniel. Faptul că stăteau mai mult împreună, departe de a-l face să-și dorească să-și mai continue medicina îl făcuse să o vadă într-o nouă lumină.

Îi adusese toate articolele despre medicina naturistă și citea orice altceva doar medicină alopată nu. Simpla ei prezență, faptul că o putea privi, chiar dacă gătea, spăla, îi era de ajuns să se gândească că este împlinit.

În cele din urmă, îi găsise de lucru la un individ care avea o firmă pe la Piața Sf. Gheorghe. Îl bucura că era aproape și de serviciul lui, și de centru. Nu câștiga prea mult, dar oricum era mai bine decât atunci când încercase să lucreze la o fabrică de confecții, de unde ieșise plângând după prima zi de muncă. Părea că viața li se așază pe un făgaș normal. Poate și datorită faptului că ajunseseră la cimitirul catolic și, hotărâtă să lase trecutul în urmă, ea făcuse circuitul de 9 zile pe la cele 9 morminte. Se tot vorbea despre ele și mai ajunsese o dată acolo în anul întâi, cu o colegă care dorea să ia examenele. Nu au făcut circuitele cum îi învățau tot soiul de oameni care treceau pe acolo. Venise ca să studieze un fenomen și să găsească de unde venea credința celor care treceau pe aici. Când au ajuns la intrarea în cimitir Magda l-a întrebat:

– Unde simți că trebuie să mergi?

A stat puţin ca să vadă către care parte are chemare şi senzaţia de bine şi de lumină i-a venit din dreapta.

– În dreapta! i-a răspuns.

– În stânga simt eu! i-a spus puţin dezamăgită.

– Haide să vedem! spuse Daniel luând-o pe o alee în dreapta.

A dat peste mormântul unei familii care se numea Dragoste! Le-a plăcut amândurora, aşa că, de fiecare dată când treceau pe acolo, stăteau să-i vadă. Opriţi la mormântul Olguţei, fetiţa care făcea oamenii să vină să îi ceară ajutorul, deşi de mult era trecută dincolo, Magda îi spuse:

– Tot îmi vine în minte, mai, mai!

– Mai ce? Ce să faci? Să mai vii pe aici?

– Nu, luna mai! Ceva o să se întâmple în luna aceea.

Şi-au continuat drumul şi au ajuns la Crucea lui Hristos, apoi la mormântul unui cardinal, după care au dat de un obiect care străjuia mormintele a patruzeci şi ceva de preoţi catolici. Asta simţise el. Energia mormintelor se înălţa prin obelisc până la cer! Îi dădea o senzaţie de linişte şi de părere de rău. Nu li se mai făcuse o slujbă de mult, fuseseră uitaţi de Biserica Catolică. A urmat mormântul necunoscut, alţi preoţi care muriseră în închisoare după ce luaseră comuniştii puterea. Daniel şi-a promis să vină în post să le facă o rugăciune de dezlegare aşa cum trebuie. Ce dacă erau catolici, serviseră lui Hristos. Veni rândul unui loc unde erau înmormântate măicuţe şi care, faţă de intrarea în cimitir, se afla în stânga:

– Uite de ce eram atrasă în partea asta, spuse ea. Tu cu preoţii tăi, eu cu măicuţele!

Mai urma un cardinal, alte măicuţe şi, ultimul, un mormânt unde s-ar fi făcut dezlegări de farmece. Era împrejmuit de nouă lanţuri şi regula era să spui ceva de genul: „Aşa cum dezleg eu lanţul ăsta să se dezlege farmecele făcute asupra mea/a altuia." Lucru care se făcea de trei ori cu fiecare din ele.

Într-una din zile, pe când mergea acolo, au dat fără să vrea peste un mormânt. Le atrăsese atenția pentru simplul motiv că era al unui copil de un an. Piatra funerară avusese o cruce din marmură care fusese spartă și nu se mai afla acolo. Uitându-se mai de aproape au văzut, împrejmuit de același gard încă o piatră, care era acoperită de tufișul ce crescuse peste ea. De curiozitate, a dat crengile la o parte și a citit numele care era scris dedesubt: William Lancaster Goodwinn! Dar ceea ce a făcut să îl ia o transpirație rece pe șira spinării a fost data la care murise, care coincidea cu data nașterii lui! Era o coincidență. De mult nu mai credea în ele.

– Haide, să ne uităm mai bine! îi spuse Magda. Se duse în spatele pietrei și, fără a atinge ceva în afara crengilor, ridică tufa. Au rămas stupefiați: erau numai ațe înnodate la intervale regulate, o mătură învelită într-un ciorap de damă, care avea la fel noduri făcute simetric pe ea, nuci aranjate cu mâna. Daniel s-a apropiat și a întins mâna să vadă ce era ascuns de frunze.

– Nu pune mâna! țipă Magda. Ești prost, vrei să mori?

I s-a părut deplasată reacția ei. Credea în farmece, tocmai văzuse un băiat care fusese adus în starea de a merge cu un ghemotoc de ațe înnodate, pe care și le număra periodic, ce-i fuseseră aruncate în curte, iar el avusese nenorocul să le ia de pe jos, dar nici chiar așa. Trebuia să vină altădată! Era mormântul unui copil nebotezat. Nu cunoscuse lumina și de aceea rămăsese poarta către lumea de dincolo. Cine venea să facă vrăji, știa asta și l-a legat.

– Trebuie dezlegat, îi spuse.

Întâmplarea a făcut ca într-o duminică să se întâlnească la cimitir cu șapte persoane, aproape aceeași formație ca de ziua Sf. Mihail și Gavriil, mai puțin Larisa, al cărui loc fusese ocupat de fata ei cea mică. Fetele își făcură rondul și ajunseră la mormântul copilului. Magda le spuse:

– Nu vă băgați! Eu trebuie să fac totul!

Cu un cuțit adus de acasă, începu să taie crengile care ascundeau mormântul. Curioși, s-au adunat în jurul ei. Una dintre fete ridică de pe el un piron. Daniel nu avu de lucru și scoase din buzunar o sticluță de agheasmă mare și stropi pe jos.

– Ce faci? țipă Magda la el. Apoi, văzând apa sfințită: Nu cu asta, că se răzbună pe tine. Cine ești tu să-l arzi? Dacă vrei să faci ceva, găsește o sticlă goală și fă pipi în ea!

Tonul fusese atât de categoric încât a plecat să facă ce i se spusese. Doar bunică-sa îl mai învățase ceva de genul ăsta. Avusese mult timp probleme cu o vrăjitoare și o descântătoare bătrână o învățase să facă pipi într-o cană și să arunce în fața pragului casei, după care să calce pe el. I se dusese duhul că e cea mai mare vrăjitoare, că nimeni nu reușise să-i facă nimic. Se gândise mult timp la ce însemna asta la nivel spiritual și, corelând cu ceea ce văzuse la exorcizarea lui Costi, ajunse la concluzia că așa călcai peste puterea răului.

Cert este că stropise tot ce găsise în spatele mormântului cu urina pe care o strânsese într-o sticlă de suc găsită în cimitir. Îi persista încă întrebarea de ce trebuie să facă el asta. Nu a durat mult, nu mai mult de o oră, dar lui i se păruse o veșnicie. La un moment dat, s-a gândit chiar să închidă poarta cu cercuri de lumină, așa că a început să facă cercuri în jurul mormântului în sens invers acelor de ceasornic, închipuind niște cilindri de lumină care izolau lumea de întuneric.

Din păcate, nu și-a dat seama că Magda și prietena psiholoagă au rămas închise în ele. A aprins apoi lumânări care au ars rapid fără să lase urme de ceară.

– Uite câtă nevoie de lumina are! spuse Magda aprinzindu-i altele în cele patru colțuri ale mormântului.

După ce au terminat, au mers să bea câte o cafea la un bar de peste drum. Spiritele s-au încins, fiecare încercând să își dea cu părerea ce semnificație avea faptul că suma cifrelor nașterii celor doi copii rămânea tot timpul șapte. Nu știa nici unul prea multe despre Cabală, așa că la un moment dat niciunul nu mai asculta ce spune celălalt, vorbind doar ca să se audă pe el însuși.

S-au despărțit supărați. Daniel se simțea rău, așa că în seara respectivă nu a reușit să facă nimic. A doua zi, înainte de a se în-tâlni cu Magda la Sheriff's, a reușit cu greu să facă niște rugăciuni. A citit moliftele pentru toți care fuseseră acolo.

Atmosfera din casă devenise atât de ostilă că a trebuit să plece. Simțea nevoia să iasă cât mai rapid și, după ce s-a întâlnit cu Magda și după ce a condus-o la lucru, s-a întors acasă. Cum a intrat pe ușă a observat că ușa camerei unde-și făcea rugăciunile era afumată, iar când a deschis-o a fost un șoc. Pereții erau negri, dar nu orice fel de negru, ci parcă ar fi fost cărbune, iar în aer plutea efectiv cenușa. A fost nevoie să deschidă geamul pentru că nu se putea respira. Focul mistuise doar altarul lui, unde îngrămădise o mul-țime de icoane care străjuiau icoana Maicii Domnului, Biblia, căr-țile de rugăciuni. Scăpase doar o cruce pe care o avea cumpărată de la Mânăstirea Prislop, unde trăise părintele Arsenie Boca.

Greșise, asta era clar, dar nu prin ceea ce făcuse la cimitir, ci pentru că nu era curat. Lucru de altfel confirmat și mamei lui de un preot cu har pe care îl mai vedea. Asta putea să îl coste viața! Dar Dumnezeu hotărâse altfel.

A fost nevoie să își ia alte cărți. Moliftelnicul i l-a ales Magda. Unul de culoare albastră. A întrebat de ce? El ar fi preferat negru, dar i-a răspuns că așa este el. Joaca asta a lor nu a rămas fără reper-cusiuni, toți au avut probleme, mai ales că, deși încercau să dez-lege, nu reușeau. „De ce Doamne?", se întreba.

Până într-o zi când a intrat la Sf. Gheorghe. Era vineri, când se fac rugăciunile de dezlegare. A ascultat slujba până în momen-tul în care unul dintre cei cinci preoți care țineau slujba au început să citească o rugăciune pe care nu o cunoștea, în care era vorba despre magie. Simțea că asta îi lipsește ca rugăciunea pe care o face să fie completă. Dar cum să dea de ea? A întrebat-o pe femeia de la lumânări care, la rândul ei, l-a întrebat pe preotul care o citise: era rugăciunea Sfântului Ciprian. Ironia sorții era că o avea acasă în bibliotecă, îi fusese dăruită de o femeie la o sărbătoare, dar nu o băgase niciodată în seamă. Odată cu ea a reușit să scape și de ultima pată de pe aura lui, pe care nu reușise să o îndepărteze nicicum. Și Magda era veselă, îi spuse de ce?

– Ai văzut că a făcut dezlegare de farmece pe mormânt? Și eu aveam nevoie de asta. Ți-am spus de tipul ăla care m-a violat. Pentru că poliția nu i-a făcut nimic, atunci când a murit cumnata mea i-am pus în coșciug o fotografie a tipului și niște lucruri de-ale lui. L-am blestemat să-i meargă ca la mort până or putrezi toate lucrurile lui.

– Ce-a pățit?

– S-a luat la bătaie cu unul când era beat și l-a omorât. E și acum în închisoare. A venit soră-sa la mine ca să-și ceară scuze pentru el, ca să-l iert, dar nu am putut. Mi-a zis că a plătit destul.

– De asta ai vrut să faci tu dezlegarea de pe mormântul ăla?

– Da, trebuia să plătesc cumva. Totul se plătește, îi spuse ea cu părere de rău. Chiar și clipele de fericire, adăugă mângâindu-i obrazul.

Cu alte cuvinte, fusese prea ocupat ca să învețe niște stupidități. În dimineața examenului, se întâlnise cu Magda la Sheriff's. Erau primii clienți care se aflau pe terasă. Deși era iarnă, preferau să fie aproape de stradă, ca să poată privi trezirea la viață a orașului. Soarele răsărea pe deasupra bisericii catolice Bărăția. Fuseseră în ea împreună, iar Magdei îi plăcuse atât de mult statuia Fecioarei încât, de câte ori trecea pe lângă ea, intra să o admire. Se uita la ochii lui și îl privea parcă înduioșată de ceva.

– Ai niște ochi atât de frumoși acum când bate lumina soarelui în ei și când ești obosit.

Lucrase în noaptea aia și, chiar dacă serviciul pe care îl avea acum nu se compara cu cel de dinainte, tot era greu. Băuse cafeaua în liniște sperând ca timpul să treacă tot mai greu ca să o simtă cât mai aproape de el pe ea și să uite de examenul care îl aștepta. Examenele astea îi descoperiseră tot soiul de micisme. Fuseseră unii colegi care reușiseră să facă rost de subiecte. Într-o societate ca a noastră, în care totul se vinde și se cumpără, nu era greu. Cum te-ai simți dacă ai afla că un coleg, cu care ți-ai petrecut o parte din viață zi de zi, are subiectele, le dă altuia, acela știe că tu știi, că el le știe și se scuză zicând: „Am promis că ție nu ți le dau!" Trăise experiența asta la primul examen de licență, acum nu îi mai era frică. E adevărat că făcuse o ghidușie. Mersese la toate moaștele de sfinți din București și pusese aceași întrebare: „Iau examenul?" Părea o culme a ipocriziei să întrebe asta când nu învățase nimic. Dar primise mental același răspuns peste tot: „Ai să îl iei!" Și dacă nici în sfinți nu mai ai încredere, atunci ce îți mai rămâne?!

Veni și ora la care intra Magda la serviciu așa că a condus-o și a plecat la un coleg de-al lui. Singurul prieten rămas, de restul îl despărțise viața. Au mers împreună la examen. Era mai relaxat ca niciodată și privea autoritatea de paiațe a celor care îi supravegheau și îi asistau la examen. Respectul, autoritatea sunt lucruri care vin ca o recunoaștere a valorii și asta pretindeau tentativele astea de medici care erau doar niște incapabili profesional și spiritual. Gândea: „Doamne, de ce m-ai pedepsit să fiu sub niște proști. Aș fi putut doar să clipesc și să-i fac să se ia cu mâinile de cap de durere și nici nu ar fi știut de unde le vine. Ar fi murit crezând că e o migrenă. Și ăștia erau cei ce mă supravegheau pe mine să nu copiez niște întrebări prostești care nu aveau să-mi folosească în practică la nimic, doar din cauza banilor pe care-i plătesc studenții străini pentru a face școala în România".

Da, acreditarea facultăților particulare nu făcea decât să spargă monopolul universității Carol Davila asupra valutei pe care o obținea învățământul de stat. Ãsta era adevăratul motiv pentru care nu puteau acredita facultățile particulare, plus că cei intrați la stat

„doar dacă mureau nu ieşeau doctori!", spunea un profesor de cardiologie din Timişoara. Aveau cu ocazia asta de suferit profesorii care trăiau de pe urma studenţilor străini, care chit că învăţau sau nu trebuiau să plătească examenele: 800–1 000 de parai.

Odată cu apariţia concurenţei scădea şi „prima de examene". Făcând o comparaţie între facultăţile de stat şi cele particulare, numărul de vârfuri era asemănător. Medicii care mai degrabă făceau altceva decât medicina erau apanajul celor particulare. El unul se încadra pe undeva prin cea de-a doua categorie fără să aibă pretenţii la vreun loc în frunte, dar încercând să nu fie nici chiar în ultima. Preferase să observe fenomenul decât să se implice în el.

Ajuns la Facultatea de Medicină Carol Davila, unde se ţinea examenul, a intrat în febra lui. Niciodată nu-i plăcuse frica, iar senzaţia care o degaja acea masă de oameni care aştepta să intre era de-a dreptul funebră. Care mai de care pe bisericuţe, copiind subiecte aflate în ultimul moment care se presupuneau că au să fie şi în grilele lor. Evident că cei cu pile aflaseră şi le vânduseră la ceilalţi cu bani – era o afacere bună în fond.

Daniel a intrat în sală şi totul a fost perfect până la un moment dat când mâinile au început să i se încălzească. Ştia că se gândeşte Magda la el, dar nu şi-a făcut probleme, voia să îl ajute. S-a apucat să facă ceva cu ea şi a închis-o în jurul lui. Astfel izolat într-un cilindru de lumină era ferit de sentimentele, senzaţiile şi gândurile celorlalţi. A început să bifeze. Prima dată le-a bifat pe cele pe care le ştia sigur. Numărându-le a constatat că erau departe de a-i ajunge aşa că a făcut ceea ce un bun pronosportist ar face: a mers la 6 din 49. A bifat ce i-a venit în minte.

A terminat primul şi lumea se uita surprinsă la el. Era clar pentru ei că le-a avut şi că le ştia pe de rost. Căldura care o degaja energia pe care i-o transmitea Magda îl copleşise. Îi crescuse tensiunea şi îşi simţea arterele tâmplelor pulsând gata să se spargă. Inima bătea de parcă era pentru ultima dată. Şi-a luat pulsul: 150!

Era prima dată când ajungea la valoarea asta. Era liniștit psihic, în fond făcuse ceea ce putea, așa că nu avea niciun motiv de panică. A țipat în gând închipuindu-și-o pe femeia vieții lui: „Lasă-mă că mă omori!" Fluxul s-a oprit și a reușit să-și revină. A dus lucrarea și a ieșit. A găsit puterea să o sune:

– Ce faci nebuno, că mă omori!

– N-am vrut! Te-am văzut așa de obosit dimineață, că m-am gândit să te ajut.

– Dacă mă mai ajutai puțin, mă treceai pragul lumii din partea ailaltă.

– Iartă-mă, îi spuse împăciuitoare, de nu puteai să te superi pe ea. Ce ai făcut?

– Ce au făcut turcii la Plevna! Am jucat x și zero!

– Lasă că îl iei! îi spuse ea. Când afli rezultatul?

– Aștept să termine toți, apoi se corectează și ne cheamă.

– Bine, să vii la mine când ieși!

– Te iubesc! a apucat să-i mai spună.

– Știu! îi răspunse râzând cu râsul ăla al ei care-i încălzea sufletul.

Minutele care au urmat au fost sinistre. Așteptarea, faptul că-i vedea pe alții cum plecau, fie fericiți, fie plângând, nu avea cum să îl lase indiferent. Când veni rândul lui, parcă cineva își bătuse joc de el să îl lase ultimul, aproape crezuse că-i pierduseră lucrarea. Asistenta începuse să-i numere punctele corecte. Îi lipsea un punct. Le numără din nou și ieși numărul necesar. A fost nevoie de a treia numărătoare ca să certifice faptul că trecuse primul examen din suita ce trebuia ca să devii medic. Și așa au urmat și celelalte fără mari deosebiri față de primul. Mai puțin examenul de chirurgie, unde treburile sunt mai clare și mai logice, la care luase o notă mai mare, celelalte le trecuse pe brânci.

Îi părea rău? Nu, nota de acolo certifica că, din punctul de vedere al medicinei românești, era un mediocru. Teoretic, pentru că practic numai Dumnezeu avea să știe cum este. De altfel, după ce şi-a luat diploma a trecut iar pe la sfinţi. Apropo de sfinţi, prin anul doi la genetică venise vorba despre QI şi a fost foarte supărat că nu se spusese că e determinat genetic, nu poate fi schimbat, aşa că protestase. Ca şi cum spiritul ar putea cuantifica materia.

Profesorul de genetică, un tip de altfel inteligent, ăsta era avantajul facultăţilor particulare, promovaseră numai valori, la ce bun să plăteşti un prost, se uitase la el gânditor. Probabil că nu se aşteptase să îşi manifeste cineva atât de vehement poziţia asupra limitei intelectuale la care ar fi constrânşi genetic. Din spate se ridicase un coleg care spuse ca o explicaţie:

– Ştiţi, el este mai credincios... E cu sfinţii, cu credinţa...

Se uitase din nou la profesor şi, pentru că studenţii aşteptau un răspuns, acesta spusese:

– Ce anume diferenţiază sfinţii, geniile, din punct de vedere genetic de ceilalţi oameni nu e nici momentul, nici locul ca să discutăm, aici şi acum... Apoi trecuse la o nouă lecţie.

Genetica nu reuşise să explice multe, cu atât mai puţin un singur om care fusese Edgar Cayce şi care scrisese sute de volume de-a lungul vieţii în mai multe domenii, iar el fusese un biet analfabet!

La mulţumirile lui şi la întrebarea de ce se hotărâse totuşi să treacă aşa pe burtă un examen ca ăsta, fără să înveţe şi fără să se chinuie prea mult, îi venise răspunsul: „Să ştii tot timpul că nu e meritul tău!" Îl feriseră de mândrie. Da, puteau spune orice, numai că el era cel care se făcuse doctor. Şi într-adevăr, uitându-se în jurul lui la ceilalţi medici descoperise mai târziu cât de plini de ei erau pentru faptul că erau posesorii unei hârtii cu poza lor pe ea. Şi cunoscuse atâţia proşti cu diplome încât simplul fapt de a o avea pur şi simplu se demonetizase.

Devenise doctor, părinţii erau mulţumiţi, cu toate că nu era nici pe departe mai deştept cu diploma aia în plus. Relaţia dintre ai lui şi Magda se îmbunătăţise. S-au întors acasă şi şi-au făcut o cameră a lor. A ei şi a lui.

24.

PAȘTELE

Se trezise întors pe dos. Nu putea spune că a visat urât, dar ceva din vis îl făcea să zăbovească asupra semnificației. Se spune că cine ia în seamă visele e un prost, cine nu, un filozof. El unul pendula între cele două limite, fără să îmbrățișeze niciuna ca fiind un adevăr imuabil.

Se făcea că era într-o cameră luminoasă, în care se vedea cum intră. Era copil, să fi avut șapte-opt ani, și era îmbrăcat în haine tibetane. Venise să vadă o țigancă, să ia ceva. Dialogul se purta la nivel mental și îi spunea:

– Am nevoie să aflu adevărul!

– Bine, îți dau doi dintre căpitanii mei să te ajute, te costă șapte galbeni! îi spusese țiganca.

A scos din sân o punguță din piele din care a scos câțiva galbeni, dar scosese din greșeală mai mulți și, înainte să protesteze țiganca, pe lângă cei șapte pe care-i dăduse, l-a mai furat și pe al optulea! Nu a mai spus nimic.

S-a trezit întrebându-se ce se întâmpla. Era clar că avea să se gândească ceva timp la asta. Putea să o pună pe seama nemulțumirii la faptul că Magda se hotărâse să se întoarcă să lucreze cu grecul. O căutase imediat după examenul lui și îi propusese un procent din vânzări dacă se întorcea. Fabrica la care ea pusese suflet când se ridicase nu mai era ce fusese după plecarea ei. Acolo făcea contabilitatea, partea de marketing și pe cea de producție.

Grecul fusese obligat să angajeze trei oameni pe postul pe care era ea şi, zgârcit cum era, nu îi convenea că lăsase să se ducă totul de râpă. Promisese să se limiteze la afaceri. Nu era convins de asta. Şi el era bărbat, dar credea în ea. Şi nu numai asta, dar pur şi simplu drumurile i se închiseseră în aşa fel încât nu reuşise să-şi păstreze locul de secretară. Atracţia pe care o exercita asupra bărbaţilor nu îi oferea prea multe şanse de angajare fără compromisuri.

Se convinsese că ea putea obţine un procent bun, astfel încât să poată să se mute împreună în alt oraş, ca să-şi ia viaţa de la început. Ea avea posibilitatea asta, el ca medic încă neangajat şi cu un serviciu de unde câştiga atât cât cheltuia şi din care nu putea pune nimic deoparte, nu putea.

Se trezise, îşi făcuse cu greu cafeaua şi, ca niciodată, cum stătea privind la televizor în gol, aşteptând ca mintea să-i intre în funcţiune, s-a întâmplat acel lucru. I s-a deschis cerul şi parcă a avut viziunea ei făcând dragoste cu grecul. Nu suportase ideea nici când aflase de fosta lor relaţie, cu atât mai mult acum când erau împreună. Parcă privea năuc un sex-show de slabă calitate a cărei protagonistă era femeia pe care o iubea.

În suflet simţea că e adevărat. A luat-o din plin în suflet. Ca o durere care te îndoaie, mai rea decât un infarct. S-a concentrat pe imaginea lor, mai ales că ştia pe unde lucra, zona şi blocul. Din punctul de vedere al cunoştinţelor lui din acel moment se confirma. I-a simţit tresărirea spiritului, îl simţise. Era mult mai departe de el. Nici dacă ar fi strigat în gura mare numele lui nu ar fi simţit mai bine. A reuşit să îl îndepărteze înainte să poată simţi mai mult. Atunci şi-a schimbat sensul furiei spre grec. A lovit exact în inimă cu toată energia de care era capabil. S-a revăzut într-o încăpere asemănătoare cu sălile de mâncare la mânăstirile de călugări din Athos. Doi călugări îl prinseră şi îl ţineau ca să nu lovească. Răgea ca un nebun şi de neputinţa lui de a lovi şi de a lor de a îl opri.

„Ce-i asta parcă am fi într-un...“

„Nu spune nimic urât“, îl atenționă unul dintre ei.

Dar nu reușea să scape, erau pe undeva frați întru credință!

„Parcă-i un bordel!“, a apucat să spună ca o constatare la culorile mult prea închise pentru gustul lui. A fost dat afară și a revenit în propria lui conștiință ca un fulger.

A încercat să o caute, dar fugea. Nu a reușit să o mai prindă în minte. Peste puțin timp însă, sună telefonul. Era ea:

– Ce ai? Așteaptă-mă că vin! Lasă-mă, că mă doare! Nu te mai gândi la tot soiul de prostii! îi spuse.

Avea însă acel ton pe care îl folosea în momentele în care dorea să adoarmă vigilența cuiva, pentru a-i sădi liniștea în suflet. Era însă în alertă și cu mintea, și cu sufletul, așa că i-a venit greu să înghită gălușca. Simțindu-l mai rece, i-a propus:

– Haide să ne întâlnim în oraș, pe terasă la Hanul lui Manuc.

Daniel a fost de acord, încercând să mimeze o liniște cât de cât mulțumitoare. În fond, nu-i spusese grecul că nu o cunoaște atunci când se dusese peste el?

Îi luase numărul de telefon din agenda Magdei, îl sunase și-i spusese că vrea să-l cunoască. Oricum știa cine este, aflase de el. Sunt oameni care pot afla ce vor construind în jurul unui punct. Așa erau și psiholoaga Magdei, și grecul. Pur și simplu, își imaginează un lucru al omului respectiv și apoi măresc imaginea din aproape în aproape până la dimensiunea unei camere.

Îi transmisese mental la un moment dat că nu poate să-l oprească uitându-se în lumânări. Și adevărul era că folosea energia degajată de lumina candelelor, nu greșise cu mult.

La Copli, restaurantul grecesc unde s-au întâlnit, se dusese cu drapelul alb ridicat. Era mai în vârstă decât el cu vreo cincisprezece ani, așa că a fost surprins prima dată când l-a văzut, probabil se aștepta să fie mai bătrân. Îi spusese să o lase în pace și inițial fusese de acord, știa multe, dar ceea ce cunoștea era mai mult de baricada cealaltă. De fapt se lăuda că îi place să rămână undeva la mijloc, nici sus, nici jos. La sfârșit, când fiecare își dăduse seama de ceea ce știa celălalt, îi zâmbise și-i urase baftă, spunând că se va întoarce totuși la el. Din ziua aceea atacurile la nivelul plexului ei solar au dispărut și nu a mai știut nimic de el până în ziua când a mai sunat o dată la ea și i-a spus:

– Știu cum să te întorc la mine! Banii! râse și închisese telefonul. Și se întorsese. Îi închisese toate ușile și o făcuse să rămână fără niciun ban.

A ajuns mai devreme în oraș și a zis să treacă pe la biserică ca să-i dea Dumnezeu sfatul cel bun. A intrat la biserica Sfântul Ioan, cea dintre magazinul Unirea și Cocor. Era rupt în două. I-a atras atenția o iconiță cu Maica Domnului; era pictată din profil și îl privea îndurerată pe Mântuitorul crucificat. În iconița asta era surprins doar chipul ei. A luat-o, nu știa de ce.

Când s-au întâlnit, a fost de ajuns să o vadă ca să-și dea seama că avea dreptate. Femeile își schimbă culoarea feței, a pielii, chiar și mirosul după ce fac dragoste. Era schimbată. Nici nu s-a putut uita la ea, deși tot frumoasă, îl respingea.

Și-au băut sucurile în tăcere și, văzând că nu prea are chef de vorbă, s-a ridicat deodată zicând:

– Plec acasă!

– Bine, du-te! i-a spus.

Înainte de a se ridica să plece, a scos iconița și i-a dat-o.

– Mi s-a lipit de mână ca să ți-o dau! i-a spus.

A rămas singur cu tristețea lui, nu credea că se mai putea repara ceva, avea nevoie de o certitudine, or, lumea spirituală dă cele mai puține certitudini, de asta era necesară și știința pentru completarea cunoașterii religioase. În fond era în ultima săptămână de post din Paște. S-a hotărât să țină trei zile de post negru de descoperire. Dacă era adevărat, cerea doar ca să fie îndepărtată din calea lui odată pentru totdeauna.

Le-a ținut, căci peste postul ăsta nu trece niciun demon și i se arătă adevărul. Citise despre el în viața unui pustnic: Paisie Olaru. Trăise prin Moldova, parcă la Sihăstria. Se povestea cum au vrut să-l ducă la închisoare și de trei ori l-au urcat într-un Aro vechi și de tot atâtea ori s-a oprit motorul. Cățeii regimului au reușit să-l aresteze spunându-i doar să mai lase lumea lui Dumnezeu.

El ținea postul ăsta ca să i se arate adevărul.

S-a întors acasă și se gândea la ironia sorții, să întâlnești persoana care să te facă să te simți împlinit și totuși lumea din jur să nu-ți permită asta. De ce o făcuse? „Pentru bani!", îi veni în minte motivul. S-a simțit vinovat că nu era în stare să lupte pentru așa ceva. Parcă nu era făcut să trăiască într-o lume bazată pe economia de piață. Ce să facă să stingă durerea care îl mistuia?

Avea un coleg la facultate cu un an mai mic, care-i spusese la un moment dat că-l învățase un preot la o beție că dacă te doare sufletul cel mai bine te vindeci dacă te îmbeți din vin, numai din vin.

S-a hotărât să vadă ce se întâmplase cu sufletul lui pe care îl lăsase Magdei. S-a dus în altar și a găsit totul vraiște. Cea care fusese lovită fusese inima lui și devenise ca o stafidă. Parcă fusese un balon umflat și era pe jumătate dezumflat, iar coloana lui albastră era dărâmată. Apăruse în schimb icoana Maicii Domnului, așa cum i-o dăduse, iar din ochi îi curgeau lacrimi.

„Am făcut tot ce am putut, Maico!", i-a zis aproape plângând.

„Știu! Ce ai să faci?"

„Nu știu!", a zis ținând în mâini ce rămăsese din sufletul lui. „Ți-l dau ție, eu oricum nu mai am ce să fac cu el!", i-a spus și sufletul lui dispăru undeva în cer. S-a simțit eliberat.

Reîntors în lumea reală, a ridicat telefonul și a sunat-o pe prietena Magdei, psiholoaga. Mergea la ea de fiecare dată când avea o problemă. Le fusese un fel de consilier. I-a povestit de faza cu sufletul lui și ea l-a întrebat ce a făcut cu el.

– L-am dat degeaba Maicii Domnului! Toţi cei care văd cât de cât lucrurile astea, când văd că eu nu am suflet, se sperie. E la Ciclop! spuse mai în glumă, mai în serios.

Era hotărât să se despartă de Magda. Nu ar fi putut uita. Sau poate că da. Însă tot ceea ce fusese frumos parcă dispăruse ca prin farmec.

– E timpul să îţi vezi de drum! Să o laşi cu problemele ei pe care oricum nu o să poţi să i le rezolvi tu şi să faci ce ai de făcut!

Venise ultima zi de post. Nu se mai văzuseră, dar mai vorbiseră la telefon. Nu apucase să îi spună de intenţia lui de a se despărţi. Părea că destinul îşi va face dreptate implacabil. La un moment dat, mai demult, se întâlnise cu un tip care se pricepea să deschidă tarotul. Nu o făcea pe bani, acceptase tot la insistenţele Magdei. Ea avea darul de a aduna în jurul ei tot felul de persoane cu preocupări spirituale, de la credinţa ortodoxă la magie.

Le deschisese tarotul pe rând, le răspunsese la întrebări cu ajutorul lui. Îl pusese să tragă trei cărţi la întâmplare: magul, cel care merge pe doi cai, unul alb şi unul negru, şi pustnicul. Îi spusese că drumul lui e greu, că se va folosi şi de bine, şi de rău, dar că asta era periculos şi că va rămâne singur.

Tipul nu ştia că ei sunt împreună şi îi prezisese Magdei că va pleca lăsând înlăcrimat bărbatul cu care era. Nu se gândise la asta, nu determinase prin subconştientul lui viitorul, ba din contră, se hotărâse să lupte împotriva destinului, dacă exista vreunul.

S-a trezit cu ea la uşă. Arăta fenomenal, primise cadou o rochie de la grec şi nişte bani în loc de miel şi venise încărcată cu de toate. O simţea fierbând şi avea talentul de a isca o ceartă doar ca să se descarce pe el, în felul ăsta i se părea că îl ţine în tonus. Şi în mare parte era adevărat. În fond, marii scriitori, oamenii de ştiinţă erau nişte frustraţi sexual. Atâta timp cât era lângă el, nu putea face nimic, atât de plin era de prezenţa ei. În momentul în care pleca, parcă eliberat de vrajă, reuşea să mai citească sau să scrie.

Era îmbrăcată ca o doamnă de acum cincizeci de ani. Îl trase de mână spre lift, spunându-i:

– Haide, vino, mai doamnă de atât nu am să fiu niciodată!

Făcea aluzie la o fantezie de a lui, în fond cine nu are? Inconștient, le ascunde undeva cât mai adânc, unde țipă cu disperare în cele mai neobișnuite momente.

– Ți-am spus să termini, ce ai? Acum, de sărbători? Chiar nu înțelegi nimic? Chiar dacă nu aș fi eu, să știi că toate femeile fură energie de la voi. Dacă pui mâna pe una care știe, te face să mergi în limbă după ea. Niciodată nu mi-ai demonstrat că ai putea să faci ceva. Doar eu să tot îți arăt și să-ți spun. Ce sunt eu, dădaca ta?

– Ce ai, Magda? a întrebat surprins.

Vehemența cu care-i vorbea... A recunoscut mâna grecului. Îl văzuse o dată stând de vorbă cu ea, tot la Copli. Cum stăteau față-n față, Magda avea chipul transfigurat și dădea mașinal din cap la ce îi spunea șeful ei. După ce se desprinsese de grec și se întâlniseră, îi trebuise ceva timp ca să o facă să redevină ea. Era prea sensibilă și asta se întorcea câteodată împotriva ei însăși.

– Ce vrei, să mă enervezi și pe mine? a întrebat.

– Măcar dacă aș putea! Că am câteodată senzația că ai pielea mai groasă decât elefantul!

A simțit că i se urcă sângele la cap. Avea niște cănuțe de lut în care își beau cafeaua. Le adusese ea și le lăsase la el, cu un singur regret, erau amândouă albastre, nu una roșie și una albastră.

– Ce vrei, să mă faci să sparg ceva?

– N-ai atâta sânge în tine!

La naiba, și știa că ține la ele și lui îi plăceau!

A luat una dintre căni și a aruncat-o în capătul celălalt al apartamentului. S-a izbit de ușa de la debara și s-a făcut țăndări. A stat puțin să se reculeagă, surprins și el de propria-i reacție, și s-a uitat la ea. O rănise și simțise treaba asta din plin.

Ochii i se îngustară de furie și, țuguindu-și buzele cu dispreț, își smulse medalionul de la gât cu inima din piatra soarelui pe care i-o dăduse cadou de 1 Martie. S-a dus țintă la sertarul unde își ținea sculele și a luat un ciocan. Nici el nu o credea capabilă de asta. Puse inima pe linoleum și o lovi. Se transformă în zeci de fărâme.

Daniel a resimțit-o în adâncul lui, a simțit cum îi dau lacrimile.

– De ce? a întrebat Daniel.

– Tu de ce ai spart cana?

– Am crezut că așa poate te calmezi, dacă vezi că ai reușit să mă scoți din fire!

– Ei uite, nu m-am calmat!

– Păcat de ea! a spus. Hai să strângem!

Magda se duse și luă mătura din bucătărie. A urmărit-o privind cu tristețe cioburile. Avea talentul de a scoate minunății din mâini, dar nu mai putea reface nimic din ce fusese spart.

– De unde? a întrebat-o într-o doară.

– Cred că din mai multe părți. Am deranjat pe prea mulți amândoi.

Ultima dată fuseseră duși de Larisa la o șefă de a ei, directoare la o firmă de investiții financiare; îi spusese despre ei și de preocupările lor și insistase ca Magda să vină să îi dea în cărți.

Magda simțise că ceva nu e în regulă și nu a vrut să meargă fără Daniel, așa că au mers amândoi. Locuința directoarei era absolut superbă. Nu era singură, mai era cu o damă care inspira repulsie din prima. S-au așezat la o masă în cruce, astfel că el o avea în față pe tipa respectivă, pe directoare în stânga și pe Magda în dreapta. Nu a putut să stea prea mult. Problemele tipei erau de natură spirituală și se manifestau în plan fizic prin boală, necazuri la muncă și erau cauzate de un avort.

– V-ați spovedit? a întrebat Daniel, mai ales că era și în post.

– Da, i-a răspuns.

– Dar nu ați spus tot!

Reușise să intre în câmpul ei și senzația nu era deloc plăcută, plus că mai era și tipa din fața lui care îl studia. Modul cum o făcea nu îi plăcea însă. Ai dreptul să intri în mintea cuiva doar cu voia lui, dacă știe asta. Plus că se ocupa de magie. Mâinile, culoarea aceea murdară din ochi, confirmau asta.

– Iar dumneavoastră nu faceți deloc bine ceea ce faceți! Sunteți de cealaltă parte a baricadei! S-a ridicat continuând: mie unul îmi este de ajuns cât am petrecut aici! Te aștept afară, dacă vrei să mai rămâi! i-a spus Magdei.

Ea s-a uitat la figurile perplexe ale femeilor și a hotărît:

– Mai rămân puțin! Așteaptă-mă în mașină, că vin!

Daniel a ieșit și s-a întors la mașina unde aștepta Larisa cu noul ei prieten. Copilul ăsta era de groază. Era rocker și când se simțea golit de putere se încărca ascultând heavy metal. Prezența lui îl dispera. Trebuia însă să aibă grijă de Magda. Prezența tipei pe care o avusese în față nu-i plăcea. Dar de ce avea nevoie de ea? S-a stors de ultimul strop de energie pentru a-i crea un câmp protector Magdei, atât cât să fie impenetrabil pentru tipa respectivă. A așteptat vreo oră până să se reîntoarcă la mașină.

– Ce i-ai făcut? m-a întrebat.

– Nimic special! Am vrut să te protejez de capra aia.

– I-a căzut capul în piept la puțin timp după ce ai plecat. Nu trebuia să faci asta! Ce trebuia să te enervezi ca să strângi toată mizeria după tine?

– Mă irita aia, cu ochii parcă din fundul pământului!

– Cine nu te enervează pe tine?

– Știi ceva, am venit ca să te ajut pe tine, dacă ții minte, altfel nu eram aici! M-am convins că noi nu putem lucra amândoi.

– Nu am nevoie de ajutorul tău! îi spuse.

Apoi cuvintele au ieșit aproape fără să le gândească:

– Să dea Dumnezeu să ai nevoie de mine și să nu pot să te ajut! Blestemul o lovi ca o palmă!

– De ce blestemi? Nu ştii că orice scoţi pe gură capătă viaţă şi îţi influenţează viaţa mai departe, vrei nu vrei?

S-au liniştit şi au început să aranjeze lucrurile prin casă. Şi-au făcut patul în sufragerie ca să poată urmări măcar slujba la televizor.

Erau murdari şi ştiau amândoi că aşa nu puteau merge în faţa lui Dumnezeu, pentru că ar fi însemnat să-L desconsidere. Faptul că erau împreună făcuse să uite tot ce dorise cu câteva zile în urmă. Parcă nu mai avea nicio importanţă ce se întâmplase. Se făcu seară şi începu slujba. Nu au rezistat prea mult la lălăiturile orientale care nu făceau decât să te adoarmă. Nu le plăceau şi nu puteau înţelege cum un popor cu o cultură religioasă şi o tradiţie proprie luase din răsărit chiar totul, chiar şi muzica bizantină. Din fericire mai existau mânăstiri şi biserici unde în rugăciune se folosea muzica românească. Parcă intra mai uşor în sufletul oamenilor.

Prima adormi Magda. Îl rugă să o trezească când ajunge la Înviere! Daniel urmărea ce se întâmpla la televizor şi îi trăsni un gând prin minte, să intre mental pe linia ei dintre chakre. Exista undeva răul în ea şi acum, de sărbătoare, putea să-l lovească.

A intrat prin spate, normal ar fi putut intra şi prin cel dintre anus şi perineu, doar că era sărbătoare şi era punctul pe unde intra energia sexuală. Dacă era închis, atunci cel mai bun bărbat devenea ca un eunuc în pat!

În lumea spirituală sunt sub formă de porţi. Erau deschise primele trei. Ajunse destul de departe ţinând cont că sunt cinci mari. Acolo a dat peste şarpele ei care fugea speriat. Era parcă cel care îi învrăjbea tot timpul, aşa că l-a lovit în coadă. Energia pe care o pierduse făcând asta fusese atât de mare că nu a putut să se mai întoarcă şi a adormit.

S-au trezit târziu. Slujba se terminase şi începuse un film.

– De ce nu m-ai trezit? îi reproşă ea. Nu-i destul că am făcut ce am făcut? Nici slujba nu am ascultat-o!

Îi părea rău. Ştia că făcuse totul pentru el şi că, dacă ar fi fost după ea, ar fi păstrat abstinenţa întregul post.

– Trebuie să plec, îi spuse.

O simţea fierbând de furie şi învinovăţindu-l. Au plecat împreună. Cu ocazia asta a luat-o şi pe căţeluşa lui să o plimbe. Nu departe de locuinţa ei, au întâlnit o femeie care le-a oferit lumină. Nu aveau nimic la ei. Ea le oferi şi lumânările, şi paharul ca să le ferească de vânt şi de ploaie. Au primit lumina conform zicalei: „La barza chioară îi face Dumnezeu cuib!"

Daniel a condus-o până acasă. S-a întors apoi singur cu căţeluşa care se uita din când în când întrebător la el. Era Paştele!

Câinele ăsta îl scosese din rahat de nenumărate ori. Psihologii făcuseră şi ei în cele din urmă o constatare: faptul că oamenii care aveau în îngrijire un animal trăiau mai mult decât ceilalţi. Se pusese totul pe seama faptului că îngrijirea lor le dădea un ţel în viaţă. Nu era numai asta. Animalele aveau capacitatea de a prelua energiile negative de la stăpânii lor.

De cele mai multe ori, câinii nu sunt suportaţi de vrăjitori pentru că le zădărnicesc planurile de a folosi oamenii după propria lor voinţă. Dacă nu ar fi văzut cu ochii lui cum poate schimba cineva mintea unui om doar în câteva clipe, poate că nu ar fi crezut.

Căţeluşa Tara devenise un fel de barometru spiritual al lui, dacă era nervoasă, el începea să se analizeze dacă nu cumva avea ceva. Psihologii observaseră că animalele preiau chiar defecte de la stăpâni şi că, încet-încet, începeau chiar să semene cu ei. Nu făcuseră însă corelaţia cu energia transmisă prin hrana pe care le-o dădeau. Nu câinele deţinea însă cea mai puternică capacitate de a prelua, ci pisica. Doar că lui Daniel nu îi plăceau la fel de mult.

Caii erau iar foarte sensibili, mureau uşor din farmece.

Era deja dimineaţa primei zile de Paşte. Aştepta telefonul Magdei, care de obicei se trezea mai târziu. Dacă avea posibilitatea asta, mânca şi el ca omul. Spărsese un ou zicându-şi singur: „Hristos a înviat!" şi răspunzând tot el: „Adevărat a înviat!"

Se gândea la ignoranţa oamenilor care sărbătoreau Învierea de parcă ar fi fost cel mai important lucru. Nu înţelegeau nimic. Nu exista Înviere pentru simplul motiv că nu exista moarte! Hristos nici măcar nu venise pentru oameni, ci doar pentru triburile pierdute ale lui Israel. Doar pentru cele câteva mii de oameni care nu erau de pe Terra! Ei erau copiii lui Dumnezeu. Ba chiar el spusese: „Pâinea care am venit să o dau copiilor se cade să o împart câinilor?", la care samariteanca care venise să îi ceară ajutorul îi răspunse: „Nu, Doamne, dar de la masa stăpânilor firimiturile se dau câinilor!" Pentru credinţa ei îi vindecase fata! Femeia asta, sutaşul, fuseseră cei care schimbaseră optica lui! Credinţa lor în El îl determinaseră să se uite mai îndeaproape la cei care nu erau din poporul ales. Învierea? Fusese făcută special pentru cei care nu credeau în viaţa de apoi.

Creştinismul nu ar fi avut nicio şansă în Orient. Tibetanii în niciun caz nu s-ar fi închinat la cineva pentru că a înviat. Pentru ei era ceva comun ca un om să-şi lase corpul ca să se întoarcă. Scoaterea demonilor, previziunile, vindecările, mersul pe apă, nimic în genul ăsta nu ar fi constituit o minune pentru un lama tibetan. Nici cerul, nici iadul nu au secrete acolo.

Ei au renunţat la civilizaţia aceasta de tip materialist care le-ar fi oferit nu neapărat luxul, dar în orice caz mai lesne împlinirea unor necesităţi, în favoarea studiului ştiinţelor ezoterice. La ei nu este ieşit din comun să-ţi accepţi soarta aşa cum e. Ea se cunoaşte încă de la o vârstă fragedă a copilului, când i se deschide drumul. Atunci este determinat de astrologi, care ştiu ce are el de făcut în viaţa respectivă. Nimeni şi nimic nu poate schimba ceva. Nici măcar părinţii copilului, care renunţă la el dacă aşa trebuie. E bine? E rău? Cel puţin te fereşte de zăpăcita căutare de a-ţi găsi drumul şi de depresia care apare odată cu rătăcirea lui.

Acolo nu s-ar fi putut întâmpla să nu fie recunoscut Hristos indiferent cine ar fi fost. Fiul lui Dumnezeu? Da! Singurul? Daniel are rezerve. Nu spune psalmistul prin gura căruia vorbește Duhul Sfânt: „Dumnezei sunteți și Fii ai celui Preaînalt, dar voi ca niște oameni muriți și ca una dintre căpetenii cădeți!"

Dogmatica ortodoxă câte ascunde? Nu poate cuprinde tot adevărul și atunci unul parțial nu-i mai rău decât minciuna? Câte pasaje nu fuseseră scoase din Biblie de către mai-marii bisericilor creștine lăsând doar ce le convenea?

Sună telefonul:

– Daniel, nu mai pot să mă mișc!

– Ce ai pățit? a întrebat el îngrijorat.

– Mă doare îngrozitor spatele și nu mă pot ridica din pat. Exact acolo unde am eu gropița aia din coloană.

– Și ce se întâmplă, coboară pe vreun picior?

– Nu, pur și simplu nu mă pot mișca și nici să mă dau jos din pat. Ce fac?

– Ai făcut vreo mișcare bruscă, ai ridicat ceva?

– Nu! Nimic. M-am culcat când am ajuns acasă și m-am trezit așa.

– Ai ce să iei de durere până vedem ce s-a întâmplat?

– Niște algocalmin, altceva ce să mai înghit?

– Ar trebui un antiinflamator, un indometacin, ceva. Nu știu, dacă nu te văd ca să știu ce e!

– Lasă, mă culc, poate îmi trece.

Durerea însă nu îi trecuse în ziua aia. Luni s-a hotărât să se ducă să o vadă. Nu mai intrase în casa ei, dar acum cel puțin era medic și se justifica prezența lui în acel loc. Chiar dacă nu începuse nici stagiatura.

Își dăduse întâlnire cu Larisa ca să se ducă, dar nu s-au întâlnit. Nu știu ce pățise, așa că s-a hotărât să intre singur.

Când Magda l-a văzut, s-a blocat:

– Ești nebun, vrei să mori acum de sărbători? îl întrebă.

– Păi, oricum se spune că sunt cerurile deschise, așa că mă duc direct în cer! a răspuns în glumă.

Era palidă și abia se mișca. I-a pus mâna pe locul unde o durea și a simțit efectiv suferința. Nu putea decât să se roage pentru ea. A convins-o să cheme salvarea. Ei aveau mai multă experiență în urgențe.

Medicul care a văzut-o, unul în vârstă, i-a spus că este o hernie de disc, i-a făcut o injecție și durerea a început să o lase. A stat cu ea până ce i-a trecut de tot.

– Vreau să mergem să bem un suc la o terasă! îi spuse.

– Haide! Dar crezi că e bine pentru tine?

– Merg încet, ce ai!

Își luă ceva peste treningul în care o găsise și ieșiră. S-au așezat la o terasă, aproape de locuința ei. Erau înconjurați de țigani care se uitau suspicioși la ei. El nu era de prin zonă, pe ea o cunoșteau. Au luat două cola la jumătate de litru și stăteau privind lumea care trecea pe stradă:

– Au, m-a lovit ceva! strigă la un moment dat Magda ținându-se cu mâinile de cap.

– Ce?

– Nu știu, parcă mi-a intrat un cuțit aici, spuse arătând partea dreaptă a capului. Se făcuse palidă și pe frunte îi apăruseră picături de sudoare. Plec acasă! îi spuse și se ridică.

A dat să o conducă, dar l-a refuzat din prima:

– Lasă-mă! Ai făcut destul!

A urmărit-o cum se îndepărta.

Starea ei se înrăutățise în seara aceea, așa că a convins-o să vină la spital să facă niște analize. De multe ori când îi pusese mâna pe cap simțise ceva negativ acolo. Nu putuse să înțeleagă ce. Credea că e o tumoră. Cu ocazia asta vedea și ce se întâmpla în capul ei.

Înainte de a intra în camera de gardă, ea îl întrebă:

– Ce să le spun?

– Le spui ce ai simțit. Nu o să amintești de cuțite sau de atacuri psihice, că te iau de nebună.

Le povesti că a simțit ceva ca o lovitură în partea dreaptă și că aproape își pierduse cunoștința. Primul lucru și poate cel mai neplăcut fu o puncție lombară. Nu-i plăcuse lui ca student să se uite cum se bagă un trocar între vertebrele spatelui unui pacient oarecare, dar acum, când era vorba de femeia pe care o iubea!

A spus că este medic, că abia a terminat medicina, și totuși se uitau ciudat la el sau avea doar senzația asta.

– Este dânsa! spuse doctorița.

În loc de lichid incolor, prin ac curgea sânge. Avea o hemoragie subarahnoidiană.

I-au trimis direct la tomograf, la care se văzu clar că avea sânge și în ventriculi. A fost internată. Era un salon de șase paturi de la secția de neurochirurgie a spitalului. Magda fusese așezată pe unul din mijloc. Văzând-o cum arăta, efectiv nu i-a mai păsat de nimeni, nici de ce spuneau asistentele, nici medicii, a rămas lângă ea. Durerea de cap o făcea să fie inconștientă mai tot timpul. Atunci Daniel a simțit că avea câmpul spart în zona capului, acolo unde arătase că fusese lovită.

A sunat-o pe prietena lor, psiholoaga, care a venit la rândul ei să o vadă și i-a confirmat asta. Trebuia închis câmpul. El, spre deosebire de Magda, nu avea energia lui proprie, așa că s-a dus acasă și a lăsat-o pe mâinile Nicoletei. A avut posibilitatea să-și aranjeze treburile. Și-a aprins candelele, și-a luat cărțile de rugăciuni de pe când umbla prin mânăstiri și s-a întors la ea.

A stat lângă ea trei zile, timp în care a început să-și revină. Probabil că nimeni nu mai spera asta din moment ce medical nu i se făcuse nimic. Ba reușise să se deshidrateze în așa hal încât nu mai avea nici salivă. Fusese cu ea să facă aproape toate analizele, dar nu se găsise locul de unde ieșea sângele.

A început să-și revină. Fusese de ajuns un telefon din partea unui profesor de neurologie pe care îl avusese Daniel în facultate, ca lucrurile să înceapă să se miște. Ce așteptau? I se făcu chiar și radiografie și RMN, dar cauza întârzia să apară. Se ceru chiar un consult psihiatric, dar venise clar răspunsul că era cât se poate de normală psihic.

La un moment dat, când și-a mai revenit i-a spus:

– Știi ce am visat? Am visat, am văzut, nu știu exact, când citeai tu rugăciunile pe marginea patului, doi preoți care mă certau și îmi spuneau tot ce am greșit în viața asta.

– Știu! Mi-au spus că dacă te las să mori ai să te mântuiești, dacă nu, nu se știe!

– Poftim? întrebă și i-a văzut ochii îngustându-i-se ca atunci când se supăra foarte rău.

– Și ce ai făcut?

– Le-am spus că nu sunt în măsură să decid asta, că te iubesc prea mult ca să te las să pleci, dar că nu aș vrea ca asta să te împiedice să te duci cât mai sus.

– Dacă aș avea o certitudine cât de mică că m-ai împiedicat să plec, nu aș mai vorbi cu tine niciodată! îi spuse cât se poate de serioasă.

– Nu, nu am putut alege pentru tine. Am lăsat la voia Domnului totul!

– Îți dai seama că dacă muream mă duceam pe un plan superior? Cine a vrut să mă facă îmi lua toate păcatele și plecam liberă ca o pasăre! spuse cu regret în glas.

Printre asistente era o fată cu care Daniel se înțelegea mai bine. Departe de a se fi dat mare, se apropiase de ea chiar dacă râdea de cunoștințele lui relativ vagi despre medicina practică.

Ajuns acasă și-a dat seama că nu are telefonul de la spital ca să poată să vadă ce face. A simțit-o pe Magda bâzâindu-l la cap, așa că a aflat numărul de la informații și a sunat pe etaj.

Îi răspunse asistenta:

– Tu erai? Mi-a zis Magda că a uitat să îți dea numărul ca să suni când stăteam de vorbă amândouă. Credeam că e doar nebunia voastră, acum m-am convins că nu e așa!

A stat o săptămână în spital fără să i se poată face nimic și, deși i se spusese că nu e bine, Magda se externă la cerere. Chiar dacă i-ar fi găsit ceva, oricum ar fi refuzat orice intervenție chirurgicală. Înainte de a ieși din spital îi spusese:

– De ce nu vii aici? Cât de grave sunt bolile și totuși locul emană o energie pozitivă. E un loc bun.

– Cum să fac? M-am hotărât să-l abordez pe directorul spitalului. Îl întâlnise pe hol:

– Domnule director, aș...

– Nu aici, vă rog! îi spuse lăsându-l cu gura căscată.

– Sunt medic și aș vrea să...

– Am spus că nu vorbesc pe hol! Așteptați vă rog pe canapea, îi spuse arătându-i mobilierul aflat în capătul celălalt al holului.

– Ce-i mizeria și debandada asta? Vă bateți joc de mine? E pur și simplu o desconsiderare la adresa mea tot ce se întâmplă!

Mai țipase câtva timp la infirmiere, la asistente, după care intrase în cabinet. Ușa se deschisese după câteva momente și îi făcu semn:

– Poftiți, domnule doctor!

Daniel a pătruns în cabinet și a fost invitat să se așeze pe un fotoliu.

– Spuneți, ce doriți?

– Știți am terminat medicina anul trecut, mi-am luat licența și aș vrea, dacă este posibil, să fac stagiul în secția dumneavoastră!

– De ce aici?

– Ce să vă zic? Am copilărit în spitalul ăsta, am învățat în el și, nu în ultimul rând, stau foarte aproape. Aș vrea să văd dacă mi-ar plăcea să fac neurochirurgie ca specialitate.

– Se aprobă! Veniți cu o cerere la mine la direcție! Se ridică și îl concedie la fel de politicos cum îl primise.

A rămas în loc neştiind ce să facă. S-a îndreptat către biroul asistentei şefe şi i-a cerut o coală de hârtie. A scris repede cererea şi a fugit după profesor. L-a prins la lift. Tocmai intra şi i-a arătat cererea încercând să i-o dea:

– La direcţie! i-a spus el şi a apucat să vadă cum pleacă cu liftul.

Dezamăgit, se gândea că la Direcţia Sanitară a municipiului nu se dusese de mult! Avea oroare de cei de acolo, parcă erau puşi să încurce lucrurile. Ieşise chiar un banc despre medici pe tema asta:

„Cică sunt chirurgi care nu ştiu medicină, dar fac bine bolnavilor, internişti care ştiu, dar nu pot să facă nimic, şi medici care nici nu ştiu, nici nu fac nimic şi care sunt la administraţie."

Direcţia, avea să-i spună şefa că e la etajul unu. A răsuflat uşurat. Peste cinci minute era aprobată. Una dintre caracteristicile administraţiei în care intrase era aceea că era foarte expeditivă, de fapt avea să afle în acel an că era dintre cele mai bune. Banii nu întârziaseră decât de două ori şi asta din cauza băncilor.

Era stagiar pe neurochirurgie, o secţie socotită un fel de Jilava de medicii stagiari care se miraseră când alesese tocmai asta. Nu se putea lipsi şi se putea învăţa pentru rezidenţiat.

Când se externase, Magda dorise să fie aranjată. Daniel îi cumpărase o vopsea de păr rubinie şi după ce o vopsise la el acasă se aranjase puţin. De departe nu mai era cea care fusese internată şi dorea să se arate în întreaga ei splendoare. Era mai frumoasă ca niciodată. Şuviţele care-i fuseseră blonde se făcuseră roşii, iar cele mai închise deveniseră nuanţe de la roşu-închis până la negru. Îi plăcea să spună celorlalţi că el o vopsea.

– Daniel, ai greşit undeva! îi spuse în timp ce mergeau într-un tur folosit de obicei pentru contracararea vrăjilor.

Mama ei fusese la o prietenă profesoară care îi numise o lumânare Magdei, care arsese fără să lase în urmă nicio urmă de ceară, aşa cum se scurge ea normal pe părţile laterale ale lumânării. Îi spusese că trebuie să dea acatiste la cel puţin trei biserici care ştia

ea că erau bune în sensul că aveau preoți buni. Era vorba de Sfân-
tul Mina, Grădina Icoanei și Schitul Darvari.

– Cum adică! a întrebat el mirat.

– Nu știu ce, dar știu că ai greșit undeva de am făcut-o chiar așa!

Nu îi aducea aminte de nimic faza cu cimitirul, iar de altceva
nici că își aducea aminte.

– Nu mă puteau lovi ăștia dacă nu făceai tu ceva!

– Poate pentru că am făcut dragoste în sâmbăta mare?

– Poate, dar mai e ceva!

Atunci, ca o străfulgerare, i-a venit în minte ce făcuse în noap-
tea aia.

– Eu am lovit șarpele tău! i-a spus cu jumătate de gură.

– Cum?!

– Mi-ai tot țipat că nu știu nimic și am vrut să-l lovesc pentru
că el poartă vina că nu mă crezi.

– Și tot ce a fost mai bun a fost să lovești energia mea vitală,
puterea mea? Ar trebui ca să vă uniți mai mulți fraieri ca să mă
doborâți, dar tocmai tu?

– Crede-mă că nu am vrut! Nu am știut că are vreo legătură
șarpele cu viața ta!

– Ți-am zis de nu știu câte ori să nu te mai bagi dacă nu știi! O
să te omori singur până la urmă! Măcar dacă mureai îmi luai și
tu, și ceilalți toate prostiile pe care le-am făcut. Cel puțin nu regret
nimic și aș putea pleca și mâine din lumea asta ca o cacealma.
Noroc că nu știu toți cum e dincolo, că nu ar mai rămâne nimeni
pe pământ!

25.

MOARTEA PĂRINTELUI ARGATU

S-au întâlnit în Piața Unirii ca să fie și ei de față la evenimentul cel mai de seamă al sfârșitului de mileniu, cel puțin din punct de vedere creștin, venirea papei la București. Urma să se discute alături de mai-marii Bisericii Ortodoxe unirea celor două biserici, condițiile în care urma să se facă și, nu în ultimul rând, despre retrocedarea bisericilor care fuseseră trecute în patrimoniul celei ortodoxe de către comuniști.

Care erau șansele acestor probleme de a fi soluționate? Greu de spus. Pe de o parte, Biserica Catolică cu o putere economică imensă, având în sânul ei chiar și institute de cercetări medicale și care, după terminarea celui de-al Doilea Război Mondial, dăduse pașapoarte criminalilor de război naziști, ajutându-i să plece în țările Americii de Sud, de unde nu puteau fi extrădați, în schimbul tuturor documentelor secrete, despre orice fel de experiențe făcute vreodată în lagăre. A ascuns în catacombele de la Vatican pe lângă bogății culturale și multe dintre adevărurile care, spuse oamenilor, ar fi știrbit din puterea Bisericii. A doua, Biserică Ortodoxă, care-și bazează puterea mai mult pe spirit decât pe bani, dar nu pe spiritul propriu, care tinde să dispară cu desăvârșire, ci pe al celor morți, dar încă vii: sfinții! Incapabilă prin ea însăși să constituie un exemplu pozitiv, își trăgea seva din truda unor oameni de cele mai multe ori simpli, care nu aveau nici în clin, nici în mânecă cu ceea ce reprezintă la ora actuală instituția Biserica Ortodoxă „SRL"!

Oamenii actuali ai Bisercii, fără să poată da un exemplu de cucernicie, de evoluție spirituală, mulți dintre ei mai goi și mai găunoși decât pantalonii rupți în cur ai unui cerșetor, au ajuns un fel de papagali rar vorbitori ce nu ating niciodată esența adevărului pe care pretind să-l reprezinte. Daniel și Magda stăteau pe bulevard, ascunși prin mulțime, așteptând să apară papamobilul!

Doar existența acestui vehicul și te face să-ți dai seama că un asemenea individ chelios nu are nici pic de credință în Dumnezeu și nici în cunoaștere! Ca și cum geamurile blindate ale vehiculului l-ar putea feri de sabia Arhanghelului Mihail când i-ar veni sorocul. Sărman bătrân neghiob! Un reprezentant patetic al lui Hristos pe pământ! Ar fi trebuit sa-i urmeze Lui. Nu așa spusese Mântuitorul? „Ia-ți crucea și urmează-Mi Mie!"

Și dacă ești primul care îl urmezi, tu, papo, te duci cu papamobilul? Nu avea pretenția să meargă nici pe jos, nici pe măgar, deși erau destui și din Biserica Catolică și din cea Ortodoxă în jurul lui, dar nici cu un automobil blindat! Din credință nu a mai rămas decât un ritual al spălării picioarelor, gol de orice semnificație spirituală, și o inimă la fel ca și burțile lipite de spate ale câinilor vagabonzi de la fântâni, ce urmăreau cu speranță scena, doar doar primeau și ei ceva de mâncare de la mulțimea cuprinsă de isterie la venirea unui nimeni.

A apărut prostimea care a început să-l aclame, iar el, mai ceva decât Nea Nicu sau Mao, le făcea cu mâna. Ce are să ne mai aștepte după această vizită de lucru? Privind harta vizitelor papei în lume poți constata cu ușurința că în urma lui au apărut numai războaie! Să fie o coincidență? Sau pe lângă comercializarea viagrei, pe care Sanctitatea Sa a permis-o, spera să aibă un procent și de la vreo fabrică de armament evreiască?

A trecut! Daniel a trăit să-l vadă și pe papă! I-a îngăduit Dumnezeu asta, dar a fost atât de decepționat încât îi venea să plângă. Puterea creștinismului stătea într-un moșneag care mai mult ca sigur că purta pampers și care se considera pe sine însuși infailibil în fața cui? A oamenilor? Păi dacă era așa nu avea nevoie de un vehicul blindat. În fața lui Dumnezeu? Pentru ce, nu e El Tatăl nostru al tuturor? Se gândea dacă stilul acesta de a se numi unii pe alții sfinți, preasfinți, ultrasfinți, era adoptat de la papă sau era un produs propriu românesc?

Lui Hristos i s-a spus simplu RABI! Ce vor să facă popii ăstia ai noștri? Să mai treacă un veac până ce le va spune el așa, îi va numi ultrasfinți ortodocși ai Bisericii române. Nu le va acorda niciodată respect mai mult decât lui Hristos sau Tatălui.

N-a discutat cu Magda despre asta, oricum n-ar fi fost de aceeași părere cu el. Au mai ascultat corul de la Institutul Teologic. Cânta frumos. Dar nu era genul lor de muzică. În ignoranța lor, oamenii îndrumați de preoții lor orbi cred că raiul este ceva așa unde se cântă tot timpul muzică bisericească și genul ăsta de lălăituri orientale care nu impresionează sufletul cu nimic. Mai degrabă le plac rugăciunile musulmane.

Credea că totuși marii oameni care apar în sânul Bisericii ortodoxe ori erau niște accidente, ori pur și simplu Dumnezeu, sensibilizat de rugăciunea câtorva, se îndupleca trimițând pe câte unul, doar doar avea să schimbe ceva.

Gradul de prostituție intelectuală era atât de mare încât cei care ar fi trebuit să ajungă sus nu ajungeau, dar lăsau locul lichelelor. Te mai miri că un popor avea să vadă ce e aia foamete din cauza secetei! Le ajunsese vizita papei, așa că s-au hotărât să facă o vizită părintelui Argatu, care era internat la Fundeni. Au luat tramvaiul și Magda îi arătă pe unde și cum lucrase ea. Schimbase zeci de locuri de muncă și nu din vina ei. De fiecare dată stătea până ce se găsea un șef care să vrea să-i facă un bine și să încerce să se apropie de ea.

Sătulă de avansuri, le aplica corecții care de cele mai multe ori nu rămâneau nesancționate și așa era nevoită să o ia de la început. De multe ori era refuzată din start, spunându-i-se: „Tu ce cauți aici

la banii tăi?" Deși ea nu avea nicio lețcaie în buzunar. Emitea ceva
care-ți dădea senzația că e genul de curvă de lux.

Nu știu de ce, însă gândul îi fugea tot la preoții ortodocși.
Ciudat cum un popor cum era cel dac acceptase creștinismul fără
să opună nicio rezistență și asta nu datorită lui, ci preoților daci
care dețineau de fapt puterea. Mai mult ca sigur că ei știau de ve-
nirea lui Dumnezeu pe pământ, despre Zamolxe, chiar dacă avea
alt nume. Știau că numele de pe aici de pe pământ nu înseamnă
nimic, ci că adevăratul nume este cel din cer care exista odată cu
tine. Și ei practicau sacrificiul pentru ceilalți. În fond acceptau
jertfa unuia ca să ajungă la Dumnezeu cu doleanțele lor, pentru
binele comunității, mai știau însă că cel jertfit e cel mai bun, cel
care prin moartea lui răscumpără greșeala.

Erau pregătiți pentru venirea Mântuitorului pe care poate că-l
așteptau inconștient. Îmbrățișaseră creștinismul pentru că era în
fond religia lor, ei înșiși fiind vlăstare ale evreilor. Se trag din două
triburi dintre cele douăsprezece neamuri iudaice.

Una dintre cele mai mari ironii ale sorții era că tocmai germa-
nii se trăgeau din cel de-al treisprezecelea trib iudaic, parcă din
Kazari, și nu făcuseră decât să se extermine între ei. Nu-i de mirare
că poporul român nou format a acceptat și Vechiul Testament și
asta pentru că era istoria proprie! Faptul că nu era consemnată
nicăieri se datorează faptului că tainele preoției se transmiteau prin
viu grai, cunoștințele ezoterice nu puteau ajunge în mâinile oricui.

Sacrificiul dacilor se făcea în trei sulițe simbolizând cei trei
stâlpi ai cerului, Treimea ce se mai păstrează și acum în Moldova
sub forma Crucii străjuită de două sulițe îndreptate spre cer, pe
turlele bisericilor.

Nici nu era greu să moară după ce în copilărie fuseseră supuși
unui ritual care presupune postul negru de șapte zile, care se mai
păstrează și acum în mânăstiri și se ține de obicei în săptămâna
patimilor, după care preotul îi scotea din trup și le arăta lumea,

iadul și cerul, lăsându-i să aleagă dintre cele trei. Nu-i de mirare că alegeau moartea pentru a se întoarce în locul de unde plecaseră: din cer! Dăduse absolut întâmplător peste ritualurile astea ale dacilor descrise superb de Densușianu în istoria dacilor. Întâmplarea făcuse că a ajuns la niște prieteni în momentul în care una dintre fete a primit cadou cartea respectivă. Știind că Daniel este interesat de istoria dacilor, de ritualurile inițiatice, i-au adus cartea.

A deschis-o la întâmplare și a dat cu ochii exact de modul lor de inițiere. Pomenea și despre Herodot și despre ce scrisese acesta referitor la daci, că se considerau pe ei înșiși fii luminii! Cum unii alegeau să trăiască în munți și să se hrănească cu miere și plante, precursori ai isihaștilor creștini. De fapt mândria noastră de a fi un popor latin era o mare minciună.

Falsificarea istoriei face parte dintr-o preocupare aproape bolnavă a istoricilor români. Cum se poate afirma că poporul român era latin în sensul că ar fi fost latinizat de romani atâta timp cât legiunile romane erau formate din mercenari dintre care mulți nici nu știau unde este Roma? De asta exista Legiunea a nu știu câta Palestina, sau Iudaica, sau cine știe cum, pentru simplul motiv că cei care făceau parte din ea fuseseră racolați, în schimbul unei solde, în armata romană, urmând ca la sfârșitul stagiului să primească pământ în regiunile cucerite.

De unde necesitatea unui popor de a se considera că-i curge prin vene un sânge roman când nu e așa? Pentru a fi mai explicit, prin sângele poporului român, singurul și cu adevărat pur, și care se pierde în timpul Vechiului Testament, este cel dac și nu cel roman, care nu este decât un conglomerat de sânge din cele mai diverse seminții de pe unde ajunseseră cuceririle romane.

Adevărul ăsta îl cunoșteau preoții, dar naționalismul este o armă puternică. Spiritul național face să existe un popor în timp și nu în ultimul rând menține chiar puterea lor. Dacă oamenii ar avea acces la cunoaștere și prin ea la Divinitate, unde ar mai fi rolul preotului? A celui care trăiește ca o lipitoare de pe urma omului simplu? Astfel preoții preferau să păstreze omul în ignoranța lui, dar să fie în fiecare zi la liturghie luându-i taxă pentru lucrul pe care nu ar trebui să-l facă ca pe o meserie, ci ca pe un dar creștinesc.

În fond, Hristos spusese să-și obțină hrana de zi cu zi prin truda mâinilor, nu vorbind despre Dumnezeu, cu care de cele mai multe ori nu au nimic în comun. Un om simplu poate avea acces la Dumnezeu oricând vrea el, însă trebuie să învețe numai cum să o facă și atunci nu mai are nevoie de nimeni, de niciun preot, de niciun papă. Atunci se realizează întorcerea lui la Dumnezeu!

Rămânem uimiți dacă citim viața Sfântului Serafim de Sarov, care ajunge să fie împărtășit de îngeri de crezuse lumea că a înnebunit în momentul în care a refuzat împărtășania din biserică. Și câți oameni nu se împărtășesc direct de la Dumnezeu?

Soluția nu era să mergi ca oaia să-ți dea cineva acces la Hristos, ci să te ridici tu ca să fii demn să coboare asupra ta energiile necreate. A avea o relație personală cu Dumnezeu era scopul vieții înseși.

Ajunși în fața Spitalului Fundeni a simțit-o cutremurându-se.

– Urât loc! îi spuse. Cenușiul clădirilor care răsăreau în mijlocul unui parc lăsat în paragină, mizeria care se strânse în jurul lor probabil aruncată de bolnavi și nu fusese strânsă de ani. Totul îi dădea un aer dezolant. Să nu vii aici. Nu este un loc bun. Uite, Bagdasar, câte boli vin de acolo și sunt grave, dar tot nu arată ca aici.

– Nu este aranjat. Dacă ar fi renovate, s-ar schimba înfățișarea.

– Nu, nu este asta! Orice ai face tot așa ar fi. Nu este vorba de clădiri, ci de loc. Parcă ar fi o groapă de gunoi spirituală. Ar fi ultimul loc în care mi-aș putea căuta vindecarea, nu este de mirare că aici era inclusiv spitalul de oncologie. Și așa nu avea o părere prea bună despre el. Un fel de loc unde oamenii își petreceau ultimele zile înainte să moară.

Au intrat fără probleme în spital. Aflaseră despre rezerva unde era internat părintele de la o nepoată de-a lui, care îl sunase disperată că nu poate să dea de el pentru că nu este lăsată să intre de către medicii lui şi spera ca el, ca medic, să aibă mai multe şanse.

În secţia de cardiologie, renovată proaspăt, era linişte. Arăta mai bine decât restul spitalului. Au intrat şi când tocmai se îndreptau către rezerva părintelui apăru o doamnă doctor.

– Pe cine căutaţi?

– Am venit la părintele Argatu!

– Nu poate primi pe nimeni! Dacă vreţi, îi transmit eu ce vreţi să-i spuneţi. Sunt medicul dumnealui.

– Sunt medic! a adăugat Daniel. Şi îmi pot da seama dacă-i face bine sau rău vizita mea.

– Cu atât mai mult dacă sunteţi medic ar trebui să ştiţi că în asemenea cazuri sunt contraindicate orice fel de legături cu lumea de afară!

– Doamnă, sunt un ucenic de-al lui! încercă să o facă să înţeleagă că există o limită a medicinei unde numai cunoaşterea spirituală mai poate face ceva.

– Vă înţeleg perfect, dar părintele nu a primit pe nimeni şi cred că mulţi au fost fiii lui duhovniceşti. Nu pot face o excepţie. Vă pot spune, pentru liniştea dumneavoastră, că starea dumnealui este stabilă, este sub medicaţie, chiar profesorul îl are sub observaţie.

– Vă mulţumesc, sunt mult mai liniştit! a spus ironic.

Ea a perceput-o, dar nu a zis nimic. În fond nu avea nicio vină, majoritatea medicilor care stau pe lângă câte un profesor socotit bun în meseria lui îl copiază până se depersonalizează, devenind la fel de buni sau la fel de proşti ca şi respectivul.

A ajunge pe lângă unul de genul ăsta este şi foarte greu, pentru simplul motiv că ai nevoie ori de mulţi bani, ori de o pilă, ori să fii foarte deştept, dacă nu trebuie să le îndeplineşti pe toate trei!

Se enervase rău! Poate pentru că avea senzația acută că avea nevoie de ei. El avea altă cunoaștere decât Magda, iar ea poseda energie și făceau o echipă bună.

– Voiați să cereți binecuvântare?

– Nu! a spus spre disperarea Magdei. Nu de asta am venit! A vrut să spună că veniseră dintr-o dorință pur altruistă, nu pentru persoana lui sau a ei.

– Când o să permită domnul profesor vizitele, îl veți putea vedea! îi spuse împăciuitor.

– Nu mai pot eu de toți orbii! a zis lăsând-o cu gura căscată. Atunci poate o să fie prea târziu! Sărut mâna! a mai zis plecând de acolo și lăsând-o în ușă uimită.

Lipsa lui de respect pentru titlul celui care îi era mentor o șocase.

– Trebuia să zici tu ceva! Mândria, Daniele, mândria te-a făcut să vorbești așa. Cred că este lucrul care i-a făcut cea mai puțină plăcere părintelui și că de fapt nu a vrut să te primească.

– Prințeso, nu am venit pentru mine, ci pentru el. Faptul că Dumnezeu mi l-a ales să-mi fie mentor alături de alți câțiva preoți și nu numai nu are prea mare importanță pentru mine. Este adevărat că mă folosesc de numele lui ca să spun de unde știu tot ce știu, dar și el, ca și mine, suntem instrumente mai bune sau mai rele ale lui Dumnezeu. Și iartă-mă că am vorbit așa, nu tu, ci eu trăiesc lângă ei și nu tu, ci eu am avut tot felul de experiențe neplăcute în raporturile cu ei.

Ba pot spune că am început cu cardiologii încă din anul întâi, când am dat peste unul foarte deștept, socotit unul dintre cei mai buni, care lucra la Filantropia. Făceam cu el orele de fiziologie. Era un fel de spaima studenților, un idiot cu atestat. Niciodată un om nu poate învăța ceva de frică și, dacă o face, va avea o repulsie toată viața lui vizavi de acel lucru. Nu îl înghițeam și era suficient de deștept ca să-și dea seama de asta.

Într-o zi, la un seminar la care ne preda EKG-ul, cred că a vrut să mă înjosească în fața fetelor, eram singurul băiat din grupă, și ne-a pus chipurile pe un băiat și pe o fată să ne facem EKG-ul ca să avem niște exemple. Nu pot spune că-mi plăcea prea mult ideea de a mă dezbrăca în fața fetelor și de a-mi expune oasele. Plus că fusese măgar, se uitase la mine și spusese că are nevoie de doi voluntari, un băiat și o fată care să facă asta. Or, băiat eram doar eu!

Prima și-a făcut EKG-ul o fată mai dezghețată și am urmat eu. Mă supărasem. Mi s-au pus electrozii de către asistentă și pe măsură ce mi-i așeza, așa cum eram culcat pe spate, m-am calmat și am început să-mi închipui că bătăile inimii mi se răresc din ce în ce mai mult. Inițial, am făcut câteva extrasistole care l-au determinat pe doctor să țipe de dincolo, eram într-o cușcă Faraday:

– Stai pe loc, nu te mai mișca!

Asistenta certifica faptul că stăteam complet relaxat, cel puțin din punct de vedere fizic! Nevenindu-i să creadă, medicul își băgase capul pe ușă, să vadă cu propriii ochi și, în momentul în care m-a văzut nemișcat, a oprit aparatul. Am revenit și eu cu mintea în lume. Medicul a tăiat hârtia pe care erau înregistrate datele culese și a mai zis:

– Păstrați-o doar pe a colegei, cealaltă nu a ieșit cum trebuie!

– Dar ce am? l-am întrebat de data asta uitându-mă fix în ochii lui.

A lăsat ochii în jos și a răspuns mai mult pentru ceilalți:

– Cred că sunt artefacte!

A fost ultima dată când l-am văzut. Seminariile următoare le-am făcut cu un medic mult mai tânăr, care ne-a făcut efectiv să gândim medicina. Nu știu ce i-a trecut prin cap celuilalt, chiar mi-ar fi plăcut să știu. Așa că nu-mi spune mie cu cine am de-a face! Limita lor este materia și dacă este mai răsărit energeticul la nivelul vectorilor alunecători care formează stimulul electric. Habar nu au că cineva poate fi omorât de la distanță și că mai ales unul ca părintele, care a trecut de limita vieții lui, spiritelor superioare li se mai îngăduie să rămână pe pământ pentru ceilalți, este vulnerabil în fața celor care se folosesc de rău. Tu cum îl simți?

– Bătrân și obosit! spuse Magda, care părea să fi plecată efectiv cu gândul. Are câmpul spart! Dacă ai fi venit singur, poate că te-ar fi primit. Numai că nu putea să ne primească pe amândoi, ar fi însemnat că ne consfințește greșeala în care trăim. Măcar dacă am fi luat binecuvântare. Tu, cu mândria ta. Că nu ai nevoie de nimeni! îi mai spuse în timp ce se îndepărtau de spital.

Peste două zile au citit în ziar despre moartea celui care fusese unul dintre cei mai mari duhovnici ai sfârșitului de secol. Fusese cineva vinovat că plecase sau fusese alegerea lui? Îl lovise cineva? Daniel și-a amintit că demult, pe când mergea pe la el pentru a învăța despre adevăr, visase cum pleca: spre o poartă de lumină, înconjurat de partea asta de mulți bărbați. Nu erau femei deloc. Pe de-o parte, cum se îndreptau spre lumină, erau călugări, în stânga lui și în dreapta, erau ei doi. El și încă un bărbat cu ochii închiși. L-a recunoscut pe cel cu care era și într-adevăr, acum când părintele plecase la odihnă, respectivul era departe de a ști ceva despre adevăr.

Înainte de a se contopi cu lumina, părintele se întoarse și le întinse un pahar ca să ciocnească, dar nu a înțeles exact. Știa că în el era vin. Când s-a uitat mai bine, Daniel a descoperit că el avea cafea. S-a întristat, dar l-a văzut pe părinte zâmbindu-i cum numai el știa să o facă, cu tot sufletul. Cafeaua era un viciu la care-i venea greu să renunțe și nu era singurul. I-a binecuvântat și, îmbrăcat în hainele lui negre călugărești, a trecut dincolo.

26.

ÎNCEPUTUL

Magda l-a sunat de la serviciu ca să se întâlnească în piață la Sf. Gheorghe. Luase din fabrică un cuier frumos și voia să i-l aducă. Dăduse deja comanda să se facă acolo și mobilă pentru camera care aveau de gând să și-o facă.

Rând pe rând, în camera lor, cum le plăcea să-i spună, se adunaseră obiecte noi. Daniel își aranjase un alt altar închinat Maicii și pruncului, unde icoana fusese aranjată chiar de Magda pe un suport de lemn oval străjuind camera, candelele aranjate în cruce, icoanele sfinților și, nu în ultimul rând, pozele duhovnicilor lui: părinții Argatu, Pantelimon și Dosoftei, care îl îndrumaseră, și pe care el, unul, îi trecuse în cetele sfinților.

Nu îl interesa părerea Bisericii, pentru că nu are nici puterea, nici harul de a lua sfințenia unui om. Poate să o confirme în fața societății și atât.

S-au întâlnit și era mai frumoasă ca niciodată. Rar o puteai vedea aranjată așa. Rochia verde dintr-un material care imita piersica, părul cu nuanțe de la roșu-deschis la negru. Până și femeile întorceau privirea după ea.

Daniel întârziase, dar nu se supărase pe el chiar dacă așteptase în soare. A luat cuierul și au pornit către librăria Elta. Magda ținea morțiș să îi facă harta astrală. El a încercat să-i spună că e o prostie, dar nu l-a ascultat, așa că i-a făcut pe plac. Din fericire, tipul care se ocupa cu așa ceva nu era acolo. Poate că erau multe lucruri care îi scăpau lui, dar multe nu le știa nici ea. Încercase să-i spună că momentul nașterii nu avea nimic de-a face cu el însuși și asta pentru simplul motiv că pe la vârsta de cinci-șase ani făcuse un schimb. Sufletul lui era legat de Tibet, nu de zona asta care i se părea întru câtva străină, și că singurul sens al apariției lui a fost ca să afle unde se greșește aici de totul merge rău.

Venind de sus, făcuse schimb cu cel care trebuia să se nască sub numele pe care îl are acum, pentru a putea pătrunde în lumea de aici. Bineînțeles că în schimb plătise cu aur adunat din viețile anterioare. Așa ajunsese Daniel la cel mai mare duhovnic, la cei mai buni profesori în școală și în facultate. Cam cum ar fi venit să le spună: „Știți am făcut o înțelegere cu tipul care trăia în trupul meu și, pentru că viitorul lui era unul din cele mai negre și nu avea prea multe de învățat, ci mai mult de plătit din păcatele anterioare, i-am luat locul și iată-mă-s!"

Era de ajuns că știau ei sfinții și câțiva preoți, care avuseseră curajul de a-i lua unele păcate din cârcă. E adevărat că spre unele fusese împins deliberat tocmai pentru a-și da seama de puterea obișnuinței și de plăcerea care ne guvernează și nu ne lasă să evoluăm spiritual. Își dăduse seama de asta când era la părintele Argatu. Stăteau împreună la masă și Daniel îi spusese că ajunsese să poată lupta cu demonii la un nivel spiritual superior, dar pierduse pe drum mila, compasiunea, iertarea. Nu mai vedea decât binele și răul, albul și negrul, situându-se plin de mândrie de partea primului și încercând să-l stârpească pe cel de-al doilea.

Era de principiul că fiecare trebuie să-și ducă sacul lui de greșeli și să și le plătească. Culminase în aroganța lui desconsiderând o altă nație: pe țigani. Fusese la un moment dat rugat să ajute o fată țigancă care avea necazuri de pe urma soacră-sii, care nu o plăcuse și o făcuse din om neom. Începea să urle de cum se pornea părintele să citească moliftele chiar dacă în restul timpului era cât se poate de normală și asta pentru că aparținea unei seminții atât de disprețuită de români.

– Trebuie să mă întorc! îi spusese Daniel bătrânului călugăr Știa ce vrea să-i spună, nu trebuia să-i explice.

– O să fie greu să te mai întorci! îi spusese.

– Trebuie! adăugase.

Așa se întorsese la viața lui comună de dinainte. Ce e mai groaznic decât un medic fără compasiune și un preot neiertător? Acum, când îi aude pe preoți amenințându-i cu iadul și cu muncile veșnice pe oameni îi vine să-i ia de gât și să le arate ce înseamnă cu adevărat suferința și păcatul!

Cert este că refuzul lui de a o ajuta pe fata aceea, nu trebuia decât să țină o zi de post negru, îl făcuse să ajungă aici. Iubea cu toată inima o fată care avea pe undeva sânge de țigancă în ea, care era măritată cu un țigan și care avea un copil ce semăna leit cu taică-su, o fată la care începuse să țină.

Pe drumul spre casă au uitat să coboare și s-au întors din drum alergând o stație pe jos, prin soare. Ajunși acasă s-au așezat la masă. Magdei îi era foame. E adevărat că brânzeturile ei și vegetalele pe care le mânca nu îi țineau de foame, așa că era mai mult flămândă.

– Sunt obosită! Haide să ne întindem puțin, îi propuse ea.

Arăta atât de bine încât numai la somn nu-i era gândul lui Daniel, dar nu avea niciun haz dacă ea nu simțea asta. S-au băgat în pat și el i-a spus doar cu ochii închiși:

– Haide, fă zâng!

A simțit-o zâmbind și a apucat să vadă cu ochii minții cum spiritul ei se înălța spre cer dispărând spre lumină, lăsându-l singur cu instinctele și gândurile lui.

„Sigur nu simte nevoia, doar îl are ori pe bărbat-su, ori pe grec. Ce îi pasă ei? De ce am acceptat asta? Câte poți face în numele iubirii!"

Timpul trecea și se apropia ora să plece la serviciu. Ea încă dormea atât de profund încât îi era teamă să o trezească. În cele din urmă, nu a mai putut să aștepte și a trezit-o încet.

Se întoarse cu greu din lumea somnului. El se îmbrăcase deja și în minte îi persista nemulțumirea de a nu fi făcut dragoste. Privea la ea cum se îmbrăca pe jumătate adormită când a văzut-o ducându-și ambele mâini la cap, la spate și încovrigându-se.

– Mă doare! Nu mai văd! țipa deznădăjduită.

– Luptă Magda! Nu mă lăsa singur, roagă-te! aproape că i-a ordonat. Spune Tatăl Nostru!

– Tatăl nostru care ești în ceruri, începu ea cu ochii închiși și cu mâinile una peste alta la spatele capului.

I-a pus la rândul lui mâna pe cap rugându-se, încercând să închidă spărtura din câmpul ei. Rugăciunea ei se întrerupse și fără să vrea vomită apoi se scurse încet pe pat.

A luat-o în brațe cu intenția să o ducă la baie. Pe drum împroșcă mocheta cu vomă. A dus-o în cele din urmă în camera de lângă baie. La ușă sună cineva. S-a dus să deschidă și era administratorul cu vecinii de sub el. Se spărsese o țeavă. I-a dat drumul și s-a întors la Magda. Nu a stat mult. Spectacolul care îl ofereau pe gratis era departe de a fi plăcut. Când o mai zări și pe Magda aproape leșinată vomând, omul ieși trântind ușa după el.

Reușise să se liniștească într-un târziu, își revenise cât de cât și îi ceruse telefonul ca să o sune pe maică-sa. I l-a dat, însă nu era nimeni acasă. Sună la vecini și lăsă vorbă că întârzie. Nu apucă să închidă telefonul bine și leșină din nou. Daniel i-a ridicat pleoapele și a văzut că avea globii oculari deviați. Se îngroșase treaba.

S-a dus la un prieten și l-a rugat să-l ajute s-o ducă la spital, deși mare lucru nu-i făceau acolo. S-a întors și a îmbrăcat-o, se făcuse atât de grea încât nu au reușit nici măcar să o care prea mult.

Noroc că i-a zărit o femeie care tocmai parca mașina și i-a dus până în fața spitalului. Ca de obicei, nici un brancardier. Daniel s-a dus să ia o targă și i s-a spus că e ocupată.

– Mă, îți rup gâtul! nu s-a putut abține să îi spună brancardierului. Sunt medic aici și am nevoie de ea.

– Și ce dacă ești medic, trebuie să te porți așa? se găsi să comenteze nu știu cine.

Nu s-a mai certat cu ei, nu avea timpul necesar. A luat în brațe ceea ce mai rămăsese din Magda pe pământ și a dus-o în camera de gardă. Era de serviciu tocmai secția pe care lucra el ca stagiar. Medicul de gardă de pe neurochirurgie veni să o consulte, dar Daniel știa deja ce se întâmplase. Se rupsese din nou anevrismul acela de pe artera comunicantă anterioară. Nimeni nu putea să o ajute cu nimic. Mai mult decât să-i dai ceva care să-i calmeze durerile și să-i îmbunătățești circulația cerebrală, nu puteai face nimic.

Îi dădu o rezervă la etajul unde lucra Daniel. Se aflase deja că este prietena lui, așa că în jurul lor începură să roiască alți oameni. Asistente, infirmiere, medici se preocupau de bunul mers al tratamentului, deși aflând că se rupsese a doua oară, speranțele din ochii celor din jur începură să apună.

Înțelegea privirile lor chiar dacă încercau să ascundă adevărul. Rămânea operația, numai că fără a se ști exact locul unde se afla punga de sânge care rupsese nu intra nimeni în sală. Rămânea să aștepte. Medicul care o internase fusese primul care emisese ipoteza localizării anevrismului pe artera comunicantă anterioară. Era cel mai frecvent.

Curios, lumea medicală, deși divizată și plină de invidie, se coalizează fantastic în momentul în care unul dintre ei devine ținta bolii.

În continuare, scenele se derulară cu repeziciune: venise să stea lângă ea maică-sa, pentru a nu se da de bănuit prezența lui prea apropiată de ea. Urmase operația care decursese cât se poate de bine până la sfârșit, când se trezise Magda. Era pur și simplu curioasă să vadă ce are în cap. Îl bătuse prea mult la cap cu radiografiile și angiografiile ei de la prima internare ca să nu fie curioasă. Iar el, din lumea materială, îi acceptase voia fără să prevadă ce dorea în fond.

După ce se termină operația, este regulă ca bolnavul să nu iasă de pe masa de operație până nu se trezește. Deși urmărise îndeaproape actul chirurgical, Magda nu se trezi imediat.

– Întoarce-te odată! țipase la ea anestezista, care se afla mai aproape decât oricine de limita dintre viață și moarte. O lovi de câteva ori peste mână și Magda scoase primul geamăt. Se trezise cu adevărat doar în rezervă și când constată că avea părul tuns țipă la toți cei din jur. Fusese suspectată că ar avea probleme cu psihicul tocmai pentru că se manifestase agresiv la un moment dat.

Cine i-ar fi putut judeca viața și greșelile? Tocmai Magdei, care știa mai mult despre psihicul uman decât întregul spital de nebuni.

Fusese mutată la reanimare ca să fie ținută sub observație. Tot timpul l-a liniștit că va fi bine, îi cunoștea bine vocea la nivel mental ca să știe că era a ei. O știa de prea mult timp pentru a o mai putea confunda. Îi liniștise pe toți cei care o iubeau, astfel că la un moment dat nimeni nu mai era lângă ea.

După câteva nopți nedormite, Daniel reușise să meargă și el acasă să își facă un duș și să se schimbe. Adormise împăcat cu sufletul ei lângă el. A doua zi, duminică, când s-a dus la spital a găsit-o dormind. Aparatul care conținea un medicament folosit pentru a crește irigația creierului era oprit.

Cine știe de când! Îi venea să o strângă de gât pe asistenta respectivă care îi spusese candid că ea l-a oprit de un sfert de oră. I-a cerut să-l înlocuiască, dar i-a spus că nu are. Atunci Daniel a alergat la etaj pentru că știa că fusese trecut în condică, doar că nu fusese ridicat pentru că Magda coborâse la reanimare.

A reușit după vreo două ore să primească un flacon și să i-l administreze. Între timp, stătuse lângă ea și întâmplarea făcuse să vină preotul de la spital să împărtășească un bolnav. L-a rugat să vină și la patul ei. A trezit-o și a stat câteva clipe de vorbă cu preotul, care o împărtăși după ce i se spovedise la ureche. La întrebarea dacă regretă ceva din viața ei, răspunsese din tot cugetul ei că nu. După care îi întinse buzele lui Daniel să o sărute. Nu avea voie nu numai pentru că nu era femeia lui din punctul de vedere al legii divine, dar se și împărtășise. A sărutat-o pe frunte. După ce vorbeau la telefon îi spunea că o sărută pe frunte și ea îi zicea: „Dar ce ți-s eu, nevastă?"

Adormise la loc, sau mai bine zis ieșise din trup pentru că de la începutul bolii nu se despărțise de el și Daniel s-a întors la ale lui. După-amiază intrase în stop cardio-respirator și fusese conectată la aparate. Sufletește o simțea lângă el, dar mintea refuza să înțeleagă ce se întâmpla. Începi să îți storci mintea ca să înțelegei ce se poate face mai departe, ca să vezi unde ai greșit.

Unde se greșise? Faptul că fusese operată când creierul era în edem? Că din neglijență nu i se continuase tratamentul cu Nimotop? Că plecase lăsând-o singură? Cine putea să hotărască viața cuiva dacă nu Dumnezeu? Începi să te îndoiești de tot ce crezi că știi în asemenea momente. Ți se răstoarnă întregul sistem de valori sperând într-o minune, ești sigur că Divinitatea ți-o poate da și te simți frustrat că nu vine. Începi să-ți dorești moartea.

Magda intrase în comă.

Operația fu făcută din nou. Era oricum prea târziu din punct de vedere medical, creierul era varză. Se strivise pur și simplu sub propria lui presiune.

Poate doar pentru a scoate clipsul acela, un fel de cleștișor de metal care era mai scump decât salariile tuturor medicilor de pe secție pe o lună, pentru a fi folosit mai târziu la salvarea vieții altcuiva? Cine știe. A pierdut o groază de timp așteptând acea minune care să o facă să zâmbească din nou. Până când, încet, organele începură să o lase. Rinichii cedară, mai rămânea inima. Era bună, bătuse fără să țină cont că ea nu mai era acolo, doar că tensiunea mare și numărul mare de bătăi pe minut aveau să o obosească la un moment dat și atunci avea să urmeze inevitabil moartea.

I se sugerase discret să anunțe familia de iminentul sfârșit. Cum putea să o facă, dacă el însuși nu era în stare să îl accepte?

În apropierea sfârșitului s-a trezit că trupul ei nu se schimbase cu nimic și mâinile rămăseseră calde, cu aceeași energie pe care o folosea ca să îl ajute pe el sau pe alții. Părea atât de vie. Doar ochii își pierduseră acel luciu al vieții și deveniseră două găuri mari, negre, ce demonstrau fără dubiu că acolo nu mai era nimeni.

A lipsit câteva ore cât a fost acasă ca să o caute la nivel spiritual. Acasă aprinsese toate candelele pe care le avea, plus cele două lumânări care îi simbolizau pe ei. Era un ritual pe care îl făcea Magda pentru ca iubirea lor să nu se piardă niciodată în râul vieții. Două lumânări, una albastră și una roșie, ardeau împreună în același borcan.

S-a așezat în genunchi și s-a gândit la ea. Lumina din cameră era dată de flăcările calde care ardeau și străbătea lumea astrală până la ea. A strigat-o și i-a răspuns la un moment dat. S-a deschis o ușă de după care s-a ivit capul ei, îi zâmbea de dincolo.

„Ce faci, nu vii? Nu te mai întorci?" a întrebat intrând în cameră. O aranjase tot așa cum era cea de pe pământ, numai mobila diferea, în rest candelele, icoana Maicii și celelalte icoane erau exact cum le aranjase cât era la el. Ba avea chiar și evantaiul chinezesc pe care erau pictați doi flamingo, unul cu ciocul căscat mare și unul sobru. Mereu îi zicea că ea era cea cu gura mare.

„Nu!, îi răspunse. Te aștept aici și, până vii, îți pregătesc casa!"

S-a trezit în camera lui cu ferma convingere că nu va mai fi nicio minune și că ea nu se va mai întoarce niciodată.

Adică, cum să-i pregătească casa? s-a întrebat. Știa că la un moment dat îi spusese că s-a visat acasă la ea și că era măritată cu el, că era multă lume la poartă care aștepta să intre și că le spusese: „Stați puțin, că părintele vine imediat!" O femeie se mirase că era așa de tânără și preoteasă!

Iar mai târziu îl visase pe el bătrân și obosit, întinzându-i mâna ca să vină la el, în timp ce ea era cu prietenii ei de pe lumea cealaltă!

Întorcându-se la spital, nedumerit de înțelesul vedeniei pe care tocmai o avusese, a rămas stupefiat în momentul în care descoperise patul gol! A intrat în panică. A întrebat fetele de la reanimare ce s-a întâmplat cu ea și i s-a spus că s-a terminat.

A coborât la morgă și a căutat-o în toate frigiderele pentru că realiza că nu putea merge la ea acasă. Voia să-și ia rămas-bun de la ea, deși era conștient că nu e decât un hoit pe care îl aruncăm când plecăm și că, fără să vrem, ne identificăm și pe noi, și pe cei dragi cu un conglomerat de oase și carne.

Nu a găsit-o. În cele din urmă, o fată i-a spus că au luat-o rudele acasă. A sunat și în momentul în care vorbea cu mama ei cei care o duseseră îi întrerupseseră ventilația și inima i se oprise. A apucat să audă țipetele celor din casă când îi muri trupul. Marea uzină care este trupul omenesc încetă să mai funcționeze. Pentru prima dată a simțit iminent sfârșitul. Telefonul i-a căzut din mână și totuși nu era singur, o simțea lângă el. Aflase printre altele că îi găsiseră loc de veci la cimitirul de lângă ei, în ciuda părinților care doriseră să o ducă la țară.

Totul mersese șnur dacă stătea bine să se gândească, de parcă era așteptată undeva și trebuia să lase totul în ordine. A stat o perioadă singur și deodată i-a venit dorința de a o vedea. Era o nebunie, dar ce bine că avusese un profesor ca ea, care știuse să ia totul de la viață cu ambele mâini. Întotdeauna spunea că dacă ar fi murit în acel moment nu ar fi regretat nimic pentru că făcuse tot ce se putea face pe pământ.

S-a echipat cât se poate de sobru și a plecat spre ea. Știa unde stă, așa că nu era asta o problemă. Problema era în momentul în care ar fi ajuns acolo. Ce avea să spună bărbat-su? A luat-o prin spital. Aproape că îl ura. Deși nu îl cunoștea de prea mult timp, numai necazuri îi adusese. Mergând prin spital se gândea dacă moartea Magdei, care poate îi influențase cel mai mult viața, nu însemna de fapt o plată. Încălcase toate legile posibile din cauza ei, a lui, pentru ea, pentru ei. Și totuși nu simțea asta. Îi apărea aievea chipul ei în minte spunându-i:

„Nu îți poți clădi fericirea pe nefericirea altuia!"

„A cui nefericire?"

„A lui Nelu!"

„Și de ce mă rog?", a întrebat din nou.

„Nu ar fi renunțat niciodată la mine! Ne-ar fi căutat și ne-ar fi omorât pe amândoi!"

Când a ajuns la ea s-a întâlnit cu cea mică. O cunoscuse la spital și se plăcuseră reciproc. Era mult mai sensibilă decât el și nu percepuse moartea maică-sii ca pe o nenorocire. Se juca cu copiii în nisip. Era singura fată veselă de acolo. El și ea. Veniseră rude de departe la înmormântarea ei. Singurul care înțelesese ceva fusese bunicul ei, care aflase de ei. Nu știau. Îi arătă lui Daniel o scrisoare de-a Magdei în care-i ceruse iertare pentru tot răul pe care i-l făcuse. Îi spunea de el și de faptul că doreau să-și refacă viața împreună. Bunicul ei și Daniel s-au plăcut reciproc. Nu erau de acord să o înmormânteze la ei. Nici Magda nu voia asta!

La fel le spuse și cea mică. L-a rugat pe iubitul ei doar să o lase să se întoarcă de unde a venit. Și i-a promis că așa va fi. Dacă pentru femeia care îl făcuse pentru o perioadă fericit nu făcea nimic, pentru cine altcineva?

Când a văzut-o pe Magda, adică trupul ei, era la fel de frumoasă ca înainte. Îi găsiseră o perucă care semăna exact cu părul ei și fusese machiată ca în ultima zi când fusese la el. Nu ar fi intrat nici în pământ urâtă.

Ei îi repugna bătrânețea. A prins momentul când nu era nimeni și a sărutat-o, îi părea rău că nu făcuse asta în spital. A rugat-o pe prietena ei Nicoleta să-i pună în palmă o bucată din piatra soarelui din care era inima pe care o spărsese de Paște și pe care o iubise atât. A vrut-o cu ea. Daniel a vrut să-i cumpere alta, dar i-a replicat că nu mai este aceaşi şi că nu mai merita efortul.

A plecat lăsând în urmă familia îndurerată. O simţea că încearcă prin tot ce face să-şi facă simţită prezenţa de dincolo şi reuşise în faţa multora. Se gândea la mâinile ei frumoase care emiteau aceeaşi energie ca şi atunci când fusese în viaţă. De ce rămăsese în trupul şi în palmele ei?

A doua zi s-a dus la consignaţie şi şi-a cumpărat o maşină de scris. Una roşie. La înmormântare s-a dus doar ca s-o vadă. O simţea mai mult ca niciodată lângă el. Făcea tot ce putea ca să nu sufere şi îi era recunoscător, deşi o învinovăţea că a plecat. Ca spirit superior putea să aleagă să mai rămână lângă el.

Ar fi fost chiar dispus să renunţe la ea numai să o poată zări câteodată. Se pare însă că se hotărâse aşa şi de sus întotdeauna se vede mai bine decât de la nivelul mic al oamenilor.

A urmărit slujba şi pe preotul care era nemulţumit că fusese plătit prea puţin pentru serviciul pe care-l făcuse. Îi era greaţă. Dacă ar fi depins mântuirea Magdei de el, ar fi avut ce aştepta.

„Haide că mă plictisesc, îi spuse la un moment dat. Şi îmi este şi foame." Era ea, incontestabil.

„Ce vrei să mănânci?", a întrebat el în gând.

„Nişte ştrudele cu mere", îi spuse şi a simţit curgându-i apa în gură deşi nu erau preferatele lui. I-a făcut pe plac. Încă nu-i ieşise din cap ceea ce spusese preotul ei, care o cunoştea de mică şi care o şi cununase. Ascuns după un stâlp al bisericii ascultase slujba de înmormântare pe care i-o făcuseră acolo, pentru că cimitirul era în parohia altui preot şi nu se puteau băga peste el.

O altă porcărie a bisericii care împărţise oraşul, ţara, în parohii, iar tu, ca mirean, erai obligat să te duci să mori şi să se roage pentru tine unul care poate nu avea nici în clin, nici în mânecă cu ortodoxia şi asta pentru că, prin cine ştie ce şpagă, obţinuse o parohie mai bogată, cea de care eventual aparțineai tu. Rostise cuvântarea de adio acolo, cu lacrimi în ochi încheind:

– Nu cu multe zile în urmă Magda a venit la mine pentru o ultimă spovedanie zicându-mi că ea crede că este grav bolnavă și medicii nu îi spun de fapt ce are. Am spovedit-o, dar nu i-am dat dezlegarea atunci crezând că se înșală. Ea însă știa și și-a încheiat viața așa cum ar trebui să și-o încheie orice creștin: spovedită și împărtășită. Indiferent ce a greșit pe lumea asta, acolo nu va putea găsi decât binele și odihna. S-a zbuciumat destul aici. Păcat că nu a avut încă doi ani de viață, ar fi putut ajunge sfântă. Dar dacă Dumnezeu a hotărât să o ridice la el, cine suntem noi ca să ne opunem?

Tu pleci, Magda, și ne lași pe noi cu inimile îndurerate, putem doar să-ți urăm ca acolo să îți fie mai bine decât aici și să ne revedem cu bine. Luați-vă rămas-bun de la ea și nu uitați să îi faceți rânduielile. Și tot ce se poate ca să fie bine, spuse el uitându-se la Daniel.

Îl cunoștea. Se întâlniseră la spital când fusese adus să o vadă pe Magda, care intrase deja în comă. Și el știa, dar la rândul lui sperase. Daniel se dusese la el să îi spună imediat cum se îmbolnăvise și fusese operată. În doi, sperau să fie mai ușor să o întoarcă. L-a mai căutat după înmormântare. Dorea să fie sigur că va face tot ce trebuia pentru ea. Se spovedise nu atât pentru el cât pentru Magda. La sfârșit îl întrebă dacă i-a trecut prin minte gândul sinuciderii și i-a răspuns:

– Părinte, spiritele superioare nu se sinucid, pleacă. A văzut chipul cum i se schimbă și uimirea care îi apăruse pe față. Puțini știu că e ușor să mori când știi să o faci.

În fond, ce îl reținea pe pământ? De ce să-i pese de durerea și necazurile celorlalți, lor le păsa de el, de ei? Nu îl putuse ierta pe părinte că nu îi dăduse dezlegare să se despartă de soțul ei. I-a și spus-o și i-a replicat că mai are de învățat despre căsătorie.

A trebuit mai mult de un an ca să își dea seama că avea dreptate și trebuia să își ceară iertare că îl judecase așa de aspru. Pe toți îi învinovățea de moartea ei, chiar și pe el însuși. Rămăsese în el dorința de a pleca din viața asta.

În fond, cine l-ar fi putut opri să facă să-i înceteze bătăile inimii în cel mult o jumătate de oră?

Hotărârea de a trăi o luase la ziua colegilor lui de pe secția de neurochirurgie. Erau mai mulți născuți în zodia racului și și-au serbat-o în aceeași zi. Daniel ieșise pe balcon să fumeze o țigară și privea în gol. Era atrăgător, scăpa și gata. Avusese grijă părintele Argatu să cunoască tot. Pedepsele care se dau pentru fiecare păcat. Cunoscuse cele trei chinuri mari ale iadului: Focul veșnic, frigul și viermele care te roade neîntrerupt. Nici măcar nu știuse ce însemna, mai întâi le-a simțit și apoi a citit despre ele în viața sfântului Serafim de Sarov. Așa visase și ce se întâmpla cu sinucigașii. Erau tunși la chelie, depersonalizați, și stăteau claie peste grămadă în niște celule cu gratii. Și asta timp de șapte ani! Însă durerea pe care începuse să o simtă era mai mare decât ce ar fi însemnat condamnarea asta. Stând acolo pe balcon răsări în el gândul: „Ce ar fi dacă ai face-o, ai scăpa de chinul ăsta?!"

„Și nu ar fi păcat de tot ce am învățat, de munca pe care au investit-o alții în mine? Cum mi-ar sta ca preot sinucigaș pe lumea ailaltă când aveam să dau ochii cu îngerii și, nu în ultimul rând, cu Dumnezeu? Și Hristos, și Maica, și Sfinții? Ce urma să le spun lor?"

Jos se vedea spitalul de nebuni. Cerșeau câte o țigară și nu aveau nicio șansă să iasă pentru că medicina pierduse, în timp, legătura cu sufletul. De la preoți învățase despre suflet, de la Magda despre energii și de la medici despre trup. Avea cheile spre ceea ce însemna om și nu avea dreptul să le arunce odată cu viața lui. Măcar pentru ei trebuia să lupte. Și pentru cei de sus. Când alesese viața asta o făcuse pentru a-i învăța pe alții și ar fi însemnat să dea înapoi. Nu putea.

Părintele îi reproșa de fiecare dată când se întâlneau:

– Nu ați mai venit pe la mine, domnule doctor?

Nu era însă pregătit să-l asculte și acum când a înțeles nu mai avea sens, pentru că știa. Nu putea decât să-i ceară iertare că nu i-a dat crezare atunci.

Trebuia să-i facă rânduielile spirituale. Nu-l interesau pomenile și alte alea, deși au și ele rostul lor. S-a dus la trei mânăstiri ca să dea liturghii de iertare pentru ea timp de 40 de zile. Până la judecată se mai putea schimba ceva.

Când a ajuns la schitul Darvari, unde fusese cu Magda după prima ei internare ca să dea acatiste de protecție – culmea, se terminaseră exact cu două zile înainte să-i vină rău la el acasă –, cerurile erau deschise, așa că s-a dus la Dumnezeu și i-a spus:

– Doamne, fă să își plătească păcatele pe pământ! Lasă-mi-o ca înger păzitor.

– Și păcatele ei? veni întrebarea.

– Am să le plătesc eu pe toate! Am să ajut orice om oricând mi-o va cere în numele ei, fără să cer ceva în schimb.

– Bine! veni răspunsul Domnului.

A ieșit din schit cu inima ușoară. Cel puțin nu avea să cunoască iadul. Nu ar fi putut să îndure asta. Ce ar fi făcut dacă nu ar fi fost de acord Dumnezeu? Probabil ar fi blestemat iadul și demonul în fiecare clipă a vieții lui de ar fi aruncat-o afară numai ca să scape de gura lui. Mai dăduse o liturghie de genul: „Dau această sfântă liturghie bunului Dumnezeu pentru iertarea păcatelor, liniștea și pacea sufletească a primului suflet care trebuie să iasă din iad și să se mântuiască".

Nu erau de acord preoții cu treaba asta, dar nu îi păsa. Dacă ar fi știut cum e iadul și l-ar fi simțit pe pielea lor, ar fi acceptat. El o făcea și pentru sufletele damnate, și pentru ea. Pentru ajutorul dat, îi erau datoare și putea să le ceară orice, că l-ar fi ajutat. Le-a cerut să aibă grijă de ea pe lumea aceea, pentru că nu o cunoștea.

Nerecunoscut de Biserica Ortodoxă și acceptat de cea Catolică, purgatoriul, ca loc în care se ispășeau păcatele, era plin de oameni şi, în ultimul timp, de feţe bisericeşti care erau apărate de furiile iadului doar de cămăşile cu chipul Maicii şi al lui Iisus Hristos. Se putea scăpa de acolo după ce-ţi ispăşeai vina.

Prostia, dracul, făcuseră ca bisericile să se despartă şi din schisme, care apăruseră, culmea, numai din Biserica Catolică, să apară culte care nu recunoşteau cultul ortodox al morţilor, privându-se pe ei înşişi şi pe cei trecuţi în lumea cealaltă de un real ajutor. Nu aveau ocrotirea sfinţilor ca oameni ajunşi la asemănare cu Dumnezeu, deşi făcuţi doar după chipul lui, nici a Maicii Domnului, căreia îi contestau fecioria ce reprezenta esenţa planului divin de mântuire a omului, se închinau numai lui Iisus Hristos. Nu era puţin, dar ar fi putut avea mai mult ajutor în drumul lung al evoluţiei spirituale.

Fetiţa Magdei avea să îi confirme pedeapsa divină: o visase pe maică-sa care îi spusese să stea liniştită că nu a murit şi că va avea grijă de ea cât mai stă pe pământ cinci sute de zile făcând fapte bune din lumea de dincolo.

„Acum înţeleg de ce nu ai îngeri păzitori!", îi spusese în unul din dialogurile mentale pe care le-a avut cu ea. Da, trimisese îngerii pe pământ ca să trăiască, să înveţe ce este păcatul, munca, durerea. Să înveţe ce e durerea şi compasiunea, pentru ca în momentul în care aveau să se întoarcă la cer să nu uite cât de greu se trăia şi se dobândea mântuirea.

Îi cunoştea exact înainte de a muri pentru a-i ajuta să treacă pragul dincolo. Dacă nu te ajută cineva, nu ai nicio şansă să te întorci de unde ai venit. Datori lumii ăsteia, nu îşi puteau răscumpăra greşelile decât făcând bine şi ajutând la rândul lor.

Ce durea cel mai mult era imposibilitatea de a o atinge. Râdea de materie crezând că aşa s-au înălţat spiritual, dar în asemenea cazuri realizezi ce mult înseamnă o atingere, o îmbrăţişare, un sărut, parfumul ei pe care nu-l va mai simţi niciodată şi nu în ultimul rând dragostea ei, fără de care sexul în sine este un pur act animalic.

27.

DESCOPERIREA

Îi privi chipul imediat ce îl văzu intrând pe ușa biroului ei. După fizionomie era el, Ștefan. Îi zâmbise reținut și îl simțise că avusese chiar tendința de a o săruta, dar văzând că ea nu schițase niciun gest se așezase liniștit pe scaun. Îl privea pe bărbatul acesta și se întreba fără să vrea dacă știa cu adevărat ceva despre el. Știa că sentimentele nu le poți opri că, vrei nu vrei, le ai. Ce știa despre omul acesta?

Într-un moment de curiozitate făcuse chiar un lucru pe care în niciun alt caz nu l-ar fi făcut: trecuse pe la el pe acasă. Dorea să-l cunoască mai bine. Când ajunsese în pragul ușii îi apăruse o femeie de vreo cincizeci de ani, minionă, având un păr care odată fusese negru. Aspectul ei amintea de ținuta unei doamne, chiar dacă hainele erau sărăcăcioase. O frapase privirea ei aidoma celei a lui Ștefan: plină de o durere nemărturisită. Chiar dacă nu ar fi știut ce se întâmplase cu fiul ei și tot ar fi fost ușor de recunoscut o tară ascunsă în suflet ce-i răzbătea prin ochi.

– Bună ziua! îi spuse.

– Bună ziua! îi răspunse femeia privind-o întrebător.

– Sunteți doamna Marinescu? o întrebă și observă că întrebarea departe de a o lămuri în vreun fel mărise curiozitatea femeii.

– Da.

– Mă iertați că vă deranjez. Sunt Maria Ionescu și sunt psihiatră la penitenciarul unde se află Ștefan.

Femeia se îngălbeni de parcă ar fi făcut instantaneu hepatită.

– I s-a întâmplat ceva? reuși să întrebe.

– Nu, fiți liniștită. Este foarte bine. Am venit doar să vorbesc cu dumneavoastră despre el.

– Nu mai știu nimic de el. Nu l-am mai văzut de la proces. Nu m-a primit când am vrut să îl văd.

– Ceea ce mă interesează pe mine este ce s-a întâmplat înainte de proces. Dacă vreți să îmi dați niște lămuriri.

– Poftiți înăuntru! îi spuse femeia.

Intră într-o casă plină de bibelouri așezate pe o mobilă veche din lemn masiv.

– Vreți o cafea? o întrebă.

– Da, mulțumesc! îi spuse privind în jur.

– Vreți să îi vedeți camera? Putem bea cafeaua acolo! Acolo stau mai tot timpul. Toate lucrurile îmi amintesc de el și parcă îmi mai trece dorul... A fost un copil tare bun! Cine ar fi crezut atunci. Unde îl puneai, acolo stătea și se juca fără să-l simți. Orice jucărie nouă devenea un obiect de studiu pentru el până ce descoperea cum era făcută. Tot timpul le desfăcea și le făcea la loc de parcă le inventase el.

O lăsă singură în camera lui. Putea spune că era impregnată cu el. Mirosul, mobila, cum erau așezate lucrurile într-o dezordine ordonată îl reprezentau pe Ștefan.

Curând își făcu apariția și femeia aducând pe o tavă cafelele. Maria se așezase pe singurul fotoliu din cameră, cel de unde probabil că urmărea Ștefan programele la televizor, așa că mama lui își trase lângă ea un scaun rabatabil din lemn, după ce puse tava pe o măsuță cu rotile aflată lângă fotoliu.

– Vai, dar am uitat ceva..., spuse femeia și dispăru câteva secunde din cameră. Era exact timpul de care avea nevoie ca să se uite împrejur. Camera, spațioasă, era ceea ce se putea numi de lucru. Planșa de desen de lângă fereastră, teurile, care stăteau sprijinite în picioare

lângă perete și cele câteva rafturi de bibliotecă pe care se odihneau
cărți de inginerie veneau în sprijinul acestei afirmații. Totul stătea
ca și cum Ștefan era plecat de câteva secunde urmând să se întoarcă
dintr-o clipă în alta. Parcă îl zărea stând în locul în care se afla acum,
urmărind programele la televizor sau lucrând la planșă în sunetul
unei melodii imprimate pe benzile Kashtan-ului pe care îl zărise pus
alături de câteva zeci de benzi pe o măsuță de televizor.

   „Oare chiar el dorise ca ea să ajungă aici pentru a-l înțelege mai
bine?", îi suna în minte întrebarea. Camera fiecăruia e un spațiu
intim care se modelează conform propriei personalități, iar a lăsa
pe cineva să pătrundă în ea la nivelul unuia ca Ștefan era ca și cum
i-ar fi permis să intre în sufletul lui. Curios, dar nimic din ceea ce
vedea în jurul ei nu amintea de ceea ce devenise Ștefan acum. Chiar
și câmpul lui era schimbat. E adevărat că atâta timp cât mânca și
dormea alături de cei din penitenciar nu avea cum să fie prea de-
parte, dar totuși parcă era prea departe de ceea ce fusese inițial, de
ceea ce simțea acum aici în camera lui.

   – Uitasem să vă servesc și cu niște dulceață de cireșe amare! îi
spuse femeia punându-i în față o farfurioară cu dulceață și un pahar
cu apă rece.

   – Da, așa arată camera de când a plecat. Nu am schimbat nimic.
Nu cred că i-ar plăcea, chiar dacă în ultimul timp nu a mai stat pe
acasă...

   – De ce? întrebă Maria de data asta curioasă.

   – Cred că femeia aia e de vină! spuse aproape cu ură femeia. De
când a cunoscut-o pe ea, a început să lipsească de acasă noaptea și
după aceea aproape că s-a mutat cu ea. Mai venea doar ca să se
schimbe și asta destul de rar, pentru că avea lucruri și la ea.

   – Cine este? o întrebă și pe undeva simți demonul geloziei
mușcându-i inima.

   – Nu știu prea multe despre ea. Curios e că nici el nu mi-a spus
și de cunoscut nu pot spune decât că am întâlnit-o o singură dată

când venise cu Ștefan după un proiect pe care îl uitase acasă. Nu dădea impresia că ar fi fost ceva între ei, dar am simțit că erau împreună, chiar dacă nu afișau asta. Mi-a prezentat-o ca pe o colegă de serviciu. Ba, dacă îmi amintesc bine, mi-a zis mai în glumă, mai în serios că este șefa lui.

– Cum era? întrebă gâtuită Maria.

– Nu era urâtă, dar ceva din privirea ei nu mi-a plăcut. Își ascundea ochii și întotdeauna oamenii ăștia au ceva de ascuns. Ce-i mai rău e că în niciun caz nu era ceva prea fericit pentru el. Se schimbase, nu mai stătea cu noi de vorbă, nici glumind nu l-am mai auzit, parcă se înstrăinase de tot. Parcă ar fi rămas concentrat numai pe o idee dincolo de care nu mai rămăsese nimic. O asculta ca un cățel. Acum, privind retrospectiv, realizez ce impact a putut avea femeia aceea în viața lui. Când venea acasă, era numai pe fugă, mereu nervos, isca ceartă din te miri ce căutând un pretext ca să nu se mai întoarcă.

– Aveți vreo poză cu ea?

– Întâmplarea face să am una, dar este de grup. Nu știu cum a uitat-o acasă Ștefan. Este cu colegii lui de serviciu și cu patronul lor după ce obținuseră un contract important și făcuseră o mică petrecere după semnarea actelor. Am pus-o în album.

Femeia se ridică și de pe raftul unuia din corpurile de bibliotecă luă un album vechi pe care îl răsfoi în grabă. La sfârșit, lipită pe una din filele albumului, găsi poza. Îi întinse albumul. Într-un grup de persoane pe ale căror chipuri se putea citi bucuria îl recunoscu pe Ștefan vesel, stând pe vine pentru a intra cât mai mulți în cadru. Emana atâta bucurie, în totală opoziție cu omul care era acum, cu tristețea pe care o percepea ea dincolo de zidul, de ura pe care o ridicase între el și lume. Privi celelalte persoane care alcătuiau grupul, toți tineri. Probabil că bărbatul care era oarecum încadrat de ceilalți era patronul lor. O singură femeie îi atrăgea atenția și ea se afla exact lângă patron.

Era frumoasă, părul negru, bogat, îi curgea în valuri peste umeri. Spre deosebire de ceilalți, nu privea spre obiectiv, ci urmărindu-i privirea constată că era atentă la Ștefan, care se sprijinea cu o mână de umărul altei colege. Fata de lângă el nu-i spunea nimic. Poate câmpul, poate inocența ei în ceea ce privește orice problemă spirituală o scoteau din discuție privitor la evoluția ulterioară a lui Ștefan. Doar cea care-și fixase privirea pe bărbat îi atrăgea atenția. Privea ca o pasăre de pradă, cu aceeași ferocitate, iar prada era el, Ștefan.

– Ea este, îi spuse mama bărbatului, întărindu-i convingerile în legătură cu femeia respectivă.

„Ce putuse să-i facă în așa hal încât să-l schimbe cu 180 de grade?“

Începu să răsfoiască albumul de poze care îl reprezentau pe Ștefan, începând cu prima ieșire în lume stând în brațele mamei lui pe treptele maternității. Nu se distingea mai nimic în afara unui morman de dantele și hăinuțe albastre. Fără să vrea, constată diferența de ani care-și pusese amprenta pe fața femeii de lângă ea.

– Ce tânără puteam fi..., spuse aceasta.

Pe măsură ce anii treceau, chipul băiatului se maturiza, însă zâmbetul rămânea același, plin de speranță, încredere și bunătate.

– A fost atât de cuminte. Până și prostiile pe care le făcea erau ale unui copil cuminte. Cred că în școala generală cele mai mari pozne ale lui au fost că sărise pe geam în clasă pentru a evita intratul în coloană și că s-a jucat o dată cu chibriturile în incinta școlii. A scăpat pentru că avea note bune și nu voiau să-i strice media cu notele de la purtare.

Pe măsură ce creștea, apăreau pozele cu clasa, recitând la cenaclu, apoi primele în care apărea cu câte o fată, la început mai timide, apoi din ce în ce mai îndrăznețe, fără însă a întrece limita bunului-simț. Chiar dacă timpul își pusese amprenta maturizării pe chipul lui, fondul rămăsese același pentru a se opri cu acea poză în care apărea femeia ce îi bulversase viața.

Mai stătuse de vorbă cu mama bărbatului ceva timp și întregise tabloul psihologic al celui pe care îl iubea dincolo de orice rațiune. Și ea îl percepea în același fel și asta le apropiase mai mult, cât să simtă că o cunoștea de o viață. Aflase cine, dar nu de ce și mai ales cum îl schimbase. Singurul care știa era el, Ștefan, cel care acum, când îl întâlnea, îi zâmbea cu același zâmbet frumos și curat pe care îl avea când era copil.

– Bună iubire! îi spusese Ștefan după ce auzise ușa închizându-se și pașii gardianului care se îndepărta.

– Bună, îi spusese precaută. Ce mai faci?

– Am devastat biblioteca în căutarea unor cărți cu adevărat valoroase și îmi omor timpul citind. Asta dacă nu mai este câte ceva de reparat prin corpurile noi...

– Altceva? îl întrebă rece Maria.

– Altceva ce? Nu am fost plecat nicăieri, glumi Ștefan.

Văzuse însă că pe fața lui se așternuse nedumerirea. Devenise atent și semăna cumva cu o pisică gata de vânătoare.

– Cine e Mary? îl întrebă amintindu-și de singurul nume pe care i-l pomenise mama lui referitor la femeia din poză.

Se îngrozi fără să vrea când văzu cum se schimbă și devine altul. Sprâncenele i se ridicaseră, fruntea i se încrețise și ochii, Doamne, ochii parcă ar fi mâncat-o de vie, atâta ură puteau emite. Ca și cum corpul ar fi fost o simplă haină în care intrase un individ cu un trup mult prea mare. Cunoștea privirea asta, o văzuse la cei din camerele de izolare. Nu îi plăcuse să fie nici măcar privită de ei, chiar dacă nu îi fusese frică. Nu era singură atunci, acum însă, pentru prima dată în cariera ei de medic psihiatru, simți gustul fricii. Dacă nu ar fi făcut un efort de voință, aproape că și-ar fi dat drumul în chiloți sub privirile roșii de ură ale celui din fața ei, de care era despărțită doar de masa improvizată ca birou.

– Ce te-ai băgat tu, târfo! Trebuia să scormonești tu ca găina în căcat?

Nici nu apucă să facă vreun gest când masa zbură efectiv în
lături trântită de pereți împreună cu scaunul bărbatului care se
lovise în cădere de podea. Răsunară pe întregul coridor ca o bu-
buitură, alertând gardianul. Sărise la ea și o apucase cu mâinile de
gât, sufocând-o. Deodată simți cum mâinile i se crispează și rămase
cu ele nemișcate în jurul gâtului ei, dar fără a o mai strânge. Cu
greu își luă mâinile de pe ea și le înclește în pumni, gata parcă să
lovească. Privea, pierită de frică, armele acelea care ar fi putut să
o spulbere în câteva momente fără cel mai mic efort.

– Lasă-mă..., țipă bărbatul. Lasă-mă să îi rup gâtul, și asta e la
fel ca toate. O gaură bună de f..., fără suflet.

„Fugi!, auzi în minte vocea lui Ștefan. Nu mai pot să-l țin
mult!" Se întoarse cu spatele la ea și îndreptându-se spre ușă dădu
un pumn cu toată puterea. Bubuitul ușii de metal o trezi parcă la
viață. Se ridică și se duse în partea opusă celei în care se afla el.
Gardianul întârzia să apară. Ștefan se reîntoarse către ea. Redeve-
nise fiară și din gură i se prelingea o dâră de spumă făcută din sa-
livă, de parcă ar fi fost turbat.

– Ce ar fi să văd și eu ce ai tu în creier? întrebă el rânjind.

Deodată ușa de metal se deschise și apăru silueta gardianului.

– Ce s-a întâmplat? întrebă privind uimit scena.

– Ce te chiombești, mă? Băga-ți-aș tonfa-n cur ca să te simți bine!

Gardianul rămase pironit în loc neștiind ce se întâmplă. O
urmări însă cu privirea pe doctorița care, profitând de faptul că
deținutul își îndreptase atenția către celălalt bărbat, se strecurase
pe lângă el îndreptându-se spre intrare. Gardianul îi văzuse privi-
rea plină de groază și acționase aproape fără să se gândească. Îl
țintuise cu privirea pe deținutul care se apropia încet de el, cu
mâinile făcute gheare și, când avu un moment propice, o agăță pe
doctorița de mână și aproape că o trase pe sus din cameră. Ușa se
trânti cu zgomot în spatele lor, ferindu-i de răzbunarea celui care
își pierduse și ultima fărâmă de umanitate.

– Ce s-a întâmplat? o întrebă din nou gardianul la adăpostul ușii de metal de data asta. Sunteți rănită? adăugă văzând urmele de degete care îi rămăseseră întipărite pe gât.

– Mă simt bine, nu am nimic! spuse ea. E bolnav, are nevoie de niște calmante, adăugă mai mult pentru ea.

„Dar oare au ăștia aici așa ceva? Halo, plego și cu dia vindecă schizofrenia!", își aminti o poezioară care circula prin spitalele de psihiatrie când era vorba de pacienții în crize. De multe ori nu aveau un efect imediat, trebuind repetate pentru a se liniști. Nu mai vorbea de somn!

– Ar fi bine să chemați medicul penitenciarului, poate are ceva pentru cazurile de urgență. Eu rămân aici!

Paznicul se îndepărtă către cel mai apropiat birou în timp ce în camera care îi servise atâta timp drept cabinet se dezlănțui furia. Neputându-și vărsa furia pe oameni, bărbatul distrugea sistematic tot ce exista: scaunele, masa, ghivecele cu câteva flori pe care le avea. De furia lui nu scăpă nici măcar dulapul metalic în care avea dosarele! Noroc că nu apucase să-l deschidă, altfel s-ar fi dus de râpă toată munca ei de luni de zile. Deodată se lăsă liniștea. Ca și cum nu s-ar fi întâmplat nimic. Se mai auzea doar gardianul vorbind la telefon cu infirmieria, undeva departe.

„Să nu se sinucidă!", îi trecu prin minte. Și totuși, cel care-și exprima furia nu părea să aibă astfel de tendințe. La un moment dat se apropie de ușă și ascultă. În liniștea care se așternuse auzi răsuflarea lui.

– Te simt, târfă! Parfumul tău de doi bani se simte până aici!
Maria nu răspunse.

– Nu-mi vorbești? Ai o sulă în gură și nu poți?

Doctorița nu îl luă în seamă. Acest timp îi dăduse răgazul să își revină. Important era să nu îi fie frică. Mai ceva decât animalele, nebunii simțeau și frica, și furia, de fapt toate slăbiciunile celui cu care veneau în contact, lovind exact acolo, fie că o făceau fizic sau verbal.

– Ai un repertoriu limitat! Altceva nu știi? Vorbește frumos, așa cum te-a învățat mama ta. Apropo, am cunoscut-o pe mama ta, pe doamna Marinescu.

– Taci, fă, că știu ce vrei să faci. Aia nu e mama mea! Nici nu ar putea fi hoașca aia bătrână.

Se gândise să-i aducă în memorie lucrurile cunoscute de dinainte de evenimentul care-i produsese schisma în suflet, în speranța de a redeveni Ștefan. Aflase ceea ce voia. Mai greu era să-l readucă la echilibru, or, asta presupunea întoarcerea într-o perioadă fericită a vieții lui.

– Curvă cu aer de doamnă! Toate sunteți la fel, vă f... la fel, o s... la fel, îi spuse disprețuitor. La fel te simțeai și când o luai în gură?

Se simți mică de tot. „De unde știe?"

– Dar noi ce păzim? Crezi că ce faci tu la întuneric nu vede nimeni? Ți-a plăcut? Haide, zi? Și când termina ăla în gura ta cum era? Cu cine ai făcut-o prima dată? A, cu prietenul tău, doctorul, ăla care o are cât o scobitoare!

Un râs demonic scutură camera alăturată. Ce să îi răspundă, mai ales că era adevărat. Niște încercări nefericite de a-i înlocui iubirea cu artificii. Nici măcar nu îi plăcea, se simțise obligată cumva să îl satisfacă pe cel de lângă ea și atât. Da, e adevărat că o excita sexul oral mai mult decât normalul. De fapt, nici nu putea termina normal. Putea număra pe degete de câte ori avusese orgasm normal. Îi trebuise ceva timp până să se accepte așa cum era. Chiar dacă încercase să se schimbe, așa funcționa organismul ei. Ajunsese să considere treaba asta normală atâta timp cât era acceptată de ambii parteneri. Din punctul ăsta de vedere, medicii erau mult mai deschiși către tot ceea ce îmbunătățea relațiile sexuale. Ba în sprijinul ei apăruse o carte despre sexualitatea umană sub redacția catedrei de medicină din Târgu Mureș. Pe undeva se gândise la tot ce se spunea despre asta.

O sondase cumva de departe chiar și pe maică-sa. De modă veche, cu religiozitatea adânc ascunsă în suflet, chiar dacă nu ieșea la suprafață decât la sărbătorile mari, femeia o lăsase să înțeleagă că aproape ar fi de acord cu exterminarea tuturor celor care depășesc limitele sexului natural. Era aproape de îngerii care distruseseră Sodoma și Gomora! La un lucru nu se așteptase însă să se ajungă: la popularizarea preferințelor ei sexuale.

– Scumpă doamnă și distinsă/când erai adânc atinsă/stăteai pe scaun sau întinsă? o întrebă vocea de dincolo. Rămasă mută de uimire auzi răspunsul: Stăteam în fund și eram linsă! Așa răspundeai tu, capro!

Pe culoar își făcură apariția gardianul însoțit de doi infirmieri și de medicul penitenciarului.

– Știi ce? Știu că îl iubești pe căcăciosul ăsta chiar dacă nu e bun de nimic. Nici măcar să te frece sub duș. Ha! râse el simțindu-i surprinderea. Dacă sunt lăsat în pace nu îi fac nimic. Altfel degrabă sar pe geam, îi tai gâtul sau îi împrăștii creierii pe ușă. Vezi să nu se apropie de mine gealații ăia. Altfel văd ce le spun despre tine. Vreun episod drăguț și picant din viața ta, ca să le mai îndulcesc viața!

– Bine! Lasă-l în pace și vedem noi! spuse cu jumătate de gură. Nu avea încotro.

– Dacă vrei să te cred, ia câinii ăștia doi de aici! se auzi vocea deținutului referindu-se la infirmieri.

Bărbații rămaseră stupefiați ca niște stane de piatră. Clar erau depășiți de situație și ei, și medicul care-i însoțea. O priviră uimiți.

– Îndepărtați-vă numai puțin de ușă, le spuse pe tonul unei comenzi care nu admitea replică. Indivizii, îmbrăcați în niște halate albe și mari cât ușa, se supuseră precum doi copii. Doctorița îi făcu semn gardianului să descuie ușa. Prin crăpătură reușiră să îl zărească ghemuit în colțul opus, rotindu-și ochii opaci și adulmecând aerul ca o fiară. Cele câteva piese de mobilier zăceau sparte pe podea, așteptând rolul de materie primă la fabrica de scobitori.

– Vrem să te ducem înapoi în celulă! spuse doctorița.

– OK! Numai să nu faceți greșeala să vă apropiați de mine!

– Nimeni nu se va atinge de tine! Îți promit! îi spuse doctorița. Deținutul ieși precaut pe ușă. Se simțea că are atenția trează și că fiecare por îi era atent la un eventual atac. Când ieși suficient de mult pe ușă cât gardianul să apuce s-o închidă, veni ordinul:

– Acum! țipase doctorul și gealații săriră asupra deținutului.

– Ai mințit, târfo! țipă. Piciorul îl lovi pe unul dintre infirmieri exact sub barbă și acesta se prelinsese încet pe lângă zid, adormit instantaneu. Celălalt îl prinse însă de o mână cu ambele brațe încercând să îl împiedice să ajungă la doctoriță. Nu era destul. Palma plecase și o lovi peste maxilarul drept când era în retragere. Conjugarea celor două mișcări o aruncase la pământ amețită.

Filmul i se rupse. Înregistra doar cum gardianul, care scăpase furiei deținutului, îl lovise pe acesta cu toată puterea cu bastonul în cap. Era rândul acestuia din urmă să se scurgă încet la pământ. Sub cap îi creștea încet o baltă de sânge. Rămași în picioare, gardianul, medicul și unul dintre infirmieri stătuseră câteva secunde fără să știe cui să îi acorde primul ajutor. Se repeziră apoi la doctorița care-și reveni mai repede după lovitură.

Maria era buimacă, părea de abia trezită din somn. Se uita în jurul ei și totuși ceea ce vedea refuza să îi străpungă înțelegerea.

– N-am nimic! spuse încercând să se ridice de pe podea. Aveți grijă de ceilalți.

Cum erau amândoi inconștienți, hotărâră să îi ducă la infirmerie. Se dovedi o problemă greu de rezolvat, așa că o luară pe bucăți. Inițial fu cărat deținutul legat cu cătușe de un pat metalic și de abia după aceea infirmierul. Dădeau un spectacol ciudat, agresat și agresor, unul lângă celălalt pe cele două paturi. Medicul se apucase să îi coasă lui Ștefan plaga produsă. Îi plesnise pielea din cauza loviturii. Nici măcar nu fusese nevoie să-l anestezieze cât îi trăsese cele câteva fire necesare să apropie buzele tăieturii. Nu avea nimic osul, făcuse însă un cucui de toată frumusețea.

Primul care se trezi fu infirmierul făcut KO. Avea o durere imensă de cap și se plimba confuz prin cameră. Medicul îl trimise acasă cu recomandarea să își facă tomografie la cap. Îi pipăise maxilarul, dar nu părea fracturat. O examinase și pe ea, dar nu avusese ce să îi spună. O sfătui să plece, dar refuză, trebuia să stea să vadă cine avea să se trezească, Ștefan sau „celălalt". Era păcat să rateze momentul. Ca psihiatru, știa că există o clipă propice pentru vindecarea unui pacient. Era datoria ei să încerce.

Trecu câtva timp până să se trezească. Ceva între o jumătate de oră și o oră.

– Cine p... m-a legat așa? spuse când constată existența cătușelor ce-l țintuiau de pat.

Când o văzu, o grimasă de dezgust îi apăru pe chip.

– Nu am știut despre planul lor de a te imobiliza.

– Da, sigur. Tu erai sfânta Tereza și eu prostul satului.

– Ce interes aș avea să te mint, atâta timp cât tu ești acolo și eu aici?

– Să-mi câștigi încrederea?

– Să zicem. Însă nu uita că pot să te trimit înapoi de unde ai venit. Îmi trebuie doar câteva fiole de haloperidol, plegomazin și diazepam.

Văzu groaza întipărindu-i-se pe chip, probabil știa ce înseamnă sau cunoscuse adevărul ce reieșea din ceea ce-i spusese.

– Putem face însă altfel, îmi spui cine ești și ce cauți și eu am grijă să rezolv totul cum trebuie, fără să suferi în vreun fel.

Deținutul deliberă câteva momente. Nu avea încotro.

– Simt prezența lui Ștefan aici, spuse doctorița. Îl percep mental, adăugă ca și cum ar fi fost cel mai comun lucru. Nu are sens să mă minți.

– Cum te numești?

– Mihai Deleanu!

– Ești mort?

– Nu sunt viu și în lipsa altei activități mă distrez și eu cum pot! spuse ironic. Bineînțeles că sunt mort în măsura în care există moarte.

– Când ai murit?

– În '89, pe treptele catedralei, unde a închis ușile popa ăla! Și de atunci mă preumblu!

– De zece ani rătăcești?

– Ce te miri? Sunt alții care rătăcesc de sute. Pe ce lume trăiești? Dar, ce mă mir, nici eu nu știam pe ce lume mă aflu când am ajuns acolo. Știi ce, las-o pe altă dată, acum nu mai am chef.

Deținutul închise ochii de parcă ar fi adormit. Rămase așa câteva secunde, cât fu scuturat de câteva fioruri de parcă ar fi avut o criză de epilepsie.

Oare așa a pictat și Van Gogh? Se spune că picta mai ales în timpul crizelor și că, atunci când se terminau, tablourile erau gata. Un spirit care venea în trupul lui pentru a-și îndeplini o misiune sau pur și simplu o plăcere?

– Sunteți prea proști ca să înțelegeți, vorbi deținutul de undeva de departe.

Deodată deschise ochii.

– Ai pățit ceva? Cum te simți, ești bine?

Era Ștefan.

28.

ÎNTÂLNIREA

Terminasem facultatea de câteva luni bune, reușisem să-mi iau examenul de licență cu bine și acum intrasem în pâine. Îmi fusese greu, mai ales că fusesem mai mult ținut de ai mei și nu știam ce înseamnă să îți câștigi singur existența, începu să povestească Ștefan în unul dintre momentele în care redevenise el însuși.

După multe încercări nereușite, fusesem angajat în cele din urmă la o firmă particulară de construcții care avea și o echipă proprie de proiectare. Cerințele erau mari, proba dură, dar îmi plăcuse ceea ce făcusem la facultate și, chiar dacă nu excelam în munca pe teren, nu aveam experiența necesară, în ceea ce privește calculele de rezistență eram as. Poate că avusesem și șansa să mă placă patronul, cine știe exact ce se întâmplase atunci, cert este că fusesem acceptat. La început primisem proiecte mici, mai mult ca să-mi testeze cunoștințele apoi, în timp, gradul lor de dificultate a crescut pentru a intra în cele din urmă în miezul afacerii. Începuse să se aibă încredere în profesionalismul meu și în seriozitatea cu care abordam problemele.

În seara aceea stăteam și lucram la un proiect. Nu mai știu despre ce era vorba, oricum nu era ceva important. Televizorul mergea în surdină, obicei ce îmi permitea să mai arunc din când în când câte un ochi dacă era ceva important. Cum lucram, a sunat telefonul. Nu așteptam niciun mesaj și era târziu, așa că m-a cam mirat.

– Ştefane, tu eşti? se auzi în receptor.

– Eu! am răspuns fără să realizez cu cine vorbesc.

– Laur la telefon. Ce, mă, nu mă mai cunoşti?

– Salutare. Scuză-mă, eram prins într-o chestie şi mă gândeam la ea.

– Băi, să nu fie vreo gaură, că eşti greu de salvat!

– Haide, haide!

– Ce faci acum, ai multă treabă?

– Nu pot spune că nu suportă amânare. Tentează-mă şi, dacă mă faci îndeajuns de curios, renunţ la ceea ce făceam şi marşez.

– Ştii să joci bridge?

Întrebarea îmi luă oarecum piuitul. Nu este una dintre cele mai obişnuite ocupaţii ale populaţiei, aşa că nu mă aşteptasem. Adevărul este că nu mai jucasem bridge de ceva timp. Din facultate, dacă mă gândeam bine. Pierdusem nopţi făcând calcule din astea spre disperarea alor mei. Şi culmea că ne apuca mai abitir în sesiuni.

– Ştiu, mă, dar n-am mai jucat de mult timp.

– Nu-i nimic lasă că-ţi aduci aminte în joc, că eşti băiat deştept. Ne lipseşte un om şi uite cum ai ajuns tu, un biet inginer, să ajungi să salvezi lumea. Echipează-te repede, că te aşteptăm ca pe sfintele moaşte la mine acasă în jumătate de oră.

– Eşti nebun? Ce, mă teleportez?

– Iei şi tu un taxi! Nu mai fi scârţar! Ştie toată lumea că aduni banii la ciorap. Nici măcar în bancă nu-i bagi să nu te lase ăştia falit.

– Bine, hai că vin!

– Dar cine-i la tine?

– Lasă că vezi când ajungi aici! Şi îmi închise telefonul.

Ce era să fac? Şi apoi era sâmbătă seara şi nu mai ştiam de când nu mai ieşisem undeva. Ultima legătură a mea eşuase lamentabil. Nu eram pregătit să mă însor şi când aproape mi se pretinsese asta fugisem mâncând pământul. Am plecat mai mult din curiozitate decât din dorința de a mă distra. M-am gândit că oricum nu mă putea lua cineva cu japca dacă nu voiam, așa că nu aveam nimic de pierdut. Pe drum am cules o sticlă de vin roșu și una de cola și m-am îndreptat către locuința prietenului meu. Nu eram îmbrăcat prea elegant, fără să vreau nu dădusem importanță acestui lucru, și mi se părea că arăt stupid așa în blugi, tricou și sacou. Fizic mă simțeam bine. La urma urmei, nu mergeam să mă însor!

În prag îmi apăru prietenul zâmbitor, se bucura sincer de venirea mea. Nu știu cât era prietenie sau cât bucuria că întregeam masa de bridge, dar se bucura. Îmi luă sticlele din mână și aproape că mă împinse în sufragerie.

– Mișcă-te în sufragerie, că acolo se produce totul.

M-am îndreptat spre camera indicată politicos și am intrat. Așezaseră fotoliile față-n față cu canapeaua astfel că, despărțite de masă, realizau locul ideal pentru bridge. Două erau ocupate de colege de-ale noastre, numai că una dintre ele era chiar secretara șefului. Nu mă așteptasem să o găsesc aici.

– Sărut mâna! am reușit să spun încercând să-mi ascund surpriza.

– Ai venit până la urmă? îmi spuse pe un ton de reproș Ana-Maria, secretara șefului.

– Păi, nu am știut despre ce e vorba! am reușit să bolborosesc.

– Să înțeleg că dacă ai fi știut ai fi venit mai repede sau nu ai mai fi venit deloc? mă întrebă privindu-mă direct în ochi.

Mă frapa culoarea albastră a ochilor ei ca o bucată de cer în care te poți pierde. Mă fascina femeia asta, dar în măsura în care îți plac panterele negre: de la distanță. Nici măcar nu visasem să ajung într-o situație atât de apropiată cu ea. Am evitat răspunsul lăsând loc de interpretări:

– Poate!

Părul negru îi încadra umerii goi și îi dădea un aer aristocrat. Știa să se pună în evidență. Luă pachetul de țigări de pe masă și scoase o țigară. Privea bricheta și am avut senzația că aștepta să i-o aprind. I-am întins focul peste masă și privirile ni se întâlniră peste flacără. I-am simțit privirea sfredelindu-mi creierii, pătrunzându-mi în cap ca o căldură și pe spate a început efectiv să-mi curgă transpirația. Am privit-o aproape hipnotizat cum trage în piept fumul de țigară și cum îmi zâmbește.

Mi-a mulțumit și m-am simțit atât de bucuros de parcă aș fi fost un cățel lăudat de stăpân. Nimic din ceea ce se întâmpla nu mi se părea real. Lumea parcă fugea cumva de mine și o vedeam distorsionată prin fundul unui borcan. Ceva nu era în regulă, dar nu-mi dădeam seama ce. Corina părea la fel de departe de ceea ce mi se întâmpla ca și eu însumi. Mai știi însă? Femeile au un al șaselea simț, care de multe ori e superior rațiunii cu care ne tot lăudăm noi, bărbații.

– Și la ce lucrai? mă întrebă Mary.

– Îmi venise o idee și voiam să o pun pe planșă, poate îmi va folosi vreodată... Voi cum vă distrați sâmbătă seara?

– Nu prea avem când. Profităm și noi acum, că e plecat șefu' din oraș, să ne facem de cap.

– E plecat?

– Mda! răspunse Mary absentă.

Urmară acordurile unei melodii care răsună în încăpere și părea absorbită de ea. Se lăsă purtată de ritmul muzicii. O urmăream și îmi păru deodată minunată. Se mișca aproape imperceptibil, cumva din interiorul ei, iar eu îi urmăream trupul, sânii, genunchii, chipul. Se fardase puțin și culorile atenuate de lumina becurilor împreună cu rujul îi dădeau o paloare ireală, nepământeană. Îmi părea învăluită într-o aură, iar ochii ascundeau o durere pe care aș fi vrut s-o vindec. Aș fi vrut să o ocrotesc cu puterea mea împotriva oricărui rău al lumii.

Ușa se deschise și își făcu apariția voit triumfală Laurențiu. Pe tavă ducea câteva sticle de băutură. Intrigat de lipsa noastră de reacție, spuse:

– Ce-i, băi frate, aicea, înmormântare? Ia pune mâna și mă ajută, îmi spuse.

I-am luat tava din mână și am dat să o pun pe masă.

– Acolo puteam să o pun și eu fără ajutor. Unde mai jucăm apoi?

– Care, ce bea? am întrebat uitându-mă către fete.

– Eu vreau niște suc, spuse Corina.

I-am turnat în unul dintre paharele de pe masă, apoi m-am întors către Mary:

– Tu?

– Vreau un pahar de vin. E vinul meu preferat, adăugă zâmbind enigmatic.

Adevărul este că nu mai băusem nici eu, era un vin făcut pentru export și nu îl văzusem prin alte părți. În ceea ce îl privește pe Laur, el fusese foarte sincer:

– Sunt un domn inginer constructor, cu ani buni de șantier și nu mă pot demite cu răcoritoare.

Așa că își turnă într-o sondă vodcă cu cola. Am ciocnit toți, pentru sănătate, iubire, înțelegere și bani. Oare astea să fie țelul tuturor oamenilor?

Fără să vreau am realizat că eram atent numai la ea, ca și cum fiecare fibră a mea era unită printr-o legătură nevăzută de fiecare fibră a ei. Prin ce chimism se realizase asta nu știu, dar îmi plăcea. Nu mă uitam la ea, nici ea la mine, și totuși știam în fiece clipă ce își dorește. Ne simțeam un tot, chiar dacă asta m-a speriat puțin. «Să fie ea jumătatea mea?» m-am întrebat. Fără să vreau, m-am rupt de realitate ignorând ceea ce se întâmpla în jurul meu.

– Ce faceți, ați adormit? ne readuse cu picioarele pe pământ Corina.

Se uita la noi parcă încercând să-și dea sema ce se întâmplase. Ne-am desprins cu greu unul de celălalt așteptând sugestii pentru jocul de cărți.

– Știți ce? Haideți să nu mai jucăm bridge. Nu am chef să stau acum să calculez ce și cum. Mai bine să facem un Rentz!

– Parcă la ăsta nu trebuie să calculezi!

– Oricum mă concentrez doar asupra jocului respectiv, nu pe toată partida. E mai simplu și nu este nici un „mort"! spuse fata.

– N-am nimic împotrivă, spuse Mary.

– Nici eu, am adăugat mai mult pentru a trece peste momentul ăla care îmi păruse descoperit de Corina.

Cred că voiam să le dau mai mult de lucru ca să pot fi atent la ea, așa că din punctul meu de vedere puteam juca și „popa prostul"! Laur se ridică și îmi aduse o foaie de hârtie pe care o așternuse pe un album de pictură zicându-mi:

– Ține tu astea, că ai mintea mai tânără și mai limpede! Și îmi înmână hârtia cu pixul.

M-am apucat să fac tabelul. Concentrat să fac liniile cât de cât drepte, era aproape să îmi cadă din mână pixul în momentul în care am auzit clar întrebarea:

„Ce-ți place cel mai mult și mai mult la mine?" M-am uitat în jurul meu să văd reacția celorlalți. Toți erau preocupați să facă ceva: Laur căuta prin casete, Corina deschisese o revistă pe care o luase de sub măsuță, iar Mary fuma dusă pe gânduri.

„Picioarele", venise răspunsul meu de undeva din interior. Nu îl gândisem și nu știam cum îl putusem da aproape lipit de întrebarea pusă de cea din interior. Doar că eu îl dădusem fără să vreau cu voce tare spre amuzamentul celorlalți care, după ce mă priviră uimiți câteva secunde, izbucniră în râs.

– Stai, stai, ce ai vrut să spui cu asta? Mă chestionă Laur. O vedeam cu colțul ochiului pe Mary care urmărea curioasă să vadă cum am să ies din încurcătură.

– Ei, mă gândeam că desenez ca și cu picioarele, am găsit în cele din urmă soluția salvatoare.

„Drăguț, deșteaptă chestie!" Acum eram sigur că era Mary. Zâmbea enigmatic privind în gol.

– Eu nu cred! Mai degrabă a fost genul ăla de scăpare care îți lasă să iasă din subconștient lucruri pe care nici măcar nu vrei să le recunoști. Despre ale cui picioare era vorba, că doar nu de ale mele! spuse ironic Laur, privind ostentativ fustele mini ale fetelor și nu în ultimul rând picioarele lor.

– Știi ce? Ia mai lasă-mă cu prostiile tale freudiene în pace. Parcă e o modă acum. Mama e de vină pentru scăparea mea! Și dacă vrei să știi, mă strâng și pantofii!

– Extraordinar, du-te și descalță-te, ne obișnuim noi!

Am părăsit camera rapid! „Dumnezeule, ce e asta?", m-am întrebat în momentul în care încercam să-mi desfac șireturile pe care reușisem să le înnod. M-am calmat și, trăgând aer adânc în piept, m-am întors în sufragerie. Toate privirile erau ațintite spre mine:

– Ei, te-ai relaxat? mă întrebă Mary. Știa femeia asta să mă fiarbă la foc mic.

– Aproape! am răspuns în doi peri.

„De ce nu scoți și sacoul?", mă întrebă de data asta privindu-mă în ochi.

– Știți ce? Pot să-mi scot sacoul? Îmi este groaznic de cald.

– Bineînțeles, răspunseră fetele. Nu știu de ce nu ai făcut-o de la început, adăugă Corina.

– Dacă știam, îți puneam o melodie ca lumea să faci strip-tease pe ea! îmi spuse cu bunăvoință Laur.

Am terminat de făcut tabelul și am început să dăm cărțile. Începusem cu serii de opt când Mary se trezi:

– Eu nu îmi aduc aminte cum se joacă! spuse ca un copil supărat. Îmi explicați și mie?

– E simplu, se împart câte opt cărți și în funcție de valorile pe care le ai în mână poți opta pentru alt gen de joc. Poți juca popa de roșu și înseamnă că nu trebuie să îl iei. Dacă se întâmplă, înseamnă că ai minus 50 de puncte, la fel și cu damele, fiecare înseamnă 25 de puncte, carouri nu ai voie să ai, levate nu trebuie să iei nicio mână, că se depunctează, și totale că nu trebuie să iei nimic ca totul să scadă. Singurele jocuri în care câștigi puncte sunt Rentz-ul și Wist-ul. Ai să vezi pe parcurs.

– Cine este primul?

– Haide să vedem cine decid sorții. Asul alege pe primul! spuse Laur după ce amestecă câteva clipe cărțile.

Am simțit-o pe Mary concentrându-se fără să privească însă cum erau împărțite. Stătea parcă indiferentă, picior peste picior, cu mâinile unduite în poală ca pentru o rugăciune. Și totuși o simțeam ca pe un arc. Nu înțelegeam totuși de ce. Laur dădu câteva rânduri de cărți și ieși asul de inimă roșie. La mine. Era o coincidență. Mary îmi zâmbea de dincolo de masă.

– Mă, al naibii norocos. Tot tu să începi, îmi place! Tu centrezi, tu dai cu capul!

„Ce vrei de la mine?", am întrebat în gând privind spre ea.

„Pe tine!", veni răspunsul tot mental.

„De ce?"

„Îmi placi! Nu este destul?"

„Ba da!"

– Haide să începem odată că ne apucă dimineața, zise Corina.

Oare înțelesese? Ceva o nemulțumise, asta se putea ghici din tonul ei, însă nu știam dacă din cauza conversației noastre mentale sau pentru faptul că lui Laur începuseră să-i strălucească ochii de la vodcă. Pe mine însă ce se întâmpla în jur începea să mă lase rece. Întâlnisem tot soiul de femei, ca Mary – niciuna. Curios însă că în adâncul sufletului sperasem să existe așa ceva, dar nu credeam să mi se întâmple chiar atunci. Nimic nu părea să anunțe asta.

Câştigam, eu unul care nu mă pot lăuda deloc cu norocul la cărţi. Probabil de asta îmi plăcuse Bridge-ul, acolo trebuia să şi gândeşti, nu ajungeau numai cărţile. Acum însă jucam mecanic, punând cărţile aproape fără să gândesc şi câştigam. Parcă eram un pilot automat şi era bine. „Mi-e foame!, am auzit-o în gând. Aş mânca o pizza!"

– Băi, cartoforilor, nu vă este foame? întrebă Laur. Ce ziceţi de o pizza? Avem o pizzerie care livrează acasă repede şi fără să fie prea scumpă, ce ziceţi?

– Subscriu, am spus. Oricare ar fi, numai să nu aibă ceapă şi ananas.

Nu ştiu dacă alcoolul, prezenţa ei sau ceea ce se întâmplase în general îmi crease starea aproape de euforie în care mă aflam. Îmi simţeam însă sufletul ca un fulg, capabil de cele mai măreţe lucruri şi aş fi vrut să o ascund în mine pentru totdeauna. Dacă exista fericire, atunci în acele câteva clipe am simţit-o. Chiar şi mai târziu.

Corina comandă două pizza şi ne continuarăm jocul. Câştigam în continuare, dar nu-mi păsa, nici măcar nu eram curios să ştiu cum face. O studiam în tăcere, începeam să o iubesc pe femeia asta despre care nu ştiam prea multe. Se vorbea că se culca cu şeful. Simplul gând mă făcu gelos. Ce îi puteam reproşa, în fond era înainte de a fi cu mine. Şi apoi nici nu exista ceva între noi. Certitudinile mentale nu existau. Poate că se demonstrează totuşi cumva? Clipele pe care le petreceam împreună acum însemnau mai mult decât toate încercările nereuşite de relaţii de până atunci şi erau de o împlinire spirituală nemaiîntâlnită.

Separaţi de masă şi totuşi unul, împreună cu ceilalţi şi singuri, vibrând la unison pe o melodie care ne unea şi ne înălţa sufletele. Chiar şi defectele ei se armonizau cu întreaga ei fiinţă făcându-mi-o mai dragă.

În facultate aveam doi colegi care erau căsătoriți, el mic și gras, ea mai înaltă și slabă. Toți ne întrebam, fără a rosti însă, cum se potriveau acești doi oameni care fizic nu păreau să aibă nimic în comun. Cu ocazia unei zile de naștere unde ne întâlnisem toți i-am văzut dansând. Fusese o lecție de dans și de iubire. Muzica precum o punte de legătură cu sufletul scotea ce era mai frumos din ei. După ce i-am văzut dansând împreună am realizat ce anume îi unea. Poate că nu păreau compatibili fizic, însă sufletele lor erau mai apropiate decât ale multor cupluri care îmi păruseră la un moment dat aproape de perfecțiune.

Oare așa eram și noi?

Se auzi soneria de la intrare.

– În sfârșit, spuse Laur. Muream de foame dacă mai dura puțin. Nu-i dau nicio șpagă că a venit atât de greu.

– Nu fi scârțar, poate îți face vreo bucurie când vine data următoare.

Se întoarse după câteva clipe cu cutiile. Când le deschise, mirosul se împrăștie în toată camera. Le-am împărțit frățește. Vinul făcuse să îmi doresc să mă mișc puțin. N-am reușit, parcă cineva îmi luase comanda către propriile picioare. Am avut o clipă de panică când am auzit:

„Lasă, te miști altă dată, acum stai cu mine."

M-a speriat și m-a amuzat situația. Nu mi se întâmplase să nu pot fi stăpân pe comenzile propriului meu trup. Ideea că cineva putea face așa ceva era înfricoșătoare, știam însă că nu îmi va face rău. Și totuși... Câți ar accepta să se lase complet în voia altcuiva? Cum să ai asemenea încredere?

Se făcuse deja duminică și încă mai jucam. Corina se enervase că pierdea și păru că norocul începu să-i surâdă și ei, și lui Laur, care erau la un moment dat pe ultimele locuri. Curând ierarhia se schimbă și ultimele locuri fură ocupate de noi doi, de mine și de Mary. Ceilalți doi se bucurau ca doi copii. Mă uitam la ei și gândeam că entuziasmul lor ar scădea vertiginos dacă ar ştii că ea le îngăduise să câştige.

„Dacă am juca la cazino?", am întrebat.

„Prostii!", veni răspunsul.

„Mai stăm?", am întrebat privind ceasul care arăta că trecuse deja de două.

„Nu", a răspuns.

– Băi copii, am spus, cred că este de ajuns pentru o singură seară. Terminasem partida. Cei doi erau bucuroşi că o câştigaseră. Mary însă părea mai departe de asta ca niciodată.

– Mai staţi, spuse Corina, că nu vă plâng copiii acasă.

– Chiar, de ce vă grăbiţi?

– Haide, că este târziu. Dacă vreţi, ne vedem sâmbăta viitoare.

– Aşa rămâne? o întrebă Laur pe Mary.

– Nu ştiu ce să zic, vine şefu' şi poate să aibă nevoie de mine, dar o să vedem, lăsă ea o portiţă de ieşire cu regret în glas. Vă anunţ din timp.

– Laur, pot să dau şi eu un telefon să chem un taxi?

– Normal.

– Încotro mergi? mă întrebă Mary. Sunt cu maşina şi te las în drum undeva unde ţi-e mai bine.

I-am explicat şi păru mulţumită.

– E perfect, e chiar în drumul meu.

Ne-am îmbrăcat şi după obişnuitul schimb de politeţuri am plecat. Stăteam unul lâmgă celălalt în lift precum doi străini. Începusem să mă îndoiesc de tot ce trăisem, pentru că ne simţeam departe unul de celălalt. Părea că se retrăsese ca într-o carapace, unde nu o mai puteam simţi, şi totuşi pe drum spre maşina parcată pe trotuarul de peste drum de blocul lui Laur m-a întrebat în gând:

„Vrei să vii la mine?" Îndoielile care mă cuprinseseră în lift nu îmi îngăduiră să-i răspund, aşa că întrebarea răsună din nou în mintea mea: „Vrei?"

„Da!", am răspuns cu îndoială în inimă. Dacă tot ceea ce am crezut nu e adevărat, nu o să mă considere nebun?

Am văzut că trece cu mașina pe lângă casa mea fără să încetinească și, după alte câteva minute, cum oprește lângă un bloc cu zece etaje. Apartamentul era amenajat ca o cameră de zi. Dintr-o garsonieră confort I făcuse ceva ce semăna cu două camere. Spărsese debaraua din hol unde amenajase, cu două fotolii și o măsuță, ceva ce semăna cu o cameră de zi. Fotoliile cu cadru de metal și piele, despărțite de o măsuță de cristal pe care se afla o scrumieră tot de cristal, stăteau față în față cu un fototapet reprezentând doi munți despărțiți de un lac.

– Fă-te comod! îmi spuse punându-și haina în cuier, mă duc să mă schimb.

Îmi pusesem și eu haina în același cuier și m-am așezat pe unul dintre fotolii aprinzându-mi o țigară.

„Ce caut aici? Și cum de nu am putut să mă împotrivesc?", îmi răsună o voce în minte. Nu avea de ce să îmi fie frică. În fond nu avea să mă violeze și asta poate că mi-ar fi displăcut. Și casa asta! Băgase ceva bani în ea și nu credeam că din salariul pe care i-l dădea patronul! Mă gândeam ce curioasă e viața asta, ce întorsături neașteptate ia câteodată. Ai impresia că nimic nu te mai poate surprinde și ajunge o clipă ca să ți-o întoarcă cu susul în jos.

Se întoarse din baie îmbrăcată cu un kimono negru care avea brodat pe el doi dragoni, unul roșu și unul verde. Nu avea nimic pe dedesubt, prin materialul subțire i se ghiceau sfârcurile strânse probabil după ce se clătise cu apă rece.

– Poți folosi prosopul bleu, îmi spuse arătându-mi baia.

Am urmărit-o cum se duce în cameră și aprinde o veioză aflată direct pe mochetă.

Am intrat ascultător în baie. Simțeam nevoia să dau cu apă rece pe mine ca să mă trezesc cumva. Îmi părea că visam chiar dacă ce mi se întâmplase nu avea nimic înfricoșător. Îmi părea oarecum ireal în comparație cu viața mea de până atunci, cam simplistă și anostă. Și sentimentul ăsta că eram un copil pe care cineva îl ducea de mână îngăduitor aproape că mă enerva. Am ieșit și m-am șters. Pe undeva amânam întoarcerea mea în cameră, faptul că nu eram eu cel stăpân pe situație mă deranja.

– Ștefan, vezi că ai un tricou pe fotoliu.

Am luat chiloții pe mine și m-am îmbrăcat în tricoul pe care mi-l lăsase și am intrat în cameră. Am fost uimit să constat că mobilierul ei era format din câteva piese cât se poate de simple. Avea o saltea relaxa dublă, pe care erau puse cearceafurile și care era așezată direct pe o mochetă roz, pufoasă. La cap, lângă perete, se afla veioza, un radiocasetofon și un ceas electronic cu radio. Televizorul era așezat pe o măsuță ale cărei picioare fuseseră tăiate astfel încât să poate fi privit direct de pe saltea.

Ultimul obiect era o măsuță de toaletă cu oglindă mobilă și un scăunel. Era probabil locul unde se producea acea metamorfoză a femeilor. Dovadă stăteau și sticluțe de parfum, cutii de creme și pudre.

Mary se făcuse mică sub așternut. Îmi întinse mâna și îmi spuse:

– Haide, vino lângă mine.

M-am băgat sub pătură lângă ea. Era îmbrăcată într-o cămașă simplă de bumbac. Se întoarse cu spatele către mine.

– Ia-mă în brațe!

Îi simțeam ambii sâni și totuși nu mă excitasem. Prin cămașă îi simțeam toate formele și totuși nu avusesem nicio reacție. Nu am conștientizat treaba asta atunci.

– Noapte bună! îmi spusese.

– Somn ușor! i-am răspuns oarecum surprins.

Am adormit înainte să apuc să mă întreb prea multe. Noaptea m-am trezit și mi-a plăcut senzația pe care mi-o dădea prezența ei. Îi simțeam mirosul părului și respirația ei liniștită, apoi am văzut-o deodată tresărind în somn:

– Lasă-mă! Ce ai cu mine? Vezi-ți de drum! țipa ea în somn.

Curios, că întreaga cameră părea îmbâcsită cu un fel de pâclă groasă prin care îți era greu să și gândești. Mary începu să fie din ce în ce mai agitată. „În numele lui Iisus Hristos care s-a jertfit pe sine însuși pentru sufletul meu, îți cer să pleci!", veni din mine porunca. Am repetat-o de trei ori, mecanic. Deodată ușa de la bucătărie se trânti cu zgomot, trezind-o pe Mary.

– Ce s-a întâmplat? mă întrebă speriată.

– Nimic, s-a trântit ușa de la bucătărie. S-a făcut curent!

– Ah! spuse ea pe jumătate adormită. Credeam că e Mihai, mă mai necăjește uneori, spuse ea adormind la loc.

„Cine e Mihai?", mi-a trecut prin minte înainte de a adormi.

Dimineața, când m-am trezit eu, soarele era de mult pe cer și din bucătărie venea mirosul de cafea proaspăt făcută. Nu m-am ridicat imediat. Salteaua îmi permitea să mă întind mai bine decât patul meu, care îmi rămăsese cam mic. Am stat să privesc în jurul meu. Aveam o undă de regret că nu se întâmplase nimic mai mult în seara din urmă, dar poate că sexul ar fi stricat legătura care de abia se înjghebase între noi.

Mi-a trecut prin minte că ar trebui să mă îmbrac. Și totuși...

„La naiba, am adormit cu ea în brațe, cu mâna între sânii ei, și acum să fiu pudic să nu ies cumva din chiloți." Era stupid și mai mult ca sigur o pudoare falsă. M-am îndreptat către bucătărie cu strângere de inimă, nu că m-aș considera un bărbat urât, dar câți bărbați ar câștiga un concurs de frumusețe dimineața, nebărbieriți, în tricou și în chiloți? Măcar în drum am trecut să mă spăl pe față. Aveam cearcăne, noaptea pierdută se vedea. M-am spălat încercând să mai schimb ceva din luciul meu și am intrat în bucătărie.

– 'Neața! îmi spuse fără să se uite la mine. Era preocupată să întindă margarina pe pâinea prăjită. Stai jos!

M-am așezat pe unul din scaune uitându-mă cum pregătește totul. Pusese câteva felii de pâine cu gem și câteva cu brânză pe

două farfurii și acum turna ceaiul în căni. Era ceai negru, îmi
plăcea. Chiar îmi făcea plăcere să o privesc cât de expeditivă
putea fi.

– Să mâncăm! Poftă bună! îmi spuse întinzându-mi feliile de
pâine cu brânză. Aveam oroare de pâinea cu gem de pe vremea
când mergeam la grădiniță. În fiecare zi ne dădeau aceleași felii de
pâine cu aceeași dulceață. Știuse.

„De unde știi?", am gândit.

„Știu!", spuse simplu.

Eram lămurit buștean. Din prăjitor ieși o felie. O luă și întinse
o peliculă fină de margarină peste care puse o felie de parizer gata
tăiată și mi-o întinse.

Îmi făcea bine naturalețea cu care mă trata. La începutul oricărei relații oamenii încearcă să pozeze în ceea ce nu sunt de fapt. Vor
să fie mai deștepți, mai politicoși, mai rafinați decât sunt în realitate. Când își arată adevărata față e de fapt începutul sfârșitului.
Asta dacă nu se obișnuiesc în timp cu celălalt fel de a fi al partenerului. Trecusem peste asta și dădea senzația că suntem împreună
de ani de zile, mânca și atât. Mă uimea capacitatea ei de a face un
singur lucru, de a se concentra asupra unei singure probleme.

„Oare așa face și dragoste?", mi-a scăpat gândul fără să vreau.
Am văzut-o cum se încruntă ușor. Am lăsat capul în jos. La naiba,
suntem atât de obișnuiți să gândim orice despre ceilalți la adăpostul minții noastre încât atunci când ți se întâmplă să fii citit e mai
rău decât dacă ai fi în fundul gol în centrul Bucureștiului.

„Ce ar fi zis profesoara noastră de nici nu mai știu ce materie,
dacă ar fi știut că mai mult decât materia pe care o preda eram
interesați de fundul dumneaei?"

M-am uitat cu groază la Mary așteptând reacția ei. Îmi zâmbea
însă cu gura până la urechi.

„Voi învăța!", am gândit hotărât.

„Prinzi repede! îmi zise în gând Mary."

29.

RĂZBUNAREA

Făceam dragoste, nebunia mea pentru ea nu se stinsese încă, ba din contră părea că se mărește pe zi ce trece. Știa să mi-o alimenteze. Cum se încarcă am înțeles mult mai târziu, aici, când am avut și timpul, și posibilitatea să citesc și să rememorez secvențe întregi din relația mea cu ea. Cert este că atunci nu simțeam decât descărcarea oarbă a energiei din ea și dorința, dementă aproape, de a o avea, de a-i simți pielea, parfumul, formele.

Deveneam ceea ce-și dorea ea să fiu, mă voia tandru, eram, își dorea să dau drumul fiarei din mine, așa se întâmpla. Nu mă deranja, era ca și cum aș fi făcut dragoste cu ea întâia oară și ce putea fi mai frumos decât o eternă descoperire a partenerului? Să te miri mereu de frumusețea ei și de perfecțiunea trupului său, să te uimească înlănțuirea perfectă a liniilor ei? Să fie tot timpul alta și totuși aceeași. Aveam totuși momente când simțeam că fantezia ei erotică, mă rog, bărbatul în jurul căruia o construia, nu eram eu. Asta mă deranja, dar mă fascina să știu ce ar simți altul pentru ea, cum ar mângâia-o sau cum i-ar vorbi. Îmi oferea plăcerea și, cine știe, poate asta însemna dragoste pentru ea. Știu că mă iubea, că eram poarta ei de scăpare din viața pe care o dusese. Acum știu asta.

A sunat telefonul și încă o dată m-a surprins ușurința cu care trecea de la o stare la alta. Era ca un buton care îi comuta stările și putea trece de la mânie la calm în fracțiuni de secundă. A răspuns ea și, cu luciditatea unui om care tocmai își băuse cafeaua, a discutat câteva banalități cu o prietenă de care știam din auzite. Am văzut cum i se schimbă privirea și a devenit dintr-o dată metalică. A mai mormăit de câteva ori da și a închis. S-a reașezat lângă mine și-a început să mă mângâie mecanic pe păr.

– Era Geta. A venit o delegație din străinătate și câțiva dintre oamenii de afaceri de acolo vor să vadă propuneri de sedii de firmă. Trebuie să mă duc. Nu te superi, nu? îmi spuse.

Nu-mi plăcea, dar ce era să zic? Pâinea înainte de toate. În fond nu era prima oară când avea de lucru în weekend. În zece minute era gata. Dușul, machiajul, îmbrăcatul. Îmi plăcea când se mobiliza așa. Era o adevărată splendoare să o urmărești. Purta o rochie neagră, mulată pe corp, cam prea scurtă pentru gustul meu. Arăta trăsnet.

– Pe cine vrei să cucerești? am întrebat-o mai în glumă mai în serios.

– Nu fi prostuț! Știi că ești totul pentru mine, îmi spuse uitându-se fix în ochii mei.

Cum să nu o crezi? Știa să afișeze atâta inocență în ochii ei albaștri că ar fi înmuiat și inima Sfinxului!

– Vin în cel mult două ore. Dacă întârzii cumva, te sun. Așteaptă-mă aici! spuse ea și în glas am simțit o undă de părere de rău.

Rămăsesem culcat în pat fumând o țigară. Era un Rothmans International. Timpul trecea, iar eu deveneam din ce în ce mai neliniștit. Încercam să-mi omor timpul cu ceva. Am ascultat muzică, am citit, m-am uitat pe niște reviste. La un moment dat, m-am trezit mângâindu-i bluza cu care fusese îmbrăcată. Mi-am ascuns fața în ea ca să simt mai bine, dincolo de parfumul pe care îl folosea, mirosul ei. Doamne, cât o iubeam și aveam senzația că e acolo. În curând mi-am pierdut răbdarea și am hotărât să cobor să-mi cumpăr un pachet de Kent. Îmi spusese că se potrivesc mâinilor mele și de cele mai multe ori ea îmi aducea țigări de la serviciu, din cele pentru protocol.

M-am îmbrăcat rapid și am coborât la chioșcul din fața blocului. După ce mi-am cumpărat țigări, mă întorceam spre garsonieră când am văzut un Mercedes 600 oprind. Din obișnuința de a urmări mașinile frumoase îl fixasem cu privirea, deși eram cu gândul la ea, întrebându-mă de ce întârzie. Oprise în colțul blocului, pe o stradă ferită, deasupra căreia se afla geamul de la garsonieră. Portiera se deschise și, râzând cu gura până la urechi, coborî Mary. Îi transmise celui de la volan un sărut din vârful buzelor și închise portiera. Am simțit o gheară cuprinzându-mi inima și un nod că mi se pune în gât. Mi s-a umplut gura de salivă și nu puteam înghiți. Aproape că mă înecam în propria-mi salivă, iar sângele îl simțeam scurgându-mi-se din creier. Urmărisem scena nevăzut, dar nu puteam înțelege nimic, cred că făcusem un blocaj mental. Deodată mi-am revenit. Ascuns de tufișurile și pomii din fața blocului am reușit să ajung la intrare înaintea ei, fără să mă vadă. Am urcat, am avut timp să mă dezbrac și să mă așez pe fotoliu în fața televizorului. Încercam să mă liniștesc și să-mi recapăt acea funcție specifică omului, gândirea, când se auzi cheia în ușă. Zăbovi câteva secunde în hol, după care intră în cameră și-mi spuse:

– Ce faci, iubire?

Îmi zâmbea, dar ceva din ea mă făcea să o privesc ca pe-o străină. Culoarea feței i se schimbase, iar machiajul fusese refăcut în grabă. Nu mai era cel cu care plecase!

– Bine, draga mea! Te așteptam, am spus încercând să fiu cât mai natural. Cum a fost?

– Eh! Tipii sunt dispuși să cumpere câteva blocuri neterminate de pe Bulevardul Unirii, știi, dintre cele rămase de pe vremea lui Nea Nicu.

„Minte!", îmi șopti în minte un gând ascuns care ne trăsni pe amândoi drept în moalele capului. Îl auzise și ea, dar fără să se piardă continuă:

– Şeful s-a dus cu ei la hotel ca să-i cazeze, iar eu am luat un taxi şi-am şters-o să ajung mai repede acasă!

„Vezi că minte?", spuse iarăşi vocea. De data asta, Mary nu mai putu continua. Era atentă la mine ca să vadă cât ştiu, era dezarmată. Masca femeii iubitoare îi căzu de pe faţă şi îi apăru o urăţenie pe care n-o văzusem până atunci.

„Caut-o în chiloţi!", spuse vocea din mintea mea. I-am văzut groaza aşternându-i-se pe chip. De fapt, mai mult asta m-a făcut să dau crezare gândului. Am prins-o în braţe ca pentru a o mângâia, dar a început să se zbată, aşa că i-am prins mâinile la spate cu o mână. Cu cealaltă am început să caut sub rochie. În lateral, între piele şi elastic, i-am simţit. Am sperat aproape tot timpul că nu este adevărat. Erau trei sute de dolari împăturiţi cu grijă!

– Ce-s cu ăştia? am întrebat-o privind-o ţintă în ochi.

– Sunt prima de la şefu'! Îi ţineam ascunşi ca să-ţi iau ceasul ăla care ţi-a plăcut.

„Ce şcoală are târfa!", zise aproape admirativ vocea, după care aproape că am simţit în tot corpul ura din lumea gândului: „Taci, curvo! Ţi i-a dat ăla cu Mercedesul că i-ai supt p...!" Simţeam că începe să mă doară capul, mi-am dus mâna la frunte ca pentru a mă apăra de acel ceva şi am simţit picăturile de sudoare ce-mi acoperiseră fruntea. Dar nu mă iertă deloc: „Au întins-o toţi ăia! Ea e protocolul, fraiere!" Era prea mult, n-am mai putut stăpâni fiara din mine şi am lovit-o cu dosul palmei. Şocul a trântit-o la pământ, din colţul gurii i se prelingea un firicel de sânge. Nu m-a impresionat, în mine parcă murise cu totul orice milă. Am simţit cum îmi pierd minţile şi cu o furie rece pe care nu o mai avusesem niciodată i-am spus:

– Stai jos şi spune-mi!

– N-am ce. N-am făcut nimic, tu interpretezi totul greşit! îmi răspunse şi în voce i-am simţit încrâncenarea aceea pe care o mai remarcasem cu alte ocazii. „Întreabă de maşina cu care a venit!"

– Cine e tipul ăla cu Mercedes-ul? am întrebat-o. O dezarma-
sem. Știa cât sunt de tenace dacă am un motiv serios. Și pentru a
completa informația am adăugat: Cel cu număr diplomatic...

Ochii i se măriseră de groază și am simțit cum ultima fărâmă
de rezistență din ea fusese înfrântă. Se făcuse mică de tot.

– Lucrează la ambasadă, ne-a înlesnit niște contracte la ei în
țară...

– Și care era treaba ta în toată afacerea asta?

– Trebuie să fiu drăguță cu el, să-l fac să se simtă bine, ca să
obținem lucrarea de la Snagov, o reședință de protocol.

– Ce servicii erai obligată să prestezi? am întrebat-o cu ironie.

– Orice mi-ar fi cerut...

Știam răspunsul, dar voiam, cu o plăcere masochistă, să îl aud
din gura ei. Undeva în sufletul meu speram să nu fie adevărat. În
momentul în care-mi confirmase temerile, am simțit acel ceva mu-
rind fără a lăsa în urmă decât un gol imens.

– Cum ai ajuns aici?

– Nu mă angajasem de mult timp la firmă când șeful m-a che-
mat la el în birou și mi-a vorbit de un potențial client care trebuia
să vină. Mi-a spus că, dacă vom ști să facem bine cărțile, ne va
merge foarte bine o perioadă. M-a lăsat să înțeleg că, dacă voi avea
o contribuție în acest sens, voi avea parte de o recompensă sub-
stanțială. M-a prezentat ca pe directorul executiv al firmei cu care
urma să colaboreze în mod direct. Tipul a înghițit gogoașa și,
pentru a petrece mai mult timp cu mine, a semnat contractul.
Oricum nu-l interesa cine făcea lucrarea, era de la o întreprindere
de stat. Am primit o primă de câteva sute de dolari și mi-a închiriat
garsoniera asta pe banii firmei, cu condiția să mă implic în afaceri.
Atunci nu s-a întâmplat nimic, l-am făcut pur și simplu din vorbe.

– Dar când?

– Acum vreo două veri a venit un arab care voia să costruiască
un depozit la marginea Bucureștiului. Era plin de bani. La plecare,

arabul, nici nu mai știu cum îl chema, m-a întrebat dacă nu mi-ar face plăcere să iau cina cu el. Am ezitat, dar fusese tot timpul un domn și nimic din comportamentul lui de până atunci nu-mi trezise teama în ceea ce-l privește, astfel am acceptat. A rămas că trece pe la firmă să mă ia în jurul orei 19. Și bineînțeles că a venit, dar mi-a spus că trebuie să treacă doar un pic pe acasă ca să se schimbe. Mi-a spus că nu durează mult. Stătea în blocurile de la fântâni, de la Unirea. M-a invitat să urc ca să nu mă lase singură în mașină și, când am ajuns sus, am constatat cu stupoare și, de ce nu, cu plăcută surprindere, că avea pregătită o masă pentru două persoane, cu lumânări, flori, mă rog, tot tacâmul. Mâncăruri fine, arăbești, de care nu mai mâncasem niciodată. Cred că orice femeie s-ar fi simțit flatată în acel moment. În orice caz, pot spune că aveau un gust ciudat. Am mâncat, am vorbit, m-a făcut să râd și m-a copleșit cu atenții. A desfăcut o sticlă de vin din care a băut și el, chiar dacă religia nu-i îngăduia, și am închinat un pahar pentru prietenie. Nu după mult timp, amintirile au început să mi se învălmășească. Mi s-a rupt filmul. Știu că la un moment dat m-a invitat să dansăm și că în timpul dansului a început să mă sărute pe gât. Voiam să mă împotrivesc, dar nu puteam. M-am trezit a doua zi goală în pat. Mirosea a cafea și s-a comportat de parcă ceea ce se întâmplase era absolut normal. M-a condus până acasă și mi-a spus că o să mă caute la firmă. În aceeași zi, căutându-mi prin lucrurile din geantă am găsit o sută de dolari. Ajunsesem curvă fără să vreau. M-a mai căutat de câteva ori și de fiecare dată îmi făcea diferite cadouri: bijuterii de aur, parfumuri, haine, pe lângă banii pe care mi-i lăsa în geantă. N-am vorbit niciodată despre ceea ce se întâmplase în prima seară. Nici nu avea rost. Mă păcălise și oricum era tardiv. Nu mai puteam da timpul înapoi. Bine măcar că mă protejase. Nu știu dacă o făcuse pentru mine sau pentru el, cert este că folosise prezervative. Văzusem o cutie deschisă pe noptieră în dimineața în care mă trezisem la el în pat.

Povestea ei trecea pe lângă mine de parcă ar fi fost vorba de altcineva, nu de femeia pe care o iubeam și cu care urmam să mă căsătoresc.

– Câți au fost? am întrebat aproape fără să vreau.

– Nu mai știu, zece, cincisprezece... Nu eram obligată să mă duc cu ei. O făceam doar dacă îmi plăceau sau dacă afacerea era atât de mare încât să merite.

– Pe șeful când l-ai făcut? am zis cu răutate.

– Imediat după arab. M-a chemat la el într-o zi și mi-a spus că are treabă cu mine după program. Nu era prima dată când lucram în plus, așa că nu m-a mirat. Se întâmpla să fie nevoie să terminăm niște lucrări în aceeași zi și atunci stăteam cât era nevoie. Am rămas și m-a pus să fac niște cafea, după care mi-a arătat locul de lângă el de pe canapea. A început să-mi spună ce avantaje aș avea dacă știu cum să mă comport cu ceilalți și cu el, după care a început să-mi mângâie părul. Ce era să fac, era vorba de pâinea mea! Totul depindea de el, casa mea, banii. Să mă fi dus pe stradă?

– Și care era diferența? am întrebat.

A primit întrebarea mea ca o palmă și a tăcut.

„Taci, fă, că ți-a plăcut! Cadouri, bani, restaurante, țoale!", spuse vocea. Am rămas și eu înmărmurit. Mă durea sufletul de mă seca.

– Ați făcut-o și când eram la serviciu și lucram în camera cealaltă?

– Da! îmi răspunse cu jumătate de glas. Mă chema zicându-mi că are treabă cu mine cinci minute și cam atât dura totul. Am vrut să termin cu toate astea când te-am cunoscut, dar n-am reușit.

Aș fi vrut să urlu, să plâng dacă aș fi putut, dar rămăsesem fără grai. Efectiv nu mai puteam vorbi. M-a cuprins o senzație ciudată, ca și cum aș fi fost ascuns acolo, undeva în mintea mea. Vedeam tot, auzeam, îmi simțeam corpul, dar nu mai puteam vorbi. Eram singur, departe de tot și de toate, fără a-mi putea mișca limba. Ciudat, dar nu mai simțeam nici durere, nici furie, ba chiar o liniște de parcă nu mi se întâmplase mie. Cred că eram chiar comic așa cum stăteam țintuit în fotoliu. Deodată m-am văzut în cameră de parcă aș fi stat alături de mine. E ciudat să te vezi așa pe tine însuți. Nu mă văzusem niciodată în halul ăsta, tras la față, palid și cu o privire pierdută în spațiu. O vedeam și pe ea distrusă, ca o epavă, și îmi era milă de ea. Se uita la mine fără să înțeleagă ce se întâmplă și dându-și seama că era ceva cu adevărat serios îmi spuse:

– Ștefan, ce ai? Vorbește-mi! Doar că eu nu puteam răspunde.

– Ce-ai pățit? Vorbește-mi!

Mă uitam la ea dintr-un colț al camerei fără a putea răspunde.

„Dă-o în p... mă-sii de curvă, sunt mii de femei pe lumea asta!" îmi văzui eu trupul vorbind de data asta.

Și atunci a început balamucul la care am asistat neputincios, fără să vreau sau să pot să-l opresc! M-am văzut luând-o de păr și trăgând-o cu toată puterea. A căzut în genunchi și și-a ascuns fața în mâini. Îi simțeam frica și, nu știu de ce, îmi dădea o senzație al naibii de plăcută s-o simt umilită.

– Iartă-mă, Ștefane, am vrut să renunț și să-ți spun, dar zicea șeful că îți spune el dacă n-o să mai fiu a lui când are chef.

„Da! Zii înainte curvo! Câtă noblețe în tine! Ai supt-o până nu ai mai putut și acum faci pe sfânta!"

Trebuia găsit ceva. Ceva care să stingă focul ce-mi mistuia trupul și sufletul.

Cu genunchii strânși la piept și plângând mă implora:

– Ștefane, te rog din suflet, nu mă chinui! Dacă ai avut un pic de dragoste pentru mine, iartă-mă, nu vreau să te pierd.

Parcă eram surd la tot ce-mi spunea. Inima mea, care se încălzea numai dacă mă gândeam la ea, rămăsese imobilă, ca o piatră. Undeva era o furie rece împotriva ei, a mea și a iubirii în care crezusem. Am pus mâna pe telefon și am format numărul unui fost coleg de-al meu de facultate. Trăise și crescuse în Ferentari, așa că era uns cu toate alifiile și putea face rost și de un tanc dacă aveai nevoie. Bineînțeles, contra cost. Mi-a răspuns el.

– Salut Mircea, ce mai faci? l-am întrebat când i-am auzit vocea în receptor.

– Mulțumesc bine, îmi răspunse, însă din glas îi răzbătea o undă de nedumerire. Nu mă recunoscuse inițial apoi, căzându-i fisa, continuă: Tu ești, măi Ștefane?

– Eu. Ce, nu mă mai recunoști?

– Rara Avis! De când nu te-am auzit ți-ai schimbat și vocea. Te pomeni că ți-a dat și mustața.

– Dă-te, mă, în mă-ta!

– Hopa! E capsat neica. Haide, varsă-te, ce-ți trebuie?

– Tot așa ai rămas. Nici tu ce mai faci? Mersi bine! Nici tu futu-te în cur, scurt și la obiect.

– Hai să fim serioși! Că doar nu m-ai sunat să depănăm amintiri din copilărie! Zi ce-ți tremură, o rezolvăm și după aia stăm și schimbăm câte polițeturi vrei!

– Nu vrei să câștigi niște bani?

– Orișicâți! îmi răspunse. Lasă vrăjeala și zi, că nu m-am născut de ieri, de azi ca să mai cred în peștișorul de aur care mă face pe mine milionar și tu n-ai față de pește. Zi ce vrei!

– Am nevoie de niște băieți care să satisfacă curiozitățile unei tipe. Dar să fie mai spălați, nu vreau să se îmbolnăvească.

– Bă, tu vrei să-i aplici o corecție? Lasă vrăjeala și zi pe bune, că ăsta e caz de pârnaie.

– Ceva de genul ăsta..., am zis cu jumătate de gură.

– Păi, spune așa, ca să știu pe cine îți trimit. Câți vrei?

– Doi, maximum trei.

– S-a făcut. Pe când distracția?

– Astăzi!

– Vasăzică arde! Bine. Să văd ce pot face. Dacă în două ore nu apar, înseamnă că nu vin astă-seară și că rămâne pe mâine, iar cu banii te descurci tu.

Vocea i se înăsprise, mai mult ca sigur că nu-i plăcea ce i se ceruse, dar în lumea lor afacerile sunt afaceri şi nu le poţi refuza, pentru că un client refuzat se duce în altă parte şi-l pierzi, or, concurenţa este acerbă şi nu-ţi poţi permite asta.

– E frumoasă măcar? îl întrebă Mircea.

– Foarte. Poţi veni şi tu dacă vrei.

– Nu mersi, nu mai fac prostii mari, numai prostioare din care ai portiţe de scăpare. Vezi că pe mine mă sari cu lozul de data asta. N-am uitat că m-ai ajutat cu proiectul de diplomă. Bine?

– OK! Te pup, Mircea.

– Salut! auzii în receptor glasul colegului meu care mi se păru foarte distant de data asta.

Mary se uita la mine împăciuitoare, ca un câine bătut. Părea neîncrezătoare. Prinsese ceva din zbor, dar îmi fusese o profesoară prea bună ca să-mi prindă gândul.

– Hai, capro, du-te şi îmbracă-te că ieşim. Fă-te frumoasă că arăţi ca naiba.

Se execută imediat. Nu s-a mai fardat şi ochii uşor umflaţi de plâns îi dădeau un aer straniu. Îmi plăcea cum îi stătea aşa, naturală. Dacă atunci când se aranja trezea în mine cele mai animalice instincte, în cele mai neobişnuite locuri, aşa cum arăta acum, cu aerul acesta pur, îţi impunea aproape dorinţa de a o ocroti. Pe braţe îi rămăseseră urmele degetelor mele de când o strânsesem şi-şi luase un tricou negru cu mânecă trei sferturi şi blugi. Îşi lăsase părul liber pe spate, cum îmi place mie. De data asta însă, nu mă mai impresiona nimic. Am ieşit. Venea toamna. Unde până atunci centrul universului meu fusese ea, nici măcar nu remarcasem asta. Toamnă era şi în sufletul meu.

Am colindat prin câteva magazine până să găsim tot ce voiam: câteva sticle de vin bun, două de vodcă, ţigări, cola. De la un centru de închiriat casete luasem şi o casetă porno. Cerusem pe cea mai dură, care să aibă pe ea orice în afară de sex cu animale. Din respect pentru animale, ele nu aveau nicio vină că omul le schimbase natura vieții lor sexuale. Mary nu știa nimic, nu mă văzuse, era preocupată de niște boarfe la un raion pentru dame! Ciudată și natura femeii. Chiar de-ar fi să fie sfârșitul lumii și tot ar mai găsi câteva secunde să probeze ceva. Și mai ciudată este însă natura noastră, a bărbaților, care, deși conștienți de felul lor de a fi, totuși ne îndrăgostim de ele. Când a apărut la centrul de închiriere, am simțit efectiv bărbații de acolo salivând după ea; am încercat să simt ceea ce simțeau ei și le-am dat dreptate. Și mie mi-ar fi plăcut dacă n-aș fi cunoscut-o. Numai că mă arsesem și acum dădeam dreptate unui tip mai în vârstă care spunea că pe femeia frumoasă să o privești de departe sau de după gratii, exact ca pe o panteră neagră. Doar așa, șansa de a nu fi rănit este minimă! Eram prea tânăr ca să ascult, mai tânăr cu vreo oră.

Ne-am întors acasă. Pe drum înjghebasem chiar și o conversație și, spre surpriza ei, glumisem. Ajuns acasă, am intrat direct sub duș. Aici, oarecum departe de ea, puteam gândi liber pentru a-mi pune ordine în idei. Îmi simțeam rațiunea ca pe tăișul unui bisturiu și chiar avea acuratețea unui chirurg, dar și cruzimea unui nebun sadic. Am ieșit de sub duș și cu un prosop înfășurat în jurul meu m-am dus să văd ce face Mary. Privind-o făcând ordine am avut pentru moment senzația că de fapt totul a fost un vis urât și nimic nu se întâmplase, era o zi obișnuită ca și celelalte... Subconștientul meu se răzvrăti însă sub dușul rece al adevărului și privind-o cum stătea concentrată, cu câmpul strâns în jurul ei, mi-am dat seama că era ea. Încerca să mă liniștească, să mă obișnuiesc cu ceea ce se întâmplase pentru a reveni la normal. Mă rog, la normalul de dinainte. Dacă dragostea mă făcuse orb, nu înseamnă că odată trezit aveam să mă mai culc la loc. Știa să prevadă totul cu o zi avans și să schimbe lucrurile care nu-i conveneau. Ceea ce nu înțelesese însă era că viitorul prevăzut putea fi schimbat, dacă aveai energia necesară. Dacă stai bine să analizezi lucrurile, prima etapă este să prevezi viitorul şi a doua să îl schimbi. Ea rămăsese la faza horoscoapelor şi astrologiei. Eu unul trecusem peste asta. Privind-o, mi-au trecut prin minte versurile eminesciene: „Tu vrei ca oamenii să fii, cu ei să te asemeni / Dar piară oamenii cu toţii, s-or naşte iarăşi oameni, / Ei au doar stele cu noroc şi prigoniri de soarte / Noi nu aveam nici timp, nici loc şi nu cunoaştem moarte!"

Abia acum înţelegeam dialogul dintre Demiurg şi Hiperyon. De ce oare pentru a-ţi depăşi condiţia e necesar să ţi se întâmple ceva rău, asta numai Dumnezeu o ştie! Cert este că eu trecusem de bariera nebuniei, nu a geniului. Dacă stai bine să te gândeşti, nu este mare diferenţa, şi nebunul, şi geniul, sunt nişte neînţeleşi! „Ce ar fi s-o omor şi apoi să mă sinucid?", îmi trecu rapid un gând prin minte. „Şi să nu simtă şi ea durerea şi răzbunarea ta?! N-ar fi drept!", veni ca de nicăieri răspunsul. Oricum sinuciderea nu era de partea mea. O consideram o copilărie de genul îmi iau jucăriile şi plec, şi o renunţare la luptă în faţa vieţii şi a sorţii, dacă există vreuna. Că suntem obligaţi să facem faţă unor situaţii ce nu depind de noi este una, dar soluţiile noi le găsim. Pe atunci credeam că adevărata cale este lupta, zbaterea, să reuşeşti făcând cât mai puţine compromisuri.

Se auzi soneria. Iniţial am şovăit înainte de a deschide, parcă luat de un val m-am apropiat însă de uşă şi am tras zăvorul. În faţa mea au apărut trei indivizi. Lumea interlopă îşi pusese amprenta pe feţele lor. Nopţile pierdute, băutura, viciile se întipăriseră în cute adânci ce le brăzdau chipurile. Caracteristica generală era doza de bestialitate fără de care nu se rezista în mediul lor.

– Salut! zice unul dintre ei. Ne-a trimis Mircea. A zis că e rost de un chef mic şi de ceva bani.

L-am privit. Nu era el liderul grupului. De fapt, acţionează după legile haitei: cel mai puternic fizic şi psihic conduce. Aici forţa brută, răutatea este baza. Cel care era de fapt şeful stătea deoparte şi mă studia. Îl simţeam şovăind. Era circumspect în ceea ce mă privește. Fără a-l lua în seamă pe cel care-mi vorbise, m-am adresat direct lui:

– Trebuie să rezolvați o femeie! i-am spus.

A ridicat din sprânceană mirat. Fusese însă plăcut surprins de faptul că-l recunoscusem în ierarhia lor.

– Cum? întrebă el de data asta.

– Tot tacâmul. Oricum cred că știți mai bine decât mine...

– Și tu?

– Eu o să mă uit la voi.

Mă studie îndelung și când își formă o opinie spuse:

– Este că ea nu știe? Ai prins-o cu altul, spuse de data asta ca o concluzie.

A fost rândul meu să fiu uimit de perspicacitatea lui. Deși pe undeva e normal ca oamenii certați cu legea să fie buni psihologi, să știe de unde e rost de o ciupeală, că în fond din asta trăiesc, căutând și păcălind fraieri.

– Vrei răzbunare? mă întrebă. Nu am răspuns. L-am observat privindu-mi mâinile. Calusurile de pe oasele mele muncite cu greu la găleata de nisip arătau clar că nu cântam la pian.

– Cât mă costă? am întrebat.

– Vorbim la sfârșit! îmi spuse.

Le-am făcut semn să intre în cameră. Șeful își alesese cel mai bun loc și privea în jurul lui. În timp ce și ceilalți doi se făceau comozi am dat drumul la niște muzică, ceva între disco și muzică ușoară, și am lăsat-o încet, ca pe un fond sonor. Sticlele erau desfăcute pe masă și am făcut onorurile de gazdă. Dacă șeful, mai stilat, a cerut un pahar de vin, ceilalți au luat-o direct pe tărie. Curând apăru și Mary. Se uita în ochii mei implorator. Mi-am ferit privirea, știa să te facă să te răzgândești doar uitându-se mai lung la tine. I-am făcut semn să se așeze lângă mine. Se așeză docilă, și-și împreună mâinile în poală ca pentru o rugă. Am trăsnit-o imediat cu un gând: „Dacă faci ceva, îți rup gâtul!" Își despreună mâinile și și le așeză pe genunchi. Dacă în alte dăți făcea tot ce putea ca să-și scoată în evidență formele, acum nu știa cum să și le ascundă. Ca să nu i se ghicească sfârcurile prin tricou, stătea chiar un pic cocoșată și cu genunchii apropiați de parcă era un copil cuminte la școală. Îi simțeam frica și-mi era clar că înțelesese. La sensibilitatea ei știa exact ce hram poartă tipii ăștia și cam ce reprezintă o femeie pentru ei. Plăcerea răzbunării, dublată de sentimentul atotputerniciei asupra cuiva, formau o dulce otravă pe care o gustam din plin. Am turnat vin în pahare. Vinul nostru pe care îl beam de fiecare dată când era un eveniment deosebit. Era pentru prima dată când îl împărțeam cu o altă persoană! L-am dat peste cap, nu înainte de a ura: „Pentru un nou început!"

Vinul ăsta reprezenta pentru mine catalizatorul unor amintiri frumoase și ce mă mai ținea legat de ea dacă nu amintirile frumoase? Cred că doi oameni se despart când suma lor este depășită de cea a celor urâte. Nu mă gândeam la asta atunci, o făceam pur și simplu instinctiv, ca o fiară rănită care se retrage într-un ungher ca să își lingă rănile. Mai rea decât moartea este frica de moarte, spune un proverb. Mai rău decât orice lucru este așteptarea lui, de aceea eu prelungeam clipele. Am început chiar o conversație despre valuta la negru, locuri de unde se puteau achiziționa telefoane și aparatură electronică speriate de prin casele oamenilor, lucruri despre care aveau și ei habar. Pahar cu pahar, spiritele se încinseră, cei doi începură să vorbească mai tare. Chiar și în ochii șefului apăru o licărire nouă, semn că alcoolul își făcea efectul diminuând inhibițiile, dacă la ei putea fi vorba de așa ceva. Încordarea nu îi dispăruse cu totul. Îl simțeam așteptând curios să vadă dacă voi merge până la capăt. Mary însă știa exact ce fac. Alcoolul eliberează fiara din hățurile liberului-arbitru. Orice lucru pe care, involuntar poate, îți dorești să-l faci și ceea ce se cheamă conștiință nu te lasă, atunci când bei ai toate șansele să-l îndeplinești. Se făcuse mică și în ochi frica i se transformase în groază. În toiul discuțiilor am dat

drumul la video. Alesesem bine caseta. Ca de obicei, un film fără
subiect în care o tipă bine făcea dragoste cu un bărbat în timp ce
visul ei erotic era să o facă cu mai mulți. Mary se ridică deodată
în picioare cu intenția să plece. Am prins-o de mână și am forțat-o
să se așeze, zicându-i pe un ton ce nu admitea replică:
– Stai jos! În fond întotdeauna ți-ai dorit asta!
O priveam și am realizat că era aproape de acea limită a rați-
unii ei dincolo de care se dezlănțuia. Acești ochi care mă făcuseră
să o iubesc ca un nebun, care mă transformaseră în sclav. „Un
bărbat care iubește o femeie ori devine sclavul ei ca Pirus, ori
călăul ei ca Nero!" Fusesem sclav și nu mă deranjase atâta timp
cât nu mă simțeam înșelat. Ba mă obișnuisem cu jugul, exista o
plăcere și în asta. Acum însă eram călăul, o simțeam și-mi făcea
plăcere. Intensitatea cu care trăiești răul este mai mare decât cea
a binelui, cred că de asta îl aleg cei mai mulți. Conform zicalei:
„Se mai satură omul și de bine!" Da, îmi plăcea la nebunie chinul
ei, parcă-mi simțeam sufletul ars de gelozie răcorindu-se. Cu cât
o durea mai tare, cu atât mă simțeam eu mai bine. M-am ridicat
și i-am făcut semn șefului că poate începe, după care am părăsit
camera lăsând ușa întredeschisă. M-am așezat pe fotoliul din hol,
de unde se putea urmări totul. Urmă un moment de liniște după
care l-am văzut pe șef ridicându-se de pe fotoliu și ducându-se la
cea care-mi fusese femeie. Fără să spună nimic, îi trase un dos de
palmă care făcu să răsune casa, lovitură pe care parcă am simțit-o
și eu.
– Asta ca să știi despre ce este vorba. Ai înțeles?
Mary nu răspunse, așa că, ținând-o de data asta de păr, îi mai
dădu o palmă. Fata își acoperi fața cu mâinile. Asta o interesa, fața
ei! Mi s-a făcut scârbă. Toți oamenii zic: „Mai bine mor decât să
fac nu știu ce și când este vorba de fapt, în sine, suntem în stare să
ne vindem și mamele." Ce patetici suntem! Standardele noastre,
principiile înalte se evaporă brusc în momente de cumpănă. Eu?

Probabil sunt la fel, de-asta mi s-a făcut silă de toți, chiar și de mine.

– Desfă-mă la șliț și fă-mă! îi spuse scurt.

Se așeză la loc pe fotoliu și o trase lângă el, silind-o să stea în genunchi în fața lui.

De pe hol o vedeam tremurând în timp ce-i deschidea fermoarul.

– Târfo, dacă îți simt numai dinții îți tai fața cu lama, mă auzi?

O priveam nevăzut și nici milă nu simțeam pentru ea. O mai făcuse pentru bani.

Tipul termină și-i dădu capul pe spate silind-o să înghită.

– Așa, fă! Ești un WC, să nu uiți!

Îi dădu un brânci care o propulsă până în mijlocul camerei.

– Nici de târfă nu ești bună! spuse făcându-le semn celor doi tovarăși de-ai lui. De parcă ar fi fost dresați pentru așa ceva, cei doi se năpustiră asupra ei, ca niște hiene la un stârv. Întărâtați de alcool, de filmul porno și de sexul cu șeful lor, cei doi, aproape că-i smulseseră hainele de pe ea lăsând-o goală în mijlocul camerei. Au privit-o câteva momente cu admirație, după care se așezară ficare la locul lui. Au fost duri cu ea și au trecut-o pe rând prin toate pozițiile. Se vedea că întârzie să termine și că se opresc pen-tru asta. Din plăcere, din cruzime, cert este că știau ce fac.

– Ia să te vedem, fă, în fund ești virgină?

– Nu, vă rog, acolo nu! Vă implor, lăsați-mă! Nu vreau! spuse plângând în hohote.

– Taci, fă, în p... mea!

Celălalt, fără să-i lase prea mult timp, o luă de păr și-o așeză în patru labe în timp ce cel care fusese cu ideea se așeză în spatele ei și o pătrunse fără să o pregătească. Un urlet îi ieși fetei din gură, însă muzica și video-ul care mai mergeau atenuară din zgomot. Cei doi nici măcar nu se sinchisiseră să-i astupe gura. Durerea ei îl făcuse să se excite mai tare și fără a ține cont de durerile atroce pe care le provoca continuă să se miște. De durere, fata leșină. Asta nu-i împiedică pe cei doi să termine rând pe rând, deși erau nevoiți să o susțină ei înșiși.

– Acum mai ești virgină doar în urechi! spuse cinic unul dintre ei și o aruncă ca pe o chestie de unică folosință.

În ochi se vedeau animalele satisfăcute.

Am intrat.

– Crezi că-ți ajunge? mă întrebă șeful lor.

– Da, am răspuns. Vouă?

Șeful îmi făcu semn a lehamite. În schimb, cei doi îmi zâmbiră tâmp. Am turnat câte un pahar de vodcă pe care l-am băut în tăcere. Am dat să scot bani din buzunar, dar tipul, sesizându-mi gestul, îmi spuse:

– Lasă. Ai făcut cinste cu băutura. Se ridică.

De parcă ar fi apăsat pe un buton, cei doi se ridicară la rândul lor ca împinși de un resort nevăzut. Înainte de a ieși pe ușă, l-am văzut că scoate din buzunar o bucată de hârtie și că notează ceva pe ea.

– Ține! Numărul meu de mobil. Dacă ai nevoie de ceva, sună. Nu dai nume, ne întâlnim și vorbim, poate lucrăm împreună. Ai ceva sânge în tine.

Îmi amintea de un bandit celebru care îi silea pe cei care simțeau o urmă de milă pentru cineva să omoare un prunc, pentru a stârpi orice urmă de bunătate din ei. Trecusem de pragul ăsta. Fusese violată iubita mea și odată cu ea și sufletul meu. Chiar eu organizasem asta și urmărisem tot. Undeva în memorie aveam înregistrat fiecare moment al nebuniei pe care o scornisem. Ce prag al iadului trecusem fără să-mi dau seama?

Au plecat. M-am întors în cameră, casetofonul tăcuse. Se mai auzeau doar icniturile celor din filmul porno. Cât să fi durat demența asta care mie unul mi se păruse o veșnicie? Am închis aparatul și m-am așezat pe fotoliu. Mi-am aprins o țigară și am constatat că nici măcar nu mă excitasem, deși participasem la un viol. Visul oricărui bărbat se spune. Poate datorită faptului că este interzis de lege, religie, educație. Ce-ar fi dacă la un moment dat toți și-ar da drumul fiarelor din ei? Celor mai ascunse, mai oribile și mai intime dorințe? Câți oameni de altfel cu frica lui Dumnezeu nu s-ar preschimba în fiare? Mulți sunt cuminți nu dintr-o conștiință bună, ci din frică, și asta s-a demonstrat în momentele în care au căzut liniile de înaltă tensiune, lăsând mari orașe în beznă, când au înnebunit oameni cinstiți. Dacă stai bine să te gândești, în dansul miresei, de fapt pe rochia miresei plină de sângele deflorării, nu văd decât dovada unui viol legal.

Mary stătea în aceeași poziție. Nu-și revenise încă. „Oare o să-și revină vreodată?" Era clar că dacă murea mă aștepta pușcăria. Nu asta era problema mea cea mare. Oricum n-aș fi spus nimic, eu aranjasem tot. Eram vinovatul moral ca să spun așa, ceilalți nici nu existaseră. Priveam trupul acela chircit de durere și undeva în mine am descoperit dorința de a-l atinge. Ce ironie a sorții! Acum ești sus, în culmea fericirii, acum ești în găleată! Trebuia să fac ceva, dar nu știam ce. Pur și simplu, mă blocasem. Am lăsat-o acolo și m-am dus în baie. M-am studiat în oglindă și am remarcat că îmbătrânisem, iar în ochi căpătasem aceeași privire ca a celorlalți, devenisem și eu o fiară. Nici nu mă bucura, nici nu-mi părea rău, era doar o constatare. Albisem la tâmple și cute adânci îmi apărură pe frunte. Parcă eram altul, un altul de care m-am speriat și eu. Călcasem pe sufletul ei, pe al meu, și omorâsem și ultima scânteie de lumină ce mai rămăsese între noi. Departe de a mă simți înfrânt, mi-am zis: „Nimeni și nimic nu mă va mai răni niciodată!"

M-am dus în bucătărie și am pus niște apă într-o cratiță curată. Trebuia să o sacrific, dar nu aveam încotro, și m-am dus să o examinez pe Mary. Am luat-o și am culcat-o pe canapea. La spital n-o puteam duce, era plină de vânătăi, se vedea clar ce i se întâmplase. Fața începuse să i se tumefieze, avea buza spartă și i se umflase. O dâră de sânge i se scurgea pe la colțul gurii. Urmele celor două brute se vedeau pe toată pielea ei, de puteai ghici și cum o ținuseră. Am înmuiat o batistă în apă și am început să-i șterg urmele de sânge. Apa rece o trezi la viață și, speriată, a încercat să se ferească de mine, însă n-am lăsat-o. Mai mult cu forța am îmbrăcat-o cu una din cămășile ei de noapte și am vârât-o în pat. A adormit imediat, ca un copil obosit de joacă. Am început să fac curățenie prin casă. Ocupându-mi mâinile, parcă îmi eliberam mintea să mai gândească puțin. Am aruncat sticlele de băutură chiar dacă nu erau terminate, am scuturat scrumierele și am dat cu mătura. Când m-am uitat la ea dormea în poziția unui copil aflat în burta maică-sii. Altă dată m-ar fi impresionat, acum însă mă lăsa rece. Poate așa a fost să fie. Oamenii pot fi ușor manevrați prin sentimente și instincte. Mila, iubirea, frica sunt pârghii cu care pot fi manevrate sufletele și mințile lor. Acum, după toate astea eram mai puternic sau mai slab? I-am șters cu apă oxigenată rănile și contactul cu ea a făcut-o să deschidă ochii. Când m-a văzut prima dată a tresărit speriată, apoi a realizat ce făceam. Mi-a luat mâna și mi-a sărutat-o. Nu m-a bucurat, nu m-a flatat. Mi-a fost pur și simplu indiferent gestul ei. I-am simțit recunoștința. Pentru ce? Pentru că o îngrijeam? „Proasta!", spunea vocea. Deodată am văzut groaza întipărindu-i-se pe chip. Am ghicit despre ce era vorba. Nu o protejaseră și-i era frică că a luat SIDA. Îi era frică de moarte. Crucea ei. Poate și a mea. Durerea pe care o simțisem făcea moartea să mi se pară o glumă. Am lăsat-o să plângă pe întuneric, să-și înfrunte demonii ei, eu îi aveam pe ai mei și-mi era de ajuns. Fusese scris un capitol al vieții mele și începea un altul. Orice sfârșit este un nou început.

30.

PSIHIATRA-PĂRINTELE

Stătea prăbușită în întuneric, fără a putea raționa în vreun fel. Cum să-l ajute? Întotdeauna sperase să fie o metodă de a vindeca bolnavii agitați care erau în stare să ucidă orice ființă vie din jurul lor și nu oricum, ci cu sadism, în chinuri. Și acum tocmai ea era implicată sufletește. De ce nu putuse sta departe de el? Nu-și înfrânsese sentimentele și instinctele de la început, iar acum îi era cu atât mai greu să se rupă. De fapt nici nu dorea asta, chiar dacă realiza că era foarte bolnav și că boala lui, din punct de vedere medical, era incurabilă. Dubla personalitate de care înveți mai mult din cărți, foarte controvesrată în literatura de specialitate, rămânea un mister pentru medici. În fond, în viața fiecărui medic apare o maladie pe care o vede o singură dată în toată cariera lui. Ideea că, la un anumit moment, un episod traumatic produce o dedublare a personalității, ca o metodă de autoprotecție, nu stătea întotdeauna în picioare...

Mintea îi rătăcea de la un gând la altul fără a se fixa însă asupra niciunuia și fără a găsi o soluție la problema ce o măcina. Deodată pleoapele i se lăsară grele, tot mai grele, din ce în ce mai grele și ațipi. Se visa în cameră și înspre icoana de pe peretele de lângă pat se deschise o fantă spre lumină. Încerca să privească fascinată dincolo, însă contrastul dintre ea și lumea în care se afla era atât de mare încât nu reuși să distingă nimic.

La un moment dat, lumina fu oarecum acoperită de silueta unui bărbat ale cărui haine aminteau de cele ale unui călugăr de prin mânăstirile noastre. Îi zâmbea și chipul luminos încadrat de o barbă lungă și un păr alb îi alungară surprinderea și neliniștea.

– Ei, ce-ai pățit, Mărie? o întrebă ca și cum ar fi cunoscut-o de când lumea.

– Cum să-l ajut? îl întrebă.

– Greu, îi răspunse făcând o pauză. Și totuși poate că ar fi o soluție...

– Care? întrebă plină de speranță.

– Să fii inițiată în tainele arhanghelilor!

– Fac tot ce este nevoie, doar să reușesc.

– Ține foaia asta de hârtie și fă exact ce scrie pe ea. Nu uita însă că trebuie să te păstrezi curată și trupește, și sufletește și ai grijă ce-ți dorești, se poate împlini, iar dacă vrei rău se întâmplă rău...

Îi zâmbi, o atinse pe creștet în chip de binecuvântare și dispăru în lumină. Poarta dinspre cealaltă lume se închise în urma lui, lăsând-o în întuneric. Deschise ochii și nu mică îi fu mirarea când simți în palmă foaia de hârtie frumos împăturită. Aprinse cu nerăbdare lampa și citi:

„Timp de șapte săptămâni se aprind șapte lumânări în fiecare luni dimineața, la prânz și seara, apoi la douăsprezece noaptea, în cinstea celor șapte arhangheli planetari. De fiecare dată să ardă câte un sfert de lumânare. Se citește Acatistul Sfinților Arhangheli Mihail și Gavriil și se fac douăzeci și cinci de mătănii.

La sfârșit se spune: «Doamne, iartă păcatele mele, dăruiește-mi ce-mi este de folos, îndeplinește-mi dorința pe care o am înaintea Ta după mila Ta cea mare. Doamne, precum știi Tu și voiești miluiește-mă pe mine păcătosul.»"

O bucurie imensă îi cuprinse sufletul când termină de citit peticul de hârtie. Pentru prima dată nu se mai simțea singură și chiar imposibilul devenea tangibil. Adormi ținând bucata de hârtie strânsă la piept, gândindu-se la senzația de bine pe care o avea și pe care nu o mai simțise niciodată. Era probabil similară celei descrise ca „în sânul lui Avraam"!

Nu mai era mult până la îndeplinirea ritualului pe care îl începuse. Privind în urmă își aminti toate neajunsurile din acest singur și în fond atât de insignifiant lucru: a nu mânca o zi întreagă! De câte ori, pe vremea studenției, nu sărise mesele și totuși trecuse fără prea multe greutăți peste asta. Când a venit însă vremea să nu mănânce doar pentru o idee, parcă toate forțele din jur s-au coalizat să o împiedice, nemaivorbind de gustul oribil care-i apărea în gură în timpul postului și care persista câtva timp și după ce mânca, apoi senzația de leșin, durerea aceea ca o neghină, ca un cerc, ce-i cuprindea creierul strângându-l parcă încetul cu încetul.

Curios că după fiecare zi de post remarcase că se simțise extraordinar și asta nu numai pentru că-și elibera trupul de o constrângere la care îl supusese, ci pentru că, odată cu trecerea orelor, idei fixe, chiar și ticuri pe care le remarcase la propria persoană, dispăruseră ca prin farmec. Zâmbi amintindu-și cum, înainte de ora doisprezece, începea să-și pregătească masa. Scotea tot din frigider, chiar și mâncăruri de care în alte condiții nu s-ar fi atins, de umplea masa cu farfurii. „Ce-ți este și trupul ăsta, cu câtă disperare își cere dreptul la viață!", gândi. Reușise la un moment dat să se separe de senzațiile fizice, pe care le percepea undeva departe, pentru ca mintea să-i rămână limpede și clară. Senzația aceea de văl, pe care o simțea din când în când în minte în momentul când pătrundea în domenii cu care nu era obișnuită, dispăruse. Îi crescuse capacitatea de înțelegere a lucrurilor, de sinteză și de asociație, în schimb pierduse din puterea de memorare. Nu era un impediment prea mare, pur și simplu remarcase asta.

Mai groaznică însă ca foamea era setea. Părea că fiecare celulă a corpului ei plânge după un strop de apă. După ce reușea să îngurgiteze o mică parte din mâncarea și sucurile pe care și le pregătea, intervenea imposibilitatea de a adormi și asta din cauza faptului că semăna cu un batracian supraponderal. Or, ea nu putea adormi decât pe burtă. Și așa își petrecea ore întregi uitându-se pe pereți până în acel moment când obosea destul pentru a adormi în orice poziție.

După studiul nu știu cui, se încadra prin poziția în care dormea în categoria celor nemulțumiți de ei înșiși. Cel puțin asta o făcea să progreseze continuu. Dacă reținea bine, cei care dormeau pe spate sufereau de confort psihic. Nu i se întâmplase cine știe ce în zilele acelea, doar că atunci primea cele mai multe țigări, bomboane, în general dulciurile care-i plăceau ei cel mai mult. Atunci era căutată și de bărbații cu care ieșea de parcă faptul că nu voia să facă dragoste în acea zi o făcea mai atrăgătoare...

A venit și ultima zi, care s-a scurs parcă mai greu decât toate. Unde exista și nerăbdarea ritualului, a adormit ca niciodată imediat ce s-a pus în pat și s-a trezit pe un câmp superb, plin de flori și iarbă, prin mijlocul căruia curgea un pârâu cu apă limpede. Lumina puternică, izvorâtă parcă de niciunde, o învăluia ca într-o haină ce făcea să-i fie bine, nici rece, nici cald.

Urca înspre izvorul acelui pârâu și descoperi că ieșea de sub o stâncă albă, lucioasă, lângă care o aștepta un tânăr. O privea cu bunăvoință, așteptând-o să se apropie. Avea un păr lung de un șaten-închis care-i curgea lin pe umeri. O atrăgeau ochii lui, de un căprui cald din care izvora parcă încredere. Chipul lui, deși deosebit de cele pe care le întâlnise până acum, exprima perfecțiune. Dacă îl analiza bine, trăsăturile lui se încadrau în proporțiile ce întruchipau idealul uman. Era îmbărcat cu o cămașă albă, lungă, ce-i ajungea până aproape de genunchi, iar în picioare niște încălțări asemănătoare unor ghete mai lungi prinse în șireturi aurii. Îi zâmbi și o întrebă:

– Ce-ți dorești tu cel mai mult și mai mult?

– O sabie! îi răspunse fără să se gândească.

– Bine! îi spuse el. Du-te și caută la poalele stâncii și vezi ce găsești.

Se îndreptă spre locul indicat și descoperi o cârpă roșie ce învelea un obiect lung. Șovăi să îl ridice, dar auzi glasul tânărului:

– Ridic-o!

O ridică de pe iarbă și o dezveli. Era superbă în simplitatea ei. Singura podoabă pe care o avea era un rubin de culoarea sângelui ce era încustrat în capătul mânerului. Lama era dreaptă și avea două tăișuri.

– Știi de ce are două tăișuri? se trezi întrebată și întreruptă din contemplare.

– Nu!

– Așa este și adevărul drept, cu două tăișuri. Dacă nu știi să-l folosești, se întoarce împotriva ta. Ai grijă la culoare: dacă este alburie, e bine, dacă însă bate spre roșu înseamnă că nu mai ai putere și atunci ferește-te.

– Și cum o capăt?

– Te rogi și ți-o aduc eu de la Dumnezeu.

– Tu cine ești?

– Sunt îngerul tău păzitor!

– Ai aripi? îl întrebă.

Tânărul zâmbi amuzat.

– Nu, nu am încă. Totul depinde de tine și de ce faci tu. Dacă ai să faci bine, am să le primesc fie în timpul vieții tale, fie la sfârșit. Trebuie să plec.

– Stai! Cum pot da de tine?

– Este de ajuns să te gândești la mine. Aici nu există distanță. Mă numesc Hrestios.

– Ești grec? îl întrebă uimită.

Privind-o cu îngăduință, ca pe un copil care abia începe să meargă, el îi răspunse:

– Aici nu există naționalități, dar este ultimul nume sub care am trăit pe pământ. Fiecare suflet are în cer un nume încă de dinainte de a se naște, cele de pe pământ sunt roluri pe care le-am trăit fiecare. Ai să știi. Tot ce va trebui să înveți îți va apărea în cale. Învață-te însă să nu respingi pe nimeni, Dumnezeu vorbește oamenilor și prin gura copiilor, și prin cea a nebunilor. Ascultă-i pe toți și învață să recunoști adevărul.

Îngerul dispăru în lumină și poarta spre cer se închise în urma lui. Dechise ochii și văzu soarele care răsărise și se strecura în cameră.

Nu se simțea obosită, deși parcă dormise câteva minute. Când văzu că ceasul arăta că dormise peste opt ore îi veni să se închine. „Cât de departe am fost?", se întrebă. „Și totuși... Sabia!", își reaminti brusc. „Unde este sabia mea?" Se uita nedumerită prin cameră așteptând să o găsească pusă pe undeva pe noptieră. Nimic. „Vreau sabia mea!", gândi deznădăjduită, crezând că tot chinul pe care îl îndurase fusese inutil. Atunci o simți vibrând cu putere în palma dreaptă. Era aurie, exact cum îi spusese îngerul că trebuie să fie. Nu era însă materială. Nu în sensul propriu al cuvântului. Părea a fi făcută dintr-o substanță un pic mai densă decât aerul. O vedea, o simțea și totuși? O roti prin aer, se auzea cum îl taie, dar nu se întâmplă nimic când trecu cu ea prin mobile. Se zări în oglindă. Nu arăta rău în cămașa ei albă de noapte și cu sabia în mână. Parcă era din *Războiul stelelor!*

„Cum s-o folosesc? Probabil c-am să aflu." Se liniști singură. Mimă o luptă imaginară, fandă și să făcu că străpunge cu ea un inamic, imitând scene din filmele de capă și spadă, când pe ușă intră maică-sa. Se uită uimită la ea și-i zise:

– Ce-i, fato, ai înnebunit de tot?

Adevărul este că nu-i spusese nimic. Nici măcar nu încercase, convinsă fiind că oricum n-o va înțelege.

– Mă jucam! îi spuse cu seninătate și nu era departe de adevăr.

Era puțin dezamăgită că nu vedea și ea noua ei jucărie, dar se împăcă singură zicându-și în gând: „Poate că-i mai bine pentru ea să fie departe de toate astea". O urmări pe bătrâna femeie ieșind din cameră și deodată se simți strivită de o responsabilitate pe care n-o înțelegea. Ceilalți oameni nu vedeau și nu simțeau ca ea, așa că avea să fie nevoită să se ascundă. Oricum educația, constrângerile societății te fac să fii altfel decât în realitate și asta era totodată bine și rău pentru oameni, doar că pe ea o îndepărta mai mult de ei. „Asta este, n-am decât să accept! Sunt suma propriilor mele experiențe, ale propriilor mele trăiri și cunoștințe, nu pot să le neg, a le nega înseamnă să mă neg pe mine însămi!"

EPILOG 1

Trenul plecase deja din stație lăsând parcă în gară nervozitatea care îl apuca odată cu fiecare plecare. Necunoscutul, faptul să știi când pleci, dar nu dacă te mai întorci. Nu putea spune exact ce anume îl făcea să stea ca pe ghimpi în acele momente când încă era în stație așteptând învârtirea roților. Ca niciodată, compartimentul era gol-goluț și nici nu dădea semne că avea să se umple mai târziu. Garnitura de tren era nouă și chiar și compartimentul de clasa a doua mirosea a occident. Nici nu ai fi zis că mergea spre inima Moldovei, la Iași. Încă nu-și putea explica cum de ajunsese să facă pasul ăsta, poate că într-adevăr fusese voința divină aceea căreia i se supusese sau, mă rog, încercase să i se supună. Nu putea spune exact.

După încercări multiple de a o găsi pe Magda în femeile pe care le întâlnise se limitase în a-și apropia sufletește două dintre fetele care îi rămăseseră aproape, culmea, foste prietene ale celei dispărute. Nu făcuse special, pur și simplu așa se întâmplase, fără să încerce să influențeze cumva mersul lucrurilor. Aflat în impasul de a alege între ele, ceruse sfatul divin. Se dusese la mânăstire la Cernica și, în momentul în care se ieșise cu Sfintele Daruri, când cerul era deschis și pe pământ coborâse puterea lui Dumnezeu, întrebase: „Pe care, Doamne?" Și primise răspunsul: „Pe moldoveancă o iei de nevastă și pe cealaltă o ai în grijă!" Și așa rămăsese. Deși îi fusese greu să renunțe la a doua, acceptase decizia ca pe un ordin venit de la Cel care avea o viziune mult mai amplă asupra viitorului şi a lumii.

Cine era el în fond ca să se opună? Aşa ajunsese să plece după fată şi, cum era în drum spre casa ei, avea să treacă şi pe la Sfânta Parascheva.

Noaptea se lăsase demult şi pe geam singurele lucruri pe care le mai vedea erau câteva luminiţe ce se alergau pe câmpuri. Nu-i era somn. Nici măcar nu îl mai chinuia întrebarea dacă alesese bine. Nimic nu este mai rău decât incertitudinea şi poate că acceptarea asta necondiţionată nu îl satisfăcea întru totul. Ţinea la puştoaică, dar era departe de a fi un sentiment puternic cristalizat. La un moment dat a vrut să renunţe şi intervenise îngerul lui păzitor. „Nu mă iubeşte!", îi spusese spiritului care îl avea în grijă. „O să te iubească!", îi replicase acesta. „Mai bine mă cuplam cu alta!", îi spusese aducând în memorie o altă fată cu care avusese o tentativă de a se împrieteni, dar care fusese repede îndepărtată de lumea de dincolo, care îl avea în grijă. „Ea cel puţin mă iubea. Nu este iubirea cel mai important lucru?" „Ba este important, dar nu e totul într-o căsnicie şi dacă pui la socoteală faptul că astalaltă îţi face cadou fecioria şi că te va iubi ca pe singurul ei bărbat... Judecă şi tu!"

Îl deranja puţin inelul pe care i-l cumpărase şi pe care îl lipise cu leucoplast direct pe piele. Nu că l-ar fi pierdut, nu era chiar atât de tolomac, ci pentru că auzise că se fura pe trenurile astea şi că sunt bande de ruşi înarmaţi. Niciodată nu poţi fi suficient de precaut. Există metode să îl faci şi pe cel mai tare om al planetei. Cine rezistă dacă-ţi injectează nişte cloroform pe gaura uşii?

Fusese sunat de aceea pe care i-o dăduse Dumnezeu în grijă şi care, cu o voce pierită, îi spusese că îi era rău. O durea capul în aşa hal că nu mai putea vedea. Se dusese să o vadă şi o găsise cu capul înfăşurat într-un prosop. Luase tot felul de medicamente care doar îi atenuau durerea şi degeaba. Avea câmpul spart şi simţise asta de la depărtare. Cine i-o făcuse știa exact ce face. Pentru moment se simțise depășit de situație, mai ales când avu senzația că se reeditează momentul morții Magdei, când nu putuse face nimic.

Se calmase însă și începuse să stea de vorbă cu ea ca și cum nu s-ar fi întâmplat nimic. O silea să vorbească, să uite, să își aducă aminte de lucruri frumoase din viața ei. Cuvântul e energie. „La început era Cuvântul și Cuvântul era Dumnezeu...", spune Sfântul Apostol Ioan. Prin el te încarci, prin el te descarci. E una din metodele cele mai simple de a scăpa de rău pe care se bazează și spovedania și psihoterapia. De energie nu avea nevoie, pentru că în contact cu câmpul unui om bolnav, prin chakra care i se deschisese de câtva timp, energia negativă făcea să pătrundă în spațiul nostru energia chi.

Vizualiză câmpul fetei și acoperi spărtura. În locul respectiv se vedea o săgeată energetică care îi fusese trimisă și care îi străbătea capul dinspre ceafă și îi ieșea pe deasupra orbitei. Lovi sec cu energia lui întruchipată în sabie și o tăie la nivelul câmpului ei. Apoi închipui o oglindă pentru ca orice venea să se întoarcă la cel care o trimitea. Cel puțin câteva ore, până avea să se dumirească agresorul ce se întâmplă, avea să fie ferită.

Mai trebuia închis câmpul și eliminată energia reziduală a atacului care îi perforase aura și care îi dădea durerea. Începu să spună „Tatăl nostru" trăgând-o spre palma stângă în cercuri mici ce se încheiau la fiecare vers al rugăciunii primite cadou de la Hristos.

– Băăi! Ce faci! Mă ții de vorbă și mă lucrezi? Crezi că eu nu simt? îi spuse fata.

E adevărat că avea o energie proprie puternică și că tot ce îi lipsea era cunoaștere în a se apăra singură, nu puterea de a o face.

– Păi dacă tu nu înveți? De câte ori vrei să te scap eu? Crezi că o să stau o viață după fundul tău frumos? Ce te faci dacă o să fii o dată singură și eu nu o să pot veni? Te duci? Nu am știut să o ajut atunci pe Magda, măcar învață tu ce nu a reușit ea.

– Mi-a trecut! spuse consternată. Nu de tot, parcă mă mai doare puţin, dar restul s-a dus. Cum faci? zise şi se aşeză lângă el.

O făcuse instinctiv, ascunzându-se cumva în capul lui. I-a explicat paşii, deşi nu credea că avea vreo importanţă. El îi învăţase târându-se pe jos sub biciurile energetice ale „prietenilor". Adevărul e că avea un talent deosebit în a enerva oamenii şi cum, mai nou, se făceau tot felul de cursuri de „marketing" care îi învăţau pe ucenici să influenţeze mental eventualii cumpărători, toţi ajunseseră paranormali şi se foloseau de treaba asta în orice situaţie.

Ba la un moment dat îl arsese o puştoaică doar că nu îi dăduse locul în metrou! Pe respectiva nu o iertase şi îi zbierase cu toată energia de care era capabilă: „Târfă proastă!" O văzuse cum se încovoaie sub greutatea injuriei. Nici nu mai ridicase ochii din pământ. În general, aflând câte ceva, oamenii au impresia că L-au prins pe Dumnezeu de un picior şi că, sub anonimatul gândului, au voie să facă orice, că tot nu îi descoperă nimeni. Nimic nu e destul de ascuns încât să nu iasă la iveală. Asta nu se înţelege. Oricum ştia exact că de atunci puştoaica aceea avea să fie mai atentă cu cine se joacă de-a paranormala.

– Acum, că mă simt mai bine, să îţi zic ce se mai întâmplă nou în cercurile cunoscuţilor noştri. Mai întâi bomba! Ghici cu cine s-a cuplat soţul Magdei? Cu Larisa! I-a mărturisit fata că îl iubeşte de când trăia Magda şi s-a mutat la el. Tot îi spunea că ea nu ar părăsi un bărbat aşa de bun pentru unul ca tine. Dacă ai vedea cum a ajuns în câteva luni, i-ai plânge de milă. Tipul tot nu munceşte, aşteaptă să-i plătească femeia datoriile la bloc, dacă nu îi place mâncarea i-o aruncă pe jos. Mde, tot neisprăvit a rămas. Se împacă, se despart, a ajuns Larisa şi pe la urgenţe că a încercat să se sinucidă, apoi tipul... Ca la ţigani! De fie-sa nu are habar nici dacă are ce mânca. Singura care se zbate e mama Magdei, care lucrează cu ziua ca să aibă ce să îi pună pe masă. Am luat-o şi eu o dată la mine să-mi facă curat şi să îi mai dau câte ceva pentru aia mică şi am stat de vorbă cu ea. Nu te mai învinovățește pe tine că ai acceptat să se opereze atunci, ba și-a dat seama și ea că lângă tine a fost cu adevărat fericită.

– Cam târziu, nu crezi?

– Mi-a zis ceva ce nu am înțeles. Și nu știu cum să te întreb: voi vă căsătoriserăți? Ai dezlegat-o de bărbat-su și ai luat-o tu?

Îl apucă râsul. Deși nu se aștepta să se afle asta, Daniel se hotărî să spună adevărul. Îi pomenise mamei Magdei la un moment dat despre legile divine, despre ce se poate sau nu face pe pământ.

– Mda, e adevărat! Am făcut o prostie care m-a costat destul, dar așa am considerat necesar în acel moment. Preoții și episcopii de acum sunt niște bieți impotenți spirituali. Ei ar trebui să poată să scoată demoni, să vindece boli și mai știu eu ce.

Pentru că s-au făcut unii pe alții după criterii materiale și nu spirituale, totul a degenerat în așa hal încât s-a ajuns la ce vezi. Niște slujbași cu fuste lungi și minți scurte. Așa ca aceia care au în mâini destinele țării ăsteia, sfinții de dincolo și cei care trăiesc încă și care se numără pe degetele la doi oameni au hotărât să facă altceva, preoți în duh. Așa am fost făcut și eu, să suplinim cumva ignoranța celorlalți. Criteriile după care au fost aleși ucenicii lui Hristos au fost altele decât cele pe care le folosește Biserica Ortodoxă în acest moment. Ea pune accentul pe cunoașterea intelectuală și nu pe cea spirituală, de asta un preot călugăr va fi mai bun decât unul de mir, de asta unul trăitor la Athos va fi superior unuia de aici. Deci am căpătat puterea de a dezlega atât în cer cât și pe pământ. Prostia a fost a Magdei, care s-a lipit de bărbatul pe care l-a avut. Spirit al luminii, s-a lăsat atrasă fără să vrea într-un joc din care nu a mai putut ieși.

Țiganii sunt cei mai mari inițiați și au mai multă credință decât românii. Așa că în momentul în care ne-am hotărât să plecăm împreună am dezlegat-o de el și am legat-o de mine. A fost un abuz și mi-am folosit darul în mod greșit, dar nu am văzut altă soluție

de a o scoate din bătăile și din nenorocirile care aveau loc în casa
aia. Mda, voi avea de dat socoteală de asta acolo sus! Doar că am
fost educat în spiritul războiului și în situații limită sunt necesare
măsuri de aceeași natură, chiar dacă asta încalcă toate legile.

În fond, sunt un fel de popă de front, nu de altar, așa că judec
lucrurile pentru sufletul care iese acum. Mai încolo vom vedea noi.

– De ce nu te faci preot?

– Nu pot! Dacă aș fi preot, aș jura ascultare superiorilor mei,
care sunt plini de greșeli, și n-aș putea spune nimic, nici să fac
decât ce mi se spune. Așa am un singur șef, care nu greșește nici-
odată! Aici, pe pământ, spiritual nu am niciun superior și dacă ar
fi să mă supun cuiva acesta ar fi Sinodul. Asta dacă ar respecta
zilele de post negru și dacă asupra lui ar coborî Duhul Sfânt sub
formă de porumbel, ca la primele sinoade. În rest nu văd în ei
decât niște draci îmbrăcați în haine bisericești și atât.

– Hai cu preoția te înțeleg, dar medicina? Mai faci psihiatrie?

– Nț! Ca om nu îmi aduce niciun folos pentru că nici banii de
întreținere nu mi-i scot din salariul lor, ca spirit nu mă învață
nimic, ba din contră i-aș putea învăța eu. Singurii cărora le-ar fi
bine ar fi bolnavii care ar beneficia de cunoștințele mele. Chiar și
aici am o limită dată de lipsa banilor. Sunt pacienți care stau cu
anii în pat la izolare pentru că rudele nu mai vor să audă de ei.
Sunt copii care s-ar face bine dacă s-ar găsi cineva care să le împuște
părinții sau dacă i-ar ajuta să aibă un loc unde acei cretini care în
aparență sunt normali să nu îi găsească pentru a-și vărsa pe ei toate
frustrările de ordin sexual sau material. Mă gândeam inițial că
intrând în psihiatrie o pot schimba din interiorul ei ajungând pro-
fesor. Mi-ar lua ani buni din viață. Nu am acest timp, așa că mă
voi limita la rolul îngerului dintr-o pildă creștină. Cică la un mo-
ment dat un credincios s-a rugat la bunul Dumnezeu să-i descopere
taina înțelepciunii lui. Așa azi, așa mâine și totuși Dumnezeu nu-i
dădea niciun semn. Într-o zi a trebuit să plece către alt oraș. Pe

drum s-a întâlnit cu un călugăr. A încercat să vorbească cu el, dar respectivul mergea pe drum tăcut. Aveau datoria asta până ce ajungeau în alt oraș. Au ajuns în fața unei biserici. Călugărul s-a aplecat, a cules câteva pietre și a început să dea cu ele în biserică.

Au plecat mai departe și au ajuns la un om care-și construise o casă frumoasă. Nici una, nici două, același călugar a aprins o torță și i-a dat foc, după care a pornit mai departe. În dreptul unei crâșme s-a oprit pentru a o binecuvânta. Nedumerit, creștinul de abia a mai avut răbdare să aștepte până în oraș când, dezlegat de jurământul tăcerii, îl întrebă de ce făcuse toate acele fapte.

Călugărul îi răspunse că în prima biserică, care era părăsită, își făcuseră culcușul niște șerpi și că nu făcuse decât să-i alunge, oamenii aveau să vină din nou la slujbă ca să-i aducă Slavă lui Dumnezeu.

Casa omului fusese construită din bani furați, iar el avea să înțeleagă mesajul divin și avea să se întoarcă din nou la credință și adevăr. Iar cârciuma, pentru că în ea, la o masă, stăteau primarul și cu cel mai bogat om din sat. Tocmai discutau că nu au biserică în sat și că ar fi bine să construiască una. El nu făcuse decât să binecuvânteze ideea. După ce îi spuse ultimele cuvinte, călugărul dispăru ca prin farmec din fața lui. Fusese un înger trimis de Dumnezeu ca să-l învețe înțelepciunea divină.

Spunea o prietenă de-a mea, când petreceam mai mult timp la spital decât acasă, că rolul lui Iisus Hristos a fost luat demult, așa că am ales rolul acestui înger, care nu e nici bun, nici rău. Este.

Cine are nevoie de mine, oricum ajunge, dacă vrea, la Dumnezeu. Se spune că medicul bun este cel la care Dumnezeu trimite un om să se vindece.

Mda, luase hotărârea asta! Poate că nu era cea mai bună, dar pe asta o avea în minte. Se gândea că avea să găsească un răspuns la întrebare la Sfânta la Iași. Deodată avu senzația că ceva se întâmplă lângă el. Ciudat, parcă mai era cineva.

„Doamne, lasă-l să Te vadă așa cum ești!", auzi clar în minte o voce pe care însă nu o recunoscu. Parcă era a Magdei. Întunericul se crăpa și o lumină crescu din ce în ce mai mult în intensitate până ce lăsă să descopere o persoană. Un om. Îl privea cu îngăduință, ceva amestecat între iubire, milă, într-un fel protector, îmbrăcat în alb complet, fără vreo podoabă pe cap sau veșminte, având o barbă albă ce se împletea cu părul ajungându-i până la picioare. Jilțul pe care stătea era format din trei triunghiuri albe de intensități diferite ce-i formau spătarul. Deasupra capului un ghem de foc din care fâlfâiau aripi. Imaginea se estompă în câteva secunde și dispăru. Uimit, Daniel încerca să vadă dacă fusese rodul imaginației lui sau pur și simplu era real. Încerca să rememoreze detaliile, dar nu le putea da o formă. Nu le putea așeza cap la cap. Nu era rodul imaginației, măcar asta realiza și el. Și totuși cu capacitățile pe care și le descoperiseră oamenii la ora asta te puteau face să crezi orice, să vezi orice. Ce ușor o puteai lua razna!

„De ce te îndoiești?", veni întrebarea. Dar glasul? Parcă îl cunoștea de undeva, îl auzise de multe ori undeva ascuns în conștiință pe când încerca să îl oprească să facă ceva rău. Chiar și atunci când dorise să lovească balaurul de sub pământ. Adormise.

Se trezise cu fundul în sus. Ar fi putut spune ce nu-i convenea. De aici, din Iași, mai avea de luat un personal, apoi mai avea ceva de mers pe jos, însă partea grea, cea în care singura ta contribuție era să aștepți, trecuse. Se uită la tabela cu plecări și constată că avea de așteptat aproape trei ore până la prima legătură.

„Îmi bag picioarele în tot! Plec acasă cu primul tren care vine spre București!" Decise uitându-se la plecări.

„Daniele, nu ai zis că vrei să mergi la Sfânta?", auzi din nou vocea. Era tot El? Parcă îi luase supărarea din suflet, așa că porni spre Biserica Trei Ierarhi. Era închisă. O renovau. Dezamăgit, intră în mitropolie și văzu coada ce se formase la moaștele Sfintei Parascheva. Se așeză și el la rând. Se gândi că părintele de la

Sfântul Gheorghe, care fusese preotul bisericii Sfânta Vineri, luase
până și icoana făcătoare de minuni a acesteia de la Cernica. Doi
călugări furaseră din pietrele Sfintei care, supărată, i se arătase
preotului și ceruse să o ia de acolo.

Ajuns lângă sfintele moaște vocea îl întrebă liniștită:

„De ce te închini la niște oase?" Își aminti că aceeași întrebare
îi pusese și un călugăr. Blasfemie? Demon? Sau Dumnezeu? Ori-
cum ajunsese unde își propusese.

Dacă stătea bine să se gândească, oamenii ajunseseră să facă din
obiceiuri ceva mai important decât Dumnezeu însuși! În loc să se
gândească mai mult la cer, se gândeau la alte prostii. Confundau
persoana lui Dumnezeu cu ritul, cu dogma. De ce se acoperea El
de oameni? Sau nu o făcuse el, ci preoții! Cei cărora li se potriveau
mai mult ca oricând cuvintele Mântuitorului: „Vai vouă care ați
primit în dar cheile împărăției și nici voi nu intrați, dar nici pe
alții nu-i lăsați să intre!"

I se întâmplase să meargă cu un pacient la Sfântul Dumitru. De
multe ori acolo unde ei, medicii, clacau, sfinții puteau face minuni,
și ajunsese aproape de moaște când un preot oprise oamenii să mai
sărute moaștele. Pusese un scaun ca să nu mai urce nimeni. Daniel
se supărase și dăduse scaunul la o parte, sărutase moaștele sfântului
și, fără să ia în seamă protestele preotului, îl pusese și pe băiat să
le sărute la rândul lui.

– Cum îndrăznești să dai la o parte scaunul pe care l-am pus?

– Tu cum îndrăznești să oprești oamenii să se închine la Sfântul?

– E dreptul meu să o fac! țipă popa.

– Și e dreptul meu să îl dau la o parte!

– Nu înțelegi că e taina euharistiei?

– Și ce dacă. Sunt oameni care se împărtășesc cu pâine și vin și
sunt alții care se împărtășesc direct cu Duhul Sfânt de la Dumne-
zeu, fără să aibă nevoie de voi! De fiecare dată când o să faceți asta,
o să îl dau la o parte pentru ca oamenii să treacă de voi spre

Dumnezeu. Şi dacă o să mă împiedicaţi, o să dau naştere unei polemici din care o să vă rupeţi gâtul!

Plecând de la Sfânta, Daniel era din ce în ce mai nedumerit. De ce i se îngăduise asta? Sfântul Vasile cel Mare spunea că nimeni nu l-a văzut pe Dumnezeu dintre oameni şi nu are să-l vadă.

De ce i se îngăduise lui, un nevrednic în fond, să vadă chipul tânăr şi în acelaşi timp bătrân al Domnului? Era departe de a fi curat, viaţa care o ducea nu îi permitea asta şi, totuşi, de ce?

„Fericiţi cei curaţi cu inima căci ei îl vor vedea pe Dumnezeu!", veni răspunsul lui Hristos.

În faţă îi apăru părintele Argatu. Îi zâmbea cu tot chipul, aşa cum numai el putea să o facă, şi îi reaminti: „Calea care duce către binele tuturor s-o urmăreşti şi s-o desăvârşeşti". Daniel era liniştit. Cel puţin se afla pe drumul bun şi cineva îl veghea.

EPILOG 2

Se despărțise cu greu de penitenciar, oricât de urât i se păruse, indiferent de mizeriile sufletești care le întâlnise aici și care nu erau nici mai mari, nici altfel decât cele din spitalele de psihiatrie sau din viața de zi cu zi.

Acum simțea despărțirea ca pe o ruptură în inimă. Își lăsa aici o parte din viață și o parte din suflet. Putea spune cu mândrie că în urma ei rămânea ceva, un lucru clădit bine, prin oameni pentru oameni, și era mulțumită. Poate că până la urmă la asta se limita opțiunea fiecăruia, în a spune la un moment dat că-și îndeplinise datoria față de ceilalți și de sine însuși, că făcuse totul în sensul și în scopul ăsta, indiferent dacă reușea sau nu.

Asta nu depindea numai de cel în cauză, sunt mult prea multe circumstanțele asupra cărora omul nu are nicio putere.

Nu-l mai văzuse pe Ștefan de când ieșise! Totul se clarificase cu mult înainte, de când era încă pe patul infirmeriei și nu-l putea condamna cu nimic că făcuse totul pentru a scăpa. Fusese în cele din urmă reprimit și de familia lui, în mod special de taică-su, căruia îi trebuise ceva timp ca să-l ierte că-l făcuse de rușine. Avusese și ea un merit în treaba asta, cumva indirect, prin mama lui Ștefan, cu care se mai întâlnea din când în când. Ea fusese singura care înțelesese ce se întâmplase în sufletul ei. Și chiar dacă nu pomenise decât vag despre asta, atunci când o vedea îi povestea despre băiatul ei fără să fie nevoie să o tragă prea mult de limbă. Așa fusese la curent cu ultimele evenimente din viaţa lui, unele chiar fericite. Se bucurase pentru el.

Dincolo de ce se întâmplase în viaţa lui, cine era ea să îl judece? Poate că era timpul să îşi găsească şi el liniştea. Nu ar fi putut trăi lângă el, se gândise şi i-ar fi fost greu să treacă peste trecutul lui, care ar fi stat tot timpul între ei. Se însurase cu o fată mult prea tânără pentru el. Cel puţin aşa credea ea. De abia împlinise optsprezece ani. O chema Cristina.

Îi era de ajuns să ştie că viaţa lui o luase pe un alt făgaş, unul normal din punctul de vedere al societăţii, aşa că nu se mai interesă de el. I se părea o imixtiune nejustificată chiar şi indirect.

Îl iubise, suferise, îi trecuse. Şi nu mai era sigură că pe el. O imagine ireală pe care şi-o crease singură, sau Mihai? Ultimul plecase spre lumină mai convins, mai forţat, eliberat până la urmă de durerea de a o fi văzut pe femeia vieţii lui trecând, şi nu oricum, prin braţele cine ştie câtor bărbaţi, zbătându-se pe cărările vieţii. Prin el angoasele, trăirile, chiar şi accidentele vieţii ei, lipsa de statornicie într-o relaţie, coşmarurile ei căpătau sens şi dispărură odată cu el. Asta dacă s-ar mai fi ştiut ceva despre ea.

Dispăruse însă fără urmă, plătind pe cine ştie unde faptul de a fi trădat un suflet care o iubise şi care murise cu gândul la ea. Pentru ca, la rândul ei, să rămână pedeapsa divină a lui Ştefan care era nevoit să trăiască o viaţă şi poate o eternitate cu dorinţa şi fără putinţa de a-şi cere iertare pentru ceea ce-i făcuse, chiar dacă plătise scump.

Iar ea? De multe ori spusese: „De ce Doamne? De ce eu?" O lămurise într-o seară părintele. Îi spusese doar: „Dacă nu l-ai fi iubit, ai fi făcut tot ce ai făcut ca să îl scapi? Femeia e calea spre inima bărbatului şi bărbatul spre cea a femeii!", îi spusese zâmbind îngăduitor înainte de a dispărea pentru totdeauna din visurile ei.

Fusese crud? Analizând la rece prin prisma rezultatelor, fusese bine. Numai ea putea spune însă cât o costase sufleteşte. Maturizarea, chiar şi cea spirituală, nu putea veni fără suferinţă, înţelesese și că totul reprezenta o etapă a evoluției ei ca spirit, pe care nu o regreta și care îi lăsase un gust amar și atât. Era atât de minunat să iubești și să fii iubită! Adevărul, precum inexistența lui Moș Crăciun, venise poate prea devreme pentru ea, ar mai fi copilărit. Nu existau jumătăți ale aceleiași sfere primordiale împărțită dinainte de timpuri în bărbat și în femeie.

Totul era o păcăleală și iubirea dintre bărbat și femeie, nimic mai mult decât foamea sau setea, un instinct menit să asigure procrearea, la fel ca și dragostea maternă fără de care oameni și animale ar fi dispărut demult de pe pământ!

Reușise să înțeleagă și cuvintele biblice ale Mântuitorului, care nu venise să ne mântuiască decât de propriile noastre sentimente, care ne țin legați demonic de pământ, ura, mânia, frica, mândria, iubirea, din pilda femeii căreia îi muriseră cei șapte soți.

„În cer oamenii vor fi precum îngerii!", spusese Domnul. „Nici nu se vor mărita, nici nu se vor însura. Pentru simplul motiv că nu sunt nici bărbați, nici femei." La o adică, iubirea pură era doar cea nesexualizată, dincolo de rasă, naționalitate, religie și grade de rudenie.

Ce avea să facă cu iubirea aceea care-i ardea sufletul și pe care pierduse speranța că ar mai fi putut să o proiecteze asupra cuiva? Nu avea decât să o ofere celor din jur, colegi, prieteni, pacienți și, de ce nu, dușmani. Nu mai avea nimic de împărțit cu nimeni, fără să vrea ajunsese undeva deasupra tuturor. Pierduse tot pentru a câștiga totul.

Era mult, era puțin? Cine știe! Poate cu timpul, găsind pe cineva care să vadă lumea la fel ca ea, își va uni soarta cu el în fața lui Dumnezeu și a oamenilor.

Iar dacă nu, existau atâtea bănci de spermă pentru a-și îndeplini menirea, ca om și ca femeie, față de lumea care îi îngăduise să se nască.

OVIDIU-DRAGOŞ ARGEŞANU

BALCHIS 2000
PAROLA: „DUMNEZEU"

M-am întors şi am văzut cerul ca pe un ecran mare de tot, unde toate planetele se vedeau simultan. Era ca un ecran radar, dar toate se vedeau mult mai clar. Pe mii de planete oamenii se rugau Lui. Era un spectacol impresionant.

Undeva se vedeau planetele locuite din apropierea Pământului şi casa noastră: Terra! Mii, de mii, de mii de oameni se vedeau cu feţele întoarse către cer, dar aveau ceva în comun: aveau ochii închişi. Am înţeles. Era supărat că cei care I se închinau Lui nu puteau să-L şi vadă, nu aveau o legătură personală cu El. Erau orbi.

Şcoala de masaj
PRO DAO PSI
organizează cursuri în cadrul cabinetului
Dr. OVIDIU DRAGOŞ ARGEŞANU

Cursurile sunt organizate pe module astfel:

MODULUL I – MASAJ SOMATIC (durata: 9 săptămâni):
• masaj de întreţinere, relaxare, tonifiere şi anticelulitic;
• masaj sportiv;
• masaj cu miere.

MODULUL II – MASAJ REFLEXOGEN (durata: 9 săptămâni)
• reflexologie;
• fiziopatologie;
• tehnica masajului reflexogen.

MODULUL III – DRENAJ LIMFATIC (durata: 14 săptămâni)
• aplicarea procedeelor specifice drenajului limfatic;
• calificare tehnician maseur.

Diplomele eliberate sunt recunoscute de Ministerul Muncii, Solidarităţii
Sociale şi Familiei şi de Ministerul Educaţiei, Cercetării şi Tineretului,
prin Consiliul Naţional de Formare Profesională a Adulţilor (C.N.F.P.A.).

Relaţii la telefon: 0721-908.140

PRODUSE GRAVATE CU SIMBOLURI ȘI CRISTALE REIKI

Sfere, piramide, felii agat, pandante, inele, brățări, baghete gravate cu simboluri din sistemele Reiki Usui, Karuna, Shambala.

Produsele le puteți viziona și comanda online pe:

www.pandantive-reiki.ro

și

www.cristale-semipretioase.ro